सुपर सफलता के 25 सुपर नियम

सुपर सफलता के 25 सुपर नियम

'UNIVERSITY OF SUCCESS' के हिंदी अनुवाद का खंड-2

ऑग मैंडिनो

प्रकाशक

प्रभात प्रकाशन प्रा. लि.

4/19 आसफ अली रोड, नई दिल्ली–110002

फोन : 23289777 ● हेल्पलाइन नं. : 7827007777

इ–मेल : prabhatbooks@gmail.com ◆ वेब ठिकाना : www.prabhatbooks.com

संस्करण

2025

सर्वाधिकार

सुरक्षित

अनुवाद

शिप्रा शर्मा

पेपरबैक मूल्य

पाँच सौ रुपए

मुद्रक

नरुला प्रिंटर्स, दिल्ली

———— ★ ————

SUPER SAFALTA KE 25 SUPAR NIYAM

by OG Mandino

(2nd Part of Hindi translation of 'UNIVERSITY OF SUCCESS')

Published by **PRABHAT PRAKASHAN PVT. LTD.**

4/19 Asaf Ali Road, New Delhi-110002

by arrangement with Bantam Books, an imprint of Random House, a division of Penguin Random House LLC

ISBN 978-93-5322-832-3

₹ 500.00 (PB)

विनम्रता के साथ,
दुनिया भर के
करोड़ों पाठकों को समर्पित,
जिन्होंने मेरी पुस्तकों का स्वागत अपने घरों...
और अपने हृदय में किया।

भूमिका

इस किताब का अधिकतम फायदा कैसे उठाएँ?

इस सवाल का जवाब यही है कि इसे शुरू से लेकर आखिर तक पढ़ डालें। किसी भी पाठ को न छोड़ें। आज आप जो कुछ हैं और आप क्या कुछ बन सकते हैं, इन्हीं बातों को ध्यान में रखकर यह किताब, बहुत सोचने विचारने के बाद, एक व्यवस्थित क्रम में पेश की गई है।

आपका परिचय चूँकि अब ज्ञान की दौलत से होनेवाला है तो आपके लिए बेहतर यही रहेगा कि आप इस ज्ञान को घूँट-घूँट पिएँ। पाठ का सर्वाधिक फायदा प्राप्त करने के लिए, मैं सलाह दूँगा कि आप हर रोज एक पाठ पढ़ने की आदत बना लें। जहाँ तक संभव हो, इस एक पाठ को रोजाना रात के समय, सोने से पहले पढ़ें। जब आप अपने अवचेतन मन को किसी काम में लगाते हैं, तो शानदार घटनाएँ होने लगती हैं। सुबह जब आप सोकर उठेंगे, तो आपको यह देखकर हैरानी होगी कि रात को जो आपने ज्ञान की खुराक ली थी, उसमें से आपके दिमाग ने काफी कुछ सहेजकर रख लिया है। जल्दबाजी मत करो। पूरे आठ सेमेस्टर में धैर्यपूर्वक आपका मार्गदर्शन किया जाएगा, जैसा कि एक सामान्य यूनिवर्सिटी कॅरियर में होता है। इसके अलावा, ग्रेजुएट स्तर के दो अतिरिक्त सेमेस्टर होंगे, ताकि आप सफलता हासिल करने के बाद, उसके साथ अपना संतुलन बिठा सकें। ऐसा इसलिए भी कि ताकि सफलता आपके सिर चढ़कर न बोलने लगे।

यदि आप एक महिला हैं, तो कुछ पाठ आपको परेशान कर सकते हैं, लेकिन इस परेशानी को अपने रास्ते की बाधा नहीं बनने देना है। आमतौर पर ये विशेष पाठ इस सदी के उत्तरार्ध में लिखे गए थे, उस समय से काफी पहले जब आदमी और औरत के लिए खुशी के पैमाने अलग-अलग तय किए गए थे। आपको केवल एक

बात याद रखनी है कि यदि कहीं कोई पूर्वग्रह है भी, तो वह किसी युग विशेष की घटनाओं का परिणाम है। भगवान् का शुक्र है कि सफलता अब किसी लिंग विशेष का एकाधिकार नहीं है। सफलता पर जितना पुरुषों का हक है, उतना ही महिलाओं का भी है।

एक और बात। यदि संभव हो सके तो, खुद को उस जाल में फँसने से बचाने का प्रयास करें, जहाँ आप किसी अन्य कहानी या उपन्यास की तरह ही इस किताब को लापरवाहीपूर्ण तरीके से पढ़ने की सोचें।

इस किताब के आपके अध्यापक बेहद ऊर्जावान और सर्वाधिक प्रेरित इनसान हैं और हमेशा इस बात का डर बना रहता है कि आप कहीं उनके तेजस्वी व्यक्तित्व, उनके ओज, उनके प्रभावशाली व्यक्तित्व से प्रभावित न हो जाएँ और उनकी कही बातों को मनोरंजन के रूप में न ले लें। ऐसे में आप यह भी भूल सकते हैं कि आप यहाँ किस मकसद से आए हैं, किस मकसद से उनके व्याख्यानों को पढ़ रहे हैं। आपको यह बात हमेशा याद रखनी है कि आप सफलता के लिए आवश्यक उपकरणों की तलाश में यहाँ तक पहुँचे हैं।

इन खतरों, आशंकाओं से आप कैसे बचेंगे? एकदम आसान है। जब भी आप इस किताब को खोलें, तो यह निश्चित रहे कि आपके हाथ में कोई पेन या पेंसिल हो। जब भी आप किसी सार्थक पंक्ति को पढ़ें तो उसके नीचे एक रेखा खींच दें! इतने साधारण से काम से, उस वाक्य के आपके दिमाग में बैठने की ताकत तीन गुना बढ़ जाती है। इतना ही नहीं, इससे आप जब भी चाहेंगे, आप उस सिद्धांत या वाक्य को ढूँढ़ सकेंगे। हो सकता है कि आप कुछ बेहद प्रभावी संदेशों के आगे एक सितारा सा बना दें, विस्मयबोधक चिह्न बना दें या अगर समझ नहीं आया है, तो आप उसके सामने सवालिया चिह्न भी लगा सकते हैं। यह आपकी अपनी किताब है, जिसमें आपके सफल भविष्य की कुंजी छुपी है।

सबकुछ आपके ऊपर निर्भर करता है

सामान्य शिक्षा के लिए जितने भी स्कूल हैं, उसके विपरीत इस यूनिवर्सिटी में कोई ग्रेजुएशन समारोह नहीं होगा, न कोई ऐसा डिप्लोमा दिया जाएगा, जो यह बताए कि आपने कोर्स में क्या सीखा, न ही कोई फाइनल परीक्षा होगी या न ही कोई डिग्री दी जाएगी। आपके प्रयासों से आपको केवल एक पुरस्कार मिलेगा और यह पुरस्कार होगा कि शांति और संतोष तथा आत्म-गौरव की भावना के संदर्भ में आप अपने जीवन को बेहतरी के लिए कितना बदल पाए।

इतिहास ऐसी कहानियों से भरा पड़ा है, जहाँ लोगों ने एक किताब पढ़कर अपनी जिंदगी में नए युग की शुरुआत की। हम चाहेंगे कि अंत में आपका नाम भी उस प्रभावशाली सूची में शामिल हो और आप भी जिंदगी में बदलाव लानेवाले महान् लोगों की सूची में शामिल हों, लोगों का मार्गदर्शन कर सकें, लेकिन यह सबकुछ आपके ऊपर निर्भर करता है। कोई दूसरा व्यक्ति आपके लिए जिंदगी नहीं जी सकता। कोई दूसरा आपके लिए सफलता हासिल नहीं करेगा! यह आपकी चाल है!

—ऑग मैंडिनो

अनुक्रम

अध्याय
तीन

अध्याय
चार

अध्याय
पाँच

अध्याय
एक

"जहाँ संपत्ति किसी प्रकार का कोई श्राप नहीं है, वहाँ गरीबी भी कोई आशीर्वाद नहीं है।"

—आर.डी. हिचकॉक

"पैसों का अधिग्रहण हमेशा से ही उन लोगों के लिए एक सीधा मुद्दा रहा है, जिनकी जिंदगी में कुछ नियम होते हैं और वे उन नियमों का पालन करते हैं।

—पी.टी. बरनम

1

किस प्रकार पैसा प्राप्त करनेवाला बनें?

अमेरिका ने अब तक फिनियास टेलर बरनम से ज्यादा बड़ा कोई शोमैन नहीं देखा होगा। अगर वे नहीं होते, तो होरेशियो एल्जर ने उन्हें 'रेग्स टू रिचेस' नामक की श्रृंखला में हीरो बना दिया होता।

एक किराना क्लर्क, जिसने सिर्फ ग्रामर स्कूल तक शिक्षा पाई हो, ऐसी शुरुआत से पी.टी. बरनम ने धीरे-धीरे दुनिया का सबसे बड़ा सरकस बनाया, जिसका नाम रखा गया—'द ग्रेटस्ट शो ऑन अर्थ'।

'द लाइफ ऑफ पी.टी. बरनम' नामक स्वरचित पुस्तक में सफलता पाने के लिए बरनम के कुछ नियत रास्ते बताए और उन्हें पता था कि इसे कैसे हासिल किया जा सकता है, इसलिए उन्होंने बहुत ही प्रैक्टिकल सलाह दी, वे सारी सलाहें अभी तक मानी जाती हैं। एक बार जब उन्हें एक भाषण देने के लिए आमंत्रित किया गया, तो उन्होंने अपनी पुस्तक से 'सफलता के नियम' पाठ का उल्लेख किया और उनका वह लेक्चर इतना प्रसिद्ध हो गया कि वे उसे 'पैसे प्राप्त करने की कला' कहने लगे। पी.टी. बहुत समझदार थे, वे अपने ही अनुभवों से प्रमोटर और फिर एक राजनेता बन गए और उन्हें पता था कि एक ऐसा विषय है, जिसके बारे में सुनने के लिए जनता कभी नहीं थकती और वह है—पैसा।

यह पाठ उनके 'पैसे' नामक पाठ से लिया गया है। हालाँकि इसमें पहले अमेरिका के युवा लोगों को उद्बोधित किया गया है कि उन्हें सिखाया जा सके कि किस प्रकार चरित्र-निर्माण एवं अखंडता से

संपत्ति कमाई जाती है, आपकी उम्र कुछ भी हो, आप स्वयं खोजकर यह देखें कि आप कहाँ जाना चाहते हैं और उस स्थान तक कैसे पहुँचना चाहते हैं।

जब यह पाठ पूरा समाप्त हो जाएगा तो आप धन जमा करने के मुख्य सिद्धांत को पूरी तरह समझ जाएँगे, जब तक आपको यह समझ भी आ जाए, पर इस बात की कोई गारंटी नहीं कि पैसा अपने साथ खुशियाँ भी लाएगा। आपको बहुत कुछ सीखना होगा, खासकर यह सच कि सफलता का सिद्धांत कभी भी नहीं बदलता।

अमेरिका में, जहाँ लोगों से कहीं ज्यादा जमीन है, वहाँ स्वस्थ मनुष्यों के लिए पैसा कमाना कोई मुश्किल काम नहीं है। अगर नए फील्ड में सफलता के कई आयाम खुले हुए हैं। ऐसे कई आयाम हैं, जिसमें अभी भीड़ भी नहीं है, किसी भी लिंग का कोई भी व्यक्ति, जिसे चाहे थोड़े समय के लिए ही जहाँ उसे आकर्षक नौकरी मिल रही है, वह उस इज्जतदार काम में शामिल हो सकता है।

जो लोग असली में स्वतंत्रता चाहते हैं, उन्हें उस पर अपना ध्यान केंद्रित रखना होगा और सही तरीका अपनाना होगा। अगर वे किसी चीज को पाने के लिए ध्यान केंद्रित रखना चाहते हैं, तो यह आसानी से हो जाएगा। पैसा पाना जितना आसान लगता है, उतना ही मुश्किल उसे सँभालकर रखना भी है। मुझे पता है कि मुझे पढ़नेवाले कई लोग इस बात से सहमत भी होंगे।

बेंजामिन फ्रैंकलिन ने कहा था, "पैसा पाने का रास्ता मिल तक जाने के रास्ते जैसा सीधा-सपाट है।" यह एक सामान्य सी समस्या है कि अपनी कमाई से कहीं कम खर्च करना होता है। डिकेन्स नामक एक हँसमुख क्रिएशन बनानेवाले मि. मिकावबेर इस मामले को मजबूती से रखते हुए कहते हैं कि बीस पाउंड की सालाना आय वाला जो उन्नीस पाउंड छह पेंस खर्च करता है, वह सबसे दुःखी व्यक्ति होना चाहिए। मेरे पाठक यह कह सकते हैं, "हम यह बात समझ सकते हैं, क्योंकि ऐसी ही अर्थव्यवस्था है और हमें पता है कि अर्थव्यवस्था ही संपत्ति है, हमें पता है कि हम अपना केक खाकर बचा नहीं सकते।" फिर भी मैं यह कहना चाहूँगा कि इस बिंदु पर लगभग किसी अन्य की तुलना में विफलताओं के अधिकांश मामले सामने आते हैं, पर तथ्य यह है कि अधिकांश लोग यह मानते हैं कि वे अर्थव्यवस्था को समझते हैं, जबकि ऐसा नहीं है।

सच्ची अर्थव्यवस्था में आय हमेशा पार हो होती है। अगर आवश्यक है तो पुराने

कपड़े थोड़े ज्यादा दिनों तक पहन लें, पुराने दस्तानों से परेशान हैं, पुराने कपड़े ठीक करा लें और जरूरत के अनुसार सादे भोजन पर जिएँ, ताकि सारी परिस्थितियों में, अगर कोई अचानक दुर्घटना हो जाए, तो आय के पक्ष में एक मार्जिन होगा। यहाँ एक पैसा, वहाँ एक डॉलर, जो जमा किया गया है, धीरे-धीरे जमा होता जाता है और इस तरह मनोनुकूल वांछित परिणाम प्राप्त होते हैं। हालाँकि इस प्रकार की अर्थव्यवस्था पाने के लिए थोड़ी ट्रेनिंग की जरूरत होती है, पर एक बार जब आप इसके अभ्यस्त हो जाते हैं तो अनाप-शनाप खर्च करने की बजाय बचत करने में आपको बहुत संतुष्टि मिलती है। यहाँ मैं खर्चे को रोकने के लिए, खासकर एक गलत अर्थव्यवस्था को रोकने के लिए आपको एक तरीका बताता हूँ। जब आपके पास वर्ष के अंत में कुछ नहीं बचता और आपकी एक अच्छी आय है, तो मैं आपको सलाह दूँगा कि कागज के कुछ पन्ने लें और उन्हें एक पुस्तक की तरह तैयार कर लें और अपने खर्चे की हर आमद को उसमें लिखें। उसे हर दिन या हर हफ्ते दो कॉलम में लिखें, उसमें से एक 'जरूरी' या 'कंफर्ट' भी लिख सकते हैं, वहीं दूसरे कॉलम में 'लक्जरी' भी लिख सकते हैं। आप पाएँगे कि दूसरे कॉलम के खर्चे दुगुने, तिगुने एवं यहाँ तक कि पहले कॉलम से कभी-कभी दस गुना ज्यादा हो जाते हैं। जीवन के वास्तविक आराम का एक खर्च होता है, पर उसका मात्र कुछ हिस्सा हम कमा लेते हैं। डॉ. फ्रैंकलिन कहते हैं, "हमें अपनी नहीं, दूसरे की निगाहें ही बरबाद कर देती हैं। अगर दुनिया में मेरे अलावा सभी अंधे हैं तो मुझे अच्छे कपड़ों और अच्छे फर्नीचर की परवाह नहीं करनी चाहिए।" श्रीमती ग्रुंडी इस बात से डरती थीं और इसलिए कई अच्छे परिवारवाले भी इसी चक्की में पिस जाते थे। अमेरिका में कई लोग यह बात दोहराते हैं कि "वे स्वतंत्र हैं और एक-दूजे के बराबर हैं।" पर यह एक नहीं, कई संदर्भों में गलत है।

एक तथ्य यह सही है कि हम 'स्वतंत्र एवं समान' हैं, क्योंकि हम ऐसे ही पैदा हुए हैं, पर हम सब अमीर पैदा नहीं हुए हैं और सब-के-सब अमीर कभी हो भी नहीं सकते। कोई कह सकता है, "कोई व्यक्ति है, जिसकी आय पचास हजार डॉलर प्रतिवर्ष है। मैं उस व्यक्ति को तब से जानता हूँ, जब वह मेरी ही तरह गरीब था, आज वह अमीर है और स्वयं को मुझसे बेहतर मानता है। मैं उसे दिखा दूँगा कि मैं भी उसकी ही तरह बेहतर हूँ, मैं जाऊँगा और अपने लिए एक घोड़ा एवं एक छोटी गाड़ी खरीदूँगा। नहीं, मैं ऐसा नहीं कर सकता, पर मैं जाऊँगा और अपने लिए एक गाड़ी किराए पर लेकर उसे इस दोपहर में उसी रोड पर चलाऊँगा, जहाँ वह चलाता है और यह साबित करूँगा कि मैं भी उसकी ही तरह अच्छा हूँ।"

मेरे दोस्त तुम्हें इतनी परेशानी लेने की कोई जरूरत ही नहीं, तुम बहुत आसानी से यह साबित कर सकते हो कि तुम उसकी ही तरह अच्छे हो, बस उसके लिए तुम्हें

उसकी ही तरह अच्छा व्यवहार करना होगा, पर तुम किसी को भी यह विश्वास नहीं दिला सकते हो कि तुम उसकी तरह धनवान हो। इसके अलावा, अगर तुम इन सब बातों को हवा दोगे और अपना समय और धन दोनों खर्च करोगे, तो आपकी गरीब बीवी घर में अपने हाथ घिसेगी और एक बार में दो आउंस की चाय खरीदेगी और अन्य चीजें भी उसी अनुपात में खरीदेगी, जिससे आप अपनी मौजूदगी दिखाते रहें, आखिरकार किसी को भी धोखा न हो।

पुरुष एवं महिलाएँ अपनी-अपनी मौज में संतुष्ट रहते हैं और ऐसे में उनके लिए अपने फालतू खर्चों को कम करना मुश्किल होगा, उन्हें एक छोटे से घर में रहने में मुश्किल होगी, क्योंकि उन्हें इसकी आदत नहीं है, साथ ही छोटे फर्नीचर, छोटी कंपनी, कम कीमत के कपड़ों, कम सेवकों, कुछ ही पार्टियाँ, थिएटर जाना, कैरिज में घूमना, मजेदार छुट्टियों में जाना, सिगार पीना, शराब पीना और अन्य खर्चे चलाना उनके लिए मुश्किल होगा, पर अगर वह 'घोंसले में अंडे' या दूसरे शब्दों में कहें, तो ब्याज पर एक छोटी सी राशि लगानी है या उन्होंने किसी जमीन पर निवेश किया है, तो वे इस तरीके से अपनी वित्तीय अवस्था को सुधारकर अपने इस छोटे-छोटे निवेश से बहुत कुछ जमा कर लेंगे।

पुराने कपड़े, पुरानी टोपी एवं ड्रेस इसका एक जवाब है, क्रॉटन या झरने का पानी किसी शैंपेन से ज्यादा अच्छा लगेगा, किसी बेहतरीन कोच में घूमने से ज्यादा अच्छा ठंडे पानी से नहाना या पैदल चलना मजेदार लगेगा। लोगों के बीच बातचीत, परिवार के लोगों के बीच कुछ पढ़ना या एक घंटे के लिए 'आँख-मिचौनी' या 'हंट द स्लिपर' खेल खेलना किसी पचास या पाँच सौ डॉलर की पार्टी से कहीं ज्यादा मजेदार रहेगा, जब इन खर्चों में अंतर दिखना शुरू होगा तो बचत के मजे दिखने लगेंगे। हजारों लोगों को गरीब रखा जाता है, हजारों लोगों को इसी जीवन में काफी समर्थन दिया जाता है, जिससे वे अपनी जिंदगी में बहुत कुछ हासिल कर सकें, जिससे वह एक बड़े तरीके से अपने प्लान को हासिल कर सकें। कुछ परिवार तो हर साल बीस हजार डॉलर खर्च करते हैं तथा कहीं कुछ और ज्यादा एवं उन्हें पता ही नहीं है कि किस प्रकार कम खर्च में जिया जाता है, वहीं कई लोगों को उसी राशि के बीसवें भाग के बराबर की आय में एक पक्की नौकरी मिलती है। समृद्धि, बुरे दिनों की अपेक्षा बहुत ही गंभीर है; खासकर अचानक से मिलनेवाली समृद्धि। यह 'बहुत जल्दी आती है और चली जाती है' और साथ ही यह एक पुरानी और सही कहावत भी है।

इनसान के गर्व एवं फालतू के ढकोसले जब पूरी तरह से उड़ने लगते हैं, तो दुश्मन बनकर यह लोगों की धन-संपदा बरबाद कर देती हैं, चाहे वह संपत्ति छोटी हो या बड़ी, सैकड़ों की या लाखों की। अधिकांश लोग जब सफल होने लगते हैं, तो

अपने विचारों को फैलाने लगते हैं और साथ ही वे उस समय तक अपनी विलासिता पर खूब खर्च करते हैं, जिससे कुछ ही दिनों के भीतर उनकी आय खत्म हो जाती है और वे लोगों के बीच में बार-बार मजाक का पात्र बनते हैं और 'सनसनी' बन जाते हैं।

मैं एक ऐसे सफल व्यक्ति को जानता हूँ, जिन्होंने मुझे बताया कि उनकी पत्नी ने एक नया एवं सुंदर सा सोफा खरीदा। उन्होंने बताया कि उस सोफे की कीमत तीस हजार डॉलर थीं। जब वह सोफा घर में पहुँचा, उसके लिए घर में उससे मिलती-जुलती कुरसियाँ भी चाहिए थीं, फिर साइडबोर्ड, कार्पेट और मेजें भी जरूरी थीं, फिर इस तरह पूरा ही फर्नीचर आ गया। बाद में देखा तो पता चला कि यह घर काफी छोटा है और फर्नीचर के लिए भी पुराना सा है, तो इन खरीदी गई चीजों के लिए नया घर बनाया गया। इस तरह मेरे दोस्त ने बताया कि तीस हजार के एक सिंगल सोफे के खर्चे के लिए मेरे ऊपर नौकरों व आवश्यक खर्चों की बरसात हो गई और इस प्रकार पूरा खर्च बढ़कर 11 हजार डॉलर पहुँच गया, जहाँ दस साल पहले हम एक अच्छी आराम की जिंदगी गुजर कर रहे थे और कम खर्चे में खासकर कुछ सौ डॉलर में ही जिंदगी बिता रहे थे। उन्होंने बताया कि सच्चाई यह है कि उस सोफे ने मुझे दिवालियापन की कगार पर पहुँचा दिया और समृद्धता के इस बुखार को मैंने सबसे ऊपर रखा और चकाचौंध को नजरअंदाज करते हुए मैंने प्राकृतिक इच्छाओं के बारे में नहीं सोचा।

कर्जे से बचें

युवा वर्ग के लोगों को अपनी जिंदगी शुरू करते समय कर्ज लेने से बचना चाहिए। यह इतनी बुरी चीज है कि जिस कारण लोग धीरे-धीरे एक भारी कर्जे के बोझ तले डूब जाते हैं। इससे आदमी नौकरों जैसे हालात में पहुँच जाता है, फिर भी हम कई युवकों को उनके युवापन में कर्जे के बोझ तले पा सकते हैं। वह अपने दोस्त से मिला और कहने लगा, "इसे देखो, मुझे लगता है कि मैं यह नया सूट खरीद लूँगा।" वह उतने ही कपड़ों को देखता है, जितना उसे दिया जाता है। अकसर ऐसा होता है, अगर वह उसका भुगतान करने में सक्षम हो जाता है तो वह फिर से भरोसा करता है। हालाँकि वह ऐसी आदत अपना रहा है, जिससे वह जिंदगी भर गरीबी रेखा में ही रहेगा। कर्जा आदमी से उसका स्वाभिमान छीन लेता है और वह आखिरकार स्वयं से घृणा करने लगता है। उसने अभी तक जो भी खाया है, पहना है, उसके भुगतान के लिए उस पर चिल्लाया जाता है और फिर उसे बुलाया जाता है। उसके पास पैसे दिखाने के लिए कुछ भी नहीं है, इसलिए इसे कहीं-न-कहीं सही कहा जाता है कि "वह मरे घोड़े के लिए काम कर रहा है।" मैं उन व्यावसायियों की बात नहीं कर रहा, जो पैसा देकर

सामान खरीदते एवं बेचते हैं, या जो भुगतान कर चीजें खरीदते हैं और लाभ कमाते हैं। एक शांति प्रचारक ने अपने किसान बेटे से कहा, "जॉन कभी भरोसेमंद न हो, अगर किसी चीज पर भरोसा करना है तो खाद पर भरोसा करो, क्योंकि यह वापस भुगतान करने में मदद करती है।"

मि. बीचर ने एक युवा से कहा कि अगर कर्ज लेना ही है तो एक छोटी राशि के लिए लो, जो आप किसी जमीन खरीदने के लिए खर्च कर रहे हो। उस युवक ने कहा, कर्ज तभी लूँगा, अगर जमीन खरीदूँगा और फिर शादी करूँगा। वह इन दोनों चीजों को एकदम साफ रखना चाहता है, अन्यथा कुछ भी नहीं करेगा। यह किसी हद तक सुरक्षित भी हो सकता है, पर अपने खाने-पीने, पहनने के लिए कर्ज लेना छोड़ा जा सकता है। कुछ परिवारों की बुरी आदत होती है कि वह स्टोर में क्रेडिट चलाते हैं, इसलिए अकसर ऐसी चीजें खरीदते हैं, जिसका अकसर कोई इस्तेमाल नहीं करता।

कुछ मामलों में पैसा आग की तरह है—यह एक बहुत अच्छा सेवक है, पर बहुत ही खतरनाक मालिक है। जब आप इस पर मास्टरी करते हैं, जब आपके ऊपर ब्याज चढ़ता रहता है, तो आपको बहुत बुरी तरह गुलामों की तरह लगेगा, पर अगर पैसा आपके लिए काम कर रहा है तो यह आपके लिए दुनिया का सबसे आज्ञाकारी सेवक बनकर रहेगा। यह कोई ऐसा नौकर नहीं है, जो स्वामी के निरीक्षण में ही अच्छा काम करे। अगर पैसे को सुरक्षित रूप से ब्याज पर रखा जाए तो वह जीवित या मृत किसी भी रूप में ईमानदारी से ही काम करेगा। यह दिन-रात, बारिश या सूखे मौसम में भी काम करता है।

इसे अपने विरुद्ध काम नहीं करने दें। पैसों के मामले में अगर आप ऐसा करेंगे तो जीवन में सफलता का कोई मौका ही नहीं मिलेगा। वर्जीनिया के प्रसिद्ध विलक्षण प्रतिभा के धनी जॉन रेनडोल्फ ने एक बार कांग्रेस में कहा, "मि. स्पीकर मैंने दार्शनिक पत्थर की खोज कर ली है, आप जब वहाँ जाएँ, तब भुगतान करें। यह कहीं-न-कहीं किसी दार्शनिक के पत्थर के करीब है, जहाँ तक अभी कोई रसायनज्ञ नहीं गया है।"

आप जो भी करें, अपनी पूरी ताकत से करें

इस पर काम करें, अगर जरूरी लगे तो जल्दी या फिर थोड़ी देर में, किसी एक मौसम में या उस मौसम के बाद, किसी घंटे की परवाह किए बिना वह काम अभी किया जा सकता है। यह पुरानी कहावत सच्चाई एवं अर्थ से भरी हुई है, "कोई भी काम, जो करने लायक है, वह अच्छा करने के लायक है।" कई लोग अपना व्यवसाय अच्छे से करके अपना भाग्य बना लेते हैं, वहीं उनके पड़ोसी जिंदगी भर गरीब रह जाते हैं, क्योंकि वह अपना काम आधा ही करते हैं। किसी काम को करने

के लिए उद्देश्य, ऊर्जा, उद्यम, लगातार करने की कोशिश आवश्यक तत्त्व हैं, जो किसी व्यवसाय को सफल बनाते हैं।

किस्मत भी बहादुर व्यक्ति का ही साथ देती है और ऐसे लोगों की कभी मदद नहीं करती, जो अपनी मदद स्वयं नहीं करते। मि. माइकबर की तरह किसी को 'टाइम अप' कहकर समय बिताने का इंतजार नहीं करना चाहिए। ऐसे लोगों की जिंदगी में कुछ चीजें बदल जाती हैं, जैसे गरीब घर या जेल। फालतू बैठे रहने से बुरी आदतें पनपती हैं और फिर लोग फटे-पुराने कपड़े पहनने लगते हैं। फालतू बिना मकसद के घूमनेवाला गरीब, एक अमीर व्यक्ति को खर्चीला ही कहेगा।

"मैंने यह पाया है कि इस दुनिया में हम सबके लिए बहुत पैसा है, अगर उसे बराबर-बराबर बाँट दिया जाए, तो हम सब साथ में खुश रहेंगे।"

लेकिन प्रतिक्रिया थी, "अगर हर कोई आपकी तरह हो, तो यह पैसा तो दो महीने में ही खर्च हो जाए, तो फिर आप क्या करोगे?"

"फिर उसे बाँट देंगे, उसे हमेशा बाँटते रहेंगे।"

मैं हाल ही में एक लंदन पेपर में दरिद्र दार्शनिक के अकाउंट के बारे में पढ़ रहा था, जिसे उसके बोर्डिंग हाउस से इसलिए निकाल दिया गया था, क्योंकि वह अपने बिल का भुगतान नहीं कर पाया था, पर उसके कोट की जेब में पेपर के रोल लटक रहे थे, जाँच-पड़ताल पर पता चला कि बिना किसी एक पैसे की मदद के वे इंग्लैंड के राष्ट्रीय कर्ज का भुगतान करेंगे।

लोगों को ऐसा करना है, क्योंकि क्रॉमवेल ने ऐसा कहा है, "अपने प्रोविडेंस पर विश्वास करें। अपने हिस्से का काम करें, नहीं तो आप सफल नहीं होंगे। एक बार रेगिस्तान में रात बिताने के समय मोहम्मद ने अपने थके हुए अनुयायियों के मुख से एक बात सुनी, मैं अपना ऊँट खो सकता हूँ, पर पैगंबर पर विश्वास बनाए रखूँगा। पैंगबर ने कहा, नहीं-नहीं, ऐसे नहीं। पहले अपने ऊँट को बाँध दो, फिर पैंगबर पर विश्वास रखो।" आप अपने लिए जो कर सकते हो, वह जरूर करें और फिर प्रोविडेंस पर, भाग्य पर या आप उसे जो भी कहते हैं, उस पर विश्वास रखें।

अपने बिजनेस से कभी ऊपर न जाएँ

युवा लोग जब अपनी बिजनेस ट्रेनिंग में पास हो जाते हैं या एप्रेंटिशिप कर लेते हैं तो उसका इस्तेमाल अपने धंधे में करने एवं आगे बढ़ने की बजाय वे झूठ कह देते हैं कि वे कुछ नहीं कर रहे। वे कहते हैं, "मैंने धंधा करना सीख लिया है, पर मैं कोई मजदूर नहीं बनूँगा। मेरा व्यवसाय या धंधा सीखने का क्या फायदा, अगर मैं स्वयं को ही स्थापित नहीं कर पाया?"

"क्या आपके पास काम शुरू करने के लिए पूँजी है?"

"नहीं। अभी तो नहीं है, पर हो जाएगी।"

"आपको वह पूँजी कैसे मिलेगी?"

"मैं आपको यह बात अकेले में बताऊँगा। मेरी एक अमीर आंटी है और वह जल्द ही मरनेवाली हैं, पर अगर वह नहीं मरी, तो मैं एक अमीर बूढ़े व्यक्ति को ढूँढ़ लूँगा, जो मुझे काम शुरू करने के लिए कुछ हजार डॉलर दे देंगे। अगर मुझे इतने पैसे मिल जाएँगे, तभी मैं सही से काम कर पाऊँगा।"

इस बात से ज्यादा बड़ी गलती कुछ हो ही नहीं सकती कि वह युवक उधार के पैसों से धंधे में सफल हो जाएगा। क्यों? वह इसलिए कि हर आदमी का अनुभव मि. जॉन जैकब एस्टर की तरह होता है, जिन्होंने कहा कि उनके लिए पहले कुछ हजार डॉलर जमा करना बहुत मुश्किल हो गया था, फिर उसके बाद उन्होंने लाखों डॉलर का बड़ा साम्राज्य स्थापित किया। उन पैसों की आपके लिए कोई कीमत ही नहीं है, अगर आपने वे अपने अनुभव से न कमाए हों। किसी लड़के को आप बीस हजार डॉलर दे दीजिए तथा एक साल और उम्र बढ़ने से पहले वह सारे पैसे गँवा देगा। जैसे लॉटरी में पैसे खर्च करना और फिर पुरस्कार पाना। उसके लिए तो पैसा आनी-जानी चीज है। उसे उस पैसे की कीमत पता ही नहीं है। जब तक किसी काम को करने की कोशिश न की जाए, तब तक उस काम की कोई कीमत ही नहीं है। बिना अपने आप को रोके और एक अर्थव्यवस्था के, धैर्य एवं गंभीरता के, अगर आपने वह पैसा, जो स्वयं न कमाया हो, उसे वापस जमा करने में आप सफल नहीं हो पाते। युवा लोगों को अपनी पुश्तैनी संपत्ति पाने का इंतजार करने से अच्छा स्वयं कुछ काम करना चाहिए, क्योंकि ऐसे लोगों की कोई श्रेणी नहीं होती, जो अपने घर के अमीर बूढ़ों के मरने के संबंध में सोचते हैं। इस मामले में उनके वारिस उम्मीदवार ज्यादा भाग्यशाली होते हैं। आज हमारे देश में दस में से नौ अमीर लोगों ने अपनी जिंदगी गरीब लड़कों की तरह बिताई। वे अपनी दृढ इच्छाशक्ति, उद्यम, निष्ठा, कम खर्चने की आदत और अच्छी आदतों के कारण यह सब जमा कर पाए। वे धीरे-धीरे आगे बढ़े, स्वयं अपने लिए पैसे कमाए और उसमें से बचत भी की, अपनी किस्मत बनाने के लिए यह एक अच्छा तरीका है। स्टीफन गिरार्ड ने अपनी जिंदगी एक गरीब केबिन बॉय के रूप में शुरू की थी, अब वह प्रति वर्ष पंद्रह लाख डॉलर की आय पर टैक्स अदा करते हैं। जॉन जैकब एस्टर एक गरीब किसान थे और अपने पीछे बीस लाख डॉलर छोड़कर मरे। कॉरनेलियस वेंडरबिल्ट ने अपनी जिंदगी स्टेटन द्वीप से न्यूयॉर्क तक नाव खेने से शुरू की थी, अब आज उनके पास दस लाख डॉलर के स्टीमर हैं और वह स्वयं पचास लाख डॉलर के स्वामी हैं।

अपनी शक्तियों का बिखराव मत करें

एक ही तरह के बिजनेस से जुड़े रहें और उसे सफल होने तक पूरी निष्ठा के साथ तब तक करें, जब तक आप उसे छोड़ना न चाहें। अगर एक कील पर लगातार मारते रहेंगे तो एक दिन वह घर की दीवार में टँग जाएगी। जब किसी एक व्यक्ति का ध्यान किसी चीज पर लगा हुआ होता है, तो उसका दिमाग मूल्य के सुधार देता रहता है, वहीं अगर उसके दिमाग में दर्जनों विभिन्न चीजों ने कब्जा कर लिया तो उसका ध्यान अपने मुख्य बिंदु से हट जाएगा। बहुत सारे लोगों की उँगलियों से भाग्य इसी प्रकार फिसलता चला जाता है, क्योंकि वे एक ही समय में बहुत सारे धंधों में एक साथ लग जाते हैं। पुरानी कहावतों में बड़ा दम है, वे चेताती हैं कि एक बार में सारा लोहा आग में नहीं डालना चाहिए।

बाहर के ऑपरेशन से बचें

हमने कई बार ऐसा भी देखा है कि लोगों की किस्मत कैसे बदल जाती है और अचानक वे गरीब हो जाते हैं। अधिकांश मामलों में यह समस्या नशाखोरी, यहाँ तक कि गेमिंग एवं अन्य बुरी आदतों से शुरू होती है। अधिकांशतः यह तब शुरू होती है, जब कोई व्यक्ति बाहर के किसी कामों में लगा होता है। जब वह अपने सही धंधे में अमीर हो जाता है, उससे बहुत ज्यादा की उम्मीद होती है, जहाँ वह कई सैकड़ों कमा सकता है। उसके दोस्त लगातार उसकी चमचागिरी करते हैं, जो उसे हमेशा कहते हैं कि वह बहुत अच्छे भाग्य के साथ पैदा हुआ है, वह जिस भी चीज को छूता है, वह सोना बन जाती है। अब अगर वह अपनी आर्थिक आदतों, अपने आचरण को सायरन की आवाज की तरह सुनता रहेगा तो वह अपने बिजनेस पर ध्यान दे पाएगा, जिस कारण उसको इतनी सफलता मिली है। वह कहता है, "मैं अपने काम में बीस हजार डॉलर लगाऊँगा। मैं बहुत भाग्यवान हूँ और मेरी अच्छी किस्मत से यह पैसा साठ हजार डॉलर में बदल जाएगा।"

कुछ दिन बीत जाने के बाद उसे ऐसा लगता है कि उसे दस हजार डॉलर और लगाने चाहिए, जैसे ही उसे इस बार में सही कहा जाता है, पर कुछ मामलों में बीस हजार डॉलर और लगाने की कोई जरूरत ही नहीं होती है, जिससे एक समृद्ध फसल आ सके, पर जब तक इस बात का एहसास होता है, तब तक पानी का बुलबुला फूट जाता है; उसके पास जितना भी होता है, सब चला जाता है और फिर वह पहली बार समझता है कि कोई भी व्यक्ति अपने व्यवसाय में कितना ही सफल क्यों न हो, वह उस बिजनेस से निकलकर किसी एक ऐसे बिजनेस में जाता है, जिसकी उसको

समझ भी नहीं है, तब वह सैमसन की तरह हो जाता है, जिसकी ताकत उसके बालों में थी और एक बार जब उसकी ताकत चली गई तो वह अन्य किसी साधारण व्यक्ति की तरह हो जाता है।

अगर किसी आदमी के पास बहुत ज्यादा पैसा है, तो उसे थोड़ा-थोड़ा हर चीज में निवेश करना चाहिए, जिससे उसे सफलता मिलनी पक्की होती है और इससे मानव समाज का कल्याण भी होता है, पर यही पैसा एक सीमित मात्रा में निवेश करता है, ऐसे में किसी भी व्यक्ति को अपने भाग्य को मूर्खतापूर्वक खतरे में नहीं डालना चाहिए, जिसका उसे कोई अनुभव भी नहीं है, साथ ही उसने कानूनी तरीके से पैसे कमाएँ हैं।

बकवास मत करो

कुछ लोगों में अपने व्यवसाय के रहस्य बताने की बहुत बेवकूफाना आदत होती है। अगर उन्होंने कुछ पैसे कमाए हैं तो वे अपने पड़ोसियों को भी बताना चाहेंगे कि उन्होंने यह कैसे किया। इससे कुछ फायदा तो नहीं होता, पर बहुत कुछ खो जाता है। अपने लाभ, अपनी आशाओं के बारे में, अपनी अपेक्षाओं एवं अपने इरादों के बारे में किसी को भी नहीं बताएँ। यही बात चिट्ठी के लिए भी लागू होती है। गोएथे ने शैतान से कहा, "कभी भी कोई चिट्ठी न लिखें या किसी चिट्ठी को फाड़ें।" व्यावसायियों को चिट्ठी लिखनी चाहिए, पर उन्हें सावधान होकर लिखना चाहिए। अगर आपको हानि हो रही है, तो और सावधान हो जाएँ और किसी को भी नहीं बताएँ, नहीं तो आपकी इज्जत बरबाद हो जाएगी।

अपनी ईमानदारी बचाकर रखें

यह किसी हीरे या रूबी से भी ज्यादा कीमती है। एक वृद्ध कंजूस ने अपने बेटों से कहा, "पैसे लाओ, मगर ईमानदारी से, पर पैसे लाओ।" यह सलाह न केवल बेकार थी, पर यह मूर्खतापूर्ण भी थी। इसके कहने का अर्थ है कि अगर आपको ईमानदारी से पैसा पाने में दिक्कत होती है, तो उसे बेईमानी से आसानी से पाया जा सकता है, उस तरीके से लेकर आओ। अरे बेवकूफ इस दुनिया में सबसे मुश्किल काम बेईमानी से पैसा कमाना है, यह तो बताने की कोई जरूरत नहीं है। हमारी जेलें ऐसे ही लोगों से भरी हुई हैं, जो इस सलाह को मानते हैं। कोई भी व्यक्ति बिना बेईमानी को देखे बेईमान नहीं हो सकता, जब इस सिद्धांत की कमी खोज ली जाती है, तो उसके लिए सफलता के हर रास्ते बंद हो जाते हैं। जनता भी उन लोगों से दूर रहती है, जिनकी ईमानदारी पर शक होता है। अगर कोई व्यक्ति कितना ही सभ्य और अच्छा दिखनेवाला और हर परिस्थिति में मिलकर रहनेवाला हो, अगर उस पर शक हो जाए कि वह दिखावटी

है, तो कोई भी उससे बात करना नहीं चाहेगा। सिर्फ वित्तीय ही नहीं, बल्कि अन्य मुद्दों पर भी जिंदगी में ईमानदारी होनी बहुत जरूरी है। चरित्र की असंगत सत्यनिष्ठा अमूल्य है। यह उसके धारक को भीतर से वह शांति एवं खुशी देता है कि जो पैसों से, किसी मकान या कोई जमीन खरीदकर भी नहीं मिलती। एक व्यक्ति, जो अपनी सख्त ईमानदारी के लिए जाना जाता है, वह गरीब भी हो सकता है, पर उसके पास सभी समुदायों के अपने हल के निवारण का तरीका भी है—अगर उसने यह वादा कर रखा है कि जो पैसे उसने उधार में लिये हैं, उन्हें वापस करेगा तो वह उन लोगों को कभी भी निराश नहीं करेगा। अगर किसी व्यक्ति के पास ईमानदार होने का कोई मकसद नहीं है, तो वह सिर्फ स्वार्थी ही हो सकता है। इस प्रकार, डॉ. फ्रैंकलिन की बात कभी झूठी नहीं जाती कि "ईमानदारी ही सर्वोत्तम नीति है।"

अमीर होने का हमेशा यह अर्थ नहीं कि आप सफल हों। इस दुनिया में कई अमीर-गरीब लोग हैं। इसके अलावा कई ईमानदार एवं सच्चे महिला एवं पुरुष हैं, जिन्होंने अपने पैसों का कभी आडंबर नहीं किया, जैसे अमीर लोग एक हफ्ते में पैसे उड़ा देते हैं। पहले प्रकार के लोग सही में अमीर एवं खुश रहते हैं, वहीं अमीर लोग पाप करके कानूनों का उल्लंघन करते हैं।

इस बात में कोई शक नहीं कि पैसों के लिए असाधारण प्यार 'सारी समस्याओं की जड़ होता है', पर अगर पैसों का सही से इस्तेमाल किया जाए, तो 'यह घर में आसानी से मिल सकता है' तो इससे लोगों का आशीर्वाद भी मिलता है, क्योंकि इससे पैसों का मालिक जीवन में खुशियाँ एवं अपना प्रभाव बढ़ाता है। अगर पैसों का मालिक अपनी जिम्मेदारियाँ समझता है और मानवता के लिए एक दोस्त की तरह उसका इस्तेमाल करता है, तो पैसों की इच्छा करना बहुत ही सार्वभौमिक सत्य है और कोई यह नहीं कह सकता कि यह प्रशंसनीय बात नहीं है।

वाणिज्य के अनुसार पैसे मिलना सभ्यता के इतिहास में शामिल है और जहाँ-जहाँ व्यवसाय फला-फूला है, वहाँ कला एवं विज्ञान ने कई सफल परिणाम प्रदान किए हैं। हालाँकि सामान्य रूप से हमारी पीढ़ी में पैसेवाले संरक्षक भी होते हैं। वृहत् रूप से देखें तो उनके प्रयासों का हमें ऋणी होना चाहिए, जिस कारण हमें कला सीखने, पढ़ाई-लिखाई, कॉलेज एवं धार्मिक संस्थानों में उन अमीर लोगों द्वारा काफी मदद मिलती है। पैसा पाने के लिए या उसकी इच्छा न होने के पीछे कोई विवाद नहीं है, जिस प्रकार एक कंजूस जमाखोरी के लिए ही पैसे जमा करता है, उसका इससे बड़ा कोई मकसद नहीं होता, क्योंकि उनकी मुट्ठी में जो आता हुआ उन्हें दिखता है, वे उसे काबू कर लेना चाहते हैं। जिस प्रकार धर्म से कई पाखंडी लोग जुड़े होते हैं, राजनीति से नेता लोग जुड़े होते हैं, उसी प्रकार जमाखोरों में कुछ लोग कंजूस भी होते हैं। ये

सब सामान्य नियम हैं, पर जब हम इस देश में उपद्रवी एवं कंजूस लोग पाते हैं, तो तब हमें अमेरिका जैसे देश के प्रति कृतज्ञता दिखानी होगी, क्योंकि वहाँ ज्येष्ठ लोगों के लिए कोई विशेष अधिकार नहीं है और कभी-न-कभी ऐसा समय भी आएगा, जब ऐसे उपद्रवी लोग अपने आप मानवता के नाते तितर-बितर हो जाएँगे। इसलिए ऐसे स्त्री-पुरुषों को मैं अपने अंत:करण से कहता हूँ कि पैसा पूरी ईमानदारी से कमाएँ, न कि अन्य किसी तरीके से। शेक्सपियर ने सही कहा था, "जो व्यक्ति पैसा, साधन एवं सामग्री तीनों चीजें चाहते हैं, उन्हें अच्छे दोस्तों के बिना रहना होगा।"

□

"आप एंड्रयू कार्नेज से जो भी सीखना चाह रहे थे, वह 10,00,00,000$ के बराबर है।"

—डॉ. नेपोलियन हिल

2

अपनी इच्छाओं को किस तरह सोने में बदलें?

लंदन में जब लौह एवं स्टील इंडस्ट्री के मालिक एंड्रयू कार्नेज जब बहुत शक्तिशाली थे, तो नेशनल बिजनेस मैगजीन के एक युवा पत्रकार ने उनका साक्षात्कार किया। उस इंटरव्यू के दौरान कार्नेज ने कुछ हल्के से संकेत दिए कि वे अपनी मास्टर पावर का किस प्रकार इस्तेमाल करते हैं, वह एक जादुई नियम है, जिसमें मनोवैज्ञानिक नियम लागू होते हैं, जिससे बहुत चमत्कारिक परिणाम देखने को मिलते हैं।

नेपोलियन हिल ने कार्नेज के सुझाव को बहुत ध्यानपूर्वक सुना और उसे अकेले नियम के बल पर उन्होंने अपनी सारी सफलता की नींव रखी, जिसे हम पैसों, शक्ति, स्थान, इज्जत, प्रभाव या नाम जिस रूप में देखना चाहें, उसे देख सकते हैं।

कार्नेज के क्या राज थे? नेपोलियन हिल ने उसके बाद उसे एक पुस्तक के रूप में छपवाया और वह सफलता के विषय को लेकर पूरे विश्व में सबसे ज्यादा बिकनेवाली पुस्तक बनी। उस पुस्तक के 'थिंक एंड ग्रो रिच' नामक पाठ में कार्नेज के उस जादुई फॉर्मूले की बात की गई है, जो अमीरों से संबंधित है, हालाँकि यह आपको अपनी उन इच्छाओं को पूरी करने में मदद करेगा, जिसके बारे में आप गंभीर हो।

एंड्रयू कार्नेज इतने आश्वस्त थे कि उन्हें लगता था कि स्कूल में जो भी सिखाया जाता है, वह किसी व्यक्ति के लिए किसी मतलब का नहीं है, जिससे वह अपनी आजीविका चला सके या अपने लिए कोई संपत्ति जोड़ सके। उन्हें पूरी तरह से यह लगता था कि अगर यह फॉर्मूला पब्लिक स्कूलों और कॉलेजों में सिखाया जाए, तो यह

सारे शैक्षणिक सिस्टम में परिवर्तन ला सकता है। दुर्भाग्यवश उनकी इच्छाएँ कभी पूरी नहीं हो पाईं, पर हम इन रहस्यों को सफलता के विश्वविद्यालय में शामिल करने में हमेशा गर्व का अनुभव करते हैं। क्या यह आपके लिए काम करेगा? आप ही इसका जवाब दे पाएँगे, यह याद रखें कि आपके दिमाग की कोई सीमा नहीं है, बजाय इसके कि आप उन्हें स्वीकार करें।

जब न्यू जर्सी के ईस्ट ऑरेंज में एडविन सी. बार्नस पचास साल पहले एक फ्राइट ट्रेन से उतरे, तो वे एक पर्यटक की तरह लग रहे थे, पर उनके विचार एक राजा की तरह थे!

वे रेल रोड ट्रैक से होते हुए थॉमस ए. एडिसन के ऑफिस गए, जहाँ एडिसन काम कर रहे थे। उन्होंने स्वयं को एडिसन के सामने पाया। उन्होंने महसूस किया कि वह एडिसन से एक अवसर की माँग कर रहे थे, जिसमें वे अपनी जिंदगी के किसी एक जुनून को करते हुए दिखना चाहते थे और इस तरह वे स्वयं को उस महान् आविष्कारक के सहायक के रूप में देखना चाहते थे।

बार्नेस की यह इच्छा कोई उम्मीद नहीं थी। यह उनकी कोई आशा भी नहीं थी। यह एक उत्सुक इच्छा थी, जो सबकुछ पार कर चुकी थी और यह बात पक्की थी।

कुछ सालों के बाद एडविन सी. बार्नेस फिर से एडिसन के सामने उसी ऑफिस में फिर से आए, जहाँ वह पहले उस आविष्कारक से मिल चुके थे। इस बार उनकी इच्छा सच्चाई में बदल गई। अब वे एडिसन के साथ बिजनेस करने लगे थे। उनकी जिंदगी के सबसे बड़े सपने ने अब मूर्त रूप ले लिया था।

बार्नेस इसलिए सफल हो पाए, क्योंकि उनके उद्देश्य केंद्रित थे और उन्होंने अपनी सारी ऊर्जा, सारी शक्ति, सारे प्रयत्न, सबकुछ उसी उद्देश्य के पीछे वहीं लगा रखे थे।

रिट्रीट करने का कोई तरीका नहीं है

पाँच साल बीतने से पहले वे एक बार अपनी उपस्थिति दर्ज कराना चाहते थे। अन्य लोगों के लिए तो वह एडिसन के बिजनेस व्हील में एक बार मौजूद थे, पर अपने दिलो-दिमाग से जिस दिन वे वहाँ काम करने गए थे, उसी समय से वे हर मिनट एडिसन के पार्टनर थे।

यह एकतरफ केंद्रित इच्छा की बहुत ही सुंदर परिकल्पना थी। बार्नेस इसलिए भी अपने उद्देश्य में सफल हो गए, क्योंकि वे किसी अन्य चीज से ज्यादा एडिसन

के बिजनेस सहायक बनना चाहते थे। उन्होंने एक प्लान तैयार किया, जिससे वे अपने उद्देश्य को पाने में सफल हो पाएँ। उन्होंने इस चीज के लिए सारी दूरियाँ तय कीं। वे अपने उद्देश्य पर तब तक काबिज रहे, जब तक वह उनकी जिंदगी का जुनून न बन गया और अंततः वह सच्चाई बन गया।

जब वह ईस्ट ऑरेंज गए तो उन्होंने अपने आप से यह नहीं कहा कि, "मैं एडिसन को मुझे किसी प्रकार का काम देने के लिए मनाऊँगा।" उन्होंने कहा, "मैं एडिसन से मिलूँगा और उनके ध्यान में यह बात डालूँगा कि मैं यहाँ उनके साथ बिजनेस करने आया हूँ।"

उन्होंने यह नहीं कहा, "मैं अगर एडिसन के संगठन में जो कुछ चाहता हूँ, वह पाने में असफल रहा तो मैं अन्य किसी अवसर के लिए भी अपनी आँखें खुली रखूँगा।" उन्होंने कहा, "इस दुनिया में एक चीज है, जिसे करने के लिए मैं प्रतिबद्ध हूँ और वह है कि मैं थॉमस ए. एडिसन के साथ बिजनेस करूँगा। मैं अपने पीछे की सारी बाधाओं को पार करूँगा और अपने भविष्य को अपनी क्षमताओं का सहारा देकर जो पाना चाहता हूँ, वह पाऊँगा।"

उन्होंने स्वयं को रिट्रीट का कोई अवसर नहीं दिया। उन्हें या तो जीतना था या नष्ट हो जाना था।

यह समग्र रूप से बारनेस की सफलता की कहानी है।

उन्होंने अपनी नावें जला दीं

बहुत साल पहले एक योद्धा को एक ऐसी स्थिति से गुजरना पड़ा, जिसके तहत उन्हें एक निर्णय लेना जरूरी हो गया था, जिससे युद्धक्षेत्र में उनकी सफलता निश्चित थी। वह उस शक्तिशाली दुश्मन के विरुद्ध अपनी सेना भेजने ही वाला था और उसके लोग संख्या में अधिक थे। उसने अपने सैनिकों को नाव पर चढ़ाया और दुश्मन देश की ओर भेज दिया और फिर वहाँ सैनिकों एवं उनके शस्त्रों को नीचे उतारा, साथ में उसने यह आदेश दिया कि वह अपनी उन नावों में आग लगा दें, जिसमें चढ़कर वे वहाँ पहुँचे थे। पहले युद्ध में जाने से पूर्व उन्होंने अपने लोगों को कहा, "आप उन नावों को देख रहे हैं, जिसमें आग लग गई है। इसका अर्थ यह है कि हम जिंदा रहकर इन किनारों को तब तक नहीं छोड़ सकते, जब तक हम जीत न जाएँ! अब हमारे पास कोई विकल्प नहीं है, तो जीतें या नष्ट हो जाएँ।"

वे जीत गए।

कोई भी व्यक्ति, जो किसी अंडरटेकिंग में जीत जाए, उसे अपने जहाजों को जला देना चाहिए और रिट्रीट के सारे रास्ते बंद कर देने चाहिए। ऐसा करके वह अपने दिमाग

को स्थिर कर जीतने के लिए एकाग्रचित्त हो पाएगा, जो सफलता के लिए जरूरी भी है।

शिकागो फायर के बाद की अगली सुबह, कुछ व्यवसायी स्टेट स्ट्रीट में खड़े हो गए और उस आग के बाद बची-खुची चीजों से धुआँ निकलते हुए देखने लगे, जो कल तक उनके स्टोर हुआ करते थे। वे आपस में एक कॉन्फ्रेंस कर यह निर्णय ले रहे थे कि वे फिर से स्टोर बनाएँ या शिकागो छोड़ दें और नए देश में एक नया भाग बनाएँ। वे सब शिकागो छोड़ने की बात के अलावा हर बात पर एकमत निर्णय ले चुके थे।

एक व्यवसायी, जिसने वहीं रहकर फिर से पुनर्निर्माण करने की बात की, ने उनकी दुकानों के बचे-खुचे हिस्सों को लेकर एक प्रश्न उठाया, "सज्जनो, इसी जगह पर मैं दुनिया के सबसे बड़े स्टोर का निर्माण करूँगा, चाहे उसे कितनी ही बार जलाया क्यों न जाए।"

यह बात एक शताब्दी पुरानी है। वह स्टोर बना। वह आज भी वहाँ पर एक स्मारक के रूप में खड़ा है, जो दिमागी शक्ति का प्रतीक है और उसे प्रज्वलित इच्छाओं के नाम से जाना जाता है। मार्शल फील्ड के लिए वह सबसे आसान काम होता, जो उनके साथियों ने किया। जिस समय रास्ते कठिन थे और भविष्य भी धुँधला दिख रहा था, वे आगे उस रास्ते की ओर बढ़ गए, जहाँ जाने में आसानी दिख रही थी।

मार्शल फील्ड एवं अन्य व्यवसायियों के बीच के इस अंतर को अच्छी तरीके से चिह्नित करें, क्योंकि यह वही अंतर है, जो व्यावहारिक रूप उन सभी लोगों से अलग है, जो असफल हो जाते हैं।

हर इनसान, जो पैसे के उद्देश्य की चाहत रखता है, वह उस समझ की उम्र तक पहुँच जाता है। सिर्फ सोचने से अमीर नहीं बन जाते, पर एक उद्देश्य के साथ उसमें लगकर उसे अपना जुनून बना लेना, फिर उसके लिए एक निश्चित योजना बनाना और फिर उसे पाना और फिर लगातार उन उद्देश्यों के पीछे लगकर उन्हें सहारा देना, जिस कारण वह कभी असफलता का मुँह न देख पाएँ, उन्हें अमीर बना देता है।

छह तरीके जिनसे आपकी इच्छाएँ सोने में परिवर्तित हो जाएँ

जिन तरीकों से अमीर बनने की इच्छा को वित्तीय रूप में परिणत किया जा सकता है, उसके छह निश्चित व व्यावहारिक तरीके हैं—

1. जितने पैसों की आप इच्छा कर रहे हैं, अपने दिमाग में उतना पैसा फिक्स कर लीजिए। ऐसा कभी भी न कहें, इतना पैसा पूरा नहीं पड़ रहा, बल्कि कहें, 'मुझे बहुत सारे पैसे चाहिए।' अपनी राशि को निश्चित करें।
2. यह भी सुनिश्चित कर लीजिए कि जितने पैसे आपको चाहिए, उसके बदले आप क्या देने को तैयार हैं। (ऐसा कोई वास्तविकता नहीं कि 'कुछ भी नहीं।')

3. अपने लिए वह तारीख भी सुनिश्चित कर लें कि जब आपको वह मनचाही राशि चाहिए।
4. अपनी इच्छाओं के लिए एक नियत प्लान बनाएँ और एक बार जब शुरू हो जाएँ, तो फिर बाद में आप तैयार हों या न हों, तो इस प्लान को करने में लग जाएँ।
5. किसी जगह पर साफ तरीके से, एक पुष्ट स्टेटमेंट तैयार कीजिए कि आपको कितने पैसे चाहिए, उसे पाने की समय-सीमा लिखें, उन पैसों के बदले आप क्या देंगे, वह लिखें और साफ तरीके से अपना प्लान लिखें, जिसके जरिये आप पैसा जमा करना चाहते हैं।
6. अपने लिखित स्टेटमेंट को जोर से दो बार पढ़ें, एक बार सुबह उठने के बाद और एक बार सोने से ठीक पहले। आप जब-जब उसे देखेंगे और पढ़ेंगे तो हर बार आपको विश्वास होता रहेगा कि आप पैसा कमाने की तैयारी में लगे हुए हैं।

यह जरूरी है कि आप इन छह निर्देशों का पालन करते रहेंगे। यह इसलिए भी जरूरी है कि आप उन निर्देशों को देखें और खासकर छठे निर्देश का अवश्य पालन करें। आप यह शिकायत कर सकते हैं कि "पैसों को वास्तव में अपने पास देखना" असंभव है। फिर एक प्रज्वलित इच्छा आपकी मदद के लिए सामने आएगी। आपको पैसों की जितनी जरूरत है, वह आपके जुनून से पता चलती है, आपको स्वयं को यह बताने में, समझाने में कोई मुश्किल नहीं होगी कि आप इसे पा सकते हैं। आपका उद्देश्य पैसा पाना है और उसे पाने के लिए लगन लगाकर काम करते हुए आपको स्वयं को यह समझाना होगा कि आप उसे पा जाएँगे।

10,00,00,000$ के बराबर के नियम

गैर-अनुभवी लोग जहाँ मानव मस्तिष्क में कामकाजी सिद्धांतों के बारे में कुछ नहीं जानते, यह निर्देश बहुत ही अव्यावहारिक हो सकता है। वह उन लोगों के लिए सहायक हो सकता है, जो उन छह नियमों की मजबूती को समझ नहीं पाए और जो जानकारी वे लेना चाहते हैं, वह एंड्रयू कार्नेज से लेना चाहते हैं, जिन्होंने स्टील मिल में एक साधारण मजदूर की तरह काम किया और इतनी विनम्र शुरुआत के बाद, अपने सिद्धांतों के जरिये करीब एक सौ मिलियन डॉलर के मुनाफे का साम्राज्य स्थापित किया।

इस बात से और मदद मिल सकती है कि इन छह नियमों के जरिये, जो थॉमस ए. एडिसन ने बनाए थे और जिनकी उन्होंने स्वयं स्वीकृति दी थी, न सिर्फ पैसा बनाने के महत्त्वपूर्ण कदम हैं, बल्कि किसी उद्देश्य को पाने के लिए भी आवश्यक हैं।

इस काम को करने के लिए किसी 'खास मेहनत' की जरूरत नहीं पड़ती। वे किसी त्याग के लिए भी नहीं कहते। वे एकदम भी नहीं चाहते कि कोई भी व्यक्ति इसके लिए हास्यास्पद या भरोसेमंद बने। इसको लागू करने के लिए किसी खास शिक्षा की भी जरूरत नहीं होती, पर इन छह नियमों के इस एप्लीकेशन को सफलतापूर्वक लागू करने के लिए एक अच्छी कल्पना की जरूरत होती है, जिससे कोई यह देखकर समझ सके कि पैसा जमा करने के लिए किसी प्रकार का कोई तरीका, अच्छी किस्मत या भाग्य काम आ जाए। एक बात सबको समझ जानी चाहिए कि जिन भी लोगों ने बड़े-बड़े व्यवसाय स्थापित किए हैं, उन्होंने कभी-न-कभी पहले कुछ सपने देखे होंगे, उनकी कुछ आशाएँ होंगी, कुछ चाहत होगी और कुछ प्लान करने से पहले पैसे जमा किए होंगे।

आप भी यही सारी बातें यहाँ जान सकते हैं। आप तब तक बहुत ज्यादा धनवान नहीं हो सकते, जब तक आप खुद के लिए काम नहीं करेंगे और आपके अंदर पैसे की भूख नहीं होगी। अगर आप खुद पर भरोसा रखेंगे तो आप सबकुछ पा सकते हैं।

बड़े सपनों से आप धनवान बन सकते हैं

हम सब लोग, जो अमीर बनने की रेस में भाग रहे हैं, उन्हें यह जानने के लिए प्रोत्साहित किया जाना चाहिए कि इस बदलती दुनिया में जहाँ हम रह रहे हैं, वहाँ नए विचारों की, काम को नए ढंग से करने की, नए नेताओं की, नए आविष्कारों, पढ़ाई कराने के नए ढंग की, मार्केटिंग के नए ढंग की, नई किताबों की, नए साहित्य की, टेलिविजन के लिए नए फीचर की, फिल्मों के लिए नए आइडिया की जरूरत होती है। इन नए एवं बेहतर चीजों की माँग के पीछे, एक ऐसी गुण की जरूरत होती है, जिसे हर किसी को जीतने के लिए इस्तेमाल करना चाहिए, इससे आपके उद्देश्य की निश्चितता भी पूरी होगी और आप जिस चीज का ज्ञान पाना चाहते हैं, उसके लिए एक हमेशा सीखने की चाह मन में बनी रहनी चाहिए।

जो लोग भी धन-संपदा जमा करना चाहे हैं, उन्हें हमेशा यह याद रखना चाहिए कि इस दुनिया के असली नेता वे लोग रहे हैं, जिन्होंने असंभव को संभव बनाने की कोशिश की है, अदृश्य एवं अजनमे अवसरों को करके दिखाया है और उन शक्तियों को (विचार की उन शक्तियों को) गगनचुंबी इमारतों, शहरों, फैक्टरियों, हवाई जहाज, ऑटोमोबाइल और ऐसी हर सुविधाजनक चीजों में परिणत करने की कोशिश की है, जिससे जिंदगी और सुविधाजनक बने।

अमीर बनने की अपनी योजना में, कोई भी आपके सपनों को प्रभावित नहीं करेगा। इस बदलती हुई दुनिया में बड़ा करने के लिए आपको पहले के महान् प्रणेताओं

से प्रेरणा लेनी होगी, जिनके सपनों ने सभ्यता को वह सारे मूल्य दिए, वह आज हमारे देश के जीवन के रूप में कार्य कर रही है और आप एवं मैं इन अवसरों के जरिये अपनी प्रतिभा को विकसित एवं उसकी मार्केटिंग कर पाएँ।

जो काम आप करना चाहते हैं, वह सही है और आपको उस पर विश्वास है, तो आगे बढ़िए और करें। अपने सपनों को आगे करें और यह नहीं देखें कि कभी असफलता मिलने पर 'वे' लोग क्या कहेंगे, हो सकता है 'उन्हें' यह पता ही नहीं होगा कि हर असफलता अपने साथ सफलता के बीज भी बोती है।

राइट ब्रदर्स ने एक ऐसी मशीन का सपना देखा था, जो हवा में उड़ सके। अब दुनिया में हर कोई यह सबूत देख सकता है कि उन्होंने कितनी अच्छी तरह यह सपना देखा होगा।

मारकोनी ने ईथर की शक्तियों का उपयोग करने की प्रणाली का एक सपना देखा था। इस बात के भी सबूत हैं कि उनका यह सपना बेकार नहीं गया और आज वह पूरी दुनिया में रेडियो एवं टी.वी. के रूप में मौजूद है। आप यह जानकर अचंभित होंगे, जब मारकोनी ने इस बात की घोषणा की कि उन्होंने उस सिद्धांत का आविष्कार कर लिया है, जिससे वह बिना हवा के तारों की मदद से अन्य भौतिक साधनों की सहायता के बिना संप्रेषण के किसी भी सीधे तरीके से संदेश भेज सकते हैं, इस पर मारकोनी के दोस्तों ने उन्हें पकड़कर उनकी एक मनोवैज्ञानिक अस्पताल में जाँच भी कराई थी। आज के स्वप्नदृष्टा बहुत कुछ सोच सकते हैं।

यह दुनिया आज बहुत सारे अवसरों से भरी हुई है, जो अतीत में सपने देखनेवालों के पास नहीं थे।

वे अपनी इच्छाओं को सपने के पीछे रखते हैं

किसी काम के होने एवं उसे करने की ज्वलंत इच्छा वह शुरुआत बिंदु है, जहाँ से सपने देखना बंद कर देना चाहिए। सपने कभी भी उदासीनता, महत्त्वाकांक्षी की कमी या आलस्य से पूरे नहीं होते।

हमेशा यह याद रखें कि जिंदगी में जो लोग भी सफल हुए हैं, उनकी भी एक बुरी शुरुआत रही है और वे यहाँ तक पहुँचने से पहले दिल तोड़ देनेवाले संघर्षों से होकर गुजरे हैं। जो लोग सफल हो जाते हैं, उन व्यक्तियों की जिंदगी में टर्निंग पॉइंट तब आता है, जब वे किसी मुसीबत से होकर गुजरते हैं, जिस कारण उनका स्वयं से परिचय होता है।

अंग्रेजी की सर्वश्रेष्ठ किताबों में एक 'पिलग्रिम प्रोग्रेस' जॉन बनयन ने लिखी है, जब वे जेल में थे और उन्हें धर्म के मुद्दे पर अपनी राय रखने के कारण सजा मिली थी।

ओ. हेनरी ने उस प्रतिभा की खोज की, जो उनके दिमाग में सोई हुई थी और जिससे वे तब दुर्घटनावश मिले थे, जब वे ओहियो के कोलंबस में जेल की सेल में बंद थे। दुर्भाग्य से अपने एक 'अन्य स्वरूप' से उन्हें परिचित होने का मौका मिला और वे अपनी कल्पना का उपयोग करने के लिए मजबूर हो गए, जिस कारण एक बहिष्कृत दु:खी अपराधी की बजाय वे स्वयं को एक महान् लेखक के रूप में खोज पाए।

चार्ल्स डिकेन्स ने अपने जीवन की शुरुआत काले पॉट्स में लेबल चिपकाकर की। अपने पहले प्यार से छूटने का गम उनकी आत्मा को झकझोर गया और फलतः वे दुनिया के सबसे बड़े लेखक के रूप में पहचाने जाने लगे। उस ट्रेंजेडी के पहले परिणामस्वरूप उन्होंने डेविड कॉपरफील्ड लिखी, फिर उसके बाद उन्होंने अन्य कई किताबें लिखीं और वे दुनिया को पढ़ने के लिए बेहतर साहित्य दे पाए।

हेलेन केलर अपने जन्म के थोड़ी देर बाद ही गूँगी, बहरी एवं नेत्रहीन हो गई थीं। अपने इस दुर्भाग्य के बावजूद उन्होंने इतिहास के पन्नों में अपने नाम की एक अमिट छाप छोड़ी। उनकी पूरी जिंदगी एक साक्ष्य के रूप में है कि *कोई भी व्यक्ति तब तक हार नहीं सकता, जब तक वह इस हार को एक स्वीकार न कर ले।*

रॉबर्ट बर्न्स एक अनपढ़ व्यक्ति थे। वे गरीबी से अभिशप्त थे और वे एक शराबी होने के लिए बड़े हुए। यह दुनिया उनके रहने के लिए बेहतर होती गई, क्योंकि उन्होंने अपनी कविताओं को विचारों का सुंदर अमलीजामा पहनाया और अपनी जिंदगी में रखे काँटों की जगह सुंदर गुलाब के फूल उगाए।

बिथोवन बहरे थे, मिल्टन नेत्रहीन थे और उनके नाम हमेशा के लिए इतिहास के पन्नों में अंकित हो गए, क्योंकि उन्होंने जो भी सपने देखे, उन सपनों को उन्होंने असलियत में अपने काम एवं विचारों के जरिये तब्दील किया।

किसी चीज की कामना करना और उसे पाने के लिए तैयार रहना एक अलग बात है। कोई भी किसी काम के लिए तुरंत तैयार नहीं हो जाता, जब तक उसे विश्वास न हो कि वह उसे प्राप्त नहीं कर लेता। हमारे दिमाग में विश्वास का होना जरूरी है, सिर्फ उसके लिए उम्मीद पालना एवं लालसा रखने से काम नहीं चलता। किसी भी विचार के लिए स्वतंत्र दिमाग का होना जरूरी है। बंद दिमागवाले विश्वास, उत्साह या किन्हीं भी मान्यताओं से प्रेरित नहीं होते।

यह याद रखें कि जिंदगी में दु:ख एवं गरीबी को मान लेने की आवश्यकता के अलावा ऊँचे लक्ष्य रखने, समृद्धि एवं बहुतायत की माँग करने के लिए किसी अन्य प्रयास की आवश्यकता नहीं है। एक महान् कवि ने अपनी कविता के जरिये इस सार्वभौमिक सत्य को सही से बताने की कोशिश की है।

मैंने जिंदगी के साथ एक सिक्के का समझौता किया,
जिंदगी ने मुझे ज्यादा नहीं दिया,
जब मैंने अपनी छोटी सी दुकान में गिनती की,
मैंने शाम को जिंदगी से कुछ माँगा।
जिंदगी एक मालिक की तरह है,
वह माँगने पर ही देती है,
पर जब एक बार आपने अपनी मजदूरी तय कर ली,
तो आप काम क्या करोगे।
मैंने एक सेवक के लिए भी काम किया,
सिर्फ सीखने के लिए, पर निराशा ही हाथ लगी,
मैंने जिंदगी से जो भी मजदूरी माँगी,
जीवन ने मनचाहा भुगतान किया होता।

इच्छाओं से 'असंभव' भी संभव है

एक क्लाइमेक्स के रूप में, मैं आपको ऐसे अनोखे लोगों से मिलाना चाहता हूँ, जिन्हें मैं जानता हूँ। मैं उसे पैदा होने के थोड़ी देर के बाद ही मिला था। वह इस दुनिया में बिना कान के आया था और डॉक्टर से इस संबंध में अपने विचार देने को कहा गया तो उन्होंने स्वीकारा कि वह बच्चा जिंदगी भर के लिए बहरा एवं गूँगा होगा।

मैंने डॉक्टर के इस विचार को चैलेंज किया। मुझे ऐसा करने का पूरा अधिकार था, क्योंकि मैं उस बच्चे का बाप हूँ। मैं भी एक निष्कर्ष पर पहुँचा और अपने विचार सामने रखे, पर मैंने बहुत धीमे से अपनी ये बातें छुपकर अपने दिल में ही रखीं।

मेरे दिमाग में यह बात पक्की थी कि मेरा बेटा सुन एवं बोल दोनों पाएगा, पर कैसे? मुझे पक्का पता था कि इसका एक तरीका होगा और मुझे पता था कि मैं वह तरीका पा ही लूँगा। मुझे इमर्सन के वे बोल याद आ गए। 'इन सारी चीजों से' जीवन में विश्वास तो आता ही है। हमें सिर्फ उन नियमों का पालन करना होता है। "इससे हम सबको एक सबक भी मिलता है और धीरे-धीरे सीखने को भी मिलता है, फिर हम धीरे-धीरे सही शब्द सुनने लगते हैं।"

सही शब्द? इच्छा। किसी अन्य चीज की अपेक्षा मैंने यह चाहा कि मेरा बेटा जिंदगी भर के लिए गूँगा-बहरा न रहे। इस इच्छा की पूर्ति के लिए मैंने कभी भी कोई कमी नहीं की, एक सेकंड के लिए भी नहीं।

मुझे उसके लिए क्या करना चाहिए? यह बात मुझे किसी एक जरिये से अपने बच्चे के दिमाग में भी डालनी थी कि वह भी अपनी इच्छाओं को किसी भी तरह जाग्रत्

करे, जिससे किसी एक तरीके से उसके दिमाग में ध्वनि की लहर बिना कानों के पहुँचे।

जैसे ही मेरा बेटा मेरे साथ कॉपरेट करने लगेगा, मैं उसके दिमाग में उन इच्छाओं को डालने लगूँगा, जिससे प्रकृति अपने ही तरह से उसे एक सच्चाई के रूप में परिणत करेगी।

ये सारी बातें मेरे दिमाग में चल रही थी, पर मैंने इन्हें किसी से नहीं कहा। हर दिन मैंने अपनी वादे को और ठीक किया और खुद के लिए यह बात सुनिश्चित कर ली कि मेरा बेटा कभी भी गूँगा–बहरा बनकर नहीं रहेगा।

वह जैसे–जैसे बड़ा होता गया और अपने आसपास की चीजों को पहचानने लगा, तो हमने यह गौर किया कि वह थोड़ा–बहुत सुन सकता है। जिस समय वह उस उम्र में पहुँचा, जब बच्चे बोलने लगते हैं तो उसने बोलने की कोई कोशिश ही नहीं की और वह अपने एक्शंस से वे सारी बातें बताने लगा, जिसे वह कभी–कभार हल्का–फुल्का सुन पाता था। मैं सिर्फ यही जानना चाहता था। मैं इस बात से सुनिश्चित हो चुका था कि अगर वह थोड़ा भी सुन सकता है, तो वह इससे भी ज्यादा सुनने की क्षमता रख सकता है। फिर कुछ ऐसा हुआ, जिससे मेरी आशाएँ और बढ़ गईं। यह एक अप्रत्याशित स्रोत से आया था।

हमें रास्ता मिल गया

हमने एक फोनोग्राफ खरीदा। जब हमारे बच्चे ने उससे पहली बार संगीत सुना तो उसकी खुशी का ठिकाना न रहा और उस मशीन को तुरंत अपना लिया गया। एक खास मौके पर तो उसने फोनोग्राफ के सामने खड़े होकर अपने दाँतों से उसके ढक्कन का किनारा दबाकर एक रिकॉर्ड को बार-बार दो घंटे तक बजाया। उसकी यह खुद से तैयार की गई यह हरकत हमें कई दिनों तक समझ नहीं आई, फिर जब कई सालों बाद हमने एक बात, जो उससे पहले कभी नहीं सुनी थी, वह है—ध्वनि के 'बोन कंडक्शन का सिद्धांत'।

उसके ठीक बाद उसने फोनोग्राफ को अपना लिया। मैंने यह पाया कि जब मैं अपने होंठों के सहारे उसकी खोपड़ी के नीचे की मास्टोइड हड्डी को छू रहा था, तो तब वह मुझे पहले से काफी अच्छे से सुन पा रहा था।

जब मैं सुनिश्चित हो गया कि वह मेरी आवाज को साधारण तरीके से भी सुन सकता है, तो मैंने तुरंत ही उसके दिमाग का ध्यान बोलने एवं सुनने पर लगाना शुरू किया। मैंने फिर जल्दी ही यह पाया कि उसे रात में सोते समय कहानियाँ सुनने में मजा आने लगा, तो मैं उसके लिए ऐसी कहानियाँ तैयार करने में लग गया, जिससे स्वयं पर विश्वास, काल्पनिकता और सामान्य होने की एवं सुनने के प्रति इच्छा बढ़े।

इसके लिए एक खास कहानी थी, जिसे मैंने हर बार सुनाते समय एक नए अंदाज में पेश किया। ऐसा करके उसके दिमाग में यह विचार डालना था कि उसकी पीड़ा कोई भार नहीं, बल्कि एक बहुमूल्य संपत्ति है। इस दर्शन के बावजूद मैंने यह स्पष्ट रूप से देखा कि हर दु:ख अपने साथ उतना ही लाभ के बीज भी लाता है। मुझे यह स्वीकारना होगा कि किस तरह एक समय का दु:ख हमेशा के लिए संपत्ति बन गया।

उसे कोई भी नहीं रोक सकता

मैंने जब अपने अनुभव का विश्लेषण किया तो मैंने देखा कि मेरा बेटे के मुझमें पनपे विश्वास से आश्चर्यजनक परिणाम के साथ बहुत कुछ करना था। मैंने जो भी उससे कहा, उसने कभी उस बारे में प्रश्न नहीं किया। मैंने उसे यह बात घोंटकर पिला दी थी कि वह अपने बड़े भाई से कई मामलों में बहुत ज्यादा अच्छा है और यह लाभ बहुत तरह से सामने दिखाई देता है, जैसे—स्कूल में शिक्षक यह देखते थे कि उसके कान नहीं हैं और इस कारण उसका स्कूल में विशेष ध्यान रखा जाता है और उसके साथ बहुत नरमी बरती जाती है। उन्होंने हमेशा ही यह किया। मैंने उसके दिमाग में यह बात भी भर दी कि जब वह अखबार बेचने के लायक बड़ा हो जाएगा (उसका बड़ा भाई तब तक अखबार मर्चेंट बन चुका था), तो अपने भाई के मुकाबले उसे कहीं ज्यादा फायदे होंगे, क्योंकि लोग उसे उसके सामान के लिए ज्यादा पैसे देंगे, क्योंकि वे यह देख पाएँगे कि कान नहीं होने के बावजूद वह एक तेज, मेहनती लड़का है।

जब वह सात साल का था, तब उसने इस बात के सबूत देने शुरू किए कि उसके दिमाग की जो भी 'प्रोग्रामिंग' की गई थी, वह अपना असर दिखाने लगी है। कई महीनों तक उसने अखबार बेचने की इच्छा रखी, पर उसकी माँ ने उसके प्रोजेक्ट को अपनी मंजूरी नहीं दी।

धीरे-धीरे उसने चीजें अपने हाथ में लेनी शुरू कर दीं। एक दोपहर जब वह घर में नौकरों के साथ था, वह रसोईघर की खिड़की की तरफ से चढ़ा और बाहर मैदान पर आ गया और अपने आप सेट हो गया। उसने पास के एक मोची से 6 सेंट्स उधार लिये और पेपर में लगा दिए, फिर उन्हें बेचा, उसका पुन:निवेश किया और शाम तक यह काम करता रहा। अपने खाते को मिलाने के बाद और अपने उस बैंकर से उधार लिये हुए 6 सेंट्स को वापस करने के बाद उसे 42 सेंट्स का कुल फायदा हुआ। जब हम रात में घर वापस आए तो हमने उसे बिस्तर में गहरी नींद में सोया पाया और उसने अपनी मुट्ठी को उन सेंट्स से भरकर भींचा हुआ था।

उसकी माँ ने उसका हाथ खोला और उस पर से वे सिक्के हटाए और जोर-जोर से रोने लगी। अपने बेटे की इस जीत पर उनका यह रोना बहुत अच्छा नहीं लगा। मेरा

रिएक्शन एकदम उल्टा था। मैं खूब जोर-जोर से हँसा, क्योंकि मुझे पता था कि उसके दिमाग में यह आत्मविश्वास की बात घर करने का मेरा प्रयास सफल रहा।

उसकी माँ ने उसके पहले बिजनेस काम में यह देखा कि कैसे एक छोटा सा बहरा बच्चा सड़कों पर जाकर अपनी जान की परवाह किए बिना पैसा कमा रहा है। मैंने एक बहादुर, महत्त्वाकांक्षी, स्वयं पर विश्वास करनेवाला एक छोटा व्यवसायी देखा, जिसका अपने ऊपर विश्वास 100 फीसदी बढ़ चुका था, क्योंकि वह इस बिजनेस में अपने प्रयासों के जरिये गया था और उसकी जीत हुई थी। उसके लेन-देन से मुझे प्रसन्नता हुई, क्योंकि मुझे यह पता था कि उसने उपाय कुशलता के सबूत दे दिए थे, जो उसके साथ ताउम्र चलते रहेंगे।

सुनने में सफलता

वह छोटा न सुन सकनेवाला बच्चा अब अपने सारे ग्रेड को पास करता हाई स्कूल और फिर कॉलेज टीचरों को न सुन सकने के बावजूद पार करता रहा, पर कभी-कभी उसके शिक्षकों को बहुत पास से जाकर जोर से चिल्लाना होता था। वह कभी भी बहरों के स्कूल में नहीं गया था। हमने उसे कभी भी साइन लैंग्वेज सीखने नहीं दी। हमने यह सुनिश्चित कर रखा था कि हम लोग एक सामान्य जिंदगी जिएँगे और सामान्य बच्चों के साथ जुड़े रहेंगे और हम अपने इस निर्णय से जुड़े रहे, हालाँकि स्कूल के अधिकारियों के साथ हम इस कारण बहुत बार गरम बहसबाजी का हिस्सा भी बनें।

जब वह हाई स्कूल में था तो उसने एक इलेक्ट्रिकल हियरिंग एड की भी मदद ली, पर उसका कोई मूल्य नहीं था।

कॉलेज में अपने अंतिम सप्ताह के दौरान कुछ ऐसा हुआ, जो हमारी जिंदगी का सबसे महत्त्वपूर्ण हिस्सा बनकर रह गया। पता नहीं किस तरह एक और इलेक्ट्रिकल हियरिंग डिवाइस उसके हाथ लगा, जो उस पर ट्रायल करने के लिए आया हुआ था। पहलेवाले उपकरण की असफलता से मायूस होकर वह बहुत धीमे ही, पर उसे टेस्ट कर रहा था। अंतत: उसने वह उपकरण उठाया और किसी तरह अपने सिर पर रख दिया, उसकी बैटरी लगाई और यूँ हुआ कि ऐसा लगा कि कोई जादू हो गया है और सामान्य तरीके से सुनने की इच्छा इस जिंदगी में संभव हो सकी। अपनी जिंदगी में तब ही उसने पहली बार वैसी ही आवाज सुनी, जैसे कोई सामान्य सुननेवाला सुन सकता है।

अपने हियरिंग एड से अपनी उस दुनिया को बदलता देख, वह खुशी के मारे फूले नहीं समाया, वह टेलीफोन के पास दौड़कर आया और अपनी माँ को फोन किया और उनकी आवाज साफ से सुनी। अगले दिन उसने क्लास में प्रोफेसरों की आवाजें जिंदगी में पहली बार सुनीं। अपनी जिंदगी में पहली बार वह अन्य लोगों के साथ बिना कोई

चीख-चिल्लाहट के खुलकर बात कर पाया। अब सच में वह इस बदली हुई दुनिया के कब्जे में आ गया था।

इच्छाओं ने फल देने शुरू कर दिए थे, पर जीत अभी पूरी नहीं हुई थी। मेरे बेटे को अपनी इस अपंगता को दूर कर आम लोगों के साथ बराबरी का दर्जा दे हमेशा के लिए एक निश्चित एवं प्रैक्टिकल रास्ता तलाश करना था।

वह 'बहरा' लड़का अब अन्य लोगों की मदद करता है

जो कुछ भी उसके साथ हुआ था, उसके महत्त्व को ज्यादा समझे बिना वह लड़का अपनी ध्वनि की नई दुनिया की खोज में उत्साह से भरा था, मारे खुशी के उसने हियरिंग एड के निर्माता को अपना अनुभव लिख डाला। उसके पत्र में कुछ तो ऐसा था, जिस कारण कंपनी ने उसे न्यूयॉर्क बुलाया। जब वह वहाँ पहुँचा तो फैक्टरी में लोग उसकी सुरक्षा के लिए खड़े थे और चीफ इंजीनियर से बात करते हुए उसने बताया कि किस प्रकार उसकी दुनिया ही बदल गई है, जिसे वह एक विचार एवं प्रेरणा के रूप में देख रहा था और उसके दिमाग में जो भी चल रहा था, उसने वह सब कह दिया। उसके विचारों के आवेग से उसके जीवन का यह भार एक संपत्ति के रूप में परिणत हो गया, जिससे उसे आनेवाले समय में पैसों एवं खुशी के रूप में लाभ मिलने लगा।

विचारों के आवेग से उसे यह मिला। वह कई लाखों बहरे लोगों को सहायता प्रदान करना चाहता था, जो जिंदगी को बिना इस उपकरण की मदद से ऐसे ही जी रहे थे, जिसकी मदद से वह उन्हें अपनी बदली हुई जिंदगी की कहानी सुनाना चाहता था।

उस पूरे महीने वह एक गहन शोध करता रहा, जिस बीच उसे यह एहसास हुआ कि इस हियरिंग डिवाइस के निर्माता की पूरी मार्केटिंग टीम ने अपने लिए रास्ते तलाशे, जिससे वे उन सारी दुनिया के उन लोगों की मदद कर सकें, जो सुन नहीं सकते, वे आपस में बातचीत के इस तरीके को एक-दूजे के साथ बाँटें। जब यह हो गया तो अपनी खोज के आधार पर उसने दो साल का अपना प्लान लिखा। जब उसने कंपनी के सामने अपना प्लान रखा, तो उसे अपने सपने पूरे करने के लिए तुरंत कंपनी में एक जगह दे दी गई।

जब वह काम करने गया था, पर उसके सपने छोटे थे, असल में उसे हजारों बहरे लोगों की जिंदगी में आशा की किरण भरनी थी, जोकि उसकी मदद के बिना हमेशा के लिए बहरेपन की दलदल में फँस जाते।

इस बात में कोई शक नहीं कि अगर उसकी माँ और मैं उसके दिमाग को दूसरी तरफ ले जाने में सफल नहीं होते तो वह हमेशा के लिए जिंदगी में गूँगा-बहरा बनकर ही रह जाता।

मैंने जब उसके दिमाग में यह सुनिश्चित कर दिया कि वह बोलेगा एवं सुनेगा दोनों ही और एक सामान्य व्यक्ति की तरह रहेगा, तो एक आवेग के साथ कुछ अजीब प्रभाव पड़ा, जिससे प्रकृति स्वयं ही पुल निर्माता बन गई और बाहरी दुनिया एवं उसके दिमाग के बीच की चुप्पी की खाई अपने आप भर गई।

वास्तव में, अपने भीतर की इच्छा को भौतिक रूप से स्थानांतरित करने के कई तरीके हैं। ब्लेयर ने सामान्य तरीके से सुनने की इच्छा की थी और आज वह सुन सकता है। वह अक्षमता के साथ पैदा हुआ था और वह कम इच्छाएँ रखकर सड़क में कुछ पेंसिल एवं टिन कप के साथ खड़ा हो सकता था।

जब वह छोटा बच्चा था तो उसके दिमाग में 'सफेद झूठ' भरकर मैंने उसे यह विश्वास दिलाने की कोशिश की कि उसकी यह कमी एक दिन उसके लिए एक अमूल्य चीज बन जाएगी, जो अपने आप ही सही साबित हो गई। दुनिया में ऐसे तो कुछ भी सही या गलत नहीं है, पर अपने विश्वास या भीतर की इच्छा से उसे सही बनाया जा सकता है। ये गुण सभी के लिए निःशुल्क हैं।

गायक की इच्छा ने चमत्कार कर दिखाया

एरनेस्टाइन शुमान हेंक नामक एक साधारण सी महिला की एक गायक बनने की यात्रा का एक छोटे से पैरा में वर्णन किया है। मैं उस पैराग्राफ को यहाँ उद्धृत कर रहा हूँ, क्योंकि जिस विचार के बारे में मैं बता रहा हूँ, वह कुछ और नहीं, उनकी इच्छा है।

अपने कॅरियर की शुरुआत में एरनेस्टाइन शुमान हेंक वियना कोर्ट ओपेरा के डाइरेक्टर से मिलीं कि उनके सामने अपनी आवाज टेस्ट कर सकें, पर उन्होंने टेस्ट नहीं किया। उन्होंने उस अजीब सी दिखनेवाली और बहुत ही बेकार से कपड़े पहनी लड़की की तरफ एक बार देखकर आश्चर्य से, बहुत ही बुरी तरीके से कहा कि "ऐसा चेहरा लेकर और बिना किसी व्यक्तित्व के तुमने कैसे सोच लिया कि तुम ओपरा में सफल हो पाओगी? भगवान् के भेजे हुए बच्चे, अपने दिमाग से यह खयाल निकाल दो। एक सिलाई मशीन खरीदो और काम पर जाओ। *तुम कभी भी गायक नहीं बन सकती हो।"*

किसी को नहीं बोलने से उम्मीदों का सफर लंबा हो जाता है। वियना कोर्ट ओपेरा के निदेशक गाने की तकनीक के बारे में बहुत कुछ जानते थे, पर किसी काम को करने के पीछे के जुनून के पीछे की इच्छाशक्ति के बारे में बहुत कुछ नहीं जानते थे। अगर उन्हें उस शक्ति के बारे में थोड़ा और पता होता, तो उन्होंने उस प्रतिभावान गायिका की निंदा करने की गलती नहीं की होती और उसे एक मौका दिया होता।

बहुत साल पहले मेरे बिजनेस सहयोगी बीमार पड़ गए। समय के साथ उनकी स्थिति और बिगड़ती गई और उन्हें ऑपरेशन के लिए अस्पताल में एडमिट करना पड़ा।

डॉक्टर ने मुझे उन्हें फिर से वापस जिंदा देखने के संदर्भ में चेता दिया था, पर वह उस डॉक्टर का विचार था। ऐसा विचार मरीज का एकदम भी नहीं था। उन्हें ऑपरेशन के लिए ले जाने से ठीक पहले उन्होंने धीरे से फुसफुसाकर कहा, "चीफ, परेशान मत हो, मैं कुछ ही दिनों में यहाँ से बाहर आ जाऊँगा।" वहाँ की अटेंडेंट नर्स को मुझ पर बहुत दया आ गई, पर वह मरीज सुरक्षित वापस आ गया। जब सबकुछ खत्म हो गया, उस फिजिशियन ने कहा, "कुछ और नहीं, इनकी जिजीविषा ने इन्हें सुरक्षित रखा। वह मौत के मुँह से कभी वापस ही नहीं आते, अगर उन्होंने मौत की संभावना को मान लिया होता।"

मैं इच्छा की शक्ति को विश्वास का सहारा मानता हूँ, क्योंकि मैंने देखा है कि इस शक्ति से छोटी शुरुआत करके ही आदमी शक्ति एवं संपत्ति पाता है। मैंने देखा है कि यह पीड़ितों की कब्र भी लूट लेता है। मैंने इसे एक ऐसे जरिये के रूप में देखा है, जहाँ एक आदमी अलग-अलग तरीके से हजारों बार हारकर भी फिर से वापस खड़ा होता है, मैंने देखा है कि इससे मेरे बेटे ने एक सामान्य, खुश, सफल जिंदगी जी है, चाहे प्रकृति ने उसे इस दुनिया में बिना कानों के भेजा था।

'दिमागी केमेस्ट्री' के विचित्र एवं शक्तिशाली सिद्धांत के बारे में उसने कभी नहीं बताया। प्रकृति शक्तिशाली इच्छा के रूप में होती है और 'वह असंभव' जैसे किसी भी शब्द को स्वीकार नहीं करती और असल में किसी भी प्रकार की असफलता को स्वीकारती भी नहीं है।

□

"यह सच है कि पैसों से खुशियाँ नहीं खरीदी जा सकतीं, पर इससे यथासंभव दुनिया की बेहतरीन चीजों के मजे लिये जा सकते हैं।"

—जॉर्ज एस. क्लेसोन

3

अपनी वित्तीय स्थिति को कैसे सुधारें?

किसी चीज का सहारा लेकर आराम से बैठें। अब आप एक नए तरीके से कुछ चीजें सीखेंगे, जो आपके अपने अब तक के जमा किए गए धन को जमा करने का सबसे प्रभावी तरीका है। अपने हाथ में पेन या पेंसिल रखें, हालाँकि आप बेबीलोन के सबसे अमीर आदमी की कहानी से बहुत कुछ सीखना चाहेंगे।

बहुत साल पहले जॉर्ज एस. क्लेसॉन नामक एक व्यक्ति 'बेबिलोनियन पाराबेल्स' नामक लघु कथाओं के रचयिता थे। इन कहानियों में उन्होंने प्राचीन काल के लोगों की सफलता के बारे में बताया है कि वे किस प्रकार अपने फाइनेंस को सँभालते थे। ये कहानियाँ पहले छोटे-छोटे गुटकों में छपीं, जो पहले-पहले बैंक, इंश्योरेंस कंपनियों और इनवेस्टमेंट हाउसेस ने अपने ग्राहकों को मुफ्त में बाँटीं। धीरे-धीरे वह इतनी प्रख्यात हो गई कि श्री क्लेसॉन ने उनमें से अपनी पसंदीदा कहानियों को एक जगह समेटकर एक किताब प्रकाशित की, जिसका शीर्षक था, 'द रिचेस्ट मैन इन बेबीलोन' (बेबीलोन के सबसे अमीर आदमी)। इस पुस्तक का नाम एक प्रसिद्ध नीतिकथा के नाम पर पड़ा। यह पुस्तक बहाव एवं वित्तीय योजना के क्षेत्र में अब तक की सबसे प्रेरणादायक किताबों में सर्वश्रेष्ठ मानी जाती है।

श्री क्लेसॉन के अनुसार, "पैसा उसी कानून द्वारा उसी प्रकार शासित होता है, जैसे करीब छह हजार साल पहले बेबीलोन की गलियों में समृद्ध लोगों ने शासन किया था।" उन्होंने 'बेबीलोन' के

बारे में बात की थी, "पुरानी दुनिया में बेबीलोन दुनिया का सबसे समृद्ध एवं सबसे ज्यादा पैसेवाला शहर था, क्योंकि उस समय वहाँ के नागरिक दुनिया में सबसे अमीर थे। वे पैसे का मूल्य समझते थे और उसका सम्मान करते थे। पैसा कमाने के लिए वे मजबूत वित्तीय सिद्धांतों को भी अपनाते थे और पैसों के जरिये ही वे और पैसा कमा लेते थे। हम आज जो भी इच्छा करते हैं, उन्होंने अपने लिए उन सबका इंतजाम पहले ही कर लिया था, वह थी भविष्य की आय।"

श्री क्लेसॉन की पुस्तक 'द रिचस्ट मेन इन बेबीलोन' की प्रसिद्ध कहानी यहाँ जस-की-तस दी गई है। यह कहानी आपको उस बिंदु तक ले जाएगी, जहाँ आपको लगता है कि आपकी पहुँच भी नहीं है–

पुराने बेबीलोन में एक बहुत अमीर आदमी रहता था, जिसका नाम था अरकड़। वह दूर-दूर तक अपनी बहुत सारे धन के लिए प्रसिद्ध था। इसके साथ ही साथ वह अपनी उदारता के लिए भी विख्यात था। सामाजिक कार्यों को भी वह बहुत खुले दिल से करता था। वह अपने परिवार के साथ भी बहुत सहृदय था। वह खर्च करने के मामले में भी बहुत खुला हुआ था, पर हर साल उसकी आय उसके खर्चे से कहीं ज्यादा बढ़ जाती थी।

उसके युवाकाल के कुछ दोस्त थे, जो उसके पास आए और कहने लगे, "अरकड़ तुम हमसे ज्यादा भाग्यवान हो। तुम बेबीलोन के सबसे अमीर व्यक्ति बन गए हो, जबकि हम सभी अभी संघर्ष कर रहे हैं। तुम सबसे सुंदर आभूषण पहनते हो और सबसे अच्छा खाते हो और अगर हम अपने परिवार को अच्छी पोशाक पहना लें और वह सबसे सामने जाने लायक हों, साथ ही अपने खर्चे के अनुसार हम उन्हें अच्छा खाना खिलाएँ, तो हम इतने में ही संतुष्ट हो जाते हैं।"

"हाँ, एक समय में हम सब बराबर थे। हम सबने एक ही शिक्षक से शिक्षा ली है। हमने एक ही तरह के खेल भी खेले हैं। तुमने न तो पढ़ाई में और न ही खेल-कूद में हमें पछाड़ा। कई सालों से तुम एक सम्मानित व्यक्ति बने हुए हो, जो हम नहीं हैं।"

"न तो तुमने बहुत मेहनत से कोई काम किया और न ही पूरी निष्ठा से, यह तुम खुद भी देख सकते हो। तब इस भाग्य ने सिर्फ तुम्हें ही जिंदगी के सारे सुख भोगने और अच्छा जीवन बिताने के लिए क्यों चुना, वहीं हम हर दिन आज भी संघर्ष कर रहे हैं, जबकि हम भी तुम्हारे समान ही इसे पाने के अधिकारी हैं।"

इतना सुनने के बाद अरकड़ ने उन्हें कहा, "अगर तुम लोगों ने जिंदगी में अभी

तक अपने युवाकाल से बहुत नहीं कमाया या किया नहीं है, तो इसका अर्थ यह है कि तुमने संपत्ति जमा करने के सिद्धांतों को सही से सीखा नहीं है, या तुमने उनका पालन नहीं किया है।

"चंचल भाग्य एक शातिर देवी हैं, जो किसी के साथ भी हमेशा के लिए टिककर नहीं रहती। बदले में अगर इसकी कुदृष्टि पड़ जाए, तो यह अधिकांश लोगों का जीवन बरबाद ही कर देती है। वह लोगों को न चाहते हुए भी खर्चीला बना देती है, जो जितना भी कमाकर लाते हैं, वह सारा ही समाप्त कर देते हैं और उनके पास अनेक इच्छाएँ एवं कामनाएँ रह जाती हैं और उनके पास संतुष्ट रहने की कोई क्षमता नहीं होती। वहीं जिन लोगों पर वह मेहरबान होती है, वह कंजूस बन जाते हैं और वह अपने पैसों को सँभालकर रखते हैं, उन्हें उसके खर्च होने का डर भी होने लगता है, क्योंकि वे जानते हैं कि उनके पास उसे बदलने की क्षमता नहीं है। इसके अलावा वे चोरों-डकैतों से भी डरे रहते हैं और स्वयं को खालीपन एवं गुप्त कंजूसी के जीवन में ढकेलते जाते हैं।

"वहीं दूसरी ओर अन्य लोग अपनी बिना कमाए सोना ले सकते हैं, वह इसमें और जोड़कर खुश रहते हैं और संतुष्ट नागरिक बने रहते हैं, पर ऐसे कुछ ही लोग हैं। मैं ऐसे लोगों को जानता हूँ, जिनके बारे में मैंने अकसर सुना है। यह सोचो कि आप स्वयं वह व्यक्ति हैं, जिसे अचानक कुछ संपत्ति मिली है, फिर देखो चीजें पहले जैसी नहीं रह जातीं।

उसके दोस्तों ने यह बातें सच मानी, क्योंकि उनकी जान-पहचान में भी ऐसे कई लोग हैं, जिन्हें पुश्तैनी संपत्ति मिली है और फिर वे सारे लोग उससे विनती करने लगे कि वह इस संबंध में उन्हें समझाए, क्योंकि उसे भी ऐसी ही कई संपत्ति मिली हैं। इस प्रकार उसने बोलना शुरू किया—

"अपने युवाकाल में मैंने स्वयं को देखा और महसूस किया कि मेरे पास खुश रहने एवं संतुष्ट रहने के लिए काफी अच्छी चीजें हैं। फिर मैंने महसूस किया कि संपत्ति से इन सभी की शक्ति में वृद्धि की है।

धन एक प्रकार की शक्ति है, धन के कारण बहुत सारी चीजें संभव हैं।

- कोई भी अपने घर को सबसे अच्छे सामान के साथ सजा-धजा सकता है।
- वह कई सारे देशों में समुद्र पार करके जा सकता है।
- वह दूर देशों के भी स्वादिष्ट व्यंजनों का भी लाभ उठा सकता है।
- वह किसी सुनार या किसी पत्थर को पॉलिश करनेवाले से गहना खरीद सकता है।
- किसी भी भगवान् के लिए बड़े-बड़े मंदिर बनवा सकता हैं।
- वह व्यक्ति ऐसे कई सारे काम कर सकता है, जो देखने में अच्छे लगें और जिससे आत्मा को संतुष्टि मिले।

"मैंने जब इन सारी चीजों को समझा तो मैंने अपने आप से कहा कि मैं अपनी जिंदगी में अच्छी चीजों के अपने हिस्से का दावा करूँगा। मैं उन लोगों में से नहीं बनूँगा, जो उन चीजों से दूर रहकर दूसरों को उससे मजे करने दूँगा। मैं कभी भी सस्ते कपड़े पहनकर संतुष्ट नहीं रहूँगा और इज्जतदार कपड़े पहनूँगा। मैं कभी भी गरीब लोगों को देखकर संतुष्ट नहीं होऊँगा। इसके विपरीत, मैं स्वयं को इन अच्छी चीजों का अतिथि बनाऊँगा।

"जैसा कि तुम जानते हो कि मैं एक विनम्र व्यापारी का पुत्र हूँ, एक ऐसा बड़ा परिवार, जिसके पास विरासत के लिए कुछ नहीं था और बहुत ज्यादा संपन्न भी नहीं था और जैसा कि आप सबने कहा कि अपनी उत्कृष्ट शक्तियों या ज्ञान के साथ मैंने विचारा कि अगर मैं अपनी इच्छाओं के अनुसार उन्हें प्राप्त करने की कोशिश करूँ तो उसके लिए अच्छे समय एवं पठन-पाठन की जरूरत होगी।

"समय तो सब आदमी के साथ बहुतायत में है। आप में से हर किसी ने अपने उस समय को गँवा दिया, जब आप स्वयं को धनी बना सकते थे। फिर आप स्वीकारते हैं कि जिस परिवार पर आप नाज करते हैं, उस अच्छे से परिवार को दिखाने के अलावा आपके पास कुछ भी नहीं है।

"पढ़ाई के समय क्या हमारे बुद्धिमान शिक्षक ने हमें यह नहीं समझाया था कि सीखना भी दो प्रकार का होता है—एक तो, जो हम सब सीखते हैं और सब जानते हैं और दूसरा ट्रेनिंग में हम सीखते हैं कि हम उन चीजों को सीखें, जो हमें नहीं आतीं।

"इसलिए मैंने यह निर्णय किया कि यह खोजें कि किस प्रकार धन जमा किया जाए और मैंने जब यह खोज लिया तो मैंने इसे अपना काम बना लिया और इसे बेहतर तरीके से करने का सोचा। क्या यह बुद्धिमानी नहीं कि चमकती तेज धूप में हम मजे करें, जब दुःख हमारे ऊपर आते हैं तो हम अँधेरे में चले जाते हैं और हमारे ऊपर दुःख ही आते-जाते हैं।

"मैंने नौकरी को हमेशा ही एक मुंशी की तरह माना है, जिसमें हर दिन लंबे-लंबे घंटों तक काम कर कुछ ही कौड़ियाँ कमाई जाएँ। सप्ताह-दर-सप्ताह, महीने-दर-महीने मैंने मेहनत की और मेरी कमाई में कुछ बचता ही नहीं था। खाना-पीना, कपड़े, भगवान् के लिए या अन्य किसी के लिए मेरी कमाई बचती ही नहीं थी, पर मेरे निश्चय ने मुझे नहीं छोड़ा।

"फिर एक दिन ऋण देनेवाला अल्गामिश नामक एक व्यक्ति शहर के प्रमुख के यहाँ आया और उसने नौवें कानून की एक प्रति ऑर्डर की और उसने मुझे कहा, 'मुझे दो दिन के लिए इसे ले लेना चाहिए और अगर उस समय तक मेरा काम हो गया तो मैं उसे ताँबे के दो सिक्के दूँ।'

"इसलिए मैंने बहुत मेहनत की, पर वे नियम काफी लंबे थे और जब अल्गामिश वापस आए तो मेरा काम पूरा नहीं हुआ था। वह गुस्से में था और ऐसा लग रहा था कि अगर मैं उसका नौकर होता तो वह मुझे पीट देता, पर चूँकि मैं शहर के प्रमुख को जानता था, इसलिए वह मुझे घायल भी नहीं कर सकता था। मैं उससे डरा नहीं और मैंने उससे कहा, 'अल्गामिश, आप एक अमीर व्यक्ति हैं। आप कृपया मुझे बताएँ कि मैं किस प्रकार अमीर बन सकता हूँ और मैं सारी रात मिट्टी को गढ़ता रहूँगा कि पौ फटते ही मेरा काम समाप्त हो जाए।'

वह मुझे देखकर मुसकाराया और फिर उसने जवाब दिया, 'तुम बहुत चतुर धूर्त हो, पर हम इसे सौदा कहेंगे।'

उस सारी रात मैंने नक्काशी की, मेरी पीठ में बहुत दर्द हो गया और उस जलती हुई बाती से मेरे सिर में दर्द हो गया और मैं बहुत मुश्किल से देख पा रहा था, पर जब मैं घर वापस आया तो मेरे पटरी पूरी हो चुकी थी।

मैंने उनसे कहा, 'अब वादे के अनुसार मुझे बात बताओ।'

उन्होंने मुझसे बहुत प्यार से कहा, 'तुमने अपने हिस्से का सौदा पूरा कर लिया है और अब मैं अपना वादा पूरा करूँगा। मैं तुम्हें वे सारी चीजें सिखाऊँगा, जो तुम जानना चाहते हो, मैं वैसे भी बूढ़ा होता जा रहा हूँ और पुरानी जबान ज्यादा चलती है। जब जवान लोग बूढ़े लोगों के पास सलाह माँगने के लिए आते हैं तो उन्हें सालों का ज्ञान मिलता है, पर अकसर युवा यह सोचते हैं कि वे बूढ़े लोग अपने जमाने के दिनों का ही ज्ञान दे पाते हैं, इसलिए इससे इतना लाभ नहीं होता, पर यह याद रखें कि यह वही सूरज है, जो उस दिन भी चमका था, जब आपके पिताजी पैदा हुए थे और यह आज भी चमक रहा है और यह उस दिन भी चमकेगा, जब पड़पोता पैदा होगा।'

उसने आगे कहा कि 'युवाओं के विचार' एक स्वच्छ प्रकाश की तरह हैं, जो उल्कापिंडों की तरह चमकते हैं और आकाश को चमकाते रहते हैं, पर उम्र के साथ की बढ़ती बुद्धि एक स्थिर तारे की तरह है, जिसकी चमक कभी कम नहीं पड़ती और उसके इशारे पर ही नाविक अपनी यात्रा निर्धारित करता है।

तुम मेरी बात ध्यान से सुनो और अगर तुम जो सच्चाई मैं तुम्हें समझाने जा रहा हूँ, उसे समझने में असफल हो गए, तो मैं यह समझूँगा कि तुमने अपनी पूरी रात बरबाद कर दी।

फिर उसने भौंहें टेढ़ी करके मेरी ओर देखा और धीमी, पर गंभीर आवाज में कहा, 'मुझे धन इकट्ठा करने की राह तभी मिल गई थी, जिस दिन मैंने यह निश्चित कर लिया था कि मेरी कमाई का सारा हिस्सा मुझे स्वयं रखना चाहिए और ऐसा ही तुम भी सोचते होंगे।'

उन्होंने मुझे एक बार देखा कि क्या उनकी बात मुझे समझ में आई, पर कुछ नहीं कहा।

मैंने उनसे पूछा, 'बस इतना ही?'

उन्होंने कहा, 'इस प्रकार हृदय परिवर्तन के कारण एक चरवाहा साहूकार बन गया।'

मैंने उनसे पूछा कि 'मैं जो भी कमाता हूँ, वह मुझे रखना चाहिए, है कि नहीं?'

उन्होंने कहा, 'क्या तुम्हें कपड़े बनानेवाले को पैसे देने का मन है, क्या तुम सैंडिल बनानेवाले को पैसा नहीं दोगे, तुमने जो चीजें खाई हैं, क्या तुम उसके पैसे नहीं दोगे, क्या तुम बेबीलोन में बिना खर्च किए रह सकते हो, तुमने पिछले महीने में जो भी कमाया था, उसे दिखाने की क्या जरूरत है? वैसे ही पिछले साल के लिए भी। तुम दूसरों को तो पैसा देते हो, पर खुद के लिए? इयूलार्ड तुम दूसरों के लिए मजदूरी करते हो, साथ ही तुम दूसरों के नौकर भी हो, क्योंकि तुम अपने मालिक के लिए काम करते हो और उनका दिया हुआ हुआ ही खाते हो और पहनते भी हो। अगर तुमने अपनी कमाई का एक दसवाँ हिस्सा भी अपने लिए रखा होता, तो दस सालों में कितना बचा लिया होता?'

संख्याओं के ज्ञान ने कभी मेरा साथ नहीं छोड़ा और मैंने तुरंत जवाब दिया, 'जितना मैं एक साल में कमा लेता।'

उन्होंने फिर कहा, 'तुम फिर आधा सच ही बोल रहे हो। तुमने जो भी सोने का टुकड़ा जमा किया है, वह तुम्हारे लिए सेवक का काम करेगा। उससे निकला ताँबे का हर टुकड़ा भी तुम्हें कमाकर देगा। अगर तुम धनवान हो जाते हो, तो जो भी तुमने बचाया है, उस वस्तु को तुम्हें कमाकर देना चाहिए, यहाँ तक कि उसके बच्चों को भी, ये सारी चीजें एक साथ मिलकर तुम्हें इतना कुछ देंगी, जिसकी तुम्हें चाहत थी।

उन्होंने कहा कि तुम्हें लगता होगा कि तुम जो रात भर जगकर काम करते हो, उसके बदले में मैं तुमसे धोखा करता हूँ। अगर तुम्हारे भीतर सच जानने की बुद्धिमानी है तो मैं तुम्हें बता दूँ कि मैं तुम्हें हजार गुना ज्यादा पैसा दे रहा हूँ।

आप जितना भी कमाते हैं, उसका एक हिस्सा आपको स्वयं के लिए रखना चाहिए। चाहे आप जितना कम भी क्यों न कमाते हों, पर उसका कम-से-कम दसवाँ हिस्सा अपने लिए जरूर रखना चाहिए। आप जितना कर सकते हैं, कम-से-कम यह उतना तो होना ही चाहिए। अपनी आय में से सबसे पहले स्वयं को पैसा दें। कपड़ा व्यापारी से या जूते-चप्पल बेचनेवाले से अपनी जेब की पहुँच से ज्यादा का माल न खरीदें और बचे पैसों में आप अच्छा भोजन खरीद सकते हैं और कुछ दान इत्यादि करके भगवान् के सामने कुछ प्रायश्चित्त कर सकते हैं।

'संपत्ति एक पेड़ की तरह होती है, जो एक छोटे से बीज से विकसित होती है। जो

पहला ताँबे का सिक्का आपने बचाया था, वह आपका बीज था, जिससे आपके धन का पौधा बढ़ेगा। आप जितनी जल्दी उस बीज को बोएँगे, उतना ही जल्दी वह पेड़ बढ़ेगा। जितनी तन्मयता के साथ अपनी लगातार बचत की तरह उस पेड़ का आप पोषण करेंगे एवं उसमें पानी डालते रहेंगे, उतनी ही जल्दी आप संतुष्टि के साथ उस पेड़ की छाया में बैठ सकते हैं।'

इसलिए मैंने कहा कि उसने अपना पटला लिया और वह चला गया।

उन्होंने मुझे जो कुछ भी कहा, उस बारे में मैं बहुत सोचता रहा और वह बात मुझे उचित लगी। इसलिए मैंने सोचा कि मुझे इस तरह कोशिश करनी चाहिए। मुझे जितनी बार में भी पैसे मिलते, मैं उसमें से हर बार दस ताँबे के सिक्कों में से एक सिक्का निकाल लेता और फिर उसे छिपा देता। यह देखने में अजीब लगेगा, पर मुझे पहले की तरह फंड की कोई कमी ही नहीं हुई। मैंने थोड़ा-थोड़ा परिवर्तन देखा और मैं इस तरह अपने को उसमें ढालने लगा, पर मैं जितना इसके प्रति आकर्षित होता जाता, मेरा दिल उतना ही बड़ा होता गया। मैं व्यावसायियों द्वारा दिखाई गई अच्छी चीजें खरीदने के लिए खर्चने लगा, जो फोनीसिएन्स की धरती से वे लोग जहाज या ऊँट पर रखकर लाते थे, पर मैं चालाकी से दूर भी हो जाता।

एल्गोमिश अपने वहाँ से जाने के एक साल बाद फिर से वापस आया और मुझसे पूछने लगा, 'बेटा क्या तुमने स्वयं को पूरे साल की कमाई का कम-से-कम दसवाँ हिस्सा तो दिया न?'

मैंने भी गर्व के साथ कहा, 'हाँ गुरुजी, मैंने जमा किया है।'

उन्होंने मेरी तरह मुसकराते हुए कहा, 'यह तो बहुत अच्छी बात है और फिर तुमने उन पैसों से क्या किया?'

'मैंने उसे अजमुर को दिया, जो ईंटे बनाता है, उसने मुझे कहा कि वह बाहर समुद्री इलाकों में जा रहा है, वह फोनिसिएन्स से मेरे लिए नायाब आभूषण लेकर आएगा। वह जब वहाँ से इन चीजों को लेकर आएगा, तो हम दोनों मिलकर उसे ऊँचे दामों पर बेचकर कमाई का आधा-आधा कर लेंगे।'

वह गुर्राया और कहने लगा, 'हर बेवकूफ को इससे सीखना चाहिए, पर ईंट बनानेवाले को आभूषण बनाने का ज्ञान कहाँ, क्या तुम ब्रेड बनानेवाले के पास जाकर तारों के बारे में बात करोगे? नहीं, अगर तुम्हारे भीतर सोचने की शक्ति होगी तो तुम एक ज्योतिष के पास जाओगे। बेटे, तुम्हारी सारी सारी बचत खत्म हो गई, तुमने अपने पैसों के पेड़ों को जड़ से ही खत्म कर दिया है, पर एक और पौधा लगाओ। फिर से कोशिश करो। अगली बार अगर तुम्हें किसी आभूषण के बारे में सलाह लेनी हो तो किसी आभूषण के व्यवसायी के पास जाएँ। अगर आपको भेड़ों के बारे में जानना है तो चरवाहे

के पास जाएँ। सलाह तो सब जगह मुफ्त में दी जाती है, पर आपको वही सलाह लेनी चाहिए, जो आपके लायक हो। जो कोई भी ऐसे लोगों से सलाह लेते हैं, जिन्हें उस मामले में कोई पूर्व अनुभव न हो, को उनकी राय झूठी साबित करने के लिए अपनी सारी बचत गँवानी पड़ेगी और बाद में यह कहना होगा कि वे चले गए।'

और जैसा उन्होंने कहा था, फोएनिसिएन्स बहुत बदमाश होते हैं और उन्होंने अजमुर को शीशे के टुकड़े जवाहरात कहकर बेच दिए। जैसा अल्गेमिश ने मुझे बताया था, मैंने फिर से हर दसवें ताँबे के सिक्के पर एक सिक्का बचाना शुरू किया, पर अब मैंने इसकी एक आदत बना ली थी और मेरे लिए यह कोई मुश्किल काम नहीं था।

फिर से बारह महीने के बाद अल्गामिश मुंशियों के कमरे में आए और उन्होंने मुझसे कहा, 'तुमने पिछली बार की अपेक्षा अभी क्या बढ़ोतरी की है?'

मैंने जवाब दिया कि मैंने पूरी निष्ठा के साथ खुद को पैसे दिए हैं और इस बार मैंने अपनी सारी बचत की राशि पीतल खरीदने के लिए एक शील्ड बनानेवाले को दी है और वह चार महीने में मुझे उसका किराया देगा।

'यह तो बहुत अच्छा है और तुम फिर उस किराए का क्या करोगे?'

'मुझे शहद, अच्छी शराब और मसालेदार केक खाने का बहुत शौक है। मैंने अपने लिए एक लाल ट्यूनिक ली है। किसी दिन मैं अपने लिए एक नया गधा खरीदूँगा, जिस पर चढ़कर मैं घूमूँगा।'

अल्गामिश ने हँसते हुए कहा, 'तुम अपनी बचत के छोटे-छोटे बच्चों को खा जाओगे। फिर तुम कैसे सोच सकते हो कि वह तुम्हारे लिए काम करेगी? और किस प्रकार उनके बच्चे भी तुम्हारे लिए काम करेंगे। सबसे पहले तुम सुनहरे दासों की एक सेना बनाओ और फिर तुम एक-से-एक बेहतरीन भोज का स्वाद उठा सकते हो।' ऐसा कहकर वे फिर से चले गए।

मैंने उन्हें अगले दो सालों तक फिर नहीं देखा, वे जब फिर वापस आए तो उनके चेहरे में गहरी झुर्रियाँ पड़ी हुई थीं और उनकी आँखें धँस गई थीं और वह वृद्ध हो चुके थे। उन्होंने फिर मुझसे पूछा, 'अरकड़ क्या तुमने जिस धन का सपना देखा था, उसे हासिल कर लिया है?'

मैंने कहा, 'जितना सोचा था, उतना तो नहीं, पर कुछ तो मैंने पूरे कर लिये और कुछ और पूरे करने हैं, क्योंकि उससे अधिक आय होती है।'

'क्या तुम अभी भी ईंट बनानेवाले से सलाह लेते हो?'

मैंने जवाब में कहा कि ईंट बनाने के मामले में वह बहुत अच्छी सलाह देते हैं।

उन्होंने फिर कहा, 'अरकड़ तुमने अच्छी तैयारी की है। सबसे पहले तुमने कम में जीना सीखा, जिससे तुम ज्यादा कमा सको। दूसरा, तुमने उन लोगों से सलाह लेनी

सीखी, जिन्हें अपने काम के मामले में अच्छा अनुभव है और वे तुम्हें सीख भी दे सकते हैं और अंत में तुमने सोने से भी काम निकलवाना सीख लिया है। तुमने स्वयं को यह सीखा लिया है कि कैसे पैसा कमाया जाता है, उसे कैसे रखा जाता है और उसका किस प्रकार इस्तेमाल्ल किया जाता है। अब तुम एक जिम्मेदार पद के लिए तैयार हो। मैं तो बूढ़ा होता जा रहा हूँ। मेरे बेटे सिर्फ खर्च करने की सोचते हैं और कमाने का खयाल उनके दिमाग में आता ही नहीं। मेरे बड़े-बड़े शौक हैं और मैं उनकी देखभाल के लिए काफी डरता भी हूँ। अगर तुम निप्पूर जाकर मेरी जमीन की देखभाल करोगे, तो मैं तुम्हें अपना पार्टनर बना लूँगा और तुम्हें अपनी संपत्ति का हिस्सा भी दूँगा।'

इस तरह मैं निप्पूर चला गया और उनकी संपत्ति की जिम्मेदारियाँ सँभालने लगा कि उसे कैसे सँभालकर रखा जाए और कैसे उसका उपयोग किया जाए। चूँकि मैं महत्त्वाकांक्षी था और मैंने संपत्ति को सँभालने के तीनों सिद्धांतों को सफलतापूर्वक सीख लिया था, तो मैं उनकी संपत्ति की कीमत को बढ़ा सकता था। इसलिए मैं आगे बढ़ता चला गया और जब अल्गोमिश की आत्मा उस शून्य से मिल गई तो मैं उनकी संपत्ति का भागीदार बन गया, जो उन्होंने अपने नियमों के तहत मुझे पहले ही बना दिया था।"

अरकड़ जब यह सारी बातें बता ही रहा था, तभी बीच में ही उसके एक दोस्त ने उससे कहा, "बेशक, तुम एक भाग्यशाली व्यक्ति हो, क्योंकि अल्गोमिश ने तुम्हें अपना उत्तराधिकारी बनाया।"

भाग्यशाली इसलिए कि क्योंकि उनसे मिलने से पहले ही मैं भी उन्नति करना चाहता था। पहले चार साल तो मुझमें किसी प्रकार की निश्चितता ही नहीं थी, क्योंकि मैंने अपनी कमाई का करीब दसवाँ हिस्सा भी अपने पास कभी नहीं रखा। क्या तुम उस मछुआरे को भाग्यशाली कहोगे, जिसने पहले चार साल मछलियों की आदत को समझने में ही लगा दिए कि हर बदलती हुई हवा के साथ वह कैसे अपना जाल फैलाए? अवसर एक अभिमानी देवी हैं, जो उन लोगों का साथ तुरंत छोड़ देती है, जो अपने लिए तैयारी करके नहीं रखते।

एक अन्य दोस्त ने कहा, "तुममें अजब की दृढ इच्छाशक्ति है, जो तुमने अपने पहले साल की सारी जमापूँजी खोने के बाद भी सबकुछ फिर से शुरू किया।"

अरकड़ ने कहा, "'इच्छाशक्ति।' क्या बकवास है? क्या तुम ऐसा सोचते हो कि इच्छाशक्ति से मनुष्य वह भार उठा सकता है, जो एक ऊँट नहीं उठा सकता, या एक बैल नहीं उठा सकता? इच्छाशक्ति किसी कार्य को करने के लिए एर असफल उद्‌देश्य है। अगर मैं अपने लिए कोई काम निर्धारित करता हूँ तो वह काम चाहे कितना ही कमजोर क्यों न हो, मैं उसे देख लूँगा। मेरे पास और किस तरह से वह विश्वास आएगा, जिसके जरिये मैं महत्त्वपूर्ण चीजें कर सकता हूँ। क्या मुझे स्वयं से यह कहना चाहिए, 'जब भी

मैं इस पुल से शहर में प्रवेश करूँगा तो अगले सौ दिनों तक मैं सड़क से पत्थर उठाकर इस नहर में फेंकूँगा।

अगर सातवें दिन मुझे पत्थर डालने की याद नहीं रही तो मैं स्वयं से यह नहीं कहनेवाला हूँ कि 'कल मैं दो पत्थर डाल दूँगा और वे भी वैसा ही काम करेंगे। इसके बदले मैं अपने कदम वापस ले जाकर पत्थर डाल दूँगा। फिर बीसवें दिन मुझे अपने आपसे यह नहीं कहना होगा, 'अरकड़ यह सब बेकार है। तुम्हें हर रोज नहर में पत्थर डालने से क्या मिलता है? तब तो हर रोज एक मुट्ठी पत्थर फेंको और काम खत्म।' नहीं, मैं ऐसा कुछ भी नहीं कहूँगा और न ही कुछ ऐसा करूँगा। जब मैं अपने लिए एक काम निर्धारित करता हूँ, तो मैं उसे पूरा करता हूँ। इसलिए मैं इस संबंध में सावधान हूँ कि किसी भी प्रकार का मुश्किल भरा या न कर सकनेवाला काम न लूँ, क्योंकि मुझे आराम पसंद है।"

फिर दूसरे दोस्त ने कहा, "अगर तुम जो बोल रहे हो, वह सच है और ऐसा लगता है कि तुम सही कह रहे हो, तो इतने सरल काम को अगर हर आदमी करने लग जाए तो इस दुनिया में बहुत सारा धन जमा नहीं हो पाएगा।"

अरकड़ ने जवाब दिया कि "पैसा भी वहीं फलता है, जहाँ पूरे उत्साह के साथ काम होता है।" अगर कोई अमीर आदमी अपने लिए नया महल बनाता है तो क्या वह सोने का भुगतान करता होगा। नहीं, इसमें ईंट बनानेवाले का भी हिस्सा है, मजदूर का भी है और कलाकार का भी है। जिस-जिस ने इस घर को बनाने में मेहनत की है, उनका इस घर में हिस्सा है। जब यह महल पूरा बनकर तैयार हो जाएगा, तो फिर क्या इसकी कीमत नहीं लगाई जा सकती और जिस जमीन पर यह मकान खड़ा है, उसकी भी कीमत नहीं लगाई जा सकती, क्योंकि वह तो यहीं है? यहाँ तक कि उसके बगल के मैदान की भी कोई कीमत नहीं है, क्योंकि वह भी यहीं है। संपत्ति जादुई तरीके से बढ़ती है। कोई भी व्यक्ति इसकी सीमा निर्धारित नहीं कर सकता। क्या फोएनिसिएन्स ने उन बंजर किनारों पर समुद्र में अपने जहाजों के जरिये लाए गए धन से बड़े-बड़े शहर खड़े नहीं कर दिए?"

उसके एक दोस्त ने फिर उससे पूछा, "तो अब तुम हमें क्या करने की सलाह दोगे, जिससे हम भी अमीर बन जाएँ? बहुत साल बीत गए हैं और हम कोई युवा नहीं रह गए और हमारे पास गाने के लिए पैसे भी नहीं है।"

अकरड़ ने कहा, "मैं तुम्हें वही सलाह दूँगा, जो मुझे अल्गोमिश ने दी थी कि अपने आप से कहो, 'मैं जितना भी कमाऊँगा, उसका एक हिस्सा मैं अपने पास रखूँगा।' इस बात को तुम सुबह उठते ही खुद से बोलो, उसे दोपहर में कहो और फिर रात में कहो। दिन के हर घंटे में खुद से यह बात कहो। यह बात तब तक खुद से कहते रहो, जब तक

इन शब्दों के बाण से आकाश में सुराख न हो जाए।

"स्वयं को विचारों से प्रभावित करो। अपने भीतर विचारों को भरो। फिर उसमें से जो सही लगे, उसे ग्रहण करो। अपनी कमाई का कम-से-कम दसवाँ हिस्सा अपने पास रखो। ऐसा करने के लिए अपने खर्चों पर जरूरत के अनुसार करो, पर पहले अपना हिस्सा निकाल लें। फिर उतनी ही जल्दी तुम्हें इस बात का एहसास होगा कि तुम्हारे पास अपनी एक संपत्ति है, जिसके आप अकेले मालिक हो। जैसे-जैसे वह संपत्ति बढ़ेगी तो इससे आपको उत्साह मिलेगा। जीवन की यह नई खुशी आपको रोमांचित करेगी। बड़े प्रयास करने से आप ज्यादा कमा पाएँगे। अपनी बढ़ी हुई आय के बाद, क्या हम पुराने प्रतिशत को अपने लिए बढ़ा दें।"

"फिर उस पैसे से आप अपने लिए कुछ और काम करें। उसे अपना गुलाम बना लें। उसके बच्चों और फिर उनके बच्चों से भी काम ले लें।

"अपने भविष्य के लिए एक आय सुरक्षित रखें। अपने पास के वृद्धों को देखो और यह मत भूलो कि आनेवाले दिनों में आप भी उनके बीच ही गिने जाओगे। इसलिए उस संपत्ति पर सावधानी से निवेश करो, कि यह कहीं खो न जाए। वापसी की दर एक धोखेवाला सायरन है, जो किसी भी प्रकार के धोखे एवं पछतावे पर बजता है।

"अपने परिवार को सबकुछ मुहैया करो, क्योंकि भगवान् भी नहीं चाहते कि वह अभी तुम्हें अपने पास बुलाएँ। ऐसी सुरक्षा के लिए हमेशा यह नियम बनाएँ कि नियमित समय में छोटी राशि की पेमेंट करते रहें। इसलिए प्रोविडेंट मैन किसी बड़े उद्देश्य के लिए इस तरह की एक बड़ी राशि के उपलब्ध होने की उम्मीद में देरी नहीं करता।

"किसी बुद्धिमान मनुष्य से सलाह लें। ऐसे आदमी से सलाह लें, जो हर दिन पैसे का लेन-देन करता है। वह आपको ऐसी गलतियाँ करने से बचाएगा, जैसी गलतियाँ मैंने अजमुर नामक ईंट बनानेवाले को पैसे देकर की थी। छोटे एवं सुरक्षित रिटर्न जोखिम से कहीं अधिक आकर्षक होते हैं।

"अपनी जिंदगी को मजे से जिएँ, क्योंकि आप यहाँ है। जरूरत से ज्यादा थके नहीं और बहुत ज्यादा भी न बचाएँ। अगर आप अपनी कमाई का एक दहाई भाग भी अपने लिए रखते हैं तो उस भाग से आसानी से संतुष्ट हो जाएँ। उसी तरह अपनी आय के अनुसार थोड़ा खर्च करने में न हिचकिचाएँ। जीवन बहुत अच्छा है और सार्थक चीजों के साथ तो जिंदगी के मजे लिये जा सकते हैं।"

उसके दोस्तों ने उसे धन्यवाद दिया और वे चले गए। कुछ लोग चुप थे, क्योंकि उन्होंने कुछ सोचा नहीं और कुछ समझ नहीं पाए। कुछ लोग ताने मारने लगे, क्योंकि उन्हें लगा कि जो व्यक्ति इतना अमीर है, वह पुराने दोस्तों के बीच बँट-सा गया है और यह अच्छा नहीं है। उन्हें लगा कि अल्गोमिश हर बार मुंशियों के बीच वापस आ गया है

और वह उन्हें अँधेरे से उजाले की ओर ले जाने का प्रयास कर रहा है। जब उस व्यक्ति को प्रकाश की किरण दिखने लगी तो एक रास्ता उसका इंतजार कर रहा था। जब तक वह उस अवसर के लिए तैयार नहीं होता, तब तक उसकी वह जगह कोई नहीं भर सकता था, क्योंकि वह उस काम को समझने के लिए उस पर काम कर रहा था।

बाद में यही सारी चीजें, आगे आनेवाले साल में अरकड़ के पास बार-बार आती रहीं और उसने इन चीजों को अच्छे से ग्रहण भी किया। उसने लोगों को समझाया और अपना ज्ञान लोगों को निःशुल्क एवं खुले मन से वैसे ही प्रदान किया, जैसे ज्यादा अनुभव वाले लोग करते हैं। उसने लोगों को उनकी बचत की राशि में से ही निवेश करना सिखाया, जिससे लोगों को आगामी सुरक्षा के लिए उससे अच्छा ब्याज भी मिले और इससे कोई नुकसान भी न हो और ऐसे निवेश में फँसने से भी बचें, जिससे कोई लाभ नहीं मिल रहा हो।

उन लोगों की जिंदगी में तब टर्निंग पाइंट आया, जब उन्होंने उस सच का अनुभव किया, जो अल्गोमिश से अरकड़ एवं अरकड़ से उन लोगों के पास आया।

आप जो भी कमाएँ, उसका एक भाग अपने लिए जरूर रखें।

□

"तीन छोटे नियम, जो आपको वह बनने में मदद करते हैं, जो आप बनना चाहते हैं।"

—कैवेट रॉबर्ट

4

सफलता को कैसे आकर्षित करें?

पिछले 28 अध्यायों में आपको जीवनभर में प्राप्त आत्म-उपलब्धि के बारे में बहुत गहराई से जानकारी प्रदान की गई है।

पर ये पाठ सफलता की नव निर्मित सीढ़ी पर ही दौड़ते हैं। सिर्फ आप ही त्याग, संयम, इच्छा, साहस एवं कठिन परिश्रम के बल पर एक-एक सीढ़ी ऊँचे उठ सकते हैं।

अमेरिका के मुख्य प्रेरक स्पीकर कैवेट रॉबर्ट को सुनें—

हमने 'सफलता की सीढ़ी को चढ़ने' के बारे में इतनी बार सुना है कि इसकी सरलता में ही इसका महत्त्व ही खो जाता है। हम जानते हैं कि सीढ़ी कुछ और नहीं, सिर्फ एक औजार है, जिसका इस्तेमाल हम किसी खास स्थान तक पहुँचने के लिए करते हैं। उसी तरह एक नौकरी अपनी जिंदगी के उद्देश्य को समझाने के लिए एक औजार की तरह काम करती है। चलिए, यह समझने की कोशिश करते हैं कि सीढ़ियों को ही क्यों प्रतीकात्मक माना गया है।

सबसे पहले, एक सीढ़ी को लंबवत्, न कि क्षैतिज रूप से तैयार किया जाता है। इसे सिर्फ ऊपर चढ़ने के लिए इस्तेमाल किया जाता है। इसके साथ ही एक सीढ़ी के डंडे का एक समय में उपयोग करके चढ़ाई नहीं की जा सकती है। जिस तरह लोग अचानक ही सफलता प्राप्त नहीं करते, बल्कि पहले प्रगति करते हैं, उसी तरह सीढ़ी हमेशा एक आगे की यात्रा का प्रतीक है। हम हर एक पायदान को आगे की ऊँचाई के लिए आधारशिला बनाते हैं। अगर हमने एक भी पायदान को छोड़ दिया, तो दुर्घटना पक्की है।

उनकी सबसे ज्यादा पढ़ी जाने वाली पुस्तक 'Success With

People Through Human Engineering and Motivation' में मि. रॉबर्ट ने यह सिखाया है कि नए पायदान पर गर्व से कदम रखते हुए, अपने आप को सँभालते हुए आपको क्या करना चाहिए।

1935 को मुझे कुछ करने का सौभाग्य मिला था, जिसे मैं हमेशा याद रखूँगा। मुझे एक अतिथि के तौर पर दोपहर के भोजन पर बुलाया गया था। सौभाग्य से वहाँ विल रोजर्स स्पीकर थे। वह उनके कुछ आखिरी भाषणों में से एक था, क्योंकि उसके कुछ हफ्तों बाद वे एवं विली पोस्ट ने पूरी दुनिया के लिए हवाई यात्रा शुरू की थी। हम सब जानते हैं कि अलास्का में उन दोनों की मौत हो गई।

मि. रोजर्स की बातों में अब वह अकादमिक बात नहीं थी, जैसे किसी आर्थिक भविष्यवक्ता से उम्मीद की जा सकती है, पर कुछ ही शब्दों में उन्होंने बहुत बड़ी सलाह दे डाली। मैंने तो यह पहले कभी नहीं सुनी है।

मैंने सफलता पर बहुत सारी किताबें पढ़ी हैं। मैंने उसी विषय पर कई दर्जनों रिकॉर्ड भी सुने हैं, पर मुझे लगता है कि सफलता का कोई निश्चित ब्लूप्रिंट है। अगर किसी चीज का निष्ठापूर्वक लगातार अनुसरण किया जाए, तो यह इस प्रकार होता—

उन्होंने कहा, "अगर तुम सफल होना चाहते हो, तो यह बहुत सरल है।

यह जान लो कि तुम क्या कर रहे हो।

तुम जो भी कर रहे हो, उसे प्यार से करो।

जो भी कर रहे हो, उस पर विश्वास रखो।"

उन्होंने 'हाँ' कहा और यह बहुत सरल है।

अब उनकी इन सलाहों को बहुत पास से फिर से देखो।

यह जान लो कि तुम क्या कर रहे हो

सबसे पहले यह जान लें कि आप क्या कर रहे हैं। ज्ञान का कोई विकल्प नहीं है।

ज्ञान को पाने के हमारे तरीके से हमें इसका एहसास होना चाहिए कि किसी भी चीज की तैयारी एक लगातार चलनेवाली प्रक्रिया है, जिसका कोई अंत नहीं है। यह हमेशा चलते रहनेवाला, कभी न रुकनेवाला प्रक्रम है। जो व्यक्ति सफलता पाना चाहता है, वह कभी भी स्कूल से दूर नहीं रहना चाहता। कहीं भी रुकने का कोई पॉइंट नहीं होना चाहिए। सभी आर्थिक रिसर्च सेंटर इस बात से सहमत हैं कि हमारी अर्थव्यवस्था के तेजी से बदलते चरणों के कारण एक औसत व्यक्ति लगातार प्रयास करता जा रहा है, चाहे उसका कोई भी फील्ड हो, किसी भी लाइन में एक औसत व्यक्ति अपने

जीवनकाल के दौरान कम-से-कम चार बार प्रशिक्षित किया जाना चाहिए। इसके बारे में सोचिए।

जो कल सही था और व्यावहारिक था, वह आज संदिग्ध है और हो सकता है कि कल गलत भी हो। मुझे यह पता है कि यह अपमानजनक भी हो सकता है। आज हम जिंदगी में जब एक भूमिका के बारे में सोच रहे होते हैं, तो अचानक ही हमें एक नई भूमिका निभानी पड़ती है, वह भी बिना किसी तैयारी के। जिंदगी का यह ड्रामा या तो हमारे साथ या हमारे बिना किया जाना चाहिए।

ज्ञान इतनी तेजी से बढ़ रहा है और चीजों को करने के तरीके इतनी तेजी से बदल रहे हैं कि एक व्यक्ति को रुकने के लिए दौड़ना तो पड़ेगा ही।

सन् 1900 तक यह कहा जाता था कि हर सदी में ज्ञान का जमाव दुगुना हो जाता है। विश्वयुद्ध-2 की समाप्ति के समय ज्ञान हर पच्चीस साल में दुगुना होने लगा। आज हर रिसर्च सेंटर हमें यह कहता है कि हर पाँच साल में ज्ञान का आकार दुगुना हो जाता है। आज वह उस व्यक्ति को कहाँ लेकर जाएगा, जो यह सोचता है कि वह अभी भी खड़ा हो सकता है और जीवित रह सकता है।

सच्ची सफलता एक यात्रा है, मंजिल नहीं

आज पुनर्निर्माण की माँग लगातार एक चुनौती है, जो पहले कभी नहीं थी। एक तैयारी को करके आप उसे कहीं रखकर भूल नहीं सकते। सफलता ने अपने लिए एक नई परिभाषा गढ़ ली है। इसे आज चाहे आर्थिक तंत्र के लगातार एवं निरंतर तैयारी के साथ परिवर्तन कहा जाता है। हाँ, आज के समय में सफलता एक यात्रा है, न कि कोई मंजिल।

इसके आगे, इस ट्रिप को महत्त्वपूर्ण बनाने के लिए हमें हमेशा आगे बढ़ना चाहिए—हाँ, पहले से पूर्व निर्धारित लक्ष्य के लिए एक आगे बढ़ानेवाला सोच होना चाहिए। एक व्यक्ति, जो अपने जीवन में वैसे लक्ष्य निर्धारित करता है, जो पूरी तरह से हासिल किए जा सकें, वह अपनी सीमाएँ पहले से ही परिभाषित कर देता है। जब हम बढ़ने के लिए संघर्ष करते हैं तो हम मरने लगते हैं।

बदलाव की सीमा

सफर करते हुए बच्चे को हमेशा यह परेशान करता है कि वह किसी भी रोड से होकर जाए, पर वह कभी भी आसमान को नहीं छू पाता। आज तक हममें से कोई भी बदलाव के क्षितिज को पकड़ नहीं पाया है। हम सिर्फ उनकी दिशा में ही चल पाते हैं। हमारे लिए यह एक आशीर्वाद ही है कि हमारी पहुँच हमारी समझ से अधिक होती है।

अगर हम जिंदगी की सारी महत्त्वाकांक्षाओं तक पहुँच पाते तो हम गाड़ी से तारों तक पहुँच गए होते। अगर हमारे रास्ते गुलाब से भरे होते तो हम किसी के साथ तो बहुत अन्याय कर रहे होते। यह एक तीर्थयात्री की रोड है, जो बाधाओं एवं त्याग से भरी है। अगर कोई व्यक्ति अपने रास्ते की बाधाओं को बहादुरी से पार करना चाहता है, तो हम अपने आप से इतना ही वादा कर सकते हैं कि वह अपने रास्ते में मजबूती से आगे बढ़े और बदलते समय के साथ गति बनाए रखे।

मुझे विश्वास है कि आप मेरे साथ सहमत होंगे कि चाहे कोई व्यक्ति कितना ही योग्य क्यों न हो, पर वह आज जीवन की कठिनाइयों को पूरा कर सकता है। अगर वह झूठी सुरक्षा की भावना में उलझ गया हो, तो उसे भविष्य के लिए किसी तैयारी की जरूरत नहीं है, क्योंकि उसकी यात्रा कभी खत्म नहीं होगी और जल्द ही वह पाएगा कि वह वहीं बीच के सोच की निराशा में खो गया है।

हमने यह कई बार सुना है कि समय पर आए विचारों के बराबर कुछ भी शक्तिशाली नहीं है और ज्ञान ही समय पर आता है। विचार हमेशा समसामयिक होने चाहिए और ज्ञान को भी समय के अनुसार होना चाहिए, ज्ञान एवं विचार को हमेशा समय के अनुरूप होना चाहिए, वे हमेशा आगे बढ़नेवाले होने चाहिए, रुकनेवाले नहीं।

इसलिए सबसे पहली बात, हमें इस सिद्धांत को अपना लेना चाहिए कि बदलते समय में ज्ञानवान होने के क्रम में हमें लगातार आत्मसुधार एक ही क्रम में करते रहना चाहिए, यह ज्ञान एवं सीख के क्षेत्र की एक अंतहीन यात्रा है।

विशेषज्ञता का एक दिन

आज ज्ञान के बढ़ते भंडार के कारण, किसी भी व्यवसाय, उद्योग या धंधे में बढ़ना और उसमें महारत हासिल करना बहुत जरूरी हो गया है। इससे बचकर नहीं जाया जा सकता। इसका मतलब यह नहीं कि किसी भी व्यक्ति को उसके व्यापक मूलभूत सिद्धांतों एवं सामान्यताओं के बारे में अच्छी तरह से सूचित नहीं किया जाना चाहिए, लेकिन इसका मतलब यह है, इसके अलावा उसे अपने प्रयासों के कुछ पहलू के बारे में जानकार होना चाहिए।

एक अन्य दिन किसी निराश व्यक्ति ने कहा, "हमें कम के बारे में अधिक-से-अधिक जानकारी हासिल करनी चाहिए। मेरे अनुसार, इसका यह अर्थ यह भी है, हमें ज्यादा-से-ज्यादा चीजों के बारे में कम-से-कम जानना चाहिए, जिसका यह भी अर्थ है कि बहुत जल्दी ही कुछ भी नहीं के बारे में सबकुछ और सब चीजों के बारे में कुछ नहीं जान पाते।"

हम कितने विशेषज्ञ हैं ?

एक दिन दो लोग एक-दूसरे से बात कर रहे थे कि उनमें से एक ने कहा, "क्या तुम जानते हो कि आजकल चीजें इतनी विशिष्ट होती जा रही हैं कि जो नेशनल बिस्किट कंपनी के उपाध्यक्ष हैं, वे अंजीर न्यूटन के प्रभारी भी हैं।"

दूसरे व्यक्ति ने कहा, "मुझे विश्वास नहीं होता।"

पहले ने कहा, "शर्त लगी।"

उन्होंने पैसे मेज पर रखे और फिर नेशनल बिस्किट कंपनी को फोन लगाया।

एक व्यक्ति ने कहा, "मैं फिग न्यूटन्स के प्रभारी उपाध्यक्ष से बात करना चाहता हूँ।"

उनका उत्तर आया, "पैकेज्ड या लूज ?"

एक बहुत बड़ी रबर कंपनी के प्रेजिडेंट ने हाल-फिलहाल में एक भाषण दिया था। जब उनका भाषण खत्म हो गया, तो उन्होंने बैठक के द्वार प्रश्नों के लिए खोल दिए। आगे की लाइन में बैठे एक युवा व्यक्ति ने उनसे पूछा, "क्या यह पूछना बहुत व्यक्तिगत होगा कि आप किस प्रकार इतनी बड़ी कंपनी के अध्यक्ष बन गए ?"

उन्होंने जवाब दिया, "कोई बात नहीं। मैं पहले एक फिलिंग स्टेशन में काम करता था और ऐसी कोई विशेष प्रगति नहीं कर रहा था। एक दिन मैंने पढ़ा कि अगर कोई व्यक्ति आगे बढ़ना चाहता है तो उसे उसके प्रोजेक्ट के बारे में सबकुछ पता होना चाहिए।

"इस प्रकार एक बार छुट्टियों में मैं उनके मुख्य ऑफिस गया और वहाँ रबर टायर बनते हुए देखा। मैंने देखा कि वह उसमें नाइलॉन कॉर्ड डाल रहे हैं। एक बार छुट्टियों में मैं मृका गया, जहाँ मैंने उन्हें रबर के पेड़ लगाते देखा और रबर का क्रूड निकालते हुए भी देखा।

"यह सब मैंने इसलिए किया कि जब मुझसे उस उत्पाद के बारे में पूछा जाए, तो मैं यह न कहूँ, 'मुझे इसके बारे में ऐसा बताया गया', या 'मैं ऐसा सोचता हूँ'। नहीं, मैंने ऐसे कहा, 'मैं इसके बारे में यह जानता हूँ, मैं वहाँ था। मैंने उन्हें सबसे अच्छा टायर बनाने के क्रम में नाइलॉन कॉर्ड डालते हुए देखा, जिससे वे आपके परिवार को किसी भी प्रकार की दुर्घटना से बचा पाएँ। दुनिया के बेहतरीन टायर बनानेवालों को मैंने क्रूड रबर निकालते हुए भी देखा।'"

उन्होंने आगे बताया कि, "इस दुनिया में कोई भी ऐसी शक्ति नहीं है, जो किसी ज्ञानी पुरुष के अनुभव एवं आत्मविश्वास के आगे अपना प्रभाव छोड़ पाए।"

एक व्यक्ति, जो जानता है और उसे पता है कि उसे जानकारी है, वह पूरी अथॉरिटी के साथ बोलता है और उसकी कोई तुलना भी नहीं की जा सकती। दुनिया ऐसे आदमियों के लिए रास्ता बनाती है, जिन्हें पता है कि वे क्या कर रहे हैं।

इस दुनिया के लिए सिर्फ एक धन

लिंकन ने एक बार कहा था, "मैं जितना बूढ़ा होता जाऊँगा, मुझे इस बात का अहसास होगा कि इस दुनिया में एक ही संपत्ति है, एक की सुरक्षा।" यह सब तब मिलता है, 'जब कोई व्यक्ति पूरी क्षमता से अपने काम को अच्छे से संपादित करता है।' पर वह वहीं पर नहीं रुके। उन्होंने बताया, "सबसे पहले यह क्षमता उसके ज्ञान के साथ शुरू होनी चाहिए।"

सतही ज्ञान जरूरी नहीं है। यह व्यक्ति की बुद्धि ही होनी चाहिए, जो किसी परिस्थिति का भाँपकर उसका जल्द-से-जल्द समाधान निकाले और तुरंत उसका निदान करे।

एक महत्त्वपूर्ण खेल के समापन समय में एक क्वाटरबैक गलत संकेत को कहा जाता है। खेल का एक पास रुक गया और कॉन्फ्रेंस चैंपियनशिप हार गए। उस दिन शनिवार था। मंगलवार की दोपहर तक उसके पास वह बाहर निकलने के लिए पर्याप्त साहस था। उसे बाहर जाकर बाल कटवाने पड़े।

एक लंबी चुप्पी के बाद नाई ने कहा, "मैं पिछले शनिवार से आपके उस खेल के बारे में पढ़ रहा हूँ और समझने की कोशिश कर रहा हूँ कि उस दिन आपने क्यों बुलाया, अगर मैं आपकी जगह में होता तो मैं नहीं समझता कि मैंने बुलाया होता।"

क्वाटरबैक ने अभिव्यक्ति को बदले बिना यह कहा, "नहीं, अगर मेरे पास भी मंगलवार दोपहर तक सोचने का समय होता तो मैंने भी यही किया होता।"

इस आधुनिक प्रतियोगी और तेज रफ्तार से बढ़नेवाली अर्थव्यवस्था में हमारे पास चीजों के समझने के लिए समय नहीं होता और हम जो परिस्थिति चाहते हैं, उस पर सावधानीपूर्वक विचार करें।

पर फिर भी मैं कहूँगा कि एक सतही ज्ञान काफी नहीं है। इतना ही नहीं, एक व्यक्ति ज्ञान को 'गेजेट्स और गिजमोस और छेड़छाड़' के साथ प्रतिस्थापित करता है, वह फिर पलटकर उसी के पास आता है या वह कहीं-न-कहीं मिल जाता है।

ऐसे घटनाक्रम से एक हेडहंटर की याद आती है, जिसने अपने लिए एक बूमरेंग खरीदा। फिर उसने पूरी जिंदगी पुराने बूमरेंग को फेंकने की कोशिश की।

मैं उन लोगों के लिए बहुत खेद का अनुभव करता हूँ, जो यह सोचते हैं कि किसी के मौलिक ज्ञान को या उनके व्यक्तित्व को प्रतिस्थापित करना संभव है। हाँ, विल रोजर्स की मुख्य सलाह को याद करें। अगर हमें सफल बनना है तो हमें पहले यह जानना होगा कि हम क्या कर रहे हैं।

जो भी करो, प्यार से करो

आपका ज्ञान, जो कितना भी महत्त्वपूर्ण हो, आज के इस विषम समाज में आपको सफलता दिलाने के लिए काफी नहीं है। हमने अधिकतर ऐसा कहते हुए सुना है, "अच्छी तरह से सूचित व्यक्ति दुनिया का सबसे अनुपयोगी ऊबा देनेवाला व्यक्ति है।"

विल रोजर्स का अगला वक्तव्य क्या था?

आप जो काम कर रहे हैं, न सिर्फ उसके बारे में जानना, बल्कि उसे पूरे प्यार से करना भी जरूरी है।

हम किस चीज के लिए काम कर रहे हैं, क्या हम अपने काम को पसंद करते हैं या हम सिर्फ पैसे के लिए काम कर रहे हैं? अगर यह सिर्फ अकेले पैसों के लिए है, तो हम कम भुगतान कर रहे हैं, चाहें हम जो भी कर रहे हैं, उसके अलावा यह सबकुछ है। हम तब तक काम कर रहे हैं, जब तक हम जिंदा है।

हर कोई सकारात्मकता के साथ बिजनेस करना चाहता है। हम तभी सकारात्मक हो सकते हैं, जब जो भी करें, उसे प्यार से करें।

किसी नकारात्मक व्यक्ति की बगल में रहकर अन्य लोगों की गलतियाँ खोजना एवं उनकी आलोचना करने से ज्यादा बुरी बात कुछ नहीं है। हम सबने ऐसे लोगों को देखा है। उनके दिमाग में कुछ अटका होता है। वह एक ऐसा व्यक्ति होता है, जिसको लोगों से दिक्कत होती है और हमेशा उन्हीं बातों में अटका होता है। वह हर किसी की और सबकी आलोचना करता है। तुम उससे पूछो कि बिजनेस कैसा चल रहा है तो वह कहेगा, मैंने सोमवार को कुछ सामान बेचा था। मैंने मंगलवार को कुछ नहीं बेचा। बुधवार को मैंने एक डील की और वह सोमवार से अच्छी थी, इसलिए मंगलवार मेरे लिए सबसे अच्छा दिन रहा।

मैं हाल ही में बोस्टन एक बैठक के लिए गया था। मुझे होटल से दो दिनों के बाद निकाल दिया गया। मैंने सोचा था कि वहाँ मेरा तीन दिनों का प्रवास है।

जैसे ही एलिवेटर नीचे आया, वह सातवें तल पर रुक गया और कुछ भी नहीं हुआ। मैं परेशान हो गया, क्योंकि मुझे प्लेन पकड़ने की जल्दी थी।

तब भी कुछ नहीं हुआ।

मैंने फिर कहा, "चलो, रोड पर कुछ करते हैं।"

फिर कुछ नहीं हुआ।

अंततः एक तेज आवाज में मैंने कहा, "चलो, चलते हैं। मैं छूट जाऊँगा।"

उसी समय एक अच्छा दिखनेवाला व्यक्ति एक सफेद छड़ के साथ आया, जो पूरी तरह से नेत्रहीन था, बहुत सावधानी से यह सोचते हुए अंदर आया कि वह उसका रास्ता है।

मुझे बहुत बुरा लगा। मुझे कुछ कहना था, इसलिए मैंने अपना गला साफ करते हुए कहा, "आप आज कैसे हैं?"

वे मुसकराए और कहने लगे, "आभार, मेरे दोस्त आपका आभार।"

मैं कुछ भी नहीं कह पाया और मेरा गला रुँध गया। मेरे पास जो भी अधीरता या चिंता थी, वह सब मुरझा गई।

वह एक व्यक्ति था, जो अँधेरे को भी दुआएँ दे रहा था और मैं उस उजाले को भला-बुरा कह रहा था। मैंने वह विमान पकड़ा या नहीं, मैं उस बात का खयाल नहीं रख पाया। उस दिन मैंने अपनी प्रार्थनाओं में यह दुआ की कि कभी मैं भी उस व्यक्ति की तरह बनूँ।

असल में हर दिन जब हम उठते हैं तो अपना नाम ऑबिट्यूरी कॉलम में न पाकर स्वयं को सौभाग्यशाली मानते हैं कि आज के दिन हम खुश रहेंगे।

हम अपनी बातों में शामिल हर व्यक्ति या वस्तु के बारे में कुछ अच्छा कहेंगे। अगर नहीं, तो चुप रहेंगे। कुछ गलत नहीं कहेंगे।

किसी ने कहा कि कलकत्ता के ब्लैकहोल को गरम करना भी आसान है।

मिसिसिप्पी के शहर में हम कहेंगे किसी भी प्रकार का निषेध भयानक है, पर यह व्हिस्की से बेहतर नहीं था।

मैंने एक दिन सुना कि एक आदमी का नाम लिया गया और किसी दूसरे आदमी ने उसकी आवाज यह कहकर दबा दी कि, "क्यों वह आदमी शराबी घोषित हुआ है।"

एक अन्य मौजूद आदमी ने कहा, "खैर वह कम-से-कम इसे छोड़नेवाला आदमी तो नहीं है।"

विल रोजर्स की सलाह मानें तो जिंदगी को हमेशा एक नए रूप में देखें, थोड़ा और ईडन गार्डन बढ़ाएँ। आसपास से खुश होनेवाली चीजों को देखें। महान् विल रोजर्स कभी भी किसी चीज की आलोचना नहीं करते थे, क्यों? क्योंकि वे कभी भी ऐसे किसी आदमी से नहीं मिले, जिसे वे पसंद नहीं करते थे।

आप जो कर रहे हैं, उस पर विश्वास रखें

हाँ, विल रोजर्स ने यह बात कही थी, "तुम जो भी कर रहे हो, उसे जानो, जो भी कर रहे हो, उसे प्यार से करो"

वह इतने पर ही नहीं रुके। उन्होंने आगे कहा, "आप जो भी कर रहे हैं, उस पर विश्वास रखें।"

मैंने एक ऐसे आदमी के बारे में सुना है, जिन्होंने उनके दोस्त को फोन किया और कहा, "जैक, मैंने कल रात जन्मदिन की एक अनौपचारिक पार्टी रखी है और मैं चाहता

हूँ कि तुम वैसे ही आओ, जैसे हो, किसी भी आयोजन में खड़े मत होना। दरवाजे तक पहुँचना और दरवाजे की घंटी को अपनी कोहनी से बजाकर अंदर आ जाना।"

उस व्यक्ति ने कहा, "और तो सब बढ़िया है, ठीक है, पर कोहनी से घंटी क्यों बजाऊँ?"

उनके दोस्त ने कहा, "जैक, लगता है तुम समझे नहीं। कल मेरा जन्मदिन है। तुम खाली हाथ थोड़े ही आओगे, क्यों?"

मैं नहीं चाहता कि तुम खाली हाथ आओ। यदि आप इस छोटी सी कहानी से चकित हैं, या आप भावनात्मक रूप से हिल गए हैं या मानसिक रूप से उत्तेजित हो गए हैं, तो यह पर्याप्त नहीं है।

मनुष्य को समझाने के लिए अंतिम प्रोत्साहन

आप ऐसा करके कभी खाली हाथ नहीं हो सकते, मैं आपको कुछ ऐसी बातें बताऊँगा, जो आज के दिन प्रोत्साहन के सबसे बड़े उदाहरणों में मानी जाती हैं। कोई भी चीज एक सेकंड से ज्यादा करीब नहीं हो सकती। अगर किसी चीज को हमेशा याद रखना है, तो वह यह है—

लोग आपके तर्क की गहराई से ज्यादा प्रभावित होते हैं, न कि आपके तर्क से, वह आपके उत्साह से प्रभावित होते हैं, न कि आपके द्वारा दिए गए किसी भी प्रकार के प्रमाण से।

अगर मुझे समझाने की कला की एक वाक्य में व्याख्या करनी होती, तो यह व्याख्या यह होती और मुझे पता है कि वह सही होती। समझाने का अर्थ लोगों की न को हाँ में बदलना है, इससे हमारे सोचने के तरीके नहीं बदले जाते, पर इससे हमारी भावनाएँ और सोच बदली जा सकती है। अगर किसी आदमी का विश्वास पक्का है और गहरा है तो वह सकारात्मकता से माहौल बदल सकता है। उसके जुनून को कोई बदल नहीं सकता।

इस दुनिया में सबसे समझदार व्यक्ति वह है, जिसका किसी उत्पाद या किसी सेवा या विचारों में कट्टरवादी विश्वास है। इतिहास में वह व्यक्ति ही महान् कहलाता है, जिसके बारे में लोग उसकी करनी में विश्वास करते हैं। अगर हम भविष्य के जोखिम भरे कदमों पर उनके पदचिह्नों के निशान लालटेन लेकर भी देखें तो वह समर्पण का मार्गदर्शन प्रकाशवान होना चाहिए।

यह कहा गया है कि शब्द वैसी उँगलियाँ हैं, जो आदमी के दिमाग को किसी भी रूप में ढालती हैं। शब्दों को तो हो सकता है कि कोई न भी मानें, पर एक सच्चे विश्वास से पनपे सकारात्मक दृष्टिकोण को कोई भी मना नहीं कर सकता।

सबसे पहले आपको स्वयं उस विचार पर विश्वास करना चाहिए

मैंने लोगों को यह कहते हुए सुना है कि क्या आप असाधारण दृष्टि, टेलीपैथी या साइकोप्रिडिक्शन में विश्वास रखते हैं? यह एक अजीब बात है, पर वहाँ घुसने पर ही मुझे पता चल गया था कि वह व्यक्ति मेरी बातें मान जाएगा। क्या आपको ऐसा लगता है कि यह बात मुझे किसी प्रकार के आदान-प्रदान से पता चली?

इस बात को विस्तार देने से पहले ही यह बात साफ थी। जो व्यक्ति यह विचार प्रकट कर रहा था, उसने पहले ही बहुत सेल कर ली थी। उसने अपने भीतर यह विचार इतना समाहित कर लिया था, वह प्रैक्टिकली उसे अपने भीतर इतना घुसा चुका था कि वह उसके समझने-बूझने की शक्तियों में शामिल हो गया था।

इसके अलावा, मैंने एक व्यक्ति को यह कहते हुए भी सुना था, "मैं इसे समझा नहीं सकता, पर सामनेवाला व्यक्ति मेरे मुँह खोलने से भी पहले मेरे इस विचार को नहीं मानेगा।"

वह एकदम नहीं मानेगा। वह व्यक्ति, जो यह विचार पेश कर रहा है, वह उस पर विश्वास नहीं करता और उसके अंदर आत्मविश्वास की कमी नजर आ रही है। वह स्वयं इस बात को मान रहा है कि इस विचार के लिए उसके मन में कोई उत्साह नहीं है, इसलिए वह कोई उत्साह दिखा भी नहीं सकता।

हाँ, मैं इस बात को दोहरा रहा हूँ कि यह दुनिया एक आईना है और उसे अपने विचारों, विश्वासों और उत्साह के जैसा ही आईना दिखता है।

मेरे घर में एक पिक्चर है, जो मेरे दोस्त ने मेरे लिए पेंट की है। यह पिक्चर एक भिखारी की है, जो पार्क की बेंच पर बैठा हुआ है। उसके जूतों में छेद है और पेंट से उसके घुटने बाहर झाँक रहे हैं और उसने कई दिनों से दाढ़ी भी नहीं बनाई। उसके बाल ऐसे लग रहे हैं, जैसे उसके लिए उसने अंडा फेंटनेवाली मशीन की मदद ली है और वह एक तिनका चबा रहा है। उसकी बगल से एक चालक रॉल्स रॉयस कार में बैठे ऊँची सिल्क की टोपी पहने आदमी को कहीं ले जा रहा है।

उस भिखारी ने उस तरफ बहुत आलस से देखा और बहुत सोचकर बोला, "वहाँ मेरे बिना जाओ।"

स्वयं को मध्यम विचारों में मत बाँधो

हम अपनी जिंदगी के सपनों को पूरा करने के क्रम में स्वयं को बहुत सारी चीजों से घेरे रखते हैं, जिसमें हम स्वयं को शंका रूपी आग के घेरे में झोंक देते हैं। हम जो कहते हैं या करते हैं, उसमें होनेवाली विश्वास की कमी को हमें हटा देना चाहिए।

विल रोजर्स ने अपने विशाल हृदय से यह बात कही—

आप जो कर रहे हैं, उसे जानें।

आप जो कर रहे हैं, उसे प्यार करें।

आप जो कर रहे हैं, उस पर विश्वास रखें।

इस कंपस (प्रकार) से बेहतर हमें जिंदगी में दिशा दिखाने के लिए और क्या हो सकता है ?

विल रोजर्स के इन तीन महान् निर्देशों की तुलना में मुझे कोई ऐसे गुण नहीं सूझते, जो एक दिशा दिखानेवाले कंपास (मार्गनिर्देशक) का पालन करने के लिए बेहतर सूत्र हो सकते हैं। उन्हें सावधानीपूर्वक पढ़ें और उनसे सीखनेवाले गुण पर विश्वास रखें। ये सिर्फ सफलता की ओर ले जाएँगे।

□

"आपके काम की क्वालिटी ही आगे चलकर यह तय करेगी कि आपकी पसंद को दुनिया कितना महत्त्व देती है।"

—ओरिसन स्वेट मार्डेन

5

अपना मूल्य कैसे बढ़ाएँ?

जनरल मोटर्स के चार्ल्स किटेरिंग ने कहा–

"मैं अपने लोगों से कहता हूँ कि मैं अपने साथ ऐसे लोगों को नहीं चाहता, जो सिर्फ मेरे साथ नौकरी हेतु जुड़ें; मैं चाहता हूँ कि वह व्यक्ति ऐसा साथी हो, जिसके पास नौकरी हो। मैं चाहता हूँ कि वह युवा इतनी मेहनत से वह नौकरी करे कि चाहे वह कहीं भी है, नौकरी उसी के लिए हमेशा रहे। मैं चाहता हूँ कि उसके पास नौकरी रात में सोते समय मुट्ठी में ऐसे रहे कि वह बिस्तर में उसके पैरों में पड़ उससे कहे, 'उठो, काम पर जाने का समय हो गया है।' जब नौकरी को कोई ऐसा आदमी मिलता है, तो वह आश्वस्त होता है कि वह कुछ कर लेगा।

दुर्भाग्यवश मि. किटेरिंग के सोच के कर्मचारी किसी भी छोटी या बड़ी कंपनी में आज के दिन में बामुश्किल ही मिलते हैं। किसी भी प्रकार के ऑटोमोबाइल की गुणवत्ता एक बहुमूल्य वस्तु है, जो सही तरीके से असेंबल की गई हो और जिसका कैमरा भी फँसता नहीं है और हमारा बटुआ भी उससे नहीं गिरता, उसके लिए हम अत्यधिक मात्रा में भी भुगतान करने के इच्छुक होते हैं। यह बात व्यक्तिगत सेवाओं पर भी लागू होती है। प्रथम श्रेणी के अटार्नी, डॉक्टर या मैकेनिक–कोई भी जो अपने काम को करने में गर्व करे, तो उसकी कीमत सोने के समान होती है।

सफलता के विषय पर लिखने के लिए ओरिसन स्वेट अमेरिका के सबसे पहले प्रसिद्ध लेखक थे। उनकी प्रसिद्ध पुस्तक 'पुशिंग टू द फ्रंट' सदी बदलने से पहले ही पूरे देश में सर्वाधिक बिकनेवाली पुस्तक

बनी, जो बहुत सारी भाषाओं में प्रकाशित हुई और यहाँ तक कि जापान में भी सर्वाधिक बिकनेवाली पुस्तक बन गई।

सफलता के विषय पर पहले लिखी गई पुस्तकों में एक खास बात होती थी, जो आज की पुस्तकों में नहीं देखी जाती। पहले के जमाने में लोग बहुत गहराई से लिखते थे, जिसमें उनके काम में व्याकरण की पौराणिकता और बाइबिल पढ़ने जैसी बात थी।

किसी भी इवेंट में, मि. मार्डेन की 'पुशिंग टू द फ्रंट' के पाठ के असाधारण शब्दों से यह आशा की जाती है कि अगली बार जब आप अपना सर्वश्रेष्ठ देने से कम की सोचें तो उससे पहले आपको दो बार सोचना होगा।

बहुत साल पहले एक राहत लाइफबोट में एक छेद हो गया और उसको ठीक करने के दौरान उसकी तलहटी में एक हथौड़ा मिला, जो नाव बनानेवालों ने तेरह साल पहले नाव बनाते समय छोड़ दिया था। नौका की निरंतर गति के लिए तख्ता चढ़ाते और उतारते समय हथौड़े का प्रयोग हुआ होगा।

यह बात बहुत पहले की नहीं है, यह देखा गया कि एक लड़की ने दक्षिण की एक जेल में बीस महीने की सजा को बीस साल तक काटा, उसका कारण कोर्ट के क्लर्क की एक गलती थी, जिसमें उन्होंने उस कैदियों को सजा मिलने के रिकॉर्ड में 'महीने' के बदले 'साल' लिख दिया था।

मानव सभ्यता के इतिहास में बहुत सारी भयावह दुर्घटनाएँ असावधानी एवं अपरिहार्य भूलों के कारण हुईं, जिसका कारण पूर्णता की हमेशा कमी होने के कारण एवं जल्दीबाजी में काम समाप्त करने की आदत थी।

बड़ी संख्या में लोगों ने अपनी एक आँख, एक पाँव, एक हाथ खो दिया या कई दुर्घटनाग्रस्त हो गए, क्योंकि बेईमान कार्यकर्ताओं ने पहले से बनाई हुई चीजों के साथ छेड़छाड़ की, कामचोरी की, उस काम में हुई कमियों और कमजोर जगहों को पेंट और वारनिश से छुपा दिया।

हम में से कितनों की जिंदगियाँ बेईमान काम, असावधानी, रेलरोड निर्माण में आपराधिक गलती के कारण चली गईं। कार के पहियों, लोकोमोटिव, स्टीमबोट, बॉयलर्स और इंजन के कारण हुईं दुर्घटनाओं के बारे में सोचें, या बेकार रेलों के स्विचेस के बारे में सोचें, उन बेईमान मजदूरों के बारे में सोचें, जो अपने कार्य को ठीक ढंग से नहीं किए, पर अपनी मजदूरी के चक्कर में उन्हें सही करार दिया। चूँकि लोग अपने काम के प्रति

ईमानदार नहीं हैं, इसलिए स्टील में गड़बड़ी आ गई, जिसके कारण रेल या खंभों में गड़बड़ी हो गई, फलतः लोकोमोटिव या अन्य मशीनरी टूट गई। स्टील का शाफ्ट समुद्र के बीच में टूट गया और किसी की असावधानी के कारण हजारों यात्रियों की जान की कोई कीमत नहीं रह गई।

इससे पहले कि इमारतें बनें, वे गिर जाती हैं और उसके मलबे में मजदूर दबकर मर जाते हैं, क्योंकि कुछ लोग बेईमान निकले, जिन्होंने असावधानी से काम किया, चाहे वह मालिक हो या मजदूर, उनके झूठ और धोखे से बिल्डिंग गिरी और कई लोगों की मौत हुई और कई हताहत हुए।

जमीन पर एवं समुद्र पर अधिकांश रेलवे के मलबे दुःखों का कारण बनते हैं, क्योंकि बहुत सारे लोगों की जान लापरवाही, विचारहीनता या आधे-अधूरे काम व ऐसी कई गलतियों के कारण होती है। यह काम के प्रति असावधानी, उदासीनता और मजदूरों की निम्न सोच का परिणाम है।

इस दुनिया में हर तरफ कच्चे काम के कारण बहुत दुर्घटनाएँ होती हैं। लकड़ी के पैर, बिना बाँहों वाली कमीज के स्लीव, अनगिनत कब्रें, माँ या बापविहीन घर किसी की गलती, किसी की हमेशा से गलती करने की आदत हर जगह किसी-न-किसी की असावधानी बयाँ करते हैं। दुनिया के सबसे वीभत्स अपराध कानून द्वारा सजा के लायक नहीं होते। असावधानी, लापरवाही, पूर्णता की कमी स्वयं के विरुद्ध, मानवता के विरुद्ध अपराध हैं और यह अधिकांशतः अपराधियों को समाज से बाहर निकालने के अपराध से ज्यादा हानि पहुँचाते हैं। एक छोटी सी गलती या हल्की सी भी चूक से कीमती जानें चली जाती हैं। लापरवाही भी जानबूझकर किए गए अपराध के बराबर है।

अगर हर कोई अपने काम पर अपना ध्यान लगाए, उसे पूरी तरह समाप्त करे, इससे न सिर्फ मानव जीवन की हानि होने से बचेगी, बल्कि किसी भी अनुपात में स्त्री एवं पुरुष पंगु होने से बचेंगे और स्त्रीत्व एवं पुरुषत्व को उच्चतम स्तर मिलेगा।

बहुत सारे लोग चाहते हैं कि काम की मात्रा तो बहुत हो, परंतु वे उस काम की गुणवत्ता के बारे में बहुत कम सोचते हैं। वे ज्यादा-से-ज्यादा काम करना चाहते हैं, पर उसे अच्छे तरीके से नहीं करते। उन्हें इस बात का एहसास ही नहीं होता कि शिक्षा, सुविधाएँ, संतुष्टि, सामान्य सुधार आदि किसी भी एक काम को एकदम सही तरीके से करने से आते हैं, वह उस काम को अपने खास तरीके से करे तो उसका पल्ला वे कई हजार गलत व असावधानीपूर्ण काम से ज्यादा भारी होता है।

हम इस प्रकार बने होते हैं कि जिस प्रकार की गुणवत्ता अपने कामों में डालते हैं, वह हमारे जीवन की हर चीज को प्रभावित करती है और हमारे आचरण को उसी स्तर पर लाने का प्रयास करती है। एक व्यक्ति अपने सामान्य से काम में भी विशेषता ले

आता है। किसी काम में सूक्ष्मता और सटीकता की मानसिकता संपूर्ण चरित्र को बेहतर बनाती है। इसके विपरीत ढिलाई से, असावधानीपूर्ण तरीके से, लापरवाही से सारे काम की मानसिकता का स्तर नीचे चला जाता है, इससे हमारी मानसिक प्रक्रिया नीचे जाती है और यह पूरे जीवन को निम्नता की ओर खींचती है।

कोई भी आधा–अधूरा काम या अपूर्ण काम, जो आपके हाथों से निकल जाता है, वह अपने पीछे नैतिक पतन के निशान छोड़ देता है। काम को अधूरा कर, या बुरा काम करके आप वही व्यक्ति नहीं रह जाते, जो आप पहले थे। आप अपने काम के मानक को बनाए रखने की कोशिश नहीं करते, इसलिए आपके शब्दों को पवित्र मानने की संभावना नहीं रह जाती।

किसी काम को आधे–अधूरे ढंग से करने का मानसिक एवं नैतिक प्रभाव या उसे लापरवाही से करना, उसे नीचे की ओर खींचने की शक्ति और उसकी नैतिकताओं का शायद पता भी नहीं लग पाता है, क्योंकि उसकी प्रक्रियाएँ इतनी धीरे–धीरे और छोटी होती हैं। कोई भी ऐसे व्यक्ति का सम्मान नहीं कर सकता, जो आदतन अपने काम को झुकाता है और जब आत्मविश्वास गिरता है, उसके साथ आत्मसम्मान गिर जाता है और जब आत्मसम्मान एवं आत्मविश्वास खो जाता है तो किसी भी काम में उत्कृष्टता असंभव है।

यह आश्चर्यजनक है कि किस प्रकार एक बेढंगी हरकत धीरे–धीरे किसी व्यक्ति पर मजबूती से हावी होकर उनके मानसिक उद्देश्य एवं उनके जीवन के उद्देश्य को विफल कर देती है, भले ही वह इसे बाहर निकालने की भरपूर कोशिश कर रहा हो।

मैं एक ऐसे व्यक्ति को जानता हूँ, जो बहुत ही महत्त्वाकांक्षी है और उसके भीतर काम करने की सारी क्षमताएँ मौजूद हैं। जब उसने अपना काम करना शुरू किया था, तो वह बहुत सटीक एवं मेहनती था। उसे अपने हर काम में सर्वोत्तम ही पसंद था, उसे किसी भी चीज में दूसरा सर्वोत्तम अच्छा नहीं लगता था। अपने काम को किसी भी प्रकार से कम करना उसके लिए बहुत दर्दनाक था, पर इससे उसकी मानसिक स्थिति इतनी नीचे गिर चुकी थी कि वह हतोत्साहित हो चुका था कि कुछ समय के बाद वह आदत उस पर असर दिखाने लग गई थी और वह अब अपने द्वितीय सर्वोत्तम को स्वीकार कर चुका था और अब वह बिना किसी प्रतिरोध के अपने काम में कटौती करने लग गया था और यह सब वह अनजाने में कर रहा था। वह कुछ साधारण सी चीजें करने लगा था और सामान्य चीजें, बिना किसी स्पष्ट संयम या अपमान की भावना के वह यह नहीं सोचता है कि यह त्रासदी है और वह नहीं जानता कि वह क्यों विफल हो रहा है।

मानकों को बनाए रखने के लिए अपनी महत्त्वाकांक्षाओं और आदर्शों को लगातार देखने और उन्हें बढ़ाने की आवश्यकता होती है। कुछ लोग ऐसे होते हैं कि जब वे अकेले होते हैं या जब लापरवाह लोगों के साथ या उदासीन लोगों के साथ होते हैं, तब

उनकी महत्त्वाकांक्षाएँ खत्म हो जाती हैं और आदर्श भी चले जाते हैं। उन्हें लगातार सहायता, सलाह, बातों में सहमति या दूसरों के उदाहरण की जरूरत होती है कि वे मानक बनाए रखें।

एक युवा, चाहे वह कितने ही उच्च आदर्शों वाला हो और वह कितना ही अच्छा प्रशिक्षित क्यों न हो, पर जब वह घर छोड़ता है और अपने नियोक्ता के काम पर जाता है, तो उसके आदर्श कम हो जाते हैं और वह असावधानी से काम करता है। हमारे काम में निम्नता की शुरुआत सिस्टम में थोड़े जहर के बराबर होती है। यह सामान्य प्रक्रिया को लकवाग्रस्त कर प्रभावित कर देता है। इससे हमारे आदर्श खराब होते हैं, यह हमारी महत्त्वाकांक्षाओं को शक्तिहीन कर बेवकूफ बना देता है, इससे सभी तरह से गिरावट आ जाती है।

मानव तंत्र इस प्रकार गठित होता है कि अगर कुछ गलत होता है तो वह पूरी संरचना को प्रभावित करता है। काम की गुणवत्ता एवं चरित्र की गुणवत्ता के बीच बहुत घनिष्ठ संबंध है। क्या आपने कभी गौर किया है कि किन्हीं युवा व्यक्तियों के चरित्र में तेजी से गिरावट तब होती है, जब वे अपने काम में कटौती करना शुरू कर देते हैं, काम से भागने लगते हैं। अगर आप कैदियों से पूछेंगे कि वह क्या चीज है, जिसके कारण वे बरबाद हो गए, तो उनमें से अधिकांश लोग बताएँगे कि किसी चीज से भागना, अपने काम के घंटों में कटौती करना, अपने नियोक्ता के साथ उदासीन व्यवहार कर और बेईमानी से धोखा करना इसके कुछ प्रथम लक्षण हैं।

हमें ईमानदार बनाया गया था। ईमानदारी हमारा सामान्य लक्षण है और उससे दूर जाने से हमारा नैतिक हनन होता है और हमारा पूरा व्यक्तित्व खराब हो जाता है। ईमानदारी का अर्थ हर चीज में सत्यनिष्ठा है। इसका अर्थ न सिर्फ आपके काम में विश्वसनीयता, अपितु बहुत सावधानी, शुद्धता और आपके काम में ईमानदारी है। इसका यह अर्थ नहीं है कि आप सिर्फ अपने होंठों से झूठ नहीं कह रहे हैं, बल्कि अपने काम की गुणवत्ता से भी छल रहे हैं। ईमानदारी का अर्थ संपूर्णता है। इसका अर्ध है कि सब चीजों में सच्चाई, मतलब वह सच्चाई आपके शब्दों में भी हो। ईमानदारी का अर्थ सिर्फ किसी के पैसे या चीजें चुराना नहीं है, इसका अर्थ है कि आप किसी का समय भी न चुराएँ, आप उनकी चीजें न चुराएँ या उनकी संपत्ति को नुकसान को आधा बनाकर न छोड़ें या अपने काम में ढिलाई न बरतें, या काम में लापरवाही से या उदासीनता के कारण कोई गलतीं न करें। नियोक्ता के साथ आपके कॉन्ट्रेक्ट का अर्थ यह है कि आप उसे अपना सर्वोत्तम देंगे, न कि अन्य सर्वोत्तम।

एक कामगार ने दूसरे कामगार से कहा, "तुम कितने बुद्धू हो। अपने काम में इतना दर्द लेना नहीं चाहिए, क्योंकि तुम्हें इसके लिए इतने पैसे भी नहीं मिलते। कम-से-कम

काम करके ज्यादा-से-ज्यादा पैसे कमाना मेरा नियम है और मैं तुम्हारे बराबर काम करके तुमसे दोगुना कमाता हूँ।"

तब दूसरे व्यक्ति ने जवाब दिया, "फिर भी मैं स्वयं को ज्यादा पसंद करूँगा। मैं अपने बारे में ज्यादा सोचूँगा, क्योंकि मेरे लिए यह पैसे से ज्यादा जरूरी है।"

आप स्वयं को तभी अच्छा मानोगे, जब आपको अपने अंतर्मन से इसकी स्वीकृति मिलेगी। उसकी कीमत आपके लिए वैसी किसी भी राशि से ज्यादा होगी, जो आप धोखे से, काम में ढिलाई करके या लापरवाही से काम करके कमा सकते हैं। संतुष्टि से जो चमक मिलती है, वह किसी और चीज से नहीं मिल सकती। इससे जो ऊँचाई या रोमांच आता है, वह शानदार तरीके से काम करने से आता है। सटीक काम हमेशा सिद्धातों से ही होता है, क्योंकि हम पूर्णता के लिए बने हैं। यह हमारी प्रकृति पर फिट बैठता है।

किसी ने कहा है, "लापरवाही और अज्ञानता में हमेशा एक दौड़ लगी रहती है, क्योंकि इससे बहुत समस्या खड़ी हो सकती है।"

बहुत से युवा व्यक्तियों को थोड़ा नीचे रखा जाता है, क्योंकि उनमें लापरवाही, सटीकता की कमी जैसी छोटी सी चीज भी दिखाई देती है। वे जो भी काम हाथ में लेते हैं, उसे कभी भी पूर्ण नहीं कर पाते, उन पर किसी भी सही काम के हेतु निर्भर नहीं रहा जा सकता, उनके काम को हमेशा किसी दूसरे व्यक्ति को देखना पड़ता है। आज सैकड़ों क्लर्क और बुककीपरों को कम आय पर रखा जाता है और उनकी हालत भी बुरी होती है, क्योंकि उन्होंने कभी भी काम को पूरे अच्छे तरीके से करना ही नहीं सीखा।

एक बहुत बड़े व्यवसायी ने कहा था कि कर्मचारियों की लापरवाही, अशुद्धि एवं काम में गड़बड़ी की वजह से शिकागो को प्रतिदिन एक मिलियन डॉलर का नुकसान सहना पड़ता है। उस शहर के एक बड़े व्यवसाय के मैनेजर ने कहा कि उसे गलत काम की आदत एवं काम में अशुद्धियों की वजह से होनेवाले नुकसान की वजह से संस्थान में हर जगह पिकेट्स बनाने पड़ते हैं। जॉन वॉनामेकर्स के पार्टनरों में से एक ने कहा कि अनावश्यक गलतियों की वजह से उन्हें हर साल पच्चीस हजार डॉलर का भुगतान करना पड़ा। वाशिंगटन के पोस्ट ऑफिस में डेड लेटर विभाग को एक साल में सात लाख अनडिलीवर्ड पत्र प्राप्त हुए। इनमें से अस्सी हजार पत्रों से ज्यादा में कोई पता ही नहीं लिखा था। उनमें से अधिकांश पत्र किसी व्यावसायिक घराने से थे। क्या वहाँ के क्लर्क इस लापरवाही के लिए जिम्मेदार हैं, जो किसी प्रमोशन का इंतजार कर रहे थे?

बहुत सारे कर्मचारी अपने नियोक्ता से झूठ बोलने के विचार से ही चौंक जाएँगे। हर दिन अपने काम की गुणवत्ता, बेईमानी से भरी सेवाएँ, काम से भागने और अपने मालिक के प्रति उदासीनता के कारण वह गलत करते हैं। अपने काम में भी धोखा करना, काम से भागना, मुँह से झूठ बोलना भी बेईमानी के समान है। चूँकि में कार्यालय के

कर्मचारियों को जानता हूँ, जो अपने मालिक से खड़े-खड़े झूठ नहीं बोल सकते; जब कोई संदेश दिया गया हो, तब उनका समय बरबाद नहीं कर सकते; काम के समय में छुपकर सिगरेट पीने के लिए जाने या एक झपकी लेने से, यह महसूस नहीं होता कि आप यह सारे झूठ छिपा रहे हैं, पर किसी से झूठा दिखावा करना, किसी से झूठ कहने से भी ज्यादा बदतर हो सकता है।

वह व्यक्ति, जो अपने काम में लापरवाही करता है, झूठ बोलता है, वह जो भी चीज बनाता है या बेचता है, उस काम में चोरी करता है, वह न तो स्वयं के साथ बेईमान होता है, बल्कि अन्य लोगों के साथ ही झूठ बोलता है और उसकी कीमत उसे आत्मसम्मान, चरित्र के पतन या अपने समुदाय से बाहर रहकर चुकानी पड़ती है।

वहीं हम देखते हैं कि एक गाने को बेचने के लिए सभी प्रकार की चीजें रख देते हैं, क्योंकि गाना बनानेवाले ने उसमें कोई चरित्र नहीं रखा, न ही उसके पीछे कोई विचार किया। कपड़े को आकर्षक और स्टाइलिश बनाने के लिए उस पर लगी हुई चीजें पहली बार पहनने से ही अपने आकार से बाहर हो जाते हैं और लटकने लगते हैं तथा फिर ऐसा लगता है कि यह कोई पुराना या बहुत बार पहना हुआ कपड़ा है। उसमें से बटन गिरने लगते हैं, सिलाई उधड़ने लगती है और कई जगहों से निकली हुई सिलाई यह सबूत देती है कि वह कपड़ा कम-से-कम छह बार पहनने से पहले ही तार-तार हो जाता है।

हम हर जगह देखते हैं कि फर्नीचर बहुत अच्छा दिखता है, पर असलियत यह होती है कि वह पेंबदों से भरा और कमजोर होता है, वह पेंट और वारनिश से ढका हुआ होता है। गोंद सामने लगी होती है, कुरसियों, बिस्तरों को थोड़ा भी हिलाने पर वे टूट जाती हैं, कास्टर्स बाहर आ जाते हैं, हैंडल्स निकलने लगते हैं, बहुत सारी चीजें टुकड़ों में एक साथ तब्दील हो जाती है, जबकि प्रैक्टिकली वे नई होती हैं।

आज के बाजार में बनी-बनाई बहुत सारी चीजों के पीछे एक अच्छा लेबल लगा होता है, "बिकने के लिए, न कि सर्विस के लिए।"

आजकल वैसी चीजें मिलना मुश्किल है, जो ईमानदारी से एवं अच्छी तरह से बनी हों, जिसका एक चरित्र हो, एक विशेषता हो और उसमें पूर्णता हो। अधिकांश चीजें एक साथ फेंक दी जाती हैं। चीजें बनाने में ऐसा अधूरापन, बेईमानी आजकल बहुत ही सामान्य बात है, पर जो उत्पाद ईमानदारी और सच्चाई से बना हो, वह दुनिया में अपने लिए एक इज्जत एवं एक जगह बना ही लेता है, चाहे उसकी कीमत कितनी ऊँची क्यों न हो।

अच्छी इज्जत से ज्यादा बढ़िया विज्ञापन कुछ और है ही नहीं। दुनिया के कुछ महान् निर्माताओं ने अपनी इज्जत को बेशकीमती चीज माना है, वे किसी भी अपूर्ण उत्पाद के साथ अपना नाम किसी प्रकार से भी जुड़ना पसंद नहीं करते, यहाँ तक कि

नाम के इस्तेमाल के लिए काफी मात्रा में पैसे भी दिए जाते हैं, क्योंकि ईमानदारी की काफी इज्जत होती है।

एक समय था, जब ग्राहम एवं टेंपियन के नाम पर घड़ियाँ बिकती थीं, जो उत्तम कारीगरी एवं निर्विवाद अखंडता की गारंटी थी। दुनिया के किसी भी भाग से कोई भी अनजान व्यक्ति घड़ियों के निर्माता को अपना परचेज ऑर्डर और पैसा भेजकर बिना किसी शक मँगा सकता था।

अपने काम में शुद्धता के कारण टेंपियन एवं ग्राहम वेस्टमिनिस्टर एबे में मौजूद थे, क्योंकि उन्होंने झूठ बोलने एवं बेचने से मना कर दिया था।

आप जब एक चीज को खत्म करने में सक्षम होते हैं तो आप स्वयं से यह कह सकते हैं, "इसलिए, मैं इस काम के साथ यहाँ खड़ा होना चाहता हूँ। यह अच्छी तरीके से नहीं किया गया है। यह मेरे अनुरूप अच्छा हो सकता है और इसे पूर्ण तरीके से समाप्त किया जा सकता है। मैं इसके पक्ष में खड़ा रहूँगा। मैं चाहता हूँ कि मेरा आकलन इसके लिए किया जाना चाहिए।"

कभी भी 'सही', 'बहुत अच्छे', 'काफी है' से संतुष्ट न हों। सर्वोत्तम से कम में संतुष्ट न हों। अपने काम में ऐसी गुणवत्ता लाएँ कि जो कोई भी पास में आए, वह आपके काम को जरूर देखकर जाए। उस काम में समा जाएँ, उसे अपना लें, उस काम में अपनी श्रेष्ठता का ठप्पा जरूर लगाएँ। आप जो भी काम करते हैं, उस पर आपकी इज्जत हमेशा दाँव पर लगी होती है, आपकी इज्जत ही आपकी पूँजी है। आप कोई खराब काम बर्दाश्त भी नहीं कर सकते, काम को बीच में छोड़ देने का जोखिम नहीं उठा सकते। आपके काम चाहे जितने भी तुच्छ अथवा गैर-जरूरी ही क्यों न हों, उसमें आपकी उत्कृष्टता की छाप जरूर दिखनी चाहिए। आपके हाथ से जो भी काम हो, आपको उसका ध्यान करना चाहिए। आप जिस काम पर हाथ लगा दें, उसे अच्छा ही होना चाहिए। टैंपियन भी अपनी दुकान से जानेवाली हर घड़ी का ऐसा ही खयाल रखते थे। उनके अनुसार आप अपना सर्वोत्तम कर सकते हैं, मनुष्य अपनी क्षमता द्वारा सर्वोत्तम चीजें उत्पादित कर सकता है।

एक कलाकार और एक शिल्पकार के बीच का जो अंतर होता है, वही अंतर किसी काम के अच्छे होने व उसके सर्वोत्तम होने में होता है। किसी काम में थोड़ा सा हाथ लगाकर एक औसत आदमी जब निकल जाता है, वही कलाकार हाथ लगाकर उस कृति को नायाब बना देता है।

अपने काम का वैसे ही सम्मान करें, जैसे स्टारडिवारियस ने वायलिन का किया था, उन्होंने इस वाद्य को अनंत से जोड़ दिया, वह कभी भी टुकड़ों में नहीं जाना गया। स्टारडिवारियस को अपने वायलिन के लिए किसी पेटेंट की जरूरत नहीं पड़ी और जितनी बेहतरी से उन्होंने वायलिन को एक रूप दिया, वैसा किसी वायलिन बनानेवाले ने

आज तक नहीं दिया, उन्होंने इस वाद्य पर अपनी श्रेष्ठता का ठप्पा लगवाया। आज के दिन में मौजूद हर 'स्टारडिवारियस' की कीमत तीन से दस हजार डॉलर के बीच होगी या उसकी कीमत सोने की कीमत से कहीं ज्यादा होगी।

आप उस मूल्य की प्रतिष्ठा के बारे में सोचें, जो स्टारडिवायरिस या टैंपायिन ने अपने काम में पूर्णता के जरिये कमाई, अपने काम में गुणवत्ता को हासिल करने का जज्बा आपमें होना चाहिए। शुद्धता से परिपूर्ण, किसी चीज की सूक्ष्मता लेकर अपनी जमीन बनाए रखना जीवन का एक सिद्धांत है और ऐसे लोग ही हमेशा उत्कृष्टता की ओर बढ़ते हैं।

अगर उसका कर्मचारी दर्द लेनेवाला, सावधान व सटीक काम करता है तो उसके नियोक्ता पर इन सारी प्रवृत्तियों का बहुत गहरा प्रभाव पड़ता है। उसे पता होता है कि अगर कोई युवक अपनी सारा ध्यान काम में लगाए हुआ है और वेतन या अन्य किसी चीज की परवाह किए बिना वह अपने सिद्धांतों के साथ काम कर रहा है, उसे उसके काम में सर्वोत्तम के बदले कुछ भी अगर स्वीकार्य नहीं है तो वह असली में ईमानदार एवं अच्छे गुणों से संपन्न व्यक्ति है।

मैं ऐसी कई घटनाओं से होकर गुजरा हूँ, जहाँ किसी काम में उन्नति काम में रुचि के कारण बाधित होती है। एक कर्मचारी का काम के प्रति कम दर्द लेने से काम प्रभावित होता है और जितनी उस व्यक्ति से आशा थी, उसकी अपेक्षा कम प्रदर्शन करके उसे कमतर कर देता है। नियोक्ता जितना कुछ सोचते हैं, वह सब नहीं कह देते, पर वह सर्वश्रेष्ठ लोगों का जल्द ही पता लगा लेते हैं। वे उस कर्मचारी पर अपनी निगाह गड़ाए रहते हैं, जिसके ऊपर सर्वश्रेष्ठता का ठप्पा होता है, जो अपने काम के साथ दर्द लेता है और जो उस काम को पूरा करके ही दम लेता है। वे जानते हैं कि उसका भविष्य उज्ज्वल है।

जॉन डी. रॉकफेलर जूनियर कहते हैं कि "सफलता का राज है कि एक सामान्य से काम को भी श्रेष्ठता के साथ करें।" अधिकांश लोग उन कदमों को नहीं देखते, जो उन्हें ऊपर की ओर ले जा सकते हैं, चाहे थोड़ा-थोड़ा ही सही, शिष्ट रहकर अपने वफादार कदमों से अपने हर रोज के काम पूरा करते रहें। जो भी काम आप कर रहे हैं, उससे एक-न-एक दिन आपकी प्रोन्नति के दरवाजे जरूर खुल जाएँगे।

बहुत सारे कर्मचारी कुछ खास चीज का इंतजार कर रहे होते हैं कि अगर वह हो गया तो उन्हें अपनी प्रतिभा को दिखाने का एक अवसर मिलेगा। वे स्वयं से पूछते हैं कि 'वहाँ क्या हो सकता है ?', 'ऐसे बेकार से रूटीन में सामान्य सी चीजें करने में मेरी मदद कौन करेगा ?', पर यह युवा ही है, जो इन सामान्य सी सेवाओं में बहुत असामान्य से मौके की खोज से निकालते हैं; एक सामान्य सी स्थिति, जो उन्हें इस दुनिया में मिल

जाती है। आप जो भी करते हैं, उन चीजों की तुलना में वे थोड़ा बेहतर करते हैं, थोड़ी ज्यादा सफाई से, जल्दी, थोड़ा और सटीक और थोड़े ज्यादा अवलोकन के साथ वे चीजें करते हैं। पुरानी चीजों को नए एवं प्रगतिशील तरीके से करने की खोज में सरलता है। थोड़ा और विनम्र बनें। थोड़ा और कृतज्ञ, आशावादी व थोड़ा और ऊर्जावान बनें। अपने एवं अन्य नियोक्ताओं का ध्यान आकर्षित करने के लिए आप सब और थोड़ा-थोड़ा परिवर्तित हो सकते हैं।

बहुत सारे लोगों को उनके नियोक्ता उनकी जानकारी के बिना ही काफी पहले से उच्च पदों के लिए चुन लेते हैं। हो सकता है कि इसमें महीनों लग जाएँ, या उस नियुक्ति के आने में एक साल लग जाए, पर वह पद जब भी आता है और जिसे 'अच्छा व बेहतर' के बीच में से चुना गया है, 'काफी अच्छा व उत्कृष्ट' के बीच में से चुना गया है, जिस चीज को अन्य लोग 'अच्छा' व आप जिस चीज को 'सर्वोत्तम' मानते हैं, को अपने आप अपनी एक जगह मिल जाती है।

अगर आपके स्वभाव में यह शामिल है कि आप सर्वोत्तम से किसी अन्य कमतर चीज के साथ संतुष्ट नहीं होते; आप जो भी काम करते हैं, उसमें आप अपने मानक पहले ही स्थापित कर लेते हैं; आप जो भी काम करते हैं, अगर आप उसमें अपने मानक वैसे ही स्थापित रखते हैं तो किसी-न-किसी दिन आपको उत्कृष्टता अवश्य मिलेगी। अगर आप उसी तन्मयता और एकाग्रता के साथ के साथ काम करते रहेंगे तो एक-न-एक दिन आप उस काम में उत्कृष्ट हो जाएँगे।

पर आप ढीले-ढाले काम से संतुष्ट हैं, आधे-अधूरे काम से खुश हैं, आपको यह पता ही नहीं है कि किस मात्रा में काम करना चाहिए या आपको अपने परिवेश के बारे में या अपनी व्यक्तिगत आदतों के बारे में पता ही नहीं है तो आपको दूसरे पायदान में बैठने की संभावनाएँ रखनी चाहिए और आपको जुलूस के पीछे-पीछे जाना पड़ेगा।

वे लोग, जिनका काम बहुत ही शानदार रहा है, उनके काम करने के तरीके भी एकदम अलग होते हैं। वे बीच में कोई भी काम को कर संतुष्ट नहीं होते। वे लकीर के फकीर नहीं होते, उन्होंने अपने काम को किसी सीमा में बाँध नहीं रखा होता, अन्य लोग जिस प्रकार उस काम को कर रहे हैं, वे उसी तरह उस काम को कर संतुष्ट नहीं होते, जबकि वे उसे थोड़ा बेहतर करते हैं। वे अपने हाथ में आए हुए हर काम को थोड़ा और आगे ले जाने का प्रयत्न करते हैं, थोड़ा और दूर ले जाने का प्रयत्न करते हैं। अगर वे काम को थोड़ा आगे और ले जाने की कोशिश करते हैं तो वे उस काम में गुणवत्ता लाने की कोशिश करते हैं। उनकी लगातार कोशिश होती है कि वे हर काम को उच्चतम श्रेणी का करने की कोशिश करें और उत्कृष्टता का मुकाम हासिल करें।

ऐसा कहा जाता है कि डेनियल वेबस्टर ने इस सिद्धांत के साथ अपने राज्य में ऐसे

चौडर का निर्माण किया कि वे किसी भी काम में दूसरे स्थान में नहीं रहेंगे। ऐसे संकल्प के साथ अपना कॅरियर शुरू करना अच्छी बात है कि हम किसी भी काम में दूसरे स्थान में नहीं होंगे। आप कुछ भी काम करो, उसे जितना अच्छा कर सकते हो, उसे वैसा करने की कोशिश करो। कमतर करने का अर्थ नहीं। हर काम सर्वोत्तम करो, सर्वोत्तम से ही डील करो, सर्वोत्तम चुनो और सर्वोत्तम जिओ।

हम अपने चारों ओर ऐसे द्वितीय श्रेणी के पुरुष क्लर्क पाएँगे, जो एक गज से ज्यादा दूर नहीं होंगे। ऐसे मेकैनिक पाएँगे, जो गोलमाल करते मिलेंगे और वे कभी भी उस बुद्धि से आगे नहीं बढ़ पाएँगे। ऐसे लोग बहुत ही सामान्य सी जगह में हमेशा देखने को मिलेंगे, क्योंकि वे किसी काम को अपना समझकर नहीं करते, उस काम में अपना मन नहीं डाल देते और कभी भी प्रथम श्रेणी में उस काम को करने की कोशिश नहीं करते।

इच्छा की कमी या प्रथम स्थान में रहने की कोशिश की कमी के कारण ही वे हमेशा दूसरा स्थान हासिल करते हैं। अपव्यय, गलत आदतें, स्वास्थ्य का ध्यान न रखना, शिक्षा की कमी, इन सब कारणों से वे दूसरे स्थान के आदमी बन जाते हैं। अपव्यय के कारण व्यक्ति कमजोर हो जाता है, उससे उसकी बुद्धि क्षीण हो जाती है, अपने ही चीजें भोगने के कारण उसकी उन्नति रुक जाती है और इस कारण वह तीसरी श्रेणी का नहीं, तो दूसरी श्रेणी का व्यक्ति बनकर रह जाता है। एक व्यक्ति, जो अपने अवकाश के घंटों में मनोरंजन कर अपनी शक्ति एवं ऊर्जा का अपव्यय करता है, वह अपना खून खराब करता है, उसका शरीर हवा में फड़फड़ाता रहता है, वह आधा आदमी होता है, उसे किसी भी तरह प्रथम श्रेणी का आदमी नहीं कह सकते।

हर कोई उन चीजों को जानता है, जिससे दूसरे दर्जे का इनसान बन सकें। छोटे बच्चे अपने से बड़े बच्चों को देखकर सिगरेट पीना सीखते हैं, ताकि वे उनकी तरह 'स्मार्ट' दिखें। फिर वे सिगरेट पीते रहते हैं, क्योंकि उन्हें उसकी लत लग जाती है और वह बहुत हानिकारक होती है। आदमी किसी भी कारण से पीता है, कारण कुछ भी हो, वह कभी भी प्रथम श्रेणी का पुरुष नहीं रह सकता और पीता ही रहता है। अन्य किसी भी प्रकार का अपव्यय सही माना जा सकता है, क्योंकि उससे आनंद का अनुभव होता है, पर एक बात पक्की है कि द्वितीय श्रेणी का व्यक्ति बनने के लिए सर्वश्रेष्ठ व्यक्ति को नीचे तो गिरना ही पड़ेगा।

अपनी हर गलती से आप आदत बनाते हैं, जिससे आप खुद पर नियंत्रण रख सकें, वह भी आपको द्वितीय श्रेणी का आदमी बनाता है और इससे आपको हमेशा हानि ही होती है, इससे आपकी इज्जत, स्थिति, धन और खुशी को हानि ही मिलती है। स्वास्थ्य से संबंधित असावधानी बरतने से आप स्वयं को कमजोर महसूस करते हैं। अर्थशास्त्रियों से

बात करने पर पता चलता है कि वह वर्ग डूबा हुआ है, जो सर्वश्रेष्ठ पुरुषत्व एवं स्त्रीत्व के निशान से नीचे है। कभी-कभी तो उनकी गणना द्वितीय श्रेणी या तीसरी श्रेणी के लोगों में होती है, क्योंकि जो लोग उनके नाबालिग उम्र में उनकी देखभाल के लिए जिम्मेदार होते हैं, वे स्वयं गलती पर थे और वह यही सीखते आए। इसलिए वे द्वितीय श्रेणी के व्यक्ति बन गए। किसी भी प्रकार की शिक्षा हमारी भूमि में व्यावहारिक रूप से सभी के लिए संभव है। अच्छी शिक्षा पाने की विफलता, चाहे वह किताबों से हो या किसी बिजनेस ट्रेनिंग से हो, आपको द्वितीय श्रेणी तक पहुँचा देती है।

अवसर के इस युग में अक्षमता कोई बहाना नहीं हो सकती। जब प्रथम स्थान पाया जा सकता है और हर जगह प्रथम श्रेणी के लोगों की पूछ है, तब द्वितीय श्रेणी में रहने का कोई बहाना नहीं चलेगा।

जब प्रथम श्रेणी में नहीं आया जा सकता, तभी द्वितीय श्रेणी में रहने की बात होती है। जब आप पैसे देते हैं तो आप प्रथम श्रेणी के कपड़े पहनते हैं, पहली श्रेणी का मक्खन खाते हैं, सबसे अच्छा मांस खातें हैं, ब्रेड खाते हैं या जब आप यह सब नहीं कर पाते, तो क्या तब भी यह सब कर पाते हैं। द्वितीय श्रेणी के लोगों की कोई पूछ नहीं है और दूसरी श्रेणी के सामान की भी। इन सब चीजों की जरूरत तब ही होती है, जब इनकी बहुत कमी हो या उनकी कीमत उस समय कुछ ज्यादा हो गई हो। किसी काम के लिए अगर किसी चीज की सबसे ज्यादा जरूरत है, तो वह है प्रथम श्रेणी के लोगों की। अगर आप स्वयं को किसी भी काम में सर्वोच्च बना लेते हैं, आपकी जो भी स्थिति एवं परिस्थिति हो, आपका कोई भी रंग-रूप हो, आपकी हमेशा माँग रहेगी। आपको राजा भी कहा जाता है और आप कितने ही विनम्र ही क्यों न हों, आपको सफल होने से कोई भी नहीं रोक सकता है।

यह दुनिया एकदम भी नहीं चाहती कि आप एक फिजिशियन हों, वकील हों, किसान हों या कोई मर्चेंट हों, पर वह यह जरूर चाहती है कि आप जिस काम तो भी अपने हाथ में लें, उसे अच्छे से करें, उसे अपनी पूरी ताकत के साथ करें और अपनी पूरी क्षमता के साथ करें। दुनिया की यह माँग है कि आप अपनी लाइन के मास्टर बनें।

अपने समय के सबसे उम्दा दिमागवाले डेनियल वेबस्टर को एक बार कांग्रेस के सेशन की समाप्ति के दौरान कुछ सवालों के लिए एक भाषण देने को कहा गया, उन्होंने जवाब दिया, "मैंने स्वयं को तब तक किसी मुद्दे पर बोलने की इजाजत नहीं दी, जब तक मैं उस मुद्दे को अपना न बना लूँ। मेरे पास इसके लिए समय नहीं है, इसलिए मैं इस मुद्दे पर बात करने से मना करता हूँ।"

डिकेन्स दर्शकों के सामने तब तक पढ़ने की मंजूरी नहीं देते थे, जब तक उन्होंने उस विषय के संबंध में पहले से अच्छी तैयारी न की हो।

फ्रेंच उपन्यासकार बॉलजैक कभी-कभार पूरे हफ्ते सिर्फ एक ही पन्ना लिखते थे।

इंग्लैंड, आयरलैंड एवं स्कॉटलैंड के थिएटरों में विलियम मैकरेडी जब कम दर्शकों के बीच अपने नाटक का प्रदर्शन करते थे, तो ऐसे करते थे कि जैसे वे दुनिया के सबसे बुद्धिमान दर्शकों के बीच अपनी कला दिखा रहे हों।

पूर्णता सभी सफल पुरुषों की विशेषता है। जीनियस लोग अनंत दर्द लेने की कला जानते हैं। बहुत सारे अमेरिकियों की यह विशेषता है कि वे यह सोचते हैं कि वे अपने कॅरियर में किसी भी प्रकार का बुरा, अधूरा और बीच में काम छोड़ सकते हैं और उन्हें उसके बदले प्रथम श्रेणी के उत्पाद मिलें। वे यह बात महसूस ही नहीं करते कि जितनी भी बड़ी सफलताएँ हैं, वे बहुत सावधानी, अनगिनत दर्द लेकर, यहाँ तक कि किसी भी काम को सूक्ष्मता के साथ करने से मिलती हैं। कोई भी युवक किसी भी काम को तब तक पूरा करने की आशा नहीं रख सकता, अगर वह उसे पूरी तन्मयता एवं शुद्धता के साथ न करें और वह उसके जीवन की आदतों में शामिल न हो जाए। नेपोलियन के अनुसार, "काम में अपूर्णता, अशुद्धि काम को आधा करने की आदत किसी भी युवक का कॅरियर समाप्त कर देती है।"

अगर हम ऐसे लोगों की लिस्ट जाँचें, जिन्होंने इस दुनिया में अपनी एक पहचान बनाई है, तो नियमतः हम यह पाएँगे कि ये वे लोग नहीं हैं, जो अपनी जवानी में बहुत तेज थे, या जिन्होंने जो बनने का वादा किया था, वही बनकर दिखाया, बल्कि ये वे लोग हैं, जो परिश्रमी रहे हैं, वह किसी चमक से चमकदार नहीं हैं, बल्कि उनके भीतर काम करने की शक्ति है, वह तब तक उस काम को करते रहते हैं, जब तक वह खत्म न हो जाए और उन्हीं का काम अच्छे तरीके से समाप्त होता है, जिनके पास धैर्य, दृढता, सामान्य ज्ञान व ईमानदारी हो।

पूरी तरह से लड़के; उन लड़कों को कह सकते हैं, जिनकी बातें ऊँचे पद पर रहकर सुनी जाती है और यह उन लड़कों की जगह ले लेते हैं, जो पूरी तरीके से स्मार्ट होते हैं। एक ऐसा ही लड़का था इलिहू रूट, जो अब अमेरिका का सीनेटर है। जब वह न्यूयॉर्क के क्लिंटन शहर में ग्रामर स्कूल के एक विद्यार्थी थे, तो उन्होंने यह ठान ली थी कि वे जो भी पढ़ेंगे, उसे तब तक पढ़ेंगे, जब तक वे उस पर महारत हासिल नहीं कर लेते। अपने स्कूल के सबसे तेज बच्चों में तो वे शामिल नहीं थे, पर उनके शिक्षक ने जल्द ही यह पाया कि इलिहू को वे सारी चीजें बहुत अच्छी से याद हैं, जिसे वह पूरी तरीके से जानते थे। उन्हें उन कठिन समस्याओं को सुलझाने में मजा आता था, जिसके लिए एप्लीकेशन और धीरज की आवश्यकता होती है। कभी-कभार लड़के उन्हें बैल की तरह परिश्रम भी करते थे, पर इलिहू मुसकराते रहते थे, क्योंकि उन्हें पता था कि वे क्या हैं। इलिहू अधिकांशतः अपने कमरे में ही होते थे और अर्थमैटिक या एलजेब्रा कर रहे

होते थे। हाल ही में मि. रूट ने बताया कि अगर बचपन में समस्याओं के कारण उनके लिए कुछ नहीं किया गया, तो वे सावधानीपूर्वक उन समस्याओं का हल जुटाने में लग गए। हर समस्या का सिर्फ एक ही जवाब था और धैर्य के साथ ही उसकी कीमत अदा करनी पड़ती थी।

कानून में 'हर काम को समाप्त करने के लिए करना है' के नियम को लाने से वह न्यूयॉर्क बार के एक महत्त्वपूर्ण सदस्य बन गए, जो बहुत सारे हितों से घिरा हुआ था और फिर वह राष्ट्रपति की कैबिनेट के सदस्य भी बन गए।

विलियम इलेरी चैनिंग, जो ग्रेट न्यू इंग्लैंड के प्रसिद्ध व्यक्ति थे, के पास युवावस्था में अपने लिए आवश्यक कपड़े खरीदने तक के पैसे नहीं थे, उसके पास आत्मसुधार का जज्बा था। वे कहते हैं कि मैं सबसे ज्यादा स्वयं को बनाना चाहता हूँ। मैं चीजों को ऊपर-ही-ऊपर अधूरा जानकर खुश नहीं था, इसलिए मैंने जो भी पढ़ा था, उसके बारे में मैं व्यापक जानकारी चाहता था।

हमारी सबसे बड़ी कमी यह है कि हम पूर्णता चाहते हैं। आपने कितनी बार किसी पुरुष या स्त्री को अपनी जिंदगी में काम के लिए तैयार देखा है। वे इसके लिए थोड़ी सी शिक्षा चाहते हैं, कुछ किताबों की पोथियाँ और फिर वे बिजनेस करने के लिए तैयार होते हैं।

हमारे देश की विशेषता है कि हम कहते हैं कि हमारे पास समय नहीं है और यह हर जगह पर लिखा होता है—कॉमर्स में, स्कूल में, सोसाइटी में या किसी धार्मिक संस्थान में भी। हम हाई स्कूल, सेमिनेरी या कॉलेज की शिक्षा का भी इंतजार नहीं करते। लड़के युवा होने का इंतजार नहीं करते और युवक पुरुष बनने का। युवा व्यक्ति किसी-न-किसी तरह बिजनेस करने लग जाते हैं, चाहे उनकी शिक्षा या कोर्स पूरा न हुआ हो। वे बुरे, उत्तेजित करनेवाले या मध्य उम्र में टूट जानेवाले काम करते हैं, यहाँ तक कि कई लोग चालीस की उम्र में बूढ़े होकर मर जाते हैं।

शायद ही अमेरिका के अलावा कोई अन्य देश है, जहाँ इतने बुरे तरीके से कोई काम होता है। मेडिकल के विद्यार्थी आधे-अधूरे प्रशिक्षित होते हैं, जो गोलमाल पर अपने मरीजों की चीर-फाड़ करते हैं, क्योंकि वे पहले से ऑपरेशन के लिए कोई तैयारी करके नहीं रखते। अर्ध-प्रशिक्षित वकील अपने केस में गलती करते रहते हैं और वे अपने क्लाइंट से अपने उस अनुभव के पैसे ले लेते हैं, जो एक कानून का विद्यालय उन्हें देता। अर्ध-प्रशिक्षित पादरी झूठ-मूठ का ज्ञान देते रहते हैं और अपने बुद्धिमान एवं सुसंस्कृत ग्रामवासियों को बरगलाते रहते हैं। बहुत सारे अमेरिकी युवक अपने जीवन में आधे-अधूरे काम से गुजारा कर लेना चाहते हैं और फिर अपनी असफलता के लिए समाज को इसका जिम्मेवार मानते हैं।

एक प्रसिद्ध व्यक्ति द्वारा भारी-भरकम शब्दों से भरा परिचय-पत्र लेकर एक युवक न्यूयॉर्क के रेपिड ट्रांसिट कमीशन के चीफ इंजीनियर पारसंस के पास एक प्रत्याशी के तौर पर गया, तो मि. पारसंस ने उससे पूछा, "वह क्या कर सकता है, तुम्हारी क्या विशेषता है?" उस युवक ने कहा कि वह सबकुछ कर सकता है। चीफ इंजीनियर ने इंटरव्यू समाप्त करते हुए कहा, "अच्छा। मेरे लिए वह आदमी किसी काम का नहीं है, जो लगभग हर काम कर सकता है। मैं ऐसे लोग चाहता हूँ, जो कोई एक काम करें, वह भी पूर्णता के साथ।"

किसी भी काम में प्रवीणता के द्वार के आगे कई व्यक्तियों की भीड़ है। वे कई बड़े-बड़े कामों को आधे तक तो समाप्त कर सकते हैं, पर कोई भी एक काम पूरा समाप्त नहीं कर सकते। उनके पास कुछ अधिग्रहण होते हैं, जो कभी भी मौजूद नहीं होते, क्योंकि वह कौशलता के करीब भी नहीं होते, वह दक्षता के पहले ही रुक जाते हैं। हम में से कितने लोग एक या दो भाषाएँ जानते हैं, जिन्हें न तो वह पढ़ सकते हैं और न ही लिख सकते हैं। वे एक या दो विज्ञानों में से कितना जानते हैं, जिनके तत्त्वों के बारे में उन्होंने पूरी तरीके से प्रवीणता हासिल की हो, एक या दो कलाओं के बारे में, जिनका वे लाभ या संतुष्टि के लिए अभ्यास भी नहीं कर सकते।

वाशिंगटन के पेटेंट ऑफिस में सैकड़ों, हाँ, हजारों आविष्कार बेकार पड़े हुए हैं, क्योंकि वे प्रैक्टिकल नहीं है, क्योंकि जिस व्यक्ति ने उस आविष्कार को करना शुरू किया, उसने उसकी गुणवत्ता, शिक्षा और व्यावहारिकता के बिंदु पर ले जाने की आवश्यक क्षमता में कमी कर दी।

यह दुनिया आधे-अधूरे काम में असफल लोगों से भरी है, जिन्हें थोड़ी और दृढता की जरूरत है, थोड़ी और अच्छी मेकैनिकल ट्रेनिंग, थोड़ी और अच्छी शिक्षा की आवश्यकता है, जिससे सभ्यता को और उपयोगी बनाया जा सके। सोचिए, कितना नुकसान होगा, अगर एडिसन एवं बेल जैसे लोग आगे नहीं आते और लोगों के अधूरे काम को सफल बनाने की कोशिश नहीं करते।

अपनी जिंदगी का यह नियम बना लें कि आपके हाथ से जो भी काम होकर जाए, वह सर्वोत्तम हो। उस पर अपने पुरुषत्व का ठप्पा लगा दें। अपने काम में श्रेष्ठता का ठप्पा लगा दें, आप जो भी चीज छुएँ, उससे आपका एहसास हो। यही आपका नियोक्ता भी चाहता है। इसके लिए सर्वोत्तम मस्तिष्क की जरूरत होती है। यह जीनियस लोगों का अच्छा विकल्प है, यह नकद के मुकाबले बढ़िया पूँजी है, यह दोस्तों से ज्यादा अच्छा प्रमोटर है या प्रभावी लोगों के साथ खिंचता चला जाता है।

एक सफल निर्माता कहता है, "अगर आप एक अच्छी पिन बनाते हैं तो आप एक खराब स्टीम इंजन बनाने के मुकाबले कहीं ज्यादा अच्छा कमाएँगे।" इमर्सन कहते हैं कि

"अगर एक व्यक्ति एक बेहतर किताब लिख सकता है, एक अच्छा उपदेश दे सकता है या अपने पड़ोसी की अपेक्षा एक बेहतर चूहेदानी बना सकता है, चाहे वह अपना घर जंगलों के बीच में बनाए, दुनिया अपने आप उसके घर तक जाने का रास्ता खुद-ब-खुद बना लेगी।"

अपने काम के लिए आपको जो कुछ भी मिल रहा हो, उसके लिए खुद को ज्यादा उसमें मत घुसाओ। आपके पास असीम महत्त्व की कोई-न-कोई चीज है, जिसका बहुत ज्यादा मूल्य है और वह दाँव पर लगी हुई है। जिस भी चीज के लिए आपको काम पर रखा गया है, उसमें विवेक की कमी के कारण आप जिस प्रकार काम करते हैं, उससे आपकी इज्जत, आपका पूरा कॅरियर, आपके भविष्य की सफलता प्रभावित होगी। आपका चरित्र, पुरुषत्व, स्त्रीत्व दाँव पर लग जाता है, जिसके आगे आपका वेतन कुछ भी नहीं है।

आप जो भी करते हैं, वह आपके कॅरियर का हिस्सा है। अगर कोई काम आपके हाथों से निकल जाए, उसे लापरवाही से किया जाए, उसमें घपला कर दिया जाए, या उसे ढिलाई से किया जाए तो इससे आपका चरित्र प्रभावित होगा। अगर आपका काम इतनी बुरी तरीके से किया जाएगा और उसे टुकड़ों में बाँट दिया जाएगा, अगर उसे अधूरा छोड़ दिया जाएगा, उसे करने में ईमानदारी नहीं बरती जाएगी, तो आपके चरित्र को अपूर्ण, बेईमान कहा जाएगा। हम सब इन सब चीजों के टुकड़े हैं। हमारा चरित्र बेईमान नहीं हो सकता और हमारा कॅरियर बिना किसी आक्षेप के होना चाहिए, पर अगर हम बेकार वस्तु पर अपना समय बरबाद कर अपने काम को अधूरा छोड़ देंगे तो हम लगातार उस काम में अपना समय बरबाद कर रहे हैं।

जो व्यक्ति शर्म एवं नीचता के साथ वास्ता रखता है, जिसने अपनी जिंदगी में अपने काम को अधूरा छोड़ा है, तो यह तो पता ही होगा कि वह असली आदमी नहीं है, वह यह कभी नहीं सोच सकता कि उसका कॅरियर अधूरा रह गया। जिसकी जिंदगी में सिर्फ सच एवं झूठ का विनिमय होता है, जो फालतू एवं अपूर्ण एवं लापरवाहीयुक्त कामों को करता है, वह अच्छाई के हर तत्त्व को डिमोरलाइज करता है। बीचर ने बताया कि रस्किन को पढ़ने के बाद वे पहले जैसे नहीं रहे। एक बार खराब काम करने के बाद आप कभी भी वह पुराने व्यक्ति नहीं रह सकते। आप सिर्फ अपने लिए नहीं सोच सकते और उस आदमी के लिए, जिसके लिए आप काम कर रहे हैं, उसके प्रति काम की गुणवत्ता को लेकर अन्याय नहीं कर सकते, अगर आप अपने काम में कटौती करेंगे, तो इससे न सिर्फ आपकी दक्षता पर घातक झटका लग सकता है, अपितु आपके चरित्र को भी यह मार देता है। अगर आप एक संपूर्ण व्यक्ति हैं तो आपको अपने काम की गुणवत्ता को लेकर ईमानदार रहना होगा। कोई भी व्यक्ति, जो अपनी ईमानदारी पर भरोसा नहीं रख

सकता, वह कभी खुश भी नहीं रह सकता। हम इस प्रकार बनाए गए हैं, हर सही चीज से, हर सिद्धांत से अगर निकल जाएँ तो हम अपना आत्मसम्मान खो देते हैं और फिर हम दु:खी हो जाते हैं।

जब भी हमारे भीतर से आवाज आती है, तो हम सही करने के लिए उस आंतरिक कानून का पालन करते हैं, हम अपनी आत्मा की सुनते हैं और जब-जब उसका विरोध या प्रतिकार करते हैं तो हम उसकी अवज्ञा करते हैं।

अपने काम के लिए उच्चतम सिद्धांत रखते हैं, काम के किसी भी मॉडल के लिए दिमाग रुकता है और जिंदगी उसे दोहराती है। आपका जो भी पेशा हो, काम में गुणवत्ता आपकी जिंदगी का नारा होना चाहिए।

एक प्रसिद्ध कलाकार ने कहा है कि वह स्वयं को कभी भी निम्न स्तर की ड्राइंग या पेंटिंग देखने की अनुमति नहीं दे सकते, कोई भी काम, जो उनके स्तर से कमतर या डिमोरलाइजिंग हो, उससे अपरिचित रहना ही बेहतर है और अपने ब्रश से अपने आदर्श चित्रित करने चाहिए।

बहुत सारे लोग समय की कमी को आधे-अधूरे व बुरे काम के लिए जिम्मेदार मानते हैं, पर जीवन की सामान्य परिस्थितियों में जो भी काम किया जा सकता है, उसके लिए पर्याप्त एवं बहुत सारा समय है।

उस व्यक्ति के व्यक्तित्व में श्रेष्ठता के तमगे अपने आप जुड़ते जाते हैं, जो अपने काम में हमेशा गुणवत्ता लाता रहता है। उसके काम में पूर्णता, संतुष्टि, खुशी का अनुभव होता है, जो हर काम सर्वश्रेष्ठ काम करता है, उसे कभी इन चीजों की कमी नहीं होती। उसे अधूरा काम करने पर, समस्याओं से दूर भागने पर भूत नहीं डराते हैं और न ही वह सोए-सोए जग जाता है।

जब हम अपनी पूरी ताकत से अपना सर्वोत्तम देते हैं, तो हमारा स्वभाव भी परिवर्तित होता है। जब हम नीचे जाते हैं तो सारी चीजें हमें देखती हैं। आकांक्षाएँ जिंदगी की ऊँचा उठाती हैं, स्वयं को नीचे गिराने से जिंदगी भी नीचे जाने लगती है।

ऐसा कभी मत सोचें कि काम को आधा-अधूरा छोड़कर, लापरवाही से किया हुआ काम या ढिलाई से किए हुए काम से आपको कुछ सुनने को नहीं मिलेगा।

जीवन के अप्रत्याशित क्षणों में एवं शर्मनाक स्थितियों में यह आपके कॅरियर के साथ आगे बढ़ेगा। जब आप इसकी कम-से-कम अपेक्षा करते हैं, तब यह आपको अपमानित करेगा। जैसे बैंक्वो का भूत, आपके अप्रत्याशित क्षणों में आपकी खुशियों के बीच अपने आप आ जाता है।

हजारों लोगों को पीछे जाना पड़ता है और उन्हें नीची पोजिशन लेनी पड़ती है, क्योंकि वे अपनी जिंदगी से काम को अधूरा छोड़ने की आदत से बाज नहीं आते, जैसे

काम में अशुद्धता की आदत, अपूर्णता की आदत, लापरवाही से काम करने की आदत, स्कूल में मुश्किल समस्याओं से दूर भागना, अपने काम को कम करना या अधूरा करना। "ओह, यह काफी अच्छा है, इतना भयानक होने का क्या फायदा?" ऐसा करके हम अपने कॅरियर में विकलांग हो जाते हैं। मैं इस आदर्श से बहुत प्रभावित हूँ, जो मैंने हाल ही में एक बड़े प्रतिष्ठान में पढ़ा है, "यहाँ सिर्फ सर्वोत्तम ही सबसे बढ़िया है।" यह कितना अच्छा जीवन आदर्श है। अगर सब लोग इसे अपनाने लगें और इसका इस्तेमाल करने लगें, इसका हल निकालने के लिए उन्होंने जो भी किया, वह बहुत अच्छा किया तो यह सभ्यता को बदलकर रख देगा और इससे संतुष्टि भी मिलेगी। इस संदेश को अपना बना लें। इसे अपने शयनकक्ष में लटकाएँ, अपने कार्यालय में या बिजनेस की जगह में, इसे अपनी पॉकेटबुक में रखें, आप जो कुछ भी करते हैं, उसमें उसी तरह ढाल लें और आपके जीवन का यह काम हर किसी के लिए एक मास्टरपीस होगा।

□

अध्याय
दो

"कोई भी हमें दूसरों के दोषों को देख धर्मार्थ एवं मृदु स्वभाव का नहीं बना सकता, स्वयं परीक्षा के द्वारा ही हम खुद को जान पाते हैं।"

—फ्रैंकोइस डेस फेनेलोन

"किसी की भी आलोचना करना आपके लिए घातक हो सकता है, क्योंकि अगर आप इसमें हर रोज शामिल होते हैं तो यह आपके कॅरियर को बरबाद कर देगा।"

—डेल कार्नेज

6

मधुमक्खियों के डंक की बजाय, उनका शहद कैसे इकट्ठा करें?

कोई भी व्यक्ति 'स्वयं निर्मित' नहीं होता। जिन लोगों ने अपने काम के बल पर दुनिया से इज्जत एवं प्रशंसा कमाई होती है, वे हमेशा जिंदगी भर दूसरों की सहायता करने के लिए तत्पर होते हैं, जिससे उन्हें शिखर तक पहुँचने में मदद मिलती है।

आप कोई खाली जगह में नहीं रहते और न ही आप अन्य किसी के सहयोग एवं उत्साहवर्द्धन के बिना जिंदगी में बेहतर फल पा सकते हैं। एक वृहत् मानव समाज के सदस्य होने के नाते, आपकी वृद्धि अधिकांशतः इस बात पर टिकी होती है कि आप कितने अच्छी तरह से अपने संपर्कों को सँभाल पाते हैं, जो आपके पास से दिन में कम-से-कम दो घंटे अपना रास्ता पार करते हैं। बिना दोस्ती एवं सहायता के अगर आप जिन सफलताओं का आनंद लेते हैं, वे बहुत थोड़ी होंगी, यहाँ तक कि जब रॉबिनसन क्रूज ने शुक्रवार की खोज की थी, तो वे भी बहुत खुश हुए।

ऐसा क्यों होता है, क्योंकि हममें से कई लोग अपनी सीमा से बाहर जाकर लोगों की आलोचना करते हैं और अपमानजनक निर्णय लेते हैं, जो हमें बाद में परेशान करने लगता है। हम अपने इतने बड़े से मुँह को क्यों अपने रास्ते में काँटे बिछाने देते हैं, जिससे हमारी आगे की प्रगति रुक जाती है, जो पहले से कवर किया जा चुका है, क्या वह अधिक 'असफल हो जाएगा?'

क्या आपकी जीभ आपके लिए दुश्मनों को जमा कर रही है,

तो ऐसे में दुश्मनों को आपको हानि पहुँचा सकने की आवश्यकता ही नहीं है, अब तो समय ही ऐसा है कि उसमें संघर्ष एवं निराशा होती है। अपनी महान् क्षमताओं को नष्ट करने के लिए ऐसी गलत हरकतें करना कितना दुखद है।

यह महत्त्वपूर्ण पाठ 'किस प्रकार अपने दोस्तों और रसूखदार लोगों का दिल जीता जाए' यह बेस्ट सेलर की लिस्ट में करीब पचास सालों तक बनी रही। कोई भी आपको इस प्रसिद्ध लेखक डेल कार्नेज के सिवा यह नहीं सिखा सकता कि किस प्रकार लोगों से डील किया जाना चाहिए।

7 मई, 1931 को न्यूयॉर्क सिटी के ओल्ड टाउन ने अब तक का सबसे सनसनीखेज मैनहंट देखा। हफ्तों की रिसर्च के बाद 'दो बंदूकधारी, क्राउले-द किलर', जिसने न धूम्रपान किया, न ही कुछ पिया था, वह खाड़ी पर वेस्ट एंड एवेन्यू में अपनी प्रेमिका के घर में छिपा मिला।

करीब एक सौ पचास पुलिस ऑफिसर्स एवं जासूस ने उसके टॉप फ्लोर की घेराबंदी कर ली थी। उसकी छत में छेद करते हुए, उन्हें आँसू गैस की मदद से 'पुलिस हंता क्राऊले' को बेहोश करने की कोशिश की। फिर उन्होंने आसपास की सभी बिल्डिंग में मशीनगन लगा दीं और करीब एक घंटे से ज्यादा समय तक न्यूयॉर्क का यह आवासीय परिसर बंदूकों की आवाज से गूँज उठा। पिस्तौल के फायर एवं मशीनगनों की आवाज से क्राउले, जो भारी-भरकम कुरसी के पीछे छिपा हुआ था, ने लगातार पुलिस पर गोली दागनी शुरू कर दी। करीब दस हजार उतावले लोगों ने इस युद्ध को देखा। न्यूयॉर्क की गलियों में इससे पहले कभी किसी ने ऐसा दृश्य नहीं देखा।

जब क्राउले पकड़ा गया, तो पुलिस कमिश्नर मुलरूनी ने यह घोषणा कि अब तक के सबसे खूँखार एक साथ दो बंदूकधारी बदमाशों को पुलिस इतिहास में न्यूयॉर्क शहर में पकड़ा गया। कमिश्नर ने एक पंख गिराते हुए कहा, "वह मार डालेगा।"

पर दो बंदूक रखनेवाला क्राउले स्वयं को कैसा मानता था ? हम जानते हैं कि जब पुलिस उसके मकान पर हमला कर रही थी, उसने इस बीच एक चिट्ठी लिखी, जिसमें उसने लिखा, "पढ़ने वाले के नाम", फिर उसमें लिखा हुआ था, उसके शरीर के घावों से गिरते खून से पेपर पर क्रिमसन-सा रंग हो गया है। उसने लिखा, "मेरे कोट के अंदर एक थका हुआ दिल है, जो किसी को भी कोई नुकसान नहीं पहुँचा सकता।"

उससे कुछ समय पहले, क्राउले ने कंट्री रोड पर एक लंबे द्वीप पर एक जबरदस्त

पार्टी की थी। अचानक एक पुलिस ऑफिसर पार्क की हुई कार के पास आया और उससे कहा, "मुझे आपका लाइसेंस देखना है।"

बिना कुछ कहे क्राउले ने अपनी बंदूक निकाल ली और पुलिस ऑफिसर को मारकर नीचे गिरा दिया। जब वह ऑफिसर गिर रहा था, क्राउले अपनी कार की तरफ कूदकर भागा और ऑफिसर का रिवॉल्वर कब्जे में ले लिया और दूसरी बुलेट उसने उस गिरे हुए शरीर पर मारी और उस मारनेवाले ने कहा, "मेरे कोट के अंदर एक थका हुआ दिल है, जो कभी किसी को नुकसान नहीं पहुँचा सकता।"

क्राउले को बिजली की कुरसी पर बिठा दिया गया। जब उसे मारने के लिए ले जाया गया, तो उसे कहा गया कि "लोगों को मारने के बदले उसे यह मिला", उसने कहा, "नहीं, स्वयं को बचाने के लिए मुझे यह मिला।"

इस कहानी को यहाँ कहने का तात्पर्य यह है कि, "दो बंदूकवाले क्राउले ने स्वयं को किसी भी चीज के लिए उत्तरदायी नहीं ठहराया।"

बदमाशों के भीतर यह अजीब सी मनोवृत्ति होती है। अगर आप ऐसा सोचते हैं, तो सुनें—

"मैंने अपनी जिंदगी का बेहतरीन समय लोगों को आनंद देने में बिता दिया, उन्हें मदद कर अच्छा समय उनके हिस्से किया और मुझे इसके बदले गाली मिली और एक हंटेड मैन जैसा अस्तित्व मिला।"

ये ए.आई. कैपोन बोल रहे हैं। हाँ, अमेरिका के सार्वजनिक दुश्मन नं.-1 के गिरोह के नेता ने शिकागो में गोली चला दी। कैपोन ने स्वयं की निंदा नहीं की। वह स्वयं को एक सार्वजनिक लाभ देनेवाला नाकाबिल और अब तक का सबसे गलत समझा जानेवाला दानी मानता था। ऐसा ही डच शल्ट्ज के साथ भी हुआ, जो नेवार्क में गैंगस्टर की गोलियों के बीच आ गया, जो न्यूयॉर्क में सबसे खतरनाक था, ने एक अखबार में साक्षात्कार के दौरान कहा कि वह सार्वजनिक रूप से दानी था और उन्हें इस बात का विश्वास था।

इस विषय पर मेरी सिंग-सिंग के वार्डन लॉएस से कुछ दिलचस्प बातचीत हुई और उन्होंने इस बात की घोषणा की कि सिंग-सिंग में कुछ अपराधी स्वयं को खराब आदमी मानते थे। वे आपकी और हमारी तरह ही इनसान थे। उन्होंने समझाया कि इसलिए वे यह तुलना करते थे। वे आपको बता सकते थे कि उन्होंने तिजोरी क्यों तोड़ी या ट्रिगर पर उँगली क्यों रखी। उनमें से अधिकांशतः बहाना बना, झूठी कहानी या लॉजिकल बात कहकर यह साबित करने की कोशिश करते थे कि इस प्रकार का असामाजिक काम स्वयं करते हैं, इसके साथ ही वे यह भी बताते थे कि उन्हें इसके लिए कभी जेल नहीं होनी चाहिए।

अगर ए.आई. कैपोन, क्राउले, डच शल्ट्ज जेल की सलाखों के पीछे भी स्वयं को किसी बात के लिए आरोपित नहीं करते, तो उन लोगों के बारे में सोचिए, जो आपके एवं हमारे संपर्क में हमेशा रहते हैं?

स्वर्गीय जॉन वॉनामेकर ने एक बार स्वीकारा था, "मैंने तीस साल पहले यह सीखा था कि डाँटना बहुत बेवकूफी भरा काम है। इस बात पर चिंतित होने की बजाय मैंने यह बात स्वीकारी है कि स्वयं भगवान् ने समान रूप से बुद्धिमानी वितरित नहीं की है।" वॉनामेकर ने यह पाठ बहुत जल्दी सीख लिया था, लेकिन मुझे इस पुरातन दुनिया में इस सदी के करीब एक-तिहाई समय तक यह गलती करनी पड़ी। इससे पहले कि इसका असर मुझ पर पड़ने लगता, सौ में से निन्यानबे बार लोग किसी भी चीज के लिए अपनी आलोचना नहीं करते, चाहे वे कितने गलत क्यों न हों।

आलोचना करना बहुत घातक है कि इससे व्यक्ति को अपने को बचाने की कोशिश करनी पड़ती है और इस कारण व्यक्ति स्वयं को हमेशा न्यायसंगत बनाने की कोशिश करता रहता है। किसी की आलोचना करना खतरनाक भी है, क्योंकि यह व्यक्ति की अनमोल इज्जत को नुकसान पहुँचाता है, उसके महत्त्व की भावना को नुकसान पहुँचता है और उससे नाराजगी पैदा होती है।

जर्मन सेना अपने सैनिकों को किसी भी प्रकार की कोई शिकायत दायर करने नहीं देती और अगर कुछ चीज हो जाए, तो तुरंत आलोचना करती है। उसे पहले अपने गुस्से पर काबू रखकर उसे शांत करना होता है, पर अगर उसने शिकायत दर्ज कर दी, तो उसे सजा मिलती है। अनंत काल से वहाँ भी आम नागरिकों की जिंदगी में ऐसा ही नियम होना चाहिए कि शिकायती माता-पिता एवं कर्कश पत्नियों, डाँटनेवाले नियोक्ताओं और गलती ढूँढ़नेवाली दोषपूर्ण परेड के लिए एक कानून होना चाहिए।

आपको इतिहास के हजारों पन्नों में आलोचना करनेवालों के घातक उदाहरण देखने को मिलेंगे, जैसे थियोडोर रूजवेल्ट एवं राष्ट्रपति टाफ्ट के बीच का प्रसिद्ध झगड़ा, जिसके कारण रिपब्लिकन पार्टी विभाजित हो गई और वुडरो विल्सन व्हाइट हाउस में आ गए और फिर उन्होंने विश्व युद्ध के दौरान बड़ी-बड़ी, चमकदार बातें लिखकर इतिहास का प्रवाह बदल दिया। तथ्यों को अगर जल्दी से देखें तो जब थियोडोर रूजवेल्ट सन् 1908 में व्हाइट हाउस से बाहर निकले, तो उन्होंने टाफ्ट को राष्ट्रपति बना दिया और वे फिर अफ्रीका में शेर मारने के लिए चले गए। जब वे वापस आए, तो वे भड़क गए। उन्होंने रुढ़िवाद के लिए टाफ्ट की निंदा की और फिर तीसरी बार राष्ट्रपति पद के लिए अपने नामांकन की कोशिश की एवं बुल मूज पार्टी बनाई, पर जीओपी को ध्वस्त कर दिया। चुनाव में टाफ्ट एवं रिपब्लिकन पार्टी को केवल दो राज्य वेरमोंट एवं यूटा मिले। पार्टी की अब तक की यह सबसे बुरी हार थी।

थियोडोर रूजवेल्ट ने टाफ्ट को इसका दोषी ठहराया, पर क्या टाफ्ट ने स्वयं को इसका दोषी ठहराया। एकदम नहीं। अपनी आँखों में आँसू भरकर टाफ्ट ने कहा, "जैसा मैंने किया है, मुझे यह नहीं लगता कि मैं इसे किसी और तरीके से भी कर सकता था।" किस पर इसका आरोप लगाया जाए, रूजवेल्ट या टाफ्ट? असलियत में मुझे नहीं पता और मुझे इस बात की परवाह भी नहीं है। मैं यहाँ पर यह बताने की कोशिश कर रहा हूँ कि थियोडोर रूजवेल्ट की आलोचना से टाफ्ट यह समझ नहीं पाए कि वे गलत थे। टाफ्ट बस खुद को सही करने में लगे हुए थे और अपनी बातों को आँसुओं के साथ दोहरा रहे थे कि "जैसा मैंने किया है, मुझे यह नहीं लगता कि मैं इसे किसी और तरीके से भी कर सकता था।"

या, तो टीपॉट डोम ऑइल स्कैंडल ले लें। क्या आपको वह याद है? इसके लिए समाचार-पत्रों के कार्यालयों की घंटियाँ क्रोध में बजती रहती थीं। उसने देश को हिलाकर रख दिया था। वहाँ के जीवित व्यक्तियों की याददाश्त के अनुसार अमेरिकी सार्वजनिक जिंदगी में इस प्रकार का ऐसा कोई प्रकरण पहले कभी नहीं हुआ था। इस घोटाले के मुख्य बिंदु इस प्रकार हैं—हार्डिंग कैबिनेट में आंतरिक सुरक्षा के सचिव अल्बर्ट हॉल को एल्क हिल और टीपॉट डोम ऑइल रिजरवॉइर के लीजिंग की जिम्मेदारी सौंपी गई थी, जो आगे आनेवाले समय में नौसेना के काम आनी थी। क्या सचिव हॉल ने प्रतियोगी निविदा की अनुमति दी थी? नहीं सर, उन्होंने उस मालामाल अनुबंध को अपने एक दोस्त एडवर्ड एल. डोहने के ठीक सामने रखा। फिर डोहने ने क्या किया? उन्होंने सचिव हॉल को सैकड़ों-हजारों डॉलर का 'ऋण' दिया। फिर अपने ऊँची पहुँच से सचिव हॉल ने अमेरिकी नौसेना को आदेश दिया कि वह प्रतिद्वंद्वियों को जिलों में ले जाएँ, ताकि क्योंकि उनके कुएँ एल्क हिल रिजरवॉइर्स को खोखला कर रहे थे। इन प्रतिद्वंद्वियों ने उनकी जमीनें बंदूकों और बेयोनट्स के बल पर बंद कर लीं और वे अदालत की शरण में चले गए और हजारों-लाखों डॉलर के टीपॉट डोम घोटाले का पर्दाफाश कर दिया। इस घोटाले का इतना बुरा प्रभाव पड़ा कि उसने हार्डिंग प्रशासन को बरबाद कर दिया, सारे देश में नफरत का माहौल भर दिया और रिपब्लिकन पार्टी को तोड़ने की धमकी दे दी और अल्बर्ट बी. फॉल को सींखचों के पीछे डाल दिया।

फॉल की बहुत निंदा हुई, शायद ही किसी की इतनी निंदा सार्वजनिक जिंदगी में हुई होगी। क्या उन्हें इस बात का कोई पछतावा था? नहीं, बहुत सालों के बाद हरबर्ट हूवर ने अपने एक सार्वजनिक भाषण में कहा था कि राष्ट्रपति हार्डिंग की मृत्यु मानसिक चिंता एवं परेशानी के कारण हुई, क्योंकि उनके दोस्त ने उन्हें धोखा दिया था। जब श्रीमती फॉल ने यह सुना, वे अपनी कुरसी से उठीं और रोने लग गईं और उनकी मुट्ठी आवेश में हिलाते हुए अपनी किस्मत को कहा, "क्या फॉल ने हार्डिंग को धोखा दिया था? नहीं, मेरे

पति ने किसी के साथ धोखा नहीं किया है। अगर यह पूरा घर सोने से भी भर जाए, तब भी मेरे पति किसी के साथ धोखा करने के लिए प्रेरित नहीं होंगे। उल्टा, वे ही ऐसे व्यक्ति हैं, जिनके साथ धोखा हुआ है और उन्हें मारकर बार-बार सूली पर चढ़ाया गया है।"

इस प्रकार, यह मानव के स्वभाव में है कि गलत करनेवाला स्वयं को छोड़कर सभी को दोषी ठहराता है। हम सब ऐसे ही हैं। इसलिए कल जब हम और आप किसी की आलोचना करने जा रहे हैं तो आप दो बंदूकवाले क्राइले, एवं अल्बर्ट फॉल को याद रखें। यह खयाल रखिए कि किसी की आलोचना करना अपने घर में कबूतर पालने जैसा है। वे हमेशा घर में वापस लौटते हैं। इस बात का खयाल रखें कि जो व्यक्ति दूसरों की आलोचना कर, उसे सही करने की कोशिश करते हैं, वे खुद को न्यायसंगत बताते हैं और उसके बदले में हमारी आलोचना करते हैं या फिर टाफ्ट की तरह जो उन्होंने कहा, "जैसा मैंने किया है, मुझे यह नहीं लगता कि मैं इसे किसी और तरीके से भी कर सकता था।"

15 अप्रैल, 1865 को फोड्र्स थिएटर की दूसरी ओर एक सस्ते से लोजिंग हाउस के एक बड़े से हॉल में मरणासन्न थे, जहाँ बूथ ने उन्हें गोलियों से मारा था। लिंकन का लंबा शरीर एक ढीले से बिस्तर पर तिरछा पड़ा हुआ था, जो उनके लिए छोटा था। वहाँ पर रोजा बॉन ह्यूर की प्रसिद्ध पेंटिंग 'द हॉर्स फेयर' की एक नकल उनके बिस्तर के ऊपर टँगी हुई थी और गैस जेट से पीले रंग का प्रकाश निकल रहा था।

लिंकन मरे पड़े थे और उनके सचिव वार स्टेनटन ने कहा, "यहाँ दुनिया का एक योग्य शासक पड़ा हुआ है, जिसे दुनिया ने कभी देखा है।"

व्यक्तियों के साथ सही ढंग से बरताव कर लेने की लिंकन की सफलता का क्या राज था ? मैंने अब्राहम लिंकन की जिंदगी को दस सालों तक पढ़ा और तीन साल उनकी जिंदगी से संबंधित एक किताब 'लिंकन, द अननोन' को लिखने एवं पुनः लिखने में लगा दिए। मुझे विश्वास है कि मैंने पुस्तक में लिंकन के व्यक्तित्व एवं घरेलू जिंदगी से संबंधित एक वृहत् एवं विस्तृत अध्ययन जस-का-तस लिखा है। मैंने इस बारे में भी एक विशेष अध्ययन किया है कि लिंकन लोगों से किस प्रकार डील करते थे। क्या वे आलोचना में शामिल होते थे ? हाँ, क्यों नहीं! पीजन क्रीक वैली ऑफ इंडियाना में अपने युवा काल में उन्होंने न सिर्फ आलोचना की, बल्कि चिट्ठियाँ भी लिखीं और कविता लिखकर लोगों का मजाक उड़ाया और उन चिट्ठियों को लिखकर देश की सड़कों पर डाल देते कि वे लोगों को मिल जाएँ। उनमें से एक पत्र से इतना असंतोष फैला कि उसे हमेशा के लिए जला दिया।

स्प्रिंगफील्ड, इलिनोई में एक वकील बन जाने के बाद भी लिंकन ने अखबारों में पत्र प्रकाशित कर अपने विरोधियों पर हमला किया, पर उन्होंने ऐसा एक ही बार किया।

1842 की शरद ऋतु में उन्होंने एक बेकार, झगड़ालू इरिश राजनेता, जिनका

नाम जेम्स शील्ड्स था, का व्यर्थ में मजाक उड़ाया। लिंकन ने स्प्रिंगफील्ड जर्नल में अज्ञात पत्र प्रकाशित कर उनकी निंदा की। पूरा शहर मजाक एवं ठहाकों से गूँज उठा। संवेदनशील और इज्जतदार लोग गुस्से से फूट पड़े। उन्हें पता चल गया कि किसने यह पत्र लिखा है और वे घोड़े पर सवार होकर लिंकन के पीछे चल पड़े और उन्हें चेतावनी दी कि वे उनसे दो-दो हाथ करें। लिंकन लड़ना नहीं चाहते थे। वे लड़ाई के विरुद्ध थे, पर वे इससे बाहर नहीं निकल पा रहे थे और अपनी इज्जत बचाना चाहते थे। उन्हें हथियार भी दिए गए। चूँकि उन्होंने बहुत दूर का सोचा था, तो उन्होंने घुड़सवारी के दौरान तलवारों को चुना, उन्होंने वेस्ट पॉइट के एक ग्रेजुएट से तलवारबाजी के गुर सीखे और फिर तय किए गए दिन में शील्ड्स के साथ वह मिसिसिप्पी नदी के सेंड बार में अपने प्रतिद्वंदी से मिले और वहाँ दोनों ही मरने की तैयारी के साथ आए थे, पर अंतिम मिनट में उनके सेकंड ने बाधा डाली और युद्ध रुक गया।

लिंकन की जिंदगी में यह सबसे भयंकर घटना हुई। इस घटना ने उन्हें लोगों से डील करने का बेशकीमती पाठ पढ़ाया। इसके बाद उन्होंने कभी भी अपमानजनक पत्र नहीं लिखा। इसके बाद उन्होंने कभी भी किसी का मजाक नहीं उड़ाया। उस समय के बाद से, उन्होंने कभी भी किसी की कोई आलोचना भी नहीं की।

कुछ-कुछ समय के बाद, सिविल युद्ध के दौरान, लिंकन ने पोटोमोक की सेना में एक नए जनरल की नियुक्ति कर दी और मैकक्लेलन, पोप, बर्नसाइड, हूकर, मिएड ने एक के बाद एक बहुत सारी गलतियाँ कर दीं, इससे लिंकन निराश हो गए। करीब आधे देशों ने इन अक्षम जनरलों की निंदा की, पर लिंकन ने किसी के प्रति दुर्भावना नहीं रखी और शांति बनाए रखी। उनके प्रसिद्ध उदाहरणों में से एक है, "उन चीजों का आप न्याय मत करो, जिसके बारे में आप न्याय नहीं कर सकते।"

जब श्रीमती लिंकन और अन्य लोग दक्षिण के लोगों के साथ कटुता से बोल रहे थे, तब लिंकन ने जवाब दिया, "उनकी आलोचना मत करो, ये वैसे ही हैं, जैसे हम उनकी परिस्थितियों में होते।"

फिर भी अगर किसी को आलोचना करने का कोई मौका मिलता तो वे लिंकन ही थे। इसका एक उदाहरण पढ़ें—

जुलाई 1863 के पहले तीन दिनों में गेटिसबर्ग का युद्ध लड़ा गया। 4 जुलाई की रात के दौरान, ली दक्षिण दिशा की ओर चल पड़े, जबकि तूफानी बारिश ने देश को चपेटे में ले लिया। जब ली अपनी हारी हुई सेना के साथ पोटोमैक पहुँचे तो उसने एक उभरती दुर्गम नदी को अपने पास पाया और इसके ठीक पीछे विजेता यूनियन बैंक था। ली बीच में फँस गए थे। वे भाग भी नहीं सकते थे। लिंकन ने वह देख लिया। लिंकन के पास स्वर्ग से भेजा गया एक सुनहरा अवसर था कि वे ली की सेना को बंदी बना लेते

और युद्ध को तुरंत समाप्त कर देते। आशा की इस उम्मीद में, लिंकन ने मिएड को यह आदेश दिया कि काउंसिल ऑफ वॉर को न बुलाया जाए, अपितु ली पर तुरंत हमला किया जाए।

लिंकन ने अपना आदेश टेलीग्राफ किया और मिएड के पास विशेष दूत भेजकर उचित काररवाई की माँग की।

पर जनरल मिएड ने क्या किया? उन्होंने मिली आज्ञा के बिल्कुल विरुद्ध काम किया। उन्होंने लिंकन के आदेश की अवहेलना करते हुए काउंसिल ऑफ वार की तुरंत बैठक बुलाई। मिएड इससे परेशान हुए। वे ढीले पड़ गए। उन्होंने हर तरह के बहाने बनाए। उन्होंने ली को बंदूक की नोक पर मारने से मना किया। धीरे-धीरे पानी कम हुआ और ली, पोटोमैक से अपनी सेना लेकर भाग गया।

लिंकन आग-बबूला थे। वे अपने बेटे रॉबर्ट के सामने चीखते हुए कहने लगे कि हे भगवान्, इस बात का क्या मतलब है? वह हमारी पहुँच में था और हमें सिर्फ हाथ बढ़ाना था (हमने सिर्फ हाथ बढ़ाना था और वह हमारी कैद में होते, पर मेरे कहे या लिखे अनुसार सेना ने ऐसा कुछ भी नहीं किया।) ऐसी परिस्थिति में कोई भी जनरल ली को हरा देता। अगर मैं वहाँ गया होता, तो मैं ही उसे पकड़ लाता।

बेहद निराश होकर, लिंकन मिएड को पत्र लिखने को बैठे। यह याद रहे कि जीवन के इस पड़ाव में वह बहुत ही रुढ़िवादी एवं अपने वाक्यों में बँधे हुए थे। 1863 में लिंकन ने यह पत्र झगड़ा करने के लिए लिखा था—

मेरे प्यारे जनरल,

मुझे इस बात पर विश्वास ही नहीं होता कि आप ली के भागने के दुर्भाग्यपूर्ण प्रकरण की सराहना करते हैं। वे बहुत आसानी से हमारी पहुँच में थे और इतने पास होकर हम सफल हो जाते और युद्ध समाप्त हो जाता। अब यह युद्ध अनिश्चित काल के लिए खिंच गया है। अगर आप पिछले सोमवार के दिन ली पर सुरक्षित हमला नहीं कर सकते थे, तो आप नदी के दक्षिण तट पर यह कैसे कर सकते थे, क्या आप अपने साथ सारी सेनाबल के कुछ सैनिक, दो-तिहाई से ज्यादा नहीं, को अपने साथ लेकर नहीं जा सकते थे? आपसे अब उम्मीद करना अनुचित होगा और मुझे अब यह नहीं लगता कि आप अब कुछ प्रभाव डाल सकते हैं। आपने सुनहरा अवसर खो दिया है और आपकी इस लापरवाही के कारण मैं परेशान हूँ।

आपको क्या लगता है, मिएड ने जब यह पत्र पढ़ा होगा, तो उन्होंने क्या किया होगा?

मिएड ने यह पत्र देखा ही नहीं, क्योंकि लिंकन ने वह पत्र कभी भेजा ही नहीं। यह पत्र लिंकन की मृत्यु के बाद उनके कागजों में से मिला।

मेरा अनुमान है और मैं यह ही सोच सकता हूँ कि यह पत्र लिखने के बाद लिंकन ने खिड़की से झाँककर बाहर देखा होगा और स्वयं से कहा होगा, "कुछ देर रुकते हैं। मुझे इतनी जल्दीबाजी नहीं करनी चाहिए। मेरे लिए व्हाइट हाउस में आराम से बैठकर यह कहना आसान होगा कि मिएड को आक्रमण करने के लिए कह दूँ, पर अगर मैं गेटिसबर्ग में होता तो मैंने भी मिएड के बराबर पिछले हफ्ते वह खून-खराबा देखा होता और अगर मेरे कान उन मरते, घायल होते लोगों की चीख-पुकारों की आवाजों से बिंध जाते, तो मैं भी उस आक्रमण के लिए इतना अधीर नहीं होता। अगर मेरे पास मिएड जैसा डरपोक स्वभाव होता, तो शायद मैं भी एकदम वही करता, जो उसने किया था, पर अब पानी ब्रिज के नीचे आ चुका था। अब अगर मैं यह चिट्ठी भेजूँगा, तो मैं अपनी भावनाओं को उन तक पहुँचा दूँगा और फिर मिएड सफाई देने लगेंगे। वे मेरी भर्त्सना करेंगे। इससे एक-दूसरे के लिए गलत भावनाएँ पनपेंगी, एक कमांडर के रूप में उनकी उपयोगिता बेकार हो जाएगी और संभवत: वे सेना से इस्तीफा भी दे दें।"

जैसा कि मैंने पहले कहा था, लिंकन ने वह पत्र किनारे रखा, क्योंकि उन्होंने इन कटु अनुभवों से सीखा था कि कड़ी आलोचना एवं गाली-गलौज अंत में बेकार रूप ले लेता है।

थियोडोर रूजवेल्ट जब राष्ट्रपति थे, तो उन्होंने बताया कि कुछ उभरती हुई समस्या के संबंध में किसी चीज का विरोध कर रहे थे, तो एक समय वे कुरसी की टेक लगाने के लिए पीछे की ओर हुए, तो व्हाइट हाउस में अपने मेज के ठीक ऊपर उन्होंने अब्राहम लिंकन की टँगी तसवीर देखी और फिर खुद से पूछा, "अगर लिंकन मेरी जगह पर होते, तो वे क्या करते?" उन्होंने इस समस्या का समाधान कैसे ढूँढ़ा होता?"

अगली बार जब हम किसी को हेल-कोलंबिया देने का मन बनाएँ, तो एक बार अपनी जेब से पाँच डॉलर का बिल निकालें, जिसमें लिंकन की फोटो होती है और फिर स्वयं से पूछें कि "अगर लिंकन को इस समस्या का समाधान करना होता, तो वे कैसे करते?"

क्या आप ऐसे किसी को जानते हैं, जिन्हें आप बदलना और सुधारना चाहते हैं? बहुत सही! मैं भी इसके पक्ष में हूँ, पर क्यों नहीं शुरुआत स्वयं से की जाए? एक स्वार्थी दृष्टिकोण से हम सोचें तो यह दूसरों को सुधारने से ज्यादा लाभकारी है और हाँ, साथ में बहुत खतरनाक भी।

ब्राउनिंग ने एक बार कहा, "जब आदमी अपने भीतर से लड़ने लगता है, तो वह किसी लायक बन जाता है।" आप स्वयं को परफेक्ट बनाने के लिए क्रिसमस तक का समय ले सकते हैं। आप छुट्टियों में लंबा आराम कर सकते हैं और नए साल को अन्य लोगों की आलोचना एवं रैग्युलेट करने में बिता सकते हैं।

पर पहले स्वयं को ठीक करो।

कन्फ्यूशिएस ने कहा था, "जब आपके दरवाजे के सामने गंदा हो, तो अपने पड़ोसियों की छत पर पड़ी बर्फ की शिकायत मत करो।"

जब मैं युवा ही था और लोगों को खुश करने की कोशिश कर ही रहा था, तो मैंने अमेरिका के साहित्यिक समुदाय के चमकते लेखक को, रिचर्ड हार्डिंग डेविड को एक बेवकूफाना पत्र लिख दिया। मैं एक मैगजीन के लिए लेखकों के बारे में एक दिलचस्प आलेख तैयार कर रहा था और मैंने डेविस से उनके काम के तरीके के बारे में पूछा था। कुछ हफ्ते पहले, मुझे किसी से एक पत्र मिला था, जिसके नीचे यह लिखा हुआ था, "पत्र डिक्टेट किया गया है, पर इसे पढ़ा नहीं गया है।" मैं यह पढ़कर बहुत प्रभावित हुआ। मुझे लगा कि लेखक कोई बहुत बड़ा, व्यस्त एवं महत्त्वपूर्ण व्यक्ति होगा। मैं तो एकदम भी व्यस्त नहीं था, मैं रिचर्ड हार्डिंग डेविस पर अपनी छाप छोड़ने के लिए इतना व्यग्र था कि मैंने भी इन शब्दों के साथ अपनी बात समाप्त की, कि "पत्र डिक्टेट किया गया है, पर इसे पढ़ा नहीं गया है।"

उन्होंने कभी भी पत्र का जवाब देने की जहमत नहीं उठाई। उन्होंने उस पत्र को जस-का-तस नीचे यह लिखकर वापस कर दिया कि "तुम्हारी गलत आदतें तुम्हारी गलत आदतों के कारण ही बढ़ गई हैं।" यह सच था, मैंने गलतियाँ की थीं और इस गाली का हकदार भी था, पर एक इनसान होने के नाते, मैंने फिर से पत्र भेजा। मैंने इसे कुछ ज्यादा ही जल्दी भेजा और जब मैंने रिचर्ड हार्डिंग डेविस की मृत्यु की खबर दस साल बाद सुनी, तो मेरे दिमाग में एक बात अभी भी घूमती है कि मुझे यह मानने में शर्म आती है कि उनकी बातों से मुझे बहुत दुःख पहुँचा था।

अगर आप और मैं किसी ऐसी बात के लिए नाराज होना चाहते हैं, जो दशकों तक हमारे बीच चलती रहे और हमारी मौत तक वह साथ रहे, इससे बेहतर है कि हम एक-दूसरे की आलोचना कर लें, इस बात से कुछ फर्क नहीं पड़ता कि हम कितने उचित हैं।

लोगों से डील करते समय यह हमेशा याद रखें कि हम तर्क से भरे प्राणियों से नहीं निपट रहे हैं। हम भावनाओं से भरे, पहले से पूर्वग्रहों से ग्रसित और घमंड एवं व्यर्थ की बातों से भरे लोगों से निपट रहे हैं।

आलोचना करना तो बहुत घातक है, जो चिनगारी का काम करता है, जिससे एक घमंड से भरे पाउडर मैगजीन में विस्फोट हो सकता है—यह एक ऐसा विस्फोट है, जिससे कभी-कभी मृत्यु भी हो जाती है। जैसे जनरल लियोपार्ड वुड की आलोचना होती है और उन्हें फ्रांस की सेना के साथ नहीं भेजा गया। इससे उनके गर्व को ठेस पहुँची और इससे उनकी जिंदगी का समय कम हो गया।

बहुत ज्यादा आलोचना करने से से थॉमस हार्डी प्रभावित हो गए, जो अंग्रेजी

साहित्य के प्रसिद्ध उपन्यासकार थे और उन्होंने अंग्रेजी साहित्य को खूब सँवारा था, खूब आलोचना करने से उन्होंने हमेशा से कल्पनात्मक बातें लिखना हमेशा के लिए छोड़ दिया। आलोचना ने अंग्रेजी कवि थॉमस चैटरटन को आत्महत्या करने के लिए प्रभावित कर दिया।

बेंजामिन फ्रैंकलिन नामक एक भटका हुआ युवक, इतना डिप्लोमेटिक हो गया था कि वह लोगों को हैंडल करने में निपुण हो चुका था कि उसे फ्रांस में अमेरिका का राजदूत बना दिया गया। उसकी सफलता का राज क्या था? उन्होंने कहा कि "मैं किसी भी व्यक्ति के बारे में बुरा नहीं बोलूँगा और सबके बारे में जो अच्छा है, वह ही बोलूँगा।"

कोई भी बेवकूफ व्यक्ति आलोचना कर सकता है, निंदा कर सकता है और शिकायत भी—अधिकांश बेवकूफ ऐसा ही करते हैं।

पर चीजों को समझने के लिए आत्म-नियंत्रण एवं माफ करने की क्षमता होनी चाहिए।

थॉमस कार्लीले ने कहा है कि "एक महान् व्यक्ति अपनी महानता अपने से छोटे आदमियों से पेश होने के तरीके से दिखाता है।"

लोगों की निंदा करने से अच्छा है कि उन्हें समझा जाए। यह जानने की कोशिश की जाए कि उन्होंने ऐसा क्यों किया और वे क्या करते हैं। यह आलोचना करने से ज्यादा लाभदायक और दिलचस्प होगा। इससे लोगों में सहानुभूति, सहनशीलता और दयालुपन बढ़ेगा। 'सबको जानने का अर्थ सबको माफ करना भी है।'

यहाँ तक कि डॉ. जॉनसन ने कहा है, "महोदय, भगवान् भी किसी के अंतिम दिन तक उसके बारे में जज नहीं करते, फिर आप और हम क्यों करते हैं?"

□

"एक बार सफलता के इन मूल्यवान सिद्धांतों को सीख, आप जब इसका इस्तेमाल करने लगें तो इसके परिणामों से आश्चर्यचकित हो जाएँगे।"

—रॉबर्ट कोन्क्लिन

7

अपनी सफलता प्राप्त करने के लिए लोगों की सहायता कैसे प्राप्त करें?

आपने अभी पूर्व के पाठ में किसी की आलोचना नहीं करने के मूल्य एवं उसकी महत्ता के बारे में पढ़ा है।

लापरवाही भरे काम या शब्दों से, किसी के विरुद्ध काम करने से या षड्यंत्र रचने से कुछ भी नहीं मिलेगा, पर इससे आपको हानि तो हो सकती है और आपके भविष्य को नुकसान पहुँच सकता है।

तो फिर आप किस प्रकार लोगों को अपनी ओर खींचने की कोशिश करेंगे, न कि वह आपके विरुद्ध जाएँ। आप उन्हें अपनी ओर किस प्रकार लेकर आएँ, वे आपको प्रभावित करते रहें और आपको विजय के लिए प्रेरित करते रहें? किसी शक्ति, डर या जोड़-तोड़ के उपयोग के बिना आप उनसे वह चीज किस प्रकार प्राप्त कर लेंगे, वास्तव में, यह आप लोगों को कैसे मिल जाती है?

अन्य सच्चाइयों की तरह यह जवाब भी आसान है, पर जिस दिशा में हम आगे बढ़ना चाहते हैं, उसमें दूसरों को इसमें लाने की वजह से या जिस दिशा में हम जाना चाहते हैं, उसके चक्कर में हम जटिल एवं अन्य मुश्किल जवाब खोजने के चक्कर में इस सरल रूप की अनदेखी कर देते हैं। कोच, सेल्स मैनेजर, अधिकारी, नेगोशिएटर, सुपरवाइजर, शिक्षक, धार्मिक नेता और हाँ, अन्य पेटेंट्स किसी को मोटिवेट करने के लिए सेमिनारों, महँगे सेमिनारों में दो-तीन के समय में 'हॉट बटन' की तकनीक के लिए एक ग्रुप बनाकर काम को आसान बना देते हैं और आपको अगले कुछ मिनटों में मास्टर बना देते हैं।

रॉबर्ट कॉन्कोलिन एक लेखक हैं, शिक्षक हैं, देश के एक जाने-माने स्पीकर हैं, दो कंपनियों के बोर्ड के चेयरमैन हैं। उनके प्रेरक कार्यक्रमों से हर साल हजारों लोग लाभान्वित होते हैं और उनका यह पाठ उन्हीं की शानदार पुस्तक 'लोगों से किस प्रकार काम कराया जाए' से लिया गया है। वह किसी विश्वविद्यालय में जाने से कई हजार गुणा बेहतर होगा, अगर आप उन बिंदुओं को हर दिन अपने भीतर समाएँ।

सफलता को पाना कभी भी अकेले के दम पर नहीं होता, जिन्होंने इसे पाने की कोशिश की है, वे ही इस बात को कबूल सकते हैं। वहाँ पहुँचने के लिए एक आसान एवं बहुत अच्छा रास्ता है, अब यह आप पर निर्भर करता है कि आप कितनी दूर जाएँगे, यह वृहत् रूप में देखें कि आप इस बात को कितना याद रखेंगे।

"इसलिए, आप जो डिग्रियाँ दूसरों को देते हैं, वे भी आपको वही देंगे, जो आप चाहते हैं।"

विसकॉनसिन यूनिवर्सिटी के मैनेजमेंट इंस्टीट्यूट के बिल स्टिलवेल ने प्रेरणा एवं दृढ संकल्प विषय पर दो दिन की कॉन्फ्रेंस समाप्त की।

मैंने एक पेंसिल ली और उनकी बात को लिख लिया। यह वह दुर्लभ, बेशकीमती एवं ज्ञान की गहरी बात थी कि वह लोगों के अस्तित्व से संबंधित पाठ को बदल सकती है।

काश! मैंने इन बातों का मतलब कई साल पहले समझ लिया होता।

आप लोगों को उनके अनुसार जो डिग्री देना चाहते हैं, वह आपको भी आपके अनुसार ही चीजें देंगे।

यही समझाने, प्रेरित करने, चीजें बेचने, सुपरवाइज करने, प्रभावित करने व दूसरों को गाइड करने के मुख्य बिंदु होते हैं, जो लोग आपके लिए करते हैं।

आप सब प्रकार की पुस्तकें पढ़ सकते हैं, सारे कोर्सेज कर सकते हैं, दूसरे के विचारों एवं व्यवहार को प्रभावित करने के पीछे हजारों घंटे खर्च कर सकते हैं और आप पाएँगे कि इन सब बातों को एक ही वाक्य में समाहित किया जा सकता है।

आप उन्हें उनकी चाहत के अनुरूप डिग्रियाँ देंगे, वे आपको आपके अनुरूप चीजें देंगे।

यह तो बहुत ही आसान है। शायद यह आसान है, अगर आप समझना चाहते हैं तो, पर कुछ ही लोग समझना चाहते हैं। वैसे तो इस नियम के कुछ प्रभाव हैं, जिन्हें आपको

अवश्य समझना चाहिए और अपने लिए लागू करना चाहिए कि ये आपके लिए काम कर सकें, अन्यथा, यह सिद्धांत उल्टा काम करने लगेगा, लोग आपको रोकेंगे, आपके विरुद्ध काम करेंगे, वे वही काम करेंगे, जो आप नहीं चाहते कि वे करें।

जैसे—आप पहले लोगों को उनकी चाहत की चीज दें। फिर वे आपको आपकी जरूरत के अनुरूप देंगे। अधिकांश लोग ऐसे ही तोड़-मरोड़कर काम करते हैं।

एक व्यक्ति स्वयं से कहता है, "अगर मेरी पत्नी मेरे प्रति और प्यार दिखाएगी, तो मैं उसे कैंडी का डिब्बा दूँगा।"

एक नियोक्ता सोचता है कि "एक कर्मचारी को काम में थोड़ा भी प्रयत्न करने पर प्रशंसा एवं एक पहचान अवश्य मिलनी चाहिए।"

एक अभिभावक कहता है कि "अगर मेरे बच्चे स्कूल में अच्छे ग्रेड लाएँगे, तो मुझे अपने बच्चों में भरोसा होने लगेगा।"

मॉड चुपचाप यह सोचता रहा कि "मैं जॉर्ज से और गर्मजोशी से मिलूँगा, अगर वह मेरे प्रति इतना उदासीन एवं गड़बड़ न हो।"

सेल्समैन अपने मैनेजर से कहता है, "वाह! क्या फ्लेनेक्स अकाउंट मिलने पर क्या मैं कभी उत्साहित हो पाऊँगा।"

इन लोगों के पास पहले से ही एक फॉर्मूला होता है—

- उस आदमी को अपनी पत्नी के लिए पहले एक कैंडी लानी होगी, तब ही उसे पत्नी से ज्यादा प्यार मिलेगा।
- एक नियोक्ता को अपने कर्मचारियों से ज्यादा काम लेना है तो उसे उसके बदले उन्हें प्रशंसा एवं एक पहचान तो देनी ही होगी।
- अभिभावकों को पहले बच्चों में भरोसा दिखाना पड़ेगा, तभी वे बेहतर ग्रेड ला सकते हैं।
- मॉड को पहले जॉर्ज को खुश करना होगा। फिर अपने आप उन दोनों के बीच की उदासीनता और गड़बड़ी अपने आप खत्म हो जाएगी।
- सेल्समैन को पहले उत्साह पैदा करना होगा, फिर मनचाही सेल्स अपने आप आने लगेगी।

इस प्रकार कोई कानून काम करता है। पहले आप दूसरों को उनकी इच्छानुसार चीजें देते हैं और फिर आपको जो चाहिए होता है, वह अपने आप आपको मिल जाता है।

हाँ, इसके लिए आपके भीतर धीरज होना चाहिए, साथ में कुछ अन्य बातें भी जरूरी हैं।

जैसे, लोगों को क्या चाहिए। (इसके बारे में बाद में बात करेंगे।)

और लोगों को जो चाहिए, वह हम उन्हें कैसे देंगे। (हम इसके बारे में भी बाद में

बात करेंगे।) यह जानने के बाद कि आपको क्या चाहिए, आपको ऐसा क्या चाहिए कि आपको मिले। हम उसके बारे में भी अभी बात करेंगे।

अगर आप बातों को तोड़-मरोड़ के पेश करना चाहते हैं और लोगों को अपनी संतुष्टि के लिए घुमाना चाहते हैं, अगर आप कमजोरों को दबाकर अपने दंभ को और ऊँचा करना चाहते हैं और शक्तिशाली होना चाहते हैं, अगर आप येन-केन-प्रकारेण लोगों को गले में वह माल चिपका देना चाहते हैं, जिनकी उन्हें जरूरत ही नहीं है, अगर आपको ऐसा लगता है कि आप किसी को दबा देंगे या कमजोर कर देंगे (अपने परिवार में भी) और उन्हें अपनी रास्ते चलाने के लिए किसी मनोवैज्ञानिक बटन को दबाना चाहते हैं, तो आप मेरे साथ अपना समय बरबाद कर रहे हैं।

जिंदगी हमेशा लेने के लिए नहीं, अपितु देने के लिए होती है और साथ में प्यार करने के लिए भी, साथ में सफल होने के लिए भी, यहाँ तक की जिंदगी अपार सफलता के लिए भी है। अगर आपको खुशी एवं सौहार्दता के साथ चीजें मिल सकती हैं, उन्हें आगे बढ़ने में मदद कर सकते हैं और उनको और आगे पहुँचाने में मदद कर सकते हैं, तो आपके पास एक अकूत टैलेंट भरा पड़ा है, जो कोई भी दे सकता है। दुनिया को आपकी जरूरत है। वह आपको वस्तु स्वरूप या भावनात्मक लाभ देकर वह पुरस्कार देने का इंतजार कर रहे हैं, जो आप चाहते हैं।

लोग गलत दिशा में चले जाते हैं

अब जब लोगों के लिए इतने सारे रास्ते खुल गए हैं और आसानी से उपलब्ध हैं, तो क्यों ज्यादा-से-ज्यादा लोग उस रास्ते पर नहीं जाते, जहाँ वे जाना चाहते हैं? हो सकता है, उनके लिए रास्ते में काँटे हों। लोग अकसर एक या दो रास्ते ही चुनते हैं। उन्हें या तो उसी चीज से मतलब होता है, जो वे स्वयं चुनते हैं या अन्य लोगों के पास जो चीजें हैं, उन्हें वह चाहिए। कुछ लोग अपनी व्यक्तिगत चाहतों के पीछे इतने व्यस्त हो जाते हैं कि उन्हें अन्य लोगों की जरूरतें पूरी करने का खयाल बहुत कम आता है।

- मैरी को पता है कि उसे अपने पति से क्या चाहिए, पर उसे जो चाहिए, वह उसे कभी मैरी से नहीं मिल पता।
- फोरमैन को पता है कि उसे वह नट-बोल्ट्स कसे हुए चाहिए, क्योंकि बॉडी फ्रेम एसेंबली लाइन से निकल आएगा, पर क्या कभी किसी ने सोचा है कि नट क्या सोचते होंगे?
- अभिभावकों को पता है कि उन्हें अपने बच्चों को किस तरह आगे ले जाना है, पर क्या वे इस बात से मतलब रखते हैं कि बच्चे उनसे क्या चाहते हैं? (भावनात्मक रूप से)

- सेल्समैन का बहुत मन है कि उसका स्टोव बिक जाए, पर वह प्रोस्पेक्ट्स से यह पूछने में थोड़ा डरा हुआ है, उसे डर है कि वह उत्पाद वहाँ फिट नहीं बैठेगा।
- पॉल को लगता है कि जेन उसे वैसे प्यार नहीं करती, जैसे वह चाहता है। हो सकता है कि वह अपनी चाहतों और इच्छाओं के लिए आँख बंद कर बैठा हो।
- शिक्षक चाहता है कि हमेशा नींद में ऊँघता हुआ उनका शिष्य कक्षा में थोड़ा जागरूक रहे, पर मानवता में नई पीढ़ी की पौध क्या चाहती है ? क्या इस संबंध में कुछ छानबीन हुई है ?

इस प्रकार यह चलता रहता है। हर कोई दूसरे से कुछ-न-कुछ चाहता है और अगर वह पूरा नहीं हो पाता तो वह निराश हो जाता है।

क्या आपको पता है कि अकसर क्या होता है ? अकसर लोग जिंदगी को ऊपर से नीचे देखते हैं। वे लोगों से कुछ पाने की चाहत में उन्हीं लोगों को सजा देते हैं और असल में लोग यह नहीं चाहते।

मैरी को जब फ्रैंक से उसकी इच्छानुसार चीज नहीं मिलती, तब हवा ठंडी हो जाती है। फोरमैन नट-बोल्ट टाइटनर को चबा डालता है। माता-पिता बच्चों को डाँटते हैं, थप्पड़ मारते हैं और यहाँ तक कि डराकर भी रखते हैं, अगर बच्चे उनके अनुसार नहीं चलते हैं। सेल्समैन अपने प्रोस्पेक्ट्स पर जबरदस्ती चढ़ने लगता है, अगर उसे उनका उत्तर ढीला-ढाला लगता है। पॉल सोचता है कि "अगर मैं जेन को थोड़ा और ईर्ष्यालु बना दूँ, तो शायद वह और ठीक हो जाए।" वहीं शिक्षक अपने शिष्यों के आलसी स्वभाव को हटाने के लिए उन्हें डराते हैं, उनकी निंदा करते हैं और उन्हें अनुशासन में रखना चाहते हैं।

इसलिए मानव सभ्यता की कहानी एक व्यक्तिगत समाज पर आधारित है। तलाक, परिवार में अलगाव, काम में उच्च टर्नओवर, भरे हुए दिल, बेकार कॅरियर, टूटे सपने, एकाकी जीवन, लोगों को ये अप्रभावित कोशिशें परेशान करती रहती हैं।

यह खोजने की कोशिश करो कि लोग क्या चाहते हैं।

उन्हें वह पाने में मदद करो।

उन परेशान परिस्थितियों में से अधिकांश को दूर करने का यही तरीका है।

यह नियमों को बताने का एक अन्य तरीका भी है या तो इसका पहला भाग है, "आप दूसरों को वे डिग्रियाँ देते हैं, जो वे आपसे चाहते हैं।"

'चाहत' को 'जरूरत' में बदल दें

मैंने इस तरीके को कई सालों से सफलतापूर्वक काम करते हुए देखा है। जब से

मैंने इसके बारे में सुना है, तब से मैं इसके प्रति ज्यादा प्रतिबद्ध हूँ और इसके प्रति ज्यादा उत्साही हूँ। इसके इस्तेमाल से मेरी निजी जिंदगी फूल की तरह खिल उठी है। इस नियम के इस्तेमाल से मेरी जिंदगी की सुनसान, उजड़ी पड़ी हुई भावनाएँ अपनी जगह में आ गई हैं।

मैं इस फॉर्मूले में बस एक ही बदलाव करना चाहूँगा। 'चाहत' शब्द को 'जरूरत' में बदल दो।

चाहत एवं जरूरत दोनों अलग-अलग चीजें हैं। चाहत बेवकूफाना, लूटपाटवाली एवं अकसर लालची शक्तियाँ हैं, जिन्हें कभी भी संतुष्ट नहीं किया जा सकता है। एक चीज़ की चाहत रखिए और दो, उनका स्थान लेने के लिए तैयार होते हैं।

पर जरूरतें किसी भी व्यक्ति के अस्तित्व से गहरे रूप से जुड़ी होती हैं। जरूरतें अर्थपूर्ण होती हैं, सही होती हैं और मनमौजी नहीं होतीं।

- लोगों को सहानुभूति चाहिए, पर उन्हें हमदर्दी की जरूरत है।
- लोगों को अमीर लोग चाहिए, पर उनकी जरूरतें पूरी होनी चाहिए।
- लोगों को बड़ी कारें व महँगे घर चाहिए, पर उन्हें परिवहन एवं आश्रय चाहिए।
- लोगों को प्रसिद्धि चाहिए, पर उन्हें पहचान चाहिए।
- लोगों को सत्ता चाहिए, पर उन्हें सहयोग एवं समर्थन चाहिए।
- लोग शासन करना चाहते हैं, पर उन्हें किसी का प्रभाव एवं गाइड चाहिए।
- लोगों को इज्जत चाहिए, पर उन्हें आदर की जरूरत है।
- बच्चों को आजादी एवं अनुमति चाहिए, पर उन्हें अनुशासन में रखने की जरूरत है।
- लोगों को ऐसे संबंध चाहिए, जिन पर वे विश्वास कर सकें, पर उन्हें ईमानदारी एवं सच्चाई की जरूरत है।
- लोगों को ऐशोआराम चाहिए, पर उन्हें उपलब्धि एवं काम की जरूरत है।
- लोग चाहते हैं कि उन्हें पूजा जाए, पर उन्हें प्यार की जरूरत है।

इसलिए ऐसा कहें, कि आप दूसरों को वे डिग्रियाँ देते हैं, जो वे आपसे चाहते हैं और बदले में वे आपको वह देंगे, जो आपको चाहिए।"

इस बारे में सोचें। लोगों को असल में किस चीज की जरूरत है, हमें और आपको किस चीज की जरूरत है? इस बात की खोज के लिए हमें उनके ज्यादा करीब होना पड़ेगा, पर हम वह कर सकते हैं।

लेखक एवं पाठक से ज्यादा कुछ और भी रिश्ते होते हैं, जो काफी करीबी होते हैं। ये रिश्ते चुपचाप होते हैं—इनमें कोई शाब्दिक हस्तक्षेप का कोई चक्कर नहीं होता। यह दो लोगों के बीच व्यक्तिगत बातचीत होती है, इससे ज्यादा कुछ और नहीं। अगर लेखक

ईमानदार है और वह सीधे दिल से बात कर रहा है, तो पाठक उसे आसानी से समझ लेगा। पाठक बिना किसी संवाद के, बिना किसी को साथ में लेने के रिस्क के लेखन को नकार सकता है, स्वीकृत कर सकता है, रुक सकता है, अचंभा कर सकता है, उसे पुनः पढ़ सकता है, वह जैसे चाहे किसी भी प्रकार की प्रतिक्रिया कर सकता है।

यह एक बहुत ही गर्मजोशी से भरा एवं अच्छा साथ है। मैं तो इसके हर शब्द को मजे से पढ़नेवाला हूँ। मैं आशा करता हूँ कि आप भी ऐसा ही करेंगे और इस तरह मैं आपका दोस्त बनना चाहूँगा। इसका अर्थ यह हुआ कि मुझे खुद को आपके सामने खोलना होगा और स्पष्ट होना होगा। जब मैं ऐसा करूँगा, तो आप न सिर्फ मुझे जान पाएँगे, पर आपको स्वयं को एवं अन्य लोगों को भी अच्छे से जानने का मौका मिलेगा। इसे कहते हैं—संबंध बनाना।

इस प्रकार, आप यह खोज पाएँगे कि दूसरों को क्या चाहिए, जिस पर आप अपना फॉर्मूला लगा सकते हैं। "वे डिग्रियाँ, जो आप अन्य लोगों को उनकी जरूरत के अनुसार देते हैं, वे भी आपको आपके अनुसार चीजें देंगे।" इस चीज का संबंध बनाइए। एक-दूसरे से खुलें। अपने चेहरे पर लगा नकाब हटाइए और अन्य लोग भी तब अपने चेहरे से नकाब हटाएँगे।

मुझे जानने का अर्थ है स्वयं को जानना

चलिए, मैं अपना नकाब उठाता हूँ। आप लोग समझेंगे कि मैं क्या कहना चाहता हूँ। जब मैं अपने से बात करता हूँ और मुझे जो चीज चाहिए, तो आप यह भी देखिएगा कि मैं आपके बारे में भी बात कर रहा हूँ और आपकी जरूरत के बारे में भी बात कर रहा हूँ। मैं यह कहते हुए शुरुआत करूँगा।

"मुझे प्यार करो।"

"मैं जिंदगी में घूम ही रहा हूँ, मुझे कोई ऐसा दो, जो मेरी परवाह करे, जो भीड़ से मुझे उठाकर मेरा ध्यान रखे, मुझे याद करे, मुझे यह विश्वास दिलाए कि मैं विशेष हूँ।"

ऐसी बात हर किसी व्यक्ति के भीतर चलती है। यही जिंदगी की सबसे बड़ी भूख है।

प्यार दिल में उठनेवाला झरना है। यह जिंदगी का अर्थ, जिंदगी की खुशी और हमारे होने पर हिमालय जैसा बड़ा है।

प्यार से जिंदगी महक जाती है, हमारी आत्मा को पोषण देती है, उसे एक आकार देती है और दिमाग को विकसित करती है। यह दिल की खुश करनेवाली हँसी है, जिंदगी के हर लमहें का सूर्योदय है।

इन सबसे ऊपर प्यार एक भावना है। यह इतनी जरूरी है कि यह जिंदगी की नब्ज

है। भावनात्मक लोगों के लिए जो भी वे करते हैं, वह भावनाओं से भरा होता है।

काश! मैं आपको भावनाओं के बारे में कुछ और कह पाता, उनका वर्गीकरण कर पाता, उन्हें उनकी गहनता के हिसाब से स्थापित कर पाता, उन्हें पूरी तरह से समझने के लिए शब्द ढूँढ़ पाता, पर यह ऐसे ही होगा, जैसे यह मालूम करना कि मशरूम का स्वाद कैसा होता है। ऐसा कहना मुश्किल है।

मुझे तो सिर्फ अपनी भावनाओं के बारे में पता है। आपकी भावनाओं के बारे में पता नहीं। हम यह कभी नहीं बता सकते कि दूसरा व्यक्ति क्या सोच रहा है। मैं आपके साथ आपके सुख में सुखी हो सकता हूँ, आपके दुःख में रो सकता हूँ, खुशी में साथ प्रसन्न हो सकता हूँ, या आपकी निराशा में आपके साथ झल्ला सकता हूँ। यह सहानुभूति है, पर हम में से दोनों को ठीक उसी तरह से नहीं अनुभूति नहीं होगी, जैसे अन्य को हो रही है।

सिर्फ आप ही अपनी भावनाओं के बारे में जानते हैं और मैं अपनी भावनाओं के बारे में, पर हम दोनों में से कोई भी इस बारे में साफ नहीं है।

हम अपनी अंदर की भावनाओं के बारे में आपस में बात करेंगे और तब हम लोगों से तुलना करेंगे, समझेंगे और यह जानेंगे कि हम किससे बेहतर हैं। इस प्रकार, हम जिनके करीब हैं, एक-दूजे से जुटने में हमें मदद मिलेगी।

तब मैं आपको अपनी भावनाओं के बारे में बताऊँगा और हो सकता है कि इससे आपको स्वयं को बहुत नजदीक से देखने का मौका मिलेगा।

हम असल में कभी बड़े नहीं होते

मेरी जिंदगी में भावनात्मक दिशा बहुत पहले रखी जा चुकी थी। मैं जब तक जिंदा रहूँगा, मैं हमेशा इससे प्रभावित रहूँगा, पर अब मैं एक वयस्क आदमी हो चुका हूँ, ऐसा लगता है कि मुझे अपने बचपने से बाहर आ जाना चाहिए, पर मैं नहीं आ पा रहा हूँ। मुझे लगता है कि मैं नहीं आ पाऊँगा।

मेरे बचपने में दोस्ती, किसी को स्वीकारना, प्यार, पहचान आदि बहुत संघर्षपूर्ण था। जैसे छोटी मुरगियों के साथ होता है, मुरगियों के बच्चों को एक झुंड में रखते हैं। उनमें से कौन सबसे स्मार्ट है, मजाकिया है, मजबूत है, सुंदर है या सबसे ज्यादा नामवाला है, उनमें से कौन सबसे तेज भाग सकता है, बहुत दूर हड्डी को फेंक सकता है, अपनी साँस को देर तक रोक सकता है या सबसे ज्यादा पत्थर ला सकता है ?

मुझे पक्का पता है कि यह शीर्ष पर खत्म नहीं हुआ, पर मेरे साथ बहुत सारे बच्चे थे, जो मेरे किए पर अपनी प्रतिक्रिया दे रहे थे। उस उम्र में कोई भी निम्नता या गलत की भावनाओं के बारे में बात नहीं करता तथा कई बार ऐसा होता है, जैसे मैं अकेला हूँ और सारी दुनिया से अलग हो चुका हूँ।

पहले से घायल मांसपेशियों, आलोचना, विफलता या अपशब्द पर अगर फिर प्रहार किया जाए, तो उल्टे वह करने का विश्वास और दृढ हो जाता है। मैं इसे बाहर नहीं आने दूँगा, क्योंकि यह बहुत शर्मनाक है, यह कमजोरी की निशानी है, हालाँकि मैं शीर्ष में रहने के लायक नहीं हूँ।

मैं प्यार या पहचान दिलानेवाले हर संकेत पर मान लेता हूँ, जैसे मेरी कक्षा आठ की शिक्षिका जेनी मर्फी ने मुझे सुझाव देते हुए कहा कि मैं लिख सकता हूँ।

"उन्होंने मुझसे कहा कि तुम छोटे अब्राहिम लिंकन की तरह हो। तुम कम शब्दों में बहुत कुछ कह देते हो।" एक ही पल के बाद उन्होंने इस बात का खुलासा किया कि वे जानती हैं कि मैं उन बच्चों में से एक हूँ, जो हैलोवीन के दिन उनके आउटहाउस से फिसल गया था। कितनी अच्छी महिला हैं वे! मेरे स्कूल के 16 सालों की अवधि में यही एक शिक्षिका हैं, जिन्होंने मेरी शैक्षणिक योग्यता के बारे में कभी भी कुछ अच्छा नहीं कहा।

मुझे कभी-कभी आश्चर्य भी होता है कि मुझे थोड़ा बैकवर्ड और गुमसुम होने का भी एक कॉम्प्लेक्स था और बेशक बौद्धिक रूप से एक औसत छात्र था।

मुझे लगता है कि एक मक्के का बीज कभी भी धरती का साथ नहीं छोड़ता, उसकी नमी, हवा आदि पाकर ही वह एक पूरा पेड़ बन पाता है। इसलिए आज मैं यहाँ हूँ, एक वयस्क के रूप में और मैं यह देखता हूँ कि उन पुराने दिनों की अपेक्षा भी आज मैं अपनी जरूरतों में बहुत कम बदल पाया हूँ।

मुझे अभी भी पहचान एवं स्वीकृति चाहिए।

मैं अभी भी प्रशंसा से फूल जाता हूँ और आलोचना एवं अस्वीकृति से परेशान हो जाता हूँ।

कई बार ऐसा होता है कि अनजान लोगों के बीच खुद को अकेला महसूस करता हूँ, पर मैं जिन्हें अच्छे से जानता हूँ या अकेले में ऐसा नहीं होता। उदाहरणस्वरूप, एक भीड़भाड़वाले शॉपिंग सेंटर में मुझे अजीब महसूस हुआ और खुद को सबसे अलग पाने लगा। लोग मुझे एक इनसान समझकर नहीं घूर रहे थे, ऐसा लग रहा था कि वे मुझे एक वस्तु समझ रहे हों। मैं चाहता था कि कोई मुझे दोस्ती की नजर से भी देखे, मेरी आँखों में देखे और मुझे 'हेलो' कहे, न कि यह कहे कि "मेरे पास मत आओ।" इसलिए अब समझ आता है, कोई भी व्यक्ति जो स्टोर में मुसकान के साथ किसी का स्वागत करता, वह क्षण कितना आनंददायक होता है। यह आपको कुछ क्षणों के लिए आराम देता है और अकेलेपन से आजादी दिलाता है।

उन जगहों पर छोटी जगहें होती हैं, जब मुझे बहुत अंदर से लगता है कि कोई मुझे भी प्यार करे। प्यार से मेरा अर्थ शारीरिक नहीं है, पर फिर भी यह जरूरी है। मैं इसे

भावनात्मक प्यार का एक माध्यम मानता हूँ। ये प्यार की भावनाएँ मेरे भीतर तभी आती हैं, जब मैं किसी के साथ बहुत सालों से काम कर रहा हूँ। तब ऐसा लगता है कि किसी खाने के ब्रेक की जरूरत हो, कॉफी ब्रेक हो, जीने के लिए समर्पण का दिल करता है। मैं यह जानना चाहता हूँ कि हर प्रकार की कोशिशें, प्यार करने की कोशिशों से कोई-न-कोई परिणाम आता है। मुझे किसी ऐसे के पास जाना चाहिए, जो मेरे बारे में परवाह करता हो और उस व्यक्ति की मौजूदगी में चुपचाप और बिना किसी प्रयास के मुझे प्यार पाने की सारी भावनाएँ खुद-ब-खुद आने लगें।

इसलिए मैंने अपने अनुसार जिंदगी में जो कुछ भी चाहा, उसे लोगों से मिलना चाहिए। ऐसा कहना बहुत आसान होता है कि मुझे दूसरों की जरूरत नहीं है, मैं सिर्फ अपने भगवान्, अपने काम, सुबह दौड़ने, अपनी वाटर लिली के बीच में डोंगी में बैठकर जाने, पहाड़ों की चोटियों को देखने या अकेले रहकर खुश हूँ।

मैं उन चीजों का भीतर की गहराई से शांतिपूर्वक आनंद लेता हूँ, पर अगर सिर्फ मैं ही होता तो यह बहुत उथला होता। मैं किसी के साथ अपने अनुभव बाँटना चाहता हूँ। मुझे खुद को लोगों से बाँटना चाहिए।

मेरे पास जीवन को पूरा करने के लिए अभी बहुत कुछ है। इसके लिए भी और लोगों की जरूरत होती है। मैं चाहता हूँ कि लोग मुझे नोटिस करें, मुझे उत्साहित करें, मुझे स्वीकारें, तारीफ करें और मेरी देखभाल करें।

आप यह कह सकते हैं कि आपके पास तो यह सबकुछ है। क्या आपको यह नहीं पता?

फिर मैं कहूँगा, "हाँ, तार्किक रूप से मुझे पता है। आप बहुत समय से मेरे साथ हैं, इसलिए मुझे पता है कि आप मेरे दोस्त हैं। आपने मुझसे शादी की है, आप मेरे साथ काम करते हैं, आप मेरी कार में गैस भराते हैं, या आप मेरे साथ गोल्फ खेलते हैं। इसलिए मुझे पता है कि आप मेरे सबसे अच्छे दोस्त हैं।"

"पर मुझे यह भावनात्मक रूप से तब तक नहीं पता, जब तक आप मुझे न बताएँ और मैं इस बात का अनुभव कर लूँ। अगर आप मुझे प्यार करते हैं, तो मुझे छुएँ। अगर आप मेरे साथ रहना पसंद करते हैं तो मुझे देखकर मुसकराइए। अगर आप मुझे मिस करते हैं, तो मुझे लिखें। तब मेरी भावनाओं के साथ-साथ मेरा दिमाग भी हमारे प्यार एवं दोस्ती के बारे में जानेगा। आप मेरी मदद कर रहे हैं। भावना ही मेरी जिंदगी की ऊर्जा है।"

यह वह तत्त्व है, जो मुझे कुछ हासिल करने, बढ़ने, काम करने, आगे बढ़ने और मुझे कल से थोड़ा और आगे ले जाने के लिए प्रेरित करता है।

"और आप जब मेरे लिए कुछ ऐसा करते हैं, तो मैं एक छोटे से कुत्ते की तरह हो

जाता हूँ। आप मुझे थोड़ा मारो, प्यार करो तो मैं अपनी पूँछ हिलाऊँगा। ऊपर-नीचे कूदो, मेरे आसपास आओ और आप जो चीजें मुझे करने के लिए कहते हो, वह कहो, पर आपकी मार एवं आपका प्यार सच्चा होना चाहिए। जैसे आपका उस कुत्ते के बच्चे के लिए है। अगर आपका ध्यान मुझे विभ्रमित करने के लिए गलत कोशिश है, तो मैं आपको अपनी जिंदगी से बाहर करने की और दूर रहने की कोशिश करूँगा।"

क्या हम एक जैसे हैं ?

मेरे लिए खुद को इस प्रकार बता पाना आसान नहीं होगा। मैं और तुम, हम किसी भी तरह आपकी तरह हैं। हम दुनिया को अपनी असलियत नहीं दिखाते हैं। हम अपनी असुरक्षा, शक, कमजोरी और अपनी जरूरतों को छुपाकर रखते हैं। हालाँकि हम कहते हैं, "मैं यह नहीं चाहता कि आप मुझे मेरी जरूरतें की चीजें दें, क्योंकि मैंने वे खुद माँगी हैं। मुझे आपकी दया एवं रहम की जरूरत नहीं है। मुझे आपके प्यार एवं इज्जत की जरूरत है।" हम अपनी गहरी लालसा दूसरों से इसलिए छुपाते हैं और यह सुनिश्चित करते हैं कि जैसा हम दूसरों से चाहते हैं, वैसा ही हम दूसरों के लिए करें। किसी भी दर पर यही वह तरीका है।

इसलिए, मैं किन्हीं अप्राकृतिक तरीकों से होकर क्यों जाऊँ ?

मैं इस बात पर विश्वास नहीं करता कि आप हमसे कुछ अलग हैं। हमने यह रास्ता पाने के लिए अलग-अलग रास्ते तय किए हैं। हमारे भावनात्मक मुद्दे अलग हो सकते हैं, पर सतही तौर पर हम सभी एक जैसे हैं।

हम उत्सुक हैं कि लोग हमें चाहे, प्यार करें और उन्हें हमारी जरूरत हो। हम किसी के लिए महत्त्वपूर्ण होना चाहते हैं। हमें प्रशंसा, संतुष्टि, पहचान, स्वीकृति, पूर्णता की जरूरत है और इसके साथ ही ऐसा कई चीजों की भी जरूरत है, जिसकी लालसा हमें भीतर से है।

कई लोग आपके और हमारी तरह हैं। याद रखें कि आप लोगों को जितना देंगे, वह भी आपको आपकी जरूरत के अनुसार ही देंगे।

अन्य लोगों को और क्या चाहिए? अपने भीतर अच्छे से देखिए तो आपको पता चल जाएगा कि दूसरों में वह निहित है, अन्यथा नहीं। आपको जिस चीज की जरूरत है, वह अन्य लोगों को भी है। जो भी आपके दिल के करीब हैं, भावनात्मक रूप से वे अन्य लोगों के दिल के भी करीब हैं। आप स्वयं अपने बैरोमीटर हैं, जो अपने बारे में खुद जाँच सकते हैं कि जिंदगी में आपको जिस भी चीज की जरूरत है, उसे पाने के लिए आप क्या दे सकते हैं।

आप जो डालते हैं, वहीं निकालते हैं

अब आपके पास वह कुंजी है कि लोग आपके लिए कुछ कर सकें। यह बहुत सरल है, है कि नहीं। इसे इसी प्रकार से होना चाहिए। यह जिंदगी के प्राकृतिक पाठ्यक्रम सा दिखता है। आप जीवनरूपी सागर में पैदा हुए हैं और सौहार्द से एक-दूजे के साथ रह रहे हैं। आप जो भी करते हैं, अधिकांशत: चीजें बहुत अच्छी करते हैं, वह लोगों के सहयोग से, आपसी विश्वास, खुशी एवं संतुष्टि के साथ करते हैं।

इसके सिद्धांत इतने आसान हैं कि एक बालक भी यह कर सकता है। अपने एक व्यक्तित्व के बावजूद, आपके पास वह क्षमता है कि आप लोगों के साथ अच्छे से मिल-जुल सकें और उनके साथ विचारों का आदान-प्रदान कर सकें।

इससे एक अकेले पड़े पहाड़ी इलाके में एक आदमी की याद आती है, जो हफ्ते में छह दिन तो मजदूर बनकर काम करता है और सातवें दिन एक उपदेशक बन जाता है। वह पहाड़ की ऊँचाई पर एक छोटी पहाड़ी मंडली की सेवा करता है। उसे यह काम करके पैसों के मामले में सिर्फ इतना ही मिलता है कि उसे सुबह का खाना मिल जाता है। एक रविवार उसकी छह साल की बेटी भी उस सेवा में साथ देने के लिए उसके साथ गई। उस छोटे से चर्च में एक मेज थी, जिस पर पैसे जमा करनेवाली टोकरी रखी हुई थी। उन्होंने वहाँ प्रवेश किया, उस छोटी सी लड़की ने देखा कि उसके पिताजी ने उस टोकरी में लोगों के आने से पहले आधा डॉलर डाल दिया।

जब सर्विस समाप्त हुई और अंतिम व्यक्ति भी वहाँ से जाने लगा, तो वह पादरी व उनकी बेटी भी जाने के लिए तैयार हुए। वे जैसे ही दरवाजे पर पहुँचे, तो दोनों ने उत्सुकता से उस टोकरी की ओर देखा और पाया कि उस टोकरी में सिर्फ वही आधे डॉलर पड़े थे, जो उसने रखे थे।

कुछ देर की शांति के बाद उनकी छोटी सी बेटी ने कहा, "आपको पता है पिताजी, अगर आपने कुछ ज्यादा पैसे रखे होते तो आपको कुछ और ज्यादा पैसे मिलते।"

□

नीचे ऐसी सात कुंजियाँ लिखी गई हैं, जो आपको सूनी, नकारात्मक सोच और इच्छा पूरी करते रहने के अस्तित्ववाले व्यक्ति की छवि से हमेशा के लिए मुक्त कर देंगी, ताकि आप अपने भीतर के उस शेर को खुद जगा पाएँ।

—नेना एवं जॉर्ज ओ नील

8

अपनी जिंदगी का जिम्मा कैसे लें?

आपके पास जीवन जीने के लिए सिर्फ एक जिंदगी होती है।

क्या आप वह जिंदगी आत्मसम्मान, कुछ उद्देश्य, लगातार बढ़ने की एक नीति के साथ जीते हैं या आपने खुद को कठपुतलियों को खींचनेवाला तार या धागा बना लिया है?

स्वयं को बचाने के लिए भेड़ हमेशा झुंड में होती हैं। किसी भी साहसिक काम या खोज की कोई इच्छा या भोजन एवं पानी के लिए भी कोई इच्छा ज्ञान के जरिये दबा दी जाती है और यह खतरे के सुरक्षात्मक चक्र से परे है।

हम में से कई भेड़ की तरह व्यवहार क्यों करते हैं? हम अपनी जिंदगी का मैनेजमेंट दूसरों के हाथों में छोड़ देते हैं और हम हर दिन कोई-न-कोई ठोकर खाते हैं और अगले आदेश के लिए कूदते हैं या रात्रिभोज में प्रदर्शन का इंतजार करते हैं।

हम जब भी दूसरों के हाथों अपनी जिंदगी की बागडोर थमा देते हैं, तब हम अपने उन चुनने के अधिकारों को त्याग देते हैं, जो हमारे लिए लाभदायक हैं, पर हम विकास के उन मौकों को बाधित करते हैं। बिना किसी लक्ष्य के, किसी प्राथमिकता के, अपने लिए बिना कोई रणनीति बनाए, जहाँ हम मध्यमार्गी राह लिये उस झुंड के साथ उस अंतहीन यात्रा में कुछ भी तोड़ने में असमर्थ, अपने सपने के उस छोटे से हिस्से को हासिल करने के लिए, जिससे हमने कभी बहुत प्यार किया था।

ऐसी स्थिति बहुत सूनी होती है, पर इसका निराकरण किया जा सकता है। तुम यह सीख सकते हो कि किस प्रकार अपनी जिंदगी को व्यवस्थित किया जा सकता है और अपने उद्देश्यों को किस प्रकार स्थापित कर पूर्ण किया जा सकता है और अपने उस झुंड को कैसे पीछे छोड़ा जा सकता है। आप यह सीख सकते हैं कि किस प्रकार अपने लिए एक स्टैंड लेना पड़ सकता है और आपके ऊपर कोई 'हाँ' का दवाब हो, उसके बदले 'न' बोलना आना चाहिए।

आप कोई भेड़ नहीं हैं। अपने आप पर किसी प्रकार का कोई नियंत्रण, जो आपने छोड़ दिया है, फिर से वापस पाया जा सकता है, जिससे आप फिर से अपने भाग्य का निर्धारण कर सकते हों। ध्यान दो। दो महत्त्वपूर्ण लेखक एवं मानव विज्ञानी नेना और जॉर्ज ओ'नील आपकी इज्जत वापस लाने और अपनी पुस्तक 'शिफ्टिंग गियर्स' के उत्तेजक पाठों से आपकी व्यक्तिगतता वापस लाने में इस संबंध में मदद करेंगे।

अगर हम अपनी खुद की जिंदगी को एक आकार देने की एक विशिष्ट क्षमता की चुनौती तक आगे नहीं बढ़ते और उस प्रकार के विकास की तलाश, जो हम व्यक्तिगत रूप से पूरा कर सकते हैं, तब हमारे भीतर किसी प्रकार की कोई सुरक्षा नहीं है, तो हम एक दिखावे की दुनिया में रहेंगे, जिसमें हमारी जिंदगी के कोटर दूसरों की इच्छा पर निर्भर करते हैं, जिसमें हम नियमित रूप से घिर जाते हैं और हमारे चारों ओर के निरंतर बदलाव से हम अलग-थलग पड़ जाते हैं। बिना किसी च्वाइस के कोई दिशा नहीं बनाई जा सकती, हमारी जिंदगी की एक योजना के बिना हम स्वयं को खोते जाते हैं (या उसे कभी पा नहीं सकते) और नगण्य रूप ले लेते हैं और कुछ नहीं। मानव विज्ञानी जूल्स हेनरी के अनुसार, "जब आदमी कुछ भी नहीं होता, तब वह बाहरी दुनिया के प्रभावों से ही जीता है, वह एक बाह्य व्यक्ति होता है, डर की सतह स्थितियों की हवा से घिरी होती है, एक स्थिति दूसरी स्थितियों से आपस में मिल जाती है और यह विचार एवं विचारों का प्रवाह है। यह डर का चक्रवात है, जिसमें बाहरी दुनिया से आवेग ऐसे ही टकराते हैं।" जूल्स हेनरी कहते हैं कि जब हम शर्म का जीवन जीते हैं, तो हम वास्तविकता के जीवन पर विचार नहीं करते, सिर्फ उसे हराने की कोशिश करते हैं।

अगर हमें आगे बढ़ना है तो हमारे चारों ओर दुनिया की वास्तविकता, यहाँ तक कि बदलाव के प्रभाव से हमें मिलना ही होगा। हम इतनी जल्दी हथियार नहीं डाल सकते,

हम विकल्पों को बनाना खत्म नहीं कर सकते। हम स्वयं को बहुत ज्यादा खुश होने से रोक सकते हैं और अपना केंद्र खोजने के लिए हम अपने आसपास की शक्तियों से लड़ सकते हैं। ऐसा करके हम अपने आसपास की विरोधी आवाजों को दरकिनार करते हैं और अपनी अंतर्आवाज को सुन सकते हैं। जब ऐसा होगा, तभी हम बाहर की दुनिया से उस अर्थ, ताकत एवं दृढ विश्वास के साथ लड़ सकते हैं।

हमारी सक्रिय भागीदारी के बिना ही परिवर्तन हो जाते हैं, जो सामाजिक एवं व्यक्तिगत तौर पर निरंकुशता का उन्मूलन है। जब हम अपने व्यक्तिगत अधिकार एवं चुनने की स्वतंत्रता पर अपना अधिकार खो देते हैं तो निराशा, अकेलापन, गुस्सा एवं हिंसा का जन्म होता है। अगर आप स्वयं को मैनेज नहीं करेंगे तो किसी भी परिस्थिति में लोग आपको मैनेज कर लेंगे। जैसे फिलोस्फर मॉरिश फ्रीडमैन ने कहा था कि "एक नए आदमी को पारंपरिक रूप से विश्वास की जरूरत नहीं होती है, पर जीवन का एक रुख रखना पड़ता है, जिस जमीन पर हम खड़े रहते हैं और उससे बाहर निकलकर हमें इस टेट्रोनिक ऐज की मुश्किलों का भी सामना करना होता है। व्यक्तिगत और सामाजिक आधार हमारे हमारे जीवन का रुख हमें नौकरशाही एवं निगरानी का सामना करने में सक्षम बनाता है, साथ ही निजी जिंदगी में सैन्य, औद्योगिक, पारिस्थितिक, आर्थिक एवं राजनीतिक घुसपैठ से लड़ना सिखाता है।"

हमारे जीवन का रुख स्पष्ट करने के लिए स्वयं को जानने के लिए और जिस बात पर हम विश्वास करते हैं, उस पर खड़ा होने के लिए, हमें न सिर्फ जिंदगी की योजना को बनानेवाली गाइडलाइंस जाननी होंगी बल्कि उन गाइडलाइंस को खुद में समाहित करने के लिए उसे अपने लिए काम में लगाना पड़ेगा। आत्म-प्रबंधन की समझ से हम जिंदगी एकीकरण को पूरा करने में मदद कर सकते हैं।

अपने लिए एक स्टैंड लें

जिंदगी में स्टैंड लेने का अर्थ, स्वयं के लिए स्टैंड लेना है और आत्मनिर्देशित परिवर्तन के माध्यम से बढ़ने के लिए गियर्स शिफ्ट करना जीवन का एक अभिन्न अंग है। क्रिएटिव सेल्फमैनेजमेंट के सात अंग है, जिससे आप जिंदगी के लिए एक स्टैंड ले सकते हैं।

1	अनुमति न लें।	काम कर दें।
2	रिपोर्ट मत करें।	स्वयं से चीजें जाँचें, दूसरों से नहीं।
3	किसी से माफी न माँगे।	इससे आप दूसरों को यह बता रहे हैं कि आप आत्म-निर्भर हैं।

4	स्वयं पर आरोप न लगाएँ।	किसी अवसर को खो देने की परेशानी आपको आगे नहीं जाने देती।
5	यह मत कहें, 'मुझे करना चाहिए।'	यह पूछें, 'क्यों' या 'क्यों नहीं' या मुझे नहीं करना चाहिए।
6	'हाँ' अथवा 'न' कहने से नहीं घबराना चाहिए।	आप जो महसूस करते हैं या सोचते हैं, वह करें।
7	स्वयं को पूरी तरह दूसरों के हाथों में न डालें।	आत्मनिर्धारक बनें।

इनमें से प्रत्येक कुंजी नकारात्मक हो सकती है, इसलिए हमारी सामाजिक एवं सांस्कृतिक तानाशाही पर लगातार निगरानी रखनी आवश्यक है, क्योंकि यह हमारी अनुरूपता पर जोर देता है और बताता है कि अन्य लोगों की तरह हमारी व्यक्तिगत जरूरतों को पूरा करने के लिए सुरक्षा आवश्यक है, पर इस नकारात्मक मुद्दे का यह मतलब कदापि नहीं है कि हमें दूसरों को हल्के में लेना चाहिए या दूसरों को भरोसे में नहीं रखना चाहिए। सच्चाई यह है कि हम दूसरों के लिए तभी सोच सकते हैं, जब हम स्वयं मजबूत होंगे। अगर हम कुछ नहीं हैं और दूसरों द्वारा शासित हैं, तो हम दूसरों को कुछ भी नहीं दे सकते। यह तब ही संभव है, जब हम स्वयं देखभाल एवं बाँटने से परिवर्तन कर सकें, या अपनी भावनाओं, जैसे स्वतंत्रता, आत्म-निर्भरता एवं सुरक्षा से एक स्थिति प्रस्तुत कर सकें, जो किसी कमजोरी या स्वयं समाप्त होने के कारण हम न बना रहे हों। इन बिंदुओं का परिणाम यह होता है कि स्वयं के लिए उदार बनें। जब हम स्वयं के लिए दयालु रहेंगे, तभी हम अन्य लोगों के लिए भी दयालु एवं उदार बन सकते हैं।

यह बिंदु हमारे लिए यह संभव कर पाते हैं कि हम स्वयं में रचनात्मक बदलाव लाएँ। यह सही है कि न कहने से, बिना अनुमति के हम पुराने दोस्त खो सकते हैं, पर अगर हमारी दोस्ती किसी मजबूती के बगैर किसी कमजोरी पर आधारित है, तो वह हमारे लिए कैसे अच्छे हो सकती है। हम नई ताकत से नए दोस्त बनाएँगे, जो स्वयं काफी मजबूत हों। अगर हम अपनी जिंदगी खोजने के चक्कर में किसी को चोट पहुँचाना जरूरी समझते हैं, तो इसका असली अर्थ है कि हम अब उन्हें हमें चोट पहुँचाने नहीं देंगे, हम उन्हें स्वयं को महसूस करने से रोकने के लिए तैयार नहीं हैं। एक बार जब हम दूसरों को खुद को चोट पहुँचाने से रोक देते हैं, तो हमारी इस नई ताकत के कारण दूसरों को मदद देना संभव हो पाता है। जब अन्य लोग हमें दुःख पहुँचाते हैं तो हम बिना दुःखी हुए भी चीजों को आसानी से स्वीकार कर लेते हैं।

जब हमने खुद की जिम्मेदारी लेनी शुरू कर दी, अपनी जिंदगी के फैसले लेने शुरू कर किए, तब हमें किसी की स्वीकृति की आवश्यकता नहीं होती। अगर आपके द्वारा किए गए काम से किसी अन्य व्यक्ति पर कोई प्रभाव ही नहीं पड़ता, तो आप पूछ सकते हैं कि अन्य लोगों पर आपके किए काम का कितना प्रभाव पड़ता है। उनसे इस संबंध में विचार लो और इस नई सूचना को अपना निर्णय निर्धारित करने के लिए इस्तेमाल करें। इन नई भावनाओं को सुनकर उन पर विचार करना आवश्यक है, पर यह अनुमति माँगने जैसा नहीं है। किसी से अनुमति माँगने का अर्थ किसी को अपनी जिंदगी का वीटो पावर देने के बराबर है। वहीं दूसरी ओर फीडबैक माँगने का अर्थ उस संबंध में सूचना इकट्ठा करना है, जो आपकी जरूरतों और सिद्धांतों के बीच बैलेंस कर सके।

आपके सिद्धांतों को जानने एवं उन पर कोई कदम उठाने का अर्थ है कि आप खुद पर ध्यान दे रहे हैं, अपने बॉस बन रहे हैं, अपने गुरु स्वयं बन रहे हैं। हालाँकि इसका अर्थ दूसरों के लिए ध्यान एवं जिम्मेदारियों में कमी करना कभी नहीं है। हम दूसरों को आपके 'क्यों' से संबंधित निर्णय और एक्शंस के बारे में बता सकते हैं या हमारे द्वारा बिना विचारे की गई गलतियों और हमारी आक्रामकता के बारे में बता सकते हैं, पर हम यह कर सकते हैं, क्योंकि हम दूसरों के बारे में केयर करते हैं, इसलिए नहीं कि हम उनके द्वारा कंट्रोल किया हुआ मानते हैं। जब हम उन्हें इस बात के बारे में बताते हैं तो हम उनकी प्रशंसा करते हैं, हम उन्हें अपने बराबर का मानते हैं। अगर कोई भी हमारे इस निर्णय को सही और उसकी प्रामाणिक व्याख्या को अपनी किसी समस्या के कारण नहीं मानता, तो उन्हें कभी भी माफी नहीं देनी चाहिए। आप सफाई लें, पर माफी न दें। अगर हम उनके अनुरूप उत्तर देते हैं और वे हमारा मूल्य उसी अनुसार लगाते हैं तो वे हमारे लिए कोई भी मोल नहीं रखते। वे व्यक्ति न तो खुद परिपक्व होते हैं और हमारी परिवक्ता पर उनके सवाल उठाना किसी भी हिसाब से वाजिब नहीं है।

एक बार जब आप अपने क्रियाकलापों के लिए जिम्मेदारी लेना स्वीकार लेते हैं और आप अन्य लोगों को अपने इन एक्शंस के लिए कोई सफाई देते हैं और एक बार आप जब अपने सकारात्मक एवं नकारात्मक पहलुओं को जाँचने के लायक हो जाते हैं तो आप स्वयं के लिए बदलाव का रास्ता पाने लगते हैं, तो लोगों को इस संबंध में आपकी प्रामाणिकता भी स्वीकारनी होगी; नहीं तो वह अपने आप को निर्धारक दिखाने लगेंगे, जो लोग स्वयं की तुलना आपके कम समझदार होने से करते हैं और जो लोग आपका मूल्य ही नहीं लगा सकते हैं, वे अपना मूल्य क्या लगा पाएँगे। अंत में ऐसे लोगों की देखभाल करके और अपनी जरूरतों का सच बता करके ऐसे लोगों को ज्यादा इज्जत दिखाने की जरूरत नहीं है।

हमने जिन नियमों को बनाया है, कुछ लोग उन नियमों का बिना किसी कारण

से वर्तमान में से गलत तरीके से इस्तेमाल कर सकते हैं। वे उन चीजों को होने देते हैं और बिना किसी की इज्जत की परवाह किए अपने मन से कुछ भी कर देते हैं। आपको किसी को भी सफाई देने की जरूरत नहीं है, लेकिन यदि आप किसी एक को भी सफाई देने के अनिच्छुक एवं असमर्थ हों, तो आप किसी परिपक्व एवं क्रियाशील परिवर्तन के लिए आगे नहीं बढ़ रहे हो और सच्चाई से भागकर किसी काल्पनिक दुनिया में जी रहे हो, जिसमें आपको उस दुनिया एवं उससे जुड़े लोगों से बातचीत की कोई जरूरत ही नहीं है। मनोवैज्ञानिक रॉबर्ट डब्ल्यू. व्हाइट कहते हैं, "यह विश्वास करने में अच्छा लगता है कि हम सिर्फ एक दरवाजा खोलकर बदलाव ला सकते हैं और सच को बेदाग लोगों के सामने रख सकते हैं।" पर आत्म-प्रबंधन के लिए अपनी कुंजियों का गलत इस्तेमाल करने से किसी प्रकार का कोई बदलाव नहीं आ सकता। व्हाइट को फिर से उद्धृत करते हुए—

बदलाव बहुत आसान नहीं होता है। असली बात सच्चा इनसान सामने लाने की नहीं, अपितु खुद को नए तरीके से बनाने की है, जो पुरानी पद्धतियों की सीमाओं एवं संकीर्णताओं से बाहर निकलकर धीरे-धीरे बाहर आता है। ऐसा सिर्फ अलग तरह से व्यवहार करके एवं अलग लोगों से बातचीत करके ही हो पाता है। इसके लिए नई रणनीतियाँ तैयार करनी होंगी, जो हमारे नए इरादों को बताएँगी और अन्य लोगों को बेहतर मानवीय रिश्ते बनाने के लिए उनकी भूमिकाएँ अदा करने के लिए प्रोत्साहित करेंगी।

जैसे यह जरूरी है कि आप किसी से अनुमति नहीं माँगें, आप स्वयं के साथ इन चीजों की जाँच करते हैं, बल्कि दूसरों को निर्देश देने की बजाय बिना किसी कारण के माफी न माँगे। यह भी जरूरी है कि आप अपनी पुरानी गलतियों के लिए आरोप न लगाएँ। स्वयं को माफ करना का आधार है और हम दूसरों के सामने माफी माँगते हैं। अगर आप आत्म कमी में ही समय बिताते हैं, पीछे की बातों में शोक मनाते हैं तो आप स्वयं को मैनेज नहीं कर रहे हैं, आपका बीता कल आपको मैनेज कर रहा है। आपका बीता कल आपके आनेवाले कई कलों पर हावी हो जाता है, जिससे कई अच्छे अवसर चले जाते हैं। पूर्व में जो उपयोगी रहा है, उसे याद करो, अपनी गलतियों से सीखो और उसे याद रखो, कोई भी चीज खाली/बरबाद नहीं जाती।

जब आप कहते हैं कि 'मुझे यह काम करना चाहिए' या 'मुझे यह काम नहीं करना चाहिए', तो बहुत सारे मामलों में आप स्वयं को अपने पुराने कल में फँस जाते हैं, जिसमें आप अपने माँ-बाप, शिक्षकों या अन्य गुरुओं द्वारा बनाए गए नियमों का पालन करते हैं, जिनका आज के संदर्भ में किसी मजबूरी के समय आपके लिए कोई अर्थ नहीं रह गया है। हमारे समाज की परंपराएँ, 'होना चाहिए' या 'नहीं होना चाहिए' की आशंकाओं

को एक पीढ़ी से दूसरी पीढ़ी के विवेक पर छोड़ देना चाहिए। क्या उन्हें सुरक्षित रखना आवश्यक है? पर कई ऐसे कई लोग हैं, जो ऐसे समाज पर निर्भर रहते हैं, जो अब मौजूद ही नहीं है। वर्तमान व भविष्य में जीने के लिए और स्वयं को एक अच्छा इनसान बनाने के लिए हमें 'करना चाहिए' एवं 'नहीं करना चाहिए' में विभेद करना चाहिए और इस बात का एहसास करना चाहिए कि आज की दुनिया में कौन ऐसा करेंगे और कौन नहीं। जब आप स्वयं से यह कहते हैं कि 'मुझे करना चाहिए', तो अपने आप से यह सवाल करना चाहिए कि 'क्यों?' जब आप स्वयं से यह कहते हैं कि 'मुझे नहीं करना चाहिए' तो आपको स्वयं से यह पूछना चाहिए कि 'क्यों नहीं?' अगर आपके पास इसका कोई जवाब नहीं है, जो आपके विकास एवं पूर्ति के लिए आवश्यक नहीं है, तो समय आ गया है कि पुराने सिद्धांतों का त्याग करें।

अब 'न' कहने का भी समय आ गया है। आप इतिहास के किसी ऐसे पुराने नियम को भी नकार सकते हैं, जो अब लागू नहीं किए जाते। आप अपने समाज में किसी नवीन विकास को भी न कह सकते हैं, जिसे आप फलदायक एवं आपके भीतर से सही नहीं मानते। अगर आप किसी प्रकार का कोई परिवर्तन चाहते हैं तो उसके लिए 'न' कह सकते हैं। जिस प्रकार इतिहास से हम कई चीजें ढोकर लाते हैं, जिसकी आज लोगों को कोई जरूरत नहीं है, उसी तरह संप्रति में भी कई ऐसे बदलाव होंगे, जिनकी कोई आवश्यकता नहीं है। एक स्त्री आज भी जब गर्भपात कराने के लिए, इसलिए मना करने की घोषणा करती है, क्योंकि यह एक पाप है और वह उन पड़ोसी दंपतियों को भी 'न' नहीं कह सकती, क्योंकि वे ग्रुप सेक्स करते हैं।

पर अगर वह अपनी माँ और अपने पड़ोसियों को 'न' कहती है, यही महिला 'हाँ' कहकर भी उन चीजों को परिभाषित कर सकती है। अगर जब हमने 'न' बोलना सीख लिया, तो वे हम स्वयं को उन चीजों के लिए 'हाँ' बोलने की अनुमति दे सकते हैं, जिनकी हमें असल में जरूरत है। प्रचुर विकल्पों के साथ सफलतापूर्वक डील करते हुए, आप अकसर मतभेदों, झूठी अपेक्षाओं, दूसरों द्वारा जरूरत से ज्यादा माँग के कारण स्थितियों व दायित्वों के बीच फँस जाते हैं और निराश हो जाते हैं, पर सिक्के का दूसरा पहलू यह है कि हम उन लोगों को उन परिस्थितियों में, जो आपके लिए महत्त्व रखती हैं, उस दौरान अंततः खुले तौर पर 'हाँ' बोलने के लायक हो सकते हैं।

रचनात्मक आत्म-प्रबंधन के लिए अंतिम बिंदु ही मुख्य होता है—अपने जीवन को पूरी तरह से किसी के हाथों में मत सौंपिए। हम सबको सलाह, साथ, उत्साहित करने और दूसरों से मदद के लिए दूसरों की आवश्यकता होती है, पर यह सब हमें स्वयं को सहायता देने के लिए जरूरी होता है। एक जिम्मेदार थैरैपिस्ट अपने मरीज की जान मैनेज नहीं करता, वह उसके पास एक ध्यान देनेवाले केटेलिस्ट की तरह होता है,

जो वहाँ स्वयं की खोज भी करता है और मरीज के अंदर सकारात्मक परिवर्तन लाने की कोशिश करता है। जिसकी जिस भी क्षेत्र में दक्षता है, ऐसे में हर एक व्यक्ति को दूसरे व्यक्ति की मदद करनी चाहिए। हमें नियत समय में पायलट, सर्जन एवं राष्ट्रपति पर आश्रित होना पड़ेगा, पर अपने जीवन का अंतिम कंट्रोल अंततः हमारे पास ही रहना चाहिए। अपने को दूसरों के हाथों में डालने एवं स्वयं किसी भी चीज को कंट्रोल करने में अंतर यह है कि अगर एक महिला किसी बड़े ऑपरेशन के लिए 'हाँ' कह देती है (बाद में जब पता चले कि वह गैर-जरूरी था) और वह महिला, जो इस मुख्य निर्णय के समय कुछ अन्य डॉक्टरों से इस संबंध में सलाह लेती है, इसके रिस्क के संबंध में जानते हुए, उससे संबंधित सभी जानकारियाँ प्राप्त कर लेती है और फिर अपना निर्णय लेती है, तो वह अपने उस निर्णय को सही मानती है, जो उसने सूचना इकट्ठा करके प्राप्त किया है। वह ऑपरेशन टेबल पर लेटकर डॉक्टरों को निर्देश नहीं दे सकती है, पर आप यह सब करने से पहले ही यह सुनिश्चित कर लेते हैं कि आप इस संदर्भ में सही एक्शन ले रहे हैं। यही आत्म-प्रबंधन का सार है।

आत्म-प्रबंधन तकनीक का विकास आपके लिए आत्म-नियंत्रण सुनिश्चित करता है, पर दुनिया के सामने अपने ऊपर नियंत्रण रखने को अन्य चीजों पर कंट्रोल से भ्रमित नहीं किया जा सकता। कठोर स्वभाव के व्यक्ति कुछ भी नया करने से डरते हैं, जो पहले से सेट तरीकों पर ही अपने निर्णय सुनिश्चित करते हैं, जिन्हें किसी चीज पर अपना नियंत्रण खोने का डर होता है, वे स्वयं को मैनेज नहीं कर पाते। उनका स्वयं पर कोई कंट्रोल नहीं होता, हालाँकि वे अन्य बाहरी ताकतों, अपेक्षाओं व संपादनों द्वारा नियंत्रित होते हैं। आप परिस्थितियों पर नियंत्रण नहीं रख सकते, पर आप अपने आप पर तो नियंत्रण रख ही सकते हैं, आप उस परिस्थिति को देखकर अन्य लोगों के साथ अपना व्यवहार मैनेज व निर्देशित कर सकते हैं। सेल्फ मैनेजमेंट का अर्थ नई दिशाओं को ढूँढ़ना भी है, जो एक निश्चित कर्तव्य सीमा में नई स्वतंत्रता को जन्म देता है।

एक व्यक्ति, जो नकारात्मक तरीके से किसी चीज पर अपना नियंत्रण रखना चाहता है, जो उन परिस्थितियों में अन्य लोगों को फिट करने की कोशिश करता है, वह उसी व्यक्ति की तरह है, जो किसी चाइनीज होटल में जाकर हमें कॉलम ए से ही खाने का ऑर्डर देता है। वह व्यक्ति, जो सेल्फ मैनेजमेंट का अभ्यास करता है, वह निर्णय लेने की शक्ति अपने आप रखता है। जो 'क्यों' एवं 'क्यों नहीं' जैसे सवाल पूछता है और वह जो सोचता और महसूस करता है, उस पर काम करता है, के पास वह विकल्प होता है कि वह न केवल ए, बल्कि कॉलम बी एवं सी से भी खाने का विकल्प देखकर ऑर्डर दे। वह यही चाहता है और अपने लिए किसी भी बिंदु पर सर्वश्रेष्ठ पाता है। इसके अलावा यह भी विकल्प होता है कि बिना कोई ऑर्डर दिए उस रेस्टोरेंट से बाहर निकल जाए।

जो व्यक्ति किसी भी चीज को नकारात्मक तरीके से पकड़े रखना चाहता है, वह जिंदगी में पहले से पैकेज्ड टूर को ढोता चलता है, उसके अनुसार अगर आज मंगलवार है तो आज तो बेल्जियम सिंड्रोम होगा और मैं अब पैंतालिस साल का हो चला हूँ तो मैं घर में ही सुरक्षित हूँ। अगर वह बस खराब हो जाए, तो उसे लगेगा कि वह पैंतालिस में भी घर में सुरक्षित नहीं है, वह परिस्थितियों की दया पर जी रहा है और उसने जीवन के बहुत सारे मजे अपनी ही कारण खो दिए हैं। वह व्यक्ति, जो सेल्फ मैनेजमेंट की प्रैक्टिस कर रहा है और जब चीजें उसकी अपेक्षा के अनुसार नहीं चलतीं, तो उस व्यक्ति के पास संसाधन होते हैं कि वह अपनी योजनाओं को एडजस्ट कर ले, नई परिस्थितियों को आगे रखकर उस जगह से आगे बढ़ने की तैयारी करे। अगर हम अपनी सारी शक्ति लगाकर उसे बनाना चाहते हैं, तो सभी प्रकार की मुश्किलें उसके लिए लाभ में बदल सकती हैं।

स्वयं को मैनेज कर हम पूर्णतया यह जान सकते हैं कि हम स्वयं से क्या चाहते हैं, हमें अपनी प्राथमिकताओं, हमारी जरूरतों, हमारी इच्छाओं के बारे में अच्छे तरीके से पता चलता है और इस जानकारी से हमारे भीतर न केवल स्वतंत्रता विकसित होती है, अपितु सुरक्षा की भावना भी आती है। वह व्यक्ति, जो स्वयं को जानता है और अपनी जिंदगी पर खुद नियंत्रण रखता है, वह पहले की अपेक्षा अस्पष्टता के उच्च स्तर को सहन कर सकता है। वह इससे अधिक परेशानी और विवादों के बीच भी डील कर सकता है, क्योंकि उसे अपनी क्षमताओं के बारे में पता होता है। ऐसे लोग परिवर्तन को आनंदस्वरूप लेते हैं, वे अनजानी परिस्थितियों में भी निश्चयपूर्वक सुधार ला सकते हैं। मनोवैज्ञानिक अब्राहम मासलोव के सुझावों के अनुसार ऐसे लोग अपने आनेवाले कल को बिना डरे उसका सामना करने के लिए तैयार होते हैं, क्योंकि जो भी हो, उन्हें आत्मविश्वास का विश्वास है। जब-जब हम अपने आप को दूसरों के हाथों का खिलौना बनाते हैं, दूसरों से अनुमति माँगते हैं या दूसरों को रिपोर्ट करते हैं या बिना किसी बात के माफी माँगते रहते हैं, तब-तब हमारा आत्मविश्वास ध्वस्त होता है। हमारा आत्मविश्वास तब-तब बढ़ता है, जब हम दूसरों की बजाय स्वयं से यह पूछते हैं कि हमें अपनी जिंदगी के साथ क्या करना चाहिए। आत्म-प्रबंधन स्वयं के अर्थ एवं मूल्य पर पूरी तरह से जोर देता है, फलतः आत्मयोग्यता की पूर्ण भावना ही परिणामस्वरूप आती है।

□

"अगर आपकी ऊर्जा आपके उद्देश्यों की ही तरह सीमा हीन है, तो आपको जिंदगी में संपूर्ण प्रतिबद्धता के साथ गंभीरता से विचार करना चाहिए।"

—डॉ. जोएस ब्रदर्स

9

एक फास्ट लेन में सफलता किस प्रकार प्राप्त करें?

चलो इस बात का सामना करते हैं, जब भी किसी सफल व्यक्ति से उसकी सफलता का राज पूछा जाता है, तो वह व्यक्ति कहता है, "कठिन परिश्रम", पर हम उसके अच्छे भाग्य के पीछे के असली राज के बारे में हमेशा कयास ही लगाते रहते हैं।

क्या वह एक लकी ब्रेक था, या कुछ अमीर रिश्तेदार, कुछ ऐसे जोड़-तोड़, जिससे उस स्त्री या पुरुष को यह धन, प्रसिद्धि या सत्ता मिली? ये कुछ ऐसे प्रश्न हैं, जिनसे हमारे अहंकार को आराम मिलता है और वे हमें सच्चाई तक पहुँचने से रोकते हैं। अधिकांश मामलों में, जब प्राप्तकर्ता यह कहते हैं कि उन्होंने कठिन परिश्रम से अपना काम पूरा कर लिया है, तो उसका अर्थ है कि वे सही कह रहे हैं।

पर आप भी कड़ी मेहनत करते हैं न? तब भी अगर आप रॉल्स रॉयस नहीं ड्राइव कर रहे, अकापुल्को पर आपका ग्रीष्मकालीन आवास नहीं है, तो हो सकता है कि आपके काम की परिभाषा आपके सर्वोत्तम प्रयासों से प्रति सप्ताह चालीस से पचास घंटे ही है, आपका रात्रिभोज घर में ही है, सप्ताहांत आप मस्ती एवं आराम करने में बिताते हैं। जब ये प्राप्तकर्ता 'कड़ी मेहनत' शब्द का प्रयोग करते हैं तो उनका अर्थ अपनी पूर्ण क्षमता से प्रति सप्ताह करीब सत्तर से अस्सी घंटे या उससे भी ज्यादा काम करना है, अपने काम को इतना प्यार करना है कि यह आपके लिए एक जुनून हो जाए और जगे होने पर अपना सारा समय सोचने, प्लानिंग करने और अपने उद्देश्य को पाने में लगाना है, जिसे अन्य लोग असंभव मानते हैं, पर यह ही है पूर्ण प्रतिबद्धता।

हर किसी के लिए पूर्ण प्रतिबद्धता कोई नियत जीवनशैली नहीं है। बहुतों के लिए यह बहुत कीमत लेती है, पर ऐसे कई अनगिन हजारों लोग हैं, जिन्हें असली में पता है कि उन्हें क्या चाहिए और सफल होने के लिए वे जितना लग सकते हैं, वे उतना देने की कोशिश करते हैं। अगर आप उस तरह सोचते हैं कि आपको और डॉ. ब्रदर्स को और शक्ति मिलनी चाहिए, तो इसके साथ ही लेखिका की पुस्तक 'हाऊ टू गेट वटेवर यू वॉन्ट आउट ऑफ लाइफ' के एक पाठ से आपको कुछ अमूल्य सूचनाएँ मिलेंगी, जिनसे आप सीख पाएँगे कि अन्य लोगों की तरह किस प्रकार 'पूर्ण प्रतिबद्धता' का खेल कैसे खेलें।

क्या आप कठिन परिश्रम करके सफल होना चाहते हैं, तो आप आगे बढ़ना चाहते हैं? इसके लिए कुछ आनंद का त्याग करना पड़ेगा, क्योंकि आपका समय एवं ऊर्जा आपके उद्देश्य के प्रति लगे होने चाहिए, क्या आप इस प्रकार का त्याग करके खुश होंगे?

अगर आपका जवाब 'हाँ' है और आप आगे बढ़ना चाहते हैं, तब आप सीधे निशाने की ओर काम कर रहे हैं। आपने अपने भीतर से सही लक्ष्य निर्धारित कर लिया है। हालाँकि अगर आप दूसरों से ईर्ष्या के कारण शाम को काम करना छोड़, सप्ताहांत में मस्ती करने के लिए समय बिताना चाहते हों, तो फिर से सोच लीजिए। आप सफलता की उच्चतम सीढ़ी पर चढ़ना नहीं चाहेंगे, उससे रास्ता अलग कर लेना चाहते हैं। आपका असली उद्देश्य कहीं और ही छिपा हुआ है।

जो लोग अपने व्यवसाय में सफल होते हैं, उनका अपने उद्देश्य के प्रति एकतरफा दिमाग लगा रहता है और इसे बहुत अच्छी तरह से पूर्ण प्रतिबद्ध कहा जा सकता है। कुछ लोग इन प्राप्तकर्ताओं को वर्कोहलिक भी कहते हैं, पर इससे उनकी कमजोरी का पता चलता है। अगर आप कुछ ऐसा काम कर रहे हैं, जिसे आप दुनिया में किसी और काम से कहीं और ज्यादा करना चाहते हैं तो दुनिया में जो चीजें आपको खुश करती हैं, उनसे स्वयं को दूर करके आप अपने आप को सजा क्यों दे रहे हैं?

व्यवसाय में सफलता जरूरी नहीं कि एक सफल दांपत्य जीवन में बदले, क्योंकि जो विवाहित महिलाएँ एकदम उच्च पद पर पहुँचना चाहती हैं, जो बहुत ऊँचाई पर होती हैं, वे अपनी शादीशुदा जिंदगी को आगे ले जाने का कोई अवसर छोड़ती ही नहीं हैं, वहीं दूसरी ओर, जो पुरुष (स्त्री नहीं) जिन्हें 'उद्यमी सफलता' न चाहकर 'कॉरपोरेट सफलता' चाहिए, को यह पता होता है कि चाहे वे शादीशुदा हों अथवा नहीं, वे बहुत जल्दी आगे बढ़ेंगे।

बड़ी-बड़ी कॉरपोरेट कंपनियों में मनोवैज्ञानिक रखे जाते हैं कि वे संस्थान के उन स्त्री-पुरुषों की परीक्षा ले सकें, जिनका एक्जिक्यूटिव रैंक से प्रमोशन होनेवाला है और उनके भीतर एक से ज्यादा गुण देखे जाते हैं। अगर वे सफल हो जाते हैं, तो उन्हें प्रमोशन मिल जाता है और अगर नहीं, तो वे दौड़ से बाहर हो जाते हैं। इन सबके पीछे का मुख्य कारण है पूर्ण प्रतिबद्धता, उच्च क्षमता पर काम करने की इच्छा। वे ऐसे लोग चाहते हैं, जो सफलता प्राप्त करने के लिए प्रति सप्ताह 40 घंटे, 60-80 घंटे, 100 घंटे काम करें, क्योंकि उन्हें अपना काम बहुत आकर्षक एवं रोमांचक लगता है। सफल स्त्री-पुरुषों के बीच पूर्ण प्रतिबद्धता एक सामान्य चीज है। इसकी महत्ता का ज्यादा अंदाजा नहीं लगाया जा सकता।

उदाहरण के तौर पर जो को लें। वह एक इंश्योरेंस सेल्समैन है। उसे 'इंश्योरेंस के व्यवसाय में सबसे बड़ा इंश्योरेंस सेल्समैन' कहा जाता है।

उसके पीछे क्या राज है?

उसने कहा, "मैं अपनी ऊर्जा का हर कतरा अपने काम में लगा देता हूँ। एकदम शुरुआत से ही मैं सप्ताह के सातों दिन दस से बारह घंटे काम करता रहा हूँ।" इसके अलावा किसी और चीज की जरूरत नहीं है। मैं जो भी करता हूँ, वह जीवन बीमा बेचने से ही संबंधित होता है।

'जो' ने बताया कि जब मैंने काम शुरू किया था, तो मुझे बताया गया था कि अगर मैंने पचहत्तर लोगों को फोन किया और तो मैं पच्चीस अपॉइंटमेंट्स मिलने की आस रख सकता हूँ। उन पच्चीस में से दस लोग नहीं आएँगे और पंद्रह बैठकें हो जाएँगी। उन पंद्रह बैठकों में तीन लोग ही अंततः काम आएँगे। उन्होंने बताया कि पूरे हफ्ते के लिए यह एक अच्छा काम हो गया।

उन्होंने कहा कि मैंने नंबर बदल दिए। मैंने एक सप्ताह में नहीं, एक दिन में पचहत्तर लोगों के साथ फोन पर बात की। मैंने फोन में पाँच से छह घंटे बिताए। फिर अगले पाँच से छह घंटे लोगों से मिलने में लगाए। औसत का नियम काम करता है। मैं जितना ज्यादा फोन करूँगा, उतनी ज्यादा सेल्स करूँगा।

सफल स्त्री-पुरुषों की सेहत हमेशा अच्छी रहनी चाहिए और उनके भीतर असीम ऊर्जा होनी चाहिए। शीर्ष तक पहुँचने के लिए शक्ति की जरूरत होती है, चाहे वह माउंट एवरेस्ट पर पहुँचना हो या किसी कॉरपोरेशन के शीर्ष पर। लोगों के पास अलग-अलग ऊर्जा रिजर्व होते हैं। जो स्त्री-पुरुष जल्दी थक जाते हैं, जिनकी ऊर्जा जल्दी खत्म हो जाती है, वे अपने उद्देश्यों को फिर से रिसेट कर लेते हैं या उन्हें कम कर देते हैं। किसी अंतरराष्ट्रीय मल्टीकांग्लोमरेट के चेयरमैन बनने की आकांक्षा रखने की बजाय वे किसी छोटी बेकरी चेन का प्रेजिडेंट बनना चाहेंगे या पड़ोस में एक बेकरी की दुकान खोल लेना

चाहेंगे। कम ऊर्जावाले लोगों के लिए बिजनेस में सफल होने का मतलब उन्हें उसका प्रेजिडेंट न बनाकर डिपार्टमेंट चीफ बनाना है। ये कम क्षमतावाले उद्देश्य संतुष्टि प्रदान करते हैं। जो स्त्री-पुरुष बिजनेस की छोटी डिग्री की सफलता से खुश हो जाते हैं, वे एक शानदार जिंदगी जीते हैं। ये वे लोग हैं, जिनके पास पढ़ने के लिए समय है, वे थिएटर जाते हैं, बच्चों के साथ हाइकिंग पर जाते हैं, परिवार के साथ मजबूत रिश्ते बनाते हैं, वे दोस्ती के बंधनों में मजे से बँधे होते हैं, मानवीय मूल्यों को पोषित करते हैं, पर अन्य लोग, असीमित ऊर्जा एवं उद्देश्यों के साथ ऊँचाई तक पहुँचना चाहते हैं, अपनी संपूर्ण प्रतिबद्धता को किसी प्रकार का त्याग नहीं मानते। अपने सोच के अनुसार वे सिर्फ फायदे में हैं। वे स्वयं को पूर्ण एवं खुश महसूस करते हैं।

बोस्टन के ऑपेरा कंपनी की प्रसिद्ध निदेशक साराह काल्डवेल भी उन्हीं में से एक है, "मैं जो भी करती हूँ, उसे प्यार से करती हूँ। मैं कई दिनों तक बिना सोए काम कर सकती हूँ, क्योंकि मैं ऑपेरा प्रोड्यूस एवं कंडक्ट करने की सारी गतिविधियों से जुड़ी हूँ। कभी-कभार जब चीजें सही होती हैं, एक जादू का क्षण आता है। लोग उस जादुई क्षणों में जी लेते हैं।"

जब सारी चीजें एक साथ आती हैं, तो उस स्टेज में जादू के उन क्षणों का बयान कर रही थीं। उनका बिजनेस ऑपेरा है और वे उन चुनिंदा लोगों में से एक हैं, जिन्होंने इस बिजनेस को शिखर तक पहुँचाया है। हर बिजनेस में जादू के वे क्षण आते हैं, जो बहुत प्रतिबद्धतावाले लोग महसूस करते हैं, मनोवैज्ञानिक बताते हैं कि एक तरीके से काम करने से ये जादू भरे क्षण अपने आप आ जाते हैं और किसी प्रवाह में बहना एक ऐसा अनुभव है, जो मजबूत तर्क के साथ पूर्ण प्रतिबद्धता को पाए बिना संभव नहीं है।

दुनिया में अधिकांश लोगों के लिए पूर्ण प्रतिबद्धता गलत सिद्धातों एवं एक प्रकार से बीमारी का संकेत है और इसको करनेवाले काम में लगे रहते हैं। ये स्त्री-पुरुष वही करते हैं, जो उन्हें करने का मन होता है और उसके प्रति पल को आनंद से बिताते हैं। यह एक अलग ही पौध होती है। ये लोग हमेशा ही प्रयत्नशील रहते हैं। वे अगले व्यक्ति की अपेक्षा हमेशा ही ऊँचा जाना चाहते हैं, पिछली बार की अपेक्षा आगे निकलना चाहते हैं। चूँकि उनकी शादियाँ अधिकांशत: सफल नहीं हो पातीं, इसलिए इतना काम करके उन्हें चौंका देनेवाले पुरस्कार मिलते हैं। पैसा, प्रभाव, ताकत, इज्जत और खुशियाँ उनके पास प्रवाह में आती हैं।

प्रवाह क्या है और इसके फायदे क्या हैं? सारा केल्वेल ने इसे जादू के क्षण कहा है। यह एक दौड़नेवाले के अनुभव के समान उच्च होता है। एक शोधकर्ता ने प्रवाह को इस प्रकार परिभाषित किया है, "जब हम पूर्ण भागीदारी के साथ कोई काम करते हैं तो यह एक सनसनी होती है।" प्रवाह के दौरान एक क्रिया के बाद दूसरी क्रिया आती है और

एक आंतरिक तर्क के अनुसार काररवाई-पर-काररवाई होती है। प्रतिभागी के हिस्से पर कोई सचेत हस्तक्षेप नहीं होता। कोई जल्दी नहीं है, ध्यान पर कोई विचलित करनेवाली माँग नहीं होती। एक पल के बाद दूसरा पल आता है। अतीत एवं भविष्य गायब हो जाता है। उसी तरह खुद और गतिविधि के बीच फर्क होता है।

बहुत साल पहले किसी मनोवैज्ञानिक पत्रिका में एक सर्जन के बारे में एक रिपोर्ट थी, जो सर्जरी करने में इतना व्यस्त था कि उसके ऑपरेशन के कमरे में एक तरफ की छत टूटकर नीचे गिर गई और उसे पता ही नहीं चला। ऑपरेशन के अंत समय में जब वह अंतिम सिलाई कर रहा था, तो उसने चैन की साँस ली और अपने हाथ-पाँव फैलाए और आसपास देखा तो आश्चर्य से पूछा, "जमीन का सारा प्लास्टर कहाँ चला गया?" वह प्रवाह में काम कर रहा था।

प्रवाह पर हुए बड़े-बड़े अध्ययनों में से एक में बताया गया कि चूँकि एक शोधकर्ता जानना चाहते थे कि कुछ लोग इतनी मेहनत से क्यों काम करते हैं। "अलग-अलग गतिविधियों, जैसे शतरंज, बैकगैमोन, टेनिस एवं हैंडबॉल, वॉलीबॉल और फुटबॉल में एक जैसी क्या बात है, जिसमें लोग बिना किसी रिवॉर्ड के अपना सबकुछ दे देते हैं।" प्लेटो ने सदियों पूर्व यह प्रश्न पूछा था और उन्हें भी कोई संतोषप्रद जवाब नहीं मिला था। फ्रायड ने भी यह प्रश्न किया था और उन्हें भी कोई जवाब नहीं मिला, पर शिकागो विश्वविद्यालय के डॉ. मिहाई चिकसेंटमीहाई ने आम डिनोमिनेटर को अलग कर दिया। उन्होंने 175 लोगों, 30 पर्वतारोहियों, 30 बास्केटबॉल खिलाड़ियों, 30 आधुनिक नर्तकों, 30 पुरुष शतरंज के खिलाड़ियों, 25 महिला शतरंज खिलाड़ियों, आधुनिक संगीत के 30 कंपोजरों से पूछताछ की। उन्होंने पूछा, "वह चीज क्या है, जो उन्होंने संगीत बनाते समय सबसे ज्यादा पसंद की या शतरंज खेलते हुए या एकदम सीधे पहाड़ों को चढ़ते हुए पसंद की। क्या वह इज्जत थी, ग्लैमर था या जीतने की संभावना?" तब पता चला कि चाहे बास्केटबॉल या कुछ और खेलने की बात हो, उसमें अगर मन लगाकर उसे खेला जाए, तब ही उसमें मुख्य आकर्षण आता है।

जब लोग उस अवस्था को प्राप्त कर लेते हैं, जब प्रवाह आता है तो वे आराम से होते हैं, पर साथ ही वे स्वयं को ऊर्जावान एवं ताजगी भरा भी महसूस करते हैं। उनकी ध्यान केंद्रित करने की क्षमता अपने आप बढ़ जाती है। वह स्वयं पर एवं अपनी दुनिया पर बहुत नियंत्रण रखते हैं। जैसे खुशी, प्रवाह का एक उप-उत्पाद है। इसके लिए सबसे पहले यह आवश्यकता होती है कि अगर आपके सामने किसी चीज से चुनौती मिलती है, तो आप उसके लिए बहुत मेहनत करें। यह एक बहुत बड़ी चुनौती नहीं है, जो आपको आगे की ओर खींचे, आपको यह एहसास कराए कि आप कल की अपेक्षा आज कुछ अच्छा कर रहे हो या आपने आखिरी बार इसे करने की कोशिश की। एक पूर्व शर्त

निर्बाध समय की एक महत्त्वपूर्ण अवधि है। आधे घंटे से कम समय में किसी चीज के प्रवाह में बहना असंभव है और यह तब तो और भी असंभव है, जब बाधाओं से घिरे हैं।

जिस तरह प्रैक्टिस के साथ एक कंडिशनिंग डिवाइस का प्रयोग करके आप प्रवाह में कोई काम करते हैं, उसी तरह अच्छे से सीखने के लिए आप खुद को कंडिशन करते हैं। जब आप उन जादू के क्षणों का आनंद लेते हैं, तो रहस्य उन पिछले अवसरों का विश्लेषण करना है। क्या इसका कोई आम डिनोमनेटर था? एक बार जब आपने इस आम डिनोमनेटर को अलग कर दिया, तब ही आप प्रवाह के लिए मंच सेट कर सकते हैं।

मारग्रेट ने यह सीख लिया था कि इसे कैसे करते हैं। वे वाशिंगटन डी.सी. में एक लॉबिस्ट थीं, जो वेस्टर्न कंजरवेटिव ग्रुप के लिए काम कर रही थीं। एक रात वे अपनी कुरसी से पीछे की ओर झुकीं। उन्हें अच्छा लगा। वे बहुत मेहनत कर रही थीं और कांग्रेस के समक्ष एक रिपोर्ट प्रस्तुत करने के लिए पूरी तरह से प्रयासरत थीं, जिसमें पेपर मिल्स से निकले वेस्ट के डिस्पोजल से संबंधित नए स्टेंडर्ड तय कर रही थीं और अगर वह बिल पास हो जाता तो लकड़ी और लुगदी कंपनियों पर सीधे गाज गिरती।

उन्होंने बिल के मौजूदा स्वरूप और लकड़ी और लुगदी के लॉबिंग प्रयासों की रूपरेखा तय कर ली थी और उनकी खुद की गतिविधियों ने जनता का ध्यान आकर्षित करने के लिए कुछ कदम उठाने की सलाह दी थी, जिससे क्रोधपूर्ण प्रतिक्रिया दी जा सकती थी, जिससे विधायक लाभ से परे संरक्षण को सबसे ऊपर रख सके।

उन्होंने दीवार घड़ी की ओर देखा। उन्होंने जब ध्यान से देखा तो सुबह के चार बज रहे थे। उन्होंने अपनी कलाई की घड़ी की ओर देखा। दीवार घड़ी सही थी। जब उन्होंने पिछली रात खाना खाया था, वे तब से रिपोर्ट पर काम करने के लिए बैठी थीं। वे यह शपथ लेकर भी कह सकती थीं कि उन्होंने अपनी डेस्क में दो-तीन घंटों से ज्यादा काम नहीं किया था। वे अपने काम में इतनी व्यस्त थीं कि उन्हें पता नहीं चला कि समय कब आगे निकल गया।

मारग्रेट ने ऐसा अनुभव पहले भी किया था। ऐसे भी दिन होते हैं, जब ऑफिस में वे यह आए दिन अनुभव करती हैं कि उनका ऑफिस खाली हो चुका है और फिर यह समझ आता है कि घर जाने का समय आ चुका है। उन सारे दिनों में वे काम में इतनी व्यस्त रहती हैं कि उन्हें पता ही नहीं चलता कि उनके दोपहर के भोजन का समय कब का निकल चुका है और उन्हें यह याद भी नहीं रहा कि उन्हें भूख लगी है।

इन सब घटनाक्रमों को ध्यान में रखते हुए, उन्होंने यह अनुभव किया। यह सब एक समान है, परियोजना के एक चरण या एक फेज में उन्होंने आवश्यक डाटा एकत्रित किया और वे समस्या के समाधान की पूरी तैयारी में जुटी हुई थीं, वे विरोधी हितों को

भी ध्यान में रखते हुए उन्हें रेखांकित कर, काम के लिए अपनी सिफारिशें कर रही थीं। उन्होंने यह भी महसूस किया कि यह उन दिनों में हुआ, जब ऑफिस में अपेक्षाकृत शांति थी—कोई परेशानी नहीं थी, कोई महत्त्वपूर्ण बैठक नहीं थी, कोई वीआईपी शहर से बाहर नहीं था।

एक बार जब यह सब उनके दिमाग में घर कर गया था, मारग्रेट ने अपने काम को व्यवस्थित करने का सोचा, जिससे वे काम के प्रवाह का जल्दी फायदा उठा सकें। जब भी वे ट्रिगर की स्टेज में पहुँचतीं, वह अपना काम घर पर लेकर आ जाती कि वह बिना समय की परवाह किए अपना काम लंबा खींच सकती थी। उन्हें खुद से बात करने के लिए भी एक डिवाइस मिल जाता, "अब मैं किसी काम पर जितना ध्यान लगाना चाहती हूँ, वह लगा सकती हूँ।" यह हमेशा काम नहीं आता। कुछ समय ऐसा भी आता था कि उन्हें अपनी रिपोर्ट में मेहनत भी करनी पड़ती, पर अधिकांश समय में वह अपने काम में गति पकड़ लेती, जहाँ उनकी एकाग्रता अपने आप बढ़ जाती।

कोई भी व्यक्ति/कभी भी हमेशा काम करता हुआ नहीं रह सकता। यह बहुत थका देनेवाला काम है। जैसे एक संभोग लंबे समय तक शरीर की मजबूती के कारण ही चल पाता है। यौन समानता कोई तुच्छ वस्तु नहीं है, प्रवाह के लिए यह सिर्फ काम तक सीमित नहीं होता। किसी भी काम में हमारी क्षमता के लिए एकाग्रता का होना जरूरी है, चाहे वह खेलने में हो, पेंटिंग में हो, लिखने में हो, याद करने में हो, यहाँ तक कि सेक्स करने में हो। यह सच में एक अलग ही अवस्था है, जिसमें पूर्ण प्रतिबद्धता ही एक सर्वोच्च शिखर है।

यह एक तनावपूर्ण स्थिति भी है, क्योंकि सारे जीव अपने उच्चतम पिच पर हैं, पर शारीरिक रूप से यह बहुत तनाव है। शोधकर्ताओं ने यह पाया कि सफल लोग उन लोगों से तो ज्यादा स्वस्थ होते हैं, जो असफल होते हैं या जो इन दोनों अवस्थाओं के बीच में होते हैं। एक सफल आदमी की एक स्टडी में यह दिखाया गया कि अगर उसी उम्र के लोगों का तुलनात्मक अध्ययन किया जाए तो उनकी मृत्यु दर अन्य लोगों को अपेक्षा एक-तिहाई से भी कम है और कुछ तनाव, जिन्हें कमजोर माना गया है, वे हमारे स्वास्थ्य का एक सकारात्मक अंग हैं। सफलतम लोग मुश्किलों का सामना करते हुए उसे मजे में लेते हैं। एक शोधकर्ता की ओर से 'कॉल ऑफ कंट्रोल्ड रिस्क' के लिए वह आकर्षित हो गई है। यह इसलिए है, क्योंकि वे ऊर्जापूर्ण हैं। वे और सजीव तब लगते हैं, जब वे एक्टिव लगते हैं। एक काम करते हुए आदमी का दिमाग एक सोए हुए आदमी के दिमाग से ज्यादा काम करता है, उसी तरह एक काम करते हुए आदमी का क्रियाशील शरीर उसके सोए शरीर से बेहतर काम करता है। इसलिए यह प्रवाह हमारे स्वास्थ्य के लिए भी है। यह वैसे ही है, जैसे एक शारीरिक तनाव है, जैसे एक बदलाव काम करता

है। जिस प्रकार ये सारे तनाव के तत्त्व हमारे शरीर के लिए हानिकारक हैं, उसी तरह प्रवाह भी हानिकारक है, पर इसके लिए परेशान न हों। आपका सिस्टम स्वयं अपनी रक्षा कर सकता है। आप स्वयं को वैसे प्रवाह में नहीं डाल पाएँगे, जिससे आपमें अवांछित, अस्वास्थ्यकर तनाव पैदा होता है।

एक व्यवसायी ने प्रतिरोध किया कि प्रतिबद्धता और उत्साह की लहर के बारे में बात क़रना बहुत अच्छा लगता है, पर मैं ऐसे स्त्री-पुरुषों को भी जानता हूँ, जो गधों की तरह काम करते हैं और कहीं नहीं जाते हैं।

उनसे सहमत होकर मैंने भी उनसे कहा कि मैं भी इसी तरह काम करता हूँ। चूँकि वे गधों की तरह काम करते हैं, इसलिए कठिन परिश्रम करना मुश्किल नहीं है। आपके पास एक लक्ष्य होना चाहिए। आपको पता होना चाहिए कि आपके कठिन परिश्रम का भुगतान कैसे करें?

पूर्ण प्रतिबद्धता सिर्फ कठिन परिश्रम नहीं है, इसमें पूरी तरह से लगना भी पड़ता है। एक चट्टान की दीवार बनाना फालतू काम है। इस दुनिया में कुछ लोग ऐसे होते हैं, जो अपनी जिंदगी में चट्टान की दीवार बनाते हैं और जब वे मर जाते हैं तो उन लंबी दीवारों के मूक विवरण यह बताते हैं कि लोगों ने कितना कठिन परिश्रम किया है, पर कुछ ऐसे भी लोग होते हैं, जो चट्टान की दीवार का निर्माण करते हैं और वे एक चट्टान को दूसरे के ऊपर ऐसे रखते हैं कि उनके दिमाग में एक उद्देश्य होता है। हो सकता है कि दीवार के ऊपर एक छत हो, जिसकी छत गुलाबों से भरी हो और गरमियों की ठंडी शामें गुजारने के लिए वहाँ कुरसियाँ लगी हुई हैं या वह चट्टान की दीवार एक सेव के बागान से जुड़ी हुई हो या उसकी चहारदीवारी से जुड़ती हो। जब उन्होंने काम पूरा कर लिया हो, तो वह एक दीवार से कहीं ज्यादा है। उस लक्ष्य से अंतर पता चलता है, जैसे बेथ एवं ट्रूडी का अनुभव बताता है।

उन दोनों को होटल में परिचारिका की नौकरी मिली। बेथ दुनिया देखना चाहती थी। वहीं ट्रूडी कुछ और देखना चाहती थी। वह बिजनेस करना चाहती थी। उसने सोचा कि वह अपनी एक ट्रेवल एजेंसी या कुछ होटल चेन से संबंधित बिजनेस करेगी, जिसमें उसमें घूमने को मिले, पर उसे असल में पता नहीं था कि वह क्या करे। इस लक्ष्य को पाने के लिए यह नौकरी करना उसका पहला कदम था। वह दुनिया के बड़े-बड़े शहरों में घूमना एवं लोगों से सीखना चाहती थी कि वह लोग कहाँ-कहाँ और क्यों घूमना चाहते हैं। उसने बहुत अच्छे से अपना समय बिताया और उस लौकिक ज्ञान को अपने भीतर घुसा लिया। जब यात्री उसे बताते थे कि वे कहाँ जा रहे हैं, तो उसके पास उन्हें सलाह देने के लिए बहुत कुछ होता था। वह कहती थी कि "मैं वहाँ दो हफ्ते पहले ही गई थी, उन्हें वहाँ के रेस्त्राँ के बारे में सलाह देती थी और बताती

थी कि वहाँ का खाना जबरदस्त था। वहाँ मेरा पाँच पाउंड वजन बढ़ गया था।" उसने अपनी पसंद की जगहों के लिए एक नोटबुक बना रखी थी और वह लोगों को वहाँ की विशेष दुकानों और ऑफ-द-ट्रैक रेस्त्राँ के बारे में बताना पसंद करती थी।

एक एयरलाइन एक्जीक्यूटिव, जो भेष बदलकर एयरलाइन की सेवाओं के बारे में जाँच कर रही थी, ने ट्रूडी को यह काम करते हुए देखा। उसने देखा कि वह बहुत फुर्तीली एवं सक्षम लड़की है, जो बहुत ही उपयोगी है। जब वह खाना परोस नहीं रही थी, तब वह एक बच्चे को पकड़े हुए थी कि उस बच्चे की माँ अपने पाँव फैलाकर थोड़ा आराम से बैठ सके, साथ ही ट्रूडी यात्रियों के प्रश्नों का जवाब देते हुए उन्हें उनके गंतव्य स्थानों के बारे में बता रही थी।

जब इंस्पेक्टर अपने ट्रिप से वापस आए तो उन्होंने कहा कि उस लड़की को परिचारिका के रूप में रखना उसका गलत इस्तेमाल करना होगा। वह तो एक चलता-फिरता एनसाइक्लोपीडिया है कि किस जगह घूमने जाएँ, वहाँ क्या देखें और क्या करें और वह इसके लिए हमेशा तैयार रहती है। कुछ हफ्तों के बाद ट्रूडी को प्रमोशन मिला, उसका काम था—शहर-दर-शहर की सीरिज तैयार कर घूमने के लिए सहायतार्थ पर्चे बनाना। आज दस सालों के बाद, वह अपनी ट्रेवल कंपनी की प्रमुख है, इस व्यवस्या में छोटी, पर सबसे सफल एजेंसियों में एक है।

बेथ का क्या हुआ? बेथ को अपने काम से प्यार है। उसकी जिंदगी का लक्ष्य था—एक परिचारिका बनना, पर एक समय के बाद उसका मोहभंग हो गया। उस काम में सिर्फ कठिन परिश्रम करना था और बहुत भागदौड़ थी, यहाँ से वहाँ जाओ और खाना लगाओ और फिर ट्रे लो, सवालों के जवाब दो, पियक्कड़ों से निबटो और नीरस एवं बीमार हो जानेवाले यात्रियों से निबटो। दस सालों के बाद भी बेथ एक परिचारिका ही है। वह बहुत कठिन परिश्रम करनेवाली, ईमानदार लड़की है। उसके अब अन्य लक्ष्य भी हैं, जैसे शादी करना। उसे लगता था कि शादी करके ही वह बेकार काम से बाहर आ सकती है।

दोनों ही तरह से, बेथ भी ट्रूडी की तरह बहुत काम करती थी, पर बेथ का कोई लक्ष्य नहीं था और लोगों को यह पता ही नहीं होता कि वे कहाँ जा रहे हैं और अंततः वे कहीं नहीं जा पाते।

अगर आपको पता हो कि आप जिंदगी से क्या चाहते हैं और आप अपने काम के लिए पूरी तरह से प्रतिबद्ध हैं, तो आपके सामने सारे अवसर खुले हुए हैं। उनमें से तो बहुत जड़ता के कारण खुलते हैं। अन्य लोगों की जड़ता, आपकी जड़ता के कारण नहीं। मूलतः सभी लोग आलसी हैं। जिन स्त्री-पुरुषों में असीम ऊर्जा होती है, वे सफल होने के लिए प्रयत्नरत होते हैं। इस राज को समझने की जरूरत होती है और आपको स्वयं से

यह वादा करना होता है कि आप कभी आलस में नहीं पड़ेंगे। अन्य लोगों के लिए यह आसान हो जाएगा कि क्या किया जाए। इसको करने के लिए अन्य व्यक्ति की सफलता की संभावना को बढ़ाना और इस सफलता को पाने के लिए प्रयास कम करना।

इरिक एक बहुत बड़ी अकाउंटिंग फर्म में काम करता था, उस कंपनी का इतना नाम था कि उसने अपने हर कर्मचारी को कंपनी के पैसे के लायक बनाया था। इरिक के दोस्त इस बात की शिकायत करते हैं कि उन्हें बहुत काम करने के लिए कहा जाता है। देर रात तक काम करने का यह तरीका बहुत बेकार है। उन्हें और लोगों की भर्ती कर लेनी चाहिए।

इरिक ने वह बात सुनी और थोड़ा और ज्यादा मेहनत करने लगा, उसे लगा कि अन्य अकांउटेंट से थोड़ा अलग होने के लिए यह ही हो सकता है कि वह थोड़ा और ज्यादा काम करे और बेहतर काम करे। उस काम को बेहतर तरीके से करने के तरीकों को खोजने के क्रम में उसने काम के प्रवाह को फिर से ऑर्गेनाइज करने का प्लान बनाया, जिससे काम की उत्पादकता अपने आप बढ़ जाएगी। उसने फिर से ऑर्गेनाइज करने की टेबल बनाई, उसे मेमो फॉर्म में रखा और अपने मालिक को दे दिया।

उसने बहुत सावधानीपूर्वक यह काम किया था। उसका मेमो साफ तरीके से टाइप किया था, पर वह बहुत व्यक्तिगत था। इरिक ने खुद से टाइपिंग की थी, न कि टाइपिंग पूल की लड़कियों से टाइपिंग कराई थी। वह इस मामले में स्पष्ट था कि यह मेमो सिर्फ उसके बॉस के लिए है, बॉस को भी यह परेशानी नहीं थी कि इरिक उसके भी ऊपर किसी और को जाकर यह मेमो दिखाएगा।

इसके अलावा, इरिक ने इसके पुनर्निर्माण के लिए अपने प्लान को रेखांकित किया था, बल्कि यह भी दिखाया था कि इसे कैसे प्राप्त किया जा सकता है। अगर बॉस को यह प्लान सही लगा, तो इरिक बाकी सबकुछ सँभाल लेगा।। बॉस को प्लान सही लगा। उन्होंने व इरिक ने एक रात जब वे देर तक काम कर रहे थे तो सैंडविच खाते-खाते इस बारे में बात की। इरिक ने इस बात के संकेत दिए कि अगर ऑफिस का पुनर्निर्माण किया जाए, तो बढ़ी हुई उत्पादकता से बॉस अपने उच्च पदस्थ अधिकारियों के सामने और सही लगेंगे। उनके बॉस ने इसके लिए आसानी से हाँ कह दी। इरिक ने अपना सारा काम कर लिया। इरिक ने बॉस की इस निष्क्रियता का फायदा उठाया। इरिक के प्लान ने इतने अच्छे से काम किया कि बॉस को प्रमोशन मिल गया और बॉस के साथ और किसका प्रमोशन हुआ? बेशक, इरिक का। बॉस को कोई तो ऐसा चाहिए था, जो उसे अच्छा लगने में मदद करे। इरिक अब एक्जीक्यूटिव लेवल में आ गया है, जहाँ वह अन्य एक्जीक्यूटिव स्तर के लोगों से बराबरी में बात करता है। उसने कई सालों में होनेवाले प्रमोशन की अवधि को धत्ता बता, निष्क्रियता की शक्ति का फायदा उठाया।

किसी स्त्री या पुरुष के लिए इस प्रकार आगे आकर काम करना बहुत जरूरी है। जो आदमी सबसे जल्दी सफलता प्राप्त करता है, वह 'बहुत ज्यादा' काम भी करता है और उसे उसके काम का अपनी जगह पर क्रेडिट भी मिलता है।

तो इसके पीछे का अभिप्राय यह है कि संपूर्ण प्रतिबद्धता को किसी रोग की तरह नहीं देखें, इसे जिंदगी के एक तरीके की तरह देखें, जिससे आप बिजनेस में भी अपने लक्ष्य को बहुत अच्छे से प्राप्त कर सकते हैं। आप पाएँगे, जिस काम को आप सबसे ज्यादा करना चाहते हैं, उसके लिए किसी प्रकार का त्याग करना महत्त्वहीन है। इसलिए जब किसी काम में पूर्ण प्रतिबद्धता की बात आती है, तो उसे प्राप्त करें।

□

"आपके द्वारा प्रोजेक्ट की जाने वाली छवि कई परिस्थितियों में आपके कौशल से कहीं ज्यादा मूल्यवान होती है।"

—माइकल कोर्डो

10

एक विजेता की तरह कैसे दिखें?

आप जानते हैं कि हम इसके करीब आ जाएँगे, जल्दी या देर में, है न? जब लोग आपकी दिशा में नजर रखते हैं तो वे आप में क्या देखते हैं? एक स्पष्ट सफलता या जीवन में हारे हुए? पता नहीं किस मतलब, किसी मूल्य प्रणाली से आप पर निर्णय लेने की हिम्मत की गई, कुछ मामलों पर एक अजनबी इतनी तेजी से निर्णय करने की हिम्मत करते हैं। आप पहले से ही उत्तर जानते हैं कि आप कैसे दिखते हैं, उसे पसंद करते हैं अथवा नहीं, चूँकि आफ सफलता के पीछे हैं, इसलिए आपकी बाह्य छवि दुनिया देखती है, जो आपकी बाहरी सफलता के लिए भी आवश्यक होती है। अपनी आंतरिक चीजों के बारे में आप पहले के अध्यायों में बहुत कुछ सीख चुके हैं। जब डेनियल वेबस्टर ने जब यह कहा था, तब वे सही थे कि,"यह दुनिया अपनी सच्चाइयों से ज्यादा अपने बाह्य स्वरूप से शासित होती है।"

सौभाग्यवश आप अपनी बाह्य छवि अपने आंतरिक छवि की अपेक्षा कम समय में ठीक कर सकते हैं। इस पुस्तक के इस पाठ में लेखक एवं पब्लिशिंग कार्यकारी माइकल कोर्डा आपके सिर के ऊपर यह आपको एक-एक चरण पर सिखाएँगे कि आप उस चीज को कैसे हासिल कर सकते हैं, जिसे 'विजेता की छवि'???

यह दुनिया महँगे स्टेटस सिंबल से भरी पड़ी है, जिसे खरीदा जा सकता है। अगर आपके पास फंड है और खुद को एवं अन्य लोगों को यह साबित करने के लिए ऐसे महँगे आभूषणों की जरूरत है कि आप आ गए हैं, पर अन्य चीजों की अपेक्षा आपको पैसा, समय एवं कॉमन सेंस के थोड़े से निवेश से बहुत संतुष्टि मिलेगी। सफलता के

इस छोटे एवं अच्छे स्वरूप से आप दुनिया को दिखा दें कि लाख रुपए के बिना अधिग्रहण नहीं होगा और आप एक्जीक्यूटिव श्रेणी में नहीं आएँगे। आपको, अपनी अधिकतम सफलता पाने के लिए तैयारी करनी होगी। एक बार आप जब यह कर लेंगे तो उसके परिणाम आपको आश्चर्य में डाल देंगे।

यह सच हो सकता है कि सौंदर्य त्वचा से संबंधित हो, पर सच्चाई यह है कि समय के साथ दुनिया आपके लिए इस बात पर निर्णय लेती है कि आप कैसे दिखते हो। अगर आप एक लूजर की तरह दिखोगे तो आप बामुश्किल ही सफलता की ओर बढ़ोगे। अगर आप एक विजेता बनोगे, तो आप उनकी तरह दिखने भी लगोगे।

सच्चाई यह है कि ये सारी चीजें इस बात पर आद्धृत हैं कि वह कौन सा क्षेत्र होगा, जिस पर आप सफल होना चाहोगे। एक महत्त्वाकांक्षी रॉक गिटार बजानेवाला यह सोच सकता है कि वह खास तरह के कपड़े और रूपरेखा से अपने क्षेत्र में विशिष्टता पा सकता है, जबकि अन्य व्यक्ति, जो आईबीएम (IBM) कंपनी में रहकर ऊँचाई छूना चाहता है, को यह सलाह दी जाएगी कि वह अपने लिए कुछ सफेद शर्ट खरीद ले और बाल सही से कटा ले। सिर्फ आप ही यह तय कर सकते हैं कि किस व्यवसाय या नौकरी में किस तरह के कपड़े पहने जाएँ। साधारणतः आप अपने संस्थान में बहुत पहले के वरिष्ठ एवं सफल लोगों द्वारा किए गए काम को ग्रहण करके बहुत आगे नहीं जा सकते।

अगर आप पॉल न्यूमैन नहीं हैं तो...

लोग सबसे पहले अधिकांशतः आपका चेहरा ही देखते हैं, आप इसके लिए कुछ नहीं कर सकते और मैं यह भी नहीं मानता कि अधिकांश पुरुष अपने शरीर के किसी भाग को ठीक करने अथवा छुपाने के लिए कोई मेकअप या प्लास्टिक सर्जरी भी नहीं कराते। वहीं दूसरी ओर, अगर आप पॉल न्यूमैन नहीं भी हैं, तो आपके पास जो भी चीजें हैं, आप उसका सर्वाधिक इस्तेमाल कर सकते हैं। बहुत ज्यादा संख्या में अधिकांश पुरुष बहुत बुरी तरीके से दाढ़ी बनाते हैं। वह बहुत बेकार बनी होती है, पर मैं मानता हूँ कि यह बहुत नेचुरल बात है। हमें कोई यह नहीं सिखाता कि दाढ़ी कैसे बनाई जाए। बहुत सारे, यहाँ तक कि अच्छी-खासी संख्या में कई पुरुष ऐसे होते हैं, जिनके दाढ़ी बनाते समय एक-दो बाल कभी छूट जाते हैं और फिर उनकी नई दाढ़ी आते समय उसकी लंबाई अच्छी बड़ी हो जाती है। सफल लोगों को इस तरीके से नहीं लगना चाहिए। स्वयं की दाढ़ी अच्छी तरीके से बनानी चाहिए, रेजर एवं शेविंग क्रीम तब तक बदलते रहना

चाहिए, जब तक आपको एक अच्छा मेल न मिल जाए। अगर आपकी दाढ़ी ज्यादा है, तो एक इलेक्ट्रिक रेजर अपनी मेज के खाने में रखें और फिर उसका इस्तेमाल करें।

एक स्वस्थ आउटडोर, जो किसी चीज की सफलता का प्रतीक है, उसके होब साउंड में चालीस फुट के रेसिंग स्लूप पर अधिग्रहण करना जरूरी नहीं है। जितना आप धूम्रपान करते हैं या पीते हैं, उसके कारण आपकी आँखों के नीचे काले घेरे, आपकी लाल आँखें, ताजा हवा व व्यायाम करने से ज्यादा अच्छा काम करेंगी। आपके चेहरे से ऊर्जा का प्रवाह होना चाहिए, न कि थकान और किसी अपव्ययता का, चूँकि हम सभी इनडोर काम करते हैं, इसलिए हमें इस प्रकार की सहायता की जरूरत पड़ेगी।

अपने चेहरे को गौर से देखो, ऐसा लगता है कि किसी अजनबी का चेहरा है, जो सुबह तो बहुत अच्छा लगता है, इसलिए खुद से पूछो कि आपने अपने लिए सबसे बढ़िया किया है। अगर आपके बाल थोड़े लंबे होते तो क्या आप बेहतर लगते? अगर आप बाईं ओर माँग निकालोगे, क्योंकि आपकी माँ भी वैसे माँग निकालती थी, तो क्या वह सच में आप पर अच्छी लगेगी? अगर आपके कान दिखते हैं तो बालों को किनारे से पूरा बढ़ा देने से क्या इसमें मदद मिलेगी, वहाँ पर बाल लाने के लिए उस पर थोड़े पैसे खर्च करने से क्या उसमें मदद मिलेगी? अपने बालों को थोड़ा स्टाइल देने के लिए उस पर पैसा खर्च करना भी एक अच्छा विचार है, पर यह याद रखें कि हमारा उद्देश्य सरल एवं प्राकृतिक रूप रखना ही है। अगर आप बालों का कोई ऐसा स्टाइल रखते हैं, जिसके लिए हॉट एयर कांबिंग, स्प्रे, एंटीह्यूमिडिटी क्रीम की जरूरत होती है, तो आप इस प्रक्रिया से न सिर्फ बोर हो जाओगे, बल्कि यह बहुत अप्राकृतिक भी लगेगा।

जो लोग गंजेपन से परेशान हैं, वे विग लगाने का सोच भी सकते हैं, पर उसके लिए एक चेतावनी भी है। बहुत सारे लोगों के लिए नकली बाल मजाक की चीज होती है, जिससे धोखे का गुण भी झलकता है, क्योंकि आप ऐसा करके अपने सिर पर ज्यादा बालों को दिखा रहे हैं। अगर किसी भी तरह से आपके नकली बालों की तरफ लोगों का ध्यान चला गया, या उसकी शंका भी हो गई, तो उसे फिर न लगाएँ। एक बार जब आपकी छवि नकली बाल पहननेवाले की हो गई, तब कोई भी आप पर किसी भी तरह से विश्वास नहीं करेगा। आपके बारे में लोग सिर्फ यही बात याद रखेंगे। मेरी इस बारे में अपनी एक राय है कि अपनी किस्मत को स्वीकारो, इस दुनिया में अपने गंजेपन के साथ घूमो। आखिरकार आपके आसपास बहुत सारे लोग हैं।

किस्मत ने आपको बहुत अच्छे दाँत नहीं दिए होंगे और अगर आप कोई एक्टर नहीं हैं, तो आप इसके लिए बहुत सारा खर्च भी नहीं करना चाहते होंगे और उन्हें छुपाने/कटाने/हटाने का कोई दर्द भी नहीं लेना चाहेंगे, पर समय-समय पर उसे साफ नहीं कराने का कोई कारण नहीं हो सकता, क्योंकि यह बहुत जरूरी है। अगर आप बहुत

ज्यादा धूम्रपान करते हैं, तो दंत-चिकित्सक दाँतों की स्केलिंग कर उसे बेहतर कर देंगे। पीले दाँतों से लोग भागते हैं। जहाँ तक नाखूनों की बात है, तो मेरा खयाल है, पुरुषों को किसी प्रोफेशनल मेनिक्योर की जरूरत नहीं होती। मैं खुद भी ऐसे पुरुषों पर विश्वास नहीं करता, जिनकी उँगलियों के नाखून पॉलिश किए हुए हों। उँगलियों के नाखून छोटे, कटे हुए, साफ होने चाहिए, जो असल में होते नहीं हैं।

चश्मा

आप अपने लिए जो भी चश्मा चुनते हैं, उस पर ध्यान देना जरूरी है, इसलिए नहीं कि वह एक उपयोगी चीज है, पर इसलिए भी कि यह उन कुछ चीजों में एक है, जिनके जरिये आप अपना एक निजी स्टाइल बना सकते हैं। चश्मे का एक जोड़ा लेकर आइए, जो आपके चेहरे पर ठीक लगे। वैसे तो साधारण सुनहरे फ्रेम का चश्मा अच्छा लगता है। आजकल तो रे-बैन का एविएटर गोगल्स फैशन में है। फैशनेबल लोग इस बात का ध्यान रखें—अगर आपका चेहरा छोटा है, तो प्लास्टिक के फ्रेम मत लें, इसके बदले सुनहरा, इमिटेशन टॉरटॉइज शेल का चश्मा ही लें, अन्य चश्मों से आप गिलहरी जैसे दिखोगे, पर इसका एक अपवाद है—इस वास्प अकेडमिया की दुनिया में, एक अच्छा फ्रेम पारदर्शी त्वचा के रंग का होता है, जिसमें छोटे से लैंस लगे होते हैं और पतली कमानियाँ होती हैं। पहले से पहनकर खींची गई फोटो वाले चश्मे जरूर देखें, जिससे पता लगेगा कि वह आप पर कैसे लग रहे हैं। जब तक आपको यह पता ही नहीं होगा कि आपको क्या चाहिए, आप दुकान में जाकर चौंधिया जाएँगे। आजकल जो स्टाइल मौजूद हैं, वे उलझन पैदा करनेवाले हैं।

कपड़े

व्यवसाय करनेवाले लोग अपने कपड़ों के बारे में बहुत परेशान रहते हैं। एक औसत व्यापार सम्मेलन में हम यह आसानी से देख सकते हैं कि सफलता पाने के इच्छुक लोग सफलतापूर्वक अच्छे कपड़े पहनते हैं और ऐसे लोगों की संख्या काफी कम होती है। अगर आप सफल होना चाहते हैं तो आपको सही से कपड़े पहनने की प्रक्रिया को जल्दी ठीक करना होगा। इसके लिए बहुत पैसों की जरूरत नहीं होगी। यह याद रखें—कपड़े कैसे पहनें, यह भी उतना ही महत्त्वपूर्ण है, जितना कि क्या पहनें?

कपड़े पहनने के प्रति लोगों की जो मानसिकता है, वह थोड़ी अजीब है—वे तब सही से कपड़े पहनने शुरू करते हैं, जब वे सफल हो जाते हैं। यह एक गलती है। अभी से ही अधिकतम सफलता पाने के लिए अच्छे तरीके से कपड़े पहनें। आपका उद्देश्य है कि स्वयं को अन्य लोगों से अलग कर, शांत एवं तरीके से बिना किसी गलती के पेश

करें, जिससे यह दिखने लगेगा कि आप एक विजेता हैं।

अगर आप अपने पेशे के या संस्थान के वरिष्ठ लोगों को देखेंगे तो आप उनमें से अधिकांश लोगों में यह पाएँगे कि वे सादे गहरे नीले या गहरे ग्रे रंग के सूट पहनते हैं, जिसमें कोई धारी नहीं होती है। भूरे, हरे या किसी दूसरे ट्वीड, जिसे देखकर ऐसा लगता है कि वह किसी फर्नीचर के कपड़े या सस्ते मोटल से लिया गया हो, की अपेक्षा एक नीला सूट खरीदना बहुत महँगा नहीं होता। बिजनेस के दिनों (या शाम) के दौरान कोई अवसर नहीं होता, जब गहरा नीला या गहरा ग्रे रंग खराब लगता है। अन्य किसी और रंग के कपड़े में आप पचास फीसदी अलग से ही दिखते हैं।

सफलता के उच्च स्तर पर कुछ खास स्टेटस के टेलर्स होते हैं, जैसे न्यूयॉर्क में मोर्टी सिल्स, डनहिल्स या रोलेंड मेलेडेंड्री, लंदन में हंट्समैन या हाव्स या कर्टिस। एक साधारण से सूट में करीब हजार डॉलर खर्च करना आवश्यक है और अगर आप इतने पैसे दे सकते हैं, तो क्यों नहीं? उसे बनवाने का मजा ही कुछ और है और फिर आप उसे एक स्टेटस सिंबल के रूप में भी पहन रहे हैं, जैसे कि आपने एक जबरदस्त निवेश किया है। हालाँकि इस प्रकार का परफेक्शन कुछ ही लोगों के बीच में पहचाना जा सकता है (उनमें से अधिकांश लोग समान खर्चे के कपड़े पहनते हैं) और यह औसत लोगों के खर्चे से बाहर की बात है। आप जितना खर्च करना चाहें, उतना कर सकते हैं, पर यह सुनिश्चित करें कि वह सादगी भरा, सिंगल ब्रेस्टेड और या तो गहरे नीले (जितना गहरा होगा, उतना बेहतर होगा) या गहरे ग्रे रंग का होना चाहिए। इसके अलावा, इसमें विपरीत रंग की सिलाई, पाइपिंग, बटनवाले पॉकेट न हों और उसके लेपल्स इतने चौड़े नहीं होने चाहिए कि वे आपके कंधे पर लटक रहे हों। आप अपने लिए वैसा ही सूट देखें, जैसा एक बैंकर या पादरी पहनते हैं।

जब आप इसे पाते हैं तो बदलाव के बारे में सोचना पाप है। यह एकदम भी जरूरी नहीं कि सूट की क्या कीमत है, पर वह फिट होना चाहिए। बुरी तरह से कपड़े पहनने से एक आदमी किसी हारे हुए आदमी की तरह दिखता है। अगर आप पतले हैं तो एक जैकेट वेस्ट पहनें, जिससे थोड़े वजनवाले लगें। अगर आप पतले नहीं हैं तो पुराने जमाने के 'ब्रुक्स ब्रदर्स' लुक्स अपनाएँ, जिसमें जैकेट्स के दोनों किनारे थोड़ा ज्यादा नीचे या उससे कम सीधे लटके होते हैं। जरूरत से ज्यादा दबे हुए वेस्ट्स न लें (कॉन्टिनेंटल लुक), जिससे आप लोगों के बीच में कोई बुकी या जिगोलो न लगे।

आपके सूट के बाएँ लेपल में एक बटन के लिए छेद होना चाहिए। यह सही है कि वह पारंपरिक है और वह वहीं रहता है। सूट के स्लीव कफ में तीन बटन होने चाहिए, हो सके तो चार होने चाहिए। अगर सूट में दो बटन हैं तो तीसरे को सिलने के लिए कहें या खुद ही सिल लें। असल में तो स्लीव बटन असली होने चाहिए, इस प्रकार आप उन्हें

बटन करना अथवा निकालना सीख लेंगे, पर इतने छोटे से काम के लिए आपको एक दर्जी के पास तो जाना ही होगा।

जैकेट बदलने में एक और चीज के लिए सावधान रहना चाहिए कि गरदन में कॉलर है। यह जरूरी है कि कॉलर को इतना ऊँचा उठा होना चाहिए कि यह गरदन के पीछे के करीब हो, न कि लटकता हुआ, जो अधिकांशतः होता है। आपको इस बात का ध्यान रखना चाहिए कि आपकी पैंट आपके जूतों के ऊपर जाकर गिरे। उसमें कफ हों या न हों, इस बात से फर्क नहीं पड़ता, पर अगर पैंट में कफ होंगे तो पैंट के नीचे की ओर अच्छी फॉल आएगी। अगर आपकी पैंट कफलैस है, उसको उस एंगल में काटें कि वह आपके जूतों के हील्स के ऊपर आकर गिरे, न कि सामने पर। इस तरह का कोई भी बदलाव कोई भी दर्जी कर सकता है।

वैसे ट्राउजर्स से बचें जो या तो बहुत ही लंबे होते हैं या नीचे पर बैगी की तरह होते हैं। इससे आपके पैर हाथी की तरह बेढंगे लगते हैं। आजकल जिस तरह से बेल-बॉटम ट्राउजर आ रहे हैं, उन्हें न पहनना तो बहुत मुश्किल है। यह पुरुषों के लिए कोई अच्छा लुक देनेवाला नहीं है और इसे उन्हीं पुरुषों को पहनना चाहिए, जिनके पतले एवं लंबे पैर हों। कम लंबे लोग इसमें जरा भी अच्छे नहीं लगेंगे, क्योंकि उनके जैकेट बॉटम एवं घुटनों के बीच थोड़ी ही जगह बचेगी, जो लंबे दिखनेवाले लोगों, खासकर छह फुट लंबे मॉडल द्वारा पहने जा सकते हैं।

सावधानी से फिट किया गया सूट समय में पहनने के लायक होता है, चाहे इसके लिए थोड़ी बहस भी करनी पड़े या एक निश्चित तर्क भी। बने-बनाए कपड़ों का यह मतलब नहीं कि बोरे की तरह कुछ भी पहन लिया जाए।

थोड़ी सी सावधानी चीजों को बहुत लंबा ले जाती है। सफल लोग शायद ही कभी अस्त-व्यस्त और पसीने से भरे होते हैं, ऐसा दिखना भी नहीं चाहिए। अचानक आए डाउनपोर से आपका सूट ऐसा लगेगा, जो एक अरब ड्राइवर भी नहीं पहनेगा। इसलिए यह आवश्यक है कि एक प्रेस किया हुआ सूट आप अपने ऑफिस में किसी खास जरूरत के लिए रखें। साधारणतः आपको इतने सूट तो रखने ही चाहिए कि जब उनके ट्राउजर की क्रीज हट जाए, तो आप उनमें से कोई एक पहन सकें। अगर आपके सिर में डेंड्रफ है, तो आपको एक त्वचा रोग विशेषज्ञ के पास जाना चाहिए, पर इस बीच आपको अपनी अलमारी के एक हिस्से में एक कपड़े झाड़ने वाला ब्रश भी रखना चाहिए और उसका इस्तेमाल करना चाहिए। आपका उद्देश्य है कि आप अच्छे लगें, अस्त-व्यस्त न लगें और हमेशा आत्मविश्वास से लबरेज लगें। कपड़े ऐसे पहनें, जैसे कि आपको किसी भी वक्त कंपनी का बोर्ड ऑफ डाइरेक्टर बनाया जा सकता है और हो सकता है, आप बनें भी।

अच्छा लगने के लिए एक तरीका यह भी है कि आप भारी-भरकम कपड़े न पहनें। अधिकांश ऑफिस सुबह से ही काम से भरे होते हैं, इसलिए वहाँ की समस्याओं को एक सर्दी में पहननेवाला सूट पहनकर और न बढ़ाएँ, जिससे लोगों में पसीना आ जाए। आप सबसे भारी ओवरकोट खरीदें और हलके सूट पूरे साल पहनें। यह पैसा बचाने का एक अच्छा तरीका है, इससे साथ ही आप स्वयं को थोड़ा आराम भी देंगे।

दोहरी बुनाईवाले कपड़ों को पहनने का एक लाभ यह होता है कि वे उनकी बनावट एकदम सही होती है और वे यात्रा के दौरान पहनने के लिए अच्छे होते हैं, वहीं दूसरी ओर, वह अन्य आम कपड़ों की तरह कड़क नहीं दिखते और उनमें से अधिकांशतः अजीब से रंग में तैयार किए जाते हैं। अगर आप एक सूट ग्रे या गहरे नीले रंग में लेते हैं तो उसे अपनी अलमारी में रखें और उसे यात्रा के दौरान पहनें। अगर वह चटकीले बटनवाले हैं, तो उसे काले बटन के साथ हटा लेना।

ब्लेजर हमेशा गहरे नीले रंग के, सिंगल ब्रेस्टवाले और सीधे सुनहरे रंग के होने चाहिए। ब्लेजर के दाईं तरफ कोई बैज नहीं होना चाहिए और उसे हमेशा गहरे ग्रे ट्राउजर के साथ पहनना चाहिए। अगर आप इस तरह के बिजनेस में हैं, जिसमें आपको समय-समय पर स्पोर्ट्र्स जैकेट पहननी होती है तो साथ में एक हल्की बिनाईवाला, हल्के रंग की छोटी चेकवाली जैकेट, जिसमें चमड़े के बटन लगे हों, को हटाकर उसमें सामान्य बटन लगा लें। अगर आपके पास एक दशक से स्पोट्र्स जैकेट है और उसकी बाँहें अब झड़ रही हैं तो मुझे व्यक्तिगत तौर पर बाँहों में चमड़े का पैबंद लगाना अच्छा लगेगा, पर एक नई स्पोट्र्स जैकेट, जिसमें कोहनी में चमड़े के पैबंद लगे हों, उन्हें खरीदना बहुत ही अजीब लगेगा।

सफलता की बातें

कमीज

यह बात हमेशा कही जाती है कि एक साधारण सी सफेद कमीज किसी भी सूट के साथ पहनने पर किसी भी अन्य रंग की कमीज की अपेक्षा सबसे अच्छी लगती है। अगर आपकी प्लेन सफेद शर्ट, जो 100 फीसदी सूती हो, जिसमें बटन की ओर नीचे की तरफ कॉलर हों, आपको वह जरूर पहननी चाहिए। (ऑरविस कंपनी अपनी कमीज पूरी तरीके से सूती ही बनाती है, जिसमें कोई कृत्रिम धागा नहीं होता)। आजकल फैंसी कमीजों का दौर चल पड़ा है, पर मेरा अपना अनुभव यह है कि पुरुष प्लेन शर्ट में सबसे अच्छे लगते हैं, अधिकांशतः सफल लोग सफेद या नीली कमीज ही पहनते हैं और यदा-कदा बहुत ही नेरो, बहुत छोटी पट्टी के साथ म्यूट रंग की शर्ट।

एक मूल नियम—छोटी कमीजें अब फैशन में नहीं हैं। अगर किसी व्यक्ति के

पास एक कमीज के अच्छे कफ नहीं है, तो अपने सूट की जैकेट बेकार लगती है।

अपनी कमीज की जेब में कुछ भी चीजें रखना एक गलती है (अगर कुछ रखा है तो)। शर्ट की जेबें पूरी तरह से शोभा बढ़ाने के लिए होती हैं और उसमें लटके हुए बॉल पेन या पेंसिल किसी भी व्यक्ति को एक काम करनेवाले क्लर्क से बहुत ज्यादा कुछ भी नहीं बनाते हैं।

आजकल फैशन में चलनेवाली शर्ट के कॉलर ऐसे लगते हैं, जैसे वह किसी बड़े राक्षसाकार पक्षी के हों, पर सफल लोग इस तरह की चीजों से दूर रहते हैं। शर्ट के कॉलर को सामान्य सा लगना चाहिए और उसे पहनकर आराम भी महसूस होना चाहिए। अगर उनमें प्लास्टिक कॉलर स्टे आता है, तो उनका इस्तेमाल जरूर करें और उनकी अच्छी संख्या भी रखें। एक शर्ट का मुड़ा कॉलर अजीब सा मैला-कुचैला लगता है।

मुझे लगता है कि अधिकांश पुरुषों को उनके कफ में कफ लिंक की अपेक्षा बटन अच्छे लगते हैं, पर याद रखें, अगर आप कफ लिंक्स पहनने जा रहे हैं, तो वह बहुत ही साधारण एवं जहाँ तक संभव हो सके, एकदम ध्यान में न आनेवाले हों। इस बात से कोई मतलब नहीं होना चाहिए कि वे कितने कीमती हैं, पर वे अपनी ओर ध्यान खींचनेवाले नहीं होने चाहिए। वैसे तो सादे सोने के कफ लिंक्स सर्वोत्तम होते हैं और अधिकांशतः वे लोग ही पहनते हैं, जिन्हें ये विरासत में मिले हों।

निक्सन के जमाने में, छोटे इनेमल्ड कफ लिंक्स को आदमी के स्टेटस से जोड़ा जाता था, क्योंकि उसमें राष्ट्रपति की मुहर लगी होती थी, जिसे राष्ट्रपति निक्सन वहाँ घूमने के लिए आए लोगों को देते थे। इन कफ लिंक्स को एक दराज में रखा जाता था, जिसे जॉन एहरलिचमैन राष्ट्रपति की मिकी माउस दराज कहते थे और उसे आज भी निक्सन के वफादारों के पास देखा जा सकता है। ऐसे कई संगठन इसी प्रकार के कफ लिंक्स पहनते हैं, जिसमें इसी प्रकार की चीजें जड़ी होती हैं। ये सब किसी सोने के नगेट्स, इमिटेशन जेम या कोई ऐसी चीज से बनी होती हैं, जो देखने में काफी भद्दे लगती है, से ज्यादा अच्छे लगते हैं (गोल्ड प्लेटेड नगेट्स)। अगर आपको लगता है कि आपने जो फ्रेंच कफवाली शर्ट खरीदी है, उसके बदले, यहाँ तक कि कफ लिंक्स से बने बटन भी ले सकते हैं।

टाई

टाई पर नियंत्रण भी जरूरी है। जिन लोगों का वजन काफी है, उनके लिए चौड़ी टाई अच्छी रहेगी। नोएल कावर्ड कहते थे कि हम जैसे-जैसे उम्र दराज होते जाते हैं, हमारी टाई भी चौड़ी होती जाती है, क्योंकि वह हमारे बढ़े हुए पेट को ढकती जाती है। सामान्यतः मैं उस तरह की कोई भी टाई खरीदने की सलाह कभी भी नहीं दूँगा, जो बहुत

पतली हो या बहुत चौड़ी हो। रंग और पैटर्न के हिसाब से जो जितनी कम चमकदार होगी, उतना ही अच्छी। हल्के रंग की धारियाँ, चैक्स, पोल्का डॉट्स, पैस्ले पैटर्न भी अच्छे लगते हैं, पर कोई भी ऐसी टाई मत पहनना, जिससे ऐसा लगे कि आपने नियोन साइन अपने सीने पर लगाया हो। नियोन रंग तो ठीक है, पर सही मात्रा में, पर उसका डिजाइन किसी ज्यामितीय आकार का या सनबर्स्ट रंग का नहीं होना चाहिए।

मुझे नहीं लगता कि किसी को भी टाई क्लिप की जरूरत भी होती है, खासकर चौड़ी टाई में, पर आपको तब भी जरूरी लगता है, तो टाई हमेशा प्लेन एवं एकदम ध्यान आकर्षित करनेवाली नहीं होनी चाहिए और नीचे तक अच्छे से पहने हुए होनी चाहिए। इसे बेल्ट के पास होना चाहिए और जब आपकी जैकेट बंद हो तो उसे दिखनी नहीं चाहिए।

रुमाल और बहुत कुछ

आपकी जैकेट की जेब में एक रुमाल के सिवा कुछ और नहीं होना चाहिए। उस रुमाल को भी एकदम सफेद होना चाहिए या संभव हो सके तो हल्के सिल्क में वर्गाकार तरीके से मोड़ा हुआ, जिसे टाई से कभी भी मिलता-जुलता नहीं होना चाहिए। रुमाल का भी बहुत थोड़ा किनारा दिखना चाहिए। उसे छोटे त्रिकोण या सीधे मुड़े होने के बदले थोड़ा खुला हुआ और दबा होना चाहिए।

किसी भी हालात में अपनी जेब में पेंसिल, पेन या क्लिप केस में रखे, चश्मा अपनी जैकेट की जेब में नहीं रखना चाहिए। जेब में चीजें ठूँस-ठूँसकर रखना बहुत ही गलत प्रभाव देता है। सामान्यत: ये आपके द्वारा ले जानेवाली चीजों की संख्या एवं वजन में कटौती करती है और बहुत सारी चीजें ब्रीफकेस में भी रखी जा सकती हैं। अपने दिन की शुरुआत में ही अपनी जेब में पेन, पेंसिल, मोटा सा पर्स, चाभियाँ, सिक्के, चेकबुक, सिगरेट, लाइटर, चश्मा इत्यादि न रखें। जिस चीज की आपको असली में जरूरत नहीं है, उसे हटा दें और आपको जो कुछ भी ले जाना है, उसे अपनी पेंट की जेब में रखें, न कि सीने की पॉकेट में।

सस्पेंडर एवं बेल्ट

बहुत सारे सफल लोग बेल्ट की जगह सस्पेंडर पहनते हैं। यह एक अच्छी चीज है, पर सस्पेंडर एवं बेल्ट एक साथ न पहनें, जो असल में परेशानी का कारण होता है। जहाँ तक बेल्ट का प्रश्न है, यह जितनी हल्की एवं प्लेन होगी, उतना अच्छा। भारी-भरकम बेल्ट, जिसमें भारी-भरकम बकल लगा हो, वह चरवाहों के लिए ठीक है और वह नीली जींस के साथ बहुत अच्छी लगती है, पर अगर किसी बिजनेस क्लास का कोई व्यक्ति

इसे बिजनेस सूट के साथ पहनें तो इसका कोई अर्थ नहीं रहेगा। आप पाश्चात्य सभ्यता से हों, इन बेल्ट को चरवाहेवाली टोपी एवं स्टेटसन हैट के साथ पहनें।

जूते

ऐसा लगता है, आप काउबॉय बूट्स नहीं पहनते, तो आप फिर अच्छे जूते पहनें। सफल लोग अपने जूतों को बहुत ध्यान से चुनते हैं और आपको भी यही करना चाहिए। अच्छी तरह से कपड़े पहनने का कोई अर्थ नहीं रह जाता, अगर आप उसके साथ भारी सोलवाले जूते पहनते हैं, जिससे आप किंग-काँग दिखें। अच्छे जूते जो पहनता है, वह बारिश में साधारण लोगों की तरह मिट्टी में पैर घसीटते हुए न चले। यह जूतों का बहुत पुराना काम है। चरवाहों के बूट, जिनके नुकीले हील्स एवं टोज होते हैं, उसे इस प्रकार बनाया जाता है कि उसे पहननेवाला एक आम किसान या गँवार की तरह नहीं चले और हमेशा घोड़े की पीठ पर बैठकर हमेशा चले। स्पेनिश लोग इतने पतले एवं गुदगुदे बूट पहनते हैं कि वे जब घोड़े पर चढ़ते हैं तो अपने घर में मार्बल की सीढ़ियों में होकर घोड़े पर चढ़ते हैं, क्योंकि उन जूतों से वे मिट्टी या धूल में नहीं चल सकते। जूतों के बारे में एक साधारण नियम है कि अच्छा जूता वही होता है, जिसमें न्यूनतम जूता हो।

किसी बारिश के दिन या बर्फबारी के दिन सफल लोग अपनी लिमोसिन में सफर करते हुए निकल जाते हैं और अपने पैरों को कभी गीला नहीं करते हैं, वे अच्छा जूता पहनते हैं, काम करने के लिए हाइकिंग बूट पहनते हैं और ऐसे जूते अपने ऑफिस में जरूर पहनें। मेरे पास एक गूची नामक पेटेंट चमड़े का लोफर जूते का एक जोड़ा है, जिसे कभी पॉलिश करने की जरूरत नहीं पड़ी और जो हमेशा देखने में अच्छा लगता है। चूँकि गूची एक सफल स्टेटस का प्रतीक है, जो साफ तरीके से, हल्के भार का होता है और यह जब तक चमकता है और इसके हील उतर नहीं जाते, तब तक इसे पहना जा सकता है।

साथ-साथ मैं ऐसा सोचता हूँ कि काले जूते, भूरे जूतों की अपेक्षा सफल दिखने के लिए ज्यादा उपयोगी हैं। आप काले, ग्रे और नीले जूतों को लगभग सभी रंग के कपड़ों के साथ पहन सकते हैं, पर भूरे जूतों के साथ यह बात एकदम नहीं है। काले जूते हमेशा सही भी लगते हैं, जबकि भूरे जूते हमेशा से ही शाम को पहनने वाले जूतों में शुमार हैं। ऐसे जूतों को पहनने से बचें, जिनकी हील नुकीली हो या भारी हो या जिसमें आगे वर्गाकार तरीके से पैर रखने की जगह हो। आपके जूतों को जितना हो सके, आपके पैरों की तरह दिखना चाहिए और उसमें फैंसी बैल्ट, फैंसी सिलाई, पैटर्न और सजावटी स्ट्रैप नहीं होना चाहिए। ऊँची हिल्स तो नहीं पहननी चाहिए और वह सफल दिखने में कोई मदद भी नहीं करती। इसलिए हमेशा मोटे सोल्स होने चाहिए, स्पेस शूज हो, अर्थ शूज, सैंडल होने चाहिए और मैक्सिकन किसानों की तरह नरम चमड़ों के जूते होने चाहिए।

मोजे

अपने कई इंच के टखने दिखाने और अपने पतलून को लटकता हुआ दिखाने के अलावा, आपके छोटे मोजे भी बहुत बेकार लगते हैं या वैसे मोजे, जो आपके टखनों पर आकर रुक जाते हैं, वे बहुत ही बकवास लगते हैं। वैसे तो यह वह जगह है, जहाँ इसका समाधान आसानी से हो जाता है और आपको कोई और चीज सोचने की कोई जरूरत ही नहीं है, क्योंकि एक पूरी लंबाई का काला मोजा पहन लीजिए। काले मोजे हर समय अच्छे लगते हैं, हर चीज पर अच्छे लगते हैं और इसे पहनकर आप दिनभर के एक निर्णय लेने से मुक्त हो जाते हैं। लंबे मोजे, खासकर जो सप-हाउस के बने हों, वे नीचे गिरते भी नहीं हैं।

हैट्स और बहुत कुछ

व्यक्तिगत रूप से मैं हैट्स के विरुद्ध हूँ, पर कुछ मौसमों में मुझे लगता है कि हैट्स पहनना सही है। जिंदगी में बहुत सफल लोग इस तरह की चीजें नहीं पहनते (क्योंकि उनके पास लिमो जैसी कार है) और अगर पहनते भी हैं तो कभी-कभार, पर अगर आपको लगता है कि यह जरूरी है तो पतले किनारेवाले हैट ही पहनें, खासकर जब आपका भरापूरा चेहरा हो। ऐसे हैट को न पहनें, जो अजीब लगते हैं।

कुछ लोगों पर सभी प्रकार के हैट अजीब से लगते हैं। अगर आप भी उसी श्रेणी में हैं, तो बेहतर है कि एक अच्छी काले रंग का छाता खरीद लें, जिसका हैंडल प्लेन हो। यह बात याद रखें कि बिजनेस की सफलता के लिए तैयार होने का अर्थ बहुत अच्छे से तैयार होना है, चाहे वह किसी चिपचिपे दिन में शाम के पाँच बजे हो, चाहे आप बारिश के बीच में फँस जाएँ या आप दोपहर के भोजन से वापस आ रहे हों। आपको दिखाना होगा कि कैसी भी परिस्थिति आ जाए, आप हमेशा ही तरोताजा, ऊर्जावान और हर चीज के लिए तैयार मिलेंगे। अधिकतर सफल लोग, जो दुनिया में किसी एक मुकाम पर हैं, अपने काम के दौरान कपड़े पहनने के ढंग से जूझते हैं। आपको जूझने की जरूरत नहीं है। शीशे के सामने खड़े हो जाइए और अपने लिए कोई कदम उठाइए।

सफलता पाने के लिए तैयार हों

औरतों को इस समस्या से ज्यादा जूझना पड़ता है कि सफल होने के लिए क्या पहना जाए, क्योंकि इसके पीछे कुछ ही दिशा-निर्देश और कुछ ही तरीके हैं, जिनका इस्तेमाल किया जा सकता है। औरतों की कपड़ों की इंडस्ट्री अभी ऐसी नहीं हुई है कि जिसमें औरतों के लिए पुरुषों के समान बिजनेस कपड़े मिलें। हालाँकि स्त्रियों को पुरुषों

की अपेक्षा इसमें एक फायदा है कि पुरुषों को इस बात का कुछ पता ही नहीं होता कि एक सफल महिला को क्या पहनना चाहिए, इसलिए वे उनकी आलोचना नहीं कर पाते हैं। इसके आगे, अलग-अलग सांस्कृतिक पृष्ठभूमि के होने के कारण वे खुले तौर पर स्त्रियों के कपड़ों की आलोचना भी नहीं कर सकते, एकदम नहीं। अन्य शब्दों में, अगर आप बिजनेस के क्षेत्र में एक महत्त्वाकांक्षी महिला हैं और आपके वरिष्ठ पदाधिकारी पुरुष हैं, तो एक पुरुष की अपेक्षा बहुत कुछ पा सकती हैं। इसका यह कदापि अर्थ नहीं है कि आप इस बात का फायदा उठाएँ, पर यह याद रखना जरूरी है, एक पुरुष अधिकारी इस बात को आराम से जज कर सकता है कि उसका पुरुष अधिकारी सही से कपड़े पहना है कि नहीं, पर उनके लिए यह बता पाना बहुत मुश्किल है कि आपने सही से कपड़े पहने हैं कि नहीं।

महिलाओं के लिए इतने सारे कपड़े इस परिकल्पना पर आधारित होते हैं कि उनके लिए किसी प्रकार के दिशा-निर्देश बनाना बहुत मुश्किल है। अधिकांश सफल महिलाएँ, सरल तरीके से कपड़े पहनकर, जो उनके बिजनेस में भी ठीक लगें, अपना एक निश्चित ड्रेसिंग सेंस तैयार करती हैं। यह बहुत कुछ बिजनेस पर भी निर्भर करता है। एक विज्ञापन एजेंसी या एक मैगजीन प्रकाशक, किसी बैंक या सरकारी एजेंसी से एकदम अलग होगा, पर सामान्यत: सफल महिलाएँ बहुत सारे कपड़े पसंद नहीं करती हैं।

कुछ साल पहले, मेरे बैंक ने अपने कार्यालय से ड्रेस कोड हटा दिया और अपने कर्मचारियों को उनकी इच्छा के अनुसार पहनने की आजादी दे दी, पर पूरी तरह से नहीं, पर रिवर्स सेक्सिज्म के कारण उन्होंने पुरुषों को सूट एवं टाई पहनने को कहा, पर स्त्रियों को कुछ भी पहनने की अनुमति दे दी। मैंने यह नोटिस किया कि बहुत सारी स्त्रियाँ एकदम चिपकी हुई टाइट नीली जींस, टी-शर्ट, यहाँ तक कि हॉल्टर टॉप पहनने लगीं, जो फिर भी ठीक है (मैं स्वतंत्रता के पक्ष में ही हूँ), पर जो स्त्रियाँ फॉरमल कपड़ों की जगह साधारण कपड़े पहनती थीं, वह सुपरवाइजर और वाइस प्रेजिडेंट बन ऊपर के रैंक तक पहुँच गईं। मेरे लिए यह एक पाठ बन गया। अधिकांशत: स्त्रियाँ जो चाहे, वह पहन लेती हैं, पर एक सीमा में, पर जो स्त्रियाँ बहुत आगे बढ़ जाती हैं, वे अपने पहनावे का उसी पुराने ढर्रे पर रह बहुत ध्यान रखती हैं।

महत्त्वाकांक्षी महिलाओं के लिए जो बहुत चीज बनकर आई, वह है डियोन वोन फुरसट्नबर्ग की शर्ट। यह शर्ट लगभग सभी आकार की महिलाओं में खूबसूरत लगती है, इसे किसी भी सोशियल या बिजनेस की जगह में पहना जा सकता है। यह एक जाना-माना स्टेटस का भी प्रतीक है और यह देश में कहीं भी मिल जाएगी। इसमें क्रीज की कोई जरूरत नहीं होती, यह कभी भी आउट ऑफ फैशन नहीं होती, इसके पैटर्न बहुत अलग होते हैं और बिना किसी तामझाम के यह स्त्रीत्व को पूरा करती है। इसे किसी

भी स्कर्ट की लंबाई के, घुटने तक ढके हुए पुराने तरीके से मिड थाइ स्टॉकिंग के साथ पहना जा सकता है।

अगर मैं एक बिजनेस महिला होता, तो मैं ऐसी दर्जनों शर्ट खरीद लेता। मैं जरूर ऐसे कपड़ों पर निवेश करने से पहले सोचता, जैसे कुछ क्लासिक, साधारण सूट, जो गहरे रंग के हों, खासकर ग्रे और नीले रंग के, पर सबसे खूबसूरत क्लासिक तो चेनल ब्लू ही लगता है। इसके बहुत सारे प्रकार हैं, जो अच्छे लगेंगे, जो न सिर्फ एक साधारण से सफेद शर्ट के साथ अच्छा जाएगा, बल्कि एक भारी-भरकम बिजनेस मीटिंग में भी अच्छा लगेगा।

नारीवाद से जुड़े लोग इस विचार का भी विरोध कर सकते हैं, पर मैं ऐसा सोचता हूँ कि जो स्त्रियाँ सफल होना चाहती हैं, वे जैसे वोग, बाजार, ग्लैमर, मैडमेसोल जैसी फैशन मैगजीन पढ़कर कामकाजी महिलाओं से संबंधित मुद्दों को गूढ़ता से पढ़ने के अलावा बहुत कुछ कर सकती हैं। आप भी कुछ ऐसे आइडिया ले सकते हैं, जिससे आप सफलता पाने के लिए अपने कुछ खास लुक्स बना सकें। आपको इससे संबंधित सारी मदद मिल जाएगी और लगभग सभी व्यवसायों में आप बहुत सारी महिलाओं को देखकर उसमें से अंदाजा लगा सकते हैं कि आपको क्या पहनना है।

क्या न पहनें—चमकीले रंगवाले कपड़े, अजीब दिखनेवाले कपड़े, चुस्त पैंट, सूट, बहुत छोटे कपड़े न पहनें, जिससे आप हाई स्कूल चियरलीडर की तरह लगते हैं, नीचे तक की नेकलाइन व नीली जींस न पहनें।

पुरुषों के बदले महिलाएँ अपने कपड़ों के मामलों में बहुत आजादी चाहती हैं। उन्हें व्यावसायिक परिस्थितियों में अत्यधिक यौन अपील के कारण बहुत ही असहज भी बना दिया जाता है। ऐसे भी कई अवसर आ सकते हैं, जब महिलाएँ फायदा उठाने के लिए आकर्षित करनेवाले कपड़े पहनकर आती हैं और सामान्य रूप से यह कम समय के फायदे के लिए है, जिससे लंबे समय में हानि ही होती है। आपको एक महिला होने के कारण जिस प्रकार से आप ड्रेस होते हैं, उससे उच्च पदों पर पहुँचने में मुश्किलों का सामना करना पड़ सकता है।

कई हजारों सालों से औरतों को पुरुषों की जरूरतों को पूरा करने के लिए तैयार होना पड़ता था और उन्हें यह साबित करना होता था कि कोई भी महिला शारीरिक रूप से पुरुषों की बराबरी नहीं कर सकती। अठारहवीं सदी की बड़ी-बड़ी ड्रेसेस और विग, उन्नसवीं सदी की क्रिनोलिन्स, बशल्स और हैट्स, फ्रेंच डिजाइनरों के अलग से लुक्स से लगभग सभी महिलाएँ एक सजावट की पात्र बनकर रह गईं, कुछ जगहों पर तो वे एक जगह से दूसरी जगह तक बिना किसी पुरुष की मदद के हिल भी नहीं सकती थीं। इस परंपरा का अपने आप और सही तरीके से विरोध होने लगा।

अब, आपके लिए यह महत्त्वपूर्ण चीज है कि आप पुरुषों को ध्यान केंद्रित करने दें। इस प्रकार आप जल्दी आगे बढ़ेंगे। ज्यादा मेकअप करने से और जरूरत से ज्यादा हेयरस्टाइलिंग करने की आप गलती करते हैं। इसलिए जरूरी है कि अपने आप को बहुत अच्छे से रखें, पर अपनी पहचान एवं उपस्थिति को अस्पष्ट न होने दें। मैंने हमेशा यह ध्यान दिया है, जैसे कि लगभग हर सफल महिला, जिनसे भी मैं मिला हूँ, वे एक साफ, प्राकृतिक रंग की नेल पॉलिश लगाती हैं, न कि कोई गहरे या चमकील रंग की। यह सही लगता है। बहुत सारे पुरुष स्त्रियों के लंबे लाल रंग में पुते नाखूनों की बात से ही डरते हैं, भले ही उनके संदर्भ में यह यौन संकेत के रूप में रोमांचक हो। जो चीज समझ आती है कि जिन महिलाओं के नाखून लंबे व लाल रंग में रँगे होते हैं, वह सामान्यत: किसी भी काम को सही ढंग से करने में असमर्थ होती हैं। एक बार फिर वे पुरुषों द्वारा लगाए गए इस प्रतीक का प्रतिनिधित्व करती हैं और यह इस बात का सबूत है कि स्त्रियाँ पुरुषों का यौन अधिकार हैं और उन्हें घरों में रखा जाता है और उन्हें काम करने की कोई जरूरत नहीं है। यह एक छोटा सा बिंदु है, पर इससे कई प्रकार की चीजें नोटिस में आती हैं।

पुरुषों के मुकाबले स्त्रियों को एक फायदा अवश्य होता है कि उनके कपड़े बहुत आरामदायक होते हैं। एक स्त्री के लिए साधारण से कपड़े, कम-से-कम अंडरवियर, एक जोड़ी जूते, जिसमें सिर्फ हील्स की स्ट्रैप लगी हो, को पहनना आसान है और यह किसी बिजनेस मीटिंग में अच्छा भी लगता है। आजकल बहुत कम लोग ही यह नोटिस करते हैं कि आप पेंटिहोस पहनते हैं कि नहीं। आपके खाली पैर इतना बवाल नहीं मचाते हैं, न ही उन्हें नोटिस किया जाता है। आप देखते हैं कि बहुत सारे पुरुष अंडरवियर पहनते हैं, मोजे पहनते हैं, भारी जूते पहनते हैं, ट्राउजर, शर्ट, टाई, लाइंड सूट जैकेट पहनते हैं और फिर आपको इस बात का एहसास होता है कि पुरुषों की जिंदगी में सबकुछ उनकी इच्छानुसार नहीं होता।

चीजें रखना

एक सफल महिला अपने साथ एक हैंडबैग रखती है—सही है।

एक सफल महिला अपने साथ एक ब्रीफकेस रखती है—सही है।

एक सफल महिला अपने साथ दोनों चीजें नहीं रखती है—सही नहीं है।

मैं व्यक्तिगत रूप से यह सोचता हूँ कि बिजनेस में महिलाओं को अपने साथ एक अच्छा ब्रीफकेस रखना चाहिए। यह बहुत प्रोफेशनल और उसे गंभीर रूप देता है। जो भी चीज आप साधारणत: एक हैंडबैग में ले जाते हैं, वह आसानी से एक ब्रीफकेस में ले जा सकते हैं और यह देखने में बहुत अच्छा लगता है।

मुझे यह अलग से लगता है कि किसी भी काम करने की स्थिति में पुरुष स्त्रियों के

हैंडबैग को देखकर तब डर जाते हैं, जब वे उसे डेस्क में रखती हैं या उनके आसपास रखती हैं। पुरुषों के दिमाग में हैंडबैग नारीत्व का प्रतीक है और इसके भीतर भगवान् जाने एक स्त्री से संबंधित क्या-क्या चीजें भरी पड़ी रहती हैं। कुछ मामलों में स्त्रियाँ इसका फायदा भी उठा लेती हैं। अगर आपको किसी पुरुष के साथ कोई डील करनी है, बैठते समय उसकी मेज पर अपना हैंडबैग रख दो। इससे उसका ध्यान भंग होगा और उसका बैलेंस गड़बड़ हो जाएगा। दूसरी ओर, अगर आप व्यावसायिक दुनिया में प्रमोशन और सफलता पाना चाहती हैं, तो अपना हैंडबैग कभी भी किसी पुरुष की मेज पर या किसी भी कॉन्फ्रेंस टेबल पर न रखें। इससे एक गलत छवि प्रस्तुत होती है, अनजाने में ही सही, वह इससे जरूर परेशान होगा।

अगर आप एक ब्रीफकेस साथ ले जाती हैं तो एक बड़ा एवं मजबूत ब्रीफकेस लें। उसके ऊपर आपका संक्षिप्त नाम छपा हुआ बहुत ही प्रभावी लगेगा। एक महिला के हाथ में क्राउच एंड फिट्जगेराल्ड का ब्रीफकेस देख एक बूढ़े आदमी के दिल में भी डर पैदा हो जाएगा और बातचीत के दौरान आप इस बात का फायदा उठा सकते हैं।

□

अध्याय
तीन

"हमारी श्रेष्ठता कभी न गिरने में नहीं है,
अपितु हर बार गिरकर उठने में है।"
—कन्फ्यूशियस

"आपका शरीर एक गजब संरचना है, जो बहुत बड़े-बड़े काम कर सकता है और आप अत्यधिक काम कर मशीन की जादुई क्षमताओं का विध्वंस कर सकते हैं।"

—डॉ. हैरी जे. जॉनसन

11

टेंशन के साथ कैसे जिएँ?

आजकल हमारे जीने के कठिन तरीकों से और मनोरंजन की असीम संभावनाओं के साथ, कई लाख लोग आज भी मजे करने की क्षमता रख पाते हैं। इनमें से कई लोग परेशान एवं चिड़चिड़े हुए रहते हैं। अन्य कई अपने तलवे घिसते रहते हैं और किसी भी परिस्थिति में, चाहे वह कितना ही कम काम करें, हमेशा ही थके-माँदे होते हैं। कई लोग रात में नियत घंटों तक नहीं सो पाते, क्योंकि उनके आराम करने के घंटे बढ़ गए हैं, जिस कारण उनकी जिंदगी में परेशानी एवं अप्रसन्नता बनी रहती है।

लाइफ एक्सटेंशन इंस्टीट्यूट के मेडिकल बोर्ड के चेयरमैन डॉ. हैरी जॉनसन ने उपरोक्त बातें कही थीं और वह एक गंभीर बीमारी के लक्षण के बारे में बता रहे हैं, जो आजकल हम में से कइयों को प्रभावित कर रही हैं, जैसे बहुत सारा टेंशन। अगर आप लगातार टेंशन में हैं, या टेंशन में रहे हैं तो आपको पता होना चाहिए कि जिंदगी कितनी भयंकर हो सकती है।

साथ ही डॉ. जॉनसन यह भी बताते हैं कि कुछ मात्रा में किया हुआ टेंशन आपके लिए लाभदायक भी हो सकता है। आपको इस पाठ में बाद में पता चलेगा कि यह क्यों यह लाभदायक है और इस विषय के बारे में लोगों को कम जानकारी क्यों है, जानकारियों से भरी पुस्तक ईट, ड्रिंक, बी मैरी एंड लिव लोंगर के इस पाठ से आपको सारी जानकारियाँ मिल जाएँगी।

सफलता, दिमाग की शांति, पैसों की चिंता से आजादी, उपलब्धि

की भावना आदि कुछ फायदेमंद लक्ष्य तभी हैं, जब आपकी मानसिक स्थिति सही है और शारीरिक रूप से आप अपने किए काम के फलों का आनंद उठा पा रहे हैं। हाँ, अगर आप अपने ऊपर और अपने दिमाग एवं शरीर पर बहुत सारा तनाव रखेंगे तो आप इनका आनंद नहीं ले पाएँगे और एक दिन आप टूट जाएँगे।

चलिए, मेडिकल व्यवसाय की दुनिया के जरिये आपको वे तरीके बताए जाएँ, जिससे आप मुश्किलों से दूर रहें और अगर आप किसी प्रकार के टेंशन के लक्षणों से जूझ रहे हैं तो अपने आप को कैसे ठीक करें।

सफलता आनंद लेने के लिए होती है

अधिकांश अमेरिकियों के लिए बहुत सारे विदेशी बिजनेस एक्जीक्यूटिव यह सोचते हैं कि वे हमेशा टेंशन में रहते हैं। वे हमेशा अवसाद खत्म करने की दवा खाते हैं और बहुत सारी ब्लैक कॉफी पीते हैं और काम करने के लिए देर रात तक अपनी डेस्क पर काम करते रहते हैं और बहुत काम करते हैं। कुछ टी.वी. विज्ञापन देखने के बाद यह लगता है कि सारी आबादी घबराहट, कमजोर नसों, सिरदर्द, अपच और अधूरी नींद की शिकायत से परेशान है।

यह भी सही है कि हम में से बहुत सारे लोग, जो आजकल मेडिकल सहायता ले रहे हैं, को बहुत शिकायतें रहती हैं, जिससे टेंशन और बढ़ जाता है।

इसी के साथ, काम करने के घंटे काफी कम हो गए हैं और एक नियत समय में कॉफी ब्रेक नियत हो चुके हैं, छुट्टियाँ लंबी और जल्द ली जाने लगी हैं और हमें यह बार-बार बताया जाता है कि पहले की अपेक्षा हमें ज्यादा आराम मिलने लगा है।

फिर हम इतना टेंशन एवं प्रेशर के बारे में क्यों सुनते हैं? हम जिस युग में जी रहे हैं, यह टेंशन उसका हिस्सा है। लोगों से तात्कालिक संप्रेषण भी हर घर के लोगों में जीवन में समस्या खड़ी कर रहा है। जीवन में निरंतर संकट, हमें गहराती आवाजों एवं बड़े-बड़े काले अक्षरों के बीच चिंता का माहौल प्रदान करते हैं। चूँकि हम अपने आज में ही जीते हैं तो हमें आज के संकट पहले की अपेक्षा ज्यादा बदतर लगते हैं। इसलिए मानव जाति का पूर्व आकलन करें तो हम इससे पहले इतने असुरक्षित कभी नहीं रहे हैं।

इसलिए बिना एक क्षण गँवाए हम इन विरोधाभासी तथ्यों को सुलझाने की कोशिश करते हैं और हम उन लोगों को पहचानने की कोशिश करें, जो टेंशन के लक्षणों से पीड़ित हैं और वे असल में काफी परेशानी के हालातों का सामना कर रहे हैं। बहुत ज्यादा टेंशन

करने से शारीरिक बीमारियाँ घर कर लेती हैं, जैसे—अपच, सिरदर्द, शरीर के किसी भी भाग में दर्द और जो लोग हमेशा तनावग्रस्त होते हैं, उनकी जिंदगी यातना से भरी होती है।

हालाँकि एक व्यक्ति के लिए टेंशन पैदा करनेवाली स्थिति को दूसरा व्यक्ति उतनी गंभीरता से नहीं लेगा। हर किसी को यह समझना चाहिए कि तनाव की सीमा उच्च है या निम्न।

तनाव एवं टेंशन—एक जैसे, पर समान नहीं

मानव शरीर की बनावट इस प्रकार की हुई है कि वह इस पारिस्थितिकी में हो रहे अनगिनत बदलावों और अत्याचारों को सह सकता है। अच्छे स्वास्थ्य का यह राज है कि वह इस बदलते तनाव को सफलतापूर्वक सह सकता है।

तनाव हमारे शरीर में हो रही उठा-पटक का परिणाम है। साधारण शब्दों में, आप जो भी करते हैं, वह श्रमसाध्य या शरीर को तनाव देनेवाला होता है। बाहर ठंडी या गरम परिस्थिति में जाने से तनाव पैदा होता है। शरीर में किसी प्रकार का रोग होने से, शारीरिक या मानसिक कार्य करने से, सड़क पार करने, या किसी ड्राफ्ट में सामने आने पर भी तनाव होता है। किसी भी प्रकार के इमोशन एवं एक्टिविटी से भी स्ट्रेस होता है।

थकान होना, चिड़चिड़ा होना या बीमार होना, तनाव में आने के व्यक्तिनिष्ठ लक्षण हैं। हम इसी प्रकार तनाव पर प्रतिक्रिया करते हैं, जो सुखद, स्वस्थ जीवन एवं अप्रिय संकेतों के पीड़ितों के बीच अंतर बनाता है।

फिर तनाव हमारे शरीर में सीधे शारीरिक अटैक करता है और बहुत ज्यादा टेंशन लेना स्ट्रेस पैदा करनेवाला एजेंट होता है।

फिर टेंशन क्या है? सबसे पहले टेंशन एक सामान्य सी चीज है और यह लाभदायक होती है। यह हमारे सामान्य शरीर संरचना का एक भाग है, यहाँ तक कि हम स्वास्थवर्द्धक तरीके से इसके बिना नहीं रह सकते। टेंशन वह आंतरिक शक्ति है, जो एक सफल व्यक्ति की निशानी है, चाहे वह एक उच्च श्रेणी का एथलीट हो, बिशप हो, बिजनेस लीडर हो या एक जनरल हो। टेंशन के कारण लोग आगे बढ़ते हैं।

बहुत सारे साइकोटिक्स, जैसे साइजोफ्रेनिक्स, कुछ भी हो जाए, किसी प्रकार का कोई टेंशन नहीं लेते। वे दूसरी दुनिया में ही रहते हैं, पूरी तरह से शांति से।

कुछ कारणों से ऐसा लगता है कि टेंशन खराब चीज है, पर ऐसा नहीं है। जिंदगी में अन्य चीजों की तरह टेंशन भी लंबा खिंचने पर बुरा हो सकता है। जिस प्रकार घड़ी का स्प्रिंग लगातार टेंशन के बिना काम नहीं कर सकता, पर हम हाथ से घड़ी घुमाने के परिणाम जानते हैं। यह वैसे ही है, जैसे मानव शरीर के साथ है। टेंशन, जिसके कारण हम किसी चीज के प्रति जिज्ञासु एवं सजग बने होते हैं, वह अच्छा एवं जरूरी है। जब हम

किसी बॉर्डरलाइन से आगे बढ़ जाते हैं और शंका एवं परेशानी से भर जाते हैं तो हम डर जाते हैं, तब स्थिति खराब हो जाती है।

टेंशन वैसे है, जैसे खाने में और स्वाद जाना, जिंदगी में उत्साह एवं प्रभाव डालना। टेंशन के बिना जिंदगी वैसा सूप है, जिसमें नमक है ही नहीं। जब हम किसी खेल में भाग लेते हैं या कोई फुटबॉल का खेल देख रहे हों, तो हम सभी टेंशन में आ जाते हैं।

ऐसी परिस्थितियों में जैसे फुटबॉल के खेल में, लोग टेंशन में आने के कारण सजग नहीं होते। उन्हें इस बात का एहसास तब ही होता है, जब वे अपने टेंशन पर से अपनी पकड़ खोने लगते हैं और उन्हें फिर आराम का अनुभव होता है।

इस बात में कोई शक नहीं कि ऐसी कई परिस्थितियाँ आई होंगी, जब आप टेंशन में होंगे और आप चीजों को खोलने की कोशिश कर रहे हों। हो सकता है कि आप अपनी लंबी यात्रा के दौरान अंतिम कुछ घंटों में गाड़ी चला रहे हों तो आपको भारी ट्रैफिक मिल सकता है और आप फिर किसी होटल के आरामदायक कमरे में जाते हैं। सहसा आपको यह एहसास होता है कि आपको किसी प्रकार से सजग होने की कोई जरूरत ही नहीं होती और आप संतुष्ट एवं आराम से हैं। यह जीने के अच्छे क्षण हैं, पर याद रखें कि इसके बदले अगर आपने स्थितियों को नहीं खोला होता, तो आप अपने कमरे में आराम से नहीं रह रहे होते और आप अपनी यात्रा के दौरान सारा समय जगे हुए होते। इसे बहुत ज्यादा टेंशन कहते हैं।

बहुत ज्यादा टेंशन के बारे में एक गंभीर बात यह है कि अगर यह आपके पास कुछ समय से पहले ही मौजूद है तो यह आपके शरीर में असल बदलाव ला सकता है। इसलिए यह जरूरी है, अगर आपके शरीर में बहुत ज्यादा टेंशन के कोई लक्षण मौजूद हैं, तो जल्द-से-जल्द उसके कारण ढूँढ़ने की कोशिश कीजिए।

बहुत ज्यादा टेंशन के लक्षण

बहुत ज्यादा टेंशन के शारीरिक लक्षणों में शामिल हैं—सिरदर्द, थकान, चिड़चिड़ापन, अपच, पीठ में दर्द, नींद न आने की बीमारी, मांसपेशियों में अकड़ाव।

इनमें से कोई भी लक्षण किसी भी ऑरगेनिक डिसऑर्डर या रोग के कारण हो सकता है, पर यह एक शारीरिक परीक्षण से जाँचा जा सकता है। इसलिए वार्षिक स्वास्थ्य ऑडिट कराना बहुत जरूरी है।

हम यह जानते हैं कि इनमें से बहुत सारे लक्षण भावनात्मक गड़बड़ी के कारण पैदा हो सकते हैं। यह एक विकट स्थिति है, जिसमें किसी व्यक्ति की भावनात्मक स्थिरता के सारे पैटर्न शामिल होते हैं। जैसा लोग सोचते हैं, जरूरी नहीं कि वैसा ही हो। बहुत ज्यादा टेंशन भी अपने आप में दोषी हो सकता है।

1914 से करीब तीन लाख लोगों की अब तक लाइफ एक्सटेंशन इंस्टीट्यूट में जाँच कराने के बाद यह सुनिश्चित हुआ कि बहुत ज्यादा टेंशन का एक अकेला कारण थकान हो सकता है। थकान की भावना पूरे दिन भी रह सकती है और फिर व्यक्ति को रात में सोने में तकलीफ महसूस होती है।

इसके अलावा, एक अन्य लक्षण है—पुरानी बेचैनी और ध्यान केंद्रित न कर पाने की क्षमता। मुझे एक कंपनी के एक एक्जीक्यूटिव के बारे में याद है, जिसने मुझे कहा था, "चाहे मैं जितनी भी मेहनत कर लूँ, मुझे मेरे किए का कुछ नहीं मिलना है। मैं पूरे दिन खूब गति से काम करूँ, पर मैं थोड़ा ही पूरा कर पाता हूँ।" एक आम आदमी के पास इसके लिए एक कहावत भी है—व्हील स्पिनिंग (चक्का चलाना)।

फिर उसके बाद एक और टेंशन है, वह है सिरदर्द, जिसमें लोग यह बताते हैं कि उनकी गरदन एवं सिर के पीछे बहुत खिंचाव एवं दर्द महसूस हो रहा है। व्यवसायियों के बीच सिरदर्द एक सामान्य सी बात है। यह दिन में देरी से होता है, पर एक्स-रे या कोई और जाँच इसका मुख्य कारण नहीं बता पाएगी।

इसके अलावा, कई और लक्षण होते हैं, जो गेस्ट्रोइंटेस्टिनल ट्रेक्ट से जुड़े होते हैं, जैसे अपच, गैस, कब्ज और पेडू में दर्द होना, जिसके कारण टेंशन होता है।

इसके अलावा, सीने में धड़कनों के तेजी से बढ़ने और दिल और सीने के आसपास संकुचन का कारण टेंशन हो सकता है।

इनमें से कोई भी लक्षण अच्छा नहीं है,थोड़ा भी अच्छा नहीं है। यह एक प्रकार की चेतावनी भी है, जिससे आगे गंभीर समस्या पैदा हो सकती है।

हालाँकि बहुत ज्यादा टेंशन जिंदगी के हर क्षेत्र में लोगों को परेशान करता है, पर हम उसे सामान्यत: 'एक्जीक्यूटिव रोग' कहते हैं। एक विलेन की तरह चूहे की दौड़ में शामिल होना एक फैशन की चीज है और इससे पैदा होनेवाले अल्सर को मेडिसन एवेन्यू बैज ऑफ ऑनर माना जाता है।

जरूरत से ज्यादा टेंशन कितना फैला हुआ है?

टेंशनवाले केस का इतिहास

बहुत सारे मामले मेरे दिमाग में आए हैं। मुझे जॉन जोन्स की कहानी याद है, वे एक बहुत सफल अधिकारी थे, जिनका लंबा-चौड़ा कारोबार था। जॉन एक बहुत मेहनती अधिकारी के रूप में जाने जाते थे। उनके भीतर की एक उत्कंठा थी, जिसने उन्हें सर्वोच्च स्थान पर ला दिया था और इस कारण वे परिणामों के लिए बेचैन हो जाते थे।

यह टेंशन के अच्छे परिणामों का एक उदाहरण है। हालाँकि जब जॉन हमारे पास अपनी वार्षिक शारीरिक जाँच के लिए आए, तो उन्होंने भयंकर सिरदर्द होने की, सोने

में दिक्कत की और अपने सहयोगियों और परिवार के साथ बढ़ते चिड़चिड़ेपन की बात बताई। यह समझने में बहुत देर नहीं लगी कि जॉन जरूरत से ज्यादा टेंशन लेने के शिकार थे। एक बार जब उन्होंने अपने सामान्य से काम करनेवाले दिन की बात बताई, तो इसके साथ ही उसका कारण जानने में भी बहुत देर नहीं लगी।

जॉन ने हाल ही में अपनी कंपनी के एक डिविजन की कमान सँभाली है, जिसमें अभी कुछ लाभ नहीं आ रहा। हालाँकि वे इसके लिए बहुत दिन से कड़ी मेहनत कर रहे हैं, पर वे इन खड़ी हुई समस्याओं में से किसी एक का भी निदान नहीं खोज पा रहे हैं। वे यह सोचने लगे थे कि एक वे ही अकेले इस भार को सह रहे हैं। जैसे-जैसे उनका टेंशन बनने लगा, उन्होंने अपने स्टाफ पर भी टेंशन बढ़ाना शुरू कर दिया, जिससे उनके साथ कर्मचारियों का सहयोग कम होने लगा।

उनकी इस घबराहट के डर से उनके वरिष्ठ लोग भी उनकी ऐसी प्रगति से खुश नहीं थे। उनके प्रेजिडेंट उन्हें उनकी प्रशंसा के कारण छोड़ दे रहे थे और जॉन को यह पता नहीं था कि वे कहाँ पर खड़े थे। हमने जॉन को यह सलाह दी कि वे जल्द-से-जल्द अपने वरिष्ठ अधिकारियों के साथ इस समस्या को सुलझा लें, चाहे इसका यह अर्थ यह लगा लिया जाए कि उन्हें दूसरी नौकरी करने पड़े।

एक हफ्ते के बाद जॉन हमारे पास आए और वे स्वयं को पुराने स्वरूप में ही पसंद कर रहे थे। कंपनी के प्रेजिडेंट के साथ उनके विरोध ने इस बात का खुलासा किया कि कंपनी के अधिकारी उनके काम से जरूरत से अधिक खुश थे, यह बात बहुत चमत्कारी थी। कंपनी का प्रेजिडेंट इतना डर गया था कि उन्होंने जॉन से जोर देकर कहा कि वे तुरंत छुट्टी पर चले जाएँ और वादा किया कि उनके वापस आने तक वे उन्हें सहायता हेतु अतिरिक्त कर्मचारी देंगे।

इस केस से दो सबक सीखने को मिले—1. अगर आपको ऐसा लगे कि आप अपने काम को गहराई से नहीं कर पा रहे हैं, तो आप यह देखें कि आप कहाँ खड़े हो। बिना किसी परिणाम की परवाह किए आप उसे स्वीकारो। 2. अगर आपके स्टाफ में जॉन जोन्स की तरह कोई ईमानदार आदमी है, तो आप उसे यह अवश्य बताएँ कि आप उसके प्रयासों से खुश हैं।

आपको बहुत सारा टेंशन लेने के लिए किसी बिजनेस अधिकारी होने की जरूरत नहीं है। मुझे एक ऐसी गृहिणी याद है, जो हमेशा अपने घर एवं सामाजिक जिंदगी में संतुष्ट रहती थी। अब वे हर समय टेंशन में रहती हैं और उन्हें हर समय गुस्सा आया रहता है। वे अपने घर में आधी रात में भी घूमते हुए दिखाई देती हैं और उन्हें नींद ही नहीं आती है। एक संक्षिप्त वार्त्ता के दौरान उन्होंने इस बात का खुलासा किया कि वे अपने जवान होते लड़के के जीवन में प्रगति की कमी को लेकर चिंतित हैं, वह अपनी माँ की

इच्छानुसार वकालत में कॅरियर बनाने की बजाय मेकैनिक्स में ज्यादा रुचि रखता है। एक बार जब उन्हें यह बता दिया गया कि अगर उनका बेटा वकालत की बजाय मेकैनिकल इंजीनियरिंग में गया तो वह वहाँ बहुत अच्छा करेगा, इस प्रकार उनके टेंशन के लक्षण समाप्त हो गए।

'चूहे की दौड़' पर इल्जाम मत लगाएँ

बहुत सारे लोग, जो हमेशा टेंशन की शिकायत करते हैं, वे उसे पुराने 'चूहे की दौड़' से जोड़कर देखते हैं और उन्हें यह देखकर खुशी मिलती है कि वे बहुत मेहनत करते हैं।

मैं सोचता हूँ कि मैं यह बात वस्तुतः रख सकता हूँ कि कुछ लोग आज के दिन कड़ी मेहनत के साथ काम कर रहे हैं। हम सहसा ही ऐसे लक्षणों के बारे में सुनते हैं, जिनका सीधा संबंध अत्यधिक काम से हो। सिर्फ पचास साल पहले ही लोग बहुत लंबे घंटों तक काम करते थे और उस समय 'टेंशन' एवं 'नसों' से संबंधित कुछ ही मामले होते थे। हमें यह पहचानना चाहिए कि आज लोग सिर्फ अपने समय का कुल 20 फीसदी ही अपने काम में इस्तेमाल करते हैं, बचा हुआ समय, जो करीब 80 फीसदी है, वह या तो ऑफिस या किसी दुकान में बीतता है। अगर यह भी नहीं तो अत्यधिक टेंशन का मूल कारण जिन घंटों में हम काम नहीं कर रहे, उस समय की हमारी जिंदगी की शैली है।

समाजशास्त्री बहुत लंबे समय से हमारे आराम से संबंधित समस्याओं के बारे में बताते आए हैं। मेडिकल का सदस्य होने के कारण, मैं आराम के समय एवं समृद्धि को स्वास्थ्य समस्याओं का कारण मान सकता हूँ। अधिकांश लोग इस चूहा दौड़ में शामिल नहीं हैं। उन्होंने अपने परिवेश से किस प्रकार डील की जाए, यह सीखा ही नहीं है।

- क्योंकि पैदल चलने से ज्यादा आसान गाड़ी चलाना या साइकिल चलाना है, इसलिए लोग ज्यादा व्यायाम नहीं करते।
- क्योंकि भोजन एवं पानी आसानी से उपलब्ध हैं, इसलिए लोगों को शरीर से संबंधित भार की समस्या है।
- चूँकि अब हम टी.वी. में पहले से बने-बनाए मनोरंजन को देखते हैं, इसलिए लोग अपने आराम के समय में बहुत आलसी होकर यही देखते हैं। उन्हें इससे कोई मानसिक प्रेरणा नहीं मिलती, जो उन्हें खेल या आपसी बातचीत से मिलती है।
- क्योंकि ज्यादा-से-ज्यादा लोग अपने घर व कार्यस्थल के बीच एक लंबी दूरी तय करते हैं, इसलिए वे अपने परिवार के साथ ज्यादा-से-ज्यादा समय बिताने के लिए अपनी नींद की परवाह नहीं करते हैं।

बहुत ज्यादा टेंशन के कारणों का हल निकालने में, काम की परिस्थिति की जाँच करना काफी नहीं है, आपको अपनी पूरी जीवन-शैली की जाँच करनी होगी कि आप कहाँ से भटक गए हैं।

अपने टेंशन के कारणों को स्थापित करना

बहुत सारे लोग अपनी शारीरिक सीमाओं को समझते हैं। हालाँकि बहुत सारे लोग उस टेंशन की मात्रा का सामना नहीं कर पाते, क्योंकि यह बहुत ही निजी चीज है। एक व्यक्ति बिना किसी बुरे प्रभाव के बहुत सारा प्रेशर ले सकता है। उतना ही दबाव किसी अन्य व्यक्ति के लिए सहन करना मुश्किल होगा। अगर आपके घर एवं काम का माहौल आपके सहन करने लायक टेंशन से कहीं ज्यादा है, तो अपनी जिंदगी का ढर्रा बदल डालिए।

इसके साथ-ही-साथ, आपको अपनी स्वास्थ्य संबंधी आदतों की पुन: जाँच करनी होगी।

उदाहरण के तौर पर, अधिकारियों के बीच टेंशन से संबंधित सर्वे में हमने यह पाया कि जो लोग जरूरत से ज्यादा टेंशन लेते हैं, उनमें से 13 फीसदी लोगों की समस्याएँ स्वास्थ्य संबंधित होती हैं—

- उन्होंने क्या खाया—
  वे जल्दीबाजी में अपना नाश्ता करते हैं (पाँच मिनट में)।
  वे अपने दोपहर का भोजन जल्दी करते हैं (पंद्रह मिनट में)।
  अपना रात का भोजन जल्दीबाजी में करना (तीस मिनट में)।
  इसमें अधिकांश प्रतिशत डाइट, नर्सिंग गेस्ट्रिक डिसऑर्डर के कारण होता है।
- मनोरंजन के दौरान—
  कुछ लोग को नियमित व्यायाम के दौरान रीढ़ की हड्डी में खिंचाव महसूस होता है।
  किसी व्यक्ति के कुछ अपने शौक होते हैं (धार्मिक, सामाजिक एवं अन्य), कुछ के तो कोई शौक ही नहीं होते हैं और पाँच में से एक का तो कोई मनोरंजन भी नहीं होता।
- उनके आराम के मामले में—
  अधिकांश लोग रात में छह या उससे भी कम घंटों की नींद लेते हैं। उनमें से कुछ के लिए अपने परिवार एवं स्वयं के लिए वीकेंड फ्री होता है। उनकी छुट्टी का कुल औसत 20 फीसदी से भी कम था।
- धूम्रपान एवं शराब पीनेवाले लोग—उनमें से अधिकांश लोग बहुत ज्यादा

सिगरेट पीते हैं। बहुत सारे लोग दोपहर के भोजन के बाद कॉकटेल लेते हैं और दो पैग से ज्यादा पीते हैं। कई लोग रात्रिभोज से पहले दो कॉकटेल से ज्यादा कॉकटेल पीते हैं।

- जो लोग ड्रग्स लेते हैं, उनमें से अधिकांश लोग नींद लानेवाली अवसादग्रस्त दवाइयाँ लेते हैं। बहुत सारे लोग अपनी नसों को सुस्त करने के लिए टैंक्विलाइजर लेते हैं।

अगर एक बहुत ज्यादा टेंशन लेनेवाला व्यक्ति अपनी स्वास्थ्य संबंधी हरकतों में बदलाव कर सकता है, तो इसका अर्थ यह है कि उसे उसकी जरूरत थी। अगर यह संभव नहीं है तो इस बात के संकेत जरूर मिलते हैं कि उसे किसी मनोचिकित्सक की मदद की जरूरत है।

निष्कर्ष

हमने मूलतः उन लोगों के बारे में बात की है, जो बहुत ज्यादा तनाव एवं टेंशन के शिकार हैं। ये लोग दुनिया में इन लक्षणों के साथ पैदा नहीं हुए हैं, या उनके प्रति पूर्वग्रह से ग्रस्त हैं। हो सकता है, कहीं-न-कहीं उन्होंने ये आदतें पाल ली हैं या उन स्थितियों से लड़ने में असमर्थ हैं, जिनसे ये लक्षण पैदा हुए हैं। अगर आप इन लक्षणों को रोकना चाहते हैं, तो इस संबंध में कुछ दिशा-निर्देश हैं—

- अगर आपको स्वयं के काम को अच्छे से करने की क्षमता में कोई शक है, तो आप वे तरीक खोजें, जिससे आप सही से काम करें और जरूरत पड़ने पर इसे अपना लें।
- हम में से अधिकांश लोगों के प्रभावी जीवन एवं आराम के क्षणों के तथ्यों का सामना करें। यह याद रखें कि जो काम आप सुबह 9 बजे से शाम के पाँच बजे तक करते हैं, उसे शाम के 5 बजे से सुबह के 9 बजे तक करने में कोई हानि नहीं है।
- अपनी आय की सीमा के भीतर रहें। जॉन्सेस के शब्दों को पकड़ने की चिंता न करें। यह सलाह मेरे फिजिशियन होने के बावजूद मेरे फील्ड से बाहर की बात हो सकती है। हालाँकि हम जानते हैं कि हर दिन होनेवाले विरोधों से टेंशन होता है और इस कारण आपकी शारीरिक क्षमता प्रभावित होती है।
- अगर आप ऐसे लोगों के साथ घुल-मिल नहीं पाते, चाहे सामाजिक रूप से या अपने काम में, तो बेहतर होगा कि आप किसी प्रोफेशनल आदमी से सलाह लें।
- डेस्क पर काम करनेवाले लोग अपनी कुरसी से उठकर हर दो घंटे में कुछ देर

के लिए चलें और ऑफिस में कुछ देर घूमें।

- चेयरमैन को भी अपनी मीटिंग के दौरान दस मिनट का विराम देना चाहिए, जिससे दोनों के बीच पनपता टेंशन एवं बोरियत खत्म हो जाएँगे।
- अगर आप हमेशा थका सा महसूस करते हैं, या जो कुछ भी कर रहे हो, उसे करते-करते थक गए हैं तो आपको कुछ ज्यादा शारीरिक एक्टिविटी करनी होगी। यह चुन लें कि आपने क्या चुनना है।
- बहुत सारे टेंशन के बीच थोड़ा और ज्यादा मात्रा में विश्राम करें। इसका मतलब यह नहीं कि आराम करें, इसका मतलब है कि दृश्य में बदलाव, गतिविधि में बदलाव आदि।
- टेंशन की थकान का सबसे अच्छा इलाज है, व्यायाम करें। टेंशन दूर करने का सबसे इलाज पैदल चलना है।
- अंततः अपने टेंशन से भागने की बजाय उसमें रहकर उसे जिएँ।

□

“अगर आप हमेशा यह मानते हैं कि सफल होने के लिए बहुत ज्यादा प्रतियोगी होने की एक आदत होनी चाहिए, तो आप आश्चर्य में हैं।”

—विलर्ड एवं मारग्युराउट बीचर

12

प्रतियोगिता के जाल से कैसे बचें?

आपने अपने एवं अन्य लोगों के बारे में अब तक जो नहीं सोचा होगा, यह पाठ इस संबंध में आपकी आँखें खोल देगा। विलर्ड एंड मारग्युराइट बीचर की जानकारीबद्ध पुस्तक ‘बियोंड सक्सेस एंड फेल्यर’ से ली गई बातें, उन बातों पर सीधे चोट करती हैं, जो हमने अपनी जवानी में हल्के में ली हैं कि प्रतियोगिता हमारे लिए अच्छी होती है।

हमारी पूरी जिंदगी हमें यह कहा जाता है कि हमें सफल होने के लिए हमेशा प्रतियोगिता करनी चाहिए या दूसरों को इन प्रतियोगिताओं से बाहर निकालना चाहिए, जिससे हमारी विजय पर लोग प्रशंसा करें, सफलता के सोपान पर आनेवाले सारे पुरस्कारों से हमें नवाजें। लिटिल लीग डायमंड्स से कॉरपोरेट सेल्स हेडक्वार्टर तक सारी धरती में इसी चीज की पुकार है कि “दूसरे आदमी को हराओ।” हमारी उम्र एवं स्टेटस कुछ भी क्यों न हो, अगर हम स्वयं को किसी भी चीज की प्रतिस्पर्द्धा के लायक नहीं समझेंगे, चाहे वह किसी फर्म में एक नई बनाई गई पोजिशन हो या शॉपिंग सेंटर में सबसे अंतिम पार्किंग की जगह में हो, तो हमारी जिंदगी इसी तरह से बीत जाएगी।

एक टेंशन से भरी और लगातार प्रतियोगितापूर्ण जिंदगी जीने के बदले क्या कोई और भी बेहतर जिंदगी है? इसके लिए आप अपने रिपोर्ट कार्ड पर शर्त लगा सकते हैं और इसके लिए प्रयोग में लानेवाला शब्द पहल है। जो काम प्रतियोगिता नहीं कर सकती, वह पहल कर सकती है। हर मुश्किल, जो आप स्वीकारते हैं, हर समस्या, जिसका

आप समाधान करते हैं, वह आपके लिए मानक स्थापित करती है, जबकि दूसरों से प्रतियोगिता करने का अर्थ है कि आप उन्हें यह मौका दे रहे हैं कि वे आपके लिए लक्ष्य, मूल्य एवं पुरस्कार निर्धारित करें।

कृपया, नीचे दिए हुए कारणों को धीरे-धीरे पढ़ें। हर वाक्य जिस, पर आप पहले विश्वास करते थे और आज आपको विरोधाभासी लगता है, को अंडरलाइन करें। यह सोचें कि आपने क्या खोजा है और भविष्य में आप इसका किस तरह से संचालन करते हैं और आपके लिए क्या मायने रखता है।

यह याद रखें कि प्रतियोगिता से आपकी जिंदगी दूसरे के हाथों में खिलौना बन जाती है, हालाँकि इसके बारे में पहल करने से आपको किस्मत चुनने की आजादी मिलती है। प्रतियोगिता से आप गुलाम बन जाते हैं और आपका दिमाग कमतर हो जाता है। यह मनोवैज्ञानिक निर्भरता के विभिन्न रूपों में सबसे प्रचलित एवं सबसे ज्यादा विध्वंसकारी है। अगर इसे दूर नहीं किया गया तो यह हमारे दिमाग को आलसी, असंवेदनशील, मध्यम प्रकार का, अंदर से जला हुआ वह व्यक्ति बना देगा, जो किसी भी प्रकार की पहल लेने, कल्पना करने, किसी उत्पत्ति या सहजता से डरता है। वह मानव रूप से मर चुका है। प्रतियोगिता से लाशें पैदा होती हैं।

प्रतियोगिता एक ऐसी प्रक्रिया है या ऐसी आदत है, जो दिमाग की आदत के साथ बढ़ती जाती है। यह बचपन में दूसरों की जरूरतों की नकल करते हुए शुरू होती है, पर अगर यह बड़े होने पर भी हमारे ऊपर हावी रहती है, तो यह हमेशा के लिए हमारे भीतर एक बचपना बन जाती है। यह एक मानसिक कमजोरी की निशानी है, जिसके तहत जैसे 'बंदर जो देखता है, वही करता है' के गुण आ जाते हैं। हम नकल की दुनिया में फँस जाते हैं।

एक बार किसी कक्ष में स्थापित होने पर, आपसी संबंधों को एक ही तरह से देखने के तरीके से हमारे रिश्ते खराब होने लगते हैं। यह दुनिया से, अन्य व्यक्तियों से संबंध बनाने व परिस्थितियों से सामना करने का एक तरीका बन जाता है। प्रतियोगिता बहुत ही घातक होती है, यह व्यक्ति को पहल लेने से, कर्तव्य का निर्वहन करने से रोकती है।

प्रतियोगिता करने की आदत इतनी बढ़ जाती है कि बहुत लोगों को इस बात का विश्वास हो जाता है कि यह प्रकृति का नियम है। फिर धीरे-धीरे प्रतियोगिता को एक गुण की तरह देखा जाता है, जो हर व्यक्ति अपने भीतर विकसित करता है। यह एक बेहद कीमती भ्रम है, जो व्यक्ति आपसी सहयोग से सही प्रकार से पर्याप्त रूप में कौशल

विकसित करता है। प्रतियोगिता में हमेशा सहयोग की अपेक्षा होती है और यह किसी व्यक्ति की व्यक्तिगत पहल को निराश करता है।

इस बेकार गलतफहमी से यह तथ्य निकलकर सामने आता है कि लोग पहल एवं प्रतियोगिता को लेकर एक बनावटी साम्य देखने लगते हैं। उनमें से कई उन्हें एक जैसा समझने लगते हैं, जैसे मशरूम की तरह जहरीली मशरूम। जब हम दोनों मशरूमों के बीच अंतर को नहीं समझेंगे, तब तक हम प्रतियोगिता में उस बुराई से बचने की उम्मीद नहीं कर सकते हैं। यह हर प्रकार से पहल की नकल करने की कोशिश है, पर दुःखद बात यह है कि हम एक-दूसरे के साथ उन परिस्थितियों में ही प्रतियोगिता रखते हैं, जब हम नाराज होते हैं और हमारी पहल में ऐब होता है। जो यह कर सकते हैं, वे करते हैं। जो यह नहीं करते हैं, वे नकल करने की कोशिश भी नहीं करते हैं।

गुणों में सबसे मूल्यवान गुण पहल करना है। यह सबके लिए जरूरी है, क्योंकि हर मानवीय समस्या में गतिविधियाँ चाहिए होती हैं। मानवीय समस्याओं का समाधान तब तक नहीं होता, जब तक व्यक्तिगत पहल का अभाव होता है। पहल के बिना आत्म-निर्भरता संभव नहीं है और जो स्वयं की अपनी क्षमताओं को पूरा नहीं कर सकता, वह शारीरिक एवं भावनात्मक रूप से आत्म-निर्भर नहीं होगा। किसी भी व्यक्ति की जिंदगी में निजी रूप से की गई पहल का कोई स्थान ही नहीं ले सकता। यही कारण है कि हम पहल की प्राथमिकता को इतना मूल्य देते हैं और उस व्यक्ति को, जिसे उसने स्वयं में विकसित किया है।

पहल प्रतियोगिता का विलोम शब्द है और पहला दूसरे के एकदम विपरीत है। पहल किसी स्वतंत्र दिमाग का प्राकृतिक गुण है। यह पूर्ण रूप से नैसर्गिक है और सामना करनेवाली परिस्थितियों के समय अपनी प्रतिक्रिया के जानकार हों और प्रतिक्रियाएँ तलवार की तरह जोर से देते हों। एक खुले दिमाग का व्यक्ति स्वयं को आत्मकेंद्रित व्यक्ति बनाता है, जो क्रिया के बदले प्रतिक्रिया अपने आप देता है। इसके विपरीत प्रतियोगिता एक अनुकरण करने की क्रिया है, जिसमें इन चीजों का अभाव होता है। इसमें किसी ऐसे व्यक्ति से निर्देश लेने की प्रतीक्षा होती है, जो हमसे ज्यादा लंबा होता हे और जिसे हमने अपनी गति और दिशा निर्धारित करने के लिए चुना होता है। संक्षेप में, पहल से त्वरित क्रिया होती है, जबकि प्रतियोगिता से सिर्फ देरी में प्रतिक्रिया उत्पन्न होती है, जो किसी पेसमेकर के लिए उत्तेजना की तरह काम करता है।

प्रतियोगिता निर्भरता से बढ़ती है। यह किसी पहल का चुपके से अनुकरण करता है और हमारी समझ को घेर लेता है। एक प्रतियोगी व्यक्ति स्वयं को पेसमेकर से बाहर निकलने के लिए प्रशिक्षित करता है और हम परिणामों को देखकर यह कल्पना कर सकते हैं कि वह पहल के फल का आनंद ले रहा है। वह यहाँ तक स्वयं में इतना

कौशल विकसित कर लेता है कि वह उसमें पारंगत एवं उसके लायक बन जाता है। अपनी सफलता के परिणामस्वरूप, उसे ऐसी मुख्य पोजिशन मिल जाती है कि जहाँ उन्हें एक असंरचित स्थिति के लिए आगे बढ़के एक नीति निर्धारित करनी पड़ती है, जिस हेतु एक स्वतंत्र, कल्पनाशील व असली प्लानिंग या एक्टिविटी की जरूरत होती है। ऐसी परिस्थितियों में वह आविष्कार से काम नहीं कर सकता, क्योंकि उसने मौजूदा पैटर्न का अनुसरण करने या आगे बढ़ने के लिए स्वयं को प्रशिक्षित किया है, उसके मस्तिष्क में किसी विचार को बनाने या सुधारने की कोई आजादी ही नहीं है। वह काम में बँधकर या फँसकर अपने दिन निकालता है।

प्रतियोगिता की आदत से अपने दिमाग को आजाद करने के लिए हमें उस प्रक्रिया को विस्तार से देखना चाहिए, जिससे दिमाग प्रतियोगिता की भावना में फँस गया है। इस जाल से आप तभी निकल सकते हैं, जब आपको पता है कि यह जाल कैसे बना है। तभी यह एक जाल बन पाएगा। प्रतियोगिता की इस फाँस से तभी मुक्त हो पाएँगे, जब आत्म-निर्भरता में वृद्धि होगी, प्रतियोगिता में तभी वृद्धि होती है, जब आत्म-निर्भरता की कमी होती है। यह बहुत सरल है। आत्म-निर्भरता से वह सारे काम हो सकते हैं, जो प्रतियोगिता कभी नहीं कर सकती। जैसा कि हमने कहा है, एक प्रतियोगी व्यक्ति उन चीजों से पेसमेकर बनाता है, जो वह अपने आसपास देखता है और उनका सिर अपने से ऊपर रखता है। वह ऐसा करने के अपने जन्मसिद्ध अधिकार को छोड़ देता है। अपनी उस पहल को स्वयं छोड़कर फिर वह उन स्थानों में पहुँचने की कोशिश करता है, जो उससे ऊँचे हों। इस प्रकार वह अपनी आंतरिक क्षमताओं को लेकर इतना आश्वस्त हो जाता है कि एक समय के बाद वह इस धारणा के प्रभाव में आ जाता है कि वह अपने द्वारा चुने गए पेसमेकरों के सम्मोहन में रहता है। वह उनसे सम्मोहित हुआ महसूस करता है। वह ऐसी स्थिति में प्रवेश करता है, जहाँ वह बाह्य दिशा में पूरी तरह से निर्भर होता है और वे दूसरों का उपयोग ऐसे करते हैं कि जैसे कि वे गाइड डॉग हों। वे अपने अंतर्ज्ञान एवं स्वेच्छा का उपयोग नहीं करते। इस प्रकार ये लगातार गैर-जिम्मेदारी की स्थिति में होते हैं, जहाँ वे अपने दिमाग का एकदम इस्तेमाल नहीं करते और बस दूसरों पर प्रतिक्रिया देते रहते हैं। जो सूँघनी का प्रयोग करता है, वही छींकता भी है।

एक वृद्ध जैन साधु, जिनका नाम रिनझाई है, ने लोगों के बीच अपनी अधीरता के बारे में इस प्रकार बताया—

अगर तुम्हें अपने रास्ते के बीच बुद्ध मिलें, तो उनको मार देना··· सच्चाई के अनुयायियो हर प्रकार की वस्तुओं से स्वयं को आजाद करने की कोशिश करो। तिल जैसी आँखोंवाले, मैं आपसे कह रहा हूँ; न ही कोई बुद्ध, न कोई शिक्षा और न ही कोई अनुशासन, आप अपने पड़ोसी के घर में हमेशा क्या खोजते हैं, क्या आपको यह बात

समझ नहीं आती कि अपने से अधिक सिर वहाँ घुसाए जा रहे हो, फिर आप अपने में क्या कमी देख रहे हैं? आपके पास जो अभी है, वह बुद्ध से अलग नहीं है।

यह बात स्पष्ट है कि प्रतियोगिता की आदत, तुलना करने की आदत से जुड़ी हुई है। हम स्वयं की तुलना या तो अपने से ऊँचे या नीचे लोगों से करते हैं। हम उन लोगों से डरते हैं, जिन्हें हम स्वयं से ऊँचा अधिकारी मानते हैं और हमें लगता है कि वे हमारी प्रगति को रोक देंगे या हमें सजा देंगे। हम उन लोगों से भी डरते हैं, जो हमसे नीचे हैं और वे किसी प्रकार का प्रयास कर हमसे ऊँचे होकर हमें विस्थापित न कर दें। इस प्रकार जिंदगी एक बहुत बड़ा खतरनाक खेल है, जिसमें श्रेष्ठता की बात होती है और हम उन दुश्मनों के बीच खड़े होते हैं, जिनके बीच खड़े होकर हमें जीतना होता है या हम उस संबंध में ऐसी ही कल्पना कर लेते हैं।

एक प्रतियोगी व्यक्ति, जिसमें पहल करने एवं मौलिकता की कमी है, वह अपने भीतर नरक-सा माहौल बनाकर रखता है, क्योंकि वह अपने दिमाग में खुद को दूसरी श्रेणी का व्यक्ति मानकर बैठा है। वह अपने को एक अनुसरण करनेवाला मानता है और यही भावना उसे बिना थके प्रतिस्पर्द्धा करने के लिए प्रेरित करती रहती है। आत्म-निर्भर व्यक्ति किसी से प्रतिस्पर्द्धा करने की या अपने को साबित करने की कोई इच्छा नहीं रखता, न ही स्वयं से, न ही किसी और से। संक्षेप में, सभी प्रतियोगी द्वितीय श्रेणी में या व्युत्पन्न व्यवहार में, बिना मस्तिष्क के, अपने उद्देश्य को पाने के लिए अपने असमर्थ रहते हैं। इसे ईर्ष्यापूर्वक चयन होने के कारण अपने पेसमेकर पर ही निर्भर रहना चाहिए।

प्रतियोगिता से डर पैदा होता है और डर से प्रतियोगिता एवं एकाधिकार की भावना। हमारा विश्वास है कि हमारी सुरक्षा इस बात पर निर्भर करती है कि हम इनमें से किसी एक कारण को उसी के खेल में मात दें। स्टेटस एवं उन्नति की दौड़ में हार जाने के खेल में स्वयं को बनाने के अलावा किसी खेल को खेलने का मजा नहीं आता। हम तब तक आराम नहीं करते, जब तक ये सारी चीजें रात में हमारी जानकारी के बिना हमसे आगे न निकल जाएँ। हम जितना ऊँचा उठेंगे, हमें ऊपर से गिरने का उतना ही ज्यादा डर होगा। चाहे हम जीतें या हारें, पर इन गिरते-पड़ते लगनेवाली चोटों से हम बहुत डरते हैं।

इस प्रकार का सम्मोहन एक प्रकार का मोनोमानिया है, जिसमें व्यक्ति किसी अन्य किसी व्यक्ति की अपने प्राधिकारी के रूप में, उसके दिए गए आदेशों के तहत अपनी अधीनता स्वीकार कर लेता है। संक्षेप में, उस पर हमारी पूरी निर्भरता के कारण हम अपने पर्यावरण से मिलनेवाले सारे संकेतों की अनदेखी करते हैं। हम देखने एवं सुनने की क्षमता खो बैठते हैं, जो असल में पास में बैठे हुए लोगों को आराम से दिख रही है। हम खेल के उन्हीं पुराने तरीकों से चिपके होते हैं, जिन तरीकों से वह हमें खिलाना चाहता है। इसलिए हम जीवन की सच्चाइयों से टकराव रखनेवाली हमारी नैसर्गिक क्षमताओं

का त्याग कर देते हैं। हम परोक्ष रूप से उस व्यक्ति के अंगों से देख, सुन व प्रतिक्रिया दे सकते हैं, जो पेसमेकर को लेकर अपना निर्णय लेते हैं और हम उनका अनुसरण करते हैं। देखने, सुनने या प्रतिक्रिया देने की क्षमता का नुकसान प्रतियोगिता को नष्ट करनेवाला कारक है और यह एक बेकार, प्रभुत्व स्थापित करनेवाला संघर्ष है।

दूसरों के ऊपर स्वयं के चुनाव एवं अपने व्यक्तिगत स्टेटस की इच्छा से दूसरों के विचारों के ऊपर निर्भरता से उनके द्वारा प्रशंसा की दयनीय लालसा उत्पन्न होती है। प्रशंसा की इच्छा, एक भय के साथ दूसरों को अस्वीकार करती है। इस प्रकार हमारा दिमाग दूसरों की अवधारणाओं का गुलाम बन जाता है। इस तरह, कोई भी कह सकता है कि व्यक्तिगत मान्यता की जरूरत बहुत ही बचकाना है।

वह महत्त्वाकांक्षी, प्रतिस्पर्द्धी व्यक्ति बहुत ही अभागा होता है, जो किसी का पसंदीदा बच्चा बनने की अपनी बचपन की इच्छा में फँसा रहता है। वह दूसरों के सामने भीख का कटोरा लेकर खड़ा रहता है, जिसमें वह दूसरों की इच्छा एवं अनुमति का अनुरोध करता रहता है। वह दूसरों की प्रशंसा पाने के लिए दौड़ता, कूदता, चोरी करता, झूठ बोलता, मर्डर करता है, साथ ही उसे जो जरूरी लगे, वह सबकुछ करने की कोशिश करता है। उसे किसी भी प्रकार दूसरों को खुश करना होता है, इसलिए जरूरत से ज्यादा अपना सिर ले जाता है। चूँकि वह अभी भी जिंदगी को बच्चे की ही तरह देखता है या किसी द्वितीय श्रेणी के व्यक्ति की तरह देखता है, इसलिए आगे बढ़ने के उसके सारे प्रयत्नों से वह अपनी आदत द्वारा दूसरों का आदर करता है और वह दूसरों से झूठ बोलता है। वह अपने रास्ते में तब तक रहता है, जब तक कोई उस सम्मोहन को तोड़ने की कोशिश नहीं करता, जो उसे यह दिखाता है कि वह क्या कर रहा है।

प्रतियोगिता की नींव रखनेवाला सबसे बुनियादी एवं भावनात्मक दृष्टिकोण है शत्रुता की भावना, दोस्ताना प्रतिस्पर्धा से ज्यादा अनुकूल कोई चीज नहीं है। सारी प्रतियोगिताएँ शत्रुता भरी होती हैं। वह इस इच्छा के साथ आगे बढ़ती है कि दूसरों के ऊपर अपना शासन चला पाएँ और उन पर प्रभुत्व हासिल कर सकें। प्रभुत्व की इच्छा तभी हमारे भीतर होती है, जब हमारे भीतर दूसरे व्यक्ति का शोषण करने की इच्छा या तो मनोवैज्ञानिक रूप में या शारीरिक रूप में जाग्रत् हो।

दूसरों का शोषण करने की इच्छा हमें दूसरों से अलग कर देती है। हम सक्रिय या निष्क्रिय रूप से सहयोग बाधित करते हैं और दूसरों को परेशान करते हैं। हम खेल के नियमों को बदलने की लगातार कोशिश करते हैं, जिससे उन्हें नुकसान हो और फिर हमें एक पसंदीदा स्थिति मिले। अगर चीजें हमारी इच्छा के अनुसार न हों तो हम जल्दी परेशान हो जाते हैं। हम जिनका उपयोग नहीं कर सकते, हमें वे उबाऊ लगने लगती हैं और हम उनके साथ कम समय बिताने या इग्नोर करने लगते हैं। हम दूसरों के साथ तभी

सहज हो पाते हैं, जब परिस्थितियाँ हमारे अनुकूल हों और दूसरे लोग हमें देखें।

प्रतियोगी व्यक्ति भी एक गरीब व्यक्ति है। वह किसी भी परिस्थिति में लंबे समय तक नहीं ठहर सकता, जिसमें वह अन्य लोगों से आगे बढ़ पाए। अगर उसे लगेगा कि वह जीतकर नहीं आएगा, तो वह मजा किरकिरा करनेवाला हो जाएगा। इस तरह वह दूसरों के लिए खेल खराब कर देगा। अगर वह खेल में अपना उत्साह एवं लगाव कम कर देगा, तो वह इससे रिटायर हो जाएगा। या तो वह उन्हीं खेलों को तब तक खेलेगा या उन परिस्थितियों में तब तक काम करेगा, जब तक उसके हावी होने की ज्यादा संभावनाएँ होंगी।

प्रतियोगिता की भावना खेलने की भावना के एकदम विपरीत है। प्रतियोगी व्यक्ति खेलने के उद्‌देश्य से खेलने में असमर्थ होता है, क्योंकि उसे जीतना होगा या एक अच्छा प्रभाव बनाना होगा। यह उन लोगों के लिए आसान है, जो कार्ड खेलते हैं। एक प्रतियोगी कार्ड खेलनेवाला हमेशा जीतना चाहेगा। अगर वह कम चीजों में होगा या उसे डील में एक बुरा समय देखना पड़ जाए तो वह गुर्राने लगेगा। वह ज्यादा गुस्से में रहेगा और हर बार जब वह किसी ट्रिक में हारेगा, वह दूसरों को अपने बुरे भाग्य के लिए जिम्मेदार मानेगा। अगर उसे अच्छा मौका मिल गया, तो वह घूरने लगेगा और वे दूसरे उसके अच्छे भाग्य पर ईर्ष्या करने लगेंगे। उसके लिए पूरा खेल घृणा पर केंद्रित है, अगर वह हिम्मत करे तो वह जीतने के लिए धोखा देगा। उसके लिए खेलना उतना जरूरी नहीं है, जितना जीतना।

ऐसा कहा जाता है कि यह दुनिया दो लोगों के बीच बँटी हुई है—एक घृणा करनेवाले और दूसरे बनानेवाले। लोगों को ताश के पत्ते खेलते देखना बहुत आसान है। कार्ड खेलने में प्रतियोगी प्रतिभागी अपनी जिंदगी का खेल खेलता है, उसके लिए कोई खुशी की बात नहीं है। उसे इस बात का डर रहता है कि कहीं उसे नीचे न कर दिया जाए, पर भावनात्मक रूप से आत्म-निर्भर व्यक्ति ताश 'पिकनिक में खेलने के हिसाब से' खेलता है। उसके लिए ताश में बुरा खेलना कोई बात नहीं है, क्योंकि उसे इस बात की परवाह नहीं है कि वह उस खेल में जीते या हारे। खेलने की प्रक्रिया ही उसकी खुशी के लिए काफी है। पत्ते में एक हाथ खेलना, उसके लिए उतना ही दिलचस्प है, जितना दूसरा हाथ खेलना, क्योंकि कोई एक-दूसरे सा नहीं है। उसके लिए खुशी की बात यह देखना है कि जब खेला जाता है तो कितने आकर्षक तरीके निकलकर सामने आते हैं, जहाँ वह अपने कार्ड बदल सकता है। वह सहजता से बिना किसी डर के खेलता है, क्योंकि उसे जीतने या हारने की कोई चिंता नहीं है और वह इन सब चीजों से स्वतंत्र है। उसका दिमाग इन चीजों से स्वतंत्र होकर मजे से खेलता है और वह अपने खेल में कोई भी रिस्क ले सकता है या खेलने के लिए उसे किस ओर अपना झुकाव रखना है,

यह भी वह स्वयं निर्धारित कर सकता है। उसका एकमात्र उद्देश्य यह है कि वह उन संभावनाओं का पता लगाए या क्षमताओं को खोजे, जिससे वह अच्छा खेल सके, न कि स्वयं को साबित करे।

संक्षेप में, एक प्रतियोगी व्यक्ति लगातार डर के साये से बाहर काम करता है। डर से हमारी सीमाएँ बँध जाती हैं और हम कमतर हो जाते हैं। डर के साये में हम प्रतियोगिता की भावना को आगे नहीं बढ़ने दे सकते, जिस कारण हम अपनी क्षमताओं को कभी हासिल नहीं कर सकते। किसी पर निर्भरता होने से डर पैदा होता है, डर से तुलना, तुलना से प्रतियोगिता और प्रतियोगिता से हम धीरे-धीरे नष्ट होने लगते हैं, क्योंकि हम स्वयं में नकल, अनुरूपता, बचपना एवं मध्यमता ले आते हैं। किसी पर भी निर्भरता एवं अनुसरण करने से हमारी कलात्मकता या हमारी आजादी संभव नहीं। स्वतंत्रता तभी आती है, जब हम जरूरत से ज्यादा अपना सिर आगे नहीं निकालते।

□

"अगर आप चाहते हैं कि अच्छी किस्मत आप पर मुसकराए, तो यह पहली सामाजिक सुरक्षा जाँच सबसे पहले आपके दरवाजे पर पहुँचनी चाहिए।"

—लॉर्ड बीवरब्रूक

13

अपना भाग्य खुद कैसे निर्मित करें?

जैसा कि आपने अभी पढ़ा है कि प्रतियोगिता का अर्थ स्वयं को दूसरों के नियंत्रण में रखना है।

यह आपकी क्षमताओं के लिए बहुत हानिकारक है, क्योंकि आप उन बाह्य परिस्थितियों, जिन्हें हम 'भाग्य' या 'किस्मत' कहते हैं, से यह अपेक्षा करते हैं कि वह एक ऐसा सुनहरा अवसर तैयार करे, जिससे आप सफलता या असफलता के बीच के अंतर को स्पष्ट कर सकें।

इमर्सन ने कहा था–

केवल उथले लोग ही भाग्य एवं परिस्थितियों पर विश्वास करते हैं। वह किसी का नाम था या वे वहाँ सही समय पर पहुँच गए, किसी अन्य दिन वे कुछ और होते। मजबूत व्यक्ति यह विश्वास करते हैं कि चीजें किस्मत से नहीं मिलतीं। नियम के मुताबिक, इस कड़ी में कोई कमजोर या टूटा हुआ लिंक नहीं है, जो पहले और अंतिम चीजों को जोड़ दे, जिसमें शामिल है कारण एवं प्रभाव।

कारण एवं प्रभाव? आप जैसा बोएँगे, वैसा ही काटेंगे। अगर आप बोएँगे नहीं तो आप काटेंगे भी नहीं। विलियम मैक्सवैल एटकन का कहना है कि यह सही बात है। ग्रेट ब्रिटेन के प्रसिद्ध अखबार प्रकाशक लॉर्ड बीवरब्रुक ने अपनी पुस्तक 'द थ्री कीज टू सक्सेस' के पाठ में यह कहा है। इंग्लैंड के एयरक्राफ्ट मंत्रालय के प्रमुख के तौर पर लॉर्ड बीवरब्रुक ने स्वतंत्र दुनिया में द्वितीय विश्वयुद्ध जीता। कुछ ही समय में उन्होंने अपने एयरक्राफ्ट के प्रोडक्शन को दोगुना कर

लिया और इसका भाग्य से कोई मतलब नहीं है।

हर बार हम, हमेशा उस चार अक्षर के शब्द की ओर वापस लौटते हैं, जो जिंदगी का एक मुख्य बुनियादी स्तंभ है और हम जिस शब्द पर जीते हैं, वह शब्द है—काम।

अगर आपके कठिन परिश्रम से आपको कुछ परिणाम मिलते हैं, तो आपको लोग 'भाग्यशाली' बोलेंगे।

जो भी व्यक्ति जिंदगी में अच्छा कर रहा होता है, उसे उसके एक रवैये के लिए मैं हमेशा सावधान करता हूँ। यह वाक्यांश संक्षेप में है, "अपने भाग्य पर भरोसा रखो।"

कोई भी रवैया सफलता का विरोधी नहीं होता और न ही कोई वाक्यांश मूर्खतापूर्ण होता है।

वाक्यांश मूर्खतापूर्ण हो सकता है, सही कहें तो यह दुनिया, जो कारण एवं प्रभाव के सिद्धांतों पर चल रही है, वहाँ भाग्य जैसी कोई चीज ही नहीं है। ऐसे तो बहुत कुछ कहा जाता है, "श्रीमती हैरिस के द्वारा बनाई गई पाइज हमेशा अच्छी नहीं बनती।" अन्य शब्दों में श्रीमती हैरिस एक अच्छी रसोइया थीं।

इसलिए लगातार एक भाग्यशाली पुरुष के साथ, यह एक साफ अनुमान लगा लिया जाता है कि वह लगातार काम करनेवाला एक मेहनती व्यक्ति है।

जब हम असली में कहते हैं तो यह सोचते हैं, "भाग्य पर भरोसा रखो", "किसी भी परिस्थिति में भरोसा रखना हमारे कंट्रोल के बाहर की बात है।" पर जब तक उन कारणों को कंट्रोल करने का कोई मौका है, तो जाहिर है, मूर्खता से तो वे कंट्रोल में आनेवाले नहीं हैं।

साल बीतते जाएँगे, मेरा किसी भी प्रकार के भाग्य में विश्वास बढ़ता जाएगा। मैंने एक बार लिखा था, किसी झोंपड़ी में पैदा होने से अच्छा 50 लाख डॉलर के उत्तराधिकारी के रूप में पैदा होना है। गरीबी में पैदा होना एक अभिशाप है, वहीं अमीरों के घर में पैदा होने से जिंदगी बरबाद हो सकती है।

जब किसी आदमी ने सालों की मेहनत से किसी चीज को खड़ा किया है, तो किसी आपदा से किसी आदमी का भविष्य बरबाद हो सकता है, तो हम स्वाभाविक रूप से सोचते हैं कि उसका भाग्य खराब है, पर यह भी हो सकता है कि आपदा उन कारणों से भी हो सकती है, जिसे उसने कंट्रोल करने से नकार दिया था। या तो वह आपदा एक छुपा हुआ वरदान है, जिसमें अट्रॉफी के द्वारा लुप्तप्राय बौद्धिक मांसपेशियों का प्रयोग किया

जाता है, या किसी कमजोर बिंदु पर अपने चरित्र को मजबूत कर किया जा सकता है।

इसलिए मैं भाग्य की मौजूदगी पर साफ रूप से कह देना चाहता हूँ, आप इस पर विश्वास मत कीजिए।

यह विचार कि कोई भाग्यशाली या कोई अभागा पैदा होता है, उसी प्रकार से है, जैसे कोई लंबा होने के लिए पैदा होता है और कोई छोटा होने के लिए ही पैदा होता है, यह एक बेकार बात है।

अधिकांश रूप से इंडस्ट्री में अच्छे भाग्य के बारे में व्याख्या की जाती है और उन गुणों के अभाव में खराब भाग्य के बारे में अपने विचार दिए जाते हैं।

एक जुआरी के लालच को लगातार घटनाओं का उत्पादन करने का विश्वास कहा जा सकता है, जिसके बल पर उसमें लगातार अनुकूल या लगातार प्रतिकूल घटनाओं को पैदा करने की क्षमता होती है। इस प्रकार की मानसिक परिस्थिति में रहना एक प्रकार का बुरा स्वप्न है। ऐसा लगता है कि कुछ लोग पागल ही हो गए हैं। वे लगातार अपने भाग्य को बढ़ावा देने के लिए निरंतर प्रयासों द्वारा एक-दूसरे को बाधापूर्ण परामर्श देते हैं।

भाग्य कभी भी इस प्रकार की पूजा-पाठ से हासिल नहीं किया जा सकता। उसे सिर्फ कठिन परिश्रम के द्वारा ही प्रसन्न किया जा सकता है।

मौकों के खेल का कानून अपमानजनक होता है। यह अटल है, जैसे ताश के पत्तों के खेल में जैसे कैनेस्टा या क्रिबेज में एक क्षमतावान खिलाड़ी कम क्षमतावान खिलाड़ी को हरा सकता है। इसलिए जिंदगी के खेल में जो जीतेगा, वह अपने गुणों के आधार पर जीतेगा और वह जीतने के लायक है। जो असफल हो जाएगा, वह असफल होने के लायक है, इससे ज्यादा कुछ और नहीं, जहाँ उसने अपने भाग्य पर ज्यादा भरोसा किया, वहाँ उसे स्वयं पर भरोसा करना चाहिए था।

ऐसा भी हो सकता है कि हम में से अधिकांश लोगों के भीतर एक जुआरी है। हम असली सफलता पा लेते हैं, हालाँकि हम अब बेहतर दानव हो चुके हैं। बिजनेस में एक जुआरी खेलने से पहले ही हार जाता है।

एक युवा व्यक्ति को ले लीजिए, जो इस आशा में अपना सबकुछ दाँव पर लगा देता है कि सफलता की कोई जादुई कुंजी उसके आगे किसी सोने की प्लेट में रखी जाएगी। उसका सोच ही बेकार है। वह लगातार अच्छे ऑफर ठुकराता जा रहा है या छोटे-मोटे कामों को भी न कह रहा है, क्योंकि वह उसके लिए सही नहीं है। वह ऐसी आशा करता है कि भाग्य अचानक उसके चरणों में आ जाएगा और उसे एक तैयार स्थिति देगा या एक अनूठा मौका देगा, जो उसकी क्षमताओं के आधार पर उच्च विचारयुक्त होगा। एक समय के बाद लोग उसे कोई भी पद के बारे में बताना बंद कर देंगे।

भाग्य को प्रसन्न करने के चक्कर में उस युवक ने अवसरों के दरवाजे बंद कर दिए।

ऐसे लोग अपनी बीच की उम्र में एक जानी-मानी क्लास में आ जाते हैं। वे अपने मेहनत करनेवाले सफल सहयोगियों को अपने दुर्भाग्य की दु:खद कहानी सुनाते हैं, जो उन्हें जिंदगी भर परेशान करती रही और उन्हें वह रिवॉर्ड लेने से रोकती रही, जो असली में उनका है। उनके भीतर एक गंभीर बीमारी हो जाती है, जिसे 'बिना प्रयास के जीनियस' कहा जाता है।

जो व्यक्ति असल में सफल होना चाहता है, उसका रवैया बहुत अलग होगा।

ऐसा व्यक्ति अपने दिमाग से भाग्य का विचार ही हटा देता है। वह उस हर अवसर को स्वीकारेगा, चाहे वह कितना छोटा ही क्यों न हो, जिसे वह बड़ी चीजों में बदलने की कोशिश करेगा। वह भाग्य जैसी झूठी धारणा के लिए नहीं बैठेगा, जो उसके कॅरियर में उसे लॉन्च करे। वह अपने लिए खुद अवसर बनाएगा और इस इंडस्ट्री में अपने लिए मौके विकसित करेगा। वह उन जगहों पर गलत हो सकता है, जहाँ जजमेंट या अनुभव की कमी हो। अपनी इस हार के बावजूद वह भविष्य में बेहतर करने की कोशिश करेगा और उसके ज्ञान का अनुभव उसे सफलता दिलाकर रहेगा।

कम-से-कम वह नीचे बैठकर यह कुढ़ता हुआ नहीं रहेगा कि भाग्य हमेशा ही उसके विरुद्ध रहा है।

भाग्य में विश्वास करने के पक्ष में यह एक बहुत छोटा तर्क माना जाता है। यह जरूर है कि मनुष्य के शरीर में एक छठी इंद्रिय होती है, इसलिए अपनी अंत:प्रेरणा से वे समझ जाते हैं कि वे सफल होंगे या असफल या बाजार में उछाल आएगा या धड़ाम से नीचे गिरेगा। ऐसे लोग अपनी सफलता की राह एक मानसिक गणना के जरिये तय कर लेते हैं।

इस तरह की किसी भी रहस्यपूर्ण बेतुकी बात का विश्वास मत कीजिए।

इसकी असली व्याख्या बहुत भिन्न है।

बहुत प्रतिष्ठित लोग, जो राजनीति या बिजनेस के बड़े-बड़े मामलों में किसी-न-किसी रूप में जुड़े होते हैं, वे अपनी अंत:प्रेरणा से अपने क्षेत्र में काम करते हैं, पर सच में, वह सावधान होकर एवं घटनाओं का लगातार अध्ययन करने के बाद उन तक जो ज्ञान पहुँचता है, उससे वे यह सारांश निकालते हैं कि 'बिना रुके सोचना है', जैसे दिल दिमाग की उत्तेजना के बगैर लगातार धड़कता रहता है। उनके इन निर्णयों के कारणों के बारे में सोचें, फिर आप इसके अलावा कुछ और नहीं कह पाएँगे कि "यह बस एक झुकाव से कुछ अधिक नहीं है।" पर उनका सचेत दिमाग लगातार सोचने के कारण उसे अपने सचेत सोच के स्तर से नीचे नहीं ले सकता।

जब ऐसे लोग अपनी भविष्यवाणियों में सही साबित हो जाते हैं, तो दुनिया आश्चर्य में पड़ जाती है कि "वाह, क्या भाग्य है"। दुनिया का यह दावा करना बेहतर होगा कि क्या निष्कर्ष निकाला है। अनुभवों का खजाना है यह।

देखनेवाला भाग्यवान व्यक्ति एक अलग प्रकार का व्यक्ति है। वह तख्तापलट करता है और फिर किसी आपदा में गायब हो जाता है। वह जितनी जल्दी अपना भाग्य बनाता है, उतनी ही जल्दी उसे खो भी देता है।

स्वास्थ्य द्वारा समर्थित न्याय एवं उद्योग आपको सही एवं स्थायी सफलता देते हैं। इसके अलावा, सब अंधविश्वास है। युवाओं के लिए आशा करना एक स्वाभाविक है, पर उम्मीद से भाग्य में विश्वास होने लगता है, जो धीरे-धीरे जहरीला एवं दुर्बल होने लगता है।

आज के युवाओं के बीच पहले की अपेक्षा ज्यादा अवसर हैं, पर हमेशा यह याद रखना कि काम एवं दिमाग के अलावा कुछ और काम नहीं आता और एक व्यक्ति दिमाग में भी काम कर सकता है।

कोई परी आकर आकर आपको सफलता के रास्ते में नहीं ले जाएगी। कोई भी व्यक्ति उस उद्देश्य को अपने नेतृत्व एवं अथक परिश्रम से पूरा कर सकता है।

काम का कोई विकल्प नहीं है। जो काम के मामले में उदासीन है, उसे कभी भी स्थायी सफलता नहीं मिलती। वह अपना जीवन-निर्वाह किसी प्रकार से कर लेगा।

□

"इस बात को याद रखें कि शक्तिशाली लोग सफलता या असफलता दोनों में से कुछ भी पैदा कर सकते हैं, पैसा या गरीबी, सुख या दु:ख, सभी कुछ संभव कर सकते हैं और एक बार आप यह बात समझ जाएँगे तो आप अपनी किस्मत पर खुद नियंत्रण कर सकते हैं।"

—राल्फ वाल्डो इमर्सन

14

जिंदगी के विकल्पों का किस प्रकार बुद्धिमानीपूर्वक इस्तेमाल करें?

इस विश्वविद्यालय को जिन लोगों ने अपनी मौजूदगी एवं अपनी बुद्धिमानी भरी सलाह से सँवारा है, उन विशिष्ट लोगों में एक विशेष गुण होता है, जो आपने नोटिस किया होगा। उनके लिए सफलता के लिए लड़ते रहना, जिंदगी का एक हिस्सा है, पूरा भाग नहीं। आप कोई प्रयोगशाला के गिनी पिग नहीं है, जिस पर वे कुछ नई खोज करने की कोशिश कर रहे हैं, जिसके जरिये वे टॉप पर जा सकें। एक दल के रूप में उनकी सोच वही है कि आप एक इनसान से कहीं ज्यादा हैं–आप इनसान बननेवाले हैं।

पहले के एक पाठ में नेपोलियन हिल अनुरोध कर रहे थे कि आपको जितना वेतन मिलता है, उससे कहीं ज्यादा आप हमेशा बेहतर सेवाएँ दीजिए, इसके साथ ही उन्होंने आपको पढ़ने के लिए कुछ अच्छी सलाह भी दी। उन्होंने कहा, "आपने क्षतिपूर्ति के बारे में पहले पढ़ा होगा", पर इसे फिर से पढ़ें। आप इस आलेख के बारे में एक अनूठी बात देखेंगे कि आप जितनी बार इस आलेख को पढ़ेंगे, उतनी ही बार आपको इसमें नई सच्चाइयाँ मिलेंगी, जो आपको पूर्व में पढ़ने के दौरान नहीं मिलेंगी।

आपका जीवन एक नायाब नगीना है और राल्फ वाल्डो इमर्सन के

अलावा किसी और ने इसकी बेहतर कीमत नहीं लगाई होगी। उनका सबसे बेहतरीन काम 'क्षतिपूर्ति' नहीं है, जिसमें से यह पाठ उद्धृत किया गया है। इस पाठ में आप इस बात को बेहतर तरीके से समझेंगे कि अपने काम में किसी चीज की कीमत चुकाना क्या होता है, चाहे वह अच्छा हो या बुरा। एक बार आप जब यह बात स्वीकार लेंगे, कि मुआवजे का सिद्धांत आपके विचारों एवं कामों को किस प्रकार शासित करता है और आप यह राज जान जाएँगे तो आप अपनी जिंदगी को जिस तरफ चाहे, उस दिशा में ले जा सकते हैं।

यह याद रखें कि मुआवजे के सिद्धांत को निरस्त नहीं किया जा सकता। चाहे आप इसे चाहें अथवा न चाहें, पर आपको इसके साथ जीना होगा, इसलिए बुद्धिमानी के साथ लाभ लेते हुए इसका इस्तेमाल कीजिए। आपको खुशी होगी कि आपने इसका इस्तेमाल किया।

अपने लड़कपन से मेरी यह इच्छा थी कि मैं मुआवजे पर एक भाषण लिखूँ, इस विषय पर मैं तब लिखना चाहता था, जब मैं बहुत जवान था। जिंदगी अपने सिद्धांतों से काफी आगे थी और लोग उसे बतानेवाले से कहीं ज्यादा जानते थे। जिन सिद्धांतों से ये डॉक्यूमेंट्स बनाए गए, वे अपनी अंतहीन विविधता से मुझे आकर्षित करते चले गए और वे मेरे आगे आते चले गए, मेरी नींद में भी, जैसे वे मेरे लिए किसी औजार की तरह हों, जैसे टोकरी में रखी रोटी हो, रास्ते में रखा पैसा हो, मेरे खेत एवं आवास में, अभिवादन में, रिश्तों में, ऋण एवं भुगतान में उस व्यक्ति का करेक्टर एवं पुरुषों की अक्षय निधि हो। मुझे इस संबंध में ऐसा लगा कि जैसे इसमें पुरुषों को दिव्यता की कोई किरण दिखाई देती है, इस दुनिया की आत्मा की मौजूदा काररवाई, परंपरा के सभी पुराने लाग-लगाव से साफ, पुरुषों का दिल अनंत प्यार में नहाया होता है, जिसे वह हमेशा जानता था और जो असल में है। ऐसा लगने लगा कि अगर इन सिद्धांतों की समानता किसी से मिलते-जुलते अंतर्ज्ञान से की जाए तो सच हमारे सामने अपने आप आ जाएगा। वह किसी काली रात में एक तारे की तरह होगा, जो हमारी कठिन यात्रा के बीच में है, जिस कारण हम अपना रास्ता कभी भूल नहीं सकते।

मैं ऐसी इच्छाओं को तब समझने लगा, जब मैंने एक दिन चर्च में एक सरमन सुना। ज्ञान देनेवाले उस व्यक्ति, जो रूढ़िवादी लग रहे थे, ने लास्ट जजमेंट के सिद्धांत को एक सामान्य तरीके से समझा दिया। उन्हें ऐसा लगा कि यह जजमेंट दुनिया में लागू नहीं किया गया है, जो बेकार लोग हैं, वे सफल हैं और अच्छे लोग बहुत बुरी स्थिति में हैं। उन्होंने

उन शास्त्रों को पढ़कर और उक्त कारणों के साथ दोनों पार्टियों को उनके अगले जन्म में अच्छा मुआवजा देने की माँग की। इस मंडली में सिद्धांत के संबंध में कोई अपराध नहीं किया। जब बैठक समाप्त हुई तो मैंने स्वयं देखा कि दोनों पार्टियाँ उन उपदेशों पर कोई टिप्पणी किए बिना अलग हुईं।

पर इन उपदेशों की क्या जरूरत थी, उपदेश देनेवाला यह क्यों बोलना चाहता था कि अच्छे लोगों का यह जीवन बुरी अवस्था में है ? क्या असिद्धांतवादी लोग घर, मकान, ऑफिस, शराब, कपड़े, ऐशो-आराम के बीच में हैं, जबकि संत लोग गरीब हैं और तिरस्कार योग्य हैं, इसलिए इन बाद्र के लोगों को एक प्रकार का मुआवजा दिया जाता है, इसलिए क्या उन्हें बैंक स्टॉक, सोने के सिक्के, हिरण का मांस व शैंपेन देकर संतुष्ट करने की कोशिश की जाती है। यह उन सब चीजों के लिए एक मुआवजा ही तो है, तो क्या उन्हें प्रार्थना करने, प्रशंसा करने, प्यार करने और आदमियों की सेवा करने के लिए छोड़ दिया जाए। अब वे क्या कर सकते हैं। एक भक्त, जो एक सही बात बीच में पूछ सकता था, हम भी ऐसा ही एक अच्छा समय चाहते हैं, जो पापी लोगों के पास है या इसे अनंत रूप में छोड़ देना चाहते हैं। आप पाप करो, हम लगातार पाप करते रहेंगे, अगर हम अभी कर पाएँ तो हम भी अभी पाप करेंगे, सफल न हो पाने पर हम अपना बदला कल लेंगे।

मुआवजे को लेकर बहुत ज्यादा भ्राँति है कि बुरे लोग सफल हैं और न्याय अब नहीं किया जा रहा है। प्रचारक का यह अंधापन है कि उसने बाजार के उस आधार के अनुमान को स्थगित कर दिया, जिससे सफलता का गठन होता है, सच्चाई से दुनिया का सामना करने व दोषी ठहराने की बजाय आत्मा की उपस्थिति की घोषणा की, उस इच्छा को हर जगह मौजूद पाया, अच्छे एवं बुरे का मानक स्थापित किया और मृतक को उसके मौजूदा न्यायाधिकरण में बुलाया।

मुझे दिन में लोकप्रिय धार्मिक कार्यों को करके एक आधार स्वर मिलता है, जैसा किसी पढ़े-लिखे आदमी को उनकी रुचि से संबंधित किसी विषय पर पढ़ने से मिलता है। मुझे लगता है कि हमारे लोकप्रिय धर्मशास्त्र सजावट की वस्तु रह गए हैं और कोई उसके सिद्धांतों पर जाना नहीं चाहता और अंधविश्वास ने उसका स्थान ले लिया है, पर पुरुष इस सिद्धांत से बेहतर है। उनके दैनिक जीवन में कितना झूठ है। हर सरल व महत्त्वाकांक्षी आत्मा अपने अनुभवों के आधार पर अपने पीछे एक सिद्धांत छोड़ती है और सारे पुरुषों को यह झूठ लगता है, जिसे वे कभी प्रदर्शित नहीं कर सकते। पुरुषों को लगता है कि वे अन्य की तुलना में अधिक बुद्धिमान हैं। जो वे स्कूल में बिना कुछ सोचे सुन लेते हैं, अगर उसे बातचीत में कहा जाए तो शायद उस दौरान बरती गई चुप्पी में ही सवाल उठ जाएगा। अगर एक व्यक्ति अपनी कंपनी में प्रोविडेंस एवं दिव्य कानून के संबंध में अपनी बात साफ तरीके से कह दे, तो उसे भी चुप्पी से जवाब दिया जा सकता है, जो देखनेवाला आराम से

समझ सकता है कि इसमें श्रोता को असंतोष है, पर वह अपना वक्तव्य देने में अक्षम है।

मैंने ऐसे कुछ तथ्यों को रिकॉर्ड करने की कोशिश की है, जो इस मुआवजे के नियम की राह दरशाते हैं, जो मेरी सोच से कहीं आगे है कि मैं कहीं इस गोलाई का एक छोटा सा भी भाग बना पाऊँगा कि नहीं।

अकेलापन, एक्शन या रिएक्शन हम हर प्रकृति के लोगों में पाते हैं, हम यह अँधेरे में या उजाले में, ठंडे या गरम में, पाने के बहाव में या ठहराव में, पुरुष एवं स्त्री में, पौधों एवं जानवरों की प्रेरणा एवं समाप्ति पर, दिल के सिस्टोल पर डायस्टोल पर, किसी द्रव और आवाज में हचलच होने पर, सेंट्रीफ्यूगल और सेंट्रीपीटल गुरुत्वाकर्षण पर, बिजली, गेल्वेनिज्म और रासायनिक एफिनिटी पर पाते हैं। किसी सुई के अंत में एक जबरदस्त चुंबकत्व होने पर उसकी विपरीत दिशा में चुंबकत्व होता है। अगर दक्षिण दिशा आकर्षित करती है, तो उत्तर दिशा में विकर्षण होता है। किसी चीज को खाली करने के लिए आपको उसे घना करना पड़ेगा। एक अनिवार्य दोहरावाद प्रकृति को विभाजित करता है, अगर कोई चीज आधी है, तो दूसरी वस्तु को पूरा होने की सलाह देती है, जैसे—आत्मा-वस्तु, पुरुष-स्त्री, उद्देश्य-व्यक्तिपरक, अंदर-बाहर, ऊपर-नीचे, गति-विराम, हाँ-ना।

जब दुनिया इस प्रकार दोहरी है, तो उसके सभी हिस्से भी ऐसे ही हैं। चीजों का हर सिस्टम हर बिंदु में मौजूद होता है। कुछ चीजें ठहराव सी प्रतीत होती हैं और कुछ समुद्र के बहाव सी, दिन और रात, स्त्री एवं पुरुष चीड़ की एक सुई की तरह होते हैं, मकई के दाने की तरह, पशु जनजाति के प्रत्येक व्यक्ति में। तत्त्वों की भव्य प्रतिक्रिया इन छोटी सीमाओं के अंदर दोहराई जाती है, जैसे पशु साम्राज्य में, मनोवैज्ञानिकों ने यह अनुभव किया है कि कोई भी जंतु पसंदीदा नहीं होता, पर कुछ-न-कुछ ऐसी क्षतिपूर्ति होती है कि जो उस उपहार एवं कमजोरी के बीच समन्वय बना लेती है। किसी जंतु को अगर बहुत उम्र दी जाती है तो उस बात की क्षतिपूर्ति किसी अन्य जगह से कर ली जाती है। अगर उनके सिर एवं गरदन बहुत बड़े हैं तो उनकी सूँड और हाथ-पाँव छोटे बनाए जाते हैं।

यांत्रिक बल का सिद्धांत इसका एक अन्य उदाहरण है। हम सत्ता में जो पाते हैं, वह समय के साथ खो जाता है और उल्टा हो जाता है। ग्रहों की आवधिक एवं क्षतिपूर्ति वाली गलतियाँ इसका और उदाहरण हैं। राजनीतिक इतिहास में मौसम एवं मिट्टी का अपना प्रभाव रहा है। ठंडा मौसम उत्साहित करता है। बंजर जमीनों में मगरमच्छ, बाघ या बिच्छू नहीं होते।

यही दोहरापन प्रकृति में एवं पुरुष की स्थिति में भी है। किसी भी चीज की अधिकता से दोष उत्पन्न होता है और हर दोष फिर बहुतायत में होता है। हर मीठे में खट्टा होता है, हर बुराई में कुछ अच्छाई होती है। हर फैकल्टी, जो खुशी को पाती है, उसे बुरा व्यवहार करने पर जुरमाना भी लगता है। अपने जीवन में इस संयम के लिए जवाब देना होगा। हर

बुद्धिमानी के दाने के साथ मूर्खता का भी एक दाना होता है। अगर आपको कोई चीज जो मिली नहीं है, उसके बदले कुछ और प्राप्त हुआ है और जब आपको कुछ प्राप्त हुआ है तो आपने कुछ खोया भी है। अगर धन बढ़ता है तो वे भी बढ़ते हैं, क्योंकि वे उनका इस्तेमाल करते हैं। अगर जमा करनेवाला कुछ जमा करता है, तो वह जो छाती में छुपाकर बैठा हुआ है, प्रकृति उससे वह सबकुछ छीन लेती है, संपत्ति तो बढ़ा देती है, पर मालिक को मार देती है। प्रकृति को एकच्छत्र राज्य और अपवाद से घृणा है। समुद्र की लहरें तेजी से ऊपर–नीचे जाने के लिए किसी सतह की तलाश नहीं करतीं, वे स्थिति की विविधता से उन्हें बराबर बना देती हैं। अगर स्थितियाँ उन्हें बराबर बनाने की कोशिश करती हैं तो कुछ परिस्थितियाँ ऐसी होती हैं, जो इस असंवेदनशीलता को कम कर देती हैं, मजबूत लोग, अमीर लोग, भाग्यशाली लोग अन्य लोगों की तरह उसी स्तर पर होते हैं। अगर वह आदमी बहुत शक्तिशाली है, समाज के लिए खतरनाक है, अपने गुस्से और स्थिति से वह एक गलत नागरिक है, जो एक समुद्री डाकू–सा है तो प्रकृति उसकी गोद में ऐसे सुंदर से बेटे एवं बेटियाँ डाल देती है, जिनके साथ वह उनके स्कूल में कक्षा में जाता है और विनम्रता के साथ उसके गुस्से को कम कर उसमें प्यार एवं डर का संचार करता है। इसलिए वह माँ यह तरीका इजाद करती है, जो ग्रेनाइट और फेल्सपार को इंटेनरेट करे, वह घर में रखे सुअर को ले जाती है और बाहर मेमने के बच्चे को रख, एक सही संतुलन बना लेती है।

एक किसान, जो सत्ता एवं स्थान के बारे में सोचता है, वह सही है, पर राष्ट्रपति ने अपने व्हाइट हाउस के पैसे दे दिए हैं। इससे उसे हमेशा शांति मिलेगी और उच्च मानव गुणों के अनुसार खर्च किया है। एक छोटे से समय के लिए दुनिया के सामने अपनी मौजूदगी सुरक्षित रखने के लिए वह इतना संतुष्ट हो जाता है कि वह अपने असली मालिकों के सामने जो सिंहासन के ठीक पीछे खड़े होते हैं, धूल खाने लगता है या क्या पुरुष प्रतिभा की अधिक महत्त्वपूर्ण एवं स्थिर भव्यता चाहते हैं? इन दोनों में किसी के पास भी प्रतिरोधक क्षमता नहीं होती। वह कौन सी इच्छा या विचार शक्ति है, जो हजारों की अनदेखी कर उन्हें नजरअंदाज करती है। प्रकाश के नए प्रवाह के साथ एक नया खतरा आता है। क्या वह प्रकाश है? उसे इस प्रकाश का साक्षी होना चाहिए और उसे दृढता से इसे सहन कर उस सहानुभूति से बाहर निकलना चाहिए, जिससे उसे ऐसी संतुष्टि मिलती है, जिससे वह आत्मा के नए रहस्योद्घाटन के प्रति निष्ठावान होता है। हो सकता है, वह माता–पिता, पत्नी एवं बच्चों से घृणा करता हो। क्या उसके पास वह सब है, जिससे वह दुनिया को प्यार करता है, उनकी प्रशंसा करता है और लालसा देता है? उन्हें पीछे से भी उनकी प्रशंसा करनी चाहिए और अपनी सच्चाई से वफादारी के साथ जुड़े होना चाहिए।

यह कानून शहरों एवं राष्ट्रों का कानून बनाता है। वह अपने छोटे से रूप में भी नहीं होगा। इसके विरुद्ध कुछ बनाना या प्लॉट करना या मिलाना बेकार जाएगा। लंबे समय

के लिए चीजों का गलत प्रबंधन संभव नहीं। वैसे तो इन गलत शक्तियों को रोका नहीं जा सकता, पर इनमें रोक-टोक संभव है और यह दिखेगी भी। अगर सरकार क्रूर हो तो ऐसे में राज्यपाल की जिंदगी सुरक्षित नहीं है। जो टैक्स आप बहुत ज्यादा भरते हैं, उसके रेवेन्यू से कुछ नहीं होगा। अगर आप क्रिमिनल कोड अदालत बनाते हैं, तो ज्यूरी आपको दोषी नहीं ठहराएँगी। कुछ भी मनमाने एव कृत्रिम ढंग से सहन नहीं किया जा सकता। स्थिति की सारी विविधता के तहत अपने को महान् उदासीनता में स्थापित करने हेतु मनुष्य की जिंदगी और संतुष्टि में अत्यधिक कठोरता या झुकाव को दूर करने की परिस्थिति उत्पन्न होती है। सभी सरकारों के तहत सभी करेक्टरों का प्रभाव एक जैसा होता है, जैसे—तुर्की, न्यू इंग्लैंड में एकदम एक जैसे, मिस्र के पुराने तानाशाही शासन के तहत इतिहास ईमानदारी से यह बात कबूल करता है कि मनुष्य उतना ही स्वतंत्र हो सकता है, जितना संस्कृति, क्योंकि वह उसे बना सकती है।

यह सारे आकार इशारा करते हैं कि यह दुनिया अपने हर कण में व्याप्त है। प्रकृति में, हर चीज में प्रकृति की सारी चीजें समाहित हैं। हर वस्तु एक छुपी हुई चीज से बनी हुई होती है, प्रकृति वैज्ञानिक बहुत सारी काया में एक ही रूप देखते हैं और वे घोड़े को एक दौड़ता हुआ आदमी कहते हैं, मछली को तैरता व्यक्ति, चिड़िया को उड़ता आदमी और पेज को एक जड़युक्त व्यक्ति मानते हैं। हर नया प्रकार न सिर्फ उसी चीज को उसी प्रकार दोहराता है, बल्कि उसके एक-एक भाग की व्याख्या, सारे उद्देश्य, आगे बढ़ना, बाधाएँ, ऊर्जा और पूरा सिस्टम वैसा ही होता है। दुनिया का हर व्यवसाय, व्यापार, कला, लेन-देन इस दुनिया का एक तत्त्व है और एक-दूसरे से सह-संबंधित है। यह मानव जीवन का एक संपूर्ण प्रतीक है, चाहे वह अच्छा हो अथवा बुरा। उसके अच्छे एवं बुरे, उसके तरीके, उसके शत्रु, उसका कोर्स और उसका अंत यह सब मानव के जीवन का एक हिस्सा है। इस प्रकार हर व्यक्ति को अन्य व्यक्ति के साथ मिल-जुलकर चलना है और सारी नियति को साथ में पढ़ना चाहिए।

दुनिया स्वयं ओस की इन बूँदों पर टिकी है। माइक्रोस्क्रोप से ऐसे किसी अति सूक्ष्म जीव को नहीं देखते, जो देखने में बहुत छोटा हो। हमारे कान, आँख, स्वाद, खुशबू, क्रिया, क्षमता, पाचन शक्ति और प्रजनन के अंग, जो पूर्णता लिये हुए हैं, सब मिलकर एक छोटा सा प्राणी बनाते हैं। इसलिए हम अपने सारे कामों में जिंदगी डालते हैं। सारी बातों का सच यह है कि भगवान् हर जगह मौजूद हैं और वे अपने हर रूप में व्याप्त हैं, जैसे मॉस एवं जाले में भी। ब्रह्मांड का हर मूल्य स्वयं को हर बिंदु में फेंकने की कोशिश करता है। अगर वहाँ अच्छा है, तो वहाँ बुरा भी मौजूद है। अगर वहाँ प्यार भी है तो तकरार भी, अगर कोई शक्ति है, तो सीमा भी है।

इस प्रकार यह विश्व जिंदा है। सारी चीजें नैतिक हैं। हमारी भीतर की आत्मा भी एक

प्रकार की भावना है और हमारे बाहर नियम बँधे हुए हैं। हम इससे प्रभावित हुए महसूस करते हैं, हम अपने इतिहास में इसकी ताकत समझ सकते हैं। यह परमात्मा है। सारी प्रकृति इसकी पकड़ को समझ सकती है। यह दुनिया में है और दुनिया इसी से बनी है। यह शाश्वत है और समय एवं स्थान के अनुसार काम करती है। न्याय कभी स्थगित नहीं होता है। एक पूरी इक्विटी जीवन के हर हिस्से में अपना बैलेंस बनाकर रखती है। भगवान् के पासे हमेशा भरे होते हैं। यह दुनिया एक गुणा-सारिणी की तरह दिखती है, या एक गणितीय समीकरण-सी लगती है, जिससे आप अपने जीवन में संतुलन रख पाएँ। कोई भी समीकरण ले लो, उसका सटीक मूल्य, न ही ज्यादा, न ही कम आपके पास वापस आता है। हर राज सोने के समान है, हर अपराध में सजा दी जाती है, हर गुण पुरस्कृत होता है, हर गलत काम को शांति एवं निश्चितता के साथ ठीक किया जाता है। जिसे हम प्रतिशोध कहते हैं, वह एक सार्वभौमिक आवश्यकता है, जिसके कारण आप जिस भाग से देखना चाहें, वहाँ पूर्णता दिखाई देती है। अगर आपको धुआँ दिखाई देगा, तो आसपास कहीं आग भी लगी होगी। अगर आप कोई हाथ या किसी अंग को देखेंगे तो आपको पता लग जाएगा कि यह किस शरीर का अंग है।

प्रत्येक काम स्वयं को पुरस्कृत करता है या अन्य शब्दों में कहें तो यह अपने को दो गुना तरीके से एकीकृत करता है। पहले एक चीज में या असली प्रकृति में और दूसरा परिस्थितियों में, या वास्तविक प्रकृति में। मनुष्य उन परिस्थितियों को प्रतिशोध कहता है। किसी चीज का अनौपचारिक प्रतिशोध वह है, जो आत्मा से दिखाई देता है। किसी भी परिस्थिति में कोई प्रतिशोध देखा जा सकता है, वह भी समझ में। यह किसी वस्तु से अविभाज्य है, पर यह लंबे समय से फैला हुआ है, इसलिए कई सालों के बाद भी यह साफ नहीं है। अपराध के बाद वे विशिष्ट पट्टियाँ देर से आती हैं, पर वे उनका पीछा करती हैं, क्योंकि वे उनके साथ होती हैं। अपराध एवं सजा एक ही तने से साथ फूटते हैं। सजा अपराध का फल है, जो आनंद के फूल के अंदर तैयार होता रहता है और छिपा हुआ होता है। इसके कारण एवं प्रभाव, अर्थ एवं समाप्ति, बीज एवं फल एक साथ पेश नहीं किए जा सकते। कारण में ही उसके प्रभाव निहित होते हैं, जो अंत होता है, वह अंत उसमें पहले ही मौजूद होता है। यह दुनिया जब एक हो जाएगी और जब वह अलग-अलग होने से मना कर देगी, तो हम आंशिक रूप से ऐसे काम करना चाहेंगे कि वह सही लगे। जैसे अपनी उन इंद्रियों को संतुष्ट करने के लिए, जिनसे हम पाँचों अनुभूतियों के मजे ले पाएँ, हम चरित्र की जरूरतों के अनुसार इंद्रियों को अलग कर देते हैं। मनुष्य की सरलता उस समस्या के समाधान पर आधारित है कि किस प्रकार वह कामुक रूप से कितना मीठा, मजबूत और उज्ज्वल है और नैतिक रूप से मीठा एवं गहरा मैले को आगे निकालने के लिए ऊपरी सतह को साफ करना होगा, जो इतनी पतली है कि इसके नीचे कुछ न रहे। एक सिरा पाने

के लिए, दूसरा कोई किनारा ही नहीं रहेगा। आत्मा कहती है कि खाओ, शरीर को मजे आएँगे। आत्मा कहती है कि पुरुष एवं स्त्री एक शरीर, एक आत्मा होंगे, शरीर सिर्फ मांस से जुड़ेगा। आत्मा कहती है, सभी चीजों पर उसके गुणों के सिरे तक प्रभुत्व रखें।

आत्मा जीवित रहने के लिए सभी चीजों पर काम करती है। यह सिर्फ एक तथ्य था। इसमें सारी चीजें जुड़ जाती हैं, जैसे—शक्ति, आनंद, ज्ञान, खूबसूरती। एक व्यक्ति कोई एक खास व्यक्ति बनना चाहता है, खुद को स्थापित करना चाहता है, एक निजी सामान के लिए ट्रक और हिग्गल, खासकर सवारी करने के लिए वह सवारी करना चाहता है, तैयार होने के लिए वह कपड़े बनाता है, खाने के लिए वह खा सकता है और शासन करने के लिए वह दिख जाए। आदमी चाहता है कि वह अच्छा दिखे, उसका अपना कार्यालय हो, संपत्ति, शक्ति एवं प्रसिद्धि हो। वे सोचते हैं कि महान् होने से उन्हें प्रकृति का एक पक्ष दिखेगा, जो मीठा हो, बिना किसी दूसरे पक्ष के कड़वा हो। धीरे-धीरे यह विभाजित होता है, यहाँ तक कि उसमें कोई प्रोजेक्टर नहीं होना चाहिए और सफलता भी बहुत छोटी होनी चाहिए। विभाजित किया हुआ पानी हमारे हाथों के पीछे से मिल जाता है। जब भी हम पूर्ण हुई चीजों से अलग होने की कोशिश करते हैं तो ऐसा होता है। मजेदार चीजों से ही मजा किया जाता है, लाभ पानेवाली चीजों से लाभ मिलता है, मजबूत चीजों से शक्ति। हम किसी भी वस्तु को दो भाग में नहीं बाँट सकते और उससे अच्छा नहीं फील कर सकते। फिर हमें भीतर से यह बात पता चल जाती है कि हमारा कोई बाहरी रूप नहीं है, जैसे प्रकाश बिना छाया के नहीं होता। "प्रकृति को काँटे से निकालो, वह पीछे-पीछे दौड़ी आएगी।"

सारी चीजें दोहरी होती है, एक-दूसरे के विरुद्ध—जैसे को तैसे, एक आँख के बदले एक आँख, एक दाँत के बदले दूसरा दाँत, खून के बदले खून, माप के बदले माप, प्यार को प्यार, कोई चीज दोगे तो उसके बदले आपको भी मिलेगा, कल जो पानी डालेगा, उसको स्वयं पानी मिलेगा। आपको क्या मिलेगा ? भगवान् को छोड़ो, इसके लिए पैसे दो और ले लो, इसमें कोई निवेश नहीं है, आपको वह सब मिलेगा, जो आपने किया है—न ज्यादा, न कम। जो काम नहीं करेगा, वह खाना नहीं खाएगा, यह एक हानिकारक घड़ी है, नुकसान पकड़ो। शाप भी उनके पीछे से हट जाता है, जो उसे कोसते रहते हैं, अगर आप एक बँधुआ मजदूर के गले में एक चेन बाँधते हैं तो उसका दूसरा किनारा आपके गले में बँध जाएगा। गलत सलाह से सलाहकार परेशान हो जाता है। शैतान एक गधा है।

यह इसलिए ऐसा लिखा गया है कि क्योंकि यह जिंदगी में ऐसा ही है। प्रकृति के नियम हमारी क्रियाओं और हमारी इच्छाओं के ऊपर अपना दबदबा बना लेते हैं। हमारा लक्ष्य आम आदमी के लक्ष्यों से दूर सार्वजनिक रूप से काफी अलग है, पर हमारा काम एक पंक्ति में अनूठे चुंबकत्व द्वारा दुनिया के दो किनारों को व्यवस्थित करना है। एक आदमी बोल नहीं सकता है, पर वह अपना न्याय अवश्य कर सकता है। अपनी इच्छानुसार

या अपनी अनिच्छा से वह अपने साथी की आँखों पर हर शब्द से चित्र खींचता है। जो भी अपनी प्रतिक्रिया देता है, उस पर राय रखी जाती है। यह धागे से बनी एक बॉल है, जो निशाने पर फेंकी जाती है, पर उसका दूसरा किनारा फेंकनेवाले के बैग में रहता है या यह एक हारपून की तरह है, जो ह्वेल की ओर फेंका जाता है, अगर हारपून अच्छा नहीं है, या अच्छे से इसे फेंका नहीं जाए या अगर इसे उड़ते समय मोड़ा नहीं जाएगा, तो नाव में इस कॉर्ड का तार सीधे नाव चलानेवाले का गला काट देगा, जिससे नाव डूब जाएगी।

आप बिना चोट खाए, खुद कुछ गलत नहीं कर सकते। एडमंड बर्क ने कहा कि "किसी भी व्यक्ति के लिए गर्व का कोई मुद्दा ही नहीं था, जो उसके लिए हानिकारक हो सकता था।" फैशनेबल जीवन की विशिष्टता को देखकर वह उसके आनंद से एवं उसे उचित बनाने के प्रयास में खुद को दूर नहीं कर सकता। वह धर्म के बहिष्कार से दूसरों को धर्म से बाहर करने के चक्कर में स्वयं के लिए स्वर्ग का दरवाजा बंद नहीं कर सकता। अगर आप लोगों का प्यादे एवं नाइनपिन्स की तरह इस्तेमाल करेंगे तो आप भी उनकी ही तरह परेशान होंगे। अगर आप उनका दिल तोड़ोगे, तो आपका भी दिल टूटेगा। इंद्रियाँ सभी लोगों में बनती हैं—औरतों में, बच्चों में, गरीबों में, सभी में। एक दार्शनिक उक्ति के अनुसार, "मैं किसी भी प्रकार से यह तुमसे लेकर रहूँगा, चाहे तुम्हारे पर्स से या तुम्हारी चमड़ी से।"

सामाजिक संबंधों में प्यार एवं निष्पक्षता के सभी अवरोधों को बहुत तेजी से दंड दिया जाता है। उन्हें डर से दंडित किया जाता है। मैं अपने लोगों के साथ सरल रिश्तों में विश्वास रखता हूँ, मुझे उनसे मिलने में कोई दिक्कत नहीं है। हम ऐसे मिलते हैं, जैसे पानी से पानी मिलता है, या हवा के दो झोंके मिलते हैं, जो एक-दूसरे में घुल जाते हैं और एक-दूसरे के पार चले जाते हैं, पर जैसे ही कोई सरलता त्याग देता है या उसमें अधूरापन आ जाता है, तो वह न तो मेरे लिए अच्छा होता है, न ही उसके लिए। मेरे पड़ोसी को गलत लगता है तो वह मुझसे पीछे हटने लगता है, जैसे मैं उससे पीछे हट जाता हूँ, उसकी आँखें मेरी आँखों का रास्ता नहीं ताकतीं, हममें एक युद्ध-सा हो जाता है, उसके भीतर घृणा भर जाती है और मेरे भीतर डर।

दुनिया के अनुभवी पुरुष यह अच्छे से जानते हैं कि उन्हें स्कॉट एवं लॉट को अच्छा पैसा देना चाहिए, क्योंकि वे आपके साथ चलते हैं, वैसे भी आदमी कभी-कभी अपनी इन किफायत से इतना खर्च कर ही सकता है। पैसा लेनेवाला अपने ही कर्ज में डूबा रहता है। क्या एक आदमी, जिसने सैकड़ों एहसान लिये हों और एक भी न चुकाया हो, को कुछ नहीं मिलता, क्या उसने जो भी पाया है, वह माँगकर, आलस में या अपनी मक्कारी में या पड़ोसी के माल, घोड़ों या पैसों से पाया है? वहाँ एक बार में उसी समय लाभ की तात्कालिक स्वीकृति मिलती है और दूसरी ओर ऋण मिलता है। यह लेन-देन उसके एवं

उसके पड़ोसी के मानसिक पटल पर हमेशा अंकित रहता है। हर नया लेन-देन उसकी प्रकृति एवं एक-दूसरे से उनके रिश्ते के आधार पर बदलता रहता है। ऐसा भी देखने में आ सकता है कि वह अपने पड़ोसी की सलाह लेने की बजाय अपनी हड्डियाँ तुड़वाना पसंद करेगा। "उसे कुछ भी पूछने पर उसके लिए सबसे ज्यादा कीमत चुकानी पड़ेगी।"

एक बुद्धिमान व्यक्ति अपने जीवन के ज्ञान को सब लोगों में बाँटता है, वह जानता है कि हर दावेदार का सामना करने के लिए आपके पास समझदारी, समय, टैलेंट या सही समय से आपका दिल होना जरूरी है। हमेशा सबसे पहले या अंत में पैसा दे दें, जिससे आपका सारा ऋण समाप्त हो जाए। व्यक्ति एवं न्याय के बीच एक समय के लिए एक व्यक्ति एवं घटना खड़ी हो सकती है, लेकिन यह एक स्थगन है। आप को अंततः अपना ऋण चुकाना ही होगा। अगर आप समझदार हैं तो आप उस संपन्नता से थोड़ा डरेंगे, जो आपको ज्यादा के बोझ से दबा रही है। लाभ प्रकृति का अंत है, पर जो भी लाभ आप पाते हैं, उसके लिए कर की छूट होती है। वह व्यक्ति महान् है, जो सबसे ज्यादा लाभ प्रदान करता है। वह आधार है और वह दुनिया का आधार है, जिससे वह लाभ प्राप्त करता है, पर उसे दे नहीं पाता है। प्रकृति के क्रम में हम उन लोगों को लाभ नहीं दे सकते, जिनसे हम हमेशा या कभी-कभी लाभ प्राप्त करते हैं, पर इससे मिलनेवाले लाभों को रेखा-दर-रेखा, कार्य-दर-कार्य, प्रतिशत-दर-प्रतिशत किसी और को देना पड़ेगा। अपने शरीर में बहुत ज्यादा अच्छाई न रखें। यह जल्दी ही दूषित एवं कीड़ों से युक्त हो जाएगा। उसे जल्दी-से-जल्दी किसी भी प्रकार से अदा करें।

मजदूरी को आज भी हृदयहीन नियमों की तरह देखा जा सकता है। जो सबसे सस्ता है, वह बुद्धिमान है और वह सबसे पसंदीदा मजदूर भी है। चाहे आप कुछ भी खरीदें—एक झाड़ू, एक मैट, वेगन, चाकू या एक सामान्य सी जरूरत के लिए एक अच्छा उपकरण। अपनी जमीन पर एक कौशलपूर्ण माली को लगाएँ या बागवानी के लिए एक अच्छा सेंस लगाएँ, एक अच्छा नाविक बनाएँ, जो अच्छी तरह से नेविगेट करता हो, घर में खाना बनाने के लिए एक अच्छा दिमाग इस्तेमाल करें, सिलाई में, सर्व करने में या खाते में अच्छे दिमाग का इस्तेमाल करें। क्या आप अपनी मौजूदगी को कई गुणा बढ़ाते हैं या अपने आप को चारों ओर फैलाते हैं। चूँकि चीजों की दोहरी बनावट के कारण, आप मजदूरी एवं जिंदगी में किसी को कोई धोखा नहीं दे सकते। चोर खुद से चोरी करता है, ठग खुद से ठगी करता है। श्रम की वास्तविक कीमत धन एवं ज्ञान है, जबकि धन एवं क्रेडिट इसके संकेत हैं। ये संकेत पेपर मनी की तरह नकली हो सकते हैं या चोरी हो सकते हैं, पर जिस कारण वे मौजूद होते हैं, जिसे ज्ञान एवं गुण कहते हैं, उसे कभी भी चोरी एवं नकल नहीं किया जा सकता। श्रम के इन सिरों का कभी भी उत्तर नहीं दिया जा सकता, पर दिमाग की असली कोशिश पूरे मकसद के साथ आज्ञापालन होता है। धोखेबाज, डिफॉल्टर, जुआरी, कभी भी

लाभ को जबरदस्ती नहीं ले सकते, उस वस्तु के संबंध में जानकारी एवं नैतिक प्रकृति को छीन नहीं सकते, जो ईमानदारीपूर्वक किसी की देखभाल करना और पीड़ा को सँभालना होता है। प्रकृति का नियम है कि काम करो, तो आपके पास खुद शक्ति आएगी, पर जिसके पास कुछ नहीं होता, उनके पास शक्ति भी नहीं आती।

मानव श्रम अपने हर रूप में, किसी वस्तु को उसके तेज करने से लेकर किसी शहर को बनाने हेतु या किसी महाकाव्य के निर्माण में, इस ब्रह्मांड के मुआवजे का एक शानदार उदाहरण है। हर जगह और हमेशा यह कानून शानदार है। लेने-देने का पूर्ण संतुलन और यह नियम कि सभी वस्तुओं की एक कीमत होती है, जो हमेशा चुकाई नहीं जा सकती, वह नहीं तो कोई और वस्तु उससे प्राप्त की जा सकती है, वह किसी भी स्थिति में किसी बहीखाते के किसी कॉलम में किसी भी चीज से प्रकाश एवं अँधेरे के नियम के तहत कम हो सकती है। मैं कभी भी इस बात पर शक नहीं कर सकता कि किसी व्यक्ति को उन प्रक्रियाओं पर थोपा जा सकता है, जिनमें वह दक्ष है। वह स्टेम एथिक्स, जो उसके किनारे पर चमकता है, जो उसके प्लंब एवं पैर के नियमों द्वारा मापा जाता है, जो किसी राज्य के इतिहास में दुकान के बिल के रूप में स्थापित होता है, उसके व्यापार को, जो शायद ही नामित होता है, वह अपनी कल्पना के आधार पर बढ़ाता है।

गुण एवं प्रकृति के बीच का संघटन सभी चीजों को विरोधी मानने में जुट जाता है। दुनिया के खूबसूरत नियम एवं चीजें धोखा देनेवालों लोगों का उत्पीड़न करते हैं और उन पर चाबुक चलाते हैं। वे यह पाते हैं कि चीजें सच्चाई एवं लाभ के लिए व्यस्थित की जाती हैं, लेकिन दुष्ट व्यक्ति के लिए दुनिया में छुपने के लिए कोई जगह नहीं है। एक अपराध करो तो पता चलेगा कि यह दुनिया शीशे की बनी है। यहाँ छुपाने जैसी कोई बात नहीं है। एक अपराध करो तो लगेगा कि बर्फ की एक चादर-सी बिछ गई है, जो हर जगह छा जाती है, जैसे—जंगलों में, तीतरों, लोमड़ी, गिलहरी एवं छुछूंदर के पैरों के निशान में। आप कहे हुए शब्दों को वापस याद तो नहीं कर सकते, पर उनके द्वारा छोड़े गए निशान कभी भी मिटा नहीं सकते, आप उस सीढ़ी को ऊपर उठा ही नहीं सकते, क्योंकि आपने अंदर जाने के लिए कोई रास्ता छोड़ा ही नहीं है। कुछ खराब परिस्थितियाँ में सबकुछ पारदर्शी हो जाता है। प्रकृति, पानी, बर्फ, हवा, गुरुत्वाकर्षण के तत्त्व एवं नियम स्वयं चोर को दंड देते हैं।

एक ओर कानून सभी सही कामों के लिए समानता रखते हैं। आप प्यार दो, तो आपको भी प्यार मिलेगा। सारा प्यार गणितीय रूप लेता है, यह दोनों ओर से बीजगणितीय रूप लेता है। अच्छे आदमी के साथ अच्छा ही होता है, जैसे किसी भी वस्तु के आग के संपर्क में आने पर आग उसे अपने में समा लेती है और आप उसे कुछ नुकसान भी नहीं पहुँचा सकते, पर जब शाही सेना नेपोलियन के विरुद्ध भेजी गई थी, तो अपने रंग का ध्यान न रखते हुए वे दुश्मनों से दोस्त बन गए, इस प्रकार से हर प्रकार की बीमारियाँ, अपराध,

गरीबी जैसी आपदाएँ अपने आप इस तरह से लाभप्रद साबित हो गईं।

हमारी कमजोरी एवं दोष के कारण अच्छी चीजें भी मित्रवत् नहीं होतीं। अगर किसी भी व्यक्ति के पास गर्व करने का कोई मुद्दा नहीं है, जो उसके लिए हानिकारक न हो, इसलिए किसी व्यक्ति के पास ऐसा कोई दोष नहीं था, जो उसके लिए कुछ हद तक उपयोगी हो। एक कहानी के अनुसार, एक बारहसिंगा अपने सींगों की तारीफ तो करता है, पर अपने पैरों को दोषी मानता है, पर जब शिकारी आता है, तो उसके पैर ही उसे बचाते हैं और फिर वह झाड़ी में अपने सीगों के कारण पकड़ा जाता है। हर व्यक्ति को अपने जीवनकाल की हर गलती को धन्यवाद देना चाहिए। कोई भी व्यक्ति पूर्ण सत्य को तब तक नहीं समझ पाता, जब तक उसने इसके खिलाफ दलील न दी हो, इसलिए कोई भी व्यक्ति किसी भी बाधा या किसी पुरुष की प्रतिभा से पूरी तरह परिचित नहीं हो पाता, जब तक वह स्वयं किसी से पीड़ित न रहा हो और उसने दूसरों को अपने अनुसार जीतते न देखा हो। क्या उसके भीतर का गुस्सा उसे समाज के भीतर अक्षम बनाता है? इसलिए वह अकेले स्वयं का मनोरंजन करता है और उसके भीतर स्व-सहायता की भावना पैदा होती है, जैसे एक घायल सीप अपने खोल को मोती की सहायता से ठीक करता है।

हमारी ताकत भी कमजोरी से ही बढ़ती है। जब हमें पीड़ा दी जाती है और डंक मारा जाता है, तभी हमारे भीतर का रोष गुप्त शक्तियों द्वारा जाग्रत् होता है। एक बड़ा आदमी हमेशा छोटा ही बने रहना चाहता है। जब वह लाभदायक पद पर बैठा होता है, तो वह सोने चला जाता है। जब उसे धक्का दिया जाता है, परेशान किया जाता है, हराया जाता है तो उसके पास सीखने के लिए मौके होते हैं, उसकी बुद्धिमानी की परख होती है, उसके पुरुषत्व की परख होती है, जो वह तथ्यों से पाता है, उसकी मासूमियत सीखती है, वह अपने दंभ से कुछ सीख पाता है और उसे मॉडरेशन और असली कौशल मिलता है। बुद्धिमान व्यक्ति स्वयं को हमलावरों की तरफ ही डालता है। उन हमलावरों की अपेक्षा उसका ज्यादा मन होता है कि वह उनकी कमजोरी जाने। जब वह जीतता है तो घाव के निशान उसके शरीर से ऐसे गायब हो जाते हैं, जैसे एक मृत शरीर शरीर से झड़ जाता है। प्रशंसा की तुलना में दोष देना सुरक्षित है। किसी अखबार में बचाव करने के पक्ष से मैं घृणा करता हूँ। जब तक मेरे खिलाफ कुछ कहा जाता है, तब तक मुझे अपनी सफलता के लिए निश्चितता लगती है, पर जैसे ही मेरी प्रशंसा में कसीदे पढ़े जाने लगते हैं, तो ऐसा लगता है, जैसे कोई अपने दुश्मनों के बीच बिना किसी सुरक्षा के खड़ा हो। सामान्यत: हर उस बुराई को, जिसे हम नहीं मार पाते, वह लाभदायक होती है। जैसे सैंडविच आइलैंडर मानते हैं कि वे जिस भी दुश्मन को मार गिराते हैं, उसकी शक्ति एवं बहादुरी उनमें आ जाती है, इसलिए हम जिस लालच का विरोध करते हैं, उसके विरुद्ध हममें ताकत आ जाती है।

जो चीजें हमारी आपदा, पराजय एवं दुश्मनी से रक्षा करती हैं, वही हमारे स्वार्थीपन

एवं धोखाधड़ी से भी रक्षा करेंगी। बोल्ट्स और बार ही हमारे लिए सर्वश्रेष्ठ संस्थान नहीं हैं, न ही व्यापार में चतुरता ज्ञान का परिचायक है। एक व्यक्ति अपनी पूरी जिंदगी बेकार के अंधविश्वास में बिता देता है कि कहीं उसके साथ धोखा न हो जाए। किसी भी व्यक्ति का स्वयं के अलावा किसी अन्य व्यक्ति द्वारा धोखा खाना बहुत मुश्किल है, जैसे एक ही समय में किसी चीज का होना एवं न होना असंभव है। हमारी सारी सौदेबाजियों में एक तीसरी शांत पार्टी भी है। किसी वस्तु की प्रकृति एवं आत्मा किसी अनुबंध के सौदे की गारंटी लेती है, इसलिए किसी भी ईमानदार सेवा को कभी भी हानि नहीं पहुँचती है। इसलिए अगर आप किसी कृतघ्न मास्टर की सेवा करते हैं तो उनकी खूब सेवा करें। भगवान् को भी अपना ऋणी बना दीजिए। हर स्ट्रोक का भुगतान होता है। भुगतान का जितनी देर में भुगतान होगा, आपके लिए वह उतना ही अच्छा होगा, आपके खजाने में यौगिक ब्याज की दर से ब्याज आएगा, जो उपयोगी होगा।

मनुष्य की जिंदगी एक प्रगति का प्रतीक है, न कि कोई स्टेशन। उसका विश्वास ही उसकी अंत:प्रेरणा है। हमारी अंत:प्रेरणा किसी भी एप्लिकेशन में अच्छा एवं बुरा देखती है, साथ में आत्मा का साथ देखती है, न कि उसकी अनुपस्थिति। एक बहादुर व्यक्ति किसी डरपोक व्यक्ति से ज्यादा बड़ा है, एक उदार, बुद्धिमान हमेशा ही किसी मूर्ख एवं कपटी व्यक्ति से हमेशा बढ़िया ही होगा, कभी कम नहीं होगा। इसलिए गुणों के होने में कोई कर नहीं लगता, गुणों का आना स्वयं ईश्वर के आने के बराबर है या उनकी मौजूदगी का एहसास कराता है, जिसकी कोई तुलना नहीं है। सभी बाह्य चीजों के अपने कर हैं, अगर वे बिना मीठा फल दिए या पसीना आए मिले, तो मेरे लिए उनका कोई वजूद नहीं है, क्योंकि अगली हवा में वह सब उड़ जाएगा, पर सारी अच्छी चीजें आत्मा में निहित हैं और प्रकृति के कानून में उसकी कीमत अदा हो चुकी होती है, क्योंकि प्रकृति के अनुसार परिश्रम तभी होता है, जब हमारा दिल एवं दिमाग इसकी अनुमति देता है। मैं ऐसी किसी अच्छी वस्तु को नहीं पाना चाहता, जिसे मैंने खुद न पाया हो, जैसे सोने का एक गढ़ा हुआ घड़ा मैं नहीं पाना चाहता, क्योंकि इससे नई जिम्मेदारियाँ आ जाएँगी। मैं किसी भी प्रकार की कोई बाह्य चीजें नहीं पाना चाहता—न ही कोई संपत्ति, न ही कोई सम्मान, न कोई शक्ति या न ही कोई व्यक्ति। उसका लाभ साफ दिखता है, उसका कर भी निश्चित है, पर किसी चीज की जानकारी में कोई कर नहीं लगता, क्योंकि क्षतिपूर्ति मौजूद होती है और किसी खजाने की खोज के लिए गड्ढा खोदना जरूरी नहीं है। इसलिए मैं एकदम शांति चाहता हूँ। मैं शरारत की सारी सीमाओं को सिमटाकर रखता हूँ। मैं सेंट बरनॉर्ड के ज्ञान को सीखना चाहूँगा, जो कहते थे, "मुझे स्वयं के अलावा कोई और नुकसान नहीं पहुँचा सकता, मुझे जो भी नुकसान होगा, वह मेरे साथ रहेगा, पर मैं उसका असली पीड़ित नहीं हूँ, मेरी गलतियाँ ही उसकी असली पीड़ित होंगी।"

□

*"इससे पहले कि आप परेशान होकर रोड पर घूमने लगे,
आप यह जान लें कि अपनी बोरियत एवं सामान्यता से
बाहर निकलने के कई रास्ते हैं।"*

—ओरेन उरिस एवं जैक टेरेंट

15

एक हारी हुई रणनीति से कैसे बाहर निकलें?

अस्थिरता से कुछ भी प्राप्त नहीं किया जा सकता।

आपने यह बात अपनी जिंदगी में हमेशा सुनी होगी, है न?

पर यह सत्य नहीं है। एक घूमते हुए पत्थर में खूब काई लग सकती है, जबकि एक जगह ठहरा हुआ स्टेशनरी बोल्डर अपने डिप्रेशन में रहता है, वह हरे रंग के फज का संकेत पाए बिना कई समय तक गतिहीन बना बैठ सकता है।

अच्छा है कि आपने सफलता के बहुत सारे राजों को पहले ही अपना लिया है और आज भी उसका प्रयोग कर रहे हैं, जिनके बारे में पहले के पाठों में बताया गया है, पर छोटे-छोटे बदलाव करना, वह भी अपने पुराने तरीके से, मुश्किल है न? यह याद करें कि बेंजामिन फ्रैंकलिन को ऐसा करने में कितनी मुश्किलें आई होंगी?

जब हम लंबे समय से किनारे में बैठे हैं और लहरों की ऊँचाई के कारण हमने अपना किनारा छोड़ दिया है तो हमें वर्तमान में जीने के लिए स्वयं को बदलना होगा। बैकॉन ने कहा है, "वह जो नए तरीकों को नहीं अपनाएगा, उसे नई बुराई की उम्मीद करनी चाहिए।" वहीं थॉमस कार्लीले ने कहा है, "आज का दिन बीता, कल नहीं है। हमें खुद बदलना होगा, तो क्या अगर हमारे काम एवं विचार बहुत अच्छे हैं तो हमें उन्हें हमेशा लागू रखना चाहिए? परिवर्तन, बहुत दुखदायी होता है, फिर भी जरूरी है, अगर हमारी स्मृति में आशा एवं ताकत दोनों है, तो आशा में भी दोनों चीजें हैं।"

परिवर्तन को कभी भी दुःख देनेवाला नहीं होना चाहिए, न ही

वह स्वयं को किसी संकट में रखकर जारी रखा जाना चाहिए। इस संदर्भ में हम बहुत कुछ कर सकते हैं, अपनी उत्पादकता एवं मूल्य में बढ़ोतरी के लिए आप जहाँ भी हैं, वहाँ आपको दो बिजनेस एक्सपर्ट ऑरेन उरिस एवं जैक टेरेंट अपनी पुस्तक 'गेटिंग टू द टॉप फास्ट' के जरिये इस पाठ में यहाँ बहुत सारी सहायक सलाह देंगे। एक आदत के रूप में उनकी बातों पर विशेष ध्यान दें, क्योंकि वे इस बात पर जोर देते हैं और सुनिश्चित करते हैं कि आपने पहले फ्रैंकलिन से क्या सीखा है।

वैज्ञानिक बताते हैं कि हमारे शरीर की हर कोशिका सात सालों में कम-से-कम एक बार बदलती है। यदि आप अलग प्रकार के होने जा रहे हैं तो प्रकृति के साथ सहयोग करें और स्वयं को एक सफल व्यक्ति बनाएँ।

जब सबसे ऊँची जगह में भी आपकी मौजूदा एप्रोच आपको वहीं रखती है, तो चीजों को अलग तरह से करने का समय आ गया है। यह याद रखें कि हमने कहा है कि चीजें करो। हम आपको यह सलाह नहीं दे रहे कि नीचे बैठें और अपने सारे गुणों एवं कॅरियर की आत्मसमीक्षा करें। ऐसी सलाह देना आसान है, पर इसे पूरा कर पाना बहुत मुश्किल है।

हम में से कुछ लोग बहुत भाग्यशाली हैं, जो अपने अंतर्मन से अचानक निकली बातों का अनुभव करते हैं, जो कहता है, "आप अभी तक जो भी कर रहे थे, वह गलत है। यहाँ से आगे जाने का रास्ता यह है।" सॉल ऑफ टारसस के अलावा, अंतर्मन से निकली आवाज को किसने देखा था, जिसने उन्हें सेंट पॉल बना दिया, ऐसी बातें बहुत सारे लोगों के साथ तो नहीं होतीं।

इस बात का ज्ञान कि हमारी जिंदगी या कॅरियर की स्ट्रैटेजी हमारे नियमित तरीके से नहीं चल रही है, धीरे-धीरे हमें चुराने लगती है। हम इसका कारण जाने बिना ही बहुत बुरी तरह असंतुष्ट हो जाते हैं। हम जो भी कर रहे हैं, हमें उसे करने में बहुत मजा नहीं आता और हम स्पष्ट रूप से यह देख भी नहीं पाते कि हम क्या करनेवाले हैं।

अब बदलाव का समय आ गया है। ऐसा बदलाव आपके दिमाग में पूरी तरह से नहीं आता। आपको स्वयं को उस बदलाव के लिए तैयार करना पड़ता है, स्वयं से कुछ प्रश्न करके अपनी तैयारी करें, चीजों को अलग तरीके से करना शुरू करें, अपने नए उद्देश्यों पर काम करें या अपने पुराने उद्देश्यों को पाने के लिए बेहतर तरीके से काम

करें, फिर हारने की आदत को जीत से बदल दें।

इस प्रकार, कुछ छोटी बातचीत दी गई हैं कि चीजें किस प्रकार की जा सकती हैं। किसी भी सिफारिश के लिए अपनी आत्मा की खोज या बहुत ज्यादा कोशिश की आवश्यकता नहीं है। कुछ कॉमन सेंस का इस्तेमाल करके और कुछ साधारण काम करके, वह स्थिति जो आपको कहीं नहीं ले जाती, से आप स्वयं को उस स्थिति में ले जा सकते हैं, जहाँ आप जाना चाहते हैं।

चीजों को हिलाएँ

मान लिया कि आपकी मौजूदा एप्रोच काम नहीं कर रही है। आपको पता है कि आप चीजों को अलग तरीके से कर लेंगे, पर वह क्या चीज है, वह आप मालूम नहीं कर पा रहे।

एक बात पक्की है, आपकी बदली हुई एप्रोच से चीजें बदल जाएँगी। जिस प्रकार चीजें जा रही हैं, उसमें आपको बदली हुई चीजें स्वीकार करनी होंगी, पर अगर चीजों को बदलने में देरी होगी, तो उन्हें बदलने में परेशानी भी होगी। किसी भी उद्देश्य के साथ आपकी मौजूदा रणनीति की जाँच करना मुश्किल हो जाएगा। आप अपनी आदतों में इतने डूब जाएँगे कि एक दिन आप अपने आसपास ही नहीं देख पाएँगे। जब कभी भी ऐसा दिन आएगा, तो आप हमेशा के लिए अपनी आदतों में फँस जाएँगे।

इसलिए आपने अगर अभी भी अपनी रणनीति तैयार नहीं की है, तो बदलाव करना शुरू कर दीजिए। अपने रहन-सहन को बदल डालिए और अभी से काम करना शुरू कर दीजिए।

ऐसा करने के बहुत सारे तरीके हैं। एक विधि आपको बदलने के लिए बुलाती है, न कि जो आप कर रहे हैं, पर यह आप उसे जिस क्रम में कर रहे हैं, यह उसे बदलती है।

दैनिक दिनचर्या

अपनी दैनिक दिनचर्या को देखें। आप प्रतिदिन लगभग वही काम कर रहे होते हैं। एक मैनेजर अपने दिन की शुरुआत अपनी मेल देखकर करता है। वह अपने सचिव को फोन करता है और उसे उत्तर लिखवाता है। वह अपने मातहत कर्मचारियों से बात करता है। वह कुछ फोन करता है। फिर वह दोपहर का खाना खाने जाता है। वह किसी रेस्त्राँ में अपने एक या दो सहयोगियों के साथ खाना खाता है, जहाँ वह कॉकटेल, सलाद, मुख्य भोजन खाता है, कॉफी पीता है। दोपहर में उनकी एक बैठक भी हो सकती है और कुछ फोन कॉल भी होते हैं। फिर बचे हुए समय में, वह किसी महत्त्वपूर्ण रिपोर्ट को तैयार करने में लग जाता है। जब वह अपने घर के लिए निकलते हैं तो इस बिताए हुए समय

के बाद वे अपने साथ कागजों का बंडल और ट्रेड मैगजीन घर लाते हैं। इस मैनेजर को अपने एक प्रोजेक्ट में ऊपर तक पहुँचने के लिए कोई स्थान नहीं मिल रहा है। उनको चाहिए कि वे अपने दिन के क्रम को फिर से व्यवस्थित करें, बिना कोई खास परिवर्तन किए। नई सारिणी के अनुसार, वे जल्दी ऑफिस आते हैं, अपने मेल देखते हैं कि कहीं कुछ आवश्यक तो नहीं, फिर अपनी रिपोर्ट में काम करने के लिए बैठ जाते हैं। रिपोर्ट में काम करते हुए वे मीटिंग भी लेते हैं और फिर कुछ महत्त्वपूर्ण फोन कॉल भी करते हैं। दोपहर के भोजन में वे एक सैंडविच अपनी ही मेज पर खाते हैं फिर अपनी रिपोर्ट पर काम करने के लिए बैठ जाते हैं, फिर मेमो और ट्रेड मैगजीन पढ़ते हैं। दोपहर के समय वे अपने सहयोगियों से बातचीत करते हैं और दिन खत्म होने तक वे अपने सारे मेल के काम पूरे करते हैं। इस प्रकार बदले हुए रूटीन से वे हर काम को थोड़ा-थोड़ा करके अलग तरीके से देख लेते हैं। इससे यह फायदा होता है कि अगले दिन के लिए वह और रचनात्मक तरीके से काम कर पाते हैं, जबकि अभी तक वे जो कर रहे थे, वह दिन के समाप्त होने तक उलझा हुआ सा रह जाता है, अर्थात् काम फँसा हुआ रह जाता था।

विषय बदलें

बदलाव लाने का एक और तरीका है कि एक विषय को पकड़ लें और चीजों को अलग तरीके से करने लग जाएँ। जैसे जैरी ट्रेवर्स लोगों से मीटिंग में, फोन पर, आम बैठकों में दिनभर बात करते हैं। ट्रेवर्स लोगों को पसंद करते हैं और उनसे बात करने में उहें मजा आता है, पर वे कभी भी लंबे-चौड़े लक्ष्य बनाकर नहीं चलते हैं। इसलिए ट्रेवर्स यह सुनिश्चित करते हैं कि अपने दिन भर के काम के ब्योरे पर पुनः काम न करें और एक ऐसा सिद्धांत अपनाएँ, जिससे वे हमेशा लागू रख सकें। यह मुख्य सिद्धांत है कि वे दैनिक दिनचर्या के एकदम विपरीत हो। जैरी अभी बहुत सारे लोगों के साथ लगे हुए हैं, इसलिए उन्होंने सुनिश्चित किया कि वे कम-से-कम लोगों से बातचीत करेंगे। जहाँ बातचीत नहीं करनी हो, वहाँ वे बोलने से बचते हैं। वे अपने को ट्रेपिस्ट नहीं बनाना चाहते, पर वे बैठक में शामिल होते रहते हैं और जरूरी बातचीत करते रहते हैं, पर अन्य संपर्क वे समाप्त कर देते हैं। वे दरवाजा बंद करके अपना काम करते हैं। जब लोग उनके पास आते हैं तो वे मुसकराकर उनसे कहते हैं, उनके पास समय नहीं है।

पहले ट्रेवर्स को नवीन दृष्टिकोण की नवीनता के अलावा कुछ नहीं पता है, पर धीरे-धीरे उन्होंने पाया कि वे चीजों को कुछ अलग तरीके से करते हैं। वे कम बोलने लगे और सोचने ज्यादा लगे। वे अकेलेपन में समस्या का समाधान खोजने लगे और उन्होंने पाया कि उनका दिमाग तब बहुत अच्छे से काम करता है, जब आवाज बंद हो जाती है। ट्रेवर्स ने अभी भी अपने कार्य करने के तरीके में कोई खास बदलाव नहीं किए,

पर वे अपने रूटीन के बदलने के साथ ही जो भी चीज आएगी, उसकी उसी प्रकार से तैयारी करेंगे।

अपने पैटर्न को बदलने के लिए एक महत्त्वपूर्ण सिद्धांत विचाराधीन भी हो सकता है, जिसे पीटर ड्रकर ने विवेकाधीन समय कहा है, जैसे—मार्ज ह्यूविट ने बहुत सालों तक गृहसेविका का काम किया। फिर वे यह काम करते-करते थक गईं। बच्चे बड़े हो रहे हैं और उन्हें उनकी जरूरत एकदम नहीं थी। वे अपनी जिंदगी में कुछ और करना चाहती थीं, पर क्या करें? उन्हें सोचने का कोई और मौका नहीं मिला।

मार्ज ह्यूविट पूरे दिन अपने काम करने के तरीकों को बाँटकर रखती हैं। वे अपना बिस्तर तैयार करती हैं, झाड़ू लगाती हैं, सफाई करती हैं, कूड़ा बाहर करती हैं, अपने बरतन धोती हैं, दुकान से चीजें भी लाती हैं, खाना बनाती हैं और बहुत कुछ करती हैं। जब एक तरफ का काम कम हो जाता है, तो अन्य लोगों में भी काम का बँटवारा कर, उस लोड को बराबर कर देती हैं। मार्ज पार्किन्सन्स के अनुसार काम कर रही हैं कि वह काम अपने पास मौजूद समय में लगे रहने के लिए होता है और वे बहुत ज्यादा काम नहीं कर रही हैं।

इस प्रकार, ह्यूविट अपना समय समेकित करने में लगी रहती हैं। वे अपने सारे काम को कम-से-कम समय में समाप्त करने की कोशिश करती हैं। दोपहर के पहले तक उनके सारे महत्त्वपूर्ण काम पूरे हो जाते हैं, फिर उनके पास एक पूरा समय विचार करने के लिए होता है। इस समय को मार्ज पब्लिक लाइब्रेरी में जाकर बिताकर उपयोग में लाती हैं। वहाँ वे वृद्ध महिलाओं के लिए कॅरियर संबंधी चीजों के बारे में पढ़ती हैं, अपने कौशल को और अच्छा बनाने की कोशिश करती हैं, प्रौढ़ शिक्षा के लिए अवसर तलाशती हैं। उन्होंने अभी तक अपनी कोई नीति नहीं बनाई है, पर उन्होंने स्वयं में वह बदलाव कर लिये हैं, जो उनसे ये सब करवाएँगे।

अपने पैटर्न को बदलें। नई नीति के आने का इंतजार मत कीजिए। बदलाव के बाद आप एक नई नीति पर काम करने के लिए तैयार होंगे। अपने पैटर्न बदलते समय, आप यह सुनिश्चित करें कि जीवन को एक साथ व्यवस्थित करने की परियोजना से निपटने के लिए आवश्यक कार्यों को विवेकपूर्ण तरीके से एकजुट होकर किया जा सकता है।

शीर्ष को ओर एक नए सिंरे से देखो

एक हारी हुई रणनीति को एक जीती हुई रणनीति से बदलने के समय, अपने उद्देश्यों पर एक साफ फोकस के साथ शुरू करें। जब आपने शुरू किया था, तो आपके क्या उद्देश्य थे? क्या आपने अपने लक्ष्य बदल दिए हैं। कितनी बार?

आपने सर्वोच्च स्थान में रहने के लिए कब से सोचना शुरू किया था, क्या शीर्ष

अभी भी उतना ही अच्छा लगता है, जैसे पहले लगता था, इस जगह पर पहुँचकर, क्या आपको अभी भी पता है कि आप कहाँ जानेवाले हो?

चाहे आपको यह लगता हो कि आप शिखर तक पहुँचने के लिए दृढ हैं या कुछ और उद्देश्य ज्यादा अच्छे हो सकते हैं, इसलिए समय आ गया है कि विकल्प तैयार करके रखें। आप अपने असली शीर्ष से कितने पास हैं, आपने कितनी प्रगति की है, क्या समय के साथ प्रगति आसान हो गई है या कठिन है?

क्या रास्ते में अलग-अलग बाधाएँ हैं, क्या हम उन्हें पार कर सकते हैं, क्या आप उन्हें पार करने के लिए कुछ प्रयत्न करने की इच्छा रखते हैं? अगर आप और आपके लक्ष्य के बीच बहुत फासला है, वह कम नहीं हो रहा है और यदि आपको वहाँ तक पहुँचने के विचार करने में ही मुश्किल लग रही है तो फिर अपने लिए नया शीर्ष तलाशने का समय आ गया है।

अगर आप अपने लक्ष्य तक नहीं पहुँच पा रहे हैं तो आपने उसके बदले क्या विकल्प खोजा है, उसी लाइन में कुछ चीज या थोड़ा नीचे, कुछ और चीज तो एक अलग ही बात होती है? अगर आप नए उद्देश्य चुन रहे हैं, तो आप नहीं चाहेंगे कि अभी तक आपने जो भी कोशिशें की हैं, वे कहीं बरबाद न चली जाएँ।

क्या कोई ऐसा लक्ष्य है, जिसके बारे में पहले कभी बात नहीं की गई है और आप उस पर चढ़ना चाहेंगे? क्या आप अपने इस नए लक्ष्य को पाकर खुश हैं या आप अभी भी अपने पुराने शीर्ष के साथ ही उलझे रहेंगे?

नए लक्ष्य के साथ होनेवाली समस्याओं के बारे में आप कितना जानते हैं, क्या आप उन्हें हैंडल कर सकते हैं, क्या उसे हैंडल करने में आपको मजा आएगा?

फिर अपनी रणनीति में बदलाव के बारे में सोचने का वक्त आ जाता है या अपने लक्ष्य को बदलने का, जहाँ आदत हमारे ऊपर मानसिक रूप से संघर्ष करती है। आपका मनोविज्ञान का एक भाग कहता है कि अब बदलाव का समय आ गया है, वहीं दूसरा भाग कहता है कि जो जैसा चल रहा है, उसे वैसा ही चलने दो।

आप अभी जो कर रहे हैं, क्या आप उसे पसंद करते हैं? एक साल पहले आपको जिस संघर्ष को करने में मजा आ रहा था, क्या आप आज भी उसी मजे का आनंद ले सकते हैं? क्या आपको नई चुनौतियाँ लेने में मजा आता है या आप उससे दूर रहना पसंद करोगे, आपके मौजूदा रूटीन में मजा कहाँ है?

चाहे आप अपने असली लक्ष्य में चिपके रहो या नए लक्ष्य का चुनाव करो, पर आपको इस अवसर पर अपने उद्देश्य की प्रकृति के बारे में बताना चाहिए।

अब आपके उद्देश्य क्या हैं, इस तरफ प्रयास करने से आपको क्या लाभ हैं, इससे आपको क्या हानि हो सकती है, आपको क्या लगता है कि वहाँ पहुँचने में कितना

समय लगेगा, जब आप आए थे तो आप यह जानते ही होंगे कि क्या आपके अपने लक्ष्य स्पष्ट हैं?

क्या आप अपने उद्देश्यों पर नए तरीके से हमले करने के लिए तैयार हैं, जो कि आपके लिए आवश्यक हैं, भले ही वह कितना ही नया या पुराना ही क्यों न हो?

अपने उद्देश्यों की पुनः जाँच के बाद, आपने अपने असली लक्ष्य या उनके बदले में नए लक्ष्य के बारे में पुष्टि की होगी। यह किसी हारने की रणनीति, नई रणनीति को और प्रभावी ढंग से करने के लिए एक आवश्यक कदम है। इसे एक नया और प्रभावी कदम मानते हुए इसे लागू करना और मजेदार होगा।

कुछ करने लायक करें

कुछ दिन ऐसे होते हैं, जब एक बड़ी तसवीर को और उज्ज्वल बनाना मुश्किल होता है। हमारा लक्ष्य बहुत दूर होता है और उसके सामने आनेवाली रुकावटें बहुत बड़ी होती हैं। आपकी अपनी व्यक्तिगत कमजोरियाँ तो और बड़ी होती हैं।

आपका दिन खराब जानेवाला है। हम सबके साथ ऐसा ही होता है, पर कभी-कभी वह खराब दिन अगला दिन भी ले लेता है, फिर उसके साथ कई ऐसे दिन चले जाते हैं और फिर हर दिन खराब ही हो जाता है। आपकी आदत हारनेवाली हो गई है।

कुछ लोग सोचते हैं कि यह मौका है कि बैठें और अपनी जिंदगी के बारे में आकलन करें। आप अपने बारे में यह सबसे बेकार काम करते हैं। आपको हतोत्साहित किया गया, समस्याएँ आपके सिर पर बैठी रहीं। इस निराशाजनक दृश्य को याद करके आप फिर से नीचे की ओर चले जाएँगे।

इसके बदले, एक क्षण के लिए कम-से-कम उस उपलब्ध प्लान को देखें। कुछ ऐसी चीज उठाएँ, जो आप कर सकते हैं और फिर उसे कर ही दीजिए। उसे बड़ा करने की कोई जरूरत नहीं है। जो कुछ आपकी नियत सीमा में है, वह आपको ऊँचा उठा सकती है और आपके भीतर आनेवाले कल के लिए आपको और महत्त्वाकांक्षी बना सकती है।

एक ऐसा प्रोजेक्ट देखें, जो इन जरूरतों को पूरा करता है, वह उस नियत समय में पूरा हो जाना चाहिए। उसे अपेक्षाकृत यांत्रिक होना चाहिए, जिसमें बहुत सारे विचारों एवं निर्णयों की जरूरत न हो। इसे ऐसा प्रोजेक्ट होना चाहिए, जिसमें आप तुरंत परिणाम देख सकें।

अंतिम बिंदु बहुत महत्त्वपूर्ण है। मनोवैज्ञानिक सुदृढीकरण के मूल्य के बारे में बातें करते हैं। हम जो भी करते हैं, उसके तत्काल सकारात्मक परिणाम देखते हैं और उससे हमें मजबूती मिलती है।

यह सिद्धांत शिक्षा के नए दृष्टिकोणों के आधारों में से एक है। विद्यार्थी कुछ

साधारण से एक्शन लेते हैं और उन्हें तुरंत दिख जाता है कि उन्होंने यह कैसे किया। यह तरीका इस प्रकार तैयार किया जाता है कि एक साधारण सा एक्शन भी एक सकारात्मक परिणाम लेकर आता है। मामूली, पर समझदार कदम से विद्यार्थी एक कदम आगे बढ़ता है। अगर आपने कभी कोई प्रोग्राम्ड इंस्ट्रक्शन कोर्स किया है या उसमें शामिल हुए हैं तो आपने इसे वास्तव में होते हुए देखा है। यह कोर्स बहुत सारे भागों में बँटा हुआ है। आप एक आसान-से सवाल का जवाब दीजिए और आप देखेंगे कि आपका जवाब सही है। इसका यह अर्थ है कि आपके लिए आगे कठिन सवाल एवं जवाब आएँगे।

किसी आसान चीज के साथ शुरू कीजिए। उदाहरण के तौर पर, लेन बारनम अपनी मेज के पीछे बैठे थे और सोच रहे थे कि आनेवाले सप्ताह में वे किस तरह बड़े प्रोजेक्ट को ले पाएँगे। वे जितना इस बारे में सोच रहे थे, वह उतना ही कठिन लग रहा था। वे उदास महसूस कर रहे थे। अगर वे ऐसे ही सोचते रहे, तो बहुत जल्दी उनकी दिमागी हालत बहुत खराब हो जाएगी और वे कुछ भी नहीं कर पाएँगे।

इस प्रकार, लेन एक सरल काम की ओर बढ़े। वह कुछ समय से स्वयं से कह रहे थे कि उन्हें अपनी मेज सीधे बाहर निकालनी चाहिए। वे अपना काम शुरू करते हैं। वे अपनी मेज पर साफ-सुथरी फाइलों को ऊपर रखते हैं। वे अलमारी के ड्राअर में अपनी चीजों को सँभालते हैं। उन्हें पुराने कागजात मिलते हैं, जिन्हें वे फेंक सकते हैं। यह सही है कि यहाँ से ही प्रारंभिक तौर पर निर्णय लेना शुरू होता है। अगर लेन को लगता है कि ऐसे निर्णय उनके लिए बहुत ज्यादा हो गए हैं तो उन्हें वहीं रुककर कुछ और सरल काम करना चाहिए या थोड़ा पैदल घूमने के लिए चले जाना चाहिए।

सबसे पहले डेस्क व्यवस्थित की जाती है। लेन बारनम वहाँ बैठते हैं और सोचते हैं कि उन्होंने अच्छे से काम किया। इसमें बहुत ज्यादा समय नहीं लगा। उन्होंने जो काम समाप्त किया था, वे उसे देख सकते थे, पर वे बड़े प्रोजेक्ट के लिए अच्छा महसूस कर रहे थे।

आसान यांत्रिक काम आराम से किए जा सकते हैं, जैसे चीजों को अलग करना, सफाई करना, उन्हें सीधा करना, दैनिक मेल करना, खत्म होती छोटी-मोटी चीजों की खरीद, शेड्यूलिंग आदि। बिल का भुगतान करना एक साफ-सुथरा, स्वयं से किया गया,आसानी से खत्म किया गया काम होगा। (जब तक आप इससे तंग होकर इसे एक दर्दनाक अनुभव नहीं बताते)

जब चुनौतियाँ बहुत ज्यादा न लगने लगें, तब तक हल्के सुधार करते रहना चाहिए। उसे करने लायक बनाइए। आपको अपने आप छोटी ही सही, संतुष्टि का थोड़ा अनुभव तो होगा। आप इस संदर्भ में अपनी नीतियों को सुधारने के लिए एक सकारात्मक दिमाग के साथ दिमागी रूप से तैयार होंगे।

सफलता की आदत बनाना

एक विजेता बनने की नीति बनाने के लिए आप प्रभावी आदतों को चुनें और उन्हें अपनी आदत बना लें। हम सभी प्राणियों में कुछ आदतें होती हैं, हम में कुछ 'अच्छी' एवं कुछ 'बुरी' आदतें होती हैं। आदतों को लेकर नैतिक निर्णय लेने में हमारी कोई रुचि नहीं है। हमें इस बात में ज्यादा रुचि है कि हम किस तरह किसी चीज को अपनी आदत बनाकर हम जहाँ जाना चाहें, वहाँ उसके करीब जाएँ।

आपको जो पता है, उसे करने के लिए हमेशा किसी बड़े प्रयास की जरूरत नहीं होती, आपको उसे इसलिए करना चाहिए, क्योंकि वह आपकी नीतियों के तहत सही बैठता है, जिससे शीर्ष पर पहुँच सकें। यह प्रभावी काररवाई आपकी आदतों का एक पैटर्न बनना चाहिए। आपकी कुछ आदतें आपको इसमें मदद करेंगी। आप उन्हें रखना चाहते हैं। आपकी कुछ आदतें आपको रोकती हैं, जिन्हें आप खत्म करना चाहते हैं।

यह एक ऐसा विषय है, जिसमें ज्ञान सबसे महत्त्वपूर्ण है। इसलिए नीचे कुछ तथ्य दिए गए हैं, जिनके बारे में आपको पता होना चाहिए।

आपको बिना किसी जरूरत के किसी चीज को बार-बार करके उसे अपनी आदत नहीं बना लेना चाहिए। अगर आपका एक्शन आपकी जरूरत के अनुसार काम नहीं करता, तो बह आपकी जीवन शैली का हिस्सा नहीं होना चाहिए। आदत का योजनाबद्ध पैटर्न इस प्रकार काम करता है। हमें कभी इसकी जरूरत होती है, यहाँ तक कि बिना किसी कारण के भी जरूरत होती है। हम इस संबंध में काररवाई करते हैं। हमारे एक्शन हमारी जरूरतों को संतुष्ट करते हैं, हमें यह रिवॉर्ड की तरह लगता है। इसलिए हमें जब फिर से जरूरत होती है तो हम फिर से वही काम दोबारा करते हैं और फिर वह हमेशा के लिए एक स्थायी आदत हो जाती है। धूम्रपान करना इसका एक बढ़िया उदाहरण है।

आदत के भीतर स्वयं कोई ताकत नहीं होती। हम कभी-कभी आदतों के बारे में ऐसे सोचते हैं, जैसे कि वे अलग से कोई चीज हों, कोई मजबूत सी आत्मा हो, जो हमारे आसपास मौजूद है और हममें से किसी को अपने चंगुल में फँसा ले। एकदम भी नहीं। आदत और उससे संबंधित ताकत हमेशा ही भीतर से आती है। हम जरूरतें प्रदान करते हैं और हम वे चीजें करते हैं, जो हमारी जरूरतों को पूरा करती हैं। संतुष्टि का आनंद लेते हुए, हम आदत को मजबूत करते हैं और स्वयं पर इसकी पकड़ मजबूत बनाते हैं।

यहाँ तक कि सबसे 'खराब आदत' भी संतुष्ट करती है। मान लो, X बहुत पीता है, Y चिमनी की तरह धूम्रपान करता है, Z अपनी नाक पकड़े रहता है। क्यों कोई ऐसी बेकार सी आदत पालता है, जो उसके लिए ही हानिकारक हो? इसका उत्तर भी इस आदत की तरह भयानक होगा, क्योंकि आदत तो बाहरी व्यक्ति को दिखाई देती है और

उस व्यक्ति को भी, जो इससे प्रभावित होता है, पर कुछ भी हो, यह हमारी जरूरतों को पूरा करता है। हम इसे स्वीकारना नहीं चाहेंगे, पर यही सच है।

हालाँकि इस अंतिम तथ्य में अपनी बुरी आदतों को समाप्त करने से संबंधित महत्त्वपूर्ण आशाएँ छिपी हैं। बुरी आदत हमारी हमेशा की आदतों को पूरा करने का एक अच्छा तरीका है। हमें दिमाग की भूलभुलैयावाले मार्गों की जाँचकर इस आवश्यकता को खत्म करने की आवश्यकता नहीं है। हमें अपनी जरूरतों को पूरा करने के लिए बेहतर साधन खोजने की जरूरत है।

इसलिए बुरी आदतों से हमारा पीछा नहीं छूटता, हम उन्हें बदल देते हैं। हम जानबूझकर अच्छी आदतों को नहीं चुनते, हम उन्हें उसी प्रकार अपना लेते हैं, जैसे हम बुरी आदतों को अपना लेते हैं, आवश्यकता के लिए संतोषजनक प्रतिक्रिया के रूप में।

हारनेवालों को बदलना

अपनी नई रणनीति बनाने के लिए आपको जीतने की आदत बनानी होगी। इसके लिए सबसे पहले आपको हारनेवालों को हटाना होगा। इसका नियम है—एक समय में एक व्यक्ति। आप बुरी आदतों को सुधारने के लिए किसी भी प्रकार का कोई त्वरित रास्ता नहीं ले सकते।

उस आदत को चुनिए, जिसे आप छोड़ना चाहते हैं। डेनी फोस्टर को आदत थी कि वे बैठकों के दौरान बहुत ज्यादा बोलते थे। उन्हें पता था कि वे ऐसा करते हैं। वे अपना मुँह बंद रखने के लिए प्रतिबद्ध भी थे, पर अगली मीटिंग में उन्हें फिर यह एहसास होता कि वे फिर से वही कर रहे हैं, हवा को अंदर ले रहे हैं, जबकि अन्य लोग भौंहें चढ़ा रहे हैं, कुलबुला रहे हैं या ऊँघ रहे हैं।

डेनी एक तरीके का इस्तेमाल कर रहे थे, वे एक चीज में बदलाव लाने की कोशिश कर रहे थे, जिसे कहते हैं, 'नकारात्मक कोशिश।' नकारात्मक कोशिश का अर्थ है कि आप स्वयं को जानबूझकर तब तक गलत करने के लिए प्रेरित कर रहे हैं, जब तक आप उससे परेशान होकर उसे छोड़ न दें। ऐसा लगता है कि इन आदतों का आप निजी तौर पर अभ्यास कर सकते हैं, हालाँकि डेनी स्वयं अपने को बैठक में कमांडर के सामने लाते हैं।

पर उन्हें इसके लिए कहीं दूर नहीं जाना होगा। उन्हें बैठक में बैठना होगा और जो भी व्यक्ति कुछ कह रहा है, उसे सुनना होगा। डेनी ने जानबूझकर स्वयं को सुना, "एक मिनट लेना चाहूँगा। मुझे इस विषय में बहुत कुछ कहना है और उन्हें मुझे सुनना होगा। मैं उन चीजों का इतिहास और विकल्प भी देखूँगा और इस पर अपने विचार दूँगा और दूसरों के विचारों की आलोचना करूँगा। अगर मुझे इसके लिए एक घंटा भी लगा तो वह

सबकुछ कहूँगा, जो मुझे कहना है।" डेनी अपना मुँह बंद रखने के विचार को लागू करने में सक्षम है, पर वे ऐसा अभ्यास नहीं करते हैं।

विजेता की खोज

किसी बुरी आदत को छोड़ने का सबसे अच्छा तरीका है कि उसके लिए सबसे पहले नकारात्मक एप्रोच रखें, पर यह प्रक्रिया तब तक नहीं खत्म होती, जब तक आप इस बुरी आदत को खत्म करने के लिए कोई अच्छी आदत नहीं रखते।

वह पैटर्न याद रखें। अच्छी आदतों को आपकी जरूरतों को संतुष्ट रखना चाहिए, जैसे बुरी आदतों ने किया था। जरूरत के अनुसार की जाँच करने के लिए आपको स्वयं को मनोविश्लेषित करने की आवश्यकता नहीं है, आपको सिर्फ एक सकारात्मक एवं उपयोगी काररवाई के साथ आना होगा, जो उसे संतुष्ट करता होगा। जाहिर है कि जिस हानिकारक प्रक्रिया को वह बदलने की कोशिश कर रहा है, तो उसके लिए उस अच्छे विकल्प को उसी सामान्य इलाके में मिलना भी चाहिए। डेनी बहुत ज्यादा बात करने के विकल्प के रूप में किसी अन्य चीज को नहीं ले सकते, वे ऊर्जा से भरपूर पुश अप्स का अभ्यास भी नहीं कर सकते कि उन्हें साँस लेने में दिक्कत होने लगे। गलत एवं नकारात्मक होने के अलावा वह काररवाई उस आवश्यकता को पूरा नहीं कर पाएगी, जो बात करने की आदत को जन्म देती है।

सामान्य ज्ञान और परीक्षण एवं त्रुटि का मेल आनेवाले समय में एक विकल्प के रूप में तैयार होगा। डेनी के केस में, वह अब बैठकों में जो अन्य लोग कहते हैं, उसे लिखते हैं, फिर अपने नोट्स को आलेख में बदलते हैं, जिससे नए संयोजन बेहतर उत्तरों के साथ सामने आते हैं। इससे बातें करने के समय में कटौती हो जाती है।

इससे ज्यादा, वह उनकी जरूरतों को पूरा कर देता है, जिससे इस बात का अनुभव होता है कि जो कुछ भी चल रहा है, वह उनके नियंत्रण में है। पहले वे अपने लक्ष्य को पकड़कर उसे नियंत्रण में रखते थे, अब वे नोट्स बनाकर नियंत्रण में रहते हैं, जिससे वे अन्य लोगों के मुकाबले कुछ कदम आगे रहें। सबसे अच्छी बात यह है कि यह नई आदत बहुत सकारात्मक है, जब डेनी को योगदान करने के लिए कहा गया तो वे एक अच्छी चीज के साथ तैयार थे।

एक बार जब आप ऐसी काररवाई करते हैं, जो सकारात्मक है और वह जरूरतों को पूरा करती है, इससे आदत बन जाती है और जहाँ तक संभव हो सके, उसे आपका भी एक हिस्सा बनाती है। नए दृष्टिकोण के लाभ पर स्वयं पर बेचें एवं पुनर्विक्रय करें। जाग्रत् एवं सुषुप्त स्थिति में किसी चीज की मजबूती की आवश्यकता होती है। नई काररवाइयाँ क्या करती हैं, उसे लिखें, इसके अच्छे प्रभावों के बारे में अवलोकन करें।

स्वयं को यह याद दिलाते रहें कि यह काम करता है।

अगर जरूरत हो, तो अपने से यह सुनिश्चित करें कि आप आदत बदलेंगे। जो लोग सिगरेट पीना छोड़ देते हैं, उसके पीछे का एक महत्त्वपूर्ण कारण है कि उन्हें सार्वजनिक रूप से कहलाएँ कि वह ऐसा करने जा रहे हैं। जब हम स्वयं को ऐसी स्थिति में डाल देते हैं, जहाँ अगर हम फॉलो बुरे नहीं लगेंगे, तो हमारे आगे बढ़ने की संभावनाएँ काफी अधिक हो जाती हैं।

डेनी को पूरे संस्थान में इस बात की घोषणा नहीं करनी है कि अब से वे चुप रहेंगे, पर उन्हें कम-से-कम अपने एक दोस्त के साथ ऐसा कमिटमेंट करना चाहिए या अपने ठीक ऊपर के बॉस के सामने इस बात की प्रतिबद्धता लेनी चाहिए। इस तरह से वे रिकॉर्ड में भी रहेंगे और चीजों को अच्छी तरह से करने के लिए स्वयं को अच्छा प्रोत्साहन देंगे।

स्वयं को सफलता का रिवॉर्ड दें, असफल होने पर स्वयं को सजा दें। इसे बहुत कड़ाई के साथ स्वयं पर लागू करें, पर उस पर चिपके रहें। जब डेनी लगातार दो हफ्तों तक बैठकों में अपने गुस्से पर काबू रखते हैं तो वे अपने लिए एक रिवॉर्ड के रूप में एक पटर खरीदते हैं, जो वे खरीदना चाह रहे थे, पर वे अपने कहे से पीछे हट जाते और किसी बैठक में फिर से अडँगा लगा देते, तो वे लगातार दो हफ्तों तक गोल्फ नहीं खेल पाते।

सभी बाहर जाओ। बुरी आदतों को जल्दी से खत्म मत कर दो और अच्छी आदतों को धीरे-धीरे अपनाओ। अपने ब्रेक को साफ करो। किसी एक समय में काम करने की आदत बनाओ और उसमें पूरे तरीके से, पूरे दिल से काम करो। हानिकारक आदतों को अच्छी आदतों से बदलकर आप हारनेवाली आदत को जीतने की रणनीति से बदल रहे हैं।

□

अध्याय
चार

"कोई भी जिंदगी इतनी कठिन नहीं है कि आप उसे अपने अनुसार आसान नहीं बना सकते।"

—इलान ग्लासग्लो

"आपकी कृतज्ञता का काम अब शुरू होता है।"

—डॉ. नॉर्मन विंसेंट पीले

16

अपनी जिंदगी में सर्वोत्तम चीजों का किस प्रकार आनंद लें?

आपको सफलता की यूनिवर्सिटी में गए हुए कितने दिन हुए हैं–20, 30, 50?

इस बात से कोई फर्क नहीं पड़ता। यह बात जरूरी है कि आपको इस बात का गर्व होना चाहिए कि आपने अभी तक क्या-क्या चीजें पूरी कर ली हैं। आप अपने बल पर इन आठ सेमेस्टरों को समझने में सफल रहे हैं, जिसमें सफलता से संबंधित विषय पर उस विषय के सर्वश्रेष्ठ शिक्षकों द्वारा केंद्रित सामग्री आपको प्राप्त हुई है। संयम रखें और आपके प्रयासों के लिए आपको स्वयं पुरस्कार मिलेगा, क्योंकि अब इस अध्ययन को शुरू करने के मुकाबले पहले की अपेक्षा ज्यादा बुद्धिमान और सक्षम हो चुके हैं।

बेशक इन लगातार आठ सेमेस्टरों को पूरा करने करने के बाद किसी कॉलेज या यूनिवर्सिटी में आप किसी प्रकार की धूमधाम एवं उत्साह का आनंद ले रहे होंगे, जिसमें आपको उसी पुराने तरीके से यह सूचित किया जाएगा कि अब आप बाहरी दुनिया में जाने के लिए तैयार हैं और अपने ज्ञान और प्रतिभा के बल पर अपना योगदान दे सकते हैं। यह धरती हम सबके लिए एक बेहतर जगह है।

पर यह सब यहाँ नहीं होगा, क्योंकि आप अभी भी तैयार नहीं हैं। इस यूनिवर्सिटी में ये आठ सेमेस्टर आपको सफलता के तरीके के बारे में जानने के लिए अमूल्य जानकारी प्रदान कर सकते हैं, पर इतना काफी नहीं है। सफलता काफी चंचल होती है और बहुत कठिन काम करनेवाली होती है। इसे हासिल करना चरम नहीं है, बल्कि फिनिशिंग लाइन और अंतिम बंदूक भी हासिल करनी है। अपने लाभ के लिए

जो लोग आपको प्यार करते हैं और आप पर आश्रित हैं, उनके लिए आपको यह सीखना चाहिए कि एक बार जब सफलता मिल जाए तो उससे निपटने के लिए आपको किस प्रकार उसका सामना करना चाहिए। जब आप शिखर पर पहुँचने के लिए संघर्ष कर रहे हों तो यह अपने आप में मुश्किल चुनौती है।

यूनिवर्सिटी ऑफ सक्सेस के अंतिम दो सेमेस्टर में जब आप ग्रेजुएट की पढ़ाई में जुटे हों, तो यह अध्ययन आपको और बुद्धिमान बनाने में मदद करेगा और आप जिस तरह से बनना चाहते हैं, आप उसी तरह से मानव समुदाय के एक बुद्धिमान एवं हमेशा सीखने वाले सदस्य बनेंगे, जिसके लिए एक और अच्छा शब्द है, 'मास्टर ऑफ सक्सेस'। यही शब्द नॉर्मन विंसेंट पील के अनुसार भी सही है, जिनकी सकारात्मक सोच का दर्शन पढ़कर दुनिया भर के लाखों लोग प्रभावित हुए हैं। इस पाठ में उनके प्रभावी मास्टपीस 'जीने की कला' में डॉ. पील बताते हैं कि आप थोड़ा धीरे चलें और जीने के लिए समय लें, क्योंकि बिना जीने का मजा लिये, जिंदगी बेवकूफों के लिए खेल है, यहाँ तक कि बुद्धिमान बूढ़े सोलोमन ने इस सत्य को तब तक नहीं सीखा, जब तक बहुत देर न हो गई।

जब पूर्व ब्रिटिश प्रधानमंत्री की पत्नी श्रीमती रामसे मैकडोनल्ड जब मौत के मुँह में जा रही थीं, तो उन्होंने अपने पति को अपने बिस्तर के पास बुलाया और चेताया, उस समय उनके अंतिम शब्द थे कि "हमारे बच्चों की जिदंगी में रोमांस बनाए रखना।" यह एक-दूसरे से अलग होनेवाला बहुत ही प्रेरक संदेश था, जिसमें हमें बहुत गहरी बुद्धिमानी दिखती है।

यह माँ तो जानती ही थी, साथ में अन्य जो लोग जिंदगी में गंभीरता से ध्यान लगाते हैं, उन्हें पता होना चाहिए कि अगर बीते हुए समय में मनुष्य की आत्मा के उत्साह पर एक भयानक घात होता है और अगर वह अपनी देखभाल नहीं करेगा तो उसके जीवन का रोमांस खत्म हो जाएगा। नेपोलियन ने कहा, "आदमी युद्धक्षेत्र में बहुत जल्दी बड़ा हो जाता है।" वे अपने जीवन में भी यही करते हैं, जब तक वे सतर्क होते हैं।

चार्ल्स लैंब ने एक बार यह घोषणा की कि "हमारी आत्मा हमारे बालों से पहले बूढ़ी हो जाती है।" एक बार जवानी में हम यह पशोपेश में शुरू करते हैं। वह बहुत उत्साह से अपने आनेवाले सालों की ओर एक एडवेंचरर की तरह देखता है, पर इससे

पहले कि वह बहुत दूर जा पाए, जिंदगी उसके ऊपर ठंडी हवाओं के झोंके मारने लगती है। वह अपने पंख फैलाता है, पर वे हवाएँ उसे हराने लगती हैं और दुःख की बात यह है कि एक-दो बार भ्रमित होकर अगर हम अपने सपनों को छोड़ दें और उस रास्ते पर चलें, जहाँ से रोमांस भाग गया है, तो यह अपने में एक दुःखद चीज है, जो किसी के भी साथ हो सकती है, जिससे जीवन का उत्साह एवं जीने की चाहत समाप्त हो जाए।

आप बूढ़े हुए हैं कि नहीं, इसको निश्चित करने का एक ही तरीका है कि जब आप सुबह उठते हैं तो आपके दिमाग का क्या रवैया होता है ? वह व्यक्ति, जो अंदर से जवान होता है, उसके भीतर एक अलग से उत्साह की भावना होती है, वह भावना, जिसे वह समझा पाने में असमर्थ होता है, पर वह कहता है, "यह एक बहुत बढ़िया दिन है और इस दिन अद्‌भुत बातें होंगी।" वह व्यक्ति जो बूढ़ा है, पर अपनी उम्र की परवाह किए बिना वह आत्मा के लिए उत्तरदायी होता है और वह किसी अद्‌भुत चीज के होने का इंतजार भी नहीं करता। उनके लिए वह दिन भी अन्य दिनों की तरह ही होगा। कुछ लोग अपनी इस भावना को बाद तक बरकरार रखते हैं और कुछ इसे जल्दी ही खो देते हैं। किसी व्यक्ति की उम्र की गिनती इस बात पर निर्भर करती है कि उसने अपनी जिंदगी का रोमांस किस प्रकार जारी रखा है।

विलियम वड्‌र्सवर्थ ने हमें इस दुःखद प्रक्रिया का इस प्रकार अच्छे से वर्णन किया है, जो हम में से बहुत लोगों की जिंदगी में इस प्रकार होता है—

हमारे बचपन में स्वर्ग हमसे झूठ बोलता है,
युवक होने पर जेल की छाया हमें घर में दिखती है,
पर जहाँ से प्रकाश आता है, वह उसे देख पाता है,
वह खुशी से उसे देखता है,
युवा जो हमेशा पूर्व के आगे से यात्रा करता है,
वह अभी भी प्रकृति का पंडित है,
और वह अपनी दृष्टि से उन्हीं रास्तों में जाता है,
जब बाद में उसे लगता है कि जब वह मर जाएगा,
तो वह सामान्य दिन की फीकी रोशनी में फीका रह जाएगा।

जिंदगी का रोमांस एक ऐसी अमूल्य धरोहर है, जिसे खोना एक बहुत बड़ी त्रासदी है। हो सकता है कि कोई बहुत ज्यादा पैसा कमा ले, प्रसिद्धि कमा ले, ख्याति कमा ले, पर जिंदगी का असली मजा कमाकर जीने का रोमांस जारी रखने में है। आपको कोई और चीज इतनी पूर्णता एवं खुशी नहीं दे सकती, जितना की ताजा आश्चर्य रोमांच जीवन के रहस्य के रूप में दे सकता है।

पहाड़ों से होकर ही ट्रेन सीटी बजाती है

दक्षिणी ओहियो में रहने के दौरान जब मैं एक छोटा बच्चा था, तो रात में बिस्तर में सोते समय बहुत देर तक ट्रेन की लंबी, पर धीमी सीटी सुनता था। मैं अपनी कल्पना में भी तेज चलती ट्रेन को देख सकता था, उसके चमकते प्रकाश से और रात में उसकी आवाज से, मैं हमेशा ही ट्रेन से प्यार करता था, रात के अँधेरे में किसी बड़ी एक्सप्रेस ट्रेन का छायाचित्र भी देखना स्वयं में किसी मजे से कम नहीं था। बचपन के दिनों में मेरे जीवन का मुख्य उद्देश्य था—रेलवे का इंजीनियर बनना। मैं अभी भी बहुत आभारी हूँ, क्योंकि ऐसी चीजें मुझे अभी भी बहुत रोमांचित करती हैं। हम जब भी ऐसे रोमांच से होकर गुजरते हैं तो लगता है कि जिंदगी का रोमांस रास्ते पर है।

कुछ लोगों के लिए जिंदगी की ताजगी कितनी जल्दी खत्म हो जाती है! जिस काम पर हम स्वयं को बेहुत आशाओं एवं बहुत रुचि के साथ लगा देते हैं, वे धीरे-धीरे जीवन में एकरसता लाने लगती हैं। हँसी-खुशी से संपन्न हुई शादी धीरे-धीरे दैनिक जिंदगी में एक साधारण सी जगह बन जाती है। जो आशाएँ एवं उद्‌देश्य पहले हमें हिला देते थे, आज हमें जीवनहीन बना चुके हैं। अब हमें दूर आकाश नहीं सुहाता। जिंदगी का मजा चला गया है, हमारे दिनों को खाली करके और हमारे काम अर्थहीन हो चुके हैं। अब हम क्या करें?

जब लोगों को यह लगने लगता है कि जिंदगी से उत्साह जा रहा है या चला गया है तो सामान्यत: लोग क्या करते हैं? तब बहुत सारे लोग भौतिक चीजों की ओर मुड़ जाते हैं कि उससे जल्दी-से-जल्दी उसकी वसूली हो जाए। वे सोचते हैं कि वे अगर वह कुछ और चीजें पा लें, कुछ और पैसा हो जाए तो और उन्हें कुछ विशेषाधिकार मिल जाएँ, कुछ और जगह घूम आएँ तो जिंदगी के पुराने मजे वापस आ जाएँगे। अन्य लोगों को जब लगता है कि जिंदगी बेकार सी उबाऊ हो गई है तो उसे एक मजेदार कार्यकर्मों में तब्दील कर लेते हैं। इन नई संवेदनाओं से, वे तर्क देते हैं कि वे जिंदगी के रोमांच को वापस प्राप्त कर पाएँगे। वे भूल जाते हैं कि एक रोमांच दूसरे को निरंतर बुलाता रहता है, फिर वह सुंदर व्यक्ति की प्रशंसा नहीं करता है और फिर मूर्ख एवं क्रोधित हो जाता है।

वहीं अन्य लोग सभी संयम एवं आदर्शों को किनारे रखकर इसे पुन: पाना चाहते हैं। इस विधि की समस्या यह है कि ये उत्तेजनाएँ पहले थक जाती हैं, फिर घिस जाती हैं। इसके अलावा, जब हम इस जिसे बाईपास करेंगे, उसे हम विवेक कहते हैं, हर किसी को उससे कुछ समस्याएँ होती हैं, जो थोड़ी चोट खाते हैं और उस इलाके के दर्द को वापस से ठीक करना बहुत ही मुश्किल है। हालाँकि हर व्यक्ति में, प्रकृति प्रदत्त एक

आत्मसम्मान होता है, जो उसे बुराई करने से नहीं रोकता है, पर वह उसे शांति के लिए रखता है, इसके बाद वह बुराई के लिए ही मर जाता है।

जीवन में रोमांस कैसे जारी रखें

जीवन में कई ईमानदार, पूर्णता से भरे लोग हैं, जो जिंदगी की जटिलताओं को बहादुरी से स्वीकार करते हैं। उनके पास चीजों से खत्म होते रोमांस की तलाश के लिए बहुत समझ है और उसे इंद्रिय सुख में बदलने के लिए बहुत ही सम्मान एवं ज्ञान है, पर कुछ भाग्यशाली लोगों ने जिंदगी में रोमांस को पाने का सच्चा तरीका पा लिया है। रॉबर्ट लुई स्टीवेंसन बहुत दर्द के कारण बहुत लंबे समय तक बिस्तर पर पड़े रहे, फिर भी वे बहुत प्रसन्न करनेवाली छोटी-छोटी कविताएँ बच्चों के लिए लिखते थे, जिसे पढ़कर हर जगह बच्चे खुशी से झूम उठते थे।

सुदूर जापान में बच्चे गाते,
दूर स्पेन के बच्चे भी गाते,
आर्गन और आर्गन मैन दोनों,
देखो, बारिश में भीग जाते।

स्टीवेंसन स्वयं भी जानते थे कि बारिश में कैसे गाते हैं।

ये सारी चीजें हमारे दिमाग में जोरों से यह बातें डालती हैं कि एक सफल एवं खुशनुमा जिंदगी उसे जीकर ही संभव है। जिंदगी एक कला है और किसी कला में सफल होने के लिए यह जरूरी है कि हम उसके असली एवं नकली दोनों रूपों के बारे में जानें और उसकी गुणवत्ता को देखकर संतुष्ट हों। हैरानी की बात यह है कि बहुत सारे लोग नकली जीवन से खुश हैं, जबकि वे वास्तविक रूप से असली चीज प्राप्त कर सकते हैं।

'बैरेट्स ऑफ विमपोल स्ट्रीट' में एलिजाबेथ बेरट ब्राउनिंग इस बात की भर्त्सना करती हैं कि "जो चीज मुझे डराती है, वह यह है कि पुरुष उस बात से संतुष्ट हैं, जो जिंदगी में है ही नहीं।" वे हम में से कई लोगों के लिए यह ठीक कह रही हैं। हम बहुत जल्दबाजी में, बिना रुके, परेशान हुए अपना दिन गुजार देते हैं और बहुत सोचकर उसे जीवन कहते हैं, जो आवारागर्दी करते हुए उन्हें रोमांचित करता है। हालाँकि हमारे दिल के भीतर हमें पता है कि हमारी असली जिंदगी बहुत बेहतर है, यह बहुत महान् एवं अद्भुत अनुभव है, जो बेहद वांछित है।

व्यस्तता के कारण मत जाने दो

हम जिस समय में रहते हैं, उसने हमारी असली जिंदगी को कठिन बना दिया है, पर जैसा हम देख पा रहे हैं, यह असंभव से बहुत दूर है। हम व्यस्त रहनेवाली पीढ़ी हैं।

स्टीवेंसन लिखते हैं, "यह दुनिया बहुत सारी चीजों से भरी हुई है। मुझे पक्का पता है कि हम राजाओं की तरह खुश रहेंगे।" स्टीवेंसन के दिन की तुलना में दुनिया में बहुत सारी चीजें हैं, पर इस बात पर गहन संदेह है कि उन चीजों को पाकर क्या खुशी की समस्या को दूर किया जा सकता है। मैं अपने घर के चारों तरफ बटन लगा दूँगा, लाइट, गाने और आग आदि का प्रबंध कर दूँगा। मेरे दादाजी के पास कोई बटन नहीं है, पर वे जीने की कला जानते थे। वे एक खुशमिजाज आदमी थे। किसी को आराम में मजे करने की बजाय अगर उनके लिए काम बढ़ा दिए जाएँ, तो सारे मामलों में यह हमारे भ्रम को कई गुणा बढ़ा देगा।

अगर सालों पहले इंगलिश लेक कंट्री में विलियम वड्र्सवर्थ यह कह सकते थे कि "यह दुनिया हमारे लिए बहुत है", तो वे अब इस नए अमेरिका के लिए क्या कहेंगे? हम बहुत ही व्यस्त पीढ़ी के लोग हैं। हमें हमेशा जल्दी और तेजी से जाना होता है। मध्य पश्चिमी शहर के बाहर के इलाकों के पास के बिलबोर्ड में लिखा है, "यह शहर परों एवं पहियों का है।" इसी तरह से हर शहर है। हमारा वहाँ हरे रंग की लाइट का मनोविज्ञान है—इसका मतलब यह नहीं कि हम हरी बिजलियाँ बनाते हैं, इसका अर्थ है कि लाल बत्तियों में रुकना कितना खतरनाक है। लोगों को देखें कि वे कैसे बत्तियाँ बदलने का इंतजार करते हैं। उन परेशान करनेवाले भावों को देखें। यह एक गलत चीज हमारे भीतर घर कर चुकी है।

इन सबके बहुत ही दुर्भाग्यपूर्ण शारीरिक प्रभाव पड़े हैं। इसके कारण हमारी नसें कमजोर हो गई हैं और ब्लड प्रेशर बढ़ गया है, साथ ही दिल की बीमारियाँ हर तरफ बढ़ चुकी हैं। जल्दीबाजी के भौतिक एवं घबराहट के प्रभाव के बारे में विलियम जेम्स कहते हैं कि "न ही प्रकृति और न ही हमारे काम की मात्रा हमारे टूटने के लिए उत्तरदायी है। हालाँकि उनका कारण झूठा है, उन्हें बिना बात की जल्दी है और साँस लेने में दिक्कत, तनाव एवं परेशानी से घिरे हुए हैं।"

इसने नए लोगों के साथ कुछ और गंभीर चीजें कर दी हैं। मैं इसके गहरे मनोवैज्ञानिक एवं सांस्कृतिक प्रभावों के बारे में बताना चाहता हूँ। इसने हमें अपनी इन क्षमताओं के द्वारा बहुत ज्यादा छिछला बना दिया है, जिससे हम किसी गहरे एवं सूक्ष्म गुणों की सराहना करने में असमर्थ हो जाते हैं। इस व्यस्त, जल्दबाजी वाले समय में औसत हर व्यक्ति परेशान हो चुका है और ढंग से साँस भी नहीं ले पा रहा है। इसने उसे सोचने पर मजबूर कर दिया है कि इस समय का मुख्य अर्थ बस यह है कि समय के साथ चलो। हमें यह तो पता है कि हर कोई लगातार कुछ-न-कुछ कर ही रहा है। कोई कार चला रहा है या नाच रहा है या ब्रिज खेल रहा है या गोल्फ खेल रहा है या थिएटर जा रहा है या कुछ-न-कुछ कर ही रहा है। अमेरिकी लोग, मतलब आप और मैं, को यह

सीखना ही होगा कि जब तक हम अपनी जीवन की गति को कम नहीं करेंगे और जब तक हम इस व्यस्त जीवन को स्वयं पर हावी रखेंगे तो हमारी जिंदगी की सारी खुशियाँ लुप्त हो जाएँगी।

घबराओ नहीं

कुछ अमेरिकियों की कहानी बताई गई, जो अफ्रीका जाने के लिए रास्ता बना रहे थे। उन्होंने कुछ लोगों के दल को समुद्र के किनारे तैनात किया और उन्हें बताया गया कि वे जल्दी में हैं, जैसे अधिकांश अमेरिकी होते हैं। पहले दिन वे जंगल में बहुत तेजी से गए। उन्होंने अगले दिन भी वैसी ही बहुत जल्दी दिखाई। तीसरे दिन की सुबह वे अगले दिन घूमने की तैयारी में लगे हुए थे, उन्होंने पेड़ के नीचे कुछ असभ्य से लोग घूमते हुए देखे और फिर आगे जाने से मना कर दिया। जब उनके परेशान एवं असहाय मालिकों ने उनसे पूछा कि वे चलने के लिए क्यों तैयार नहीं हैं, तो उन्होंने सरलता से कहा, "हम आज आराम करेंगे, जिससे आज हमारी आत्मा हमारे शरीर से मिल पाए।"

वास्तव में जीने की हमारी असफलता हमें जीवन में सर्वश्रेष्ठ प्राप्त करने से रोकती है। भगवान् ने कभी भी मनुष्य को यह आश्वासन नहीं दिया होगा कि वह अपनी जिंदगी में दौड़भाग, कोलाहल से बाहर निकल पाएगा, उसकी तंत्रिकाएँ हमेशा ही तनाव में और उसका आंतरिक जीवन कमजोर होगा। हमें यह दुनिया खुशी से एवं प्रतिबिंब के साथ रहने के लिए दी गई है। इसलिए जीने के लिए समय निकालें। हम में से कई होराशियो एल्जर की किताब पढ़कर बड़े हुए हैं। उनकी एक किताब का नाम है, 'स्ट्राइव एंड सक्सीड'। दृष्टिकोण को चरम पर ले जाया गया है। अच्छा, कठिन परिश्रम मनुष्य के लिए एक आशीर्वाद के समान है, पर इस कारण एक आलसी आदमी पर दया आती है। हम तभी सही से सफल हो पाएँगे, अगर हम अपने प्रयत्नों के द्वारा तनाव कम लेंगे। अगर इस दौरान हम जीवन का आनंद ही नहीं ले पाएँ तो सफल होने के लिए अच्छा क्या है ? हम जल्दीबाजीवाले अमेरिकी जीवन को जीने के कारण खुशहाल जीवन जीने का रहस्य खोते जा रहे हैं।

जीवन जीने के लिए समय निकालने का मतलब यह महसूस करना कि इस दुनिया में सर्वोत्तम चीजें हैं, जैसे—अध्यात्म, संगीत, कला, साहित्य, प्रकृति एवं धर्म के बारे में जानना। बहुत सारे लोग, खासकर बहुत मेहनतवाले व्यावसायियों को यह गलतफहमी है कि संगीत, कला, पुस्तकें व धर्म इतने जरूरी नहीं है, जिससे जीवन जिया जा सके। ऐसे व्यक्ति अपने जीवन को एक मशीन की तरह बना देते हैं, जबकि भगवान् ने हम सबको इनसान के रूप में बनाया है। हम जीने के लिए काम करते हैं। वह व्यक्ति अपनी पूरी जिंदगी इस बात में बिता देता है कि उससे कुछ छूट तो नहीं गया और वह उस

असफलता के कारण मर भी जाता है, चाहे उसने कितनी ही सफलता क्यों न हासिल कर ली हों। वह जिंदगी को सँभालकर जीने की कला कभी सीख ही नहीं पाया।

अपनी आत्मा को तड़पाना बंद करो

जिंदगीरूपी मशीन के गुलाम मत बनो, एक गाना गाओ, अच्छी कविता कहो और अपने दिमाग में प्रभु का नाम स्मरण करते रहो। तुम यह नहीं जान पाओगे, पर मैं आपको यह ईमानदारीपूर्वक बताता हूँ कि आप इन चीजों के लिए भूखे हैं और सबसे बड़ी भूख है मनुष्य की आत्मा की लालसा, जो रोटी से भी अधिक पौष्टिक है। महान् दार्शनिक जीसस के अलावा किसी ने भी इससे ज्यादा अच्छी बात नहीं कही होगी कि "आदमी एक सिर्फ रोटी पर जिंदा नहीं रहता।" इसके अलावा वह प्रकृति की खूबसूरती, कला और साथ ही सबसे ज्यादा अपनी आत्मा की मौजूदगी के कारण जिंदा रहता है।

शहर में रहनेवाला मैं, एक बार गरमियों में धोखे से देवदार जैसे स्थान में समुद्र के पास की सुंदर खाड़ियों की अनदेखी कर गया था। उस ताकतवर समुद्र का नमक लहरों के साथ बहकर आ जाता है, एक-एक घास पर सूरज की गिरती रोशनी ने धरती को आराम दिया है। इस दुनिया में आराम सी आती ये आवाजें, शहर के कोलाहल से काफी अलग हैं। जैसे माँ अपने परेशान बच्चे को शांत करती है, वैसे ही वह मुझे एक माँ की तरह चुप कराती हैं, जब रात में तारे निकल आते हैं और एक-एक कर निकल, फिर वह स्वर्ग के बिछौने में चमकते हैं और धरती एवं समुद्र में छा जाते हैं तो धरती माँ की वह मित्रवत् आवाज सुनता हूँ, जो मुझे भगवान् की आवाज लगती है, जो कहती है—मेरे बच्चे, यही जिंदगी है, अपने जीने के लिए समय निकालो।

अच्छे दोस्त बनाओ

जीने का अर्थ है कि अच्छे दोस्त तैयार करना। शेक्सपियर ने सलाह दी कि अपने दोस्तों को स्टील के छल्ले से बाँधकर रखें। मार्क ट्वेन ने याद दिलाया कि अच्छी किताबें और अच्छे दोस्त हमारी जिंदगी को आसान बनाते हैं। रचनात्मक दोस्ती को खुशी से रखने के लिए जीवन के कारोबार की अनुमति देने के लिए हम स्मार्ट से थोड़े कम हैं।

मैंने एक बार एक आइरिश आदमी से एक अच्छा पाठ सीखा। यह बात आयरलैंड की राजधानी डबलिन की है, जहाँ मैंने उस शहर के एक व्यापारी से मिलने के लिए फोन किया। मैंने देखा कि मैं जिस व्यक्ति से मिलने के लिए आया हूँ, वह एक बहुत बड़े एवं व्यस्त डिपार्टमेंट स्टोर में बहुत सारे लोगों से घिरा अपने प्रशासन की सारी बातें सुन रहा है। एक छोटे से मिलाप के बाद मैंने उसे व्यस्त देखते हुए स्वयं को जल्द ही अलग कर लिया, पर उसने मुझे इंतजार करने को कहा और फिर कुछ ही मिनट में वह अपने

हैट के साथ वापस आ गया। जल्द ही हम उसकी कार में बैठ गए और बहुत उत्साह में शहर में घूमनेवाली जगहें दिखा रहा था। जब मैंने उन्हें यह कहा कि वह अपना काम मेरे लिए छोड़कर आ गए तो उन्होंने बहुत ही विनम्रता से यह बात अपनी भारी-भरकम आवाज में कही, "नहीं, नहीं, थोड़ा भी नहीं; मैं कभी भी नए दोस्त बनाने में देरी करने के लिए समय नहीं गँवाता और इससे मुझे खयाल आया।"—"मैं भी एक स्टोर चलाता हूँ, स्टोर मुझे नहीं चलाता है।" यह व्यक्ति जानता है कि कैसे जिया जाए और उनकी आत्मा यह बताती है।

दोस्त बनाने का अर्थ यह है कि भगवान् ने हमें वह विचार दिया है कि हम अपने जैसे लोग एवं रुचि के लोग खोजें। दुर्भाग्यवश हमने स्वयं को और अपनी तकनीकों को कुछ ज्यादा ही गंभीरता से ले लिया है कि हम हर तरह के लोगों एवं हर परिस्थिति में रहनेवाले लोगों को अच्छे से समझने के भाव को खोने लगे हैं। यह एक पुरस्कारस्वरूप आदत है कि हम अच्छे स्वभाव के लोगों को खोजें। हर व्यक्ति में कुछ-न-कुछ विशिष्ट होता है।

अपने आसपास के लोगों को बस या सब-वे में जाते हुए देखें, क्या वे आपको साधारण से नहीं लगते। हाँ, अगर आप लोगों की जिंदगी के ड्रामा, ट्रेजेडी, कॉमेडी और किसी व्यक्ति के जीवन में कुछ महत्त्वपूर्ण एवं हीरो स्वरूप किए किसी काम को देखें, तो वह आपके लिए बहुत दिलचस्पी का विषय होगा। कुछ बहुत बड़ी किताबें साधारण, आम लोगों और साधारण, आम घटनाओं पर आधारित होती हैं। चार्ल्स डिकेन्स एवं अन्य प्रतिभाशाली लेखकों की प्रतिभा, जिसे सामान्य रूप से सामान्य जीवन कहा जाता है, में नाटकीय गुणों को देखने की क्षमता पाई जाती है, पर आम जीवन में ऐसी कोई चीज नहीं होती।

इटली के फ्लोरेंस शहर में मैंने राफेल के द्वारा बनाई गई एक पेंटिग देखी, जिसका नाम है, 'द मेडोना ऑफ द बैरल'। कैनवस के इस बैरल की बाह्य रेखा एकदम स्पष्ट थी। कहानी यह है कि एक दिन राफेल फ्लोरेंस के एक बाजार से जा रहा था, तो उन्होंने एक माँ को देखा, जो बेहद गरीब दिख रही थीं, अपने स्तनों पर अपने बच्चे को लगाए सड़क पर बैठी हुई थी। वह बहुत ही अजीब से कपड़ों में थी, पर उसके चेहरे के हाव-भाव से बच्चे से ममता एवं प्यार में डूबी हुई थी। राफेल उनकी मौजूदगी से इतने प्रभावित हुए कि उन्होंने अचानक जहाँ बैठती, वहीं उसकी छवि पेंट करने लगते।

इसी तरह, उन्होंने अपने कैनवस को एक पुराने बैरल में टाँग दिया, जो भी उनके पास भी था, अपनी चित्र के बैरल सिर पर जेब से रंग एवं ब्रशों को निकालकर उन्होंने इस्तेमाल किया और वह चित्र आज फ्लोरेंस की गैलरियों में एक मास्टर पीस बनकर टँगा हुआ है। राफेल अपने इन उपहारों के कारण एक अमर कलाकार थे, पर इससे ज्यादा

रोजमर्रा के जीवन में सुंदर एवं रोमांटिक लोगों की अपनी क्षमता के कारण, चाहे उसमें बाजार में एक गरीब महिला ही क्यों न शामिल हो, वे अपनी चित्रकारी में उकेर लेते थे।

यह कैसे यह शिकायत कर सकते हैं कि जिंदगी ने अपनी रुचि खो दी है? अपने आसपास के प्यारे लोगों का चेहरा देखें, उस छोटे बच्चे की खिलखिलाहट सुनें, अपने साथ में चलनेवाले लोगों को जानें। जिंदगी उन लोगों के लिए अपना रोमांस कम नहीं करेगी, जो बिना किसी स्वार्थ के, लोगों के लिए अच्छा करते हैं। वही लोग जीने का मजा छोड़ देते हैं, वे अपने बारे में कुछ ज्यादा ही सोचते हैं, जिनको अपनी रुचियों के या अपने मजे के बारे में ज्यादा फिक्र होती है या जो सबसे आम बात है, उन्हें अपनी परेशानियों की ज्यादा फिक्र होती है। अपने आसपास के लोगों के लिए कुछ अच्छा करना शुरू कर दें। इस पॉलिसी से आपको इतनी खुशी मिलेगी कि आप अंदर से गाने लगेंगे और आपके बारे में दुनिया के लोग ऊँची बातें करने लगेंगे। घास भी बहुत हरी हो जाएगी, चिड़ियों की चहचहाहट-रूपी गाने और मधुर लगने लगेंगे, तारे और चमकने लगेंगे, आकाश ज्यादा नीला लगने लगेगा और अगर आपका बैंक अकांउट कम भी है और चीजों को करने में मुश्किल हो रही है, तो मानव सेवा में खुशी का रहस्य ढूँढ़ लेने से आपको जीवन में नींद आने लगेगी।

मैंने अकसर अपने पिताजी से इस घटनाक्रम के बारे में बात करते हुए सुना है, जिसके वे चश्मदीद गवाह भी रहे हैं, साथ ही वे इस बात की व्याख्या भी करते हैं कि किस प्रकार दया और सहायता के साथ मानव एक खुश एवं उत्साहपूर्ण जिंदगी जी सकता है। जिस व्यक्ति के बारे में यह सारी कहानी कही गई, वह जीने की कला में निपुण था और अपने व्यक्तित्व से उसने वह तकनीक अपने बच्चों के बीच दिखा दी, जिसे वे बच्चे बहुत सालों बाद भी भूल नहीं सके हैं।

जॉनी, द न्यूजबॉय

कुछ साल पहले एक मध्य पश्चिमी शहर में एक बहुत बड़े सर्जन रहते थे, जो एक मेडिकल कॉलेज में प्रोफेसर थे। वे सर्जन न सिर्फ एक अच्छे फिजिशियन थे, अपितु उनके अनूठे कौशल के कारण लोग उन्हें प्यार करते थे और वे भी अच्छे काम ही किए जाते थे। जिस किनारे से वे डॉक्टर अपने लिए हर दिन अखबार लाते थे, वहाँ पर बैठनेवाले एक छोटे पंगु न्यूजबॉय के बारे में जानने के लिए वे बहुत ही इच्छुक थे। वह न्यूजबॉय एक छोटा, पर बहुत ही होशियार बच्चा था, एक दि. सर्जन ने उससे कहा, "जॉनी क्या तुम चाहते हो कि मैं तुम्हारा पैर ठीक कर दूँ, जिससे तुम दौड़ सके और अन्य बच्चों की तरह खेल सको।" उसने कहा, "क्यों नहीं डॉक्टर, इससे मुझे बहुत खुशी मिलेगी।"

इस प्रकार, सर्जन ने एक दिन उस लड़के के ऑपरेशन की सारी चीजें इकट्ठा कर लीं और उसे समझा दिया कि यह ऑपरेशन वह डॉक्टर बननेवाले अपने मेडिकल के विद्यार्थियों के सामने करेंगे, जिससे वह उन्हें सिखा पाएँगे कि कैसे अन्य छोटे बच्चों की मदद की जा सके। जॉनी तैयार हो गया। उसे सर्जन एवं अन्य विद्यार्थियों के समक्ष प्रस्तुत किया गया, जो एक एंपिथिएटर में पंक्तियों में बैठे थे, जिससे वे सब उस ऑपरेशन को देख सकें। डॉक्टर ने उस रोग के बारे में बताया और किस तरह ऑपरेशन करना है, वह बताया।

जब सबकुछ तैयार था, तो उन्होंने कहा, "अब जॉनी, हम तुम्हारे उस पैर को ठीक करेंगे।" और वहाँ मौजूद लोग एनेस्थेटिक को देखने लगे। जॉनी ने अपना सिर उठाया और एक आवाज में कहा, "भगवान् आपको आशीष दें डॉक्टर् डॉसन, आप मेरे लिए बहुत अच्छे हैं।" और पूरा कमरा उसकी आवाज से गूँज उठा। सर्जन ने उसकी तरफ देखा और उनकी आँखों में आँसू भर आए। उन्होंने कहा, "धन्यवाद जॉनी।" उस सफल ऑपरेशन के बाद सर्जन ने अपने विद्यार्थियों से कहा, "मैंने कई महान् व बड़े लोगों, कई करोड़पतियों, सीनेटरों, गवर्नरों का ऑपरेशन किया है और उनसे बहुत सारी फीस भी पाई है, पर इस छोटे से बच्चे ने जो कहा, वह मेरी जिंदगी की सबसे बड़ी फीस होगी, जो मैंने अपनी जिंदगी में अभी तक पाई।" क्या आप सोच सकते हैं कि ऐसे व्यक्ति के जीवन का रोमांस कभी खत्म हो सकता है ? लोगों को प्यार करो और उनकी मदद करो। वे जिंदगी को हमेशा तरोताजा और दिलचस्प बनाते हैं।

आदमी क्या खोता है ?

जब हम लोगों में वह आकर्षण खोता देखते हैं, तो हमें ऐसी आकर्षित करनेवाली चीजें करनी चाहिए, जो हमें व्यस्त होने से बचाती हैं। जॉन रस्किन, जो लोगों की महानता एवं अवगुणों के सूक्ष्म पर्यवेक्षक थे, ने एक बार उदास होकर यह कहा, "मुझे इस बात पर आश्चर्य नहीं होता कि पुरुष पीड़ित क्यों होते हैं, पर मैं इस बात पर चकित होता हूँ कि पुरुष क्या खोते हैं।" हमारे चारों ओर सुंदरता और आकर्षण का पूरा संसार फैला हुआ है, पर हम उसे देखना ही नहीं चाहते, हमारे भीतर किसी की प्रशंसा के मौलिक गुणों की कमी के कारण नहीं, पर इसलिए कि यह सुंदरता हमें किसी प्रकार से प्रभावित करे, हम उसे देखना नहीं चाहते।

हम किताबों, चित्रों और संगीत में जो खोते हैं, उसे महसूस करें, क्योंकि हम उसके लिए समय ही नहीं निकालते। हर रात हमारे ऊपर स्वर्ग की अनुकरणीय एवं प्रेरक छवि आती है। कभी-कभार हम उसके वशीभूत हो जाते हैं और रुक जाते हैं, खासकर गाँवों में और हम उसे नूतनता के नजरिये से देखना चाहते हैं, जैसे कोई किसी जान-पहचान

की चीज को देखता है और उसे देखकर ऐसे तरोताजा हो जाता है, जैसे काफी समय के बाद देखा हो। हमें प्रभावित करने के लिए यह वैभव रात में होता है, पर हम बहुत जल्दी में होते हैं और इसकी अनदेखी कर देते हैं। जिंदगी मजे लेने के लिए है। जिंदगी व्यक्ति के लिए बनी है, न कि व्यक्ति जिंदगी के लिए। ऐसा उद्देश्य कभी नहीं होना चाहिए कि व्यक्ति को अपनी जिंदगी ट्रेडमिल में गुजारनी पड़े और कृत्रिम सभ्यता का हिस्सा बनकर अपने व्यक्तित्व को चूहे की दौड़ में शामिल करना पड़े।

अगर कोई आपके सुंदर से कमरे में आए, जहाँ दीवार पर खूबसूरत पेंटिग्स हो, आग जलाने की जगह हो, आराम करने के लिए आरामकुरसी हो और जमीन में दरियाँ बिछी हों, तो हमें यह मान लेना चाहिए कि यह जगह मजे करने एवं खुशी के लिए बनी है। इसी प्रकार, हम दुनिया को उसकी खूबसूरती एवं स्पष्ट प्रसन्नता के लिए देखते हैं। हमें सच में यह मान लेना चाहिए कि अच्छा है और जिंदगी खुद भी अच्छी है। इसलिए जीने के लिए समय निकालें और मजे करें। जो ऐसा करना सीख जाता है, तो जीवन जीने की कला में माहिर हो जाता है।

□

"इस दुनिया में करीब 1 करोड़ लोग इस शताब्दी में इस संदेश द्वारा प्रभावित एवं प्रोत्साहित हुए हैं।"

—एलबर्ट हबर्ड

17

किस प्रकार अपना काम सँभालें?

यह पाठ स्व-सहायता साहित्य के उन दो गहनों के बारे में है, जो आप अपने पहले स्नातक सेमेस्टर में खोज लेंगे। आपका जो भी व्यवसाय या काम हो, आप उसे पढ़ने के लिए कल जरूर बेहतर करेंगे।

स्पेनिश-अमेरिकी युद्ध की वीरगाथा की कुछ कम ज्ञात जानकारियों का जश्न मनाने के लिए एल्बर्ट हबर्ड ने 1899 में एक प्रेरक लघु आलेख लिखा, जिसका शीर्षक था, 'अ मैसेज टू गार्सिया', जो 'द फिलिस्टाइन' नामक एक मैगजीन में छपा था। वह संस्करण कुछ ही दिन में पूरी तरह से बिक गया और फिर हबर्ड के प्लांट की सारी प्रेस रात-दिन लगकर उस आलेख की पुनः प्रिंटिंग में लग गई थीं। न्यूयॉर्क सेंट्रल रेलबोर्ड ने करीब एक लाख प्रतियों का ऑर्डर दिया था, जिससे वह अपनी ट्रेन पर निर्भरता को प्रमोट कर सके और बहुत जल्द अमेरिकी मेरिन कॉर्पस के हर सदस्य को इसकी कॉपियाँ मिलीं और साथ में देश के हर युवा स्काउट लड़कों को भी।

बाद में, 'अ मैसेज टू गार्सिया' को रशियन में अनूदित किया गया और उसे देश के सभी रेलवे कर्मचारियों को बाँटा गया। रशियन-जापानी विरोध के दौरान जापानी इस पुनर्प्रिंटिंग का महत्त्व समझ नहीं पा रहे थे, जो बहुत सारे रशियन बंदियों के पास से मिली थी, पर जब इसका जापानी भाषा में अनुवाद किया गया तो मिकाडो का ध्यान इस तरफ खिंचा, फिर उन्होंने तुरंत आदेश दिया कि इंपीरियल आर्मी और सभी सरकारी कर्मचारियों के बीच इसे बाँटा जाए।

फिर बीस भाषाओं में इसका अनुवाद किया गया। इतिहास में

अकेले इस आलेख को, जिसे हबर्ड ने लिखा था, उसके प्रेरक शब्दों को लगभग हर आदमी ने पढ़ा होगा।

मैसेज टू गर्सिया ने सारी पीढ़ी को कुछ महत्त्वपूर्ण गुण सिखाए और वे उन लोगों पर लागू होते हैं, जो असली में सफलता की चाह रखते हैं।

इस पूरे क्यूबन बिजनेस में एक आदमी, जो मेरी याददाश्त में छाया रहता है, जैसे मंगल पेरिहेलियन में।

स्पेन एवं अमेरिका के बीच क्यों युद्ध हुआ, दोनों विद्रोही सेना के नेताओं के बीच बातचीत होनी बहुत जरूरी थी। गार्सिया क्यूबा के किसी पर्वत पर था, पर यह किसी को नहीं पता था। उस तक कोई मेल या टेलीग्राफ भी नहीं पहुँच सकता था। राष्ट्रपति को जल्द-से-जल्द उनका सहयोग मिलना चाहिए था।

फिर क्या किया जाए!

किसी ने राष्ट्रपति से कहा, "अगर कोई है, तो वह रॉवन नाम का एक व्यक्ति है, जो आपके लिए गार्शिया को ढूँढ़कर निकालेगा।"

रॉवन तैयार था और उसे गार्शिया तक वह चिट्ठी ले जाने के लिए दी गई। रॉवन नामक उस व्यक्ति ने जब वह चिट्ठी ली तो उसे एक ऑइलस्किन पाउच से सील किया, अपने दिल में दबाया और चार दिनों के बाद वह क्यूबा के किनारे में रात को एक खुली नाव में पहुँचा, वह फिर जंगल में गायब हो गया और फिर तीन हफ्तों के बाद वह द्वीप के दूसरे किनारे में दिखाई दिया, वह उस दुश्मन देश में खाली पैर था और उसने गार्शिया तक वह चिट्ठी पहुँचा दी थी, इन सारी बातों को मुझे विस्तार से किसी से कहने में कोई दिलचस्पी भी नहीं थी। इस बात के जरिये मैं यह बताना चाहता हूँ कि मैकिनले ने रॉवन को वह चिट्ठी दी कि वह उसे गार्शिया को दे दे, रॉवन ने वह चिट्ठी ली और फिर यह नहीं पूछा कि "वह कहाँ मिलेगा?"

यह शाश्वत है कि एक व्यक्ति, अपने मृत्युहीन रूप में काँसे की प्रतिमा के रूप में इस भूमि के हर कॉलेज में स्थापित होना चाहिए। यह कोई किताबी ज्ञान नहीं है, जिसे हर आदमी को जानना चाहिए, न ही इस संबंध में कोई निर्देश दिए गए हैं, पर यह हमारे मेरुदंड को मजबूत करने के लिए जरूरी है, जिससे हर व्यक्ति किसी के विश्वास के लायक होगा, जिससे वह सही से काम कर पाएगा, अपनी ऊर्जाओं को एक तरफ लगा पाएगा और वह "गार्शिया को संदेश देने का काम कर पाएगा।"

जनरल गार्शिया अब मर चुके हैं, पर अभी कई गार्शिया जिंदा हैं। कोई भी व्यक्ति, जिसने मेहनत करने का प्रयास किया है और उसे कई हाथों की आवश्यकता है, पर वह

समय-समय पर लगभग हर औसत आदमी की अयोग्यता से अंचभित रहता है या किसी काम में ध्यान केंद्रित करने की असमर्थता या अनिच्छा रखता है।

असावधानी से किया हुआ काम, मूर्खतापूर्ण ध्यान, बेस्वाद उदासीनता और आधे मन से किया हुआ काम, कोई मेल सफल नहीं होता, न ही किसी जोड़-तोड़ से या धमकी से, जिसमें वह अन्य आदमियों की सहायता के लिए उन्हें घूस देता है। भगवान् उस भलाई में एक जादू करके दिखाते हैं और वह उसकी सहायता के लिए एक उजाले की एक किरण बनाकर भेजता है।

आप एक पाठक की तरह, इस मामले को जाँचें, आप अब अपने ऑफिस में बैठे हुए हैं, जहाँ छह क्लर्क फोन पर बात कर रहे थे। किसी को बुलाओ और उनसे यह प्रार्थना करें कि, "कृपया इनसाइक्लोपीडिया देखें और कोरिगियो की जिंदगी के बारे में एक संक्षिप्त ज्ञापन तैयार करें।"

क्या वह क्लर्क बहुत सहजता से कहेगा, "हाँ सर" और अपनी मेज पर चला जाएगा ?

आपकी जिंदगी में तो वह यह नहीं करेगा। वह आपकी तरफ देखेगा और अपनी अजीब सी आँखों से आपको देखेगा और नीचे दिए गए कुछ प्रश्न पूछेगा—

- वह कौन था ?
- कौन सी इनसाइक्लोपीडिया ?
- इनसाइक्लोपीडिया कहाँ पर है ?
- क्या मुझे इस काम के लिए रखा गया था ?
- क्या आपके कहने का अर्थ बिस्मार्क है ?
- चार्ली के यह करने का क्या मतलब है ?
- क्या वह मर गया है ?
- क्या इस करने की कोई जल्दी है ?
- अगर मैं आपके लिए किताब नहीं लाया तो क्या आप स्वयं के लिए किताब लाएँगे ?
- आप उससे क्या जानना चाहते हैं ?

मैं आपके सामने दस में से एक-एक सवाल रखता जाऊँगा और सवाल दिए जाने के बाद यह जानकारी दी जाएगी और फिर आप इसे क्यों चाहते हैं। वह क्लर्क चला जाएगा और एक नया क्लर्क लाकर अन्य क्लर्क उसकी मदद के लिए तैयार होंगे और फिर से गार्शिया की खोज होगी और फिर मेरे पास वापस आकर आपको बताऊँगा कि ऐसा कोई आदमी ही नहीं है। यह जरूर है कि मैं अपनी शर्त हार जाऊँगा, पर लॉ ऑफ एवरेज के अनुसार मैं नहीं हारूँगा।

अब अगर तुम बुद्धिमान हो, तो तुम अपने सहायक को यह बताना नहीं चाहोगे कि कोरेगिओ को 'सी' नहीं, 'के' में इंगित किया गया है, पर आप बहुत प्यार से मुसकराते हुए कहेंगे कि 'कोई बात नहीं' और अपने आप देखो। स्वतंत्र एक्शन के लिए इस अक्षमता को, नैतिक स्टूपिडिटी में इच्छा की दुर्बलता, किसी चीज को खुशी से पकड़ने और उठाने की यह अनिच्छा, ये कुछ चीजें हैं, जो समाजवाद के भविष्य के लिए डाल देती है। अगर आदमी अपने लिए काम नहीं करेगा, तो वे क्या करेंगे, जब लाभ का प्रयास सभी के लिए हो?

नॉटिड क्लब में पहला साथी जरूरी है और शनिवार की रात को बाउंस पाने का दर्द कई कार्यकर्ताओं को अपने स्थान पर रखता है। एक स्टेनोग्राफर के लिए विज्ञापन दें और दस में से नौ लोग, जो इस पद के लिए आवेदन करेंगे, वे न तो सही अक्षर लिख पाएँगे और न ही विराम चिह्न लगा पाएँगे और उन्हें यह करना जरूरी भी नहीं लगेगा।

क्या इनमें से कोई एक गार्शिया के लिए चिट्ठी लिख भी पाएगा?

"एक हैं।"

"हाँ, उनके बारे में क्या?"

"हाँ, वे एक अच्छे अकाउंटेंट हैं। अगर मैं गलती से उन्हें किसी शहर में भेज दूँ, तो वे उस गलती को सही कर देंगे और वहीं दूसरी ओर वे एक ही रास्ते में चार सैलून में रुक सकते हैं और जब उन्हें मुख्य रास्ता मिल जाएगा तो वे भूल जाएँगे कि उन्हें किस काम के लिए भेजा जाएगा।"

क्या ऐसे किसी आदमी पर गार्शिया को संदेश देने के लिए विश्वास किया जा सकता है?

हमने हाल ही में मिठाई की दुकान में नीचे समझे जानेवाले डेनिजेन्स के लिए एक भावुक सहानुभूति सुनी और 'बेघर घूमंतू लोगों को ईमानदारी से काम की खोज करते देखा' और इस तरह सत्ता में रहनेवाले पुरुष को कई कठिन शब्दों का सामना करना पड़ सकता है।

नियोक्ता के बारे में कभी भी कुछ नहीं कहा जा सकता है, क्योंकि वह चीजों को बुद्धिमानी से करने की बजाय गलत एवं नीच ढंग से काम करके समय से पहले बूढ़ा हो जाता है, वह मरीज, जो मदद के लिए संघर्ष कर रहा था, जब उसे पलट दिया गया तो वह फालतू में अपना समय नष्ट करता है। हर फैक्टरी एवं स्टोर में हमेशा फालतू लोगों को बाहर निकालने की प्रक्रिया चलती रहती है। नियोक्ता लगातार उन लोगों को हमेशा कुछ-न-कुछ मदद भेजते रहते हैं, जिन्होंने व्यवसाय में अपनी अरुचि दिखाई है व अन्य लोगों को भर्ती किया जाता रहता है। चाहे कितने भी अच्छे दिन क्यों न हों, यह निकालने का कार्यक्रम चलता रहता है। अगर समय खराब हो और काम की कमी हो, तो यह

निकालने का काम और सूक्ष्म तरीके से चलता है, पर हमेशा ही निकम्मे एवं अविश्वासी लोगों को बाहर का रास्ता दिखा दिया जाता है। यहाँ बात हमेशा सर्वोत्तम के जिंदा रहने की है। यह जो लोभ है, इसके कारण नियोक्ता हमेशा ही सर्वोत्तम व्यक्ति को साथ में रखना चाहता है, खासकर वे लोग, जो गार्शिया को संदेश दे सकें।

मैं ऐसे एक विलक्षण आदमी को जानता हूँ, जो अपने बिजनेस को स्वयं सँभाल नहीं पा रहा और वह किसी के लिए भी किसी काम का नहीं है, वह अपने भीतर बेकार के शक को पालता है कि उसका मालिक उसे दबाता रहता है या उसे दबाने की कोशिश करता रहता है। वह आदेश नहीं दे सकता और वह उन आदेशों को नहीं सुनेगा। अगर उसे यह कहा जाए कि तुम गार्शिया जाकर यह आदेश देकर आओ तो संभवतः उसका जवाब होगा कि "खुद जाकर दे आओ!"

आज वह आदमी रात में गलियों में काम की खोज में निकला है, उसके फटे-चिथड़े कोट से ठंडी हवा चीरकर निकल रही है। जो कोई भी उसे जानता है, वह उसे काम पर नहीं रखेगा, क्योंकि उसके भीतर हमेशा ही असंतुष्टि की भावना भरी रहती है। उसे हर बात को जानने की प्रबल इच्छा रहती है और इस दुनिया में उसे एक ही बात प्रभावित करती है और वह है उसके मोटे सोलवाला नौ नंबर का बूट।

बेशक मुझे पता है कि वह नैतिक रूप से इतना गिरा हुआ है कि उस पर किसी शारीरिक रूप से अपंग व्यक्ति की तरह दया आती है, पर उस दया भाव में भी हम आँसू की एक बूँद भी बहा देते हैं, कुछ लोग, जो एक बड़ी संस्था बनाने के लिए बहुत प्रयत्न करते हैं, जिनके काम के घंटे किसी घंटी या सीटी का इंतजार नहीं करते और जिनके बाल बहुत जल्दी ही संघर्ष की राह में स्वयं को घिसते हुए उदासीनता के बीच में फँसे हुए होने के कारण सफेद रंग में परिणत होने लगते हैं, असावधानी से मूर्खतापूर्ण काम करनेवाले और ऐसे हृदयहीन कृतघ्न लोग हमेशा ही भूखे और बेघर होते हैं।

क्या मैंने यह बात बहुत मजबूती से रखी है? हो सकता है रखी है, पर जब सारी दुनिया इसके विरुद्ध गई है तो मैं उस व्यक्ति के लिए यह बात बहुत सहानुभूतिपूर्वक रखना चाहता हूँ, जो सारी विसंगतियों के बावजूद उस व्यक्ति के बदले आ रहा है, जिसने लोगों के प्रयत्नों को निर्देशित किया और उसमें सफलता प्राप्त की है, उसे वहाँ कुछ नहीं मिलता, खाली बोर्ड और कपड़ों के अलावा। मैं रात में खाना ले लेता था और दिन तक की मजदूरी करता था और मैं अपनी मजदूरी का भी मालिक रहा हूँ और मुझे पता है कि दोनों तरफ से कुछ-न-कुछ कहा जाएगा। गरीबी के मामले में कुछ भी सर्वश्रेष्ठ नहीं होता, कपड़ों के लिए कभी सिफारिश नहीं होती, अब मालिक कठोर एवं ऊँचे हाथवाले नहीं होते और गरीब लोगों की तुलना में कोई भी गुणी नहीं होता। मेरा दिल उस कर्मचारी के लिए द्रवित हो उठता है, जो अपने बॉस के नहीं होने पर भी काम करता है और साथ

में जब वह घर में भी होता है, तब भी काम करता है। वह व्यक्ति, जिसे गार्शिया को पहुँचाने के लिए चिट्ठी दी गई, ने चुपचाप इस काम को हाथ में लिया, किसी प्रकार का कोई फालतू सवाल नहीं पूछा और उसके दिमाग में यह कभी भी नहीं आया कि इस चिट्ठी को बगल के सीवर में डाल दूँ या पकड़े जाने से अच्छा है कि इसे पहुँचा दूँ, उसने कभी भी आनाकानी नहीं की और न ही उच्च मजदूरी पाने के लिए वह किसी भी प्रकार की किसी हड़ताल पर गया। ऐसे सभ्य लोगों की खोज की लंबी दास्ताँ है। ऐसे लोग अगर कुछ भी माँगें, उन्हें प्रदान कर देना चाहिए। उनकी हर शहर, नगर और गाँव में जरूरत होती है—हर ऑफिस में, दुकान में, स्टोर में और हर फैक्टरी में जरूरत होती है। दुनिया को ऐसे लोगों की जरूरत है, उनकी बुरी तरह से सबको जरूरत है, "जो गार्शिया तक संदेश पहुँचा सकें।"

□

"ये छह साधारण से प्रश्न, जो आपके ऊपर कभी भी आ सकते हैं, आपको किसी भी परिस्थिति से बाहर निकाल देंगे"

—जे.पॉल गेटी

18

संभव को असंभव से कैसे अलग करना है?

यह घटना हम सबके साथ एक बार या कई बार हो चुकी है। एक अवसर अचनाक पैदा होता है, जो हमें वित्तीय रूप से लाभ या कॅरियर को आगे बढ़ाने के कई वादे करता है, इस उत्साह और उत्तेजना की स्थिति से प्रभावित होकर हम चीजों की बिना जाँचे-परखे अपनी सफलता के मौकों के बारे में सोचते हैं और फिर हम मुँह के बल नीचे गिर जाते हैं। कभी हम पीछे मुड़कर किए गए विध्वंसों के बारे में देखें तो अगर वह छोटा है तो हम उससे यूँ ही हँसी में उड़ा देते हैं, पर अधिकतर, हमारे इस धंधे से असफलता के दाग लग जाते हैं और यह हमारी जिंदगी में हमारे साथ रहते हैं।

नई चुनौतियों को स्वीकार करने के लिए और अपने को और विस्तार देने के लिए आपके उद्देश्य होने आवश्यक हैं, खासकर इसलिए यह पहले से ही सबको पता है कि हम सब अपने टैलेंट का एक छोटा प्रतिशत ही इस्तेमाल में लाते हैं, जबकि हममें से अधिकांश बिना किसी सहायता और सलाह के उस पतली रेखा में विभेद कर सकते हैं, जो संभव व असंभव के बीच खिंची हुई है और साथ ही हम लड़खड़ाते और गिरते भी हैं, सजा पाते हैं और पीटे जाते हैं और उपक्रमों से हमें बचना चाहिए।

जे. पॉल गेटी एक लाख रुपए चौबीस साल की उम्र में जमा कर पाए थे। चार दशकों के बाद वे दुनिया के सबसे अमीर व्यक्तियों की सूची में शामिल हो गए, जिन्होंने करोड़ों डॉलर का अपना साम्राज्य स्थापित किया। उन्होंने यह सब अपनी उस क्षमता की बदौलत हासिल किया, जिसमें उन्होंने अपनी परिस्थितियों का मूल्यांकन करने के बाद

अपने समय या पैसों को सही जगह लगाया।

उनकी किताब 'द गोल्डन एज' के जरिये मि. गेटी ने एक महत्त्वपूर्ण तकनीक सिखाई, जिससे आप स्वयं को किसी भी अवसर में आँक सकते हैं और स्रोतों के अभाव में आपके पास जो कुछ भी है, आप उसके जरिये सही निर्णय ले सकते हैं।

क्या आपको याद है कि पिछली बार किस करोड़पति ने आपको समझाया है?

दुर्भाग्यवश, आपकी प्रारंभिक लाइन में कुछ प्रारंभिक बाधाओं और मजबूरियों के बाद भी एक सुखी एवं प्रसन्न जिंदगी एक सुपरहाइवे की तरह आसान नहीं है। इसके भी अपने चक्कर हैं, मोड़ हैं, क्रॉसरोड है, टॉल स्टेशन और खासकर नियमपूर्वक प्रतिबंध हैं।

पहले कुछ लोग, चाहे वे दार्शनिक हों या बेवकूफ, बड़े लोग हों या भिक्षुक, वे एक दुनिया से दूसरी दुनिया में जिस तरह जाना चाहें, उसके लिए आजाद थे। कम-से-कम उन्हें सड़कों की तरह ट्रैफिक नहीं मिलेगा और वह अन्य मनुष्यों से या अपने समाज से आसानी से मिल पाएँगे।

चूँकि हम में से कई लोगों को जड़ और जामुन खाने में कर्कश नहीं लगतीं, कई जानवरों की खाल को अलमारी में सहेजकर रखते हैं, गुफा में रहते हैं, नियमों को स्वीकारने एवं उनका आदर करने में सभ्यता के नियम एवं सच्चाइयों को भारी बहुमत की जरूरत होती है। अपने समाज के कार्यकारी सदस्यों के योग्य बनने के क्रम में, लोगों को समाज द्वारा उनकी व्यक्तिगत स्वतंत्रता में कुछ दखलअंदाजी तो सहन करनी ही होगी। ऐसा करने में विफल होने पर कुछ दंड तो लगेगा ही।

जैसे डकैती या द्विविवाह करने पर, धोखा या गला घोंटने पर, दो तरफा लड़ाई होने पर या किसी कागज में धोखाधड़ी करने पर एक व्यक्ति को सजा देकर भूल जाते हैं। इस मामले में औसत व्यक्ति को यह अपनी व्यक्तिगत कमाई का निपटारा करने की अनुमति नहीं होती, इनके सराहनीय हिस्सों की कटौती की जाती है या उन्हें कर अधिकारियों को सौंप देना चाहिए।

हाँ, यह और ऐसे प्रतिबंध और नियम नागरिकों की सुरक्षा एवं भलाई के लिए बनते हैं, जिससे सामाजिक ताने-बाने को सँभालकर रखा जा सके। बहरहाल, ये शुद्ध सिद्धांत पूर्ण स्वतंत्रता की अवधारणा का उल्लंघन कर रहे हैं।

अगर साफगोई से कहा जाए तो यह स्वीकारना होगा कि एक औसत व्यक्ति ऐसी परिस्थितियों से वाकिफ होता है और अधिकतर वह बिना किसी विरोध के इस प्रकार के

नियमों का पालन करता है, पर विरोधाभासी रूप में वह कम स्पष्ट, अधिक व्यापक और निर्णायक सीमाओं में जो हम सब पर थोपी गई हैं, भले ही उनके अस्तित्व के प्रभाव को हम एक संकेतक के द्वारा पहचान सकते हैं।

उदाहरणार्थ, एक औसत अमेरिकी के पास अपनी क्रियाओं के अधिकांश क्षेत्रों में अपनी पसंद और निर्णय के लिए बहुत स्वतंत्रता होती है, जहाँ अपनी जिंदगी को सेट करने की बात होती है, वे किसी भी तरह पूर्णत: एक स्वतंत्र एजेंट नहीं होते। वे भ्रम, कारकों एवं परिस्थितियों के अधीन होते हैं, जिसके लिए उन्हें प्रतिक्रिया एवं जवाब देना चाहिए। अगर वे करते भी हैं तो बहुत कम और जब वे यह महसूस करते हैं कि वे उस चीज को प्राप्त एवं संचालित कर सकते हैं, तो वे अधिक महत्त्वपूर्ण कार्यों एवं निर्णयों को प्रेरित करने के लिए मजबूर करते हैं।

जिन लोगों को भी यह लगता है कि यह बहस करने योग्य है, तो उन्हें यह पहचानना होगा कि उनकी जिंदगी में उन्हें बहुत ज्यादा या बहुत कम भत्ते, एडजेस्टमेंट, समझौते और रियायतें सिर्फ जीने के लिए करनी होती हैं और अगर वे इन बिना चेहरेवाले लोगों से ऊपर उठना चाहते हैं, जिन्हें विकल्पों की पसंद के साथ सामना करते समय चयन और निपटारे के लिए मजबूर होना पड़ता है या किसी विकल्प या माध्यम पर वे लगातार अपना ज्यादा-से-ज्यादा दे सकते हैं।

मैं भी इसे अच्छी तरह से अपने अनुभव से समझ पाया हूँ। एक युवक के रूप में, यह मेरा उद्‌देश्य और इच्छा थी कि मैं यूनाइटेड स्टेटस डिप्लोमेटिक सर्विस में प्रवेश लूँ और जब मेरे कॅरियर ने इस बात की अनुमति दे भी दी, तो मैं द्वितीय व्यवसाय के रूप में एक लेखक बनूँगा। मैंने ऐसा ही किया होता, अगर मैं किसी भी कारण से एक अकेला बच्चा होता।

इससे सब निर्णायक अंतर बन गया। किसी-न-किसी को तो मेरे पिता जॉर्ज एफ. गेटी के बनाए गए व्यवसाय को आगे बढ़ाना होता, जो उन्होंने कई सालों की कड़ी एवं लगातार की गई मेहनत से खड़ा किया था। ऐसा नहीं था कि मैं इसके लिए सबसे योग्य या एक तार्किक उम्मीदवार था, यह इसलिए हो गया, क्योंकि सिर्फ मैं ही उस समय मौजूद था।

मैं आपको आश्वस्त करता हूँ, अपने असली उद्‌देश्य की अपेक्षा इस अच्छे-खासे सफल एवं सही आकार के व्यवसाय को सँभालना मेरे लिए बहुत मुश्किल था, पर इसमें भयानक एवं परेशानी भरी संभावनाएँ भी हैं। सामने मिलनेवाली जिम्मेदारियाँ व समस्याएँ बहुत ज्यादा भारी, बड़ी व बोझिल थीं, पर इसमें कोई आपातकाल निकासी नहीं थी, जिससे मैं जानबूझकर भाग सकूँ, खासकर तब, जब मेरी माँ की सुरक्षा एवं कल्याण इससे जुड़े हुआ था।

इसके फलस्वरूप मैंने अपने सारे प्लान छोड़ दिए और अपना कॅरियर बिजनेस की दुनिया में लगाया, न कि किसी डिप्लोमेटिक सर्विस में। एक बार जब मैंने अपना निर्णय ले लिया, तो उसके बाद मैंने स्वयं के लिए यह सोच लिया कि अब जीवन में किसी भी प्रकार का खेद नहीं करना है। मुझे जो काम करने हैं, उसे करने के क्रम में मुझे वह सब करना ही होगा।

यह तो स्वीकारना ही होगा कि 'खेल' मेरी पहली पसंद थे, पर एक बार जब मुझे किसी एक परिस्थिति में वैकल्पिक खिलाड़ी की तरह भेजा गया तो मैं अपना नियंत्रण खो बैठा। इस बात पर ध्यान दिए बिना कि मैं वहाँ खेल में कैसे पहुँच गया और शुरुआती सीटी बजी। तब से यह मुझे बहुत ऊर्जा के साथ सक्रिय रूप से भाग लेने के लिए प्रेरित करता रहा और मैं गेंद से लगातार खेलता रहा।

किसी भी प्रकार की कोई गलतफहमी हो, पर किसी भी प्रकार के गुणों का दावा करने व उनको बढ़ावा देने के इरादे को मैं खारिज करता हूँ। मैं सिर्फ दो विवादों का समर्थन करने के लिए स्वयं को एक उपयोगी उदाहरण के तौर पर प्रस्तुत कर रहा हूँ। पहला, तो एक व्यक्ति हमेशा वह नहीं कर पाता, जो वह करना चाहता है, वह निश्चित रूप से स्वयं को किसी विकल्प या तर्कसंगत माध्यम से समायोजित करता है। वह अपने काम से भी जीवन में खुशी एवं संतुष्टि पा सकता है।

मेरे अनुभव ने मुझे दिखाया है कि जिंदगी में किसी भी प्रकार की कमी करने या समझौता करने के खिलाफ रोना-पीटना एक बेकार बात है। एक व्यक्ति, जो हत्या को प्रतिबंधित करनेवाले कानूनों के विरुद्ध क्रोधित हो सकता है, उस पर कोई भी बड़बड़ा सकता है, जैसे एक पारिवारिक पिकनिक के कार्यक्रम को अचानक बादल फटने का गलत पूर्वानुमान खराब कर सकता है।

आखिरकार बिना किसी शर्त के आत्मसमर्पण करने के लिए किसी व्यक्ति की स्वीकृति होती है। यह जरूरी नहीं है कि उसे अपनी गहरी आकांक्षाओं व महत्त्वाकांक्षाओं को त्यागना चाहिए और निराशा के कारण स्वयं की निंदा करनी चाहिए।

एक तरफ कल्पनाशील व संसाधनों से युक्त व्यक्ति अपने उद्देश्यों को पूरा करने के लिए अवसर प्रदान करनेवाली अपनी परिस्थितियों के अनुरूप अपना आधार व ढाँचा बढ़ाएगा, वहीं दूसरी ओर, किसी उत्साही एवं उद्यमी पुरुष एवं महिला के लिए कभी भी बहुत देर नहीं होगी कि अगर वह किसी लकीर से हटकर कोई नए कॅरियर या नए शौक विकसित कर सके, जिससे उसकी आंतरिक इच्छाएँ पूरी होंगी।

हर तरह के घटनाक्रम में, यह सबसे पहले सोचा जाना चाहिए कि इस युवा जिंदगी में, एक औसत व्यक्ति दो अलग-अलग, आपस में जुड़े संबंधों में अस्तित्व के क्षेत्र में व्यावसायिक (जिसमें उसका कार्य शामिल है) और व्यक्तिगत रूप से आगे बढ़ पाएगा।

अच्छे, बुरे या उदासीन, किसी व्यावसायिक या कॅरियर के किसी रूप में यह स्थिति किसी व्यक्ति के पूरे जीवन, दर्शन एवं जीने के ढंग में कुछ एवं किसी भी प्रकार का दवाब डालती है।

एक व्यक्ति, जो कुछ भी सीखता या अवशोषित नहीं करता है और अपने वातावरण से, जिसमें एक घंटे में करीब चालीस घंटे खर्च करता है, वह अद्वितीय होने के लिए दुर्लभ है। यह लगभग असंभवं है कि कोई भी व्यक्ति अपना ऑफिस छोड़ते या फैक्टरी गेट से गुजरते हुए अपनी नौकरी को अपने दिमाग से पूरी तरह निकाल दे। व्यावहारिक रूप से सभी अपने काम से अलग दुकानों की बात करते हैं और इससे अकेले यह साबित होता है कि यह विचार एवं प्रभाव घर ले गए हैं। चाहे ऐसे व्यावसायिक प्रभाव स्पष्टतः दृष्टिगोचर होते हैं या भ्रामक रूप से कई अन्य कारकों पर निर्भर करते हैं, पर निर्विवाद रूप से उनके अपने प्रभाव होते हैं और मैं चित्रण के लिए चमकदार रूप पर भरोसा करता हूँ।

ट्रांसलांटिक रन उड़ानेवाले एक पायलट एवं किसी डिपार्टमेंट स्टोर के अपर ब्रेकेट खरीदार की एक तुलनीय आय पाने की संभावना है, पर यह जरूरी नहीं है कि उनके दर्शन व निजी जीवन बहुत समान हों। रात की शिफ्ट में काम करनेवाला मेकैनिक व आधी रात से सुबह तक काम करनेवाला जॉकी रात के विषम घंटों में काम करते हैं, पर दोनों एक अलग सोच, लिविंग पैटर्न विकसित करते हैं और इसके बदले में वे किनारे बैठे हुए किसी दवा विक्रेता या स्थानीय सुपरमार्केट मैनेजर की तरह दिखने लगते हैं। एक निजी सहायक और एक रजिस्टर्ड नर्स दोनों ही स्त्रियाँ होती हैं और दोनों के एक ही जैसे समान आधारभूत स्त्रीत्व गुण होते हैं, पर मेरा ध्यान उस प्रश्न की ओर बार-बार जाता है कि क्या उनके विचार और उनके उद्‌देश्य और जिंदगी के पैटर्न कहीं समान हो सकते हैं।

मेरी राय में इन मतभेदों का एक अच्छा हिस्सा उचित रूप से कार्य, परिस्थितियों एवं अनुभवों के प्रभाव के लिए वर्णित किया जाता है।

मुझे लगता है कि अगर हम इस बारे में ईमानदार हैं, तो सारी चीजों को देखते हुए हम यह कह सकते हैं कि मनुष्य अपनी किस्मत का स्वयं स्वामी और कप्तान नहीं होता, क्योंकि वह उन्हें विश्वास करने के लिए प्रसन्न करता है। कोई इसके लिए मना नहीं कर सकता, कि किसी पर लगाई गई सीमाओं के भीतर उनके पास पर्याप्त स्वतंत्रता और एक अक्षांश होता है, जिससे वह अपना जीवन और अपना कॅरियर बनाने में सक्षम है।

यह कहना अपमानजनक होगा, पर यह सत्य है कि इससे कुछ नहीं बनेगा, कोई भी एडवांस नहीं होगा और दोनों में से कोई सफल-असफल नहीं होगा, क्योंकि वे किसी काम को बेहतर तरीके से करने के लिए अच्छे से प्रयत्न नहीं करते। हर उस व्यक्ति के लिए, जिसे अनौपचारिक रूप से आराम की आवश्यकता होती है और जब हम काम में

इतने लग जाते हैं तो हमारे सिर चमक से हिलने लगते हैं।

अन्य लोग ईमानदार एवं शक्तिशाली प्रयास कर सकते हैं, पर अपनी बौद्धिक या अन्य कमियों या शारीरिक बीमारियों के कारण क्या मैं यह कर पाऊँगा। ऐसे लोग हमारी समझ, सहानुभूति और जहाँ तक न्यायसंगत लगे, वहाँ तक सहायता के योग्य हैं।

फिर भी दूसरे को अपनी क्षमताओं की तुलना में कम या अधिक सफलता प्राप्त होगी—एक या दूसरे क्षेत्र में, (हमें आशा रखनी चाहिए कि दोनों में ही होगी)। हालाँकि उन्हें दूसरों के द्वारा सहायता दी जाएगी, उनकी सफलता तब भी अपने टेलेंट, प्रयासों और परिश्रम के कारण कहीं बड़े रूप में रुकी होगी।

हालाँकि मुझे यह बात जरूर लगती है कि कोई व्यक्ति अपनी जिंदगी में अपनी इच्छाओं को प्राप्त करने के लिए सारे प्रयास करता है, तो वह कुछ शब्द पाने का तो हकदार है ही—चाहे अपरंपरागत चेतावनी के रूप में ही सही।

मेरे सालों के अनुभव एवं अवलोकन से मैं इस निष्कर्ष पर पहुँचा हूँ कि बहुत सारे लोग इसलिए असफल हो जाते हैं, क्योंकि वे बहुत कुछ कोशिशें करते हैं, पर उतना नहीं करते, जितनी उनकी जरूरत है।

हाँ, मुझे पता है कि यह विरोधाभासी एवं पाखंड से भरा हुआ प्रतीत होता है, पर दुर्भाग्यवश कई लोगों के लिए यही सच है। उनकी मूल कमियाँ बहुत संक्षेप में बताई जा सकती हैं। उनके अस्तित्व के किसी भी या दोनों क्षेत्र में व्यावसायिक या व्यक्तिगत रूप में, वे यह प्राप्त करने और पूरा करने में लगे होते हैं, वे यह जानने में पूरी तरह से अक्षम होते हैं कि क्या संभव है और उनकी पहुँच की क्षमताओं में क्या असंभव है या उनकी पहुँच के बाहर है। इस बात से कुछ फर्क नहीं पड़ता है कि वे उसे कितनी दूर तक खींचना चाहते हैं।

वे अपनी दृष्टि बहुत दूर तक ले जाते हैं और फिर निराश होकर वे यह सावधानीपूर्वक देखते हैं कि वह निशाने से कितनी दूर चूके हैं।

इन सबसे मुझे एक एक्जीक्यूटिव की याद आती है, जिसे हम एक छद्म नाम देते हैं, जॉन जोन्स, जिसने एक बार थोड़े समय के लिए एक कंपनी में काम किया, जिसे मैं कंट्रोल करता था। एक अच्छा पढ़ा-लिखा, एक अच्छा व्यक्तित्व, एक अच्छा परिवार और अन्य फर्मों में एक्जीक्यूटिव कामों के लिए उसका अनुभव काफी कम था, वह जिस जिम्मेदार पद के लिए नियुक्त किया गया था, वह उसके लिए बहुत उपयुक्त उम्मीदवार था।

पर यह हनीमून बहुत कम दिन रह पाया। यह समझने में बहुत देर नहीं लगी कि जॉन जॉन्स न सिर्फ इस काम को आगे ले जा पाने में असफल हो रहा था, बल्कि न सिर्फ उसे, बल्कि अन्य कंपनी एक्जीक्यूटिव को भी अपने साथ पीछे खींच रहा था। पूरा

संस्थान पूर्व के रुके हुए कामों को एक मूर्त रूप देने में अक्षम लग रहा था, जिस कारण प्रोजेक्ट देरी से हो रहे थे और उपभोक्ता गुस्से में शिकायतें किए जा रहे थे।

मुश्किल ढूँढ़ने में बहुत मुश्किल नहीं हुई। या तो जोन्स का नया काम उसके सिर के ऊपर से चला गया था, या वह बहुत बुरी तरह से स्वयं को साबित करने की कोशिश कर रहा था, पर परिणाम यह था कि वह सब तरीके के भाव खो चुका था। उसे इस बात पर विश्वास था कि जिस संस्थान को उसने सँभाला था, वह जादू कर सकता था, वह बहुत कम समय में बहुत कुछ और सबकुछ कर सकता है। जिस किसी ने उससे कुछ पूछा या कहा, उसने बिना किसी संकोच के इस बारे में वादा किया कि कल नहीं तो परसों या बिना असफल हुए वह उस संबंध में बता देगा। इसलिए वे परेशान होकर असंभव के खिलाफ एक हारनेवाली लड़ाई लड़ रहे थे।

अब चूँकि मैं एक व्यवसायी हूँ और बिजनेस से संबंधित विश्लेषण पहले होने चाहिए, मैंने सोचा कि मुझे जॉन जोन्स को कम जिम्मेदारीवाले काम में शिफ्ट करने से पहले उसे पे-रोल पर रख लेना चाहिए। वह 50-60 साल की उम्र के बीच में था और सही से हैंडल करके वह किसी निचले एक्जीक्यूटिव स्तर पर अच्छा काम कर सकता था।

मैंने ऐसी किसी भी चीज को जल्दी से खुद से तब दूर किया, जब मुझे पता चला कि वह जॉन न सिर्फ अपने बोलने में हकलाता था और उसकी व्यक्तिगत जिंदगी में भी उसने काफी मुश्किलें पैदा कर रखी थीं। उसने ऐसा मकान खरीद रखा था, जो उसकी आय से लगभग दोगुना था और सिर्फ उसकी डाउन पेमेंट की थी। कुछ घटनाक्रमों के बाद उसे कंट्री क्लब से आराम से इस्तीफा देने को कहा जा सकता था। एक जाँच से पता चला कि अपने अपूर्ण काम के कारण वह बहुत ज्यादा कर्ज में डूबा हुआ था। जॉन्स एक खूँखार व्यक्ति था और अपनी पत्नी एवं बच्चों के लिए वह खौफनाक था। जॉन जॉन्स से उसके इस्तीफे की माँग की गई और उसके इस्तीफे में हुए उसके हस्ताक्षर की स्याही सूखने से पहले ही उसे स्वीकृत कर लिया गया।

अगर इस दु:खद कहानी को उसके फील्ड के अनेक साथियों से अलग किया जाता, तो यह बात पक्की थी कि अगर इस बात को पूरे तर्क और परिपक्वता के साथ स्वीकार किया जाता तो इन आपदाजनक त्रुटियों की संभावना बहुत कम होती। मैं कह सकता हूँ कि 50 साल की उम्र पार करनेवाले जॉन बहुत परिपक्व थे। वे घरेलू एवं व्यावसायिक जिंदगी की चक्की में खूब पिसे होंगे। 22 सालों के शादीशुदा उस व्यक्ति के तीन बच्चे हैं, जिनकी उम्र 19, 16 व 14 साल थी। उनका पिछला सारा रिकार्ड बिना किसी दाग का था, अगर उन्होंने कोई जबरदस्त छलाँग न भी लगाई तो वे धीरे-धीरे बढ़ रहे थे। इन सारे अनुभवों से वह एक अनुभवी व्यक्ति और बिजनेस एक्जीक्यूटिव बनते

जा रहे थे। मैं समझता हूँ कि इस बात से ज्यादा संतुष्टि भरी बात हो ही नहीं सकती कि उन्होंने देखा कि वे अपनी कमजोरियों पर विजय प्राप्त कर ली।

पर घबराइए नहीं, ऐसे कई जॉन जॉन्स होंगे और अगर वे किसी भी प्रकार का कोई सकारात्मक काम करें, तो उनके लिए बिना किसी गलती के यह 'रुको एवं सुनो' की चेतावनी है, जो जिंदगी का आनंद लेना चाहते हैं और अपने काम में आगे बढ़ना चाहते हैं।

कोई भी व्यक्ति, जो अपनी मौजूदा निजी एवं व्यावसायिक जिंदगी में सफल होना चाहता है, को लगातार इस बात को मापना, देखना और मूल्यांकन करना होगा कि उन मौजूदा परिस्थितियों में क्या किया जा सकता था और क्या नहीं। संक्षेप में, दोनों ही क्षेत्रों में जहाँ संभव-असंभव की बात हो, वहाँ असंभव से संभव को अलग करना आवश्यक है।

किसी चीज के बीच खिंची हुई बहुत महीन रेखा असंभव को संभव से अलग करती है और यह एक बहुत ही विशेष बात है। इसका मुख्यत: तर्क एवं निर्णय की शक्तियों के विकास के माध्यम से आंशिक रूप से परीक्षण एवं त्रुटि की प्रक्रिया द्वारा अधिग्रहण किया जाता है। हालाँकि कुछ प्रश्नों द्वारा हम निम्न बिंदुओं पर अपने विचारों और उस पर कूदनेवाले बिंदुओं के रूप में मदद कर सकते हैं—

- मैं क्या पूरा करना चाहता हूँ?
- जो मैं सोचता हूँ, जो मैं करना चाहता हूँ, क्या वह संभव है?
- वह क्या है, जो मुझे यह सोचने के लिए मजबूर करता है कि यह असंभव है?
- मैं यहाँ क्यों खड़ा हूँ—हारने या जीतने के लिए?
- क्या ऐसे मुद्दे मेरी उम्र, मेरे स्टेमिना या स्वास्थ्य को प्रभावित कर सकते हैं या इसके उलट इन विचारों से लड़ते हुए क्या मैं इसके बुरे शारीरिक प्रभावों से प्रभावित हो सकता हूँ (कोई प्रोजेक्ट या कुछ अन्य भी)?
- क्या मैं अपना समय, प्रयत्न एवं ऊर्जा को अन्य किसी दिशा में लगा सकता हूँ?

असल में ये सब सलाह ही हैं, जो दिमाग को मजबूती से चलाने का काम करती है। अंतिम निर्णय उस व्यक्ति पर निर्भर करता है।

मैंने इस संबंध में बहुत सारे मुद्दों को कवर किया है। मैं जिस चीज को सही मानता हूँ, उसे एक छोटी सी कहानी से जोड़ना चाहता हूँ।

कुछ साल पहले एक ऐसे व्यक्ति के घर में रात्रिभोज के दौरान मेहमान बनकर गया था, जो अपने सांस्कृतिक, बौद्धिक शौकों एवं व्यवसाय के लिए जाने जाते थे, जिनमें असीम ऊर्जा थी, खुशमिजाज व वित्तीय रूप से सफल आदमी थे। उस समय वे 75 साल

के थे, पर वे 20 साल छोटे लगते थे, लंबे-लंबे कदम लेकर रोजाना चलते थे और रात में दो बजे से पहले सोने के लिए जाने से घृणा करते थे।

रात्रिभोज के बाद वे और हम, जो उनके वहाँ मेहमान थे, उनके ड्रॉइंग रूम में गए। वहाँ मौजूद एक अखबार में आलेख लिखनेवाले लगातार बिजनेस और मजे को एक-दूसरे से मिलाने की कोशिश कर रहे थे और 'मानव रुचि' से संबंधित अपने एक आलेख के लिए मसाला तैयार कर रहे थे। उन्होंने मेजबान से बड़ी विनम्रता से बात शुरू करते हुए उनके अब तक के किए कामों की, ऊँचे पदकों की व उनकी आश्चर्यजनक ताकत की उनके समक्ष बड़ी प्रशंसा की और जल्दी ही इस वार्त्तालाप को एक साक्षात्कार में तब्दील कर दिया।

उस पत्रकार ने पूछा, "सर, आपने इतनी ज्यादा सफलता पाई है और यह प्रेस एवं पब्लिक आपको बहुत प्रतिभावान मानती है, क्या आप स्वयं को ऐसा ही मानते हैं?"

उन्होंने बिना किसी लाग-लपेट के हँसते हुए यह बात कहीं, "नहीं-नहीं, कभी नहीं।" यह तथ्य तब तक नहीं मानता था, जब तक मैंने यह मूल सत्य नहीं पहचाना कि जो आप सब कोई पहचानते और जानते हैं 'प्रतिभा के संदर्भ में।

पत्रकार ने फिर अगला एवं जाना-पहचाना प्रश्न पूछा कि "और असल में वह मूलभूत सत्य क्या है?"

फिर उत्तर बहुत ही सीधा और उस अच्छे आदमी की तरफ से आया, हम सबने कुछ ही देर पहले खाना खाया था और पेट भरने के बाद तसल्ली से सोफे में बैठे हुए थे।

"मैं बताना चाहूँगा कि ऐसे चार मूलभूत सत्य है। एक, व्यक्ति हमेशा खाने के मेन्यू में वे सारी चीजें नहीं पा सकता, जो वह चाहता है। वह अपनी भूख एवं अपने दस्तरखान को खुश करने के लिए एक साथ बहुत सारी विविधता भी नहीं पा सकता। तीसरा, खाना खाते समय इस पुरानी कहावत का हमेशा पालन होना चाहिए कि जितना चबा सकते हो, उतना ही खाओ, ज्यादा नहीं। चौथा, किसी को स्वस्थ्य खाना खाने से रोकना नहीं चाहिए, किसी भी खाने को सिर्फ इसलिए खा लेना चाहिए, क्योंकि वह जरूरी है, इसलिए न ही प्लेट में लेना चाहिए कि उसे बरबाद करना है या यह लेना फैशन में है।"

मेरे सोच की तरह यह प्राथमिक रूपक हमेशा दिमाग में याद रहने चाहिए। किसी खास मौके पर हर चीज आपके जीवन एवं जिंदगी जीने के लिए एक अमूल्य गाइडलाइन बन सकती है।

उन सबने यह मेरे लिए किया है।

बहुत बार किया है।

□

"जब सफलता के कारण आप बढ़ते हैं, तो जल्द ही आप यह पाते हैं कि इस दुनिया में कई ऐसे लोग हैं, जो आपको नीचा गिराने में ज्यादा खुशी महसूस करते हैं।"

—डॉ. डेविड सीब्यूरी

19

अपने दुश्मनों को कैसे नियंत्रित करें?

यह एक पुरानी इतालवी कहावत है, जो कहती है, "क्या आपके पचास दोस्त हैं? इतने काफी नहीं हैं। क्या आपका एक दुश्मन है? इतना ही काफी है।" कोई भी इन ज्ञान के शब्दों पर विवाद नहीं कर सकता, अगर आपके आसपास आपके पतन के समय में आनंद में जीनेवाले लोग हैं, तो आपके लिए किसी भी रूप में सफलता प्राप्त कर सकना बेहद असंभव है। सफलता प्राप्त करनेवाले अधिकांश लोगों में से कुछ जैसे ईशु,गांधी और लिंकन के विरुद्ध भी लोगों ने साजिशें रची थीं।

आपके दुश्मन कभी-कभी आपके लिए मूल्यवान होते हैं। आमतौर पर वे हमारे विचारों की तुलना में सत्य के ज्यादा करीब होते हैं और इसलिए हम उनसे सीखते हैं, पर अधिकांशतः वे हमारे भविष्य के लिए खतरनाक होते हैं और हमें यह आना चाहिए कि स्वयं को कम-से-कम रिस्क में रख, उनसे कैसे डील किया जाए।

मानवीय पक्ष से भी कुछ ऐसा होना चाहिए, जो मशीनगन के रूप में कुशल हो, जो हमें कार्यालय, घर, सड़क, गली में मौजूद भीड़ से बचाता है। हमें बहुत लंबे समय तक दबाया गया। हम इस लालची दुनिया की बाधाओं को दूर करने के लिए कुछ रास्ता चाहते हैं।

ऐसा कोई रास्ता है? निराश लोगों के अनुसार कोई रास्ता नहीं है। आपको अपना भार स्वयं ढोना होगा, नैतिकता के लिए रोओ। कृत्रिम लोगों के अनुसार यह दुनिया ऐसी ही है।

मैं इससे आश्वस्त नहीं हूँ, जिस बुद्धि से मनुष्य एक परमाणु

विभाजित कर सकता है और आदमी को बाह्य दुनिया में भेजता है, वह आसान सी जिंदगी जीने के लिए अक्षम है।

ये सारी बातें डेविड सीबरी ने अपनी स्वसहायतावाली पुस्तक 'द आर्ट ऑफ सेल्फिशनेस' के संशोधित संस्करण में बताई हैं, जिससे यह पाठ लिया गया है। 1937 की यह बेस्टसेलर अद्भुत किताब, जब से छपी है, वह हर साल हजारों लोगों को प्रेरित करती है और उन्हें अचंभित करती है।

अपने दुश्मनों को नियंत्रित करो। आप बिना किसी बल प्रयोग के यह कर सकते हैं। डॉ. सीबरी कहते हैं कि इससे भी ज्यादा प्रभावी तकनीकें मौजूद हैं।

मनुष्य जीने के लिए जन्मता है। उसका अंत रोका नहीं जा सकता और कोई कारण नहीं है, क्योंकि उसकी जिंदगी लंबी एवं अच्छी है। सिर्फ एक चीज है, जो उसके रास्ते में आती है। उसने प्रकृति के विरुद्ध स्वयं की रक्षा करना सीख लिया है, उसने धीरे-धीरे रोगों और समय से लड़ना सीख लिया है, पर उसने अन्य पुरुषों की जलनखोरी, लालच, बुरी भावना और मतलबी होने पर लड़ना अभी तक नहीं सीखा है।

क्या स्वयं को उसके विरुद्ध बचाना कोई पाप है?

भावनात्मकवादियों के लिए, जो अभी भी बच्चों की तरह आदर्शों से प्रभावित हैं, आत्मरक्षा एक स्वार्थी चीज है। उनका यह विश्वास है कि 'वापस से लड़ना' हमारी वंशानुगत नैतिकता का उल्लंघन करना है (कई लोग उपदेश देते हैं, पर कुछ ही उसका पालन करते हैं।)।

जो कोई भी इस सुप्रीम भावना से असहमत हैं, वे यह मानते हैं कि प्रत्येक जीवित प्राणी का यह सबसे बड़ा कर्तव्य है कि वह इस तरह से पेश आए कि बुराई की ताकतों को जीवन की अच्छी शक्तियों को नष्ट करने का कम-से-कम मौका मिले। अगर हम उन्हें ऐसे ही भागने देंगे, तो कोई उम्मीद नहीं रहेगी।

शत्रुता की समस्या नई नैतिकता के मूल तक जाती है। पुरानी दार्शनिकता पर दो सिद्धांतों ने हमेशा शासन किया है। पहले वाले में, तुमने हिंसक प्रयोग किए, अपना गुस्सा उतारा, अपने विरोधाभासों को संतुष्ट कर, क्रोध पर विजय पाई। अन्य शब्दों में, आपने बुरी ताकतों को स्वयं पर विजय पाने की अनुमति दी है।

गांधीजी ने भी एक बार निष्क्रिय तरीके का अभ्यास किया था। मुझे इस पर संदेह होता है। रचनात्मक, गैर-प्रतिरोध, सकारात्मक तरीके से दुश्मनों को दूर करने के लिए

एक सक्रिय अभियान बुराइयों को दूर करने के लिए एक तीसरा व बीच का तरीका है। अपने प्रतिद्वंदी को उसी से नष्ट करें। शक्तियों के प्रयोग किए बिना उसे सशक्त बनाने के कुछ साधन खोजें। मानसिक जूडो या कराटे खेलें।

सिर्फ लड़ने के लिए मत लड़ो। अपने ईगो को बढ़ावा देने के लिए मत लड़ो। अपने गर्व को बढ़ाने के लिए मत लड़ो। अपने विरोधियों को दूर करने के लिए या उन्हें दंडित करने के लिए मत लड़ो। एक बड़े परिप्रेक्ष्य में जीतने के लिए लड़ो, बिना किसी लड़ाई के लड़ना बहुत ही असंगत लगता है। सकारात्मक शक्ति के लिए प्रयास करो, एक आकर्षक शक्ति, जो अजेय होगी, वह आपकी परेशानी को दूर करने में सक्षम होगी, जैसे किसी विषय पर अपना दिमाग बदलने पर एक व्यक्ति ने मुझे मारने की धमकी देने की कोशिश की। वह इस बात को अच्छे से समझता भी था, पर इससे पहले कि जब उसने शुरू किया था, तो मैंने बहुत आराम से उससे कहा, "जब हमारी लड़ाई पूरी हो जाएगी, तो मेरा मन कभी भी नहीं बदलेगा। तुम मुझे मार सकते हो, पर मुझे समझा नहीं सकते। तुम यह सब तब याद करोगे, जब तुम जेल में आराम करोगे। मेरी दृढता ने अपने क्रोध पर विजय प्राप्त कर ली है। हम लड़ाई नहीं करते हैं।"

मेरे सुझाव देने का मतलब यह नहीं कि समस्या का निवारण रचनात्मक नॉन रेसिसटेंश से है, जिससे परेशानी समाप्त हो जाए। इसका अभ्यास तब तक किया जाता है, जब कोई रचनात्मक तरीके से इसके संचालन में कोई कुशल नहीं हो जाता, इसके बाद यह चमत्कार करता है। अगर आप अपनी बुद्धि का प्रयोग करते हैं तो आप शायद ही हमला करेंगे।

यह एक प्राचीन कहावत है कि अगर आप व्यक्ति को लंबी रस्सी देंगे, तो तो खुद को फाँसी पर लटका लेगा। अगर कोई दुश्मन चाहे, तो वह भी अपनी असफलता का कारण बन जाएगा। वह भी इसके कुछ बिंदुओं का उद्घाटन करके ही चेकमेट फैक्टर की तरह इसका उपयोग करेगा।

एक महिला के कुछ पड़ोसियों को उसके पति पसंद करते थे, पर वह बहुतों की पसंदीदा थी। उसके पति ने उसके लिए एक नौकर रखने से भी मना किया था, जबकि वे एक नौकर तो रख ही सकते थे। उसे घर के काम करना कठिन लगता था। इस बुरी दशा के कारण वह दुःखी रहती थी और ऐसा हो गया था कि किसी एक बीमारी से उठती तो उसे दूसरी बीमारी पकड़ लेती।

उसने हमेशा यह कहना शुरू किया कि "क्या यह मजेदार नहीं है।" मुझे हमेशा अपना मकान सजाकर नहीं रखना, जैसा अन्य महिलाएँ करती हैं, क्योंकि हमारे वहाँ कोई आनेवाला नहीं है तो इस बात से कुछ फर्क नहीं पड़ता। उस जगह की गिरती हुई हालत को देखकर उसके पति ने एक सेवक रखा और फिर पड़ोसियों को बुलाया, यह

सुनिश्चित हो गया कि वह किसी झोंपड़ी में नहीं रह रहा है।

क्या आपने नोटिस किया कि ऐसा करने से आप अपनी बात मनाने में सफल हो गए। बेकार की चीजों को छोड़ दें और अपने उद्देश्यों के लिए लड़ें। अपने सोच को पकड़े रहें, न कि उन मूल्यों को, जो आपके काम की समाप्ति को रोकते हैं। एक घमंडी आदमी ही एक सरल मार्ग चाहता है।

फ्रैंकलिन डिलेनो रूजवेल्ट अपने दुश्मनों को नियंत्रित करने का राज जानते थे। एक बार एक बाल्की सीनेटर महत्त्वपूर्ण कानून बनने की राह में आड़े आ रहे थे, तो उन्होंने पाया कि वह सीनेटर एक स्टैंप जमा करनेवाला व्यक्ति है और उसका यह ज्ञान उसके लिए बुहत लाभदायक हुआ। एक रात जब वह अपने स्टैंप जमा करने के काम में लगा हुआ था, एफडीआर (फ्रैंकलिन डिलेनो रूजवेल्ट) ने सीनेटर को फोन किया और उससे मदद माँगी। सीनेटर खुशी से झूम उठा, वह उसी शाम आया और उन्होंने कुछ समय के लिए साथ में काम किया तथा अगले दिन जब बिल के लिए आवाज से वोटिंग हुई, तो सीनेटर ने उनके लिए वोटिंग की। यहाँ जो पाठ पढ़ाया गया, वह बहुत महत्त्वपूर्ण है। बिना समय गँवाए उस टिकट जमा करनेवाले व्यक्ति ने अपने मतभेदों का उल्लेख किया। उन्हें एक-दूसरों को बेहतर से समझने का मौका मिला और वे दोनों 'दुश्मन' 'दोस्त' बन गए।

कभी-कभार एक दुश्मन परेशान करनेवाला होता है और उसे रोकने के लिए थोड़ी ताकत दिखानी पड़ती है। यह एक व्यक्ति के लिए जितना सही है, उतना ही एक देश के लिए भी। उस दुश्मन के खिलाफ साहस एवं दृढ विश्वास एक शक्तिशाली हथियार है,जो सिर्फ मुक्कों एवं बंदूकों की भाषा समझता है। जब आप डरते हैं तो जानवरों को पता होता है और कमजोर को पता होता है कि आप डरते नहीं हैं।

□

"मानवीय दुर्घटनाओं में सबसे बड़ी दुर्घटनाएँ वे हैं, जिनमें व्यक्ति असफल होने के बाद अपनी जिंदगी बरबाद कर देता है और फिर से प्रयास करने की अपनी इच्छा खो देता है।"

—फ्रेडरिक वेन रेनसिएलर डे

20

अपनी असफलता से कैसे निकलकर आएँ?

'द मैजिक स्टोरी' सबसे पहले दिसंबर 1900 में जारी हुई, जो असल में एक सफल मैगजीन का एक हिस्सा थी। इसने तुरंत सनसनी पैदा कर दी और फिर तुरंत किए गए तत्काल अनुरोध के बाद उसे एक पुस्तक के रूप में पुनर्मुद्रित किया गया और एक छोटी सिल्वर-ग्रे रंग की पुस्तक छपकर आई।

यह दो भागों में विभाजित थी, कहानी के पहले भाग में एक निचले वर्ग का एक अनूठा कलाकार था, जिसका नाम था स्टूएर्टेवंट, जिसकी ज़िंदगी अचानक अच्छे के लिए बदल रही थी, जब से उसने कबाड़ी से एक पुरानी किताब खरीदी थी, जिसे वह मैजिक स्टोरी कहता था और वह किसी अज्ञात लेखक द्वारा लिखी गई थी। वह यह किताब अपने कई दोस्तों को सुना रहा था, जिन्हें उसके संदेश से फायदा हो रहा था, स्टूएर्टेवंट ने उसके घर में वे कहानियाँ भिजवाईं, जो उसने अभी तक किसी से नहीं कही थीं, ताकि वह उन कहानियों को अकेले में पढ़ सके।

उसके दोस्त ने रिपोर्ट की।

मुझे यह पुस्तक मुश्किल नहीं लगी। जैसा स्टूएर्टेवंट ने कहा था, वह पुस्तक एक विचित्र सी घरेलू प्रकार की लगी, कच्चे चमड़े से बनी यह पुस्तक चमड़ी की पेटी के साथ बँधी थी। इसके पन्ने अलग प्रकार के पीले थे, जो चमड़े के बने पन्ने थे और ऐसा लगता था कि वे पन्ने घर में ही बने हों। उस कहानी का नाम अंतिम पन्नों पर अंकित था। यह बहुत ही विचित्र एवं अजीब था, यहाँ तक कि उसका प्रिंटर उस

लेखक की निगरानी में ही सैट था। उसकी कहावतें 17-18वीं सदी के स्वभावों का अजीब मेल थी और सीधी एवं टेढ़ी लिखावट से की गई छेड़छाड़ जरूर लेखक के दिमाग के अलावा किसी अन्य का सोच हो ही नहीं सकता।

कहानी को फिर से बताने के चक्कर में दोस्त ने लिखा, "इसमें स्पेलिंग, टाइप एक अलग प्रकार का है और इस प्रकार यह अलग हो जाता है, पर अन्य मामलों में यह बदलता नहीं है।"

मैजिक स्टोरी के दूसरे भाग में फ्रेडरिक वेन रेनसिलेयर डे कहते हैं कि सारा लेख घर के बने चर्मपत्रों पर लिखा गया है। एक दिन ये शब्द आपके लिए भी उतने महत्त्वपूर्ण होंगे, जितने स्टूर्टेवेंट के लिए कभी थे।

अपने अनुभवों से मैंने जितना विकसित किया है, सभी सांसारिक उपक्रमों के लिए सफलता एक बहुत बड़ा रहस्य है। मैं इसे बुद्धिमानी ही मानता हूँ, क्योंकि मेरे दिन गिने जाते हैं, क्योंकि यह आनेवाली पीढ़ियों को मिले, क्योंकि जो ज्ञान मुझे मिला है, वह मैं आगे दे पाऊँ। मैं अपनी भावनाओं के आगे माफी व्यक्त नहीं करता। मेरे पास कलम से ज्यादा भारी उपकरण हैं और इसके अलावा सालों के भार से मेरे हाथ एवं दिमाग काँपने लग गए हैं, यहाँ तक कि मैं आपको कह सकता हूँ कि मैं अखरोट की चीज को उसका मांस मानता हूँ। कुछ भी हो जाए, उस खोल को जिस भी तरह तोड़ा जाए, उसमें से मीट ही निकलेगा और वह स्वयं प्रस्तुत होकर उपयोगी होगा? मैं इस बात पर शक नहीं करता कि जो भाव बचपन से मेरी याददाश्त में बैठे हुए हैं और जो लोग मेरी उम्र के हो जाएँगे, तो वे जवानी की यादें आज की तुलना में उनके दिमाग में साफ हो जाएँगी। इस बात से फर्क नहीं पड़ता कि एक विचार किस प्रकार व्यक्त किया जाता है, अगर यह बहुत अच्छा व सहायक है, तो वह समझेगा।

मैंने यह बात बहुत ज्यादा अपने दिमाग में बैठा ली है कि किस तरह सफलता की विधि का वर्णन किया जाए और मैंने यह अच्छे से खोज लिया है और मुझे यह सलाह वैसे ही देनी चाहिए, जैसी मेरे पास आई थी। अगर मैं अपने जीवन की किसी कहानी से इसे जोड़ता हूँ, पदार्थों को एकत्रित करने का निर्देश और उस पकवान की पूर्ति के लिए सीजनिंग की आपूर्ति स्पष्ट रूप से वह करेगा। ऐसा हो सकता है कि मेरे गंदा होने के बाद भी अगर पुरुष पीढ़ियों तक बदल सकता है, तो मुझे लिखनेवाले शब्द आशीर्वाद देनेवाले शब्दों के लिए जीवित रहेंगे।

मेरे पिताजी अपने प्रारंभिक जीवन में समुद्री डाकू थे, उन्होंने अपने शुरुआती दिनों में अपने व्यवसाय को त्याग दिया और वर्जीनिया के एक उपनिवेश में वृक्षारोपण कर वहाँ बस गए, फिर वहाँ कुछ सालों के बाद मैं पैदा हुआ और वह साल 1642 था। मेरे पिता के लिए बेहतर था कि उन्होंने मेरी माँ की बेहतरीन बात मानी और शिक्षा के क्षेत्र में लगे रहे तथा जैसा कि मैंने बताया कि वे अच्छे पोत के कप्तान बने। उसने सबसे पहले पाठ से जो सबक सीखा, वह इस प्रकार है।

मनुष्य को उसके हाथ में आनेवाले किसी भी अवसर के लिए अपनी आँखें बंद कर नहीं रखनी चाहिए, क्योंकि उसे याद रखना चाहिए कि भविष्य के हजार वादे चाँदी के एक टुकड़े के सामने कम नहीं होने चाहिए।

जब मैं दस साल का था, तो मेरी माँ का देहांत हो गया और उसके दो साल के बाद मेरे पिताजी भी उनके पीछे हो लिये, उनकी औलाद के रूप में मैं पीछे अकेला रह गया, होने को उस समय पिताजी के दोस्त थे, जो मेरी परवाह करते थे और उन्होंने मुझे भी अपनी छत के नीचे रहने का न्योता दिया और अगले पाँच महीनों तक मैंने इसका लाभ भी लिया। मेरे पिताजी की संपत्ति से तो मुझे कुछ भी नहीं मिला, पर बढ़ते सालों के साथ मेरे भीतर बुद्धि आने लगी। मैं स्वयं को समझाया कि मेरे पिताजी के उन दोस्तों, जिनकी छत के नीचे मैं कुछ दिन रहा, ने उन्हें धोखा दिया, इसलिए वे मेरे लिए भी वैसे ही हैं।

साढ़े बारह साल से तेईस साल तक मैंने कोई रियाज नहीं किया, चूँकि इस बात का इस कहानी से कोई मतलब नहीं है, पर कुछ सालों के बाद 16 गिन्नियाँ अपने नाम कराने के बाद, 10 जो मैंने अपनी मेहनत से कमाए थे, से मैं बोस्टन शहर जहाज लेकर गया, जहाँ मैंने पहले कूपर की तरह काम किया, फिर एक जहाज कारपेंटर के रूप में होने को जहाज बंद किए जाने के बाद समुद्र कभी भी मेरी इच्छाओं में से नहीं रहा।

गुस्से की शुद्ध विकृति के कारण किस्मत भी उन्हीं पर मुसकराती है, जो उसके शिकार होते हैं। मेरा इनमें से एक अनुभव यह रहा कि मैं आगे बढ़ा और सत्ताईस साल में मैं एक यार्ड का स्वामी हो गया और चार साल से भी कम समय में मैंने किराए पर काम करना शुरू कर दिया था, पर किस्मत बहुत नटखट होती है, उसे रोका नहीं जा सकता, उसे लाड़-प्यार भी नहीं दिया जा सकता। इस प्रकार उसने दूसरा पाठ सीखा।

किस्मत हमेशा छिपी होती है और उसे बल के प्रयोग पर ही बनाए रखा जा सकता है। अगर आप उसके साथ नरमी से पेश आएँगे, तो वह आपको एक मजबूत व्यक्ति के लिए छोड़ देगी। [ऐसे में मैं सोचता हूँ कि वह मेरी जानकारी में अन्य औरतों की तरह ही है।]

इस बार, आपदा (जो टूटी हुई आत्माओं एवं खोए हुए हलों को पूर्वसूचित करती है) मेरे पास आई। मेरे याड्‌र्स को आग खा गई, मेरे अँधेरे रास्तों में कर्जे के अलावा

कुछ नहीं बचा, मेरे पास एक सिक्का भी नहीं था, जिससे मैं कुछ चुका पाऊँ। मैंने अपने निकट के लोगों के साथ मेहनत की, एक नई शुरुआत के लिए मदद ली, पर जिस आग ने मेरी भीतर की प्रतियोगिता को मार दिया था, उसने सारी संवेदनाएँ भी ले लीं। यह बहुत थोड़े समय में ही हो गया, जिसमें मेरा सबकुछ बरबाद हो गया और मैं बुरी तरह से दूसरों के बोझ तले दब गया तथा इसके लिए उन्होंने मुझे जेल में डाला। यह संभव था कि मैं अपने नुकसान से निकल आऊँ, पर इस बेइज्जती से मेरी आत्मा को मारा गया और मैं बुरी तरह से हताश हो गया। अगले एक साल तक मैं जेल में बंद रहा, जब मैं बाहर निकला, तो मैं पहले की तरह आशान्वित नहीं था, न ही एक प्रसन्न एवं संतुष्ट आदमी। दुनिया और उसके लोगों पर विश्वास करने लगा, जो यहाँ प्रवेश करते थे।

जिंदगी के बहुत सारे रास्ते हैं और उनमें से ज्यादातर नंबर नीचे जाते हैं। उनमें से कुछ तेजी से नीचे जाते हैं और अन्य धीरे-धीरे नीचे जाते हैं, पर अंततः जिस भी झुकाव के साथ एंगल लगाया जाता है, वह एक ही जगह पर आकर मिलते हैं और वह है—असफलता। इस प्रकार तीसरा पाठ शुरू होता है।

असफलता सिर्फ कब्र में ही होती है। जो व्यक्ति अब तक जिंदा है, वह अभी तक मरा नहीं है, वह उसी मार्ग पर घूम सकता है, जिस पर वह उतरता है और एक ऐसा मार्ग हो, जो धीरे-धीरे नीचे जाता हो (जिससे पहुँचने में सफलता लंबी हो) और वह इस परिस्थिति में ज्यादा अनुकूल हो।

जब मैं जेल से बाहर आया, मेरे पास एक पैसा नहीं था। इस पूरी दुनिया में मेरे पास वही पुराने कपड़े थे, जिन्हें मैं पहने हुए था और चलने के लिए मेरे पास एक छड़ी थी, जो मुझे रखने के लिए दी गई थी और वह किसी काम की नहीं थी। एक कौशलपूर्ण कामगार होने के कारण, मुझे अच्छी मजदूरी पर काम मिल गया, पर दुनिया में अच्छी चीजें खा लेने के कारण मेरे भीतर असंतुष्टि घर कर गई। मैं उदास एवं जिद्दी हो गया। अपने भीतर की आत्मा को प्रोत्साहित करने से और अपनी हानि को भूलने के कारण जो मुझे मिली हैं, मैंने अपनी शामें शराबखाने में बितानी शुरू कर दीं। कुछ अवसरों को छोड़कर ऐसा नहीं था कि मैं बहुत ज्यादा शराब पीता था (पर मैं थोड़ा संयमी जरूर था), पर मैं हँस-गा सकता था, पर मेरी बुद्धिमानी मेरा हमेशा ही बचाव करती रही और इस कारण मैं कभी भी गलत संगत में नहीं पड़ा और इसे चौथे पाठ में शामिल किया जाना चाहिए।

मेहनती लोगों में से कुछ कॉमरेड छाँट लें, जो निष्क्रिय हैं, वे आपके भीतर से भी ऊर्जा निकाल देंगे।

उस समय तो मेरी खुशी थी, थोड़ा सा लालच, मेरी आपदा की कहानी और उस व्यक्ति के विरुद्ध मैं खड़ा हुआ, जिसने मुझे गलत साबित किया। इसके अलावा, मुझे हर

दिन अपने नियोक्ता के वहाँ से चोरी करने में बच्चों सा मजा आता है, उन्होंने मुझे इसके लिए भुगतान किया है। ऐसी चीजें चोरी करने से ईमानदारी नहीं होती।

यह आदत बनी रही और मेरे भीतर तब तक बढ़ती गई, जब तक एक दिन मैं बिना किसी रोजगार के न रह गया, इसके साथ ही मेरा चरित्र भी न रहा, इसका मतलब यह हुआ कि अब मैं बोस्टन शहर में किसी नियोक्ता के वहाँ कोई काम भी नहीं खोज सकता था।

इसे मैंने अपनी असफलता माना। उस समय मैंने अपनी परिस्थिति को उस व्यक्ति की तरह माना, जो पहाड़ के तीखे किनारे से नीचे उतर रहा है और उसने पैरों पर अपना नियंत्रण खो दिया। वह जितना स्लाइड करता, वह उतना तेज जाता। मैंने इस स्थिति को इशमेलाइट के रूप में भी जाना, जिसके संदर्भ में मैं यह समझता हूँ कि वह ऐसा व्यक्ति है, जो सभी लोगों के विरुद्ध जाता है एवं हर व्यक्ति उसके विरुद्ध है और फिर पाँचवाँ अध्याय शुरू होता है।

इश्मेलाइट और कुष्ठ रोग एक जैसे हैं, दोनों रोगों को लोग घृणा की दृष्टि से देखते हैं, यद्यपि दोनों काफी अलग हैं—पहला एक अच्छे स्वास्थ्य के लिए होता है। पहला पहलू सीधे आपकी कल्पना का परिणाम होता है। दूसरे में आपके शरीर में जहर भर जाता है।

मैं इस बारे में बहुत ज्यादा बात नहीं करूँगा, क्योंकि इससे मेरी ऊर्जा का धीरे-धीरे क्षरण होता है। अब दुर्भाग्य से ज्यादा कुछ भी खोदने पर नहीं मिल रहा है (जो याद रखने योग्य है)। अगर मैं जोड़ूँ तो मेरे लिए यह काफी है, जब मेरे पास भोजन एवं वस्त्र खरीदने के लिए एक पैसा नहीं था, तो मैंने स्वयं को एक भिखारी की तरह पाया, जब मैंने कुछ पैसे कमाए या कुछ शिलिंग कमाए, तो मैंने कुछ बचा लिया था। मैं धीरे-धीरे अपना रोजगार सुरक्षित नहीं रख सका, तो मैं स्वयं से शर्मिंदा हो गया और मेरी आत्मा कंकाल हो गई।

मैं दु:खी था, शरीर के लिए यह काफी नहीं था और न ही मेरे मानसिक भाग के लिए, जो मौत तक बीमार रहा। मेरी कल्पना में, मैं पूरी दुनिया से उखाड़ फेंका गया था, मैं बहुत नीचे डूबने लगा था और इस प्रकार छठे अध्याय की शुरुआत हुई, (जिसे एक वाक्य में नहीं बतलाया जा सकता, न ही एक पैरा में, पर इस कहानी के शेष भाग से इसे समझा जा सकता है।)…

मुझे सच में उस रात का अपना जागना याद है, जब मैं नींद से उठ नहीं पाया था। कूपर की दुकान के ठीक पीछे मेरा बिस्तर दाढ़ी बनानेवाले सामान से भरा पड़ा था, जहाँ मैं कभी किराए पर काम करता था, मेरी छत कास्क का पिरामिड थी, जिसके नीचे मैंने खुद को स्थापित कर रखा था। रात ठंडी थी और मैं भी ठंड से जम गया था, पर

विरोधाभासी बात यह है कि मैं प्रकाश और गरमी के सपने देख रहा था और अच्छी चीजों के बारे में सोच रहा था। आप कहेंगे कि जब मैं दृश्य का अपने ऊपर प्रभाव महसूस कर रहा था तो मेरा दिमाग इससे बहुत प्रभातित हो गया। इसलिए यह एक आशा ही है, जिससे किसी का दिमाग प्रभावित होता है, जिसने मुझे इतना कुछ लिखने के लिए प्रेरित किया। यह मेरा सपना ही था, जिसने मेरे विश्वास को बदल दिया और उससे मुझे दो पहचान मिली—यह मेरे अच्छे के लिए ही हुआ, जिसने मुझे सहायता भी दी, क्योंकि व्यर्थ में ही मैंने अपने परिचितों से सहायता की अपील की थी। मैंने इस परिस्थिति के बारे में पहले से ही सुना था, जिसे 'डबल' कहते हैं। होने को इस शब्द का कोई खास अर्थ समझ नहीं आता। डबल को कभी भी दुगुने से ज्यादा नहीं किया जा सकता है, किसी भी व्यक्ति के पास आधा व्यक्तित्व भी नहीं होता, पर मैं इस बात को दार्शनिक नहीं बनाऊँगा, क्योंकि दर्शन ऐसा है, जैसे कपड़ों का सूट, जो सजाने के लिए किसी डमी की आकृति के ऊपर लगाया जाता है।

यह कोई सपना भी नहीं था, जिसने मुझे प्रभावित किया, यह एक छाप थी, जिसने मेरे ऊपर अपना प्रभाव छोड़ा और इसने मुझे मुक्ति प्रदान की। अन्य शब्दों में, इससे मुझे अपनी दूसरी पहचान बनाने को बढ़ावा मिला। बर्फ एवं हवा के तूफान को मैंने खिड़की से देखा और फिर दूसरे को भी देखा। उसका स्वास्थ्य अच्छा था और वह चूल्हे पर लकड़ी के बड़े-बड़े टुकड़े आग के लिए जलाता था, उसके आचरण में बहुत शक्ति एवं बल था, वह शारीरिक एवं मानसिक रूप से बहुत शक्तिशाली था, पर मैंने बड़ी कमजोरी से दरवाजे पर प्रवेश किया और उसने मुझे घुसने दिया। उसकी आँखों में किसी भी प्रकार की कोई उपहासवाली मुसकराहट नहीं थी और उसने मुझे आग के सामने बैठने के लिए एक कुरसी भी दी, पर उसने स्वागत का एक शब्द भी नहीं कहा और जब मैंने स्वयं को गरम कर लिया, तो मैं उस तूफान के आगे शर्म से बोझ से भरकर आगे गया और यह हम लोगों के बीच का अंतर मुझ पर हावी हो गया। मैं तभी फिर जागा कि मैं अकेला नहीं हूँ। मेरे साथ एक उपस्थिति थी, जो दूसरों के लिए अस्पृश्य थी, मैंने बाद में यह खोज की, कि यह ही मैं असली रूप में हूँ।

मेरी मौजूदगी में ही मेरी समानता थी, पर फिर भी वह विपरीत जा रही थी। भौंहें मेरी भौंहों से ज्यादा उन्नत, ज्यादा गोल और पूरी स्पष्ट, किसी उद्देश्य से भरी हुईं, उत्साह एवं संकल्प से चमकती थीं। होंठ, ठुड्डी, चेहरे एवं आकृति की पूरी रूपरेखा प्रभावशाली एवं निर्धारित थी।

वह शांत, दृढ एवं आत्म-निर्भर था। मैं घबरा गया था और मेरी नसें डर के मारे काँप रही थीं और कुछ मुझे कुछ अज्ञात छायाओं का डर था। जब उपस्थिति दूर हो गईं, तो मैंने उनका पीछा किया और पूरे दिन उसे आँखों से ओझल होने नहीं दिया, एक समय

के बाद जब वह आँखों से ओझल हो गया, कहीं दरवाजे से दूर, तो मेरी वहाँ घुसने की हिम्मत नहीं हुई, ऐसी जगहों पर मैंने भय एवं घबराहट के कारण वापसी का इंतजार किया, क्योंकि मैं उपस्थिति के उतावलेपन के बारे में सोचने में मदद नहीं कर पा रहा था (इसलिए खुद की तरह और उसके विपरीत) उस जगह में घुसने की कोशिश कर रहा था, जहाँ जाते हुए भी मेरे पाँव डर के मारे काँपते हैं।

ऐसा लगा कि जानबूझकर किसी खास कारण से मैं उस जगह पर उस आदमी के पास ले जाया जा रहा था, जहाँ मैं खड़े होने पर डरता हूँ, ऐसे ऑफिस में जहाँ मैंने बिजनेस के लेन-देन की, ऐसे आदमी के साथ, जिनके साथ मैंने वित्तीय लेन-देन किया था। पूरे दिन उसकी मौजूदगी रही और शाम को मैंने देखा कि वह एक ऐसे हॉस्टल में गायब हो गया है, जो अपने उत्साह एवं अच्छे जीवन के लिए प्रसिद्ध है। मैंने शेविंग और कास्क के पिरामिड की माँग की।

उस रात मेरे दिमाग में उससे अच्छा और कुछ नहीं आया। खुद (यही वह नाम है, जो मैंने दिया था) यद्यपि मैं नींद से जाग गया था, वह मेरे पास था, वह अपने चेहरे पर शांत-सी मुसकान धारण किए हुए था, जिसे दया के रूप में कभी भी गलती से नहीं लिया जा सकता या किसी प्रकार से कोई शोक के रूप में नहीं लिया जा सकता। इन अवमानना ने मुझे बुरी तरह से डसा।

दूसरा दिन पहले से अलग नहीं था, मुझसे पहले आए दूतों की पुनरावृत्ति के कारण, मुझे भी उन मुलाकातों के दौरान बाहर बैठकर इंतजार करना पड़ता था, जहाँ मुझे वह उपस्थिति उन जगहों पर दी गई, जहाँ जाने के लिए मेरे पास आवश्यक साहस था। यह डर ही था, जो एक मनुष्य के शरीर की आत्मा से निर्वासित हो जाता है और इसे एक तुच्छ चीज मान लेता है। बहुत बार मैंने इसे संबोधित करने के लिए लिखा, पर अस्पष्ट उच्चारण के कारण शब्द मेरे मुँह में आकर ही रह गए और दिन पूर्व की तरह ही चला गया।

ऐसा कई दिनों तक हुआ, तब तक होता रहा, जब तक मैंने उसे गिनना बंद कर नहीं कर दिया। उसके बाद मैंने देखा कि उस व्यक्ति के साथ मेरे लगातार साथ के बढ़ने से मुझ पर कुछ प्रभाव पड़ रहा था और एक रात मैं उन कास्क के बीच में उठा और पहचाना कि वह तो वहीं मौजूद था, मैंने बहुत साहस के साथ कहा, पर साथ में आवाज थोड़ी डरी-सी थी।

मैंने यह पूछने का साहस किया, "तुम कौन हो?" और फिर मैं अपनी ही आवाज सुनकर सीधा बैठा और ऐसा लगा कि यह प्रश्न मेरे साथी को मजा दे रहा है, जब मैंने उसकी प्रशंसा की तो उसकी मुसकराहट थोड़ी कम हो गई और फिर उसने जवाब दिया।

उसने जवाब दिया कि "मैं वह हूँ, जो मैं हूँ। मैं वह हूँ, जो तुम हो, मैं वह हूँ, जो

तुम्हें फिर से होना चाहिए, जो तुम होने से संकोच करते हो? मैं वह हूँ, जो तुम थे और जिसे तुमने दूसरी कंपनी के लिए निकाल दिया था। मैं आदमी के रूप में भगवान् हूँ, जो एक समय तुम्हारे शरीर में था। एक समय जब हम साथ रहते थे, किसी सद्भाव में नहीं, उस रूप में कभी नहीं, किसी एकता में भी नहीं, जो असंभव है, पर एक सामान्य किराएदार के रूप में, जिन्होंने कब्जे के लिए शायद ही कभी लड़ाई की। फिर आप छोटे से भी थे, पर तब तक तुम स्वार्थी और कठोर हो गए और मैं आपके साथ ज्यादा दिनों तक आपके पीछे नहीं चल सका, इसलिए मैं बाहर निकल आया। हर मानव शरीर में यह एक अच्छा एवं बुरा गुण दोनों ही हैं, जो इस दुनिया में आया है। इनमें जिस किसी को लोगों का समर्थन मिल जाता है, वह प्रभावी हो जाता है, वहीं इन में से कोई एक अपना आवास त्यागने का इच्छुक भी हो जाता है। मैं तुम्हारे लिए एक प्लस इकाई हूँ। मेरे पास सारी चीजें हैं, तुम्हारे पास कुछ नहीं है। वह शरीर, जिसमें हम दोनों रहते हैं, वह मेरा है, पर वह गंदा है और मैं इसके भीतर नहीं रहूँगा। इसे साफ करो, फिर मैं इस पर कब्जा करूँगा।"

मैंने उस व्यक्ति से कहा, "तुम मुझे क्यों बता रहे हो?"

"तुमने मुझे बताया है, मैंने तुम्हें नहीं। तुम मेरे बिना कुछ समय के लिए रह सकते हो, पर तुम्हारा रास्ता नीचे की ओर जा रहा है और उसका अंत मृत्यु है। अब जब तुम अंत तक आ चुके हो, तो तुम बहस करो, अगर वह सभ्य नहीं होगी, तो तुम अपना घर साफ करना और फिर मुझे उसमें आने के लिए आमंत्रित करना। फिर आत्मा एवं इच्छा से किनारे हो, उन्हें अपनी मौजूदगी से साफ करो और सिर्फ उस परिस्थिति में यह सब करो कि एक दिन मैं इसे फिर कब्जा लूँ।"

मैंने कमजोर पड़ते हुए कहा कि "दिमाग ने अपनी शक्ति खो दी है। इच्छा एक कमजोर चीज है और क्या तुम अब उसकी मरम्मत कर पाओगे?"

मौजूदगी ने कहा, "सुनो।" और वह मेरी तरफ झुका, वहीं मैं डरकर उसके पैरों पर गिर पड़ा। "किसी व्यक्ति की एक प्लस इकाई पर सभी चीजें संभव हैं। यह दुनिया उसी की है—उसकी जागीर की तरह। वह डरता नहीं है, खौफ नहीं खाता है, रुकता नहीं है, किसी विशेष अधिकार की बात नहीं करता है, पर उसकी माँग जरूर करता है, वह हावी होता है, पर चापलूसी नहीं करता है; उसकी प्रार्थनाएँ उसका आदेश हैं, विपक्ष उस तक पहुँचने के लिए दौड़ता है, वह पहाड़ों को पार कर जाता है, घाटियों को भर देता है और ऐसे विमानों पर भी यात्राएँ करता है, जहाँ ठोकरें अज्ञात हैं।"

उसके बाद मैं फिर से सो गया और जब मैं उठा, तो वह एक अलग ही दुनिया लगी। सूरज चमक रहा था और मैं बहुत सचेत था और चिड़िया मेरे सिर के ऊपर से चहकते हुए जा रही थी। कल मेरा शरीर काँप रहा था और किसी भी तरह से अनिश्चित

था, वही आज सशक्त एवं ऊर्जा से भर गया था। मैं भौंचक्का होकर कास्क के पिरामिड देखता रहा, कि मैंने एक छोड़ी हुई जगह का कितना इस्तेमाल कर लिया और मैं इस बारे में आश्चर्यपूर्वक सचेत था कि कल की रात मैंने उस छत के नीचे गुजारी थी।

उस रात की घटनाएँ मेरे सामने दोबारा आने लग गईं और मैं उस उपस्थिति के बारे में सोचने लगा। वह दिखाई देने योग्य नहीं था, पर शीघ्र ही मैंने खोज निकाला था कि वह एक आराम करने की जगह में दूर कहीं पालथी मारकर बैठा था, जो छोटा सा, निम्न व सिहरन पैदा करनेवाली एक आकृति थी, जिसका विकृत आकार था और दृश्य से विकृत था। वह जब चल रहा था तो विकृत था और वह दयनीय ढंग से मुझे मिला, पर मैं जोर से हँसने लगा, मेरे भीतर दया नाम की चीज नहीं थी। मुझे पता था कि वह ऋणात्मक इकाई है और मेरे भीतर एक धनात्मक इकाई है, पर मुझे इस बात का कभी एहसास नहीं हुआ। अधिक-से-अधिक मैं इससे दूर जाने के लिए आतुर था, मेरे पास दर्शन के लिए कोई समय नहीं था। मेरे पास करने को बहुत कुछ था, उससे ज्यादा आश्चर्य की बात यह है कि मैंने कभी उस बीते हुए कल के बारे में सोचा नहीं था, पर वह कल चला गया, आज मेरे साथ था और उसकी अभी शुरुआत ही हुई है।

जैसे यह मेरी दैनिक आदत थी, मैंने अपने कदम वापस सराय की ओर मोड़ लिये, जहाँ मैंने अपने भोजन का हिस्सा लिया। मैंने जैसे ही प्रवेश किया, तो मैंने प्रसन्नता में सिर हिलाया और मेरी ओर उठते हुए सलामों को पहचानते हुए मुसकराया। जिस आदमी ने मुझे महीनों इग्नोर किया, वही मेरे सामने पूरी तरह से झुका और मैंने उसे पारित कर दिया। मैं स्नानघर में गया और फिर वहाँ से नाश्ते की मेज पर, उसके बाद मैं टेपरूम से गुजरा, मैं कुछ देर के लिए रुका और अपने मकान मालिक से कहा, "मैं अब उसी कमरे का इस्तेमाल करूँगा, जो मैं पहले करता था और अगर आपके पास से वह कमरा चला गया है तो तब तक दूसरा कमरा भी चलेगा, जब तक उसे वह मिल जाए।"

फिर मैं बाहर गया और सहयोग में जल्दबाजी दिखाई। यार्ड में एक बड़ी गाड़ी थी, जिसमें लोग शिपमेंट के लिए कास्क ढो रहे थे। मैंने उनसे कुछ नहीं पूछा, पर ऊपर काम रहे व्यक्ति की तरफ उन्होंने बैरल फेंकने शुरू कर दिए। फिर जब यह पूरा हो गया, तो मैं दुकान में घुसा। वहाँ एक खाली बेंच थी, मैंने कूड़े से इसके दुरुपयोग को पहचाना। यह वही बेंच थी, जिस पर मैंने एक बार काम किया था। मैंने अपना कोट उतारा और सारी रुकावटों को दूर किया। जैसे ही मैं बैठा, उसी क्षण मेरा पाँव वाइस लीवर और शेविंग स्टेव पर गया।

एक घंटे के बाद जब मास्टर वर्कमैन कमरे में घुसा, तो मुझे देखकर अचंभित हुआ, वहाँ पहले से अच्छी तरह से व्यवस्थित शेविंग स्टेव मेरे पास रखे हुए थे। उन कुछ ही दिनों में मैं एक शानदार कामगार हो गया, जो किसी से कम नहीं था, पर ओह, अब

उम्र ने मेरे कौशल को कम कर दिया था। मैंने उनके अनकहे सवालों का जल्दी में, पर व्यापक जवाब दिया, "मैं काम पर लौट आया हूँ सर।" उन्होंने अपना सिर हिलाया और आगे चले गए, अन्य आदमियों का काम देखने और मैं एक नन्हे आदमी की तरह उनके निर्देश की प्रतीक्षा करता रहा।

इस प्रकार मेरा छठवाँ और अंतिम अध्याय समाप्त हो गया, हालाँकि अभी कहने को बहुत कुछ बाकी है, पर उसी क्षण से मैं एक सफल व्यक्ति बन गया था और अब मेरे पास अनेक शिपयार्ड हैं, जिसमें मैंने सांसारिक वस्तुओं पर पूरी क्षमता हासिल कर ली है।

जो लोग भी इसे पढ़ रहे हैं, मैं उनसे प्रार्थना करता हूँ कि इन झिड़कियों का ध्यान से अनुकरण करें, फिर से वह सफलता जैसे शब्द पर निर्भर होने लग गए और इसमें कहा गया है।

आप जो भी अच्छे की इच्छा रखते हैं, वह सब आपका है। बस आपको इतना करना है कि अपना हाथ आगे बढ़ाना है और इसे ले लेना है।

यह याद रखें कि अपने भीतर की प्रमुख शक्ति की चेतना से सभी चीजों का अधिकार प्राप्त कर सकते हैं।

किसी भी प्रकार के या आकार के लिए कोई डर नहीं है, डर के लिए ऋण इकाई एक सहायक है।

अगर आपके पास कौशल है, तो इसका इस्तेमाल कीजिए, दुनिया को इससे लाभ मिलेगा और फिर आपको भी।

अपनी धनात्मक इकाई को अपना दिन-रात का सहायक बनाएगा, आप इसकी सलाह का ध्यान रखें, आप गलत तो जा ही नहीं सकते।

यह याद रखें कि दर्शन एक प्रकार की बहस है, यह दुनिया, जो आपकी संपत्ति है, वह तथ्यों का जमावड़ा है।

जाओ और वह करो, जो आपके भीतर हो। उन भावों का ध्यान रखें, जो आपको एक तरफ ले जाएँगे। प्रदर्शन के लिए किसी भी व्यक्ति की अनुमति की जरूरत नहीं है।

ऋणात्मक इकाई को हमेशा सहायता चाहिए, सकारात्मक इकाई उन्हें वह देती है। आपके हर कदम में आपका भविष्य इंतजार करता था, उसे कैद कीजिए, उस पर अपनी पकड़ रखें, वह आपकी है, वह आपके लिए है।

दिमाग में इस झिड़की के साथ यह काम अभी से शुरू करें। अपने हाथ फैलाएँ और उस प्लस को पकड़ लो, जिसका आपने अभी तक इस्तेमाल नहीं किया होगा, उसे किसी खास इमरजेंसी के लिए अंदर सँभाले। आपातकाल में जीवन सबसे गंभीर होता है।

धनात्मक इकाई आपके पीछे है, अपना दिमाग साफ करें, आपकी इच्छा को मजबूत करें। वह कब्जा लेगी। वह आपका इंतजार करती होगी।

शुरू से लेकर रात तक इस नई यात्रा को शुरू करें।

स्वयं अपने रक्षक बनो। जैसे ही कोई इकाई तुम्हें सँभालती है, चाहे एक समय के लिए ही।

मेरा काम हो गया। मैंने 'सफलता' की सामग्री पर निबंध लिखा है। अगर उसे फॉलो किया जाए, तो यह फेल नहीं हो सकता। मैं इस बात तो पूरी तरह से समझ नहीं पा रहा कि जो कुछ भी मैं पढ़ रहा था, वह उस न्यूनता को पूरा कर रहा था और फिर उस बेहतर को, आनेवाली पीढ़ियों पर यह भार रखूँगा कि वह इसे अपने आगे आनेवीली पीढ़ियों पर बाँटे। इन सारी अच्छाइयों के पीछे का एक ही महत्त्वपूर्ण कारण यह ही है, "आपके भीतर जो कुछ भी है, उसको रखने की इच्छा आपके भीतर का एक रहस्य है।"

□

अध्याय
पाँच

"हमारे पास कितना है, इससे फर्क नहीं पड़ता; जितना भी है, उसी में खुशी से रहें और आनंद करें।"
—चार्ल्स स्परजियोन

"जब आप सफलता पाने हेतु उसकी खोज में लग जाते हैं, तो लाभ पाने से ज्यादा उसके पीछे बहुत कुछ खोने का डर लगा होता है और जब तक आप सावधान न हों, यह बना ही रहता है।"

—डॉ. एलन फ्रॉम

21

कैसे अपनी सफलता को बरबाद होने से बचाएँ?

वर्ष 1929 में नवंबर की सर्दियों में शिकागो के एड्जवाटर बीच होटल में एक महत्त्वपूर्ण बैठक होनी थी। कॉन्फ्रेंस टेबल के चारों ओर दुनिया भर से आए आठ महत्त्वपूर्ण फाइनेंसर बैठे हुए थे, जिनकी इच्छाओं और निर्णयों से करीब आधी दुनिया की जनसंख्या प्रभावित होती थी। वे हैं–

- सबसे बड़ी स्टील कंपनी के प्रेजिडेंट
- सबसे बड़ी यूटिलिटी कंपनी के प्रेजिडेंट
- सबसे बड़ी गैस कंपनी के प्रेजिडेंट
- न्यूयॉर्क स्टॉक एक्सचेंज के प्रेजिडेंट
- अमेरिकी मंत्रालय के एक सदस्य
- वॉल स्ट्रीट के सबसे बड़े सट्टेबाज
- दुनिया की सबसे बड़ी मोनोपॉली के चेयरमैन
- अंतरराष्ट्रीय सेटलमेंट्स बैंक के प्रेजिडेंट

हमें असल में यह मान लेना चाहिए कि उस जगह पर दुनिया के सबसे सफलतम लोग जुटे हुए थे, ये वे लोग थे, जिन्हें पैसा एवं ताकत पाने के सारे राज मालूम थे।

पच्चीस साल के बाद चार्ल्स स्वाब बैंकक्रप्ट होकर मर गए, सेमुअलस्नल के पास एक पैसा नहीं बचा और वे न्याय द्वारा दरिद्र भगोड़े घोषित हो गए थे। हार्वर्ड हॉप्सन भी बेकार थे। रिचर्ड व्हिटनी ने गाने में समय दिया। अलबर्ट फॉल को जेल से इसलिए रिहा कर दिया

गया कि वह घर पर जाकर मर सकें। जेस यूवरमोर ने आत्महत्या कर ली। इवान क्रूएजर ने भी आत्महत्या की, लियोन फ्रेजर ने भी आत्महत्या कर ली।

जब भी हम अपने लक्ष्य की ओर पहुँचते हैं तो कुछ विचित्र सा होता है। हमारे संस्कार बदल जाते हैं। हम अपने हाथ में आए सोने को देखकर अंधे हो जाते हैं। हम आगे तो जाते हैं, पर पीछे की ओर अपने पति/पत्नी, बच्चों को छोड़ देते हैं, जिन्होंने हमें खूब प्यार दिया और हम पर आश्रित रहे एवं जो सफलता हमारे दिल-ओ-दिमाग पर काबिज रही, उससे हमारी जिंदगी राख से ज्यादा कुछ और न रही।

इसे ऐसे नहीं होना चाहिए। इस पाठ में जो डॉ. एलन फ्रॉम की एक दहला देनेवाली किताब 'द एबिलिटी टू लव' से लिया गया है, एक नामचीन लेखक व एक साइकोथेरेपिस्ट फ्रॉम ने यह विकल्प बताया, जो आपकी उस जाल से सावधानी से रक्षा कर सकते हैं, जो 'सफल' होने के नाम पर बहुत से लोगों से छिन जाते हैं।

हम सभी को चीजें पसंद हैं—वे चीजें, जिनमें पैसे लगते हैं। हम उन चीजों को इतना प्यार करते हैं कि वे असल में हमारी जिंदगी का एक महत्त्वपूर्ण भाग बन जाते हैं। हमें **बस** इतना करना है कि हमें लोगों से अपने इस प्यार के बारे में बार-बार सुनना है! 'एक नई कार खरीदने का प्यार', 'एक नए घर का प्यार'। 'मैं प्यार करता हूँ,' बोलते समय क्या वे **इस** शब्द का अलग से प्रयोग करते हैं? इसका जोरदार जवाब होता है, 'नहीं।' हमने अमूमन रोमांस, सेक्स, शादी सबको आपस में मिला दिया है। प्यार एक लगाव है, जिसकी कोई सीमा नहीं होती, वह स्वयं के साथ लोगों को जोड़ने की कोई सीमा नहीं रखता।

भौतिकवादी भावना लिये हुए लोग, अपनी इच्छाओं का कभी खुलासा नहीं करते, पर चूँकि उनकी इच्छाएँ बार-बार मजबूत रूप से आती हैं, वे साथ में यह भी बताते हैं कि वे कितना उसमें घुल गए हैं और उन्हें यह सब पाने में कितना कुछ करना पड़ता है। इसे पाने में बहुत ज्यादा समय लगता है। किसी एक चीज के प्रति प्यार होने से उसे पाने के लिए एक व्यक्ति का बहुत ज्यादा समय, सोच और ऊर्जा की जरूरत होती है। कोई इसे इतना स्पष्ट नहीं कहता है, पर किसी भी चीज को जबरदस्ती प्राप्त करने की चाहत भी प्यार बन जाती है।

इस लत के कारण हम यह सोचने लगते हैं कि हम रोमांटिक तरीके से बहुत

ज्यादा प्यार के लायक हैं। यह भी सच है कि हम किसी के प्रति अपने सपनों, इच्छाओं और उसके लिए एक अलग सी भावना के बारे में सोचने के लायक हैं, "जो रात में चलते हुए भी सुंदर लगता है।" पर हम में से कुछ अपने भीतर की स्वतंत्रता एवं झिड़क के स्वभाव का आनंद लेते हैं और वह मजबूत सामाजिक शक्तियाँ स्वामित्व के आकर्षण के प्रति दृढता से प्रतिक्रिया नहीं देते। हम यह एक बच्चे की जिंदगी के शुरुआती दिनों में देखते हैं, जब वह चार या पाँच साल का होता है, जब वह हर वाक्य को एक ही वाक्यांश से शुरू करता है, जैसे 'मुझे चाहिए' या 'मुझे दो'। हम में कई इससे आगे निकल ही नहीं पाते।

चीजें हमारे लिए क्या करती हैं ?

बेशक हमारी पाश्चात्य दुनिया की संस्कृति अधिग्रहण में बहुत ऊँचा स्थान रखती है। यह कोई नया बदलाव नहीं है। यह सदियों से होता चला आ रहा है। बहुत सारा स्वामित्व हमें स्टेटस देता है। यह मनोवैज्ञानिक रूप में भी हमारे लिए कुछ करता है। बहुत सारे लोग एक नई ऑटोमोबाइल के चमकते पहियों में अपने को बहुत आसानी से पुरानी ऑटोमोबाइल से ज्यादा सुरक्षित पाते हैं। बहुत सारे पुरुष रविवार को अपनी बीवी के साथ समय बिताने से ज्यादा अच्छा अपने ऑटोमोबाइल को पॉलिश करने में ज्यादा प्यार पाते हैं। किसी चीज एवं पॉजिशन का स्वामित्व हमें किसी-न-किसी तरह से चिंता के डंक से अलग-अलग तरीके से पीड़ित करता है। जिस प्यार में सहमति की इच्छा हम अनजाने में बचपन से करते आए हैं, उस बिना शर्त प्यार का भ्रम भी अगर दे दें, चाहे वह प्यार न भी करते हों।

इसे सरलता एवं सीधे तरीके से रखें तो चीजें हमें संतुष्ट करती हैं और इस संतुष्टि में सबसे बड़ा कारक है—स्वयं से प्यार। प्यार के बारे में सीखने का सबसे पहला कदम स्वयं से प्यार करना है, स्वयं से प्यार वह है, जो हम अपने जीवन के कुछ शुरुआती सालों से स्वयं से करते आए हैं। हम अपने शिशु आत्म-प्रेम को पूरी तरह से कभी नहीं छोड़ते हैं, हालाँकि हम उसे बदलने में लगे होते हैं, उसे भव्य बनाने में लगे होते हैं, ऐसे तरीकों से हमें वयस्क संतुष्टि मिलती है।

संपत्ति एवं स्टेटस के हमारे इस ड्राइव को जब लगातार लोगों की सहमति मिलती है तो इससे शिशु आत्म-प्रेम को सीधे संतुष्टि मिलती है। इसमें कोई जटिलता नहीं होती, इससे हमें किसी भी इनसान की जरूरतों एवं इच्छाओं पर विचार करने के लिए कोई माँग नहीं करनी पड़ती। इसके लिए हमें किसी की भी सामान्य अनुमति लेने की भी कोई आवश्यकता नहीं होती। हमें सिर्फ स्वयं को समझना होता है और चीजों को हासिल करना होता है। कुछ समय के बाद यह अधिग्रहण हमारा एक अटूट हिस्सा बन जाता है,

फलतः हम स्वयं को बहुत बड़ा और बहुत महत्त्वपूर्ण मानने लगते हैं।

चीजों में एक मूर्तता होती है, जिससे प्यार की वह स्वर्गिक अनुभूति कमजोर एवं मोहक लगती है। हमें यह सिखाया गया है, "जो मेरा पर्स चुराएगा, वह कूड़ा-कचरा चुराएगा", पर फिर भी हम कोशिश करते हैं कि कोई डाका न डालें। हम ताले लगाते हैं, चोरों से बचने के लिए अलार्म लगाते हैं और इसके साथ ही हम इंश्योरेंस भी लेते हैं। फिर हम प्यार के लिए शक्की हो जाते हैं। बहुत सारे लोग तो यह सोचने लगते हैं, उसे लोग प्यार क्यों करते हैं, खुद उसके कारण या उसके पैसों के कारण।

प्यार अस्थिर एवं विश्वास के योग्य नहीं होता। हम में से कुछ बचपन में और कुछ युवा होने पर इस बात पर विश्वास करते हैं। वहीं दूसरी ओर स्वामित्व, विश्वास करने लायक होता है, सट्टा बाजार के धड़ाम से गिरने की बात को छोड़कर देखा जाए या किसी व्यवसाय के असफल होने के अलावा स्वामित्व विश्वास योग्य होता है। वे हमारा प्यार वापस नहीं करते, पर वे हमें चुभने वाले शब्द भी नहीं कहते या किसी और के साथ नहीं भागते हैं।

वह स्वयं को गणितीय आँकड़ों में पाते हैं। उन्हें गिना जा सकता है, उनको श्रेणीकृत किया जा सकता है, पर उनका मूल्य ठंडे नकद में जोड़ दिया जाता है। आप प्यार को कैसे गिन सकते हैं या उसे माप सकते हैं? एलिजाबेथ बैरेट ने एक सोनेट में यह कोशिश की थी, जो उन्होंने रॉबर्ट ब्राउनिंग को लिखा था—

मैं उसे कैसे प्यार करूँ? मुझे उसके तरीके गिनने दो।
मैं उसे गहराइयों से लेकर चौड़ाइयों और लंबाइयों में प्यार करती हूँ,
मेरी आत्मा को पहुँचने दो···

वह इस पीड़ा से गुजरने लगी और उन्होंने यह सुंदर सोनेट लिखा, पर अंत में सबको यह पता था कि वे प्यार में डूबी हुई थीं।

हमें सिर्फ आधी कहानी बताई जाती है कि हम सबको दिक्कतें होती हैं, जो सिर्फ पैसों से नहीं सुलझती हैं, अगर हमारी कुछ समस्याएँ हैं तो अच्छा होगा कि हम कैडिलैक कार के पीछे खड़े होकर उसके बारे में परेशान हों। इससे दर्द थोड़ा कम होगा। हमें यह भी कहा जाता है, हमें किसी भी प्रकार काम करना होता है और अच्छा ही काम करना चाहिए, जिससे हम ज्यादा-से-ज्यादा पैसे कमा सकें। इन सबमें प्रेरक होने के लिए बस कठिन व्यावहारिक अर्थ समाहित है।

वापस प्रेमी की ओर

प्रेम को समझने के लिए प्रेमी को समझना आवश्यक है। प्रेमी भी बहुत प्रकार के प्रभावों से आसानी से प्रभावित होता है, जिसमें कई और अनुलग्नक भी शामिल होते हैं,

वह उसी प्रेम की ओर आगे बढ़ता है, जिस प्रेम को वह अपने जीवन में प्राथमिक रूप में मानता है। बहुत सारे लोगों के लिए, एक स्त्री एवं पुरुष के बीच प्रेम एक पुस्तक की तरह है, जिसमें लोग आपस में एक-दूसरे से वादा करते हैं कि वह उसे पढ़ेंगे या वह पत्र है, जिसे लिखने के लिए उनके पास अर्थ है। किसी तरह से उनकी इच्छाओं की असलियत के बावजूद, उनकी अच्छी नीयत सामने आ जाती है।

इसके पीछे अनेक कारण हो सकते हैं। पहले स्थान में समाज का एक सदस्य होने के कारण हम दूसरों की ही तरह कार्य करने के लिए एक-दूसरे से व्यवहार करते हैं और हम यही करते हैं। हम जागे में अपना अधिकांश समय जीने के विभिन्न तरीकों में गुजार देते हैं। इसमें बहुत सी चीजें शामिल हो सकती हैं, जैसे—जीने के लिए कमाना या खाना बनाना, सफाई करना, बचत करना और हमारी दैनिक जरूरतों को पूरा करने के लिए चीजें खरीदना। इसलिए प्यार, मनोरंजन, स्व-शिक्षा, या खेलने के लिए बहुत कम समय बच जाता है और हम काम करने में ज्यादा प्रवीण हो जाते हैं।

दूसरा, हो सकता है कि हम किसी के प्रति बहुत सारे कारणों की वजह से आकर्षित हो जाते हैं। हमारा किसी के प्रति प्रेम पनपना हमारी मौजूदा परेशानी को बहुत कम करता है। जिन चीजों से हम डरते हैं, वैसी बहुत सारी चीजें हमारे लिए बफर एवं सुरक्षा का काम करती हैं, वे आसानी से खरीदी जा सकती हैं। इन सब चीजों के लिए पैसों की जरूरत होती है, इसके अलावा पैसे कमाने के अनगिनत साधन हैं।

हमेशा का टकराव

चिंता को दूर करने के लिए पुरातन काल से संघर्ष हो रहा है। ईशु के समय में भी यह विवाद काफी पुराना था, उन्होंने इस बात पर जोर दिया था कि हमें अपने पड़ोसियों से अपनी ही तरह प्यार करना चाहिए और एक अमीर व्यक्ति के स्वर्ग में प्रवेश की तुलना में एक ऊँट का सुई के छेद से जल्दी निकलना ज्यादा आसान है। ईशु ने इस बारे में अपना ही नियम बनाया था। सेंट मैथ्यू के अनुसार, जब शैतान उन्हें ऊँचे पर्वत पर ले गए और उन्हें इस दुनिया और इसकी अच्छी बातों के बारे में वादा किया, ईशु मुड़े और उन्होंने जवाब दिया, "शैतान तुम्हें वह सब मिले।"

होने को तो ईशु एक-दूसरे को प्यार करने के विश्वास को पाने में तो सफल रहे, पर वह यह सिखाने की बाबत थोड़े कम सफल रहे कि कैसे भौतिक चीजों से कम-से-कम प्यार किया जाए। जॉन कैल्विन, एक नामवाले धार्मिक नेता ने पंद्रह सौ साल बाद एक अलग नियम का पाठ पढ़ाया। धर्म को अनुष्ठान एवं अपनी घबराहट की पट्टी पढ़ाते हुए और आवश्यक कार्यों के लिए सरल बनाने हेतु, मनुष्य ने उद्योग एवं मितव्ययिता को भगवान् की आँखों में स्वीकार्य बना दिया।

जेनेवा जैसे अमीर शहर में, जहाँ कैल्विन उपदेश देते थे, यह एक बहुत आकर्षक नियम था और कई शतकों के बाद इसका प्रभाव मजबूत होने लगा। अमेरिकी एवं फ्रेंच क्रांति में कुलीनता एवं शक्ति नष्ट हो गई और अगले सदी की औद्योगिक क्रांति के कारण संपत्ति एवं स्टेटस लोगों की सीमा में आने लगे। एक व्यक्ति अगर अज्ञात भी पैदा होता है और वह कैल्विन के पाठ का अनुसरण करे, खूब मेहनत करे और अपनी कमाई का बुद्धिमानी से इस्तेमाल करे, तो एक दिन वह अमीर बन जाएगा और उसका खूब आदर होगा। उसका स्टेटस एक इज्जतदार व्यक्ति की तरह होगा।

आजकर हमारे होंठों पर यह जो 'स्टेटस' शब्द है, वह कोई नया नहीं है। जिस व्यक्ति ने इसे अमेरिकी सोच में एक शब्द के रूप में पहचान दी, वह हैं थोरस्टीन वेबलेन। वेबलेन एक सदी के पहले चौथाई भाग के बहुत बड़े अर्थशास्त्री थे। उनकी पुस्तक, 'द थ्योरी ऑफ लेजर क्लास' अधिग्रहण एवं स्टेटस को लेकर एक खोजी आलोचनात्मक पुस्तक है, जिसका बहुत आदर होता है।

उन्होंने उन लोगों के व्यवहार की जाँच की, जो कठिन परिश्रम एवं बुद्धिमानी से खर्चने के सिद्धांत को मानते थे और उन्होंने पाया कि वे अपने विश्वास के अनुरूप उतने तर्कसंगत नहीं होते। ऐसे लोग मानते हैं कि वे जो खरीदते हैं, उन्हें जिस चीज की जरूरत है और वे जो चीज पसंद करते हैं और वे जिन चीजों का सेवन करते हैं, वे तार्किक रूप से उनकी शारीरिक एवं सुरुचिपूर्ण जरूरतों को प्रेरित करते हैं। एक व्यक्ति यह सोच सकता है कि उसने एक ओवरकोट स्वयं को गरम रखने के लिए खरीदा है, अपनी शारीरिक जरूरतों की संतुष्टि के लिए, फिर उसने वह दूसरा कोट इसलिए खरीदा, क्योंकि वह उस पर अच्छा लग रहा था, वह उसके सौंदर्य की चाहत को पूरा करता है। वेबलेन ने कहा, "ऐसा नहीं है। एक आदमी ने अपना कोट, अपना मकान, फर्नीचर, घोड़ा, गाड़ी इन सुरुचिपूर्ण जरूरतों को पूरा करने के लिए नहीं खरीदा है, बल्कि प्रतिस्पर्धा के उद्देश्य के लिए लिया है। वह वही ध्यान एवं सम्मान जीतने की कोशिश में लगा था, जो उन लोगों को दिया गया था, जिनके पास पहले से ही ऐसी संपत्ति थी।"

इस प्रकार का सामाजिक व्यवहार अमेरिका में पैदा नहीं हुआ था, लेकिन उस भूमि का पता लगाना इसलिए विशेष रूप से आसान था, क्योंकि यहाँ कई मेरे जैसे कई लोग संसाधनों की कमी के कारण साथ-साथ ऐसे हो रहे थे। उदाहरण के तौर पर, जो लोग इंडियानी की इस भूमि में बसे थे, एक या उसके अगले दशक में उनके पास अपने लहलहाते खेत रहे होंगे, कई पालतू जानवर होंगे, एक अच्छा घर होगा, कोठरी होंगी, जबकि उनके पड़ोसी बस ठीक-ठाक होंगे और कुछ तो गरीब एवं संघर्षपूर्ण ढंग से जी रहे होंगे। यह लाजमी है कि जिस व्यक्ति ने इतना कुछ अच्छे से किया हो, वह अपने समुदाय में लोगों से आदर जीतेगा। लोगों ने उसमें बेहतर क्षमता देखी होगी। लोग उससे

सलाह माँगने के लिए जाएँगे, उसके विचारों को आदरपूर्वक सुनने के लिए टाउन मीटिंग में जाएँगे, उसे चर्च लीडर एवं स्कूल ट्रस्टी के रूप में वोट करेंगे। उसकी संपत्ति उसकी वरिष्ठता निर्धारित करती है और उसे इसके लिए सम्मान मिला।

पैसा—स्वयं के लिए एक शो-केस

यह इतना तर्कहीन नहीं है, जितना लगता है। लोगों का ध्यान एवं सम्मान जीतने के लिए, लोगों को संपत्ति का प्रदर्शन करना होता है। अगर एक व्यक्ति कंजूसी से जीवन भर रहा और उसके मरने के बाद उसके गद्दे के नीचे से पाँच लाख डॉलर मिलते हैं, तो वह कभी भी किसी से इज्जत प्राप्त नहीं कर सकता, पर अगर उसने यही पैसा एक भव्य मकान एवं याच खरीदने में लगा दिया और उसे पाने के लिए अगर उसे कर्ज भी लेना पड़ा,तो लोग उसकी इज्जत करेंगे। तब यह संभावनाएँ होंगी कि बिजनेस समुदाय भी उसे न सिर्फ एक अच्छा-खासा क्रेडिट देगा, बल्कि उसे और कई मिलियंस बनाने देगा।

वेबलेन ने कहा है कि बहुत पैसा होना काफी नहीं है। इसे दिखाना भी चाहिए। इसके लिए उसने एक कहावत बनाई, 'प्रत्यक्ष उपयोग' और उसके साथ ही एक और कहावत बनाई, 'विशिष्ट अवकाश'।

प्रत्यक्ष उपयोग से वेबलिन का अर्थ है—संपत्ति का जबरदस्त दिखावा। जो भी चीजें मोल-मोलाई की खोज में होती है, यह सिद्धांत इसके ठीक विपरीत है। एक डॉलर खींचने के बदले और उसके बदले बहुत कुछ पाने के क्रम में, यह बताना है कि किसी एक का डॉलर असीमित है। वर्ष 1920 में एक समय ऐसा था, जब एक व्यक्ति बहुत सारा धन जमा करने के बाद अपनी सामाजिक पहचान बनाने के लिए परेशान था, वह बाद में एक आर्ट कलैक्टर बन गया। उसने जिन दामों में चीजें खरीदीं, वे इतनी महत्त्वपूर्ण नहीं थीं, क्योंकि यह बात एक खबर बन गई, समाचार-पत्र के मुख्य पृष्ठ में आ गई। अगर लुईस-15 का एक पुराना बाथटब काफी महँगा था, तो वह खरीदने लायक भी था।

यह एक कहने की बात भी हो जाती है, "मैं इतना काबिल हूँ, इतना सरल हूँ और साथ में इतना अमीर भी हूँ कि अपनी संपत्ति की स्थिरता के बल पर कम-से-कम धमकी के बल पर मैं अपनी हर इच्छा को पूरी करने की कोशिश कर सकता हूँ।" जब पैसा बहुत होता है तो वह लोगों के ध्यान में आता है, लोग इस कारण ईर्ष्या, सम्मान, सबकुछ करते हैं और इसका स्वामी बिना रोके ही हमारे आकर्षण का विषय बन जाता है। इसके साथ ही, अगर उसकी पसंद अच्छी है, तो उसका अपना एक कद हो जाता है और एक डिग्री के बाद, यह भी संभव है कि चीजें चुनने में मदद करने के लिए उसे सुविधाएँ उपलब्ध हो जाती हैं। कुछ-न-कुछ चीजें तो अपने आप आती ही हैं, जैसे अगर

कोई व्यक्ति ओपेरा में आकर भी लगातार सोता रहता है तो वह लिब्रेटो या एक या दो एरिया सुनने से बच नहीं सकता।

बीसवीं सदी का अंत होने के बावजूद यह अवसाद जारी है, यहाँ तक कि हाल-फिलहाल में कला खरीदने की रुचि का पुनरुत्थान हुआ है। इस बात में कोई शक नहीं कि बहुत सारे कला संग्राहक अपनी खरीदी हुई पेंटिंग को पसंद करते हैं, लेकिन एक पेंटिंग का मौद्रिक मूल्य इस संबंध में उनके विचारों एवं चर्चा का उपयोग करता है।

हालाँकि हमारी डेमोक्रेटिक सोसाइटी राजाओं के जमाने के बहुत सारे बंधनों एवं औपचारकिताओं को एक-एक कर छोड़ रही है, जिसमें बहुत सारे मौकों पर संपत्ति का प्रदर्शन करना पड़ता है। ओपेरा में पहली रात इनमें से एक है, न सिर्फ न्यूयॉर्क, बल्कि पेरिस, लंदन, रोम में भी यही होता है। हमारे मनोनुकूल सीट वह नहीं होती, जिससे हम ओपेरा देखना चाहते हैं, पर वह होती है, जिससे हम श्रोताओं को आसानी से दिखें। अगले दिन फिर समाचार-पत्र में छपी फोटो एवं विवरण यह बताता है कि किस संभ्रात महिला ने क्या पहना। वेबलेन की इस कहावत से कि यह पुरुष की 'भुगतान करने की क्षमता का प्रदर्शन है' से दो बातें सीधे सामने आती हैं—एक है आभूषण और दूसरा, किसी प्रसिद्ध फैशन डिजाइनर के कपड़े। एक पेंटिंग की तरह वह एक कलाकार के साथ जुड़ी होती है।

पुरुषों द्वारा अपने धन के प्रमाणस्वरूप औरतों का हमेशा से ही इस्तेमाल होता है, पर शायद पूरी तरह से नहीं। एक लड़की जब स्त्रीत्व की ओर जाती है, तो यह प्रक्रिया शुरू हो जाती है। आज भी सार्वजनिक रूप से पहली बार सामने आनेवाली लड़की के पिताजी उस बॉलरूम में हजारों डॉलर खर्च सिर्फ फूलों पर खर्च कर देंगे, जिसमें उनकी बेटी आ रही हो और वे फूल शाम के अंतिम वाल्ट्ज के साथ मुरझा जाएँगे। इस प्रत्यक्ष उपभोग की फिर बार-बार तुलना की जाएगी, क्योंकि इन्हीं लड़कियों की जब शादी होगी, इसी विशिष्ट अवकाश के लिए इनके पति जो भी संभव है, वह सब करेंगे। ये औरतें सामाजिक समारोहों में, शिपबोर्ड, महँगे रिजॉर्ट में हमेशा देखी जाएँगी और बेहतरीन तरीके से तैयार हुई ये महिलाएँ कुछ भी नहीं करती हैं।

सिर्फ एक सजावटी एवं असल में एक अनुत्पादक पत्नी के अलावा, एक पुरुष दुनिया में अपना स्टेटस बनाए रखने के लिए बहुत सारी चीजें खरीद सकता है। एक लंबी चलनेवाली मेंबरशिप, बहुत महँगा ऑटोमोबाइल, कभी-कभार प्रयोग में आनेवाले क्लब, खूबसूरत घर, सेवक, थिएटर में पहली रातें व सबसे अच्छी सीटें, अच्छे रेस्त्राँ में डिनर, अच्छे रेस्त्राँ एवं नाइटक्लब में अच्छी जगह में लगी मेजें, महँगे शौक जैसे पोलो, याचिंग, लोमड़ी का शिकार आदि चीजें समाज में प्रतिस्पर्धा के बाद एक खास स्थान देती हैं। स्टेटस की चाह में लोग कभी-कभार बहुत ज्यादा करने पर मजाक के पात्र भी बन

जाते हैं, जैसे घर के अंदर एवं घर के बाहर के लिए अलग-अलग कुत्ते लोग रखते हैं।

हम में से अधिकांश लोग, इस तरह की फिजूल खर्ची नहीं कर सकते हैं, वेबलेन ने हमारे स्वभाव में इन चीजों की नकल करने को एक उपभोक्ता की तरह माना है। वेबलेन के अनुसार, "आर्थिक प्रतिस्पर्धा वह वाक्यांश है, जिसके तहत लोग भौतिक इच्छाओं को पूरा करने के लिए चीजों को बेमतलब खरीदते हैं, जिससे उनकी शारीरिक इच्छाओं की पूर्ति तो नहीं होती, अपितु यह इच्छा अवश्य होती है कि लोग हमारे बारे में अवश्य अच्छा सोचें।"

हम नया कोट इसलिए खरीदते हैं कि क्योंकि पुराना कोट खराब नहीं हुआ है या वह अब गरम नहीं रखता, बल्कि इसलिए खरीदते हैं कि अब स्टाइल बदल गया है और हम स्वयं के लिए बुरा महसूस करते हैं कि दूसरों की तुलना में सही से नहीं रहते। यह खरीद हो सकता है कि ठीक-ठाक है, पर दूसरों के लिए यह प्रतिस्पर्धात्मक होती है। अधिकांश स्त्रियों को जनता के हिसाब से तैयार कपड़ों में ही संतुष्टि करनी होती है, क्योंकि वह महँगे डिजाइनरों के काम की कॉपी होते हैं और उनके असली रूप सिर्फ धनाढ्य लोगों के द्वारा पहने जाते हैं। उसी तरह जो औरतें लंबे अच्छे से कटे नाखून रखती हैं, वे उन्हें पॉलिश भी करती हैं, उन्हें सामान्यतः यह नहीं पता होता कि यह हाई-स्टाइल मेनिक्योर एक समय में धन का परिचायक था, असल में क्योंकि ऐसे हाथों को घर का कोई काम ही नहीं करना होता था।

हालाँकि हमें इस बात के लिए पहले से ही सावधान कर दिया जाता है कि 'कपड़ों से आदमी नहीं बनता है', साथ ही में हमें उतनी ही बार प्रभावशाली तरीके से यह याद दिलाया जाता है कि कपड़ों की छाप की क्या महत्ता है। इस प्रकार हम लोगों पर अपनी छाप डालते हैं। जिन चीजों से हमारी अमीरी का एहसास होता है, उससे जोड़कर विज्ञापन हमें बार-बार बेचते हैं। उलझन यह है कि उनके उत्पाद या तो अमीर लोगों के बीच प्रसिद्ध होते हैं या तो वह असली चीजों से अलग नहीं होते। दोनों ही मामलों में हमें यह खरीद हमारी संपत्ति के स्टेटस का आनंद लेने की अनुमति देती है।

इसमें कोई संदेह नहीं है कि बेवलेन की थीसिस अति संवेदनशीलता-बेतुकेपन को कम कर सकती है, वहीं दूसरी ओर, हम में से कई लोगों के सपनों में वस्तुएँ, सिर्फ मौद्रिक गुणवत्ता के लिए होती है। उसके संबंध में सपने देखना हर दिन उसके बारे में सोचने से थोड़ा ज्यादा है। यह विश्वास करना मूर्खतापूर्ण है कि हम अपने सपनों में कुछ कार्य नहीं करते। हम काम करते हैं और हम शायद इसे स्वीकारना पसंद करते हैं। वेबलेन हमें इस संबंध में पहचानने में मदद करते हैं कि कुछ मजबूत सामाजिक ताकतें इन प्रक्रियाओं को सहायता देती हैं और उत्तेजित करती हैं।

लोगों के साथ मुश्किलें

एक मनोवैज्ञानिक दृष्टिकोण से, चीजों के प्रति हमारा प्यार लोगों के प्रति हमारे प्यार की तुलना में ज्यादा संतोष देता है। हमारी व्यक्तिगत कमजोरियों से हमें दूसरों के साथ संतोषजनक रिश्तों को प्राप्त करने से पैसे कमाने में बहुत कम परेशानी होती है।

ऐसे कई पुरुष हैं, जो इस बात में विश्वास करते हैं कि उनके दिनभर का सबसे अच्छा समय वह होता है, जो वे ऑफिस में बिताते हैं। वे कहते हैं, "यह घर में असंभव है, हर कोई एक अलग अवस्था में होता है। मैं अपनी बीवी के साथ सही तरह से नहीं रह पाता, कोई भी बच्चों को कंट्रोल नहीं कर पाता, कुछ भी समझ में नहीं आता है। मेरे ऑफिस में अगर चीजें मेरे अनुरूप नहीं जातीं, तब भी आप उसमें काम कर सकते हैं। इसके तरीके हैं, फार्म हैं, सिद्धांत हैं, जिसका हम सभी समय के साथ पालन करते हैं। घरों में हम एक-दूसरे से प्यार करते हैं, पर चीजें हाथ से निकल जाती हैं, चीजें आपके सोचे अनुरूप काम नहीं करतीं, सब घालमेल हो जाता है।"

इसलिए आदमी कहता है कि उसके नजरिये से वह सही है। स्टॉक मार्केट एवं बिजनेस का हेर-फेर आदमी के व्यवहार से ज्यादा अनुमान लगाने लायक होता है। बहुत सारे पुरुष यह सोचते हैं कि औरतों के बारे में कुछ भी कहना व अनुमान लगाना मुश्किल है, क्योंकि वे बहुत मूडी होती हैं, मौसम की तरह बदलती रहती हैं।

यहाँ इस बात पर गौर करना चाहिए कि जो भी पुरुष इस प्रकार से सोचते हैं, वे अपना अधिकांश समय एवं ध्यान व्यवसाय पर और चीजों के अधिग्रहण में लगाते हैं और उन्हें अपनी बीवियों के साथ समय बिताने या जरूरत जानने के लिए बहुत कम समय होता है। मार्केट रिपोर्ट्स को पढ़ना एवं बिजनेस न्यूजलेटर को अच्छे से पढ़ने में उनका समय निकता है, जिससे वित्तीय उतार-चढ़ाव से उन्हें आश्चर्य न हो, पर उन्हें इस बात से फर्क नहीं पड़ता कि वे लोगों के बारे में जानें या यह जानने की कोशिश करें कि मनुष्यों के स्वभाव को पढ़ना भी उतना ही उपयोगी है।

अन्य कई लोगों के लिए यह सुनिश्चित न करें कि वह एक पल से अगले पल कैसे कार्य करेंगे, पर महसूस करते हैं कि यह कहीं ज्यादा खतरनाक है, यहाँ तक कि कई लोगों के लिए यह कोई आश्चर्यजनक भी नहीं है, क्योंकि हम सोचते भी हैं। हम लोगों के लिए असली आश्चर्य वह है, जिसमें वे बिना कोई तैयारी किए पकड़ा जाता है, वह आनंद देने से ज्यादा परेशान करनेवाला होता है, चाहे वह खबर कोई अच्छी ही क्यों न हो। याद करें कि पिछले बार आपको जब कोई असली आश्चर्य करने को मिला था, उस आदमी के व्यवहार के बारे में याद करें, जिसे आपने यह महत्त्वपूर्ण और असंभावित समाचार सुनाया। उसका पहला रिस्पोंस आनंद का नहीं, पर सदमे का होगा।

पहले तो कोई बैठेगा, अपनी साँस सँभालेगा, इस नए विचार के बारे में सोचेगा। कुछ लोग हँसते रह जाएँगे, जैसे यह कितनी मजाक की चीज होगी। एक औरत तो आँसुओं में डूब जाएगी। वह एक मुसकान बिखेर देगी, पर यह उसके लिए जबरदस्त बात होगी।

तथ्य यह है कि हमें आश्चर्य में रहना पसंद नहीं है, जबकि हमें लगता है कि हमें सरप्राइज करना पसंद है। बच्चों के लिए यह अन्य कारणों की तुलना में आश्चर्य और भी असहनीय है, क्योंकि बच्चों के समूह की एक छोटी 'मानसिक धारणा' होती है, मनोवैज्ञानिक इसे कहते हैं—एक छोटा बैकलॉग या शरीर का अनुभव, एक नए अनुभव को जोड़ता है। कुछ भी एकदम नया डरावना होता है, इसे तभी खुश किया जा सकता है, जब वे इसका उपयोग कर सकें। सामान्यत: युवा बच्चे तब तक किसी भी उदार एवं अच्छे अपरिचित से भी घुल-मिल लेते हैं, जब तक उन्होंने उन्हें पूरी तरह से देखा न हो। हर बसंत में कुछ बच्चे हमेशा यह सोचते हैं कि वह हफ्तों से यह सोचते हैं कि वे सरकस में जाएँगे और फिर वहाँ से आकर वे कई रातों तक बुरे सपने देखते हैं। बहुत सारे बच्चे जब पहली बार चिड़ियाघर जाते हैं, उनके साथ भी ऐसा ही होता है, यही हाल उनकी पहली फिल्म या बच्चोंवाले नाटक में भी होता है।

बच्चे अनजान लोगों के साथ सुरक्षित महसूस नहीं करते, क्योंकि यह अप्रत्याशित होता है। अगर एक बच्चे को एक नए अनुभव से अवगत कराना है, तो उसके लिए उसे पहले तैयार कर लें कि वह आगे क्या देखनेवाला है। बच्चे को पहले से ही पता होना चाहिए, जिससे वह इस अनजानेपन के झटके और उसके साथ के डर के बिना इस आश्चर्य का मजा ले पाए।

जब हम बड़े हो जाते हैं, तब भी हम इससे पूरी तरह निकल नहीं पाते हैं। यहाँ तक कि हमारे अपरिपक्व लोगों, हमारे अनुभव की पृष्ठभूमि, हमारे जीवन के साथ बढ़ती है, फिर भी हम आश्चर्यों से सावधान रहते हैं। अनुभव से हमारे जीवन की कुछ घटनाएँ आश्चर्यजनक बन जाती हैं, पर अनुभव से हमारी मूल चिंता बनी रहती है, जो हमारे जीवन में असुरक्षा की मूल भावना होती है। घटनाओं का वास्तव में अप्रत्याशित मोड़ हमें चिंताओं के अनजान घेरे में घेर लेता है, एक बड़ा सा आश्चर्य हमारे भीतर ज्वारीय लहर पैदा कर सकता है। हमारी पहली प्रतिक्रिया परेशानी है। दूसरी हम घटना का आकलन कर सकते हैं और उसमें आनंद ले सकते हैं।

फिर भी हम नए अनुभव लेना एवं देखना चाहते हैं। हम में से कुछ लोग ऐसे होते हैं, जो बहुत साहसी होते हैं और कुछ कम साहसी होते हैं। हम में से अधिकांश लोगों की कोई इच्छा नहीं होती कि उनके लिए पिटारे में क्या है, जैसे माउंट एवरेस्ट की चोटी या आर्कटिक सागर में बर्फ के नीचे क्या है? हम फिर भी कम रोमांचक चीजों में व्यवस्थित हो जाते हैं। हमें कारणों के भीतर नवीनता पसंद है। हमें अधिकांशत:

भविष्यवाणियाँ भी पसंद हैं। सामान्यत: लोग अप्रत्याशित होने का दिखावा करते हैं। किसी रिश्ते में अप्रत्याशित होने का डर अन्य व्यक्ति के साथ रिश्ते मजबूत करता है। वह रिश्ता इतना मजबूत होता है कि वह उन्हें प्यार के अनुभव से रोकता है। ऐसा उन लोगों के साथ होता है, जिनके माता-पिता का व्यवहार बहुत जल्दी-जल्दी बदलता है या वे अभिभावक अपने बच्चे को हैंडल करने में सही नहीं हों। यह पैटर्न चिर-परिचित है, अगर अभिभावक ध्यान नहीं देते या तो पेपर पढ़ रहे होते हैं या किसी दोस्त से बातचीत करते रहते हैं और बच्चा उनके चारों ओर भोजन के लिए घूमता रहता है। बच्चे को कुछ मिल जाता है और हो सकता है कि वह गलत चीज हो, हो सकता है कि वह नई कॉफी टेबल में रखे लाइटर को तोड़ रहा हो, तो हो सकता है कि अभिभावक उस पर गुस्से से बरस पड़े। "क्या मैंने तुम्हें नहीं कहा था कि किसी भी चीज को हाथ मत लगाओ। तुम क्यों हर चीज को तोड़ने पर तुले हो।" एक छोटे बच्चे के लिए यह अप्रत्याशित है और उसके साथ यह बहुत बुरा व्यवहार है। एक समय यह सब अच्छा था, माँ भी अच्छी थी, या कम-से-कम उदासीन थी और बच्चे को बिना परेशानी के घूमने-घामने की आजादी थी। अगले ही क्षण उसे कैद कर लिया गया, उस पर चिल्लाया जाना लगा, यहाँ तक कि उसे पीटा भी गया और एक वयस्क के रूप में वह अपनी पूरी जिंदगी बंधक सा व खतरनाक हो गया। अगर यह बार-बार होता है तो उसके पास एक अच्छा बहाना है कि जिंदगी भर लोगों के व्यवहार पर भरोसा नहीं कर पाएगा और पूरी जिंदगी वह बच्चा लोगों के मुकाबले चीजों के बीच स्वयं को सुरक्षित महसूस करेगा।

प्रेमी उम्मीद के मुताबिक होते हैं

लोगों के बीच संबंध विकसित करने के लिए पूर्वानुमान लगाना बड़ा कठिन होता है, पर यह असंभव से बहुत दूर है। हम सबका कम-से-कम एक दोस्त तो होता ही है, जिसे हम अच्छे से जानते हैं और जिसके व्यवहार के बारे में भी हमें आसानी से पता होता है। हम सब अपने नियोक्ता या सहकर्मी से यह जानने में परेशानी उठाते हैं, क्योंकि उनकी प्रतिक्रियाएँ हमारे लिए महत्त्वपूर्ण होती हैं और हम अग्रिम रूप से यह कह सकते हैं कि 'उसे यह पसंद नहीं आएगा' या 'वह इसे इस तरह से नहीं देखेगी'। हम हमेशा ही यह पूर्वानुमान लगाने में सही सिद्ध नहीं होते कि हमारा बॉस कैसी प्रतिक्रिया देगा, पर हम स्टॉक मार्केट या सेल्स के आँकड़ों के बारे में भी सही नहीं हो सकते। हमारा पूर्वानुमान एक तुक्का है, पर यह एक शिक्षित अनुमान होता है। अगर हमें इनसान के शिक्षित होने में परेशानी है तो हम मानव के व्यवहार में यही अनुमान लगा सकते हैं। लोग अप्रत्याशित नहीं होते। कोई सिर्फ यह शिकायत कर सकता है कि वह बहुत ज्यादा अनुमान लगाने योग्य होता है और वह आदतों एवं व्यवहार के पैटर्न में भी आता है और

बहुत ही लचीले ढंग से। हमें सिर्फ किसी व्यक्ति को अच्छे से जानने की जरूरत होती है। प्रेमी एक-दूसरे के लिए अप्रत्याशित नहीं होते। प्रेमी एक-दूसरे में कुछ आश्चर्य प्राप्त करते रहते हैं, वे रोमांटिक प्यार से आगे बढ़कर वे एक-दूजे के प्रति असली जानकारी के रिश्ते में बँध जाते हैं। कुछ प्रेमी इस रिश्ते में शादी से पहले पड़ जाते हैं और कुछ शादी के कई सालों के बाद भी इस रिश्ते में नहीं पड़ते। इस कारण शादी के पाँच साल में भी तलाक के कई मामलों में बढ़ोतरी होती जाती है। ऐसे कई प्रेमी हैं, जो एक-दूसरे को कभी नहीं जान पाते और जब उन्हें यह बात पता चलती है तो वे उसे स्वीकार नहीं कर पाते। जो प्रेमी अपने असली प्रियजन के साथ उस असली प्रेमी की छवि बदलने में सफल हो जाते हैं, तो असली व्यक्ति को इस बात से कुछ फर्क नहीं पड़ता कि उन्होंने एक-दूसरे में क्या देखा था। वे यह याद रखते हैं कि वे एक-दूसरे पर विश्वास कर सकते हैं। उन्हें एक-दूजे में सुरक्षा का अनुभव होता है और एक-दूजे से बात करने में मजा भी आता है। उनके लिए सामाजिक स्टेटस महत्त्वपूर्ण है, पर एक-दूजे के साथ निजी स्तर पर यह डिग्री नहीं चाहिए।

अशिष्ट पुरुष

चूँकि बहुत सारी महिलाओं के मुकाबले पुरुष, लोगों की बजाय चीजों से प्यार करना पसंद करते हैं, तो हमें पूछना चाहिए कि क्या पुरुष वास्तव में इस प्रकार के प्यार के लिए ज्यादा संवेदनशील हैं। हमें शुरुआत में ही यह समझना चाहिए कि हमारे पारंपरिक समाज में पुरुषों की भूमिका एक पोषक के रूप में है। यह वह व्यक्ति है, जो जीविका कमाने के लिए घर से बाहर निकलता है। समाज में उसकी भूमिका एक बैरोमीटर की तरह है, जिससे पता चलता है कि वह कितनी अच्छी तरह से अपनी भूमिका निभा रहा है। उनकी स्थिति उनके पत्नी एवं बच्चों पर उनकी अनुकूलता या विपरीत प्रभाव प्रदर्शित करती है। असली रूप में, उनकी सार्वजनिक स्थिति उनके कल्याण के लिए सफल होने के प्रावधान का एक हिस्सा है।

इसलिए एक व्यक्ति एक स्त्री के बदले संपत्ति एवं स्टेटस की चकाचौंध की चपेट में जल्दी आ जाता है, क्योंकि परंपरागत रूप से ऐसा ही होता आया है, पर इसके अलावा कई ऐसी गहन मनोवैज्ञानिक शक्तियाँ हैं, जो उन्हें इस उद्देश्य के पीछे प्रेरित करती रहती हैं।

एक बच्चे को बचपन में अपने पिता द्वारा विस्थापित किए जाने का अनुभव है। वह घर में अपनी माँ के साथ रहता था, उन्हीं के साथ खेलता और वह उसे डिनर भी करा देती थी। उस महिला का सारा ध्यान उसी बच्चे पर था, फिर जब उसके पिताजी घर आते तो घर का सारा माहौल बदल जाता। माँ उठती, पिता का अभिवादन करती, उनसे बात

करती, पिता के लिए खाना लगाने का इंतजाम करती। फिर जब वह लौटती तो पिताजी नीचे बैठे होते और बच्चा उनके ध्यान का केंद्र बना होता। उस समय तक बच्चा अपनी माँ का रहता, उसकी माँ का सारा समय उसी के लिए होता। अब उसके बाद माँ या बाप का पूर्ण अधिकार नहीं होता। उनका समय एक-दूसरे के लिए भी होता।

छोटी बच्चियों का भी यही अनुभव होता है, पर लड़के-लड़कियों के अनुभव अलग-अलग हो जाते हैं। लड़का अपने पिता के साथ एक तरह की प्रतियोगिता करने लगता है। उसकी गुस्से की भावनाएँ उसे बहुत असहज बनाती हैं, पर वह तब भी अपने पिता से प्यार करता है, उन्हें अपना रक्षक मानता है। इस प्रकार, वह धीरे-धीरे अपनी दुश्मनी को अनुसरण में बदलता है, जो दोनों के लिए बहुत सहज एवं लाभ योग्य होता है। फिर वह अपने पिता के बराबर हो जाता है और संभवतः उन्हें बाहर भी कर सकता है।

साइकोएनालिस्ट आगे यह बताते हैं कि एक लड़का अपने एवं अपने पिता के आकार के संबंध में भी संवेदनशील होता है और जब बच्चा बढ़ता है तो उसके इस आकार के बारे में इस जागरूकता को अन्य कार्यों में भी लिया जाता है। वह जल्दी ही यह बात समझता है कि उसके स्कूली दिनों, खेलकूद के दिनों में शारीरिक कौशल एक बहुत बड़ी बात रही है और इसमें आकार के अलावा शारीरिक कौशल की भी जरूरत होती है। इस दुनिया में वही हीरो हैं, जो सबसे तेज दौड़ सकते हैं, बॉल को बहुत दूर तक फेंक सकते हैं, टीम में स्थान बना खेल जीत सकते हैं। सबसे पहले रिकॉर्ड बनाना उस लड़के की उत्कृष्टता के मानकों में है, जब वह सोचता है कि किस प्रकार का व्यक्ति है या वह किस प्रकार का व्यक्ति बनना चाहता है।

इस समय तक लड़के-लड़कियों के अनुभव पूरी तरह से अलग हो जाते हैं, तब एक पिता यह देखता है कि उनके बच्चे ड्राइविंग लाइसेंस पाने के लायक हो गए हैं। उनके इंश्योरेंस की दर एक बार में ऊपर चली जाती है, जब उनका बेटा ड्राइव करने लगता है, क्योंकि किशोर लड़कों द्वारा दुर्घटना की दर किसी ड्राइवर से कहीं ज्यादा होती है। साधारणतः लड़के लड़कियों के मुकाबले कहीं तेज ड्राइव करते हैं। वह रोड पर अपनी कार की रेस करते हैं, जब प्रकाश लाल रंग से हरे रंग में बदलता है, तो वहाँ पर एक बिंदु बनाएँ और वहाँ सबसे पहले एवं तेज होने के लिए सभी प्रकार के जोखिम लें।

हर काल के युवा को हमेशा आगे लाने में व्यस्त रखा गया है, चाहे वह प्राचीन ग्रीस में खेल के संदर्भ में हो या इटोन में मैदानों में खेलना। सभी खेलों का पहला नियम है—जीतने की कोशिश करना। इसके पुरस्कार भी बराबर नहीं बाँटे जाते। पुरस्कार भी सिर्फ विजेता को ही बाँटे जाते हैं। उसी तरह, किसी की प्रस्तुति से हुई संतुष्टि यह प्रदर्शित करती है कि वह जीतेगा अथवा नहीं। दूसरों की प्रशंसा एवं स्वयं की प्रशंसा; दोनों ही

किसी प्रस्तुति की गुणुवत्ता प्रदर्शित करती है। इसमें प्यार अपने शुद्ध एवं सर्वोत्तम रूप में नहीं हो सकता, पर यह निश्चित रूप से एक आग विकल्प नहीं है।

औरतें भी इससे अछूती नहीं हैं। एक छोटी सी बच्ची भी अपनी माँ से अपनी प्रतियोगिता करती है और फिर उनका अनुसरण करती है, बाद में फिर वह अपने स्कूल के ग्रेड को लेकर प्रतियोगी हो जाती है, फिर उस कॉलेज में, जहाँ वह जाती है, फिर जिस पुरुष से वह शादी करती है। वह असल में अपने पति को प्यार करना चाहती है, पर वह एक अच्छी शादीशुदा जिंदगी भी चाहती है और इसका मतलब यह है, वह ऐसे व्यक्ति के साथ शादी करना चाहती है, जिसका कोई महत्त्व हो, वह कुछ अलग-सा हो, उसकी कुछ संपत्ति हो एवं समाज में एक स्थान हो।

प्यार के विरुद्ध साजिश

हमें स्त्री-पुरुषों में इस प्रकार की प्रतिस्पर्धात्मकता और महत्त्वाकांक्षा के कारण एक महत्त्वपूर्ण मनोवैज्ञानिक बल जोड़ता है। स्त्रियों की तुलना में पुरुष इस बल द्वारा ज्यादा प्रभावित होते हैं, पर अब हमारा समाज बदल रहा है और स्त्रियाँ अपनी बढ़ती प्रतियोगात्मक ड्राइव को बढ़ाने के लिए अवसर तलाश रही हैं। अभिभावक अपने बच्चों में इस प्रकार के ड्राइव को बढ़ाने में महत्त्वपूर्ण भूमिका अदा करते हैं और परिवार भी अपने बहुत से रिश्तों में इस प्रकार की प्रतियोगी भावना एवं प्रतिस्पर्धी व्यवहार डालने की कोशिश करता है। एक अभिभावक के साथ प्रतियोगिता होती है, दूसरा प्यार पाने हेतु, भाइयों एवं बहनों में माँ-बाप का प्यार पाने हेतु प्रतियोगिता होती है और माँ-बाप द्वारा सुधारे जाने हेतु दंड पाने में भी प्रतियोगिता होती है। प्रतियोगिता प्लेग्राउंड में, स्कूल में या एथलेटिक फील्ड में प्रोत्साहित की जाती है। कुछ पाने की चाह और उसके लिए मिलनेवाले सम्मान का ड्राइव अनिवार्य है और यहाँ तक कि यह एक अति रंजित बल है, जो हमारे बढ़नेवाले सालों में हमेशा ही होता है और हम में से कोई भी उससे मुक्त नहीं हो पाते।

हमारे वयस्क जीवन में सबकुछ इस जीवन को बढ़ाने के लिए प्रेरित करता रहता है। इसके पीछे न सिर्फ इतिहास है, बल्कि परंपराएँ हैं और किसी हद तक कैल्विनवाद का धार्मिक प्रभाव भी है, पर इसके साथ ही हमारी समृद्ध संस्कृति सबसे स्पष्ट आभासी है। विज्ञापन हमारी पहले से निर्धारित इच्छाओं पर चलता है और फिर वही यह उत्पाद हमें बेचता है। हमारे अखबार हमें साधारण जॉन डो के बारे में तभी बताते हैं, जब वे मर गए या उन्हें लूट लिया गया, पर हम इसके बाद लोगों के जीवन की हर घटना को उनकी धन और स्थिति देखकर पढ़ते हैं और फिर जब वे मर जाते हैं तो हम उनके बारे में सबकुछ पुख्ता रूप से बाद में या श्रद्धांजलि वाले पेज पर पढ़ते हैं। इस तरह हमारे

अखबार हमारी इतिहास की पुस्तकों से हैं। जो भी लोग रुबीकॉन से होकर गुजरते हैं, वे सिर्फ सीजर की क्रॉसिंग याद रखते हैं।

हम धन एवं स्टेटस हासिल करने की क्षमता विकसित करने के लिए व्यवसाय और पेशेवर कौशल सीखते हैं, पर प्यार के बारे में सीखने के लिए कोई कोर्स नहीं है। एक हार्वर्ड स्कूल ऑफ बिजनेस एडमिनिस्ट्रेशन है, पर कोई हॉर्वर्ड स्कूल ऑफ लव नहीं है और अगर कोई पागल मिलिनायर छात्र ऐसे स्कूल को स्वयं खत्म करना चाहता था, तो यह विश्वविद्यालय के ट्रस्टियों को विवाद में डाल देगा।

दुनिया हमें प्यार में उपलब्धि पाने के लिए कोई सम्मान नहीं देती। अगर कोई व्यक्ति अपने प्यार में असामान्य रूप से खुश है तो उसके दोस्त कहते हैं, "क्या वह भाग्यवान नहीं है!" अगर दो लोग अपने वैवाहिक जीवन में बहुत खुशी पाते हैं, तो लोग कहते हैं कि ये लोग कितने भाग्यवान हैं और "क्या वह भाग्यशाली नहीं है कि वे एक-दूसरे को मिले।" हम असाधारण क्षमता के रूप में सांसारिक उपलब्धि में अच्छा बनने की कोशिश करते हैं, पर प्यार में अच्छा बनना एक प्रकार की दुर्घटना है, जिसमें दो लोग एक-दूसरे से ठोकर खाकर बाहर आते हैं। ऐसी कोई धारणा नहीं है, जिसमें हम बुद्धिमानी से एक-दूसरे को चुन सकें और फिर एक-दूजे को चुनने के बाद हम एक-दूजे के साथ सद्भाव, खुशी और पूर्ति के लिए पारस्परिक इच्छा को पूरा करने के लिए अपने प्यार को आकार देने में अपने प्रयास एवं कला का निवेश करते हैं।

बहुत सारे दबाव को दूसरी तरफ बदलने के लिए यह उल्लेखनीय है, हम लोगों को प्यार करें, न कि चीजों से प्यार करें, यह हमारे आदर्शों में से एक है। यह हो सकता है कि चीजें उनका अधिग्रहण और वह जो स्टेटस लाते हैं, वह हमारे अकेलेपन, हमारी चिंता, एक-दूसरे की जरूरत और एक-दूसरे के लिए खुशी पाने की हमारी इच्छा को पूरा नहीं कर पाते हैं।

दुनिया में चीजों का संचय करने के प्राथमिक लगाव से स्वयं को रोक पाना बहुत ही मुश्किल है, जहाँ वे प्रमुखता से आते हैं। सफलता हम सबके लिए महत्त्वपूर्ण है और इसका सबसे प्रमुख हॉलमार्क वित्तीय उपलब्धि है। अधिकांश चीजों का अपना मूल्य होता है और लोग यह महसूस करते हैं कि पैसा चीजों के मूल्य का सबसे आसान व सार्वभौमिक उपाय है। वे अपने स्टोर में सांसारिक संतुष्टि, सुरक्षा, स्टेटस, स्वयं का विस्तार, उनकी पर्याप्तता और योग्थता की पुष्टि देखते हैं। जैसे छोटे जैक हॉर्नर को एक बार बेर मिले और उसने सोचा कि "मैं कितना अच्छा बच्चा हूँ।"

चीजें काफी नहीं हैं

दो विचारों को छोड़कर बाकी सारी चीजें सही हैं। एक तो स्वयं के साथ अनजान

चिंता है, जो परिपक्व अभिव्यक्तियों की तुलना में अपरिपक्व शिशु आत्म-प्रेम की तरह दिखाई देती है। क्यों कोई शेयर बाजार के टिकर को सुरक्षित रूप से इतनी बुरी तरह से देखता है, इस स्टेटस के किसी भी व्यक्ति को सप्ताहांत एवं छुट्टियों में भी क्यों काम करना पड़ता है? सुरक्षा एवं संतुष्टि से स्वतंत्रता आनी चाहिए, जिससे कोई खुद को साबित कर सके, जिससे आत्मआश्वासन एवं शांति आ सके। इस बात से कुछ फर्क नहीं पड़ता कि संपत्ति जमा करने के लिए आप जितना भी सफल काम करें, पर प्राथमिक रूप से हमारे जीवन का भावनात्मक मकसद होता है कि हम अपने निकटतम लोगों से प्रभावित होते हैं और उनको प्रतिक्रियाएँ देते हैं। यह सच है कि अन्य लोग हमारे सम्मान एवं स्टेटस के बारे में बातें करते हैं, पर हमारे घरों में हमारी स्थिति बहुत ज्यादा महत्त्व की होती है और वह व्यक्तिगत अर्थ में बहुत गहन होती है। सामाजिक-आर्थिक सिद्धांतों के अनुसार, हमारे घर के लोग हमें जवाब नहीं देते हैं। उनके बाल नीचे हैं और वह हमें उसी तरह से हमारे समृद्ध सोशियोइकोनॉमिक उपलब्धियों से जोड़कर नहीं देखते हैं। चाहे कोई करोड़पति हो या कोई आम आदमी, वह अपने छह साल के बच्चे का सामना करता है और इस मामले में, जो कोई भी उनके करीब हो, वे उन्हें इसी प्रकार से प्यार करते हैं। जल्द या बाद में यह सच्चाई उभरकर सामने आती है। हर चीज खरीदी नहीं जा सकती। लोगों का कोई विकल्प नहीं होता है।

भौतिक सामानों एवं लोगों के प्रति प्रेम के बीच अकसर संघर्ष होता रहता है। वैसे तो मानव स्वभाव या समाज के लिए कोई ऐसा कानून नहीं है, जो इसे आवश्यक बनाता है। हम अनजाने में बहुतों से प्यार करते हैं और जिंदगी की सबसे बड़ी चुनौती है कि उन्हें अपने लायक बनाना। आदर्श समाधान यह है कि कोई भी एक-दूसरे से किसी प्रकार का कोई बलिदान नहीं माँगता। बहुत सारे लोगों के दृढ विश्वास को प्रोत्साहित करने के लिए दोनों प्यार को जोड़ दिया गया है, जिससे वे एक साथ अच्छे से मधुरता के साथ रह सकें। किसी चीज का अधिग्रहण एवं उपलब्धि यह जरूरी नहीं कि किसी दूसरे के खर्चे पर हो। इसमें आपसी प्रयास कोई सपना नहीं है। लोग तभी ज्यादा हासिल कर पाते हैं, जब वे एक-दूसरे के साथ काम करते हैं, एक-दूजे के विरुद्ध नहीं। एक व्यावसायिक रिश्ते में एक-दूसरे के प्रति सम्मान, गरिमा एवं प्यार होता है। हमारा दैनिक व्यवहार जितना यह प्रकट करता है, प्यार एवं कार्य उतना ही प्रगाढ़ होता जाता है। दूसरों के साथ हमारे संबंध तब संतोषप्रद होते हैं, जब हम कम सुरक्षा में होते हैं और हमारे स्टेटस की प्रतीक ये भौतिक वस्तुएँ हमें गहरे मूल्यों से कम आकर्षित करती हैं और हम इस बात को महसूस करते हैं कि लोग हमारे साथ चीजें साझा करने को इच्छुक हैं।

□

"इन शब्दों को स्कैन कर लीजिए कि किसी को भी जिंदगी में युवाकाल में साथ सीखना या आगे बढ़ना नहीं छोड़ना चाहिए।"

—जॉन डब्ल्यू. गार्डनर

22

उत्कृष्टता के लिए प्रयास कैसे करें?

हमें अपनी जिंदगी में अर्थ चाहिए। जब हम अपनी दृष्टि बढ़ाते हैं, उत्कृष्टता के लिए संघर्ष करते हैं, अपने समाज में उत्कृष्टतम उद्देश्यों के लिए स्वयं को समर्पित करते हैं, हम स्वयं को पुराने एवं अर्थपूर्ण कारण के लिए इनरॉल करते हैं, जिसमें यह बात कही गई है कि किसी आदमी का सबसे पुराना संघर्ष यह महसूस करना है कि वह स्वयं में सर्वोत्तम देखें।

कॉमन कॉज के संस्थापक व कॉरनेज फाउंडेशन फॉर द एडवांसमेंट ऑफ टीचिंग के पूर्व अध्यक्ष जॉन डब्ल्यू. गार्डनर के ये शब्द थे। उनकी बहुत ज्यादा पढ़ी जानेवाली किताबों में 'एक्सलेंस' में से उद्धृत इस पाठ में, गार्डनर आपको स्वयं से एवं समाज से बहुत सारे गंभीर प्रश्न पूछने के लिए कुरेदेंगे।

- आपके लिए उत्कृष्टता का क्या अर्थ है?
- स्वयं का संतुष्ट व्यक्तित्व कहाँ समाप्त करना चाहिए?
- बिना किसी नैतिक प्रतिबद्धता के हमारी स्वतंत्रता का क्या महत्त्व?
- हम में से कई बूढ़े होने के साथ अक्लमंद क्यों नहीं होते?
- आपको विकसित करने के लिए आपकी कंपनी क्या कर रही है?

अमेरिका एक ऐसा देश है, जो सफलता का देश कहा जाता है। हम निश्चित रूप से एक समृद्ध अर्थव्यवस्था और एक शक्तिशाली समुदाय के विकास में सभी लोगों में सबसे सफल रहे हैं। फिर भी जो लोग रंक से राजा बनते हैं, ऐसे विजेताओं के लिए हमारी प्रशंसा और

उत्साहपूर्वक सम्मान के बावजूद हम अपने प्रजातांत्रिक अधिकारों का उपयोग ज्यादा उनके लिए नहीं करते हैं, जो लोग हमसे अधिक महत्त्वाकांक्षी प्रतीत होते हैं, हम उन लोगों को रोकते हैं और धीमा कर देते हैं। अगर ये सफल नहीं होते तो हम कराधान के जरिये उनकी सफलता के अतिरिक्त फल ले लेते हैं। व्यक्तिगत आदर्शों की पूर्ति के लिए किसी को नीचे गिराने की बजाय, उन्हें प्रोत्साहित करने के लिए क्या किया जा सकता है?

आपने जब यह पाठ शुरू किया था, तब से आप काफी आगे आ चुके हैं, अब समय आ गया है कि आप स्वयं का एवं अपने बच्चों का भविष्य देखें।

कुछ साल पहले मैंने अपने साथी प्रोफेसर के 10 साल के बच्चे के साथ एक यादगार बातचीत की थी। मैं अपनी कक्षा से वायलिन की कक्षा के लिए जा रहा था। हममें बातचीत छिड़ गई और उसने मुझे शिकायत की कि वह वायलिन में कुछ असली धुनें नहीं बजा पाता, फिर भी उसे वही थकाऊ अभ्यास करना पड़ता है। मैंने उसे सुझाव दिया कि इसका समाधान संभव है और अगर खुद को सुधारोगे तो बहुत मधुर बजाने लगोगे, पर उसने कहा कि मैं सुधरना नहीं चाहता। "मुझे उम्मीद है कि मैं बदतर हो सकता हूँ।"

उत्कृष्टता का विचार ज्यादातर लोगों के लिए आकर्षक है और कुछ के लिए प्रभावशाली, लेकिन यह अकेले ही लिया जाता है, एक अमूर्त धारणा के रूप में। यह सार्वभौमिक शक्तिशाली शक्ति नहीं है कि कोई इसके बारे में पूछे। इसलिए हमें खुद से पूछना चाहिए कि वे कौन से आगे बढ़नेवाले एवं सार्थक विचार हैं, जो हमें प्रेरित करेंगे और जिससे लोग उत्कृष्टता का प्रयास कर सकते हैं।

हमारे समाज में किसी को महान् जीवन शक्ति के विचार के लिए कहीं दूर जाकर कुछ खोजने की जरूरत नहीं है, जो उत्कृष्टता का कारण बन सेवा करें। यह हमारे पहले से बनाए संबंधों में अंतर्निहित है। यह अवसर की समानता में हमारी धारणा को कम करता है। यह हमारे दृढ निश्चय को व्यक्त करता है कि हर व्यक्ति को अपने आप में सर्वोत्तम प्राप्त करने के लिए सक्षम किया जा सकता है।

व्यक्तिगत पूर्ति के आदर्श को आगे बढ़ाने के लिए हमने जो मुख्य साधन तैयार किया है, वह शैक्षणिक प्रणाली है, लेकिन इस उपकरण को पूरा करने के साथ हमारे समझने में हमने उन व्यापक उद्देश्यों को भूलने का प्रयत्न किया है, जो इस सेवा के

लिए डिजाइन किए गए हैं। अधिकांश अमेरिकी शिक्षा को सम्मान देते हैं, पर कुछ ही इसके बड़े उद्देश्यों को समझते हैं। शिक्षा के उद्देश्यों के बारे में हमारा सोच बहुत ही उथला है, संकुचित है और पहुँच एवं परिप्रेक्ष्य में कम है। हमारे शैक्षणिक उद्देश्य को व्यक्ति के वृहत् उद्देश्यों की पूर्ति के संबंध में हमारे दृढ संकल्पों की व्यापक रूपरेखा के रूप में देखा जाना चाहिए।

औपचारिक अर्थ में शिक्षा व्यक्ति के बौद्धिक, भावनात्मक एवं नैतिक विकास को बढ़ावा देने के लिए समाज के बड़े काम का केवल एक हिस्सा है। हमें जिस चीज तक पहुँचना चाहिए, यह निरंतर आत्मखोज की अवधारणा है, यह वास्तविक व्यक्ति बनने के लिए हमेशा बदल रहा है और वह व्यक्ति को व्यक्ति बना देता है।

यह एक धारणा है, जो औपचारिक शिक्षा से अधिक है। इसमें न सिर्फ बुद्धि, बल्कि भावना, चरित्र और व्यक्तित्व भी शामिल है। इसमें सिर्फ सतह ही नहीं, बल्कि विचार एवं कार्य की गहरी परतें भी निहित हैं। इसमें रचनात्मकता, अनुकूलता और जीवन शक्ति भी शामिल है।

इसमें नैतिक एवं आध्यात्मिक विकास भी शामिल है। हम कहते हैं कि हम चाहते हैं कि व्यक्ति अपनी क्षमताओं को पूरा करे, लेकिन यह पक्का है कि हम कोई अपराधी या दुष्ट लोगों को विकसित करना नहीं चाहते। सीखने के लिए सीखना पर्याप्त नहीं है। चोर चालाकी एवं दास अधीनता सीखते हैं। हम ऐसी चीजें सीखते हैं, जो हमारे दृष्टिकोण को सीमित करती हैं और हमारे फैसले को रोकती हैं। हम तर्कसंगत और नैतिक कठिनाइयों के बीच पूर्णता को बढ़ावा देना चाहते हैं, जिसमें मनुष्य को सर्वश्रेष्ठ तरीके से दिखाया जाए। बड़े संस्थानों एवं बड़ी सामाजिक ताकतों की दुनिया में जो व्यक्ति को बौना समझ उन्हें धमकाते हैं, हमें व्यक्तिगतता के संबंध में जो भी संभव हो, खुद को अवश्य ही अलग करना होगा, पर हम एक गैर-जिम्मेदार, अनैतिक, या आत्मप्रशंसा करनेवाले व्यक्ति की सराहना नहीं कर सकते।

अमेरिका की महानता उसके स्वतंत्र लोगों की महानता है, जिन्होंने कुछ नैतिक प्रतिबद्धताओं को साझा किया। नैतिक प्रतिबद्धता के बिना स्वतंत्रता उद्देश्यहीन है और पूरी तरह से विनाशकारी भी है। यह एक विडंबनापूर्ण तथ्य है कि हमारे समाज में लोग बाहरी व्यवहार की ओर खिंच गए हैं, वे गहराई से साझा किए जानेवाली किसी भी भावना से दूर चले गए हैं। हमें व्यक्तिगतता की भावना और साझा उद्देश्यों की भावना को पुनर्स्थापित करना होगा या फिर अन्य लोगों के घृणित परिणामों के बिना हम बढ़ते हैं।

हमारे गहरे सम्मान को जीतने के लिए किसी भी व्यक्ति को खुद को ढूँढ़ना चाहिए और खुद को खोना चाहिए। ऐसा लगता है कि इसमें कोई विरोधाभास नहीं होना चाहिए। हमें उस व्यक्ति का सम्मान करना चाहिए, जो स्वयं को मूल्यों के दम पर खड़ा रखता

है, जो अपने व्यक्तित्व से परे है, जो अपने व्यवसाय की इज्जत करता है, अपने लोगों, अपनी विरासत और इसके साथ ही अपने धार्मिक एवं नैतिक मूल्यों की भी इज्जत करता है, जो व्यक्तिगत पूर्ति के आदर्श को पहले स्थान पर पोषित करता है, पर 'खुद को यह उपहार' सिर्फ हमारी प्रशंसा जीतता है, अगर देनेवाले ने एक परिपक्व व्यक्तित्व हासिल किया है और देने से वह व्यक्ति अपरिवर्तनीय रूप से अपंग नहीं होता। हम राज्य में या किसी कारण या किसी संस्थान में बिना मुखवाले, दिमागविहीन सेवकों की प्रशंसा नहीं करते, जो कभी भी परिपक्व व्यक्ति नहीं थे और जिन्होंने अपनी व्यक्तिगतता का त्याग किसी कॉरपोरेट भलाई के कारण नहीं किया।

एक विशाल पैमाने में बरबादी

आजकल हमारे समाज में, बड़ी संख्या में लोग अपनी क्षमताओं का भरपूर उपयोग नहीं करते हैं। उनका पर्यावरण ऐसा नहीं होगा कि वे ऐसी पूर्ति को प्रोत्साहित करें, या हो सकता है कि ये विकास को रोक दें। गरीबी एवं अज्ञानता में फँसे हुए व्यक्ति शायद ही व्यक्तिगत विकास के लिए किसी प्रकार की उत्तेजना प्रदान कर सकते हैं। वह पड़ोस, जिसमें अपराध एवं सामाजिक विघटन सार्वभौमिक स्थितियाँ हैं, वह ऐसा वातावरण नहीं बना सकता, जिसमें शैक्षणिक मूल्य कमांडिंग स्थान रखते हैं। ऐसे परिवेश में, उस प्रक्रिया से प्रतिभाएँ उग्र होती हैं, जो किंडरगार्डन से शुरू होकर बहुत बाद तक जीवित रहती हैं।

एक तथ्य, जिसमें बहुत बड़ी संख्या में अमेरिकी लड़के-लड़की अपना संपूर्ण विकास पाने में असफल हो जाते हैं, उन्हें राष्ट्रीय विवेक पर आधृत होना चाहिए। यह सिर्फ किसी एक व्यक्ति का नुकसान नहीं है। उस समय जब देश को अपने मानव संसाधनों को बनाना चाहिए, यह सोचना भी संभव नहीं है कि हमें स्वयं क्षमताओं के अपशिष्ट के आगे इस्तीफा दे देना चाहिए। हाल की घटनाओं ने हमें हथौड़े की मार के साथ सिखाया है कि हमें अपनी परंपराओं से सीखना चाहिए कि हमारी ताकत, रचनात्मकता और समाज में आगे का विकास हम लोगों की प्रतिभा और क्षमताओं को विकसित करने पर निर्भर करता है।

इस समस्या पर कोई भी पर्याप्त प्रहार औपचारिक शिक्षा संस्थानों से बहुत दूर तक पहुँच जाएगा। यह सिर्फ स्कूलों में ही नहीं अपितु घरों, चर्चों, सभास्थलों, खेल के मैदानों और अन्य संस्थानों में दिखेगा, जो व्यक्ति को एक आकार देते हैं। बाल कल्याण समाज, गोद लेनेवाली सेवाएँ, संस्थापक घर, अस्पताल और क्लिनिक सारे उसके भाग हैं। ये स्लम क्लियरेंस प्रोजेक्ट्स और सामाजिक कल्याण कार्यक्रम, जो एक इस प्रकार का वातावरण परिवार एवं पड़ोस में बनाना चाहते हैं, जिससे सामान्य विकास को बढ़ावा मिले।

सिर्फ बचपन में ही हम अपनी इच्छाओं की पूर्ति हेतु बाधाओं का अनुभव नहीं करते। अन्य प्रकार की समस्याएँ जिंदगी की दूसरे स्टेज में आ जाती हैं।

शुरू के वक्ता हमेशा यह कहते हैं कि शिक्षा एक आजीवन प्रक्रिया है। फिर भी किसी भी युवा को यह कहने की थोड़ी सी भी जरूरत नहीं है। वक्ता हमेशा ऐसा क्यों कहते रहते हैं? ऐसा नहीं कि वे भावनाओं से प्यार नहीं करते, जो अच्छी तरह से हैंडल किए जाते हैं (हालाँकि वे करते हैं।)। ऐसा भी नहीं है कि वे अपने दर्शकों को कम करके आँकते हैं, पर सच्चाई यह है कि उन्हें पता है कि उनके युवा श्रोता वह बात नहीं जानते, जिसे पूरी तरह से कहा जा सकता है। इस बात से कोई फर्क नहीं पड़ता कि युवा व्यक्ति को इस विचार से कितना फर्क पड़ता है। इससे कुछ फर्क नहीं पड़ता कि युवा व्यक्ति को इस विचार पर कितना दृढ विश्वास है कि शिक्षा एक आजीवन चलनेवाली प्रक्रिया है, पर वह कभी भी इसे गड़बड़ी के साथ गहराई से स्पष्टता के साथ प्रदर्शित नहीं करता है, संतुष्टि और खेद की अति संवेदनशीलता को एक बूढ़ा व्यक्ति जानता है। युवा व्यक्ति ने इतनी गलतियाँ नहीं की हैं कि इनकी मरम्मत नहीं की जा सकती है। उसने सड़क पर इतने काँटे नहीं बिछाएँ हैं कि उन्हें हटाया नहीं जा सकता है।

प्रारंभिक स्पीकर इसे ध्वनि बनाने के लिए प्रलोभन दे सकता है, जैसे कि पुरानी पीढ़ी के पास सीखने का अनुभव किसी चरित्र की जीत की तरह है और यह युवा पीढ़ी के लोगों में कमी होती है। हम उसे माफ कर सकते हैं। युवा लोगों को यह बताना आसान नहीं है कि हम बिना किसी उद्देश्य के सीखते हैं, कैसे जिंदगी हमें चोटी से एड़ी की ओर फेंकती है, सीखने के अपने अनुभव से हम अपने विकास में बहुत तेजी से वृद्धि का विरोध करते हैं।

अगर वह कहानी के अन्य भाग को ऐसे ही छोड़कर चला जाता है तो हम उसे आसानी से माफ नहीं कर सकते और कहानी का अन्य भाग यह है कि जीवन के माध्यम से सीखने की प्रक्रिया निरंतर एवं किसी भी प्रकार से सार्वभौमिक नहीं है। अगर ऐसा होता, तो उम्र एवं बुद्धि को एक साथ रख दिया जाए, ऐसी कोई चीज नहीं होगी, जो एक पुराने मूर्ख की तरह होगी। हम जैसे कई लोगों के लिए यह एक बुरा सत्य होगा कि सीखने की यह प्रक्रिया बहुत जल्दी ही खत्म हो जाती है और दूसरे लोग गलत चीजें सीखते हैं।

निरंतर विकास के लिए लोगों की क्षमताओं के बीच मतभेदों को इतनी व्यापकता के साथ मान्यता प्राप्त होती है कि हमें उन पर ध्यान देने की आवश्यकता ही नहीं है। उन्हें सफलता की डिग्री में मतभेदों से भ्रमित नहीं होना चाहिए, क्योंकि दुनिया उस सफलता को मापती है, जो व्यक्ति प्राप्त करता है। उन लोगों को, जिन्हें दुनिया असफल मानती है, वे अपनी जिंदगी में हमेशा सीखने और आगे बढ़ने के लिए प्रयत्नरत रहते हैं। वहीं हमारे

कुछ प्रमुख लोगों ने दशकों पहले सीखना एकदम बंद कर दिया है।

हम लोगों में अभी भी एक अपूर्ण समझ है, जिसमें हममें से कुछ अभी भी सीख रहे हैं और दूसरे एकदम भी नहीं। कभी कुछ लोग विपरीत परिस्थितियों को इसका कारण बताते हैं, पर इसके कारण लोगों का व्यक्तिगत विकास बंद हो जाता है, पर हम उन परिस्थितियों को पहचान नहीं सकते, जिससे विकास में किसी प्रकार की कोई बाधा या मुश्किलें आती हैं।

बेशक, लोग कभी भी परिस्थितियों में ऐसे बँधे नहीं होते, जितने वे दिखते हैं। जो व्यक्ति किसी आकस्मिक परिस्थिति के परिणामस्वरूप कोई व्यक्तिगत विकास का अनुभव करता है, वह किसी भी मामले में बढ़ने के लिए तैयार हो सकता है। पाश्चर ने कहा था कि मौका भी तैयार दिमाग का पक्ष लेता है। परिस्थितियों से हारा व्यक्ति किसी और चीज से जीत जाता है और वह व्यक्ति किसी अन्य चीज का बना होता है। हम लोग ऐसे लोगों को जानते हैं, जिनको विकास एवं सीखने की कला किसी आंतरिक ड्राइव, जिज्ञासा, अपने व्यक्तित्व में तलाश एवं खोज के संदर्भ में समझाई जा सकती है। कैप्टन जेम्स कुक ने कहा था, "मेरी महत्त्वाकांक्षा न सिर्फ किसी व्यक्ति से आगे जाने की है, अपितु उतनी दूर जाने की है, जितना कोई एक व्यक्ति जा सकता है।" जैसे कुक की बेचैन इच्छा ने उसे पृथ्वी के धरातल पर ला दिया, जिससे अन्य लोग दिमाग एवं आत्मा की ओडिसी पर उतरकर आएँ।

यह देश एवं व्यक्तिगत लोगों के लिए भी एक चिंता का विषय हो सकता है, जो प्रारंभिक वक्ता को एक जगह से दूसरी जगह स्थानांतरित कर सकता है। शायद कई लोग अपनी लीक से हट जाएँ। हो सकता है, कई लोग अपनी प्रतिभा को बरबाद कर देंगे, पर यह बरबादी इतने विशाल पैमाने पर होती है कि समझदार लोग यह विश्वास ही नहीं कर पाएँगे कि यह सभी अनिवार्य है।

दुर्भाग्यवश व्यक्तिगत प्रारंभिक पूर्ति एवं आजीवन सीखने की कोशिश प्रारंभिक स्पीकर को एनिमेट करती है। हमारे सामाजिक संस्थानों में कोई पर्याप्त प्रतिबंब नहीं है।

बहुत लंबे काल तक तो हमने इस विचार के लिए अपने होंठों से सेवा की है और इसके अभ्यास में छेड़छाड़ की है। जो लोग अपने धर्म को शनिवार एवं रविवार में बाँधकर रखते हैं और पूरे हफ्ते उस संदर्भ में भूल जाते हैं, हमने व्यक्तिगत पूर्ति के लिए अपने राष्ट्रीय जीवन को एक अलग डिब्बे में अलग कर दिया है और इसे कहीं और उपेक्षित कर दिया है। हमने शिक्षा को जीवन के मुख्य बिजनेस से किसी अन्य श्रेणी में अलग कर दिया है। यह सब स्कूल एवं कॉलेजों में होता रहता है। यह छह से इक्कीस साल के लोगों की उम्र के बीच होता रहता है। यह वह नहीं है, जिस पर हम सब विश्वास करते हैं और हमें अपने जीवन में इस संबंध में चिंता करने की जरूरत होती है।

सोचने के तरीके से हमारे जीवन में एक लंबे समय में परिवर्तन आता है। अगर हम मानते हैं कि हम व्यक्ति के मूल्य के संबंध में क्या दावा करते हैं, तो नैतिक उद्देश्यों के ढाँचे के भीतर व्यक्तिगत पूर्ति का विचार हमारी गहरी चिंता, हमारे राष्ट्रीय पूर्वग्रह, हमारा जुनून होना चाहिए। हमें शिक्षा के संबंध में सोचना चाहिए कि यह सभी के लिए हमेशा प्रासंगिक होनी चाहिए, जो सभी उम्र के लोगों के लिए सभी स्थितियों में उपलब्ध होनी चाहिए।

हमारे औपचारिक शैक्षिक तंत्र के अलावा किसी भी तरह के पूर्वग्रह का कोई सबूत नहीं है। कुछ धार्मिक दल बहुत अच्छा काम कर रहे हैं। हमारे पुस्तकालय एवं म्यूजियम हमारे गर्व के एक वैध स्रोत हैं। वयस्क शिक्षा कार्यक्रम लगातार प्रभावी ढंग से बढ़ रहे हैं। हमारे कुछ संस्थान सामाजिक कल्याण एवं मानसिक स्वास्थ्य से संबंधित गहन रूप से महत्त्वपूर्ण भूमिका निभाते हैं।

लेकिन व्यक्तियों के विकास में चलती हुई फिल्मों, रेडियो एवं टी.वी. की बढ़ती संभावनाओं के बारे में क्या कहा जाए? यह कहना उचित ही होगा कि इन संभावनाओं ने पुरुषों की कल्पना पर अपना नियंत्रण नहीं बनाया, जो इस मीडिया को नियंत्रित करती है। इसके विपरीत, इस मीडिया में सभी शैक्षणिक मूल्यों पर अकसर कठोरता की जीत की अनुमति होती है, पर अखबारों एवं मैगजीन का क्या, जो व्यक्ति अपने बौद्धिक एवं नैतिक विकास के बल पर आगे बढ़ने के लिए उन पर केंद्रित रहता है, साथ ही प्रकाशकों का एक छोटा सा समुदाय ऐसी जिम्मेदारी स्वीकार करता है। पुस्तकों के प्रकाशक आलोचना के कम शिकार होते हैं, पर वे भी गलती के बिना नहीं हैं।

लक्ष्य के प्रति गंभीर खोज हमें व्यक्तिगत पूर्ति के और करीब ले जाएगी। यूनियन, लॉज, व्यावसायिक संस्थान और सामाजिक क्लब लोगों के व्यक्तिगत विकास और सीखने में महत्त्वपूर्ण योगदान देते हैं, यदि वे इतने इच्छुक हैं तो। सही मायने में वे इतने झुके हुए हैं। नियोक्ता के लिए कई अनगिनत अवसर खुले हैं, जो अपने नियोजन में पुरुषों एवं महिलाओं के व्यक्तिगत विकास के झुकाव के लिए जिम्मेदारी स्वीकार करने के इच्छुक हैं। कुछ दूरदर्शी कंपनियों ने यह स्वीकार करने में बेहद महत्त्वपूर्ण भूमिका अदा की है।

हम यह सुझाव दे रहे हैं कि हमारी समाज में हर संस्था को व्यक्ति की पूर्ति हेतु अपना योगदान देना चाहिए। बेशक हर संस्था के अपने उद्देश्य एवं पूर्वग्रह होने चाहिए, पर हर बात से ऊपर उसे समाज द्वारा तैयार किए गए प्रश्न का उत्तर देने के लिए तैयार किया जाना चाहिए, "संस्थान व्यक्ति के भीतर विकास को बढ़ावा देने के लिए क्या कर रहा है?"

अब इसका क्या मतलब है? इसका अर्थ है कि हमें शिक्षा के संबंध में सोचने के अपने तरीकों को बहुत बड़ा करने की जरूरत है। हमें एक विशाल दीवार पर विशाल

रूप से भित्तिचित्र चित्रित करने की कोशिश करनी चाहिए। हम जो भी कर रहे हैं, वह एक बहुत बड़ी एवं रचनात्मक सभ्यता बनाने से कम नहीं है। हम यह मानते हैं कि अमेरिकी लोग एक सार्वभौमिक कार्य के रूप में तर्कसंगत एवं नैतिक मूल्यों के ढाँचे के भीतर व्यक्तिगत विकास को बढ़ावा देते हैं। हम यह मानते हैं कि वे प्रत्येक महत्त्वपूर्ण स्थिति में, हर कल्पनीय तरीके से, प्रत्येक उम्र में व्यक्तिगत विकास, सीखने एवं आगे बढ़ने के लक्ष्य के रूप में स्वीकार करते हैं। ऐसा करके हम व्यक्तिगत पूर्ति के अपने आदर्श के साथ विश्वास बनाए रखेंगे और साथ ही साथ समाज के रूप में अपनी ताकत एवं रचनात्मकता का बीमा करेंगे।

अगर हम व्यक्तिगत पूर्ति के लिए प्रामाणिक राष्ट्रीय चिंता को स्वीकार करते हैं, तो स्कूल एवं कॉलेज राष्ट्रीय प्रयास का हृदय बन जाएँगे। वे एक उद्देश्य को आगे बढ़ाने के लिए प्रतिबद्ध होंगे—ऐसा नहीं कि वे जनता के हितों के विरुद्ध खुद को तैरते हुए पाते हैं और वे कुछ और जरूरी खोजते हैं। स्कूल एवं कॉलेज बहुत अच्छी तरह से तभी मजबूत होंगे, जब उनका काम ऐसी शक्तिशाली सार्वजनिक धारणा के तले हो।

कॉलेजों एवं विद्यालयों, दोनों को किसी भी चीज से परे चुनौतियों का सामना करना पड़ेगा। हमने कहा है कि बहुत कुछ व्यक्ति के अपने विकास हेतु सीखने के ऊपर पर भी निर्भर करता है। यह कॉलेज एवं स्कूल का कार्य भी होना चाहिए। इन सबके ऊपर उन्हें व्यक्ति को इस हमेशा सीखने की प्रक्रिया से लैस करना चाहिए, उसकी आत्मा और दिमाग को हमेशा ऐसे पुनर्निर्मित करना चाहिए कि वह हमेशा स्वयं का पुनर्मूल्यांकन करे। वे समयबद्ध सारिणी में विद्यार्थियों को सॉसेज की तरह भरकर संतुष्ट नहीं कर सकते या उन्हें सील की तरह संभावित स्वीकार्य ट्रेनिंग भी नहीं दे सकते। यह स्कूलों एवं कॉलेजों का पवित्र काम होता है कि उनमें विकास एवं सीखने और रचनात्मकता के लिए दृष्टिकोण बनाएँ और समाज को आकार देने में मदद करें। इस काम को लेकर अन्य हिस्सों पर अन्य संस्थानों के रूप में स्कूल एवं कॉलेज को निश्चित रूप से विकास के बौद्धिक पहलुओं पर विशेष ध्यान देना चाहिए। यह विशिष्ट रूप से उनकी जिम्मेदारी है।

अगर व्यक्तिगत पूर्ति के लिए हम बिना किसी आरक्षण के इन पारंपरिक धारणाओं को स्वीकार करते हैं कि हम अपने दिल में राष्ट्रीय जीवन को एक बेहद महत्त्वपूर्ण उद्देश्य मानकर चलें तो ये सारे अमेरिकियों की शिक्षा को एक नए स्तर का अर्थ देंगे। हमने एक प्रतिबद्धता स्वीकार कर ली है, जो लोकतांत्रिक संस्थानों के बारे में सोचने के हमारे तरीकों के व्यापक परिणामों का वादा करती है। हम एक ऐसे दर्शन को गले लगाएँगे, जो उत्कृष्टता के प्रयासों को एक समृद्ध व्यक्तिगत अर्थ देता है।

□

"जब हम अपने बच्चों के ऊपर अपने ही लक्ष्य थोपने लग जाते हैं, तब हम उन्हें विफलता एवं निराशा की ओर धकेलकर बरबाद कर देते हैं।"

—डॉ. जैस लायर

23

अपने बच्चों को कैसे अपने लिए सफलता खोजने दें?

ऑस्कर वाइल्ड ने कहा, "बच्चों को अपने माँ-बाप का प्यार मिलता है। कुछ सालों के बाद वे उन्हें आँकने लगते हैं। बहुत कम वे उन्हें माफ करते हैं। इस दुनिया में एक नवजात बच्चे को वयस्क तक बढ़ाने से ज्यादा कोई मुश्किल काम नहीं है। कैन एवं एबेल के माता-पिता एडम एवं ईव को बच्चों से समस्या हो गई थी कि जैसे अधिकतर मनुष्यों में होती है, जो अधिक प्रतिभा, क्षमता, धैर्य, ज्ञान व प्रेम की माँग करते हैं। हर शताब्दी के बढ़ने के साथ हम बच्चों के पालन में गुत्थमगुत्था होते ही हैं।"

डॉ. जेस लायर की पुस्तक 'आई एम नॉट वेल-बट आई एम श्योर एम बेटर' में ऐसी स्थिति बताई गई है, जिसमें लोग अपने-अपने प्रेमपूर्ण माता-पिता का विरोध करते हैं। किसी युवा बच्चे पर कितना कड़ा शासन रखा जाए या उसे किसी ढाँचे में ढाला जाए और उसका कितना मार्गदर्शन किया जाए कि वह विफल होने की बजाय सफल होकर आगे निकले? इस संबंध में भगवान् बनने की कोशिश करनेवाले इन जोखिमों को सबसे ज्यादा माता-पिता द्वारा माना जाता है।

अपने बच्चों को सफल बनाने का माता-पिता का एक जुनून होता है, खासकर जब उनकी जिंदगियाँ गैर-उत्पादक रही हों, तब। उनके बच्चों को किसी भी हालत में उस एवज में कुछ-न-कुछ करना ही होगा। उन्हें स्कूल में अव्वल होना चाहिए, उन्हें अमीर बनना चाहिए, समाज में एक स्थिति होनी चाहिए, बहुत ढंग से शादी करनी चाहिए,

क्योंकि उनके माता-पिता ने इन क्षेत्रों में कभी भी अच्छा नहीं किया।

लेकिन अगर उनके बच्चे अपने माता-पिता से ज्यादा ऊँचा नहीं उठ पाए, तो? अगर वे सामान्य नागरिकों की तरह खुश हैं और एक उपयोगी व सामान्य जिंदगी जी रहे हों, तो? इसलिए हमारे समाज में कई युवक इसीलिए बरबाद हो जाते हैं, क्योंकि उन्हें उनके घर में उनकी पहुँच से ज्यादा आगे जाने को मजबूर किया जाता है। हालाँकि ऐसे अभिभावक उन्हें विफल बना देते हैं, स्वयं बेकार होते हुए लालच व अहंकार प्रदर्शित करते हैं।

उन पर एक अच्छे बोलनेवाले एवं सहृदय प्रोफेसर की तरह ध्यान दें, जो उन्हें हजारों बार सलाह दे, यह दिखाएँ कि वे बच्चों को आगे बढ़ने में कैसे मदद कर सकते हैं और आपकी इच्छा से नहीं, अपनी इच्छा से आप कैसे एक बाग विकसित कर सकें।

जब ऐसा हो जाता है तो आप और वे दोनों सफल हो जाते हैं।

मेरी पत्नी इस बात को विरोधस्वरूप कहती हैं कि मैं पैदाइशी ब्रह्मचारी हूँ या पैदाइशी साधु हूँ। मैं जब देखता हूँ कि पत्नी एवं बच्चों के साथ रहते हुए लगातार कुछ समस्याओं से जूझना कितना कठिन है, तो मैं यह सोचने पर मजबूर हो जाता हूँ कि वह कितना सही कहती है।

पर मुझे पता है कि शादीशुदा जिंदगी होने के बावजूद मैं अकेले रहने में भी बहुत बुरा हूँ। मैंने अपनी जिंदगी के पहले तेईस साल सिर्फ ठूँसठाँस कर ही काम किया, जो अन्य लोग अपनी मर्जी से करते हैं। मैंने बहुत मजे किए और जब मैं बड़ा हो रहा था तो उस दौरान बहुत समस्याएँ भी आईं। मैं आर्मी कॉलेज गया, फिर डेढ़ साल तक सेना में भी रहा। मैंने कॉलेज से ग्रेजुएट हुआ स्कीइंग, माइंटेन, बाइकिंग और मछली मारने में। मैंने कनाडा में भी लंबी यात्रा की। मैंने अपने शौक को पूरा करने के लिए कई जगह काम भी किया। मेरे कई दोस्त भी थे और कुछ युवा स्त्रियों से मुझे गहरा प्यार भी था।

अगस्त 1947 में, जब मैं इक्कीस साल का होनेवाला था, उससे कुछ ही दिन पहले जब मैं पर्वतों में ग्रीष्म ऋतु में जानेवाला था, मैं हाई स्कूल के समय में प्यार करनेवाली उस लड़की को खोज रहा था, जिसने मुझे धोखा दिया था, जब मैं आर्मी में था।

शाम होने को थी और अकेलापन भी था, मैं गोल्डन गेट के ब्रिज की लाइट से खाड़ी की ओर देख रहा था, तो मैंने सोचा, "यह एक बहुत खूबसूरत जगह है, जो मैंने अभी देखी, पर मैं अकेला हूँ और यह सब अकेले देखने में मुझे कोई मजा नहीं आ रहा

था, क्योंकि मैं स्वयं को अकेला महसूस कर रहा था।"

कहने का अर्थ यह है कि मेरे पास अकेले रहकर जिंदगी जीने के बहुत सारे अवसर थे, पर मैंने उस तरह से जीवन बिताने का नहीं सोचा। मैंने परिवारवाला बनने की सोची। जब यही मेरी पसंद है और मैं विश्वास करता हूँ कि मेरा परिवार रिश्तों के लिए मेरी जरूरतों को पूरा करने के लिए महत्त्वपूर्ण है, तो मैं उस तरह से क्यों काम नहीं करता हूँ?

मैं अपने बचाव में सिर्फ इतना कह सकता हूँ कि मैं अपने लिए जो कर रहा हूँ, वह बहुत कठिन काम अब तक मैंने अपने लिए किया है। भगवान् की खोज करना अपने में एक कठिनतम काम है, क्योंकि मैं उन्हें समझता हूँ और मैं स्वयं लगातार स्वयं को भगवान् बनाने की कोशिश करता हूँ, पर एक भगवान् होना या एक पिता होना बहुत ही कठिन काम है।

इन दोनों समस्याओं में, मैं क्या किसी पर भी आक्षेप लगा सकता हूँ। मैं उन परेशानियों पर भी दोष नहीं मढ़ सकता, जिसमें हमें सिखाया गया है कि लोगों पर उच्च शक्ति खोजने की कोशिश की गई थी। जिन भी लोगों ने मुझे धर्म के बारे में सिखाया, वे जितना हो सकता है, उतने दयावान एवं प्यार से भरे थे। मुझे कभी भी सजा नहीं मिली थी, पर चुप्पी के इस भयानक षड्यंत्र के कारण हमने अपने आसपास के लोगों से आध्यात्मिक मामलों के बारे में बात करनी शुरू कर दी। मैं ऐसे कई लोगों को देखता हूँ, जिन्हें लगता है कि वे इस आध्यात्मिक खोज में अकेले हैं। चूँकि इन्हें लगता हूँ कि वे बहुत अकेले हैं और उन्हें अपनी समस्याओं एवं डर को स्वीकारने में कुछ समय लगता है, क्योंकि उन्हें लगता है कि यह सिर्फ उनकी ही समस्या है और यह काफी अलग है और यह पता नहीं उन्हीं के साथ हो रहा है।

मैं अपने भीतर बहुत से प्रेरक बल देखता हूँ। हम कुछ मजबूरी के कारण, कुछ भीतर से प्रेरित होकर यह समझ नहीं सकते और उसके साथ सहज नहीं होते। हम सोचते हैं कि हम इतने अकेले हैं कि अपनी समस्याओं एवं डर को स्वीकारने में हमें समय लगा है, क्योंकि हम रखने के लिए बहुत अजीब एवं अलग से हैं।

अपने परिवार में मैं जो सबसे ज्यादा करता हूँ, वह है समर्पण। मैं ऐसा इसलिए करता हूँ, क्योंकि मैं उन पर अपने लिए विश्वास रखता हूँ और मैं उन पर समर्पित रहता हूँ।

पर वहाँ एक ऊँची प्रेरक शक्ति भी है, जो उन सबसे ऊँची है। तब हम किसी के लिए कुछ बहुत प्यार से करते हैं। यह बल इतना शक्तिशाली होता है कि ऐसा लगता ही नहीं है कि कोई बल ही नहीं है। यह एक सही गोल्फ स्विंग की तरह है, जहाँ किसी बल या प्रभाव की कोई भावना ही नहीं होती—बहुत आराम से केंद्रित स्पीड होती है, जो बॉल को सीधे उठाती है, यह सही भी है। आप यह महसूस कर सकते हैं कि आपके पूरे

शरीर के पास यह एक सही शॉट है और किसी अच्छे मिनट में आपका क्लब हेड सही से बॉल उठाता है।

जब मैं अपने परिवार में कुछ करता हूँ तो उसे करने में मैं आनंद का अनुभव करता हूँ, तो मेरे कर्तव्य मेरे लिए प्रसन्नता का कारण बन जाते हैं। फिर मेरे चारों ओर के लोगों के लिए यह खुशी की बात होती है।

जब मेरे बच्चों की बात होती है तो मुझे उनका लालन-पालन करने के लिए निरंतर संघर्ष करना पड़ता है—मैं उन्हें उस रास्ते में ले जाना चाहता हूँ, जहाँ मैं जाना चाहता था, जिससे मुझे अच्छा लगे, साथ ही मैं उनसे ज्यादा परिपक्वता की आशा करता हूँ, पर जब मैं उनकी उम्र का था तो मैं उतना परिपक्व नहीं था, जितना मैं 48 साल की उम्र में हूँ।

जब मैं अन्य माता-पिता से बात करता हूँ तो उनसे पूछता हूँ कि उनका डर इतना अवास्तविक क्यों है, जब वे बच्चों को कुछ करते हुए देखते हैं। उन्हें एक ही बात से डराया जा सकता है कि बच्चों ने बचपन में जो कुछ भी किया है, उसे भुला दिया जाए। मैं ब्रिसलेन, मिनिसोटा में अपनी उम्र के बच्चों के साथ दौड़ा करता था। मुझे पता है कि मेरे साथ दौड़नेवाले बच्चों में कुछ मुझसे दो-तीन साल बड़े थे और कुछ छोटे थे। एक ही कपड़े को काटकर बनाते थे, पर वह थोड़ा सा ही बड़ा होता था, इतना बड़ा नहीं कि जिससे कोई अंतर पड़े। फिर भी मुझे यकीन है कि आज वही बच्चे अपने बच्चों के लिए एक स्तर धारण करते हैं, जिसमें वे कभी खुद को मापने में सक्षम नहीं थे।

हाल ही में मेरा एक बच्चा मुसीबत में पड़ गया। मैंने उसे बताया कि मैं भी जब उसकी उम्र का था, तब एक ही बार ऐसी मुसीबत में पड़ गया। जैकी खुद को इससे रोक नहीं पाई। उन्होंने कहा, "हाँ, मुझे पता है कि तुमने ये सारी चीजें की थीं, पर मैं नहीं चाहती कि वह तुम्हारी तरह बने। यही समस्या है। जब हम बच्चों को बड़ा करते हैं तो हमें पता होता है कि उन्हें कैसे बड़ा किया जाए।"

मैं चाहता हूँ कि लोग मेरे बच्चों को देखें और उनके व्यवहार, उनके संतुलन एवं उनके टैलेंट को देखकर आश्चर्य करें। मैं उस तरह से नहीं था और यही सही बात है। मैं नहीं चाहता कि मेरे बच्चे मेरी तरह शुरू करें। मैं नहीं चाहता कि वे सब वही गलतियाँ करें, जो मैंने की थीं या किसी अन्य ने की थीं और मैं चाहता हूँ कि मैं उनसे बेहतर बनूँ। यही बात मैं उन पाँचों लोगों के लिए चाहता हूँ।

इस बात में उनके लिए कोई स्वतंत्रता नहीं है और उनके लिए इसमें कोई सीख भी नहीं है। आप जिंदगी हो या बैलेट, बिना गलती किए कैसे सीख सकते हैं?

अगर आप मुझसे पूछेंगे कि मैं क्यों नहीं अपने बच्चों को गलतियाँ करने से रोकता हूँ, तो मैं यह बताऊँगा कि मैं उन्हें दुःखी होते नहीं देखना चाहता, पर सिर्फ इसीलिए मैं उन्हें गलती करते हुए देखना नहीं चाहता। मैं अपने अहं को लेकर भी चिंतित हूँ। मैं नहीं

चाहता कि लोग मेरे बारे में मेरे बच्चों के कारण कम करके सोचें। मैं नहीं चाहता कि मेरे बच्चे पुलिस स्टेशन का चक्कर लगाएँ। मैं चाहता हूँ कि वे स्टेज पर अवार्ड जीतने के लिए खड़े रहें। मैं चाहता हूँ कि मेरे बच्चे मेरे गले का हार बनें, जैसे कैडिलेक सड़क के किनारे बैठे एक आभूषण की तरह हैं।

मेरे एक विद्यार्थी ने यह दावा किया कि उसे बच्चे के बाल कटाने के समय समस्या का सामना करना पड़ा था, तो क्या वे अपने सम्मान के बारे में सोच रहे थे कि नहीं, वे ज्यादा चिंतित उस बच्चे के लिए थीं। मैं जितना ज्यादा इस बारे में सोचता, वे इस बारे में और पागल हो जातीं। हम यह कहना पसंद करते हैं कि हम उस बच्चे के बारे में चिंतित हैं, पर ऐसा नहीं है। मुझे ऐसा लगता है कि हम अपने अहं के बारे में ज्यादा चिंतित हैं। हम अपने बच्चों को अपने अहं के विस्तार एवं उपकरण के रूप में उपयोग कर रहे हैं, ताकि हम इसे तैयार कर सकें।

अगर आपके बच्चे हैं, जो तार की तरह सीधे हैं और हमेशा लोगों को सम्मान देते हैं, साथ में वे किसी बड़े को पलटकर जवाब नहीं देते, चीजें नहीं चुराते और हमेशा ही सौ फीसदी सम्मान के साथ होते हैं और वे चीजें, जो हमारा अलंकरण करें, जैसे एक बड़ी हीरे की अँगूठी। वे हमें दिखावा करने में मदद करते हैं और जिसके कारण हम शहर में बहुत आराम से इसलिए घूम सकते हैं, क्योंकि हमें पता है कि वह वही कर रहे हैं, जो हम चाहते हैं। किसी के भी बच्चे ऐसे नहीं हैं, पर हम उन्हें ऐसा बनाने के लिए उन पर दबाव बनाए हुए हैं। खैर, बच्चा कब तक उन चीजों के साथ जी सकता है, किसी बच्चे को किसी का आभूषण क्यों होना चाहिए, वह किसी का हार या किसी का आभूषण क्यों होना चाहिए? अगर आभूषण चाहिए तो खरीद लें, पर फिर, हमारी प्रवृत्ति हमारे बच्चों को ऐसा बनाना है, जो हमें तैयार करें। वह किसी भी समय हमें पड़ोसियों की आँखों के सामने गिराने के लिए धमकी भी देती है, हम वास्तव में उनके फ्रेम पर चढ़ाई करते हैं। भगवान् कसम, हम उन्हें बता देना चाहते हैं कि हम कुछ भी फालतू बर्दाश्त नहीं करेंगे। वे अपने बाल इतने छोटे काट देते हैं, जिससे कि उनके कान दिखें। वे ऐसा ही करते हैं। हम उनके प्रति अपनी चिंता के कारण इसे उचित ठहराते हैं।

अपनी सफाई देना बहुत ही खतरनाक चीज है, क्योंकि यह हमें सच्चाई एवं असलियत के बीच अंधा बना देती है। असल में, अपने पड़ोसियों के सामने इस बात का सामना करना बहुत ही अजीब है कि मैं अपने बच्चों के लिए बहुत ही मतलबी हूँ। अगर मैं सोचूँ कि मेरा परिवार एक छोड़े हुए द्वीप में है, तो मैं यह बहुत अच्छे से देख सकता हूँ। क्या वहाँ लंबे बाल या मन लगाकर नहीं पढ़ने से कुछ फर्क पड़ता है। नहीं, कुछ भी नहीं। असल में यही जवाब है। अगर मैं कहूँ कि मेरी प्राथमिकताएँ मेरी उच्चतर शक्तियाँ

हैं और दूसरे नंबर पर मेरा परिवार है, तो मैं अपने परिवार के प्रति अच्छे से व्यवहार करूँगा। जब मैं इस बात का डर अपने मन से निकाल दूँगा, जो मुझे कंट्रोल करती हो, तो वे मेरे बारे में क्या सोचते हैं, उस बात को मैं सबसे पहले रखूँगा। इस प्रकार मैं अपने परिवार की प्रतिबद्धता को हिला दूँगा।

अगर मेरा परिवार और मैं हमारी आवश्यकताओं को पूरा करने के लिए सबसे महत्त्वपूर्ण हैं, तो मैं अपने सबसे महत्त्वपूर्ण रिश्तों को तोड़ देता हूँ। प्रतिबद्धता का अर्थ सिर्फ प्रतिबद्धता है। इसका मतलब यह है कि मैं उन्हीं प्रतिबद्धताओं को उठा सकता हूँ, जिनके लिए मेरे मन में गहरी प्रतिबद्धता है।

"अभिभावक होते हुए क्या हमें अपने बच्चों को वही संस्कार सिखाने चाहिए, जो हम में हैं?"

नहीं, हमें उन्हें अपनी ही तरह वे सारे संस्कार सिखाने की कोशिश नहीं करनी चाहिए और उन्हें यह बताना नहीं चाहिए कि मूल्य क्या होते हैं? मुझे लगता है कि उन्हें सिखाने का सबसे अच्छा तरीका उन्हें उन मूल्यों को जीने देना चाहिए। मैं सोचता हूँ कि इस दुनिया में सबसे निराशाजनक बात यह है कि हम मूल्यों के बारे में बात करते हैं और कुछ और जीते हैं। अगर आप मुझसे यह पूछना चाहते हैं कि क्या मैं ईसाई हूँ, तो मैं कहूँगा, "मैं, इस पर काम कर रहा हूँ।" अगर एक बच्चा मुझसे यह पूछना चाहेगा कि, "पापा, आप ईमानदारी के बारे में क्या सोचते हैं?" तो मैं कहूँगा, "बेटा सिर्फ देखो, मैं किस तरह से जीवन जी रहा हूँ तो बहुत जल्दी सीख जाओगे कि मैं ईमानदारी के बारे में क्या महसूस करता हूँ। मैं तार्किकता के साथ ईमानदारी की रक्षा कर सकता हूँ, पर किस चीज से सर्वाधिक प्रभावित होगा, वह है उसका देखना। इन चीजों तो बताने के जोखिम की बजाय मैं अब मामले को आराम दूँगा।"

मैं सोचता हूँ कि खतरा यह है कि हमारी आशाएँ ही हमारे लिए मूल्य हैं। हम उन पर जीना चाहते हैं, पर विफल हो जाते हैं। हम चाहते हैं कि हमारे बच्चे उन आशाओं को समझें। जब मैं उन्हें नहीं समझ रहा हूँ, तो मैं कैसे अपने बच्चों को इस बारे में कहूँ। मेरे पास इस बारे में उनसे कहने के लिए बहुत ताकत है। इसलिए मैं सोचता हूँ कि हम अपने बच्चों के लिए किसी भी प्रकार का लक्ष्य बनाकर उन्हें विफलता की ओर स्वयं धकेलते हैं। हम उनसे वह करवाना चाहते हैं, जो हम नहीं कर पाएँ या हम नहीं कर सकते हैं और जो अभिभावक मुझसे यह कहते हैं कि उनका बच्चा उनके कहे अनुसार काम करता है, तो मैं पूरे दिन उस बच्चे के आगे-पीछे घूमता हूँ।

हमारे साथ ऐसे कई लोग हैं, जो इस बात का दावा करते हैं कि वे कानून का पालन करनेवाले हैं। उनमें आप जैसे कई लोग हैं, मुझे पक्का विश्वास है कि उन लोगों को यह नहीं पता है कि कैसे एक चार लेनवाली सड़क पर कैसे मोड़कर निकालना है। अगर

मैं पुलिस होता, तो सच कह रहा हूँ कि पंद्रह मिनट में मैं आपके पीछे पड़कर आपको गिरफ्तार कर लेता।

आप कहते, "अरे मेरा यह मतलब नहीं था। यह सचमुच में गैरकानूनी नहीं है।" आप कानून को अचानक फिर से परिभाषित करना चाहते हैं।

अब मैं चोरी नहीं करता। हाँ, मैं थोड़ा चोरी करता हूँ, पर मैं ऐसे नहीं चुराता, जैसे मैं पहले चुराता था। मैं किस तरह जितनी चोरी करता था, उसे कैसे कम करूँ? सामान्यत: मैंने पाया कि यह काम नहीं करता। इससे मुझे बुरा लगा। फिर मैं इतना घबरा गया कि मैंने किसी प्रकार का कोई लाभ लेना बंद कर दिया। इसके अलावा कई अन्य चीजें हैं, जो इसमें आईं हैं। अच्छा, मैं अपने बेटे से कहूँगा, कि 'चोरी मत करना।' मैं उन्हें बताऊँगा कि मैंने क्या सीखा है। फिर, मैंने यह कब सीखा? मैंने गलतियाँ करके सीखा है और कुछ मुझे अपने पिता एवं दादाजी से मिला, उन्होंने मुझे कुछ नहीं कहा, पर उन्होंने जो किया, उन उदाहरणों से सीखा। मैं अभी भी अपने पिता के उदाहरणों से सीख रहा हूँ और उन्हें मरे हुए बीस साल हो गए हैं।

मुझे लगता है कि हम इस बात से अभिभूत हो जाते हैं कि हमारे बच्चे हमारे अनुसार काम करते हैं। हम उनकी शक्तियों को बहुत नजरअंदाज करते हैं, क्योंकि हमारी आँखें इतनी मजबूत होती हैं।

मैं तुमसे किसी व्यक्ति का उसी प्रकार से मूल्यांकन करने की बात की है, जैसा वह है। यही एक कीमती काम है, जो एक व्यक्ति दूसरे व्यक्ति के लिए कर सकता है। अगर किसी को इज्जत देना इतनी अच्छी बात है तो मुझे सबसे पहले अपनी पत्नी को इज्जत देनी चाहिए और फिर उसके बाद मेरे पाँच बच्चे। अगर मेरे दिमाग में उनको ठीक करने का प्रोग्राम है, तो मैं उनका वैसे मूल्यांकन नहीं करता, जैसे वे हैं और जैसा वे सोचते हैं।

मेरे दोस्त विंस का यह मानना है कि आपको एक बच्चे को भी उसी तरह स्पांसर करना चाहिए, जैसे आप एक शराबी को करते हैं। व्लायन नामक एक लड़का मेरे एक दोस्त की पार्टी में शराब में धुत्त हो जाता है, पता नहीं उसे कौन स्पांसर कर रहा था, उसके पास कोई भी नहीं गया और न ही उस पर कोई चिल्लाया, न ही किसी ने उसे थप्पड़ मारा। लोगों ने उसके सोने का इंतजार किया। लोग उसके पास तब दुर्व्यवहार करने के लिए नहीं आए, जब वह खुद बुरा महसूस कर रहा था। वे लोग उसके पास दूसरे दिन आए और कहा, "सुनो, तुम कैसा महसूस कर रहे हो?" फिर उसने कहा, "जी, मुझे माफ करना, क्योंकि मेरे कारण तुम्हारा अपमान हुआ और मैंने पी ली।" उन्होंने कहा, "इस बारे में कुछ मत सोचो। हे भगवान्, मैं फिसल भी गया था।"

विंस के कहने का अर्थ यह था, "तुम बच्चे बड़े नहीं कर रहे हो, गाजर बड़ी कर रहे हो। तुम बच्चों को स्पांसर कर रहे हो। मैं जब भी उन्हें इस संबंध में बताता हूँ, बच्चे

उससे प्रेरित होकर ऊपर की ओर जाते हैं।" वे कहते हैं, हे भगवान्, मैं जितना पास से देखता हूँ, मेरे माता-पिता ने मेरे लिए बहुत कुछ किया है। मैंने हमेशा इसकी सराहना ही की है। मैं ऐसा नहीं कहता कि मैं इसके लिए एक अच्छा विज्ञापन हूँ, पर मैं राच में इसकी प्रशंसा करता हूँ। उन्होंने बहुत बार मुझसे इस बारे में पूछा है कि, "तुम क्या सोचते हो कि अब आगे क्या करोगे?" मैं उनसे कहूँगा, "मैं यह करनेवाला हूँ।" फिर वे कहेंगे, "सही है। हम सिर्फ इस बारे में उत्सुक थे कि तुमसे पूछें कि तुम्हारे दिमाग में क्या है।" मैं हमेशा अपने निर्णय स्वयं लेता हूँ, इसलिए मेरी गलतियाँ भी मेरी ही हैं। मैं किसी को भी इसके लिए आरोपित नहीं कर सकता हूँ।

"तुम इस बारे में बात कर रहे थे कि बच्चों के कंधे पर थोड़ी जिम्मेदारी दी जाए, जिस बारे में मैं आपके पक्ष में हूँ, वे अपने कर्मों से ही सीखते हैं, पर कैसे? जैसे, क्या आप अपने बच्चों को सिखाते हैं कि सड़क पर ट्राइसाइकिल न चलाएँ, जब वह तीन साल के हों। आप उनके प्रति अपनी जिम्मेदारियों से पीछे नहीं हट सकते। आप, उन्हें मार देना या चोटिल होने देना नहीं चाहते।"

यह सही है। यह तो ऐसा ही हुआ, जैसे किसी को तैरना सिखा रहे हों, आप उसमें अपना हाथ पहले अंदर डाल रहे हों, फिर धीरे-धीरे बाहर निकाल रहे हों। जितनी जल्दी हो सके। आप पर इतनी जल्दी मत जाना कि आप डूब ही जाओ। मुझे लगता है कि हमें उस सिद्धांत पर काम करना चाहिए कि हमें उस बच्चे को तेजी से बाहर निकालना चाहिए। बहुत सारे अभिभावकों की तरह, जो अपने बच्चों की राह में हजारों इच्छाएँ आगे छोड़ देते हैं और फिर उनके हाथ में तेजी से मारते हैं। कोट्टा ने उन्हें सिखाया। इस लालच को उनकी नजरों से दूर करने का यह सबसे सरल तरीका है।

मैं यह कभी नहीं कहता कि बच्चे को झट से पहुँचकर एक गरम स्टोव छूना चाहिए, पर बच्चा इसमें गलतियाँ करेगा। वह थोड़ा घायल भी हो सकता है, पर एक अभिभावक का काम है, अपने बच्चे को तैरना सिखाना। सबसे पहले आपको उनके नीचे बहुत भारी हाथ रखना होगा, हो सकता है कि दोनों हाथ अंदर रखने पड़ जाएँ कि उन्हें पानी के अंदर खड़ा रख सकें। फिर धीरे-धीरे अपना हाथ बाहर निकाल लें।

चलिए एक कहानी बताता हूँ, जिससे आपको यह समझ आए। मेरा दोस्त विंस अपने न्यूज स्टोर में अपने एक बच्चे चार्ली के साथ आया। वह विंस का दूसरा परिवार था। उसने अपने पहले परिवार को शराबखोरी के कारण खो दिया था। इसलिए वह अपने दूसरे परिवार की काफी देखभाल करता था। छोटा चार्ली पाँचों बच्चों में सबसे छोटा था। विंस अपने बच्चों को हमेशा ट्रक में बिठाकर तब तक घुमाता था, जब तक वे स्कूल जाने लायक नहीं हो गए। इसलिए वह विंस के साथ न्यूज स्टोर में थे, जहाँ विंस अपने लिए कोपेनहेगेन तंबाकू लेने गया था। चार्ली ने कहा, "पापा क्या मैं अपने लिए कुछ

कैंडी ले लूँ?" उन्होंने कहा, "जाओ और खुद से ले लो।" चार्ली एक थैले में कुछ कैंडी के साथ वापस आया, तब विंस ने उससे पूछा, "क्या यह कैंडी तुम्हारे लिए काफी हैं कि पूरे दिन चल जाएँ।" छोटा चार्ली फिर दौड़कर गया और थोड़ी और कैंडी ले आया। वह फिर वापस आया और विंस ने उससे फिर पूछा कि क्या इतनी कैंडी तुम्हारे लिए काफी हैं? यह काफी लंबा दिन है। चार्ली फिर गया और थोड़ी और कैंडी ले आया। चार्ली विंस के लिए महत्त्वपूर्ण है।

हम सोचते हैं कि बच्चों को इस तरह लगाए रखना भयानक है, पर हमारे अभिभावकों ने ऐसा ही किया और हम इससे परेशान भी नहीं हुए, जब तक वह बेकार ढंग से नहीं किया गया। यह हमेशा ही दोनों हाथों से लुटाया गया उपहार रहा, पर हम भी कई बार इस आइडिया का प्रयोग करते हैं। "हमें अपने बच्चों को भी सिखाना होता है। मुझे उन्हें कई चीजों से बचाना होता है और कई चीजों से उनकी रक्षा करनी होती है और हमें जिन जगहों पर इसका इस्तेमाल करना होता है, वहाँ हम यह करते हैं। तीन साल के बच्चे से इस सिद्धांत बात पर बहस करना नाइनसाफी है कि उसे सड़क पर ट्राइसाइकिल चलाने दिया जाए। हमें कुछ बातों पर न कहने की भी आदत होनी चाहिए, पर आपको अरे नहीं, कहने की आदत कई चीजों को होती है। इसलिए आपने कुछ प्राथमिकताएँ तय कर रखी होंगी और कई चीजों को न कहा होगा, जो आपके लिए बहुत महत्त्वपूर्ण होंगी। ऐसे कई स्थान होंगे, जहाँ हम न नहीं कहते होंगे। अगर आप हर चीज में न कहते रहेंगे तो आप परेशानी में आ जाएँगे। कई बार हम ऐसी परेशानी में घिर जाते हैं। वह व्यक्ति, जो इस प्रश्न को उठाता है कि आपको अपने तीन साल के बच्चे की रक्षा करनी होगी, वह आपको परेशान नहीं करता। इस प्रश्न को अपना जवाब चाहिए। उस महिला को जो बात सबसे ज्यादा परेशान करती है कि वह अपने 18 साल के बेटे को धीरे चलने से रोक रही है। वह उसे लड़कियों से बचाना चाहती है।

मैं जब भी इस प्रकार से बात करती हूँ तो कई लोग मुझे देखकर पागल हो जाते हैं। यह जो जैसा है, वह बहुत कुछ कहता रहता है। मैं ऐसा कुछ नहीं कह रही हूँ, पर हम ऐसी कई जगहों में चले जाते हैं, जहाँ हमें लगता है कि हमारे बच्चों को नहीं ले जाना चाहिए। मैं आपको दिखा सकता हूँ कि मोंटाना के बोजमैन में हमारे हाई स्कूल से बच्चे पढ़कर बाहर आ रहे हैं, जो ओवरकंट्रोल का सुंदर उदाहरण हैं। वे जब तक किसी यूनिवर्सिटी के ब्राउनी बॉक्स में आते हैं, वे तब तक एक मेकैनिकल मैन बन जाते हैं। वे सिर्फ मशीन पढ़ते हैं। उन्हें जिंदगी के बारे में सिखाने के लिए बहुत सारी मुश्किल चीजें सिखानी पड़ती है। मैंने देखा है कि उनमें से कई लोग चार साल विश्वविद्यालय में अपने साथी बच्चों के साथ पढ़ते हैं और कुछ भी नहीं सीखते हैं।"

कभी-कभी कुछ बच्चों में थोड़ा भी अनुशासन नहीं होता।

हाँ, आप किसी भी रास्ते जा सकते हैं। मैं बच्चों को कभी भी नीचे नहीं देखता। मैं उनमें से कुछ को ही देख पाता हूँ, क्योंकि अधिकांशत: यूनिवर्सिटी में जा भी नहीं पाते। हालाँकि मैं देखता हूँ कि उन बच्चों में से भी दो-तिहाई बच्चों को बहुत कठिनाई से वह हाई ऑनर रॉल मिलता है।

मैं इस सुबह आइंस्टीन की बायोग्राफी पढ़ रहा था। उन्होंने आठ साल से लेकर चौदह साल तक वायलिन की क्लासेस लीं। उनके निर्देश बहुत मेकैनिकल थे। वे स्केल आदि बजाते थे और कोई मजाक नहीं। उन्होंने वायलिन में मोजार्ट के सोनाटा के कुछ रिकॉर्ड को बजाने में महारत भी हासिल कर ली थी। उन्होंने उन श्रुतियों को स्वयं पढ़ना भी शुरू कर दिया था और यह सब वायलिन से उनके प्यार के कारण होने लगा था। उनकी आत्मकथा में उनकी कहानी मेरे लिए एक उदाहरण है कि किसी भी चीज को अपना कर्तव्य समझ और प्यार के कारण कितनी जल्दी सीखा जा सकता है।

मुझे बोजेमैन के सीनियर हाई स्कूल में नेशनल ऑनर सोसाइटी में बोलने के लिए आमंत्रित किया गया था। मैंने ऑनर सोसाइटी को बताने की कोशिश की कि उनमें से कुछ को तो यह ग्रेड उस विषय में प्यार के कारण मिले और कुछ लोगों को यह ग्रेड डर और प्रतियोगिता के कारण मिले। मैंने उन्हें बताया कि कैसे मैंने ऑनर सोसाइटी में यह संभव किया, क्योंकि मुझे कुछ विषय पसंद थे और मुझे अपने दोस्तों से ज्यादा अंक भी लेकर आने थे। उम्मीद है कि वे अपने ग्रेड सुधारने की ओर काम करेंगे, जो वे प्यार एवं मनोरंजन के साथ पढ़कर कर सकते हैं और उस भाग को नीचे करेंगे, जो डर के कारण या प्रतियोगिता के कारण या उस व्यक्ति को बरबाद कर देते हैं।

मेरे भाषण के बाद ऑनर सोसाइटी के एक सदस्य की माँ आई और उन्होंने कहा, "डॉ. लायर, क्या आपको यह लगता है कि जब कोई किसी विषय को पसंद करता है, क्या वह तभी उसे पढ़ता है?" आप ऐसी महिला से क्या कह सकते हैं? किसी ऑनर सोसाइटी ऑफिसर की माँ। लगता है, उस बच्चे ने अपना पूरा स्कूली जीवन गरम भाले की नोक पर बिताया है।

मैंने अधिकांशत: जो भी चीजें सीखीं व पढ़ी हैं, जो हमें पसंद हैं। मुझे मनोविज्ञान की दो-तिहाई चीजें पसंद आईं हैं या कम-से-कम उनमें आधी। उनमें से कई ऐसी चीजें हैं, जो तुम्हें पसंद नहीं होंगी। मुझे सामान्यत: मनोविज्ञान पसंद नहीं है और मैंने जो भी चीजें ली हैं, उनमें से एक अच्छा भाग मैंने पसंद किया है। इसलिए मैंने पी-एच.डी. में मनोविज्ञान लिया। इसको लिए मैंने बहुत सारी पढ़ाई की। मुझे अपने विषय से ज्यादा चीजों की जानकारी थी, क्योंकि मुझे पढ़ना पसंद था। मैंने 7 एमएम की बैलेस्टिक का भी गहरा अध्ययन किया था। बहुतों के लिए इस 7 एमएम की बैलेस्टिक का कोई अर्थ नहीं होगा। उनके लिए यह बेकार है, पर एक बार जब मुझे इसमें मजा आने लगा तो मैंने

पढ़ना भी शुरू कर दिया। जल्दी ही इस विषय में मेरे पास छह पुस्तकें आ गईं और मैं उन्हें ऐसे पढ़ने लगा, जैसे डिकेन्स की पुस्तकें पढ़ता था। मेरे पास उससे संबंधित नोट्स का ढेर था। इसमें कोई ग्रेड नहीं था, कोई मुझसे जबरदस्ती नहीं कर रहा था, वह सिर्फ मेरा प्यार था।

जब भी मैं आत्मदिशा की बात कर रहा हूँ और प्यार से चीजें करने की बात कहता हूँ तो मेरे बहुत सारे विद्यार्थी चाहे वह बूढ़े हों या जवान, मुझसे नाराज हो जाते हैं। वे कहते हैं, "यह जेस है, जो बहुत परेशान हो गया है।" हम फिर से आइंस्टीन की ओर देख सकते हैं। क्या आपने कभी महसूस किया है कि उसी साल आइंस्टीन कुछ महत्त्वपूर्ण प्रश्न भी लेकर सामने आए थे और तीन ऐसे लोग थे, जो सापेक्षता के सिद्धांत के सामान्य समीकरण पर अपना आलेख प्रकाशित कर रहे थे। उन तीनों लोगों को इस संबंध में पूरी जानकारी थी। हालाँकि वे कहते हैं कि सापेक्षता के सिद्धांत को उनके किसी भी आलेख से कुछ प्रश्नों का हल निकाल सकते हैं, पर मैं समझता हूँ कि आइंस्टीन और उन तीनों लोगों को बीच यह अंतर था कि उनमें आइंस्टीन की तरह उससे दूर रहने का साहस नहीं था। मैं सोचता हूँ कि वे कुछ हद तक अपनी परंपराओं का पालन नहीं कर रहे हैं और वे नहीं तो डर जाएँगे। मुझे लगता है कि आइंस्टीन को इसी दिशा-निर्देश के साथ अन्य तीन व्यक्तियों की तरह बड़ा किया गया था, पर आइंस्टीन में वह साहस था कि वे पीछे जाएँ और उन सीमा-रेखाओं को स्वीकारें। मैंने आपको वह बिंदु दे दिए हैं, जिससे आप कुछ लोगों को इस गरम खंजरवाली प्रक्रिया से वकील, डॉक्टर और वैज्ञानिक बना सकते हैं। आपको बहुत ज्यादा कर्तव्यपरायण, बहुत ज्यादा प्राप्त करनेवाले बच्चे मिल सकते हैं, पर ट्रेनिंग के दौरान उन्हें जो सहारा मिलता है, उससे उनका डर समाप्त हो जाता है, जिससे किन्हीं चीजों में गहराई से जाने का उनका डर हमेशा के लिए समाप्त हो जाता है, जो बेकार है और आदर के योग्य नहीं है।

उनमें से कइयों ने अपने बच्चों को ज्यादा ही ट्रेंड कर लिया है और वे हमें कोसते रहते हैं। "क्यों नहीं माँ और पापा ने हमें बताया कि कुछ और कॅरियर भी हो सकते हैं, जिससे हम कॉलेज जा सकें।" मैंने सुना था कि किसी के पिताजी अपने बेटे के लिए शाफ्ट लेकर आए, जो मिनिसोटा के पीछे था। मैंने सोचा आप कीमत दे रहे हैं। उनके बच्चे बहुत ही सीधे थे। उनके छोटे-छोटे बाल थे और वे सबकुछ सही करते थे। एक अभिभावक के रूप में मेरे जैसे बच्चे के होने से उनका पेट दर्द होना है। उनमें कर्तव्य की भावना थी। उन्हें स्कॉलरशिप मिलती थी, पर उनका एक बेटे, जो कुछ काम करता था, ने एक दिन उनसे कहा, "आपको पता है कि काश मेरे ऊपर कॉलेज जाने का इतना दबाव नहीं होता। मैं चाहता था कि मैं टूल और डाई बनानेवाला बनूँ।"

मैं सोचता हूँ कि वह जिस व्यवसाय में है, उससे वह डर गया है और उसका

इसमें मन भी नहीं लग रहा है, पर वह उसको बदलने के लिए स्वतंत्र भी नहीं है। अगर वह सच में टूल एवं डाई मेकर बनना चाहता है तो उसे रात में यह सब करना सीखना पड़ेगा, क्योंकि दिन में तो वह काम करेगा और पाँच साल के बाद ही वह टूल एवं डाई मेकर बन पाएगा।

इसलिए अब आप अपने बच्चों से जो चाहते हैं, वह पा सकते हैं। आपको सिर्फ यह करना होगा कि आप जो भी चाहते हैं, उसके लिए आपको पैसे देने पड़ेंगे। उन वस्तुओं के मूल्य के बारे में मैं बताना चाहता हूँ कि अगर आप अपने बच्चों से एक व्यक्ति की तरह पेश आना चाहते हैं, उन्हें स्वतंत्रता देना चाहते हैं तो आपको उस स्वतंत्रता का मूल्य चुकाना होगा। यह एक प्रकार से खुले में गलती करना होगा। सभी गलतियाँ करते हैं और आपको उसे स्वीकारना ही होगा।

ऐसी कोई चीज नहीं है, जिसका कोई मूल्य नहीं होता। आप बच्चों पर कूकी कटर की तरह पूर्ण कर सकते हैं और इसके लिए डर व दबाव का प्रयोग करना होगा तथा फिर आप जो भी चाहें, वह पा सकते हैं और आप अलग तरीके से उसका मूल्य चुकाते हैं, पर आप न सिर्फ अपने बच्चों के लिए इसका मूल्य चुकाते हैं, बल्कि आप स्वयं के लिए भी उसका मूल्य अदा करते हैं। आप स्वयं को उनसे अलग कर लेते हैं। यहाँ बहुत सारे बूढ़े लोग बैठकर यह कह रहे हैं कि "हमारे बच्चे हमें देखने क्यों नहीं आते हैं?" जैसा कि मैंने पहले कहा कि वह हमें देखने के लिए क्यों आएँ, उन्हें क्यों देखने के लिए आना चाहिए? आप ऐसा परिवारों में देख सकते हैं। जिस समय उन बच्चों की शादी हो जाती है तो वे जितनी दूर हो सकता है, चले जाते हैं। मैं ऐसे कई परिवारों को जानता हूँ, जहाँ बच्चों को अमेरिका के अलग-अलग इलाकों में नौकरी मिल जाती है और वे अपने काम में लग जाते हैं। इस तरीके से होना क्या अजीब सा नहीं है? मेरे दादा के परिवार में उनके सातों बच्चे करीब 60 मील दूर से ज्यादा दूर नहीं गए। वे किसी पर आश्रित होकर नहीं, बल्कि अच्छे तरीके से गए। वे काम करना चाहते थे, इसलिए वे घर के पास ही रहे। मैं नहीं समझता कि यह किसी भी प्रकार का कोई संयोग हो सकता है। हम अभी भी ऐसे कई परिवार देखते हैं, जो साथ में रहते हैं। ऐसा करना फिर भी लोगों की आवाजाही एवं विशिष्ट कॅरियर के कारण लगभग असंभव है। उत्तर-पूर्व के मिनोपोलिस में जहाँ पोल्स रहते हैं, आप वहाँ बच्चों को अपने आस-पड़ोस में आते-जाते देख सकते हैं। वे डॉक्टर या वकील बनकर वापस लौटते हैं, पर उनमें से कई लोग वापस आ जाते हैं। अगर आप अपने परिवार के करीब रहना चाहते हैं, तो आप तेल के इंजीनियर बनकर उत्तरी अफ्रीका जाने की नहीं सोच सकते। मैं आज जो देखता हूँ, अब अधिकतर आवाजाही कोई खास समस्या नहीं है और यह बहुत प्रभावी भी है। किसी से निकटता नहीं रखने का एक अच्छा तरीका है कि वहाँ से भाग जाओ और भागते ही रहो। अगर आपके लिए काम से ज्यादा

परिवार मायने रखता है, तो आप काम खोजते रहें और परिवार के पास रहें। अगर आपके लिए काम ज्यादा मायने रखता है, तो आप वहाँ चले जाएँ, जहाँ आपको काम ले जाना चाहता है। आप कह सकते हैं, "मैं अपने बूढ़े माँ-बाप से ज्यादा प्यार करता हूँ। मैंने उन्हें पिछले दस सालों से नहीं देखा है, पर इतना पक्का है कि मैं उनसे प्यार करता हूँ।" मैं इस बात को नहीं समझता।

हर बसंत में मछलियाँ खाड़ी में आ जाती हैं। हर पतझड़ में बारहसिंघा गैलेटन में आते हैं। हर जाड़े में पाउडर ब्रिजर में आता है। हर दिन सूरज पहाड़ी में आता है। हम में से जिसे वह पसंद है, वे उन चीजों को देखने के लिए वहाँ साथ जाते हैं।

आप अपने एवं अपने माँ-बाप के बीच दो कारणों से दूरी बनाकर रखते हैं। आप अपनी आध्यात्मिक चेतना के लिए थोड़ी दूर किसी जगह में जा सकते हैं। या अपने एवं अपने परिवार के बीच थोड़ी दूरी इसलिए बनाकर रखते हैं, क्योंकि आप उनके आसपास नहीं रहना चाहते। वह व्यक्ति, जो अपने परिवार को इसलिए छोड़ता है कि वह उनके साथ खड़ा नहीं हो सकता, वह उस परिवार में कैदी की तरह है। उनकी कभी भी पूरी न सकनेवाली आशाएँ एवं अपेक्षाएँ हैं, जिनसे वह भावनात्मक रूप से जुड़ा हुआ होता है, चाहे वह कितनी ही दूर क्यों न चला जाए। वह उनसे उस प्रकार बँधा होता है, जैसे कोई हमेशा लटका हुआ होता है और वह उस चीज की तलाश में होता है, जो कभी मिल ही नहीं सकती।

तुम अपने परिवार को तभी भावनात्मक रूप से छोड़ सकते हो, जब तुम वहाँ से चले जाते हो और वे आपको जो दे सकते हैं, वह दे दें। उन्होंने आपको जो नहीं दिया है, उन्होंने वह नहीं देना है। जो बेटा या बेटी अपना परिवार छोड़ देते हैं, वे बाहर जाने के लिए स्वतंत्र हैं या उनके लिए जो सही है, उस हिसाब से वे पास में रहते हैं।

मेरे लिए दूसरा निर्णय लेना मुश्किल है। मैंने अपने पाँच में से तीन बच्चों को कम या ज्यादा सफलता के साथ घर छोड़ते हुए देखा है, पर उनकी जिन जरूरतों को मैं पूरा नहीं कर सकता, उसे देखकर मैं दुःखी हूँ। वह सिर्फ एक ही चीज देख सकते हैं कि मेरी तरफ से इसमें कोई बैरभाव नहीं है, सिर्फ अक्षमता है। जब तक मैंने एक अभिभावक बनकर कुछ चीजें सीखीं, तब तक काफी देर हो चुकी थी। लॉर्ड रोचेस्टर ने कहा है कि "शादी होने से पहले बच्चों के पालन-पोषण हेतु मेरे छह सिद्धांत थे, अब मेरे छह बच्चे हैं और कोई सिद्धांत नहीं है।"

सबसे बुरी बात यह है कि मैं अभी भी उन चीजों में अच्छा नहीं हूँ, जो जरूरी हैं। मैं अपने बच्चों की बातें सुनने में बहुत बुरा हूँ, खासकर जब वे अपनी कुछ समस्याएँ मुझे बताना चाहते हैं। कभी-कभार मैं यह कर सकता हूँ, पर हमेशा नहीं। भाग्यवश जैकी इसमें अच्छी है। वह मुझ पर चिल्लाती है कि मैं बच्चों की समस्याएँ सुनूँ, पर जब तक

कोई खास समस्या न हो, तब तक मैं कुछ खास नहीं कर सकता। वह कहती है कि तुम इसे किसी भी तरह कर लो, पर सच में उनके लिए यह कहना आसान है कि मेरा दिल इसमें नहीं है।

एक अभिभावक के रूप में यह मेरी असफलता थी, मैं देख सकता हूँ कि मेरा झुकाव कुछ चीजों के लिए है और मैं उसके लिए शुक्रगुजार भी हूँ, पर मैं अपने बच्चों को अपने आसपास मँडराते हुए देखना एकदम पसंद नहीं करूँगा और आशा करता हूँ कि जब वे 50 साल के हो जाएँगे, तब मैं उन्हें समझकर उन्हें सुनना शुरू कर दूँगा। मैं अब वह देख पाता हूँ, पर जहाँ तक उन्हें सुनने की बात है, यह गुण मुझे इतने अच्छे तरीके से नहीं मिला है। मुझे पता है कि सकारात्मक तरीके से सुनने की क्षमताएँ मुझे अच्छे से नहीं मिली हैं। इसलिए मैं जो कर पाता हूँ, वह मुझे और अच्छे से करना होगा और यही मैं अपने बच्चों को क्षतिपूर्ति के रूप में कर सकता हूँ। अभी तक उन्होंने मुझे मेरी अपेक्षा से कहीं ज्यादा किया है।

मैं सोचता हूँ कि एक पिता के रूप में सबसे बड़ी समस्या यह महसूस करने की है कि मेरे सारे बच्चे एक-दूसरे से कितने अलग हैं और उन सबसे अलग-अलग प्रकार से बात करना अपने में एक सीख है।

मेरा सबसे बड़ा बेटा बचपन से मेरे साथ शिकार करने व मछली पकड़ने के लिए जाता था। जब वह पंद्रह साल का हुआ, तब उसने अपने बहुत करीबी दोस्त बनाए और वह उनके साथ रहता था। तब मैंने महसूस किया कि अच्छा, अब मेरा दूसरा बेटा मेरे साथ शिकार करने एवं मछली पकड़ने के लिए जाएगा, पर उसकी शिकार करने एवं मछली पकड़ने में इतनी रुचि नहीं थी, पर मेरे सबसे छोटे बेटे की इसमें रुचि थी, पर मेरे विचार थे, मेरे सबसे छोटे बेटे मैं तुम्हें साथ नहीं ले जा सकता हूँ, क्योंकि अभी तुम्हारे बीचवाले भाई की बारी है, यह बात अलग थी कि उसे उसकी जरूरत नहीं थी या वह अपनी बारी नहीं चाहता था।

यह बात मेरे दिमाग में सीधे बैठ गई। फिर मैंने इससे भी ज्यादा कुछ और बुरा महसूस किया। मेरा मझला बेटा कार बहुत पसंद करता था और उसमें काम करना पसंद करता था, पर मुझे कारों में काम करना पसंद नहीं था। मैंने यह महसूस किया कि मैं क्या कर रहा हूँ। मैं अपने बेटे से कहता था कि "आओ और मेरे साथ इस काम को करो। अगर तुम करोगे तो हम साथ में चीजें करेंगे।" यह एक छोटी सी डील थी।

मैं अब बहुत अच्छे से देख पा रहू हूँ कि मेरे पाँचों बच्चे एक-दूसरे से, जैकी एवं मुझसे कितने अलग हैं। मैंने बहुत अच्छे से यह तथ्य स्वीकार कर लिया है कि उनकी जिन-जिन चीजों में रुचि है, मेरी उनमें से अधिकांश चीजों में कोई रुचि नहीं है और मैं इन चीजों में बहुत ज्यादा लगाव दिखा भी नहीं सकता। मेरा ज्यादा लगाव भी नहीं है।

इसलिए हम लोग, जो मिलकर ज्यादा कर सकते हैं, वही हम करते हैं। अन्य चीजों में हमें जो साथी मिल सकते हैं, वे उनके साथ वह सब कर लेते हैं।

मेरी पत्नी के साथ मेरा रिश्ता पारस्परिक था। उसने मुझे पसंद किया और मैंने उसे, पर मेरे बच्चे ऐसे ही हो गए। इसके अलावा एक अन्य चीज, जिसका मैं सामना करता हूँ कि मैं खुद में अपने सभी बच्चों के बीच वह पारस्परिकता नहीं बदल सकता। मैं सिर्फ यह कर सकता था कि उस परस्पर व्यवहार की मात्रा को स्वीकार लूँ और जो भी मैं उसके साथ कर सकता हूँ, कर लूँ। यह मेरे लिए थोड़ा भी आसान नहीं था। मेरा अहं कहता है कि मैं लीक पर चलनेवाला अभिभावक हूँ। मेरे अपने बच्चों के साथ एक लीकदार रिश्ते ही रहेंगे, अगर वे उस तरह काम कर जाएँ तो।

एक दिन मैं इस सच्चाई के साथ उठा कि मेरे पाँच अलग-अलग रिश्ते हैं तो चीजें जल्दी बेहतर होने लगीं। अब मैं उन पाँचों के अद्‌भुत गुणों के साथ मजे कर सकता हूँ और उन पर कुछ भी कृत्रिम थोप नहीं सकता। इस प्रक्रिया में, मैंने वह परस्पर व्यवहार सीख लिया है, इसलिए मुझे पाँच रिश्ते मिले हैं, जो मेरे लिए मूल्यवान हैं। इससे मुझे अपनी जिंदगी एवं अपने बारे में बहुत अच्छा लगता है। मेरे बच्चे मुझे एक अलग नजरिये से देखते हैं, इसलिए मैं खुद को बेहतर देख पाता हूँ और बहुत आसानी से अपनी आध्यात्मिक यात्रा की ओर निकल सकता हूँ।

पर इन सारे समय में एक बहुत मुश्किल काम यह है कि उन्हें गलतियाँ करने दिया जाए। मैं लगातार अपने आप पर चिल्लाता हूँ कि "तुम किस प्रकार के घटिया बाप हो, तुम अपने बच्चों के बारे परवाह नहीं करते? उन्हें बड़ा करने के लिए आप वह सब क्यों नहीं करते, जो आपको करना चाहिए, कि उन्हें किस प्रकार से बड़ा किया जाए और उस रास्ते की ओर पाँव जमाने में उनकी मदद करनी चाहिए, जहाँ के लिए उन्होंने कदम उठाए हैं।"

□

“अब तक एक ही चीज, जो मुझे इस संदर्भ में मदद करती है, जो किसी अन्य ने मेरे लिए नहीं की, वह मैं अपने बच्चों के लिए करने की कोशिश कर रहा हूँ और उन्हें बड़ा करने में लगा हुआ हूँ, कि मैं उनको किसी प्रकार से प्रायोजित कर पाऊँ।”

—लुइस बिनस्टॉक

24

कैसे एक खुश जिंदगी जिएँ?

हजारों सालों से भी पहले, कॉरडोवा के शक्तिशाली कैलिफ ने लिखा था–

अब तक मैंने पचास साल से अधिक जीत या शांति में शासन किया है, मैंने अपने विषयों से प्रेम किया और दुश्मनों से डरता था और अपने सहयोगियों का आदर करता था। धन, सम्मान, शक्ति और आनंद मेरे बुलावे का इंतजार करते थे, दुनिया की कोई सांसारिक शक्ति किसी आशीर्वाद का इंतजार करती है। ऐसी परिस्थिति में मैंने विशुद्ध एवं वास्तविक खुशी के दिनों को बहुत मेहनत से गिना है और जो मेरी झोली में गिरा है, उनकी कुल कीमत चौदह है।

दार्शनिक, बुद्धिमान एवं कवि अपने निष्कर्ष में लगभग बुद्धिमान होते हैं, उनके जीवन का अंतिम लक्ष्य खुश होना है और मानवता के लिए खुशी एक तितली की तरह है, जिसे जब पकड़ना चाहो, वह हमारी पकड़ से बाहर हो जाती है। क्यों, इस स्थिति के बारे में क्या कहना चाहते हैं, यह सभी के लिए निःशुल्क है, क्यों यह किसी चीज को इतना दुर्लभ बनाती है? जीवन के उन दिनों में अधिक ध्यान देने के लिए हमें क्या करना चाहिए, या क्या करने से बचना चाहिए, इसके बारे में भी पता होना चाहिए।

‘खुशी’ शब्द को अपने मूल दस्तावेजों में शामिल करने के लिए हमारा देश इतिहास में पहला देश बना। यह कुछ बुद्धिमानों द्वारा किया गया बड़ा सराहनीय प्रयास था, पर दो सौ सालों के इतिहास ने यह

साबित किया है कि खुशी का आनंद लेने के लिए किसी स्वतंत्रता की कोई गारंटी नहीं है।

सफलता एवं खुशी को अकसर एक लक्ष्य की तरह लिया जाता है, पहले की प्राप्ति पर दूसरा अपने आप गारंटी के तौर पर आ जाता है। ऐसा नहीं है। हम सब ऐसे सफल व्यक्तियों को जानते हैं, जो दुःखी हैं।

क्या आप सफल एवं खुश दोनों एक साथ हैं? इस पुस्तक के पाठ 'द पावर ऑफ मेच्योरिटी' में लुई बिनस्टॉक ने पाँच आध्यात्मिक इंद्रियों के बारे में बताया, जो आपकी जिंदगी में बहुत महत्त्वपूर्ण हैं, जिसमें देखना, सुनना, सूँघना, स्वाद लेना और महसूस करना जरूरी भाग हैं। इन पाँचों चीजों को एक साथ जोड़ दें तो इस विश्वविद्यालय में सफलता के जो पाँच रहस्यों को संयोजित किया गया है, उससे आपका जीवन खुशी, प्यार एवं उपलब्धि से भर जाएगा।

हममें से बहुत से लोग बाउंटी के सैन्य विद्रोह के बारे में जानते हैं, या उसे दो मोशन पिक्चर वर्जंस में देखा है, तो उसमें चार्ल्स लाफटन की गरजदार जोरदार आवाज को कभी नहीं भूल सकते, जो कहते हैं, "मि. क्रिश्चियन!"

और साथ में अन्याय को जन्म देते हैं, जिसने विद्रोह को जन्म दिया और जिसकी अगुवाई क्लार्क गेबल ने की।

वास्तव में बाउंटी नामक एक असली जहाज पर एक विद्रोह हुआ था। विद्रोह का कारण कैप्टन ब्लिग की अमानवीय काररवाई लगती है, पर असली बात यह है कि जो यह कारक देख सकते हैं। उनमें से एक भावना यह थी कि उनमें से अंग्रेजी नाविक अपने साथ दुर्व्यवहार महसूस कर रहे थे और वे ताहिती जैसे एक खूबसूरत द्वीप पर एक स्थायी आवास खोज रहे थे, जहाँ वे आराम से हमेशा के लिए रह सकें। वहाँ चाँदनी रातों में शांत एवं खुशबूदार वातावरण में लोग प्रकृति के साये में रहते हैं। वहाँ लोग प्रसन्न लोगों के बीच अपना दिन बिताते हैं और जहाँ वे बिना किसी जरूरत एवं परवाह के रहते हैं।

जैसे ही यह निकला, विद्रोहियों को ताहिती में रुकने की हिम्मत नहीं हुई, जहाँ अन्य अंग्रेजी जहाजों को बुलाया जा सके। उनमें से अधिकांश ने पिटकैर्न द्वीप में अपना जीवन बिता दिया, उन्होंने अपने अलगाव पर पछतावा किया और देखा कि जिंदगी को जितना सरल समझा था, यह उतनी आसान नहीं है।

अगर वे ताहिती में रहते तो उनके साथ कभी छेड़छाड़ नहीं होती, तो क्या वे खुश होते? इसका उत्तर संभवतः 'न' होता।

जब आप दुनिया से बचने की कोशिश करते हैं तो आप अपने उत्तरी क्षेत्र में भूरा आसमान छोड़े जाते हैं और नौकरी की जिम्मेदारियों, अपने कर्जों और उन सब लोगों ने जिन्हें आपको परेशान किया है, अपने साथ ले जाते हैं। वह कितना सभ्य व्यक्ति होगा, जिसने ट्रॉपिकल द्वीप को छोड़ दिया? यह वह व्यक्ति होगा, जिसका अपना सामान्य स्वभाव और विचार होगा, मूल भावनाएँ एवं विचार होंगे, मौलिक इच्छाएँ और डर होंगे, जो उसी प्रकार होंगे। उसे लगेगा कि वह खुश है। ऐसे में अगर वह व्यक्ति, जो कहीं भी खुश रहने के लिए सक्षम हैं, वह खुद से खुश है। असल में, खुशी वह है, जो आप एक व्यक्ति के रूप में है, न कि उस स्थान पर जहाँ आप रहते हैं।

किसी व्यक्ति ने इसे बहुत अच्छी तरह से रखा है, अगर यीशु दरवाजे से जाएँगे, तो यीशु ही दरवाजे से आएँगे। अगर जूडास दरवाजे से अंदर जाएँगे, तो जूडास ही अंदर आएँगे।

जब जो ई. ब्राउन, हार्वे नामक नाटक के सितारे थे, तो मैंने उनसे पूछा कि अपनी पटकथा में उन्हें सबसे अच्छी लाइन कौन सी लगी? उन्होंने तुरंत एक लाइन बता दी, जो उनके अल्हड़ दोस्त ने कही थी, "मैं जहाँ भी रहा हूँ, वहाँ मैंने बहुत अच्छा समय बिताया है, चाहे मैं जिसके भी साथ रहूँ।"

जो ई. उन लोगों में से हैं, जो यह जानते हैं कि लोग अपनी खुशी खुद बना लेते हैं। उन्हें अपनी खुशी ढूँढ़ने के लिए ऐसी किसी बात पर आश्रित नहीं रहना पड़ता कि वे कहाँ हैं और किस प्रकार के लोग उनके आसपास हैं। उनकी खुशी उस स्थान व उन लोगों के प्रति उनके दृष्टिकोण से जुड़ी हुई होती है।

यह जरूरी नहीं कि किसी चीज को पाने में ही उन्हें आनंद मिले। मैंने कई बार देखा है कि जब लोग भौतिक चीजों से बहुत ज्यादा जुड़ जाते हैं तो वे अन्य लोगों के साथ अच्छे रिश्ते बना पाते हैं। "जो सिर पर ताज पहनता है, वह बहुत ही असहज होता है", उसके लिए सभी जिम्मेदारियाँ और खतरों को जीवन के सरल सुख से अधिक वजन देना चाहिए। बहुत प्रकार के ताज होते हैं। कुछ दिन पहले मैं अपने एक बहुत बड़े व्यवसायी दोस्त से दोपहर के भोजन पर मिलने गया, जिसने बहुत बड़ी कंपनी बना ली थी। उसने अपने जैसे कई लोगों के साथ बहुत अच्छे संबंध बनाए हुए थे। उन्होंने मुझे बताया कि उनमें से कोई भी खुश नहीं है। वह उन करोड़पतियों के दुःख का कारण जाँचने गया, पर मुझे यह जानकर कोई खास आश्चर्य नहीं हुआ कि सब कोई व्यक्तिगत कारणों से परेशान थे। नियमत: हर किसी के अपनी बीवी और बच्चे के साथ बेकार रिश्ते थे। उनके पैसों ने उनकी बीवी एवं बच्चों को ऐसी जिंदगी दे दी है, जिससे वे यह दोषपूर्ण रिश्ता बनाएँ और पैसों से ऐसी कोई चीज नहीं खरीदी जा सकती, जिससे किसी प्रकार का भी कोई नुकसान हुआ हो।

ऐसा नहीं है कि पैसे से सिर्फ गरीबी या दुःख आता है या इससे सिर्फ खुशियाँ आती

हैं। ऐसा भी नहीं है कि यह इस सत्य का पालन करता है। खुशी हमेशा से ही एक निजी मामला रहा है। एक सत्यनिष्ठ अमीर आदमी कभी भी अपने पैसों से जिंदगी को खराब नहीं करेगा। एक गरीब या मध्यम आयवाला व्यक्ति पूरी तरह से खुश रहने के लिए सक्षम है। आखिरकार आपकी अपनी जिंदगी वही है, जो आप स्वयं बनाते हैं।

दुनिया का समस्त साहित्य एवं लोक कहानियाँ ऐसी कहानियों से पटी पड़ी हैं कि खुशी पाने के लिए कितना व्यर्थ करना पड़ता है। हालाँकि खुशी एक आशीर्वाद है, जो आपके साथ आता है, यह एक खजाना है, जो आप आकस्मिक रूप में पाते हैं।

यह याद करें कि मॉरिश मेटेरनिक की ब्लूबर्ड एक ऐसी ही कहानी है। एक लकड़ी काटनेवाले एक लड़के एवं लड़की का नाम टिटिल एलं मिटिल है, वे अपने घर में एक पिंजड़े में एक काली चिड़िया रखते थे, पर वे खुशी का प्रतीक एक नीली चिड़िया रखना चाहते हैं। वे अपनी विनम्र झोंपड़ी से निकल गए कि वह नीली चिड़िया खोज सकें। चूँकि यह कहानी एक कल्पना है, जिसमें लोग कई देशों से होकर गुजरते हैं, वे उन देशों से भी होकर गए, जहाँ लोग मर चुके थे और फिर पैदा होनेवाले हैं। हालाँकि वे निराश एवं हतोत्साहित होकर लौट आए कि वह अगले दरवाजे पर खुशी को खोज सकें।

उनकी काली चिड़िया उस पड़ोसी के बीमार बच्चे को दे दी गई, जो धीरे-धीरे एक नीली चिड़िया में बदल गई। बाद में बच्चों को यह समझ आया कि खुशी की प्रतीक नीली चिड़िया तो हमेशा से ही घर में ही मौजूद थी।

अधिकतर व्यक्ति इस बात से संतुष्ट हो जाता है कि जब वह अपने उद्देश्य को पाने में सफल हो जाता है, तब वह प्रसन्न हो जाता है, पर अधिकतर वह प्रसन्न नहीं होता, खुश रहने के लिए उसे प्रसन्नता पर अपनी शर्तें लगानी पड़ती हैं और फिर कहना होता है, 'अब मैं प्रसन्न हूँ', 'अब मैं इन सबसे बाहर हो गया हूँ।'

आप काम करते समय इस तरह की चीजें माँओं में देख सकते हैं। पहले वे कहती हैं, "जब जॉनी एलिमेंट्री स्कूल से बाहर आ जाएगा, तो मैं खुश होऊँगी!" फिर आप वहाँ कुछ देर के बाद तक रहते हैं। फिर आप उन्हें यह उनके दोस्तों से कहते हुए सुनते हैं, "जॉनी हाई स्कूल से ग्रेजुएट हो जाएगा, तो मैं खुश हो जाऊँगी।" और फिर गरमियों में कॉलेज से पास होने के बावजूद जॉनी का कॉलेज में भी वही परिणाम आता है, उसी तरह जॉनी की शादी हो जाती है और फिर जॉनी के पहले बच्चे का जन्म होता है, जब जॉनी की माँ दादी हो जाती है तो वह बहुत खुश हो जाती है और बेबी-सिटर बनने से पहले तक खुश रहती है। अगर माँ को यह पता नहीं होता कि वे अपने विशिष्ट आशीर्वाद के बीच कैसे खुश रहती हैं तो वे खुश रहने के तरीके नहीं जान पातीं।

सेरेन्डपिटी एक शब्द है, जो हॉरेस वाल्पॉल ने बनाया है और उसे ऐसे परिभाषित किया है कि यह अचानक ऐसे चीज की खोज है, जो अन्य किसी काम के दौरान अपने

आप हो गई हो। इससे खुशी ही छा जाती है। कुछ लोग जिंदगी में तलाश में जाते हैं, पर उन्हें जिंदगी कभी दिखती नहीं है। वहीं अन्य अपने दैनिक कार्यों में अपने वफादार प्रदर्शन में लगे होते हैं, या अपने लोगों के लिए अच्छा करते हैं, इससे वे भी पाते हैं कि वे लगातार खुश हैं।

यह बताने की कोशिश करते हैं कि खुशी को मजे से कन्फ्यूज न किया जाए।

मजे से हमेशा संतुष्ट यौन संबंधों का अनुभव होता है, यह एक धोखेबाज व्याभिचारी रिश्ता है, जिसमें दु:ख के प्रवेश की प्रतीक्षा की जाती है। इनमें से किसी एक को तो विजय मिलती ही है—कुछ महान् लक्ष्य सालों की मेहनत के बाद मिलते हैं और अगर इन लक्ष्यों को पाने में कोई भावनात्मक एवं शारीरिक क्षति होती है, तो किसी भी प्रकार की कोई खुशी नहीं पाई गई। खुशी हमेशा गंभीरता से मिलती है, यह जीवन में अपने आप ही निहित है। खुशी क्षणिक है, यह एक बुलबुले की तरह है, जो सतह से उठती है और फूटने से पहले इसकी संक्षेप में प्रशंसा होती है।

संतुष्टि खुशी के बहुत करीब है, पर यह थोड़ी अलग है। मैं एक पुरानी कहानी के बारे में सोच रहा हूँ, जिसे 'बोन्टशे, द साइलेंट' के नाम से जाना जाता है। बोन्टशे अपने जन्म से लेकर मरने के दिन तक एक प्रकार के दुर्भाग्य का शिकार था। उसे गरीबी एवं दु:ख के बारे में पता था, उसे अस्वीकृत होना और उत्पीड़न के बारे में पता था, पर उसने कभी भी कोई शिकायत नहीं की (इस कहानी में मेरा अपना एक नोट—शिकायत न करना अपने आप में कोई गुण नहीं है, यह अपने आप में जागरूकता में कमी दिखाता है, जो किसी के जीवन में हो सकता है)। जब वह मर गया और स्वर्ग में न्याय के सिंहासन के सामने खड़ा हुआ तो एक दैविक आवाज ने कहा, धरती पर इतने दिनों में उनके कार्यों से वह संत के रूप में रहे, उनका हृदय अगर इसके लिए कोई उपहार चाहता है तो वे बताएँ। बोन्टशे झिझका, हैरान हुआ और फिर हकलाते हुए कहने लगा, "क्या मुझे हर सुबह नाश्ते में एक बटर रोल मिलेगा?" उसका कितना दुर्भाग्य था कि उसके लिए खुशी का मतलब बस इतना ही था।

खुशी आपसे हमेशा जुड़ी होनी चाहिए। आपको पता होना चाहिए कि आप कितनी खुशी बर्दाश्त कर सकते हैं और आपको यह कभी नहीं सोचना चाहिए कि आपके कारण कोई उदासी है या कभी न खत्म होनेवाला अवसाद है।

खुशी को और अच्छे से समझने के लिए यह भी समझना जरूरी है कि जानवरों में एवं मनुष्यों; दोनों में खुशी होती है। जानवरों की खुशी वैसे तो शारीरिक होती है और मानवों की खुशी मानसिक एवं भावनात्मक होती है। आप कुत्ते, बिल्ली या घोड़े को किस प्रकार खुश कर सकते हैं? आप यह सुनिश्चित कर सकते हैं कि उनके लिए पर्याप्त भोजन हो, अच्छा मकान हो, प्यार भरा ध्यान हो और यहाँ-वहाँ घूमने और कूदने-फाँदने की स्वतंत्रता हो। संक्षेप में, एक जानवर को उसी प्रकार खुश किया जा सकता है, जैसे

एक मनुष्य के बच्चे को खुश रखा जा सकता है।

एक इनसान में अपरिपक्वता का उदाहरण यह है कि वह जानवरों की खुशी से ही संतुष्ट हो जाता है। बच्चों से तो हम यह उम्मीद करते हैं। हमें पता है कि वे मूलत: मस्ती करने में, उपहार पाने में मजे करते हैं। जब परिपक्वता आती है तो बच्चे वह संकेत देने लगते हैं, जो पूर्णत: स्वार्थी नहीं होते और वे देने की भावना के आनंद में शामिल होते हैं। अब वे गहरी एवं परिपक्व खुशी के संकेत देने लगते हैं। वे अपने जीवन में कभी भी अपने भौतिक सुखों में अपनी रुचि को मना करते हैं, होने को वह किसी प्रकार का बैलेंस बनाकर चलते हैं। हालाँकि वे खुशी को मानसिक रूप से उच्च डिग्री का स्तर देते हैं, पर वे पाएँगे कि वह गहराई से और परिपक्व रूप से ज्यादा खुश हैं।

अब हमें खुशी के अपने कुछ निश्चित पैमाने तय कर लेने चाहिए। आप यह फिर से नोट करेंगे कि बहुत सारे लोग, जो खुशी के लिए जरूरी है, उनका निकटता से संबंध है, पर कुछ भी काले एवं सफेद पैटर्न में ही नहीं है। हम पाँच मानदंडों से शुरू करत्ते हैं, जो बहुत योग्य हैं और वह वास्तविक खुशी का सार नहीं है।

जीवन

बेशक, बिना जीवन के हम खुश होने के लिए सक्षम नहीं होंगे। उसी समय जीने के लिए खुशी एक पर्याप्त कारण नहीं है। प्राचीन हब्रू टोस्ट के अनुसार, "जीवन के लिए, वर्षों की गिनती संदर्भित नहीं है। यह किसी के वर्षों की गिनती करने की बजाय उसे संदर्भित करता है। यह जानवरों के मुकाबले एक विमान पर रहनेवाले जीवन के लिए टोस्ट है।"

पुरातन काल के साधुओं के बोलने का एक तरीका था, जो कभी-कभार परेशान कर सकता था। हालाँकि उनकी कही गई कुछ बातों का असली अर्थ जानें और आपको पता है कि आप सच्चाई से सीधे रूबरू हैं। इस प्रकार उन्होंने पूछा, "एक व्यक्ति जिंदा कैसे रहेगा ?" उन्होंने कहा, "मर जाए।" इसका अर्थ वह व्यक्ति इतना खराब था और स्वयं में इतना मतलबी था, पर वह सच्चाई व तरीके से रहता था।

उन्होंने भी पूछा, "एक व्यक्ति को कैसे मर जाना चाहिए ?" उन्होंने जवाब दिया कि वह "जिए।" इसका अर्थ है कि अगर आप एक आत्मकेंद्रित, जानवर के तरीके से, सिर्फ अपने आनंद के लिए केंद्रित हैं, जिसमें खुशी का कोई विचार ही न हो, तो आप प्रभावी रूप से सभी को मार डालेंगे।

ऑस्कर वाइल्ड की 'द पिक्चर ऑफ डोरियन ग्रे' को याद करें। इस जादुई पिक्चर को याद करने के साथ, उन्होंने एक व्यक्ति की छवि भी बनाई, जिसने अपनी जिंदगी वैसे ही खत्म कर ली, जैसे वह जी रहा था। उसके लिए खुशी का अर्थ जिंदगी में जानवरों की तरह संतोष भरें, एक पेटू की तरह खाएँ-पिएँ, अपनी यौन भावनाओं को संतुष्ट करने के

लिए जब तक एवं जहाँ तक संभव हो सके, खेलें और कम-से-कम काम करें।

इस तरह से डोरियन ग्रे ने अपने आप को समाप्त कर लिया। इस कहानी का सबसे दुःखद भाग यह है कि वह अधिकतर ऑटोबायोग्राफिकल है। ऑस्कर वाइल्ड अपनी टैलेंट के बावजूद कभी भी परिपक्व खुशी के बारे में जान नहीं पाए। जब वे जेल में पढ़ रहे थे तो उन्होंने डी प्रोफंडिस लिखी। उन्होंने अपने दोस्त लॉर्ड डगलस के लिए लिखा, "हम लोग मिट्टी में एक-दूसरे से मिले थे।" वाइल्ड ने देखा कि वह स्वयं को मिट्टी की ओर खींच रहा है। उसके लिए बहुत देर हो चुकी थी कि वह आध्यात्मिक पर्वत को हासिल कर सके, क्योंकि वहाँ की जमीन दृढ थी और हवा शुद्ध थी और वहाँ से दृश्य देखने के लिए चीजें दूर एवं स्पष्ट थीं।

जीवन भर के लिए यह असली खुशी पाने का अवसर प्राप्त करना है। यह कहने के लिए एक व्यक्ति सिर्फ इसलिए खुश है, क्योंकि वह जिंदा है और उसे कुछ महत्त्वपूर्ण सवाल पूछने हैं।

सफलता

मैंने 'द रोड टू सक्सेसफुल लिविंग' नामक अपनी पुस्तक इन शब्दों के साथ शुरू की—

हमारे समय में सबसे विशिष्ट विफलता हमारे साथ की सफलता है। मानवता के इतिहास में कोई भी उम्र इतनी सफल नहीं हुई है, कोई भी उम्र इतनी डींग मारनेवाली नहीं है। इसकी असलियत या अच्छी चीजों के लिए वादा दुनिया में हमारे विचार से फैलता है। लगभग हर जगह बहुत कुछ बदल गया है और उसने गरीबी को दूर करना शुरू कर दिया है।

पर मैं इस बात की ओर ध्यान इंगित करना चाहता हूँ कि हमारी बराबर की उम्र देखी गई है।

मानव को होनेवाले बार-बार भ्रमों में, यह इतिहास में भूल जानेवाला सबक है। सफलता से कभी भी खुशी नहीं बनाई जा सकती। पचास सालों से सिद्धांतों एवं उदाहरणों में यह सिखाया गया है कि प्रसिद्धि एवं धन स्थिति एवं शक्ति के अधिग्रहण में भौतिक सफलता जीवन का सबसे महत्त्वपूर्ण लक्ष्य है। भौतिक सफलता वह है, जो एक आदमी को मिलती है, पर आध्यात्मिक सफलता वह है, जो और जब हम उसे एक साथ बाँध दें तो यह मान लेना होगा कि खुशी पैसे का उत्पाद है। इस प्रकार हम गलत साबित हो गए।

हमने पहले उस प्रकार की माँ के बारे में बात की है, जो खुशियों की स्थिति बनाती है, ये शर्तें बेटे की जीवन-प्रगति की राह को बाँध रही हैं। अगर बेटे ने माँ का नजरिया देखा तो उसे यह साबित करने में परेशानी होगी कि वह कभी खुश था और कभी खुशी

की प्रतीक्षा नहीं कर रहा था। छोटे स्तर पर होने के नाते, वह सिर्फ हाई स्कूल के स्तर की खुशी का सपना देखेगा। यह जानने पर कि हाई स्कूल की पढ़ाई उसके ऊपर और माँग रखेगी, उसने कॉलेज की पढ़ाई का सुनहरा सपना देखा। यह जानने पर कि कॉलेज की पढ़ाई में संगीत महोत्सव और फुटबॉल के खेल के अलावा और भी बुहत कुछ शामिल है, वह नौकरी पाने के लिए उत्सुक हुआ होगा। एक बार जब उसके पास नौकरी हो गई… तो इस क्रम को फिर से देख सकते हैं।

चलिए, फिर से उद्देश्यों के प्रश्नों पर चलते हैं। एक जनरल कोच बनकर अपने आदमियों को मदद करने के लिए किसी अवसर को न खोने के मुकाबले एक निर्धारित लक्ष्य तय करना आसान है, जैसे करोड़ों डॉलर बनाना या किसी कॉरपोरेशन का अध्यक्ष बनना। मैं एक ऐसे आदमी को जानता हूँ, जिसने यह सोचा कि चालीस साल का होते-होते तक वह एक लाख डॉलर जमा कर लेगा। चालीस साल का होने से पहले ही वह लाखों डॉलर कमा चुका था और उसने अपना लक्ष्य उच्चतम स्तर पर रखा। वहाँ तक पहुँचने पर, उन्हें करोड़ों डॉलर चाहिए थे, उन्हें वे करोड़ों डॉलर मिल गए, अब उन्हें और चाहिए थे। क्या वे खुश थे ? वे आराम नहीं कर पाए, उन्हें कुछ और चाहिए था, बहुत ज्यादा चाहिए था। वे उन लोगों में से थे, जो आश्चर्यचकित हुए कि वे इतने से कौशल में मास्टरी नहीं कर पाए कि वे अपनी पत्नी व बच्चों के साथ अच्छे से रह नहीं पाए।

क्या अलेक्जेंडर द ग्रेट कभी बहुत खुश था ? हालाँकि हम उनकी लड़ाइयों को याद रखते हैं, हम अधिकांशतः उन्हें इसलिए याद रखते हैं, क्योंकि वे तैंतीस वर्ष की उम्र में मारे गए, वे नाखुश इसलिए थे, क्योंकि दुनिया में जीतने को अब कुछ बचा नहीं था। क्या नेपोलियन कभी खुश थे ? उन्हें सत्ता चाहिए थी और उन्होंने सत्ता हथिया ली, पर वह काफी नहीं थी। यह शब्द कभी भी काफी नहीं है। फिर वे उदास, निर्वासित एवं अकेले ही मर गए।

इस प्रकार किसी की सफलता में बहुत सारी बाधाएँ आती हैं। ऐसे मामले में, वह व्यक्ति गहराई से जानता है, जीवन में परिपक्वता के साथ सफलता पाई है। हालाँकि जब आप इसे खुशी से जोड़ते हैं तो सफलता की सभी सामान्य परिभाषाओं को अलग-अलग विभाजित करते हैं।

सुरक्षा

सुरक्षा से हमारा क्या मतलब है ? अधिकांश लोगों के लिए सुरक्षा का अर्थ उनकी वित्तीय सुरक्षा से है। यह किसके पास है ? हमें सबसे पहले उन लोगों को नकारना चाहिए, जो हर रात सोते हैं। एक आखिरी चिंतापूर्ण विचार यह है कि अगर वे सो सकते हैं तो यह सबसे कम चिंता का विषय होगा, क्योंकि वे अपना बिल दे पाएँगे, अपना किराया दे पाएँगे, भुगतान करने के लिए पर्याप्त समय तक नौकरियाँ रखने पर भरोसा कर पाएँगे और फिर

रेफ्रिजरेटर के लिए पर्याप्त समय पर भुगतान कर पाएँगे। अन्य विचार, जो लंबे समय तक चलता है, वह अच्छा पैसा नहीं कमाता है।

आपको ऐसा लगता होगा कि जिनके पास अच्छा पैसा है, वे स्वयं को सुरक्षित महसूस करते होंगे। काश, ऐसा नहीं होता। अनाड़ियों के लिए, वित्तीय सुरक्षा एक शब्द है, जिससे मुश्किल से निकला जा सकता है। मेरे कुछ पाठक 1929 की उस दुर्घटना के समय आत्महत्या की लहर को याद रखने में सक्षम होंगे। रिकॉर्ड में दिखाया गया है कि बहुत सारे लोग, जो ऑफिस की खिड़की से नीचे कूद गए, वे पैसों से बेकार नहीं थे। बहुमूल्य व्यक्तियों से कुछ लाखों डॉलर के स्वामित्व में कमी होने को कुछ पुरुष ही सहन कर सकते हैं।

किसी अमीर व्यक्ति को यह दिखाने के लिए अपना पैसा खोना पड़ता है कि वह सच में आंतरिक सुरक्षा उसके लिए कितनी कम पड़ जाती है। यह किसी व्यक्ति के लिए कोई असामान्य बात नहीं है कि वह अपने पास करोड़ों रुपए रखे और अपनी पत्नी को गरीबी में रखे। एक जाने-माने मल्टीमिलेनियर ने एक खास सॉफ्ट ड्रिंक बनाकर उसे सारे संसार में प्रसिद्ध कर दिया और जब भी उन्हें टैक्स भरने के लिए चैक काटना पड़ता तो उन्हें हिस्टीरिया हो जाता।

मैंने यह कहते हुए सुना है, "या तो आपके पास सुरक्षा हो या न हो।" यह सच है, जब हम असली आंतरिक सुरक्षा के बारे में कहते हैं। जितने भी लोगों के पास यह है, वे उसे देख नहीं पाते और जब उन्हें यह पता चल जाता है कि सुरक्षा, मित्रता या किसी अन्य चीज को पैसों से तौला नहीं जा सकता, नहीं तो वह गायब हो जाती है।

उत्साही प्यार

प्राचीन शिक्षकों ने हमारे पुराने पवित्र शास्त्रों को आध्यात्मिक प्रेम से मुख्यतः जोड़कर देखा है, ऐसा प्यार, जो भगवान् के लिए मनुष्यों का है, जैसा एक आदमी का आदमी के प्रति भाई जैसा प्यार है।

गीत बनाने के लिए हम क्या प्रयास कर रहे हैं? यहाँ युवा, शारीरिक प्रेम के बारे में बताया गया है, जिसमें एक मादा मूक होकर अपने आकर्षण एवं यौन आग्रह से विजय गीत गा रही है। ऐसी धर्मभ्रष्ट बातों को बाइबिल कैनन में किस प्रकार स्थान मिल गया? अन्य व्याख्याओं में (दूर-दराज में) विद्वानों ने कहा है कि यह सरल, परिपक्व प्यार के बारे में सिखाने के लिए तैयार किया गया था। उन्होंने निम्नलिखित पंक्तियों में अपनी व्याख्या केंद्रित की—

प्यार मौत की तरह मजबूत है,
जिसे पानी भी गीला नहीं कर सकता।

उत्साही युवा प्यार धीरे-धीरे परिपक्व हो सकता है, गहरा हो सकता है। प्यार जवानी के बाद भी आगे बढ़ता है और स्वयं को अपने बेहतरी के लिए आगे ले जाता है, समय और परिस्थिति के बावजूद सभी के जीवन में प्यार होना चाहिए। प्यार परिपक्व बन सकता है, यह वह ताकत है, जो हर परिस्थिति में पूरी हो जाती है।

उत्साही प्यार का अपना स्थान होता है। युवाओं के उत्साह को मना करने के लिए मानव स्वभाव को भी मना करना होगा। यह याद रखें कि इस प्रकार के प्यार का बहुतों के लिए खुशी से किसी प्रकार का कोई संबंध नहीं होता।

दुर्भाग्यवश, उत्साही प्यार परिपक्व प्यार की अपेक्षा ज्यादा नाटकीय होता है, जो ज्यादा दिखने योग्य, जिसे गाने व कहानी में तब्दील किया जा सकता है। प्यार न होने पर भी हिट परेड हमेशा ही रोमांटिक प्यार के गानों से भरी पड़ी होती है। प्यार की कहानियाँ हमेशा चलती रहती हैं, उपन्यासकारों और कवियों के लिए नाबालिग प्यार हमेशा ही एक विषय होता है।

जुनूनी प्यार हमेशा ही खुशी का एक स्रोत हो सकता है। यह काफी यातना का स्रोत भी हो सकता है, जहाँ दो प्यार करनेवाले यह खोजते हैं कि वे एक-दूसरे से काफी अलग हैं या उनके बीच में घातक तीसरी पार्टी प्रवेश करती है। परिपक्व व्यक्ति उत्साही प्यार का आनंद लेता है, जबकि उसे पता होता है कि यह भी गुजर जाएगा। उन्हें पता है कि कोई भी गुजरनेवाली घटना खुशी की आधारशिला नहीं है। परिपक्व युवा लोग एक-दूजे को गहराई से प्यार करते हैं, फिर भी उनकी आवश्यक खुशी एक कारक है, जो जुनून से बढ़कर ही है।

एक परिवार में बहुत गहरा प्यार हो सकता है और फिर लगातार भीतर से घबराहट हो सकती है। मुझे पता है कि बहुत सारे बच्चे, जो अपने माँ-बाप से प्यार करते हैं, वे आपस में लड़ाई भी करते हैं। इसमें कोई शक नहीं कि यह प्यार दोनों तरफ से कोई खुशी नहीं ला सकता।

शांति

जोशुआ लोथ लिबमैन की 'पीस ऑफ माइंड' करीब बीस साल पहले प्रकाशित हुई। शांति अभी भी किसी व्यक्ति का अपना मामला है, क्योंकि आपने इसका कैसा चित्रण किया है। यह सच है कि कोई सामान्य शांति नहीं है, न ही भीतर, न ही बाहर। भौतिक विकास के तहत बहुत सारी प्रगति के होने के बावजूद, हम भीतर के टेंशन से घिरे हुए हैं और विशेष आतंक में जी रहे हैं, यह जानते हुए कि एक गलत कदम सारी धरती को निर्जन कर सकता है।

इन सबके कारण हमने यह महसूस किया कि ऐसी कोई परिस्थिति आ ही नहीं सकती, जो धरती पर एकदम शांति स्थापित कर सके, सिर्फ मकबरे की शांति को छोड़कर।

मैंने फिर 'द रोड टू सक्सेसफुल लिविंग' नामक किताब से यह उद्धृत किया है—

जीवन में शांति कभी भी पूरी तरह से नहीं मिल सकती और न ही यह स्थायी ही है। जीने का मूल सार आंदोलन करना है और आंदोलन को हमेशा प्रतिरोध का सामना करना पड़ता है और प्रतिरोध का अर्थ विरोध है। सशस्त्र युद्ध कभी भी जल्द खत्म नहीं, पर मानवता का भीतरी विरोध कभी भी पूरी तरह से सुलझाया नहीं जाया जा सकता। राजनीतिक भावना के लिए शांति की धरती पर एक अलग संभावना है, जो एक अलग आवश्यकता है, पर सभी मनुष्यों के लिए मन की पूर्ण व्यक्तिगत शांति एक सहस्राब्दी की तरह है, जो एक खतरनाक भ्रम है।

एक परिपक्व व्यक्ति यह जानता है कि वह व्यक्ति एक सब्जी की तरह है, वे सोच, भावना एवं आकांक्षाओं की महत्त्वपूर्ण प्रक्रियाओं से दूर रहते हैं, वे मन में शांति प्राप्त कर सकते हैं, पर इसका मतलब यह नहीं कि एक सक्रिय व्यक्ति को खुशी नहीं मिल सकती। मैं कुछ ऐसे सच्चे पुरुष एवं महिलाओं को जानता हूँ, जो उन संगठनों और गतिविधियों में शामिल हैं, जो अपने दिन परेशानी में गुजारते हैं और रातें खराब करते हैं। दूसरों को अन्य में देने, अच्छे कामों के लिए बिना किसी भुगतान के उत्सुकतापूर्वक काम करने से वे अज्ञात खुशी प्राप्त करते हैं, जो उन्हें नहीं मिल पाती, जो केवल शांति चाहते हैं।

जब तक हमारा दिमाग सक्रिय है, हमारे हृदय में संवेदना है और हमारी आत्मा खोज रही है, हम अपने दिल की इच्छाओं के कारण वातावरण को हमेशा बदलते रहेंगे। असंतोष हमारी खुशियों को नहीं ले जा सकता। दिव्य असंतोष जैसे शब्द में बहुत ज्ञान है।

हमने पाँच मुख्य गुणों की जाँच की और हममें से अधिकांश लोग यह कहते हैं कि यह मानवीय खुशियों का आधार है। हमने देखा है कि किसी भी दर की सामान्य अवधारणा में यह मूल खुशी का सार नहीं है।

ऐसे क्या स्थायी मूल्य हैं, जो खुशी को बनाते हैं ? मैं खुशी पाने के लिए अब धीरे-धीरे सकारात्मक प्रोग्राम बनाऊँगा। किसी चीज के होने की भावना, उसके संबंध की भावना, उसके अर्थ की भावना, उसके बढ़ने की भावना और देने की भावना होती है। हम उन्हें पाँच आध्यात्मिक इंद्रियाँ कहकर बुला सकते हैं, जो पाँच शारीरिक इंद्रियाँ, जैसे देखने, सुनने, सूँघने, स्वाद लेने व महसूस करने की होती हैं। ये शारीरिक इंद्रियाँ हमें बहुत आनंद देने की क्षमताएँ रखती हैं। आध्यात्मिक इंद्रियाँ हमें पूर्णत: आनंद की ओर ले जाती हैं।

होने का एहसास

'इमपोर्टेंस ऑफ लिविंग' नामक पुस्तक में लिन युटांग ने याद दिलाया है कि चीन में तीन प्रमुख धर्म है—कन्फ्यूशिएनिज्म, ताओवाद और बौद्ध धर्म। इन तीन धर्मों ने खुशी की प्राप्ति के लिए एक साझा भूगर्भ दृष्टिकोण दिया। इसका नतीजा यह रहा कि एक

परिपक्व चीनी व्यक्ति वह था, जिसने स्वयं को विचारों में इतना डुबो दिया कि उसकी सारी भावनाएँ पूर्णत: किसी विचार या दर्शन या आदर्श में इस प्रकार लिपट गई कि उसके लिए सिर्फ सुबह उठने, इस दुनिया की भव्यता और महिमा को देखने के लिए, एक स्वस्थ भूख को संतुष्ट करने के लिए, शरीर की सभी कार्यप्रणाली के सही से काम करने के लिए, दोस्तों से बात करने के लिए, अपने प्यारे लोगों का चेहरा बार-बार देखने के लिए इतनी खुशी काफी है। एक परिपक्व चीनी अपने पश्चिमी भाई के मुकाबले, अपनी भावनाओं में बहुत स्वतंत्र शासन स्थापित करता है, वह किसी भी प्रकार के प्रतिबंधों के अधीन कम है। संगीत की रागिनी में जो गाता है कि 'मुझे लड़की होने पर आनंद है।' अगर ऐसा होने में भी असमर्थ है तो ऐसा होने में भी एक महान् उपलब्धि है। इसमें बहुत उपलब्धि की बात है। बाइबल को पढ़ें, खासकर कुछ भजन और कुछ गीत, आपको वहाँ जीवन एवं प्यार के बराबर दृष्टिकोण का पता चलेगा।

जो भी लिन युटांग की पुस्तक को पढ़ेगा, वह पहचान जाएगा कि वे बुद्धि के उपयोग का घोर विरोध करते हैं। वे कहते हैं कि पश्चिमी दुनिया ने सोचने में इतना जोर लगा रखा है कि उनके अंदर बहुत नीची भावना आने लगी है। वे मनुष्यों से उनके दिमाग का इस्तेमाल नहीं करने को नहीं कह रहे, बल्कि साथ ही अपने आप में आनंद लेने को भी कह रहे हैं, जहाँ वे अपने लिए खुश रह सकें।

मैंने कैथोलिक चर्च की एक बहुत बुद्धिमान नन से पूछा कि खुशी क्या है? कुछ देर सोचने के बाद, उन्होंने आराम से जवाब दिया, "हम इतने थके हुए हैं कि हम आराम ही नहीं कर पाते; बाहर देखने से ज्यादा अपने भीतर की ओर देखें, हमारी आँखें प्रकृति को देखकर आराम करें, साथ ही मनुष्यों को भी देखें।" उन्होंने आगे कहा, "खुश होने के लिए आपमें स्वयं के प्रति एक भावना होनी चाहिए, आपको पता होना चाहिए कि आप इस खूबसूरत दुनिया का एक हिस्सा हैं, जो आपकी शारीरिक, मानसिक, भावनात्मक रूप से खुशी को दरशाता है। ब्रह्मांड के रहस्य पर ध्यान देना, प्रकृति व मानव प्रकृति के जादू पर आश्चर्यचकित होना चाहिए।"

मैं ऐसे लोगों को भी जानता हूँ, जिन्होंने अकेलेपन की कला विकसित की है, जब अन्य आराम के समय में 'कुछ करने के लिए चीजें ढूँढ़ने में' कड़ी मेहनत कर रहे हैं तो अन्य लोग पार्क में अकेले बैठकर पेड़ों को देखने का सुख लेते हैं और चिड़ियों की आवाज सुनते हैं, या लंबे समय तक चलते हैं, सूरज की धूप के नीचे बैठकर आराम करते हैं और हवा के मजे लेते हैं। यह केवल जीवित होने से कहीं अच्छा है। यह जीवन के सार का स्वाद है। यह किसी की अंतरशक्ति के साथ एक सामंजस्य है और साथ ही स्वयं को ऊपर की ओर बल देने के लिए एक ट्यूनिंग है। एक संपूर्ण अनुभव में, यह एक खुशहाल जीवन की नींव है।

अपनेपन की भावना

एक पीढ़ी पहले यूजीन ओ'नील ने एक नाटक लिखा था—'द हैरी ऐप'। इसमें उन्होंने चित्रित किया था—एक लंगूर की तरह दिखनेवाला एक स्टॉकर, जिसका नाम यांक था और जिसकी छाती बालों से भरी हुई थी, उसने ट्रांसएटलांटिक लाइनर के बॉयलर कमरे में कोयले इकट्ठे किए थे।

मैं अपने शब्दों में यांक के बोलने के ढंग को प्रस्तुत कर रहा हूँ। वे अपने साथी स्टॉकर्स से माँग करते हैं कि पहले केबिन में उनका क्या झुकाव है और उन्हें क्या करना है, हम उनसे बेहतर आदमी हैं, हैं न? जरूर! हम में से एक आदमी पूरी भीड़ को एक दस्ताना पहनकर साफ कर दे। इससे क्या होगा? वे उन्हें स्ट्रेचर में लेकर आएँगे। बोलने की कोई राशि नहीं होती है। वह सिर्फ सामान है। इस पुराने टब को कौन चलाता है, हम तो नहीं चलाते हैं? हम चलाते हैं और वे नहीं चलाते हैं। यह सबकुछ है।

एक दिन उत्सुक यांक जहाज के ऊपरी भाग में प्रथम श्रेणी के पैसेंजर भाग में घूम रहा था। अचानक वह एक सुंदर सी, संभ्रांत, अच्छे से सजी-सँवरी लड़की के सामने उससे टकरा गया। वह अपने सामने एक बड़े, मांसल, बालों से भरी छाती और गठीले शरीर एवं छिछोरे से दिखनेवाले चेहरे को देखकर चौंक गई और अचंभे में पड़ गई। वह विरोध एवं अस्वीकृति के कारण सिमट सी गई। उसके भीतर एक प्रकार का डर दिखने लगा और उसे लगने लगा कि कि वह जंगल में एक डरावने बालों से भरे लंगूर को देखकर आई है।

यह यांक के लिए एक दुखदायी अनुभव रहा। वह सारे रास्ते इस बारे में धीरे-धीरे जाते हुए यह सोचता रहा। उसे लगा कि वह कहीं है ही नहीं, वह मानव समुदाय का हिस्सा है ही नहीं।

अंतिम दृश्य में हमने यांक को एक चिड़ियाघर में पाया, जिसमें वह पिंजरे की सलाखों के पीछे अंदर में गोरिल्ला से बात कर रहा था। यांक ने एक बालों भरे लंगूर से कहा, "तुम भाग्यवान हो। देखो, तुम बुद्धिमान नहीं हो, यह तुम्हें पता है। पर मैं बुद्धिमान हूँ, पर मैं दिखता नहीं हूँ, देखो, वे मुझे बुद्धिमान नहीं समझते। यही है।" यांक पिंजरा खोलता है और गोरिल्ला से कहता है, "बाहर निकलो और हाथ मिलाओ! मैं तुम्हें घुमाने के लिए 5, एवेन्यू लेकर जाऊँगा। हम उन्हें धरती पर लेकर आएँगे, क्रॉक बुद्धि से बैंड बजाएँगे। आओ भाई।" गोरिल्ला ने यांक को अपनी बड़ी सी भुजाओं में लिया और उसे मारने के लिए अपने बाँहों में ही मसलने लगा। मरते हुए यांक ने हाँफते हुए कहा, "मैं पूरा हो गया हूँ।" उसे लगता है कि मैं हूँ ही नहीं। फिर अंततः दर्द में चिल्लाते हुए, खोए हुए आदमी की तरह उसने कहा, "हे ईशु, मैं कहाँ से निकलूँ और कहाँ फिट बैठूँ?"

मनुष्य एक बड़ा पशु है और भौतिक रूप से एक झुंड में रहनेवाला है। न सिर्फ

वह दूसरों के साथ जुड़े रहना चाहता है, वह अपने विचारों एवं दूसरों के विचारों के साथ जुड़े रहना चाहता है, अपने सामान्य उद्देश्यों को पाने के लिए दूसरों के साथ काम करना चाहता है और मानव समूहों, जैसे परिवार एवं समुदाय और एक कीमती सदस्य के रूप में अपनाया जाना चाहता है। यह समूहों के संबंध में हम दूसरों को अपने आप में शामिल होने के संबंध में भावनाओं को भी बढ़ाते हैं, हम किसी एक खास धर्म के सदस्य बन जाते हैं। किसी खास देश के नागरिक बन जाते हैं। हम में से अधिकांश, अपने साथियों से संबंधित हैं और वे मानवता की सदस्यता के साझेकरण में साथ हैं, हम एक-दूसरे से संबंधित हैं और हम एक-दूसरे से चिंतित हैं और यह आपस की लड़ाई और गलतफहमी के कारण होता है।

यांक, एक मांसल बच्चे को कोयले के साथ अपनी चीजें एक ही लेवल पर मिलीं। हम में से कई लोगों को कई लेवल पर चीजें मिलीं, पर हम में कुछ ही लोग अस्वीकृति के विरुद्ध खड़े हो पाए हैं, जो हमें बिना दिशा-निर्देश के छोड़ देते हैं, भले ही हम दुनिया के किसी कोने में लूट लिये गए हों। यह किसी बच्चे के साथ भी हो सकता है, जब वह अपना जीवन अपने आसपास बिना प्यार के जीना शुरू कर देता है। वह कभी भी दुनिया में बिना दिशा-निर्देश को पाए सक्षम नहीं हो सकता है।

यहाँ तक कि जो लोग व्यक्तिगत भावना को महत्त्व देते हैं, यह जानते हैं कि दूसरों से जुड़ने में वे जीवन के आनंद के लिए खुद को बेहतर बनाते हैं। संबंध हमेशा खुशी का हिस्सा होता है और परिपक्वता उस व्यक्ति में आती है, जो यह जानता है कि दुनिया से इसे कैसे साझा किया जाए और यह कैसे संबंधित है।

अर्थ का मतलब

दुनिया में किसी चीज का अर्थ समझने के लिए निकटता जरूरी है, खासकर, हम किसी उद्देश्य और योग्य उपलब्धि के साथ अर्थ से जुड़ते हैं। इस प्रकार एक व्यक्ति को यह महसूस करने में मदद मिलती है, अगर उसके काम का कोई अर्थ है। रिचर्ड कैबोट ने अच्छी नौकरी के लिए सात आवश्यकताओं की सूची प्रकाशित की, जिसमें से चार विशेष रूप से महत्त्वपूर्ण हैं।

4. पाने का एक मौका, कुछ बनाना और जो भी हमने किया है, उसे पहचानना।
5. एक शीर्षक और एक जगह जो हमारी है।
6. किसी संस्थान से जुड़ाव या किसी फर्म या किसी कारण से, जिसके तहत हम निष्ठापूर्वक काम कर सकें।
7. काम के समय हमारे कॉमरेड के साथ हमारे इज्जतदार व अच्छे रिश्ते।

हमें जो सुनने में अच्छा लगे, वह कहते जाएँगे, "अपनी इच्छाओं, आशाओं, प्लान और अपने दैनिक भोजन व ड्रिंक, जो हमारे लिए कुछ भी पारित नहीं हुए हैं। हमने अपनी वास्तविक उपलब्धियों में अपना मूल्य पोषित किया है··· हमें स्वयं को दिखाने के लिए

कुछ चीज चाहिए, अपने सपनों को दिखाने के लिए कुछ चाहिए और सपने कभी नपुंसक नहीं होते।"

एक पत्नी को पता होना चाहिए कि उसके घर के कामों का परिवार के लिए कितना महत्त्व है। एक बच्चे को पता होना चाहिए कि वह अपने माँ-बाप की जिंदगी में कितना महत्त्व रखता है और अगर उसे इस बात का एहसास करा दिया जाए कि वह सिर्फ खाना खाने के लिए एक मुँह ही है तो उसे बहुत दुःख होगा, यह ऐसी रुकावट है, जिसे रोका नहीं जा सकता। जिस व्यक्ति की हम अब तक मदद करते आए हैं तो भी किसी तरह से मदद करने का मौका मिलना चाहिए, जिससे वह जीवन में देने का मतलब समझ सके।

बहुत सारे वोल्यूमवाले 'द फोरसाइट सागा' के 'टू लेट' पाठ में जॉन गाल्सवर्दी दो उम्रदराज सेवकों के बारे में बताते हैं, जिनका काम सिर्फ एक पुराने फोरसाइच की देखभाल करना है। यह विशिष्ट काम उनके लिए बहुत गर्व का विषय बन जाता है। मेरे अपने अनुभव से, मैंने उन रसोइयों या सेवकों को देखा है, जो सालों काम करते हुए आधे सहायक और परिवार के लिए अपनी ढीले-ढाले तरीके से काम करने के कारण परेशानी का सबब बन जाते हैं, पर अचानक जब परिवार उन पर पूरी तरह से आश्रित हो जाता है तो वे बहुत ही फुर्तीले, ईमानदार और उत्सुक सेवक बन जाते हैं।

जीवन के अर्थ को दृढता से पारित करने के लिए आगे बढ़ाया जाता है। स्वर्गीय मार्टिन लूथर किंग के भाषणों में से कुछ प्रमुख लाइनें इस प्रकार हैं, "अगर किसी व्यक्ति के पास मरने के लिए कुछ भी नहीं है तो वह जीने के लायक नहीं है।" सभी को उत्कृष्ट स्तर पर अर्थ की खुशी नहीं मिल सकती। फिर भी हम सब दैनिक नौकरियों से इतर मामलों में मानवता के साथ खुद को शामिल करने का अर्थ पा सकते हैं।

बढ़ने की भावना

मनुष्य के जीवन में सबसे बड़ा दुर्भाग्य आगे बढ़ने के लिए उसके दिमाग का काम नहीं करना है। यह सही है कि शारीरिक रूप से मंदता हमेशा दिखाई देती है। मैं उन लड़के एवं लड़कियों के बहुत करीब रहा हूँ, जो इन दोषों के कारण बरबाद रहे हैं और जैसा कि मुझे बताया गया है कि ऊँचाई में कभी भी चार फीट से ज्यादा बढ़े नहीं हैं। मैंने देखा है कि अपनी इस कमजोरी से वे बहुत मजबूती के साथ लड़ते हैं, स्वयं पर दया करने को किनारे रखें और अपने युवा दोस्तों के बीच सबसे खुश व्यक्ति बनें। उनमें अपने दुःख को मजाक में बदलने की क्षमता होती है। वे एक भार को एक संपत्ति में बदल देते हैं, फिर भीतर से परिपक्व होते जाते हैं।

मैंने मानसिक एवं भावनात्मक रूप से मंद बच्चों का सबसे खुश समुदाय देखा है। मैंने ऐसे मंद बच्चों के माता-पिता से मिला हूँ, जिन्हें मैंने सबसे खुश अभिभावकों में से एक

पाया है। यह सच है कि कुछ मंद बच्चे इसलिए खुश रहते हैं, क्योंकि वे उन परीक्षणों एवं तनावों को महसूस करने में असमर्थ होते हैं, जो दु:ख देते हैं। मंद बच्चों के साथ 'बढ़ने की भावना' खुशी की भावना है। नए शब्दों का प्रयोग, यह देखना कि एक नया दोस्त बना है और कई प्रयोगों के बाद विकसित होना—कुछ छोटे पर उपयोगी कौशल हैं, जो बच्चों के अर्थपूर्ण एवं प्रसन्नतापूर्ण विकास में सहायक होते हैं। यह उपयोग का, अर्थ का आधार है। अपने मंद बच्चों को थोड़ा सा बढ़ते देखने उनके अभिभावकों के लिए सबसे बड़ी खुशियों में से एक है।

हमारे समय में बौद्धिक विकास एक भीतरी चीज थी। सामान्य बच्चों के लिए सीखने में त्वरितता और विस्तार अब नर्सरी के प्रारंभिक समय से शुरू हो जाता है। कई क्षेत्रों में वयस्क वर्गों के बीच में बढ़ती संख्या शिक्षा के क्षेत्र में आ रहे जोर का जबरदस्त संकेत है।

हालाँकि हमारी भावनात्मक वृद्धि को बढ़ाना एक समस्या है, जिसे हल करना बहुत मुश्किल है। जिस दुनिया में अन्याय एवं क्रूरता, घृणा एवं हिंसा भरी पड़ी हो, वहाँ कैसे दान, करुणा, दया, माफी एवं प्यार को बढ़ाया जा सकता है। यह भावनात्मक एवं आध्यात्मिक विकास सारे धर्मों का महान् लक्ष्य है। यह परिपक्वता के विकास का आधार है और हम जानते हैं कि आप निरंतर वृद्धि कर रहे हैं।

देने की भावना

फिर देना क्या होता है? शारीरिक रूप से किसी की अतिरिक्त संपत्ति के हिस्से को किसी अन्य को सौंपना होता है, खासकर जब कोई जरूरत में हो। यह एक यांत्रिक गति हो सकती है। पैसा हमेशा ही अच्छा काम कर सकता है, चाहे वह कहीं से भी आया हो और इस बात से भी कोई फर्क नहीं पड़ता कि वह किस भावना से दिया गया हो। सच में देने का अर्थ है, भीतर से उपहार देना। यह दिल से दिया गया एक उपहार है, साथ ही हाथ से दिया गया भी है। पैसा इसका एक बाहरी एवं आवश्यक प्रतीक है, पर जो उसे देता है, वह ही जानता है कि खुद का हिस्सा कैसे दिया जाए।

कोई भी जो चैरिटी के अभियान में भाग लेते हैं, वे सब जानते हैं कि दान बढ़ाने के क्या तरीके हैं। एक बड़े शहर में सामुदायिक चेस्ट के निदेशक मंडल ने पाया कि एक समृद्ध और प्रभावशाली व्यवसायी ने 500$ का वार्षिक दान दिया। उन्होंने उस व्यक्ति को बुलाया।

उन्होंने कहा, "श्रीमान् हमें पता है कि आप इस शहर के सबसे शरीफ एवं साफ-सुथरे आदमी हैं। हमारे साथ क्या यह आपकी जिम्मेदारी नहीं है कि हम दरिद्र, अंधों, वृद्ध और अनाथ बच्चों का ध्यान रखें?"

उन्होंने कहा, "हाँ, ऐसा नहीं है कि मैं चैरिटेबल एजेंसियों को मदद देने में विश्वास

नहीं रखता, पर मुझे माफ कीजिए, मैं सिर्फ एक चैरिटेबल आदमी नहीं हूँ। मुझे पता है कि मेरी हैसियत के कई लोग बहुत ज्यादा दान देते होंगे, पर मैं जितना दे सकता हूँ, उतना ही दान दे पाऊँगा।"

निदेशक मुसकराए। प्रवक्ता ने कहा, "हमने भी पहले ऐसा ही सोचा था, पर हमें सीखना पड़ा। चलिए, आपको समझाते हैं कि कैसे चैरिटेबल बनते हैं। आपको तब लगेगा कि देने में कितनी खुशी मिलती है। अब, हमने सोचा था कि आप जैसा व्यक्ति 15,000$ देगा, पर कोई बात नहीं। आप शुरुआत के रूप में इस साल चेस्ट के लिए 5000$ का चेक क्यों नहीं दे देते? मुझे पता है कि अगले साल आप और देना चाहेंगे।"

बड़े लोगों की भावना से प्रेरित होकर एवं अपनी छवि बनाने के लिए उन्हें महसूस हुआ कि वे दान दें और 5000$ का चैक दे दिया। अगले साल उन्होंने और ज्यादा दिया। कुछ ही सालों में वे शहर के सबसे ज्यादा दान देनेवालों में से एक हो गए। क्या वे सच में एक दानी थे? उनके साथी नागरिकों ने जब यह देखा, वे उनके दान की प्रशंसा करने के लिए आए, पर वे किसी कारण से उनकी प्रशंसा नहीं कर पाए। उन लोगों ने महसूस किया कि उन्होंने खुद को उपहार देना नहीं सीखा। देने से उन्हें गर्व की अनुभूति हुई, पर इससे उन्हें कभी खुशी नहीं मिली।

उस अजीब से प्रतिभाशाली एवं परेशान आदमी, जिसका नाम ऑस्कर वाइल्ड है, ने 'द हैप्पी प्रिंस' नाम का एक फेबल लिखा, जो इस प्रकार शुरू होता है—

'शहर की दीवार के बहुत ऊपर एक कॉलम में हैप्पी प्रिंस की एक ऊँची मूर्ति थी।' वह सब ओर से सोने की पतली पत्तियों से ढकी हुई थी। उसकी आँखों में दो नीलम जड़े थे और उसकी तलवार की ढाल पर एक बड़ा लाल मूँगा था।

वहाँ एक अबाबील पक्षी आया, जिसने मिस्र में अपने जाड़े के दौरे को थोड़ा आगे बढ़ा दिया था और जल्दीबाजी में वह उस मूर्ति के नीचे रात बिताने के लिए आ गया। उसने देखा कि वह राजकुमार रो रहा है, वह शहर में गरीब लोगों की हालत एवं दयनीयता को देखकर रो रहा था। उस पक्षी को वहाँ राजकुमार ने लंबे समय तक सर्दियों तक रहने के लिए कहा, जिससे वह राजकुमार की मदद कर सके और गरीबों के बीच अमीरों का धन वितरित कर सके। सबसे पहले उस पक्षी ने बीमार बच्चे की देखभाल करने के लिए वह मूँगा निकाला, जिससे उसके स्वास्थ्य में सुधार हो सके। फिर वह पक्षी सर्दियों में ठिठुरते हुए एक लेखक के लिए नीलम निकालकर ले गया। फिर दूसरा नीलम उसने एक छोटी सी लड़की को दे दिया। फिर एक-एक करके, उस पक्षी ने उस राजकुमार के शरीर में लगी सोने की सारी पत्तियों को निकाला और कुपोषिण व कमजोर बच्चों की सहायता के लिए वे पत्तियाँ उनके बीच में बाँट दीं।

राजकुमार ने अपना सबकुछ दे दिया था। सर्दी में उस मूर्ति में से शीशे का दिल टूटकर गिर गया। इस प्रकार वह पक्षी भी सर्दी में मर गया।

भगवान् ने अपने दूतों में से किसी एक से कहा कि "शहर में से दो सबसे अनमोल चीजें ढूँढ़कर ले आओ, तो दूत, एक शीशे का दिल और दूसरा वह मरा हुआ अबाबील लेकर आ गया।"

बहुत पहले यह कहा जाता था, "लेने से कहीं ज्यादा देने में बरकत होती है।" जिसने भी देना नहीं सीखा है, वह यह सीख सकता है और अगर उसके पास बहुत पैसा नहीं है, वह तो वह बहुत आसानी से सीख सकता है या अगर उसके पास देने के लिए पैसों की कमी है, तो वह ध्यान दे सकता है, सेवा दे सकता है और कभी-कभी अपने ऐशोआराम से भी निकालकर दे सकता है, इस प्रकार यह खुशी में इतना बदल जाता है कि उसने समय का सदुपयोग देने में किया है।

थोरौ ने एक बार कहा कि निओस्ट पुरुष निराशा में रहता है। यह अपने आप में एक अतिरंजित बयान है, पर इसे निश्चित रूप से याद रखना और मन की स्थिति के खिलाफ उपाय के रूप में याद करना उचित है।

हम में से अधिकांश लोग संतुष्टि कर समझौता कर लेते हैं। हम लोग समय-समय पर आनंद करते हैं और वास्तविक खुशी का अनुभव करते हैं, पर हम कई दुर्भाग्य का सामना भी करते हैं। कभी-कभी हम यह देखते और महसूस करते हैं कि हमारे ऊपर दु:खों का पहाड़ टूट पड़ा है। फिर हम यह निष्कर्ष निकालते हैं कि खुशी सिर्फ इच्छा पर निर्भर करती है और यह एक खाली सपना है। खुशी हर जगह नहीं मिलती है। यह अलविदा करने का इंतजार करती है।

इसी कारण अधिकांश धर्म जीवन के बाद की अवधारणा रखते हैं। इसके बाद एक मसीहा की दृष्टि आ सकती है, जो बाद में लंबे समय तक मानवता को आँसुओं की नदी से बचाएगी।

यह अवधारणा बहुत ही आरामदायक है। भगवान् की अवधारणा के साथ किसी भी बात को स्वीकार या अस्वीकार करने की कोई जरूरत नहीं होती। हमें भरोसा है कि हमने सीखा है, हालाँकि इस धरती पर असली, गहरी खुशी संभव है। खुशी को हमेशा एक स्थायी, गैरकानूनी स्थिति के रूप में नहीं मानना चाहिए, पर यह जीवित रहने, महसूस करने और भरोसेमंद नींव के रूप में मौजूद है, चाहे कोई भी तूफान आ जाए। आप खुशियाँ पा सकते हैं। चाहे कुछ भी हो जाए, आप कोई भी हों या कहीं भी रहते हों या आपकी उम्र कुछ भी हो, आप खुशियाँ पा सकते हैं। खुशियाँ हमेशा नजदीक में रहती हैं। असल में खुशियों के बीज आप अभी भी अपने भीतर लेकर चलते हैं।

□

"अब सब आप पर है··"
—हॉवर्ड व्हिटमैन

25

सफलता की लौ कैसे जलती रहने दें?

अपनी जिंदगी के अंत में बेंजामिन फ्रैंकलिन ने ऐसा लिखा कि किसी की भी जिंदगी ठहर जाए। "मैं जब भी उन चीजों को देखता हूँ, जिसे देखकर आनंद आता है और जो मैं हमेशा करता हूँ, तो मैं अपनी जिंदगी के कॅरियर में शुरुआत से लेकर अंत तक फिर से दौड़ने लगता हूँ। अली पूछेगा कि यह एक लेखक का विशेषाधिकार है कि वह दूसरे एडिशन में उन चीजों को सुधारे, जो पहले संस्करण में गलत हो गई हैं।

इस विश्वविद्यालय का लक्ष्य है, जो आप पहले पाठ से बहुत निष्ठा के साथ शामिल हुए हैं कि उन गलतियों को कम-से-कम करें, जो आप अपनी जिंदगी में करते आए हैं और जीवन के रास्ते में उजियारा फैलाएँ, चाहे कितने ही मौकों पर अँधेरा छा जाए, वह ज्योति आपको जीवनरूपी खजाने की ओर ले जाएगी, जो आपके लिए गर्व का विषय होगा, जिससे आपके दिमाग को शांति, संतुष्टि मिले और जिसे पाकर आपको उपलब्धि का एहसास हो।

आप निश्चित रूप से इन दस सेमेस्टरों के जरिये दो समान विषयों को नोटिस करने में असफल नहीं हुए हैं। पहला यह कि आप जितनी चाहें, उतनी सफलता और संपत्ति अर्जित कर सकते हैं, जिससे आप भगवान् द्वारा दी गई प्रतिभाओं का गठबंधन करने के लिए तैयार हैं और समय में मूल्य एवं प्रयासों के भुगतान का निर्धारण करते हैं। दूसरा विषय, पहले की ही तरह महत्त्वपूर्ण है कि खुशी के बिना सफलता बेकार है।

क्या सफलता, असली सफलता है, जो संघर्ष के लायक है? हॉवर्ड व्हिट्मैन की पुस्तक 'सक्सेस इज विदिन यू' के पाठ पार्टिंग

जेसन से आप स्वयं अपना दिमाग लगा सकते हैं। चूँकि आप उस शानदार फैकल्टी से छुट्टी लेते हैं तो जिन्होंने स्वेच्छा से आपके साथ अपना ज्ञान बाँटा है, इसलिए अपने आप से एक अंतिम प्रश्न जरूर पूछें कि,

"यहाँ से मैंने जो भी सीखा है, अगर मैं उसे लागू करूँ तो आज से पाँच साल बाद मैं कहाँ होऊँगा?"

अभी हाल ही में मैंने अखबार में एक विज्ञापन देखा, जो इस प्रकार शुरू होता है, "आप कुल तीन-चार दिनों में धूम्रपान करना छोड़ सकते हैं, इसके लिए कोई इच्छाशक्ति की जरूरत नहीं होती।" वह कैसा दिन होगा, जिसमें एक सामान्य दिन, जिसमें एक दिन के लिए शक्ति होगी, न सिर्फ असामान्य होगा, बल्कि अलोकप्रिय भी होगा। बीसवीं सदी के उत्तरार्द्ध में ऐसा विश्वास पनपने लगा कि इस शानदार उम्र में हमने सीखा है कि अन्य मानवता की तुलना में हमने बहुत कुछ सीखा है, हम अपने अतीत को पीछे छोड़ सकते हैं। सत्य को छुपाकर रखें, गुणों का दिलचस्प रूप से सत्कार करें और बेकार प्राचीन वस्तुओं की तरह सँभालें।

सफलता के लिए हमारे दृष्टिकोण में हमने सारे गुणों को अवगुणों में बदल दिया है। हमने अपनी मेहनत, ईमानदारी, अपने उद्देश्यों, पूर्णता, परिश्रम, इच्छाओं और महत्त्वाकांक्षाओं को बीसवीं सदी में महत्त्वपूर्ण माना है। इसमें से कुछ को तो हमने न्यूरोटिक भी माना है। दुनिया में काम के दिनों में, महत्त्वाकांक्षाओं से लैस युवा पुरुषों की तलाश करने की बजाय हमने उत्सुक बीवरों को लेबल किया है, हमने उनकी उत्सुकता को तैयार किया है और अवगुणों को उनके विरुद्ध किया है।

कुछ साल पहले एक युवक न्यूयॉर्क आया और उसे मैं तब से जानता था, जब वह ओहियो में एक लड़का था, ने पत्रकारिता में अपना हाथ आजमाया। उसे न्यूयॉर्क पेपर में काम भी मिल गया। एक डच अंकल होने के कारण वह कभी-कभार मुझे देखने आता और मुझसे सलाह लेता और अपनी प्रगति के बारे में बताता। एक युवक से एक लड़के के रूप में परिणत होते हुए (मैं उसका कैंप कांउसलर रहा हूँ), मुझे पता था कि वह एक ईमानदार लड़का रहा है और उसकी इच्छाएँ काफी अधिक थीं कि वह दुनिया में नाम कमा सके। मैं उसकी पहली प्रोग्रेस रिपोर्ट देखकर आश्चर्यचकित नहीं हुआ, क्योंकि उसने मुझे बताया कि वह कितने अच्छे तरीके से काम कर रहा है और उसके लिए उसे पीठ पर शाबाशी के तौर पर कितनी थपकियाँ भी मिल चुकी हैं, पर कुछ ही महीनों के बाद स्थितियाँ बदलने लगीं। वह मेरे पास निराश होकर आने लगा और बताने लगा कि

वह अब अच्छा नहीं कर रहा है। फिर एक दिन उसने बहुत उदासी में फोन किया, उसने बताया कि उसे निकाल दिया है। मैंने उससे पूछा क्यों? उसने मुझे बताया कि उसकी डेस्क पर एक वृद्ध आदमी ने उससे दोस्ती तोड़ ली है। मैंने उसे समझाया कि "बच्चे, तुम परेशान मत हो। तुमने ठीक किया। सिर्फ एक ही दिक्कत रही कि तुमने बहुत कड़ी मेहनत की। उन्हें डर था, क्योंकि तुम एडिटर बनना चाहते थे।"

इस बात का कोई सवाल ही पैदा नहीं होता कि कड़ी मेहनत से आपको हमेशा निकाला नहीं जाएगा, हो सकता है कि आपको मध्यस्थ प्रयासों के कारण गद्दी से निकाला जाए, तो उस दिन आप अलोकप्रिय हो जाएँ। आप हमेशा एक उत्साही उदबिलाव नहीं हो सकते। पुराने फैशनवाली सफलता की तलाश में पुरस्कार पाने के लिए आप हमेशा बहुत तेज नहीं दौड़ सकते, बहुत ज्यादा महत्त्वाकांक्षी नहीं हो सकते।

यह बहुत अजीब सी बात है कि जो लोग सफलता का उपहास करते हैं, वे इसे खुद के लिए चाहते हैं। इस किताब के रचयिता किसी अन्य लेखक की तुलना में भौतिकवाद की निंदा करते हैं और रॉयल्टी स्टेटमेंट में कोई रुचि नहीं रखते। शिक्षक, जो अपने छात्रों से ग्रेड या सम्मान के लिए पैसा नहीं लेना चाहते, वे उस उन्नति के लिए अतिरिक्त दो हजार डॉलर प्रतिवर्ष खर्च कर सकते हैं। युवा अभिभावक, जो अपने दूसरे दशक में हैं और जिनका मनोविज्ञान आधुनिक है, वे नहीं चाहते कि उनके बच्चे भौतिकवादी या महत्त्वाकांक्षी बनें, चालीस की उम्र के माता-पिता में बढ़ने का यह तरीका है, उनके बच्चे अच्छी शादियाँ करेंगे और उपनगरों में अच्छे घरों में रहेंगे, संक्षेप में वे सफल हों।

असंगति का एक कारण है कि हममें से कई लोग जिस चीज में विश्वास करते हैं, उस संदर्भ में लिप सर्विस करते हैं। हाल के कुछ दशकों में सफलता पर जितने हमले किए गए हैं, वे कभी भी सफलता के खिलाफ निर्देशित नहीं किए गए थे, जबकि वे सफलता के विरुद्ध झूठ बोलने के खिलाफ। न सिर्फ हमने बच्चों को स्नान के पानी के साथ फेंक दिया है, बल्कि उन दोनों के बीच के अंतर को भी नहीं जानते। अस्वास्थ्यकर, अनुत्पादक जीवन के बारे में बहुत कुछ कहा गया है, जो अँधेरे में सफलता की तरह दिखता है। यह कुछ और नहीं, बल्कि स्वांग के वेश में विफलता है, पर सफलता, असली सफलता हमेशा सच रहती है, जैसे अच्छा न्याय हमेशा अच्छा ही रहता है, चाहे उसका कितनी ही बार उल्लंघन कर दिया जाए। सफलता का भी असल में कई बार उल्लंघन किया जाता है, पर यह किसी भी प्रकार से प्रामाणिक लक्ष्य से कम नहीं है, क्योंकि बहुत सारे लोगों ने झूठी पगडंडियों का पालन किया है और लक्ष्य तक पहुँचने में असफल रहे हैं।

जब अमेरिकी मनोवैज्ञानिक एसोसिएशन 1955 के पतझड़ में मिले, तो मानसिक स्वास्थ्य की पारंपरिक खोज के लिए एक व्यापक परिभाषा बनाई गई। उनमें से एक

खोज को कैलिफोर्निया विश्वविद्यालय के डॉ. फ्रैंक बैरॉन ने तैयार किया, जिसे एक समीक्षक ने परिभाषित करते हुए कहा कि यह बहुत असामान्य है, क्योंकि यह बहुत सामान्य सा सुनाई देता है।

डॉ. बेरॉन की मानसिक स्वास्थ्य को लेकर चार सूत्रीय योजना इस प्रकार है—

1. चरित्र एवं अखंडता,
2. बुद्धिमानी,
3. लक्ष्य स्थापित करने की क्षमता, उसे हमेशा लागू रखना, उस पर लगातार एवं अच्छे तरीके से काम करते रहना,
4. वास्तविकता, समानता और आत्मज्ञान का मूल्यांकन करने के संबंध में सही निर्णय।

आधुनिक आदमी की सारी खोजों की तरह मानसिक स्वास्थ्य भी परिभाषा के रूप में पूर्ण है। इस परिभाषा में बुरी तरह से समायोजन, मजबूती या पूर्णता का कोई उल्लेख नहीं है।

इसकी बजाय, इस समय में युवा लोगों के लिए सम्मानित गुण सूचीबद्ध किए गए हैं, जिनकी फ्रायड के जन्म से पहले जीवित रहने के लिए गाइड के रूप में सिफारिश की गई थी, पर मानसिक स्वास्थ्य एक राष्ट्रीय आंदोलन बन गया। मनोवैज्ञानिक बैरॉन द्वारा सूचीबद्ध कारकों को अच्छे मानसिक स्वास्थ्य के संकेत देने के रूप में वर्णित किया गया, जिसे किसी पुराने जमाने के नैतिक मनोवैज्ञानिक द्वारा उद्धृत किया गया।

मनुष्य की प्रकृति में कुछ बनाया गया है (जिसे भगवान् द्वारा बनाया गया है, जिसे कोई सिद्धांतवादी भी अपनी ताकत से नहीं हटा सकता है), जो उसे सर्वोत्तम प्रयास की अभिव्यक्ति की ओर अग्रसर करता है, आपको आगे बढ़ने के लिए प्रेरित करता है और उसे संतुष्टि के साथ पुरस्कार देता है कि आपने अच्छे से काम किया। हम अपने मूल्यों का खुद निर्धारण करते हैं और अपना आत्मसम्मान बचाते हुए देखते हैं कि हमने कितना कमाया है और हम अपने काम में कितने अच्छे हैं। क्या यह ऐसा नहीं है, यह दुनिया अभी भी बैलों से हल जोत रही है और उन डंडों से जमीन में कुछ उगा रही है और जानवरों की खाल में ड्रेसिंग कर रही है। आंतरिक संतुष्टि हमारी उपलब्धि के लिए एक स्वतः इनाम है और यह हमें कुछ करने के लिए प्रेरित करती रहती है, चाहे वह सामाजिक संतों का काम हो अथवा न हो।

बीसवीं सदी को आम आदमी की सदी माना जाता है। यह बात युद्ध, अवसाद और सामाजिक पुनर्गठन में तार्किक रूप से बहती है और सदी के पहले भाग को चिह्नित करती है, पर हमें आशा रखनी चाहिए कि सदी के दूसरे भाग में कुछ प्रतियोगी लोग आम आदमियों के साथ प्रतियोगिता करेंगे। प्रतियोगिता एक गुण है, जो न तो सामाजिक स्थिति

और न ही किसी विशेषाधिकार को अपनी ओर खींचती है, यह धन की आशंकाओं में से एक नहीं है और इसे खरीदा नहीं जा सकता है। यह वह स्थान है, जहाँ आप इसे पाते हैं और यह आदमी में सहज रूप से होती है। यह उसमें चमकती रहती है, चाहे आप किसी महल से आए हों या बैकॉन हिल या कसी किंग्सबरी रन की किसी झोंपड़ी से। प्रजातंत्र के कुछ गुणों में से यह एक है, जो उसमें समाहित है, जिसके बारे में नम्रतम से लेकर उच्चतम कोई दावा नहीं कर सकते। इसकी खोज में सभी मनुष्य बराबर हैं। यह हर व्यक्ति के साथ बराबर की समानता रखता है।

हमने सफलता को छोड़ दिया है, समय एवं सभ्यता के खतरे के लिए उसके विरुद्ध साजिश रची है। हमने प्रजातंत्र को मध्यस्थता के लिए गलत तरीके से ले लिया है और अपने सांस्कृतिक आदर्शों पर हमला करने की कोशिश की है। अब यह बहुतों के लिए स्पष्ट होना चाहिए कि इस प्रकार हम प्रजातंत्ररूपी सबसे बेहतरीन फल खो देंगे, इससे प्रत्येक व्यक्ति की स्वतंत्रता और अवसर, जिसमें हम अपना सर्वोत्तम दे पाएँ, जो कुछ भी अच्छा कर सकते हैं और इसके लिए पहचाने जा सकते हैं, करना चाहिए।

फ्रांसीसी लेखक एवं दार्शनिक आंद्रे मेलरॉक्स, जिन्होंने आधुनिक बौद्धिकता की उलझन में पड़ने के बाद हमारे समय के लोगों को एक नया सरल मापदंड दिया कि "आदमी वही है, जो हासिल करता है।"

दरअसल उपलब्धि की असली गति जीवन की असली क्षमता को प्रदर्शित करती है। अगर हम अपने ईमानदार एवं अच्छे कारणों से अपने लक्ष्य का चयन कर उसमें आगे बढ़ना चाहते हैं तो हममें वह साहस एवं प्रतियोगिता होनी चाहिए कि हम उसे आगे ले जाएँ तो हमारे पास वह सफलता होगी, जिसे हम 'असली' कहते हैं। फिर हम असली में पैसों के साथ या बिना पैसों के भी अमीर हो सकते हैं।

एक बार कवि कार्ल सेंडबर्ग ने कहा था, "सोने से पहले स्वयं से कहना, 'मैं अपने लक्ष्य पर अभी तक नहीं पहुँचा हूँ, जो कुछ अभी तक है, मैं उससे बहुत ही असहज हूँ और जब तक मैं काम करता रहता हूँ, तब तक मैं दुःखी नहीं होता।' जब आप इसे प्राप्त कर लेते हैं तो दूसरा खोजने लगे।"

यह जिंदगी को आगे ले जाने का तरीका है। यही सफलता की लय भी है।

सफलता कोई विशिष्ट क्लब नहीं है। यह हर किसी के लिए खुला हुआ है, जिनके अंदर यह साहस है कि वे अपना लक्ष्य चुन पाएँ और उसके पीछे लग जाएँ। यह एक आगे बढ़ने की गति है, जो विकास के लिए मनुष्य में होनी चाहिए और इससे होकर मानव सारतत्त्व आगे आता है, जिसे चरित्र कहते हैं।

शायद मानव जीवन का अंतिम उद्देश्य मानवीय भावना का परीक्षण करना भी है, अगर कुछ बेहतर है तो उसका विकास करना है और उसे अच्छा बनाना है। मानव

की असली सफलता अपनी मेहनत से भौतिक वस्तुओं को प्राप्त करने में नहीं है, सारी सभ्यताएँ पहले ही मिट्टी में समाहित हैं और आगे भी बिना किसी शक के और सभ्यताएँ एक-दूसरे के ऊपर गिरती जाएँगी और इस ढेर में कमी नहीं होगी, पर उनके बाद मानवीय भावना में क्या जोड़ा जाएगा? इसके बाद दिल ही बचेगा, क्योंकि मिट्टी में मिल जाने के बाद तो आत्मा भी तेल बन जाएगी। अपने जीवनकाल में हर व्यक्ति जीवन के एक टुकड़े से जोड़ा गया है और जन्म से लेकर मृत्यु तक उसके अस्तित्व में एक चमक होती है।

क्या वह अमीर है, जो जीवन उसे दिया गया है, क्या वह उसे और समृद्ध करने में लगा हुआ है?

क्या वह सफल है, क्या वह अपनी सफलता की चमक को और चमकदार बना रहा है?